日本现代文学评论选读

王中忱 高华鑫 熊鹰 主编

清华大学出版社
北京

版权所有,侵权必究。举报:010-62782989,beiqinquan@tup.tsinghua.edu.cn。

图书在版编目(CIP)数据

日本现代文学评论选读/王中忱,高华鑫,熊鹰主编. —北京:清华大学出版社,2024.6
ISBN 978-7-302-65958-7

Ⅰ.①日… Ⅱ.①王… ②高… ③熊… Ⅲ.①日本文学－现代文学－文学研究 Ⅳ.①I313.065

中国国家版本馆 CIP 数据核字(2024)第 066225 号

责任编辑:马庆洲
封面设计:常雪影
责任校对:欧　洋
责任印制:丛怀宇

出版发行:清华大学出版社
　　　　网　　址:https://www.tup.com.cn,https://www.wqxuetang.com
　　　　地　　址:北京清华大学学研大厦 A 座　邮　　编:100084
　　　　社 总 机:010-83470000　　　　　　　邮　　购:010-62786544
　　　　投稿与读者服务:010-62776969,c-service@tup.tsinghua.edu.cn
　　　　质量反馈:010-62772015,zhiliang@tup.tsinghua.edu.cn
印 装 者:大厂回族自治县彩虹印刷有限公司
经　　销:全国新华书店
开　　本:155mm×230mm　　印　张:25　　字　数:382 千字
版　　次:2024 年 8 月第 1 版　　　　　　印　次:2024 年 8 月第 1 次印刷
定　　价:99.00 元

产品编号:089341-01

引言:"文学"产生于"批评"

本书题目里的关键词之一"文学评论",在日文的脉络里也被称为"文学批评",二者经常混用。这在日本明治时期出版的为数不多的几部同时代文学史著作里即可找到例证。如1894(明治二十七)年出版的大和田建树著《明治文学史》,在叙述"小说界的繁昌"一章里,曾专门加有"批评的发生"(「批評といふ事起こる」)、"批评家的出现"(「批評家出づ」)等提示语①。稍后问世的岩城准太郎著《明治文学史》(1906/明治三十九年),其《绪言》部分则特别强调:"文学评论与报纸杂志给予文运发展的影响甚大"(「文学批評と新聞雑誌との文運発展に及ぼす影響や甚大なり」)②。两著出现的"文学评论"和"文学批评"所指一致,几乎可以同义置换。

文学史著述多采通说,故可从中窥见一个时期的普遍共识。检视这两部文学史,则不仅可以了解明治时期"文学评论"和"文学批评"作为词语或概念的一般使用状况,还可进一步考察其作为文类(genre)在文学史叙述中的位置。在此意义上,无论大和田还是岩城的文学史,都没有为"文学批评"或"文学评论"设置独立的章节,这一现象值得特别关注。并且,在岩城,这其实是有意为之,他在"绪言"里明言:对文学评论"本拟专设章节详细论述,但限于纸面篇幅,只能简略述之"。也就是说,在岩城看来,相较于小说、诗歌等文学作品,"文学评论"是可以省略的。

岩城此书其实是受日本"国文学"学科奠基人芳贺矢一之邀撰写的③,出版不久即被评为是最早一部当得起"明治文学史"称谓的著作④,且于两

---

① 大和田建樹:《明治文学史》,东京:博文馆,1894(明治二十七)年,第155~156页。
② 岩城凖太郎:《明治文学史》,东京:育英舍,1906(明治三十九)年,第4~5页。
③ 岩城凖太郎:《明治文学史》初版卷头部分即载有芳贺矢一的序文,而在岩城所写《明治文学史的回想》(作于1932年7月,收入同氏著《国文学群像》,东京·大阪:修文馆1941年11月出版)一文里,对此有详细记述。
④ 藤冈作太郎《明治文学史を読む》(初刊《読売新聞》1907年2月)说:"此前虽然并非没有几部所谓明治文学历史之类的著述,但真正称得上明治文学史的,当从此书开始。"参见同氏著《東圃遺稿》卷二,東京:大倉書店,1912年,第424~425页。

年多后即增补重刊,影响远大于大和田等人的著述,但即使在增补版里,岩城也仅在思潮与思想变动的背景意义上简略涉及文学评论,未能实现他最初设置专门章节的构想,更不要说顾及到"报纸杂志"等媒体因素的介入了①。

翻检后世的日本现代文学史著述,省略或简略"文学评论"或"文学批评"似乎成了一种定式和常态,这是否因为岩城等早期文学史家最初发凡起例的影响,似乎也不可轻易断言,更重要的原因也许另有所在。概言之,在把文学作品完全视为作家个人之创造的前提下展开的文学史叙述里,漠视乃至舍弃包括批评在内的其他参与文学生产的因素,可能是一个注定的格局。而认为文学批评缘自文学作品而生的观点,即使在晚于岩城《明治文学史》半个多世纪以后出现的文学批评史论著里也仍在延续。

"二战"以后的1950年代似乎是有意识系统整理现代文学批评的年代。青野季吉等编选的《现代文学论大系》(全8卷,东京:河出书房1955—1956年出版)、平野谦、小田切秀雄、山本健吉编《现代日本文学论争史》(全三卷,东京:未来社1956—1957年出版),可谓代表。与此同时,一些现代文学全集也表示了对批评的重视。1955年至1956年野间宏等编《日本无产阶级文学大系》(全8卷,日文题名『日本プロレタリア文学大系』,东京:三一書房),各卷都把"评论"列为了独立的一类。1958(昭和三十三)年出版的规模庞大的《现代日本文学全集》,则专门设置了三卷本的《现代文艺评论集》,收录了从明治到昭和败战之后具有代表性的评论文章,其首卷"解说"阐述现代批评的特性,应该是当时具有代表性的观点。其执笔者小田切秀雄从"作家与批评家、读者错综纠结的内在关系"提起问题,特别强调作家的写作与读者的阅读同样是一种"批评"行为,并把此种意义的批评意识之自觉视为文学"现代性"的特征,他说:"正因为作家和读者之自觉态度以及随之而来的批评意识的浓厚,也就是所谓'批评时代'的到来,文艺评论才具有了现代以前无法比拟的重要性。"小田切秀雄没有把"批评"仅仅视为批评家的特权,表现了作为批评家和文学史家的严谨自律,但他对批评家和批评之特性的描述和界定,则明显地把评论看做了文学创作的伴生物和衍生品②。

---

① 参见岩城準太郎《明治文学史》1909(明治四十二)年增补版。另,同著于1927(昭和二)年11月由修文館发行了复刻版。

② 小田切秀雄:《解说—近代の文艺评论》,《现代文艺评论》(一),《现代日本文学全集》(著者代表:長谷川如是閑)之94卷,东京:筑摩書房,1958年,第403~404页。小田切秀雄在文中这样描述评论的特性和功能:"评论是作为对作家的批评精神及其具体的创作行为所进行的批评而出现的"(同书404页)。

1971(昭和四十六)年出版的《近代文学评论大系》(全10卷),堪称是对现代文学评论更大规模的整理和展示,第一卷编者吉田精一在《解说:总论》首先追溯日本古代的和歌论、诗论剧论,认为"附随着创作的鉴赏批评"虽然古已有之,但那些批评性文字"多为依附着体验的片段感想和技巧论,而不是把经验整理成为具有普遍性的体系、理论"。吉田精一斩截地认为:"现代以来,由于西洋文学的引入,认识到批评的重要性,专职文艺评论家也随之产生,但与现代诗歌、小说戏曲的创作相比,还是落后了一步。"①吉田强调批评的"现代性"特征在于其体系性和理论性,而在他的意识中,文学批评显然是后于文学创作而生。

需要说明,以上所列诸论者讨论的"文学批评",当然是需要再做切分的概念组合,其中作为"批评"之限定的"文学",在他们的论述脉络里,其实大体都对应着在现代欧洲形成的"literature"之意涵。而据雷蒙·威廉斯考察,literature 这一出现于14世纪英语的词语原意本为"通过阅读所得到的高雅知识",逐渐发展为泛指"博览群书"的状态乃至指称"广为阅读的书","17世纪中叶,literature 的意涵被确立,belles lettres(纯文学)这个法文词被发展出来,用以限制 literature 之范畴"。到了19世纪,literature 沿用了以往一直由 poetry(诗)所表述的"创造性的艺术"、"在具高度想象力的特别情景里""书写(writing)与演说(speaking)的最高境界"等意涵,但它排除了 speaking 亦即口头作品,并在现代知识分类体系中把自己与哲学、历史等区隔了开来②。也就是说,欧洲的现代"文学"观念的确立,是一个由广义向狭义收拢和聚缩的过程。

已经有学者考察过欧洲的现代文学概念 literature 被翻译为汉字词"文学"的过程,分析过作为汉字圈概念的"文学"所包含的以儒学为中心的普通学术之意涵,与作为 literature 之译词的"文学"所指称的以具有创造力和想象力(虚构)的语言艺术为中心的意涵之差异,以及前者向后者趋近甚至趋同的过程。这一过程,常被视为日本的现代"文学"概念从不稳定走向稳定的过程③。

---

① 吉田精一《解説 総論》,《近代文学評論大系》第1卷,吉田精一、浅井清编,东京:角川书店,1971年,第465~466页。
② 雷蒙·威廉斯:《关键词:文化与社会的词汇》,刘建基译,北京:生活·读书·新知三联书店,2005年,第314~320页。
③ 铃木贞美:《日本の文学概念》,东京:作品社,1998年;中译本题为《文学的概念》,王成译,中央编译出版社2011年8月出版。

而关于"以语言艺术为中心的现代'文学'概念"在日本稳定或固定下来的时点究竟在何时,学者间曾多有歧见,以往的代表性观点多以坪内逍遥的《小说神髓》(1885—1886/明治十八—十九年)和二叶亭四迷的《浮云》(1887/明治二十年)为界标,将之确定为明治二十年(1887)前后,但近年铃木贞美所提示的"在20世纪初到1910年之间"①,更为言之有据。虽然到了此一时期仍然有人,如夏目漱石也还在为"汉学所谓的文学与英语所谓的文学终究不能总括在同一定义"而纠结,苦苦追索"文学究竟为何物"(《文学论 序》,1906/明治三十九年),但正如柄谷行人指出的那样,"漱石所质疑的,是形成于19世纪英国或法国的文学上之'趣味判断',也即文学史的通行观念",而"这些观念,在他赴伦敦留学的明治三十三年的日本,也已然成为常识"②。

在上述脉络中返观开篇举出的两部《明治文学史》,大和田确实带有过渡期的犹疑,在他划分的明治文学史第一期,以相当多篇幅描述了明治初期报纸与杂志上有关社会、文化及文明的言论,盛赞福泽谕吉的论说文章"是我国维新之后文学上的一大指南"(同书19页),表明他所理解的"文学"意涵,远比所谓以具有创造力和想象力(虚构)的语言艺术为中心的"文学"更为宽泛,但大和田同时也认为"文学是社会的装饰",强调在"维新后的第一个十年"日本社会还没有发展装饰性文学的余裕(同书79页)。并且如前所述,大和田是在论及文学史第二期"小说界的繁昌"时言及"批评"的,但他并没有讨论这里提起的"批评"和前一时期福泽谕吉等人的论说是何关系,两者是否同属于"文学"范畴。比较而言,岩城準太郎显然比大和田的观点要明晰而坚定,完全不惮明言自己的《明治文学史》"所收文学只限于纯文学"(同书4页),他虽然也关注明治初期的报刊文章,称赞福泽谕吉"肩负了最早的新文学家的荣光",但同时也毫不含糊地指出,福泽"并不是纯文学家",他仅仅是一个"作为散文家和翻译家的文学家"(同书12页)。岩城明治初期各类报刊论说作为"文学"产生的文化思想背景,而把"翻译文学"特别是翻译小说视为"明治新文学的开端"(同书46页),在这样的逻辑上自然是顺理成章。

---

① 铃木贞美:《文学的概念》,王成译,北京:中央编译出版社,第220页。
② 柄谷行人:《日本现代文学的起源》(岩波定本),赵京华译,北京:生活·读书·新知三联书店,2019年,第2页

不过，岩城执着于"纯文学"立场，也意味着此一时期"文学"的意涵还并非不言自明。据铃木贞美考察，"日俄战争之后，作为语言艺术一词，'文学''文艺'开始广泛使用，'纯文学'一词逐渐消失"①。而恰恰因为作为词语的"纯文学"消失，其"纯"的意涵也就成为了现代"文学"无须申说的前提。在此意义上，岩城準太郎式的文学史叙述成为主流，甚至延续到20世纪后半的批评史著述中，其后果就不仅仅是排挤了"批评"这一文类的位置，更重要的还在于由此淡化了众声喧哗的广义批评——社会批评、文化批评、文明批评等——作为"文学文本"解读的可能性及其催生了现代意义的"文学"这一史实，遮蔽了事实上贯穿于整个现代文学历史的广义批评与狭义批评之间的紧张状态。我们在这里强调"文学"产生于"批评"，目的就是要揭开这一长期存在的遮蔽性叙述装置，探索现代文学批评史叙述的另外方式，呈现"批评"曾有的丰富面貌。

本书选择自明治维新即将开始之际至1937年间的批评文章25篇，按其写作或发表的年代顺序，分三辑排列，每一辑都加了问题提示式的题目。第一辑选译了多篇关于言与文、国语与国家等问题的讨论，因为这既是明治时期社会广泛关心的广义批评之主要议题，同时也是狭义文学批评的题中应有之义。但把前岛密的《废止汉字之议》置于首篇，并不意味将之视为现代文学批评的起点，恰恰出自我们不把"起点""开端"视为截然可分之点的认识。前岛此文是在明治维新前夜写给幕府将军的奏呈，当时并未公诸于世，也未引起任何反应，将之放在卷首，毋宁说可以更好地对比显示此后各种报刊媒体上议论横生的"现代批评"的特点。当然，就所议内容而言，其后的西周、上田万年等人和前岛密一脉相承，废止或减少汉字是他们坚持的主张，同时也毫不掩饰他们想要脱离东亚汉字圈，以欧美帝国主义列强为标杆创制国语的用意。当然，在同一时期也有中村正直等提示的另外一条路径。而把高山樗牛《明治的小说》放置在第一辑之末，而没有选择坪内逍遥的《小说神髓》，则不仅因为逍遥著作早有中译本单行，更希望以此矫正以往文学史以《神髓》为"现代文学"观念确立之标识的习惯性认知。樗牛这篇发表于明治三十/1897年的长篇评论，既高度评价逍遥的小说论，又对其描写人情世态的写实观深表不满，倡言

---

① 铃木贞美：《文学的概念》，王成译，第219页。

要在刚刚取得的"世界性战争大胜利"的背景下创造"国民文学",可以说是在文学批评领域,最典型地体现了通过中日甲午战争走向帝国主义阶段的日本的现代性特征。

第二辑选译以创作为主业的夏目漱石、石川啄木、武者小路实笃、芥川龙之介等作家的批评文章,则是有意把明治后期出现的职业批评家相对化,而他们曾经是各种文学批评史著述中的主角。漱石、啄木等对日本现代性的反思和批判,与此后出现的左翼文学前后相继,而第三辑所选文章,包括了无产阶级左翼文学家和新感觉派作家,以往的文学史叙述多将之视为对立的两派,并特别把后者视为艺术的前卫,本辑选译的文章显示了两者共享的思想、复杂的纠结和严峻的分歧,也凸显了左翼文学家在艺术探索上的前卫性追求。就写作和发表时间而言,放在本辑最后位置的横光利一《纯粹小说论》和中野重治《文学上的新官僚主义》,先后发表于1935年4月和1937年3月,与排在横光文章前面的小林多喜二《关于"机械的阶级性"》(1930年3月)相隔5～7年,而时代局势则陡然剧变,小林本人甚至连肉体也被消灭,左翼文学遭到全面镇压,而川端康成等所谓自由主义艺术派作家则在恐惧肃杀的氛围中提出了"文艺复兴"的口号。横光利一的文章虽然标举"纯粹",实际上是在混淆"纯文学"与"通俗小说"的界限,寻求与出版资本的共荣,而中野重治则运用"官僚主义"等政治词汇,揭示了"文艺复兴"论者谋求与官方合作的企图。何谓"前卫"?如何坚守"前卫"精神?在此显然已经不是表述和修辞层面炫耀新奇的问题。

如同华鑫在《后记》里说明的那样,本书缘起于清华大学比较文学专业的研究生课堂,文章的选和译,都经过了教师和学生的反复磋商,大家的态度是认真的,但最后的结果,则明显带有课堂习作的痕迹,疏漏错讹肯定都有,得到出版机会,其实颇为惶恐,但想到可以由此向更多的朋友请教,也还是高兴的。

王中忱

写于清华园蒙民伟人文楼

2024年7月19日,明日将有东北之行

目　录

引言："文学"产生于"批评"　王中忱　I

第一辑　言文之间：国语、国文学创建与"现代批评"的确立

废止汉字之议　前岛密（高华鑫译）　003

以洋文书写国语论　西　周（路士贤译 仓重拓校订）　009

汉学不可废论　中村正直（高华鑫译）　017

言文一致论概略　山田美妙（韩筱雅译）　031

文体的混乱　坪内逍遥（陆健欢译 仓重拓校订）　041

文体的趋势　坪内逍遥（陆健欢译 仓重拓校订）　045

言文论　森鸥外（仓重拓　熊鹰译）　050

国语与国家　上田万年（高维宏译）　060

明治的小说　高山樗牛（周颖译）　071

第二辑　帝国与个人：作为作家之批评课题的"文学"重问

文学论·序　夏目漱石（林少阳译）　99

我的个人主义　夏目漱石（高华鑫译）　107

时代闭塞的现状——关于强权、纯粹自然主义的末路以及明日的考察
　　石川啄木（葛藤译）　127

为自我的艺术　武者小路实笃（阮芸妍译）　137

文艺的，太文艺的　芥川龙之介（高华鑫译）　140

第三辑　前卫艺术论的多义歧途："败北"抑或"复兴"

新感觉派的诞生　千叶龟雄（田笑萌译）　*191*

构成派批判　村山知义（栗诗涵译）　*198*

关于无产阶级主题美术　村山知义（栗诗涵译）　*217*

最近艺术中的机械美　村山知义（栗诗涵译）　*229*

自然生长与目的意识　青野季吉（阮芸妍译）　*237*

再论自然生长与目的意识　青野季吉（阮芸妍译）　*241*

　　附：关于与纲领相关的误解——答鹿地君　林房雄（阮芸妍译）　*247*

通往无产阶级写实主义之路　藏原惟人（阮芸妍译）　*255*

"败北"的文学——关于芥川龙之介的文学
　　宫本显治（藤村裕一郎译　阮芸妍校订）　*264*

种种意匠　小林秀雄（高华鑫译）　*286*

关于"机械的阶级性"　小林多喜二（栗诗涵译）　*301*

纯粹小说论　横光利一（高维宏译）　*306*

文学上的新官僚主义　中野重治（马维洁译）　*319*

附录　工作坊讨论：研究札记

森鸥外《言文论》的规范性以及历史性　仓重拓　*333*

传统的发明——《言文论》与明治二十年代的言文一致运动的再审
　　　　　　　　　　　　　　　　　　　　熊　鹰　*338*

"目的意识论"的中国变异——李初梨与"革命文学"的建立　阮芸妍　*357*

小林秀雄与近代批评的"主客"之争　高华鑫　*365*

日本近代文学的先锋性探索——横光利一的文论与其文学实践
　　　　　　　　　　　　　　　　　　　　高维宏　*374*

译文底本及译者简表　*381*

后记　高华鑫　*386*

第一辑
言文之间：国语、国文学创建与"现代批评"的确立

废止汉字之议

前岛密

国家之大本,在国民之教育,其教育不论士民,遍及国民,为普及教育计,非尽量使用简易之文字文章不可。窃以为深奥高尚百科之学,亦必先识文字而后知其事,故不可采用艰涩迂远之教授法,须知一切学问之要义皆在于知其事理。既然如此,则吾国亦应如西洋诸国一般采用音符字(假名文字)以推广教育,而不用汉字,最终于日常公私文书中废除汉字。废止汉字一事,不仅是一变古来之习惯,而且因为过去一般状况,总以为学问以写汉字、作汉文为主,如今全然弃之不用,自非易事。但倘若审明国家之大本,于朝堂熟议之,进而广询于诸藩,便可知此举利益极大,且并非难事,可以施行。眼下国事多端,人人竞论救急之策,如此奏议似甚迂远,将军大人或者无暇倾听,但臣以为欲使吾国与列强并立,最重大之急务莫过于此事,故斗胆进言。

简化学问,施行普通教育,乃开导国人之知识,发展其精神,使其通向诸般道理艺术之第一步,是国家富强之基础,故须尽可能简易、尽可能广泛、尽可能快速将其推广。而此教育若用汉字,则学习其字形音训所耗时日甚多,将推迟肄业之期,且因其难于学习,就学者比例必定甚为稀少。而少数勤勉就学者,亦将耗费其少年活泼之宝贵时间,仅学文字之形象读音,而多昧于事物之道理。实则少年之际,正为讲明事物道理之最好时节,而将此时间耗费于形象文字之无益古学,顿挫其精神,实乃悲痛之至。况吾国本有固有之言辞,毫不逊于西洋诸国,又有五十音字符(假名)以书写之(假名之起源,诸说不一,关于吾国之古文字,亦有各种论说,但于本论无用,故不附记于此),即便不用任一汉字,亦可解释书写世上无数事物,毫无不便,实为简易之极,而古人无见识,竟如输入彼国文物一般,将此不便无益之形象文字亦输入本国,终以之为国字而常用之,委实令人叹息。恕臣直言,吾国人之知识如此低劣,国力如此不振,究其远因,其流毒盖发于兹,此事岂不令人痛愤不堪?

此处附记米人威廉姆斯①一事以供参考。此人系亚米利加合众国之基督教宣教师,为在亚细亚地方传教,先渡航至中国,于咸丰末年在该国学中国语,后至长崎,近来在长崎学习本邦语言。此人始至中国时,某日路经一人家门前,闻其家中有多名少年大声号叫,颇为喧嚣,入门观之,原来其家乃学校,其声乃读书之音。是人怪之,不解诸生何故大声喧嚷,后日得知其中实情,原来不足为奇。彼等不知其诵习之书籍所写何事,仅诵读其文字,欲记忆其字形字音而已。其所读之书,乃经书等古文,即便老成宿儒亦觉费解。中国人民众多,土地广阔,如此一帝国,而有今日之沉沦,萎靡不振,人民落于野蛮未开之俗,为西洋诸国所侮蔑,皆因受其形象文字之荼毒,而不知普通教育之法。威廉姆氏来日后,见日本本有句法语格井然有序之国语,却置之不用,本有简易便捷之假名文字,却不专用此文字,而汉字之繁杂不便,宇内无二,句法语格又不自由,难解多谬,日本却以之施行普通教育,故此人有言曰,日本人民活泼有智力,而陷于如此贫弱之境地,全因感染中国字之顽毒,以致精神麻痹云云。受汉字汉学熏陶之多数邦人,以及妄信汉学为最上等学问之学者流,倘若听到这般议论,不仅将大惊小怪,且将斥之为淫辞邪说,然使深谋远虑者闻之,必将涕泣赞叹。臣诚惶诚恐,唯愿大人以贤明之慧眼,洞见此意。

虽云废止汉字,但不需废止汉语语词,亦即从彼国输入之言辞。只需不用汉字,而以假名依样书写其言辞即可,正如英国等国将拉丁语词直接引入国语,用其本国文字书写。例如将"今日"写作"コンニチ","忠孝"写作"チウカウ"。或许有人将非难道,如此一来,将导致"橋""箸""端"等同音字分辨不清,或者断句错误,将"霞そ野辺の香哉"误读为"カス、ミソ、ノ、ヘノ、ニホヒ、カナ"。但只需制文典,编辞书,参照折中西洋诸国既成之法及吾国固有之规矩,制定句法语格行文之法则,则此等舛误毫不足惧,且不必像汉字一般,将"骚乱"之"乱"字与"乱臣"之"乱"字混同,或在"大将军"三字上产生歧义;该词是指"大的将军""大将之军""即将征发大军"还是"统领大军"? 纵无汉语之句法语格,亦可凭借前后语势,按常理推测,明白大将军即大将军这一官职,断无人将"征夷大将军"解为"为征蛮夷而统领大军"。

---

① "米人"即美国人。此时日本将 America 译为"亚米利加",故有此简称。威廉姆斯(Channing Moore Williams, 1845—1928),美国圣公会传教士,1856 至 1859 年间在中国传教,1859 年赴日传教,在日本创办多处教会及学校,其中包括立教大学。

定国文,制文典,亦不必复归于古文,用"ハベル(侍ル)"、"ケルカナ"等词,只需使用今日普通语词如"ツカマツル(仕ル)"、"ゴザル(御座ル)",确立一定法则即可。语言随时代而变,中外皆然,但发于口舌,即为谈话,形诸笔墨,即为文章,窃以为口谈笔记二者,应使其统一。此等学术上之事项,本应待将军大人采纳此奏议后,实行之际交由学者讨论,但为供大人参考,特于此略叙一二。

在普通教育上废汉字,即可节减诵读习字之时间,即记忆文字之字形字音,习得书写汉字之术所需之时间。一般学年之童子至少可节约三年,而专攻高等之学问者,可节省五六年至七八年。以此省下之时间,或治学问,或兴业殖产,任其所望,则所得之利益不可胜算,此乃毫无疑问之事。此时间利用之一事,尤其要请大人留意。吾国人之徒费光阴而不知珍惜,实为可叹之至。将大禹惜寸阴之格言①,施行于万般实业,实为治国之要务。

其次,窃以为如不改良普通民众之教育方法,则无从拓展普通民众之知识,难以增强其爱国心。如前所述,国人若不相信本国乃无上至善之国,怀有自尊之志,对外保有毫不让步之气象,则难以发扬真正之爱国心。吾国人所谓大和魂,虽然仿佛是一种特有之魂气,实则并非如此,此物即是爱国之一心,而绝非他物。(自尽决死之果敢,仅为大和魂之一部分而已。)

吾国之普通人之教育,分为上下二等,其下等者,仅教人书写姓名、消息的写法以及职业所需之文字,而毫不讲授宇宙间事物之道理,国外有国者鲜有人知,如此种族之中,自然难觅爱国心之踪影。其上等者,则先诵读四书五经,接触中国历史,由文物制度讲到治乱兴衰之迹,而吾国之古典历史等,则付诸课外之学业,于此有无知识,在教育上毫无关系,此乃一般状况。故而尊他国而卑本国之病,早已感染其脑内,伤其爱国之心。本来知识之拓展,以广泛讲授宇内事迹为要,故在中国之外更须阅读西洋之书,此事自不待言,但在普通教育中,尤应以本邦事物为先,而后纳入他邦之事物,以本国之言语教授本国之事物(此即学问之独立),使少年之心脑

---

① 《晋书·陶侃传》:"(陶侃)常语人曰:'大禹圣者,乃惜寸阴,至于众人,当惜分阴,岂可逸游荒醉,生无益于时,死无闻于后,是自弃也。'"—译者注。以下未注明"原著注"者,均为译者注,不再一一说明。

奠定自尊爱国之基础，此事极为关键。倘若学他而后知我，则主客颠倒，顺序紊乱，于整体风俗有极大妨害。学者常说要使我国之民成为尧舜之民，论英雄则云楠正成有似于诸葛孔明，此类议论即为颠倒主客顺序，导致本邦风俗卑屈之一例。西人某氏有云：日本人动辄言大和魂，然而从来以汉学为学问教育之基本，实际上只有一种中国魂，而欠缺大和魂（爱国心）。晚近以来，日本治西学者渐增，如不尽早改正学问之顺序以为制约，他日必将又输入一种西洋魂，与中国魂相冲突，引起难以言喻之纠葛，甚至令大和魂完全丧失。窃以为此虽外人之妄评，却也不可不虑。故愿大人速立学问独立之大本，以国语编纂德育之书（包括孝悌忠信德行品性等方面之内容）、智育之书（历史地理物理算数之类），分为上等下等，确定彼我主客之顺序，付之朝议，以便用于普通教育。

不立学问顺序之教育，不仅有损于爱国心，且是阻碍吾国一般国人智德发展之一大病源。譬如仁义、明德、治国平天下云云，即便老成之学者亦不易理解，老练之为政者亦以为难事，而以之为学童之初级课本，使学生将发展智力之珍贵时间，消耗其中，数年苦学，仅止于诵读一事，一旦停止，则连文字都一并忘却，诸般努力全成徒劳。且吾国自古以来仅将学问视为道德之事，从不以物理之学为教育内容，技术上之教育，则视为工匠之贱业，不入学校之门，以致今日工艺陋劣，风教浮薄，贫弱不振，令志士痛叹泣血。自尊独立之气象，巩固爱国至诚之心，毕竟依靠富强之二力，此事如今已不必多言，而今日症结之本，实在于学问之顺序方法不得其宜，愿大人审思之。此议一出，必遭方今众多学者极力排斥，然其中道理非是等俗儒庸士所能知，惟愿大人英明果断，力排众议，决之于朝堂。窃以为此事实乃千载以来空前绝后之大事。

前述事项外，卑臣另有第三事禀奏。布令等文书不用汉字云云，此乃废汉字之手段，事非紧要，本无须专门禀告，然不藉此手段，则一般人亦难速废汉字而用国文。此外亦可略行方便，宣布私人往来文书不在管制之列。但地名人名不用汉字，即可避免世上再无他例之奇怪不便，如"松平"二字应读作"マツタイラ"抑或"マツヒラ"、"マツヘイ"、"ショウヘイ"、"ショウヒラ"、"ショウタイラ"，不问写字者本人则不得其正。若不用汉字，则一眼便知如何发音，待百姓目睹此种便利之日，定将赞叹废汉字之举措。

以上略陈卑怀,伏愿将军大人百忙之中,拨冗赐览。若通览之后,复加垂询,则当更为大人详言之。然臣不顾身份微贱,干犯尊严,僭越之罪,虽汤镬而不敢辞。臣不胜惶恐待罪之至。谨具疏以闻。

庆应二年十二月　前岛来辅

【题解】

前岛密(1835—1919)是幕末至明治时期的一位著名人物。他出生于越后(今新潟县)的豪农家族,原名上野房五郎,成为幕臣前岛家的养子后改名前岛来辅,后又改名为前岛密。幕末时期他在江户修习医学期间接触到西学,后在函馆的蕃书调所、江户的开成所等机构从事翻译工作。明治维新后前岛密被重新起用,先后任职于民部省、大藏省,在日本邮政事业的起步阶段发挥了巨大作用,被誉为日本近代邮政之父。明治十四年他从政府辞职后,担任过东京专门学校(早稻田大学的前身)校长,后又经营铁道和煤炭事业。

虽然前岛密主要的业绩在政务和工商业方面,但他同时也长期关注文字改革问题。1866年,在开成所所长松本寿太夫的支持下,前岛密撰文呈交给幕府将军德川庆喜,主张废除汉字,这就是《废止汉字之议》。但这份奏疏并未得到回应。明治以后,前岛密又写了《关于国文教育之建议》《国文教育施行的方法》《论汉字之弊害》等一系列文章,向新政权继续宣传文字改革的主张,还曾自费发行只用假名的报纸《每日平假名新闻》(1873—1874),并支援过"言文一致会"的活动。明治中期以后,随着语言文字改革成为热点话题,前岛密被目为先驱,1900年日本文部省正式成立国语调查会时,他被推举为会长。直至晚年,前岛密废汉字的主张都不曾动摇。

《废止汉字之议》一文从"国民教育"的需求出发,论证了废除汉字的必要性。其理由大致有二:其一是汉字的学习成本太高,不利于教育普及,废除汉字便可为各种实用知识的学习节省出时间;其二则认为以汉字典籍为主的日本传统教育不利于培育"爱国心"。可以说,前岛密的废汉字论针对的并不仅仅是"汉字",更是它背后的"汉学",意味着日本从东亚文化圈的脱离和对西洋文化圈的倾倒。而文章对拉丁语与西欧各国语言关系的提及,以及对美国传教士观点的援引,说明了前岛密是以西方语言观为参照的。在这里出现了典型的声音中心主义的问题,文字被视为记录语言的次级符号,因此表音文字相较于表意文字似乎是更透明、更理想的工具,而这种文字观又与国家兴衰的问题建立了直线的联系。但从日语中完全排除汉字的影响,实际是不可能的,前岛密也认为废汉字并不需要废除汉字词汇。另外《废汉字之议》使用的文体是候文(日本中世至近世的书面语的一种),所用汉字甚多,行文仍深受汉文影响,这与他的主张形成一种饶有意味的悖论。总地说来,《废止汉字之议》一文典型地体现了近代民族国家的建构与声音中心主义的关系。日本现代"国语"的建构,同时也意味着从东亚共同的汉字书写体系和文化体系中脱离出来。

参考文献

前島密:『前島密自叙伝』,日本図書センター,1997年。
増田周子:「明治期日本と〈国語〉概念の確立——文学者の言説をめぐって」,『東アジアにおける知的交流:キイ・コンセプトの再検討』44巻,2013年11月。

以洋文书写国语论

西 周

吾辈同二三友人在平常聚会之际,偶有论及当下治乱盛衰之原因、政治得失之迹象等种种世事变故之时,动辄与欧洲诸国相比较。终有羡他国之文明而叹我国之不开化,并将其归于人民之愚钝,亦唏嘘长叹者。维新以来,贤才辈出,百度更张,上及官省寮司,下至六十余县,均已非昔日日本。其善政美举,数不胜数。然而仔细想来,百端尚未脱垢,虽有善政,民不蒙其泽者多矣,虽有美举,得不偿其失者众矣。若论其故,维新时日不久,虽表面规模盛大,然其中还未尽善,几如猿猴穿衣、粗妇着锦,故而上旨不下达,下情不伸上,如全身不遂之人。是以虽间有一二贤明英杰之辈欲鼓舞振奋其身,犹如唤醒贪睡小儿,扶助醉倒之汉,乃至手倦力竭己身欲倒。此有力者首唱者终于灰心丧气,未能吐露赤心,一时溷泥啜醨,虽非其本意,只能模糊俯首。依吾之见,举世之通病,归根结底,乃贤智者寡,愚不肖者众,其寡不敌众者也,此即之前所谓人民之愚钝,此不止为在上者施政行令之通患,且于今日之交际上,若欲合众人之力以成一事,亦必先越过这一险阻。然如此人民之愚钝,仍应左提右絜,劳来辅翼,不可揠苗助长,亦不可任其荒废。因时制宜使其渐进于开明之域,当是当权诸公之责任,若是背道而驰,罪责将在其政事之上。虽然如此,若因此弊而世民不得幸福,国家衰弊以致无可救药,其罪亦非单在政府,说到底乃其国人民自己的社会①之罪,若无贤智之徒率先救之,便不得不说社会中亦有其罪。今森有礼先生欲结此学术文章之社,想来亦是由此。

所谓"学""术""文章",均乃破愚暗除艰险之工具,若欲打败于人民之私和社会之上的愚暗之大军,除此以外并无他路。是以我等才驽学劣之辈,也愿为此陈力就列,窃以为能力有限,今纵以学术文章为鸿鹄之志,若

---

① "社会"一词原文为"世道",其侧标注假名「ソシユル」,即 social 之意。此时西周尚未使用"社会"一词对译"society",而是使用"世道"二字。

无脚踏实地之工作，亦是徒劳无功。朋友盍簪，切磋琢磨，或陈述己见，或异议质疑，其讨论讲究固收益颇丰，然而若无从事之事业，恐终不能打破催愚暗坚军之目的，这是我尤为担心之处。因此，我呈上这一仍显拙陋奇怪的方案，想必会让社中诸位先生骇然，但即便是诸位真的对这一方案感到惊愕，就如所谓隋珠暗投，也定要在此社裏成此事业，破催那愚军的先锋。现就此社题号的"学术文章"的其中三义而论，所谓"学""术"，必先有文章而始立，若无文章，何以为学，何以为术？古人亦言，文者，贯道之器也。然今日所谓文章者，言与书之法相异，可言者不可书，能书者不能言，此亦文章中之愚者，文章中之一大艰险。

世人既见于此，故而亦有想改正此事之举。或曰减汉字定其数，或曰仅用和字，制和字之书，作和字文典，其他异论虽有，但此二者乃近日之翘楚。减定汉字之说，可谓僻见。今牛羊狐狸，同饮一泽，各充其腹乃止，憾其泽之大，其人盖曰：牛羊肚大，肚大者少去，狐狸腹小，腹小者乞求常往，其小者概其大者。此乃小识量也，非兼通欧洲数国的活语言以及拉丁、希腊、希伯来、圣斯基利等死语者。有曰仅用和字①者，颇似有理，然和字之制，子母音相合，其不便莫大焉，此事后文当细论。此两种言论，我断然不会提倡。观方今之势，欧洲之习俗入我国者颇多，其势如建瓴，衣食住行，法律政事，风俗，莫不取向西方。而所谓杂居，所谓洋教，亦仅有迟速之别，长远观之，杂居必行，洋教必入。今人既食甘蔗，不吃则已，既已入佳境岂能停止。其势既成，难以取其七分而遣其三分，不如一并取其文字而用之。

夫我国文字，先王始取用于汉土，其时文献亦悉取之于汉土，今逢世运之变，文献既已取之于欧洲，岂有独不取其文字之理？夫如中国，土地广大，人民蕃殖，国势巍然，而文物典章亦焕然，只需沿其古制，其文明已不必耻于面对欧洲，纵然固陋，守陋亦足矣，何必他顾？然而如我国者，依从来之经历及国民之性质，长于因袭巧于模仿，而短于自出机轴。以往文学一事可为其证，中古贵白氏②，罗山、闇斋③等以宋儒为宗，中江、熊泽④等以阳明为源，护园⑤以王、李为根⑥，后则连袁钟也蹈袭，未曾见一人能

---

① 指假名。
② 指白居易(772—846)。
③ 指江户初期的儒者林罗山(1583—1657)与山崎闇斋(1618—1682)。
④ 指江户初期的阳明学者中江藤树(1608—1648)及其门下熊泽蕃山(1619—1691)。
⑤ 指江户中期的儒者荻生徂徕(1666—1728)。
⑥ 指明代文学家王世贞(1526—1590)、李攀龙(1514—1570)。

新出机轴,故我之新言乃他国之旧论。取如此人民如此国土之人之长,为我之长,亦何惮之有?况舍己从人乃大舜之美德,闻义则服为儒家之大义,事必由己出求心快者,大智并非如此,今亦何必守其陋焉。即便我国之民不能自出机轴,见善则迁,取长补短亦是美德。

然徒主张此说,亦有人言不然。其人将谓,取彼之长用他国之文字固可,而举国遽然学之者难,子将如之何?或曰,用他国之文字固可,却不如直用英语或法语,昔俄国官府皆用法语,今则渐用其自语言,依此例又无不可。我则以为不然,人民之语言本于天性,合于风土寒热人种,未必会发生变化。昔我国学汉土之音,沿袭日久而失其真,谓之吴音。及至中叶,再学汉音,沿袭日久,再失其真,谓之汉音,故有别于今之唐音。遂传此不真之二音,亦不得除之。且古王朝之官府亦用汉语,故其文化限于一地,不得布及海内,遂变为侯文,和语将"奉""致""为""如"等置其上。欲废此等天性之言语、用他国之言语,其弊岂非殷鉴不远乎?然则吾子之用洋字,其说如何?曰:以洋字书和语,立其呼法以读之耳。然而其事不应行严令,不应禁罚以使其学洋文,使其渐次以习,岁月以行,由寡及众,从小至大。结同志社者不能不同好相投,是其结社之要所在,又不假诸先生之名望不能成。

正所谓无十利则事不变,无百害则法不更,今以洋文书和语,其利害得失到底如何?此法若行,本邦之语学得立,其利一也。童蒙之初,先通国语,既通一般事物之名与理,再得习各国之语言。且同为洋文,见之已不足怪,语种之别、语音之变等,既通于国语,他国之语言唯劳烦记性耳。入学之难易,差异分明,其利二也。所言所书,应同其法,即从祝酒词到会议之演讲、法师之说法,皆言者可诵,读者可写,其利三也。知 abc 之二十六字母,学缀字发音之法,妇女孩童亦可读男子之书,粗野鄙夫也可读君子之书,且可书自己之见,其利四也。方今行西洋算法,人常用之,与此一同横写,其便易知。而大藏省、陆军等即已施行簿记之法,使其一同用横写洋字,直取其法即可,其利五也。近日有黑本①之辞典,又有罗尼②之日本语会,然直记其现在俗用,未得其肯綮,今一立此法,此等亦一致也,其

---

① 美国传教士赫本(James Curis Hepburn,1815—1911),编写日本最初的日英词典《和英语林集成》,并设计日文的罗马字拼写方案。
② 罗尼(Léon de Rosny,1837—1914),法国语言学家、日本研究者。

利六也。此法若立,著述翻译甚得其便,其利七也。此法若立,印刷之术便悉依他国之法,其轻便无须多言,他国之发明可取而用之,其利八也。翻译中学术之语,可如现今使用字音一般,不译即用,又有器械名物等,可用原字无须强加译字,其利九也。此法若行,欧洲万事悉为我有,废本国之文字而取他国之长,非变区区服饰可比,我国人民之性质以从善如流之美自豪于世界,足以令他国胆寒,其利十也。

有此十利,然何以难于决行?曰:其亦非无害。笔墨之肆,将失其业,其害一也。然所谓笔墨之肆,三都之外,其数寥寥,且渐行其法,其亦有转业之暇,不足为虑。需改纸制,其害二也。然近日已有建洋纸制造所之设备,依其势将渐次推及全国,而若我国之纸实多,变纸拉窗成玻璃后,可以供世界之用,此即转害为利。汉学者国学者之流,若闻此说,必有厌之嫉之者,其害三也。然依所谓国学视之,依国学国语之学说始得以立,此当喜毋忧。况依我之见,汉洋固无差别,而洋字为音语,与我国汉字之画字不正相反焉,故若真知其便,即当从之。汉字于我国犹如西洋之拉丁文,儿童始学国语,次习汉语,中学以上分为两科,界线自明。所谓汉学者之流,中学以上之教师,犹如他国拉丁语希腊语之讲师,是其学级随之而升,亦非患事。唯村学究、手习师匠、俗吏里胥之类闻之不悦,然此事并非强制命令,且施行之时,遵"渐"之一字,不使其至穷窘之地,则无卒然之患。是以此三害者既已非真害,所谓十利者乃为真利,焉以十真利者敌一虚害。

或云:其利害既已判然,唯需虑其施行之难易。答曰:施行之要,难事有三。第一,语学之难事。谁不欲立和语而用之,然国学者之流徒知古文法之用,不知适于实用。适于实用者侯文业已非所言,近日如此文混用片假名之文成颇为一定之文体,然此间,如此文,既用汉语法,又用和文法,其文体不一。故抗国学者遂直书今之俗语,举所谓"手尔远波"[①]之法,以欲废之。此两家相争不息,则何以立语法,盖是一难事,然使之讲和亦可谓不得其术。其术应如何,有云立缀字(spelling)之法和诵读(pronunciation)之法以合之。今查检英语,诵读缀字,往往差异出,此盖如我之国语,亦不得已而出者也。故和语之雅俗相异,亦率如此,今试举其一二。

---

① 即"てにをは",指日文中的基本助词。

イカサマ ヲモシロシ　　　コレ ハ ヨロシシ　　　ヲモシロキ　コト
ikasama omosirosi　　　kore wa yorosisi　　　omosiroki　koto
イカサマ ヲモシロ.イ　　　コレ ハ ヨロシ.イ　　　ヲモシロ.イ コト

ウツクシキ　　ハナ　　　アツク　ナル　　　　サムク　ナル
utskusiki　　hana　　　atuku　naru　　　samuku　naru
ウツクシ.イ　ハナ　　　アツ.ウ ナル　　　サム.ウ ナル
　　　　　　　　　　　　　　　　　　　　　　（形容词）

キタイ ナル ヒト　　　フシギ ナル コト
kitai-naru　hito　　　fusigi-naru　koto
キタイ ナ.. ヒト　　　フシギ ナ.. コト

カレ.イヅレ.イヅコ　　　コレ ニテ ヨシ　　ソレ ニテモ ヨシ
Kare　idure　iduko　　　kore nite　yosi　　sore nitemo　yosi
.アレ .ド～レ .ド～コ　　　コレ ～デ ヨ.イ　　ソレ ～デモ ヨ.イ
　　（代词）　　　　　　　　　　　　　　　　　　　　（接续词）

イマ キカム ユワム
ima　kikam　yuwam
イマ　キカウ　イワウ

ユメ ヲ ミタリ イマ イキツ
yume vo mitari ima ikitu
ユメ ヲ ミタ.. イマ イッタ

キルル モユル
kiruru　moyuru
キレル　モエル
　（动词）

ナニ ニテモ カ ニテモ ベン キヤウ ヲ セズ バ ナルマジ
nani nitemo　ka nitemo ben-kiyau　vo　sezu　ba　narumazi
ナン ～デモ カ ～デモ 勉強 ヲ セズ バ ナルマイ

".”为无声字；"～"为变韵之处；罗马字之上为假名缀字，其下为假名之读法，划线为两者相异之处。另外用实词作为形容词时[①],「ナル」为「ニア

---

① 此处指日语中形容动词的使用。

ル」的约音。此副词动词重用之举,姑且定为固有之物。上面最后两例为京都的读法,江户的读法与其缀字相同。

　　举以上诸例,大抵是为调和雅俗两家之争执,然此外尚有诸多难以取舍,不易调和之例,如称"ある"为"ござる""座ます""申(もう)す",以及此外各种敬语。然此等问题只需雅文之代言人同俗语之首唱者相互让步,平时不用过于高尚之语格,言语也尽量采用能直接写成文字的说法,则习自然成性,百年之后庶几达于欧洲之美。之前所言,因和字子母音相合之不便,需用洋字,是为此故。第二难事,乃政事上之难事。非天子不可考文,今吾辈虽一心好之,却未得政事上之允许,若蒙文部省之呵禁,则悉归徒劳。然方今维新之际,公卿大臣,皆尚变革之人,说之以理,请之以道,其察于国家之有利无害,亦可允之,故第二虽难亦非不可除。第三难事,乃费用之难,然此法非花费甚巨者。第一乃集会之费用,自理亦足;第二乃书记之俸给;第三乃印刷之资,此唯初时之需,乃事渐就绪之时,需印刷字书文典及其他诸文书之资。充此费之方法,乃社中决议施行后,以当今人数定社之本员,凡入社者交三元之醵金,集此金以供日后之资。十人三十,百人三百,至千人则三千元,渐可庇此费用。而本员之外入社者,议定之后立文典之规则,若至刷板之期,则配给二三页之刷物,使之遵用其规则。或有可疑之处,则许其质问,若有新的提案,呈向社之本员,假之以采用不采用之议等之特权。而社中之人,若有应酬书翰及学术文章之论著,需遵用熟悉此法则,但公开发表的著述译文等不在此例。如此社团渐广,三年之后,国内可得二三万之社友,彼时将有九万元之资,印刷著述,洋文翻译,社中新闻,何事不成。然结社之一大要诀,乃先定选择社中本员之法,需勤勉工作之人,不勉强诱劝,尤忌白面书生等,且要行事颇密。盖人之本性皆存 curiosity,愈秘愈挑起其性,如此可集有志之士以壮此社。而立此社还有一利,入社之人可为汉学者国学者之流,亦可为俗人,皆有志之人,皆应向洋风之辈。即所谓揽英雄之心,天下人才,网罗一社之中,方法得宜,science、art、literature、moral 亦大体一致,始可于此将其愚暗之顽军毁灭消灭殆尽,奏我文明之凯歌。几月便可胸中有数,一年可定大体之法则,两年可传播至都府,三年既成,七年传布天下,及至十年,妇儿诵之,小学生以其为入门之学。

然则此三难将除，另一难始起。所谓一难者为何？乃社中从此事业者，于自己之私利毫无损益也。盖有损无益，使其志唯专为天下之民生，所谓先天下之忧而忧后天下之乐而乐者，其初始且不论，久之则必定遭遇令人不喜、厌倦之事。欲除此难，唯有依靠诸先生之奋发、担当、努力、忍耐，四者缺一，则此事固难成。我谓此事可怪可愕，骤然见之，似轻率趋时，率天下求西洋之道；静观之，又似不谙世事，不近人情。而愤发兴立此事业，不下于疆场第一枪之难，殿陛数百言之苦。我曾谓之，今欧洲之人种冠于世界，而论之性理，其观物更细，积其细小部分，乃致今日之大。察天体之渺茫，在于一苹果之落地，左右百万之众，在于演习一卒之肢体，汽船横行四海，不外乎蒸汽膨胀之力，电机①四洲纵横，正如飞行纸鸢一张之微。则文艺学术冠绝于世界，亦不过 abc 二十六子母之前后相继者。今日诸先生若同意此论，应先从 a 之一字开始，吾曾就此事考虑施行此法之次序，如下：

第一，配定 abc 字母与我邦之音

第二，定我邦之音四声区别之法

第三，定语言数种之性质

第四，定语言先天后天之分别

第五，定缀字之法

第六，定诵读之法

第七，定屈曲之法

第八，定动词之法与时态

第九，定用汉字之音之法

第十，定用洋语之法

如同其他语格，应待后日之成功，聊陈上述愚见以求诸先生之认可，虽不敢奢望得以采用，得诸先生垂阅，亦幸甚也。

【题解】

西周（1829—1897）是德川幕府末期到明治初期的启蒙思想家，出生于石见国津和野藩，是藩医西时义的长子，又名修亮、时懋、鱼人、周助。

---

① 指电报机。

西周幼年时跟祖父学习四书，在藩校养老馆钻研儒教，后出任藩校教习。1853 年，他被派到江户，脱藩之后开始学习荷兰语，师从洋学者手塚律葳，并跟随中浜万次郎学习英语。1857 年，西周成为蕃书调所教授助理，1862 年跟津田真道与榎本武扬去荷兰留学，师从经济学家西蒙·卫斯林（Simon Vissering）。1865 年底回国之后成为开成所教授，并担任将军德川庆喜的政治顾问。明治维新之后，在新政府的兵部省、陆军省从事翻译工作，参与近代日本军制的设计。1874 年 2 月，西周参与启蒙社团"明六社"的设立，在其刊物《明六杂志》上连续发表了《以洋文书写国语论》《教门论》《知说》等文章，积极参与启蒙运动，其主要著译作品有《百一新论》(1874)、《致知启蒙》(1874)、卫斯林《万国公法》(1868)、约翰·穆勒《利学》(1877)等，在译著里，西周创设了哲学、艺术等方面的一些重要概念和词汇。西周曾历任东京学士会院会长、元老院议官、贵族院议员等要职。

《以洋文书写国语论》是刊在《明六杂志》创刊号卷首的论文，值得注意的是，该刊同期还刊发了西村茂树的《应因开化之度而发改文字之论》，对西周的论文进行了反驳。与南部义筹的《改换文字之议》(1869)相同，西周也从主张以洋文即罗马字写日语的观点来讨论自己的国字改良论，此文首先以欧洲国家为对比坐标，指出与欧洲诸国的"文明"相比，日本的"不开化"和人民的"愚钝"是巨大的问题，因此主张以改良文字打破人民的愚见。他认为日本接受欧洲的习俗文化的势头正盛，衣食住行和法律风俗等已经效仿了西方，宗教等从长远角度来看也会进入，在文字上也是一样。针对限定汉字、只用假名的两种建议，他提出了自己的看法，同时阐述了以洋文书写国语的利害得失。正如历史所展示的那样，近代日本的"国语"实际上是向着与西周构想的不同方向发展了，但从考察明治初期"国语国字问题"以及近代日语形成的复杂性等角度看，这篇文章仍有一定的参考价值。

参考文献

植手通有编：『西周　加藤弘之』，中央公論社，1984 年。

汉学不可废论

中村正直

（一）论真理与妄想

进入此论题之前，需要先说明真理与妄想之关系。所谓真理与妄想，截然相反，不可两立。然而两者又往往相互混淆，各占一定比例。正如沙中含有黄金，妄想中也含有几分真理，即使不含真理，也有可视为真理之影子者。这一点在哲学上尤须灵活看待。

既然妄想中也包含真理，倘若哲学家极力排斥妄想，而未分辨出其中所含之真理，将其一并排除，这便犹如不识石中之玉、沙中之金，将其等同于寻常沙石。此时虽能发现物体中所存之真理，排除妄想之说，却有可能将人心中所存之真理误认为妄想而摒弃，这是我极为担心的。

世人或以为学术是真理，教法①是妄想，故将真理问题交给学术，将妄想问题归诸教法，我却殊不以为然。何以如此说？因为真理也有混在妄想中的，妄想也有包含几分真理的。故而学术中自然有混合了真理和妄想的东西，教法中也同样如此。今日之世界虽然学术日新月异，却还不能说诸般学术已经发展到极致，所以不能认为学术已完全脱离于妄想；而今日各国所奉行之教法，即便是其最野蛮者，却也不能说其中完全没有呈现出真理之影的东西。

真理一词，在英语中是"truth"，这是无论平常说话、学术上、还是教法中都会使用的词语。"I tell the truth"这句话，既可译作"我说实话"，又可译作"我说的是实情"，在此意义上并没有称得上真理的深刻的东西。而学术上所谓真理，是指恒定不变的事物。譬如吸水管只能吸起三丈三尺高的水，想要更高，吸力就不够，这是真理。但在未发现此真理前，人们应该妄想过把水吸得更高，别说三丈，就是五丈六丈都可以想象。而正是

---

① 教法，此处是宗教的意思。

由于这妄想的失败，人才领悟了大气压的原理。① 可以说倘若没有一开始的妄想，那么真理也就不会被发现。妄想的尽头即是真理，尚未达到真理之前即是妄想。算术、土地测绘之类的学问，已发现恒定不变的法规，当下便是真理。而在物理学、力学中，通过经验、比较、推测而得以证实的事都是真理。至于教法，无论东西古今，依我看来，都是混合了真理与妄想的东西，其中真理的部分，成为人心之根本，治道之枢纽，人区别于禽兽的原因，文明区别于野蛮的所在。这真理的部分，是有利于人心世道的最重要的事物。倘若譬之于食物，这真理的部分即是谷物肉类，而其他学术之真理是蔬菜香料；譬之于人体，这真理的部分便是眼目，而其他学术之真理则是手足指甲；譬之于宇宙，这真理的部分犹如日月星辰，而其他学术之真理好比草木昆虫。教法中的真理如此至关重要，是维持世道人心的根据，但又有许多妄想之说，围绕在真理的四方上下。然而只要认识到其中真理，领略了第一要义，那些围绕在周围的妄想便既可破除，也可利用，既可吞入，又可吐出。

说"学术是真理，教法是妄想"，就好比说萤火是真的光芒，日月则是虚妄的光焰一样。而所谓"学术和教法是仇敌"，其实是指"学术中真理的部分与教法中妄想部分是仇敌"，例如"伽利略与罗马教皇是仇敌"②这类故事。倘若拘泥于这般言语，把东西古今之教法一概视为妄想，那便有如患胃病者感到一切珍馐美味都难以入口，患眼病者即使青天白日中，也觉得仿佛被虚境所遮蔽。

学术和教法是仇敌这种说法，虽不过是某类哲学家的一面之词，但在罗马教皇的时代，确有证明这一点的事例。时至今日，教法中某些部分仍不免为妄想，但其中所具备之真理，却有确乎不拔之物，随着学术日益进步，教法中之真理也日益得到证明。

耶稣教的种种奇奇怪怪之教义，起源于未开化的犹太之国，而今却普及于文明诸邦，蔓延于电信铁道之时代，这是何故呢？其教义之大要有

---

① 16世纪末17世纪初，在意大利，人们发现用水泵从矿井抽水时，水被提到10米左右的高度，就不再上升。后来伽利略的助手托里拆利（Evangelista Torricelli, 1608—1647）在一些科学家的理论和基础上提出假说，认为是大气压力支撑了管子中的水，该假说得到实验验证，大气压的存在由此得到证明。

② 指伽利略因支持地心说而受到宗教审判一事。

二：一是上帝即真神，即造物主，即真君，即真元，即中国所谓天者，以此为其宗教之根基；二是其救灵之说，深刻契合于人的好生恶死之情。这无形而妙有之大主宰，其广大，超越于宇宙之外，其微小，可以进入任何细微事物之中。有无所不能无所不知之妙体①，是为真理；人心中有知晓这大主宰的本性，是为真理；人有好生恶死之情，亦是真理（对于救灵之说，我尚存疑问，故慎言之）。因此耶稣教虽有奇怪之说，但包含真理之大者，将人世导向良善之域，给人以健旺之精神。纵使其中杂以妄想之说，但既然得到如此的好结果，那么其妄想之说也应作为善巧方便②而论，至于抹除其中的真理，将其一概斥为妄想，更是万万不可了。

蛮夷之国，或以木石为神，或以禽兽为神，加以崇拜，这类例子自古至今都很多。半开化之国，或以太阳为神，或以偶像为神。这些无疑都出自其妄想，然而其崇敬之意，却可谓是人所具有的真理之影子的微妙的彰显。由此引申出端绪时，便将进一步认识到真神亦即造物主。又比如中国的《尚书·舜典》中有"肆类于上帝"的说法，"类"即祭祀上帝的祭礼之名，由此可知，中国早在三千年前便已知敬其国君之天，有祭天之祀典。而日本号称神国，自古便有尊敬神明的习俗，神学家之说虽多出于妄想，我却不欲一概斥之为妄想之说。何以如此呢？知道人之上有神，并尊敬它，这是发现了人心所具有的真理，即使尚不知真神，却可以说已经得到了解它的途径。这便是我上面所说的妄想中包含真理者，应作为重要的元素而论。

此处有可以视之为昭昭真理的东西。中国唐虞三代时的人，动辄说皇天，说上帝，说天、天命、天道，仿佛这是两三千年前古人的口头禅。而在今日的火车电信之世界，欧美文明国度的人也动辄说"God"（真神）、"Heaven"（天）、"Divine Will"（神虑）、"Providence"（天命）。时间上相隔两三千年，地理上相距数万里，却如此相似，这一点值得关注。将宇宙视为死物的理学者③大概会以此为妄想，而我却从中看到真理。其中固然并非没有掺杂妄想，然而其中的真理却洞然如观火。这般真理横亘古今，充满宇宙，若看不到它，便如同有眼而不见日月，入宝山而空手归。

---

① 妙体，佛教用语，指真实的根源性的本体。
② 善巧方便：佛教用语，指为了引导众生，临机应变运用的方便法门。
③ 此处所说的"理学"大致相当于今天所说的"科学"。

欧美人民在智力竞争中享受室家之安乐，笃信幼稚之教训，早晨起来，在盥漱着衣之后，用餐之前，全家聚在餐桌旁向上帝礼拜祈祷，口中低诵祷告词，这类优美风俗，不论贫富，通行于所有人家。盖人有名利之念是事实，但有虔敬之念亦是事实，两者并行不悖，而欧美之富强便发源于此。

中国至宋儒之时开始传述道统。关于此问题，有种种议论，而我坚信《大禹谟》的"人心惟危"以下十六字就是尧舜禹传授的心法。请详言之。《大禹谟》："帝曰：来，禹。人心惟危，道心惟微，惟精惟一，允执厥中。"所谓"人心"便是人之肉体所产生的情欲。所谓"道心"则是人之灵魂所产生的天良是非之本心。人心易炽，道心易藏。而"惟精"就是指对二者作明白的区分和精确的认识，"惟一"则是指专一以道心为主，不要任由危险的人心做主。这样一来，一心之作用皆出自道心，人心服从道心的指挥。"允执厥中"指人心之作用无过无不及，譬如嗜好酒食是人心，而懂得酒食不可过度即是道心，若任凭人心做主，则失威严而伤脾胃。应当精确地分辨二者，专一以道心为主，抑制人心之贪欲，防止出现过度或不到位的错误，如此一来，酒食便成为养人身体的有益之物。这里所说的人心，对应于英语里的"animal spirit"（血气）、"carnal desire"（情欲）等词语，道心则相当于"conscience"（良心、天良是非之心、自知之心）。

戈登①说，听从"conscience"（良心）而与他人说话时，要像在上帝面前一样；听从"conscience"（良心）而与上帝说话时，要像在他人面前一样。他还说过：善人的内心是连接于地上的小天堂（little heaven），以上帝无与伦比的威能在这里（他的心中）坐镇，镇压诸般情欲的风波。拜伦说，人的良心是上帝的神谕，在人将要沉溺于名利之际，良心就会附耳低语。富勒②说，如果你想要知道上帝在天上怎样记录你的事，就看看自己的内心吧，你会看到那里记录着一切。骚塞③说，良心明确地把上帝的意旨告诉我。良心是人省察自己心思行为的智识，人将其与上帝的律法相比较，或对自己感到满足，或对自己感到悔恨。这种智识就是良心，它既是原

---

① 查理·戈登（Charles George Gordo, 1833—1885），英国军人，《圣经》研究者。曾参加第二次鸦片战争和与天平天国的战争。
② 托马斯·富勒（Thomas Fuller, 1608—1661），英国学者和布道师，著述颇丰。
③ 罗伯特·骚塞（Robert Southey, 1774—1843），英国作家，湖畔诗人之一。

告,又是法官。

　　根据以上西哲之语,可见良心植根于天命之性,亦即具有《中庸》说的"天命之谓性"的"性"。另一方面,良心可与上帝之律法相比较,这也就是《大禹谟》所说的"道心"。以此道心为主,统御血气之性,节制四体之欲,这是修身上最需要下工夫的地方。然而每个人独处时的情形只有自己知道,他人不知道,所以这种修身的工夫叫作"克己慎独之功"。西贤有云,真正的荣耀产生于暗地里对自身私欲的克服。与此相比,纵使征服帝国而凯旋也是不值一提的,那只是做私欲的奴隶而已。盖精一执中之旨,克己慎独之功,是统御血气情欲,培养良心的途径,是跨越东西古今的不变之真理;这也是阐明孔子之教,亦即日用彝伦之道的途径,其道之本源出于天。是故孔子之头上及胸中常存上天,无时或忘。子曰:"获罪于天,无可祷也。"曰:"畏天命,畏大人,畏圣人之言。"曰:"天之未丧斯文也。"曰:"天生德于予,桓魋其如予何。"曰:"予所否者,天厌之,天厌之。"至孔子之孙子思,他所写的《中庸》开篇就说"天命之谓性",从源头上开始论述。后来朱子归纳这一章的主旨为:"道之本源出于天而不可易,其实体备于己而不可离。"程伊川说:"《书》言'天叙''天秩',天有此理。圣人循而行之,所谓道也。儒教本天,释教本心。"宋儒论儒佛之异同,总是落脚于这一点。我认为,宋儒之说虽然也不是没有掺杂妄想,然而圣道本于天这一点,却是得到了真理,功劳不小。

　　中古英国之硕学者培根有云,浅显之理学使人心不信上帝,深奥之理学则使人心归于天道。带领亚美利加合众国走向独立的华盛顿说,将国家导向幸福的因素,虽然包括种种性情习惯,但其中宗教和道德二者是不可或缺的,如果有人认为颠覆二者(亦即福祉之柱石)还能有爱国之心,那是一派胡言。另一方面,有一种说法认为可用不以宗教为基础的道德来劝导鼓励人民,但我根据道理和经验,断然不相信这种看法。假设我们按照某一类理学者的说法,不论中国古来的圣贤之说、耶稣之教法还是西洋哲学家的学说,将其中所谓皇天上帝、天命、天道、天启、真神、造物主、化工、神恩、神命、神意、神旨、神道、天理、天工、神工、天职、天意、天德、天位、天威、天纲等字眼,都视为妄想,从书中剔除出去,创造出人为的道德学,是否就能在引导人生走向幸福一事上,取得好结果呢?我想这人为的道德学只会是淡泊冷寂的,犹如流失了香气的香木,失去了味道的食物。

根据以上所论,可见中国之经书中包含许多真理,教人敬天爱人,凭良心尽职尽责做事,改善自身,从而改善国家,从古至今,对中国亿万人类进行了启蒙,使其脱离黑暗之地,接受上天之光。虽然时有妄想之说,却不过是白璧微瑕,岂可废弃呢?

在结束本论之前,我还有一言。尧舜禹汤文武周公之治迹,以敬天爱民之诚心为本,而非出自权谋术数之诈伪。孔孟之学术,出于天理人心之正,包含治国安民之要旨。程朱之理学,洞彻圣人之心髓,探究道理之本原。如果将孔子所说加以细分,其中既有道德学的部分,又有政治学的部分。《大学》《中庸》《论语》三书所言,大抵是金科玉条。程朱理学中,并非没有妄想之说,至于理气鬼神阴阳五行的议论,更有很多荒唐谬误,但其中往往又能看到昭昭之真理。要而言之,我所取于汉学者,主要是孔子之宗教这一部分,中国人种之所以不曾堕落为禽兽,赖有是尔。

乾隆帝《日知荟说》①曰:"人君以敬天为心,则必不敢慢其臣,人臣以敬天为心,则必不敢欺其君。君臣一德而天功亮,天功亮而治化成,夫然后天为民而作之君,君为民而命之臣,均无忝矣。"又曰:"天之于民,呼吸相关,毫釐不隔,和气致祥,乖气致异,是以圣王敬天即以勤民,重农事,惠鳏寡,所以諴万民而动天鉴也。"陆桴亭②《思辨录》:"人须是时时把此心对越上帝。"③又曰:"每念及上帝临汝,无二尔心,便觉得百骸之中自然震悚,更无一事一念可以纵逸。"又曰:"'昊天曰明,及尔出王。昊天曰旦,及尔游衍。'④识得此意,不特暗室屋漏,即闺门床笫之际,俱有个天在。"又曰:"读四书五经,古人无时无事不言天。孔子言知我其天,天生德于予,予获罪于天。孟子言知天事天,顺天者存,逆天者亡。《春秋》言天命、天讨,《礼》称天则,至于《易》《诗》《书》三经,则言天甚多,又有不可枚举者,皆说得郑重严密,使人有震动恪恭之意。故古人之学,不期敬而自敬。今人多不识天字,只说敬字,学者许多昏聩偷惰之心,如何得震醒。"

陆桴亭所说的"今人多不识天字"的"今人",指的一定就是那些以天

---

① 《日知荟说》,乾隆帝自撰文集,刊行于乾隆元年(1736)。
② 陆世仪(1611—1672),江苏太仓人,明末清初理学家、文学家,字道威,号刚斋,晚号桴亭。
③ 对越,该词首见于《诗经·周颂·清庙》"对越在天",后来成为理学中使用的概念。关于该词主要有两种解释,一为"配于",二为"对答颂扬"。
④ 语出《诗经·大雅·板》。

与神为妄想,自以为居于高尚的理学之位置者。岂料在陆桴亭看来这种人反而是浅薄可鄙的。如果把天和神视为妄想之说,那么称我国为神国,称国君为天子,也都是出于妄想的虚妄称呼了。我们要怎么改变这称呼?难道要把神国改称人国,天子改称人子吗?

(二) 论汉学者之弊

汉学者有时深信自己所学,以为世上没有比孔子之学更正确的学说,孔子之学以外皆是异端邪说。这是狭隘之见,不知自己已经流于偏颇,与孔子的真意相矛盾。"天命之谓性""道也者,不可须臾离也""夫妇之愚,可以与知焉"。① 这里说的天命之性、道、夫妇,原本并不限于中国一方之人类,而是六合之内无不如此,岂是中国一国、孔子一家所能私自占有的?观欧美诸国之情状,其风俗礼仪虽有相异,但在纲常伦理的重大关节上,东西古今,并无不同,然而欧美诸国何曾受过孔子的教导?这些国家虽无孔子之学,却有暗合于天良是非之心的学说,有比中国学说更加精微者,又有表面上虽然荒唐错谬,内中所含真理却对世道大有裨益者,例如耶稣教这样势力广大的宗教。然而汉学者往往于此不察,一概视为邪教,又往往沿袭中国人之流弊,贵古贱今,守旧安陋,不知进步为何物。《中西关系论》②上说,中国与外国之相反,有一个重大的原因:外国视古昔为孩提,中国则以为上古之时无以复加,当今时代不能与之相比。故西国有盛而无衰,中国则每每衰颓不振;西国万事争先,不甘落后,中国则墨守成规而不善变,这就是它贫弱的由来。这是十余年前西人对中国的议论,不应以此来论今日之中国,然而我国汉学者泥古非今之弊,却与此有很大的相似之处。这也是汉学日渐衰退的原因。

《中西关系论》又曰:"古往今来之大学问有三。一曰天道之学,即天地万物本原之谓也。一曰人生当然之理,即诚正修齐治平之谓也。一曰物理之学,即致知格物之谓也。三者并行不悖,缺一不足为士也。而今之中国士人,天道固不知矣,即格致亦存名而已,所伪为知者,诚正修齐治平

---

① 以上三句皆出自《中庸》。
② 《中西关系论》,美国传教士林乐知的汉文著作,讲述中国富国强兵之法。明治十二年(1879)于日本刊行翻刻版,中村敬宇曾为该书题词。

之事耳,言大而夸,问其何为诚正,何为修齐,何为治平,则茫乎莫解也。①中国开科取士,立意甚良,而惟以文章试帖为专长,其策论则空衍了事也,无殊拘士之手足而不能运动,锢士之心思而不能灵活,蔽士之耳目而无所见闻矣。倘能于文诗策论而外,讲求尧舜禹汤之经济,文武周孔之薪传,中国不几独步瀛寰,而为天下万不可及之国哉?予不禁旷然而遐思,翚然而高望矣。"

正像此处所说的一样,我国汉学者多数也不研究尧舜禹汤之经济,文武周孔之薪传,不知钦崇天道,格知之学仅存其名。所谓经学家,大抵止步于文字章句的议论,只像玩赏古董一般。所谓诗文家,大率流于浮华,疏于实务。二者皆与圣贤大学之道不相关,不懂得"progress"(日进、进益)。洋学之所以占据上风,缘由于此。更有甚者,在仁义忠孝的名目之外,听到自主、自由、权力、义务、君民同治、共和政治等说法,便以为是邪教,竟将开明诸国视为夷狄。正因他们怀有这种井底之蛙的看法,汉学在世上更受鄙视,这岂不是咎由自取吗?

论中国历史无用论之错误,兼论中国之近事

法国皇帝拿破仑三世在他有名的著作《尤利乌斯·恺撒的历史》②的序文中说,史传之真实,要有神圣性,毫不逊于教法的神圣性。教法之命令,把人的精神拔高到尘世趣味之外,而史传之教训则另有一种意义,感动读者,令人爱善、爱美、爱公义,而憎恶阻碍人类进步者。由于史书的教训有如此裨益,编纂时切不可疏忽大意。首先,所记录的事实须严密精确。其次,政治上或者人伦上发生的变化,须根据理学来解释。再次,记录身居高位者的事迹,勿要忘记他们是遵从天命之职分(前定的使命,providential mission)而就任的。孟德斯鸠氏说:统治这世界的不是偶然(盲目的命运),国家之兴亡存废必有其原因。比如只因一场战争而亡国者,似乎是偶然,然而推究其原因,肯定有必然亡国的理由。(下略)

中国有历史传记,记载了唐虞以来二千年的事实。凡其兴废存亡,治乱得失之故,读来历历在目。像《左传》这样的史书,与《普法战记》有相似

---

① 原书中此句之后还有一句:"与未学者等,谓之为士,其信然耶?"
② 该书英译本(*History of Julius Caesar*)刊行于 1865—1866 年,当时中村敬宇正在英国留学。

之处。法国在未战之前,已显现出战败之因;普鲁士在未战之前,已显现出战胜之因。这正如左传对晋楚之战的记载,其叙事议论之间,胜败之因历历可见。一部二十二史,皆应作如是观。拿破仑三世的序言,亦可移至一部二十二史之首。

若读历史,便知道国家之兴亡存废,必有其因,绝非偶然。读大人君子英雄豪杰之传记,便知道他们是遵从天命之职分(前定的使命,providential mission)而降生到世上来,绝非偶然。佛家所谓"以一大事因缘出现于世"①,并不只限于佛家。人们不应自轻自贱,应相信自己有拿破仑所谓"前定的使命",佛家所谓的"一大事因缘"。盖人生于斯世,绝非偶然,各被赋予了天命之职分,非独大人豪杰如此。这道理是古往今来天下万国相通的,如果以为史学不重要,特别是以为中国之历史无用的话,大概就不会知道这道理。

我国是中国之邻国,人种文字相同,从千余年前的往昔直至中古,礼乐文物,工艺器具,大抵上没有不是从中国朝鲜输入的。儒佛二教,皆从这两国传来。因此幕府时代接待朝鲜人使节时,举办仪式甚为殷勤,而且挑选学士文人作陪,学士文人亦以中选为荣,笔谈问答,诗文往复,很是热烈。来到长崎的商船上的中国人,偶有习文事者,当时的汉学者便十分敬重,或与之笔谈,或请其批评诗文,得到一句褒奖便奉为金口玉言。然而自从与欧美开始外交以来,我国百事以彼为师,以至于国人产生了自己高于中国人的幻想,形成了鄙视中国人的毛病。鄙视他人者,其人自身是可鄙的。君子于童仆尚表示尊敬,何况他人呢?纵使对方是比本国更小的国家,若不能去除鄙视之心,我们便仍然距文明甚远。

我国与中国朝鲜是同宗一家。古人云:亲仁善邻,国之宝也。如今清朝继承康熙乾隆的深仁厚德,养人民之力已久,政府虽贫,人民却富,可谓是藏天下于天下的景况。其任用官员,首重经义,同时派人出洋学习器物技艺,李鸿章这般既是学者又是英雄的人物居于枢机,用西洋之法虽迟缓,然可谓进寸则王之寸也,进尺则王之尺也,似已得持久之道。《中西关系论》中《论节抄各大臣奏稿大略》一文说:"事必协于众议而后成,行必衷于一是而可久,与其为之速而反不达,何如行之缓而根本固耶。尝观东洋

---

① 出自《法华经·方便品》。

而可异矣,事事悉宗西法,且国之君若臣衣饰亦效西人,特恐骤似非持久之道所宜也。我西人始不足于中国者,为其变之过缓耳,今而知变之缓者,实由斟酌尽善中来也。昔英国驻京前任钦差阿公①与文中堂祥②曾云:中国革除旧制,丕换新猷,何太缓也。文中堂云:中国人不办事则已,办事必因端竟委,谋始图终,不似进锐者退速也,恐后日办事时,贵钦差又将谓中国办事何太速耶。"这是居于中国的西人的说法,似乎比起日本之骤进,更肯定中国之缓进。虽不知这种议论究竟是否妥当,但也是日本人应当记在心里的。最近报纸上刊载了曾纪泽评论日本的话,大意是说日本用西法而耗竭财源,就像在演奏不合拍的音乐一样,如此等等。他山之石,可以攻玉,中国人评论我们的话,我们应该默默听之,引以为戒,决不应与之辩驳。

合众国前总统格兰特③漫游世界回国时欣喜地说:此行我见到了四位豪杰。所谓四位豪杰,其一是英国的迪斯累利④,其二是普鲁士的俾斯麦,其三是法国的甘必大⑤,其四是中国的李鸿章。李有豪杰之天性,这不必多说,但其学问见识则以孔曾思孟之哲学为根柢,又在事务中饱受锻炼,行使权势已久,魂魄之强健罕有其匹。然而若将李与曾国藩相比,则曾又高出一筹。曾之为人,可谓集司马温公之道德,诸葛孔明之功业,陆宣公⑥之文章于一身,其魂魄该是何等坚强?可惜格兰特却来不及见到他。

论中国之弊,则曰政府以八股文章束缚天下士人,论学者之弊,则曰食古不化。然而这终究比没有取士之法要好得多。故而在此体制中斟酌古今,增长见识,成就经纬之才者,人才辈出,不可胜数。中国所缺者,只

---

① 阿公,指阿礼国(Rutherford Alcock,1809—1897),于1844—1859年间担任英国驻清外交官,先后担任驻福州领事、驻上海领事以及驻广州领事,1859—1865年间又任英国驻日总领事。
② 瓜尔佳·文祥(1818—1876),字博川,号文山,满洲正红旗人,历任工部主事、内阁学士、署刑部侍郎、军机大臣、总理衙门大臣等职,是当时洋务运动和与西方外交事务中的重要人物。
③ 格兰特(Ulysses Simpson Grant,1822—1885),美国第18任总统(任期为1869—1877),卸职后曾周游世界。
④ 迪斯累利(Benjamin Disraeli,1804—1881),英国政治家,保守党领袖、三届内阁财政大臣,两度出任英国首相(1868、1874—1880),在任期间大力推广殖民扩张政策。同时也是著名小说家。
⑤ 甘必大(Léon Gambetta,1838—1882),法国第二帝国末期和第三共和国初期著名共和派政治家。曾担任过国防政府成员(1870—1871),后又任众议院议长、内阁总理和外交部长。
⑥ 陆贽(754—805),字敬舆,苏州嘉兴(今浙江嘉兴)人,唐代著名政治家、文学家、政论家。著有《陆宣公翰苑集》(又称《陆宣公奏议》),该文集在日本影响颇大,江户时期有数种刻本。

是《大学》八条目中的格致之学,而如今正以西法弥补其缺陷。至于那些根本的本领,中国从来不曾缺少。只看上面引用过的乾隆帝的话,便可以明白这一点。

虽然如此,但假如耶稣教在乾隆帝之时传入,他是否会这么说呢:"我邦已有孔子之道,于大本领固无所缺,奚假于彼教哉?"依我看,假使乾隆帝生于今日,必知西教之不可拒。何以知之?从《茶余客话》①中所载的一件事中便可以知道。

《茶余客话》曰:"《御制诗》②:御史有以沙汰僧道为请者,朕谓沙汰何难,即尽去之,不过一旨之颁,天下有不奉行者乎?但今之僧道,实不比昔日之横恣,有赖于儒氏辞而辟之。盖彼教已式微矣,且藉以养流民,分田授井之制既不可行,将此数十百万无衣无食游手好闲之人置之何处?故为诗以见意云:'颓波日下岂能回,二氏于今亦可哀。何必辟邪犹泥古,留资画景与诗材。'真大哉王言也。方今二氏之教不足以惑世诬民,《法苑珠林》,聊供词人藻缋耳。"

有汉学基础者,修习洋学事半功倍

观今日之洋学生,凡是头角峥嵘,前程万里者,都是有汉学基础的。长于汉学,能写诗作文者,在英学上也进步迅速,英文水平压倒同侪。例如某某哲学士,某某文学士,我做大学教授时,便曾阅其诗或文章,叹赏其英才,如今他们或著哲学书,或著政学书,或写小说,俨然各自成名成家。而当时与他们同班的人,也随汉学基础的等级而高下各异。不懂汉学者,本来就进不了哲学科、文学科。近来某氏经由英文书籍而通梵文,名声大噪,而作诗亦甚敏妙,尤其擅长作长诗,押险韵,游刃有余。又如最近从外国归来,被授以显要职位的某氏,在写哲学书的同时,又发行诗抄,在报纸上用两种头衔发表公告。此二氏是可以称为读书种子的少年才子。由于有这种汉学的基础,所以进于洋学,也表现优异。今后二氏这般人才带给社会的利益,将是难以衡量的。

我刚从伦敦归来时,让家中晚辈废汉学而专攻英学,然而他们英学的

---

① 《茶余客话》,清代阮葵生所撰笔记文集,成书于乾隆年间,流行的主要刊本为二十二卷。此处引文出自第十四卷,与通行本稍有出入。

② 《御制诗》,此处指乾隆《御制诗》,系乾隆帝个人所撰诗集。

学业尽管最初进展甚速,但一到困难之处便止步不前。我于是后悔让他们废弃汉学,心想如果当初让他们学习汉学,哪怕只是少许,其魂魄也会更加强健吧。我又曾见过几个幼年出洋,中年回国者,他们只是外语水平高,但遇到困难之处也是止步不前。将这样的人与那些先有汉学基础而后出洋者相比,不啻是霄壤之别。

西人常说汉学要人记忆汉字,既难且多,使人脑髓疲劳,得不偿失。但日本人学英学,与洋人小儿自然便会其语言不同,必须一字一词地记忆单词拼写和发音,这同样是不使用脑髓便做不到的。而且英文与中国字一样,也需要用眼去记住由字组合成的词语,例如"night"(夜)与"knight"(巴图鲁),"but"(但是)与"bat"(蝙蝠),虽然发音相同,拼写却不同,耳朵听起来是一样的,必须用眼睛分辨,在手写中区分,这绝非易事。

就像川田先生在演说中也说过的①,汉字认识三千个就够用了。虽然西人见到《康熙字典》便大吃一惊,认为记住这么多字是极为困难的,但《康熙字典》中的字十之八九都是无用的,不会在书中用到,读中国书籍,用到的汉字十分有限。今天的书生虽然课业甚多,但如果利用余暇学习汉学,读四书、《诗经》、《书经》、《易经》,再听老师的讲解,便能了解其大意。此外还应读《左传》《史记》。在此之上,挑选自己想要读的书即可。或许有人会说只读这些太少了,但我会这么回答:徂徕先生在南总时②,靠着熟读《大学谚解》一部书,打下了后来学问的基础。读书不贵多,正如"寸铁杀人"一词所比喻的,如果锻造得法,一寸之铁即可杀人,远胜于破铜烂铁的长兵器。

在众多中国书籍的英译本中,我曾于三十多年前得到麦都思③翻译的《书经》。英人理雅各④(James Legge)立志要翻译十三经,不知现在完成多少了。我在明治十二年购得他所翻译的《四书》《书经》《诗经》《春

---

① 川田刚(1830—1896),幕末、明治年间的汉学者,明治时期历任东京帝国大学教授、贵族院议员、东宫侍讲等。1886年11月14日于东京学士会院发表演说《日本普通文字将走向何方》。
② 荻生徂徕(1666—1728),江户时期著名儒学家,14岁至25岁随父亲居于上总国(别称南总,今千叶县中部)。
③ 麦都思(Walter Henry Medhurst,1796—1857),英国传教士、汉学家,先后在东南亚和中国从事传教、著述、翻译和出版工作。
④ 理雅各(James Legge,1815—1897),英国传教士、汉学家,于1861—1886年间将四书五经等中国主要典籍译成英文,共计28卷。

秋》,《春秋》中还加上了《左氏传》。理雅各的《中国经典》(*The Chinese Classics*)序文中写道:"中国人是人类中最大的家族,所以思虑深远之人,会想要了解这拥有亿万人民,经历了数千年历史的国家。因此我以翻译中国经典为务。"理雅各的《诗经》译本中有两种翻译,其一是依据中国经典中的原文,不敢随意发挥,其二则是效仿英诗体裁,自由翻译。我最近又购得《庄子》的英译本。汉学者如果想要从事英学,可以将上述著作的汉文本和英译本对照阅读,互相印证,其用处自不待言,乐趣亦无限。我曾一度让晚辈废弃汉学,已经得到教训。故为此论,与学士诸君参详。

明治二十年(1887)五月八日 东京学士会院①演说

【题解】

中村正直(1832—1891)号敬宇,是明治时期著名的启蒙思想家。他在江户末期已是幕府御用的儒学学者。他在儒学上继承的是佐藤一斋的朱子学,但对阳明学也相当熟悉。1866年中村正直带领幕府公派留学生赴英国留学,明治维新后回国,因先后翻译塞缪尔·斯迈尔(Samuel Smiles)的《自助论》(*Self Help*,日译本题为《西国立志篇》),和穆勒(John Stuart Mill)《论自由》(*On Liberty*,日译本题为《自由之理》)而名声大噪,后来成为大藏省翻译局长、帝国学士会会员、东京大学教授,又与福泽谕吉、森有礼、西周、加藤弘之等共同创立明六社,出版《明六杂志》,进行思想启蒙。中村正直还在1874年受洗成为基督徒,是加拿大卫理公会在日本的第一个信徒。双重的知识背景和信仰体系,使他自明治初年便开始尝试儒学和西学的沟通融合。他曾撰写《敬天爱人说》和《请质所闻》等文章,借助儒教古典来理解基督教的上帝和救赎等概念,还将美国传教士丁韪良的汉文著作《天道溯源》训点出版,赞同其中儒教基督教不相矛盾的观点。在他晚年的《天人一体论》中,呈现出一种带有朱子学色彩的泛神论世界观。与同时代其他启蒙思想家一样,中村敬宇也强调变革日本人的精神,但他的特色在于始终认为一种超自然的人格神/普遍规范是社会道德的基础。

---

① 东京学士会院,明治十二年(1879)结成的团体,以促进学术发展为宗旨,是后来的日本学士院的前身。

《汉学不可废论》是中村敬宇晚年的文章,体现了他一贯的融合东西方道德的立场和对宗教的重视。在为传教士韦廉臣(Alexander Williamson)的自然神学著作《格物探原》日译本所作的序文中,中村敬宇就指出西方的自然科学与宗教道德在终极目的上是相通的。《汉学不可废论》也同样基于这种立场,指出宗教对社会的意义,进而论证儒学传统有着与基督教共通的导人向善的价值。这种论证的特点是用儒教经典中的概念来对译西方的宗教哲学词汇,例如通过"天"来理解"God",用"道心""天命之性"来解释"conscience"。中村敬宇认为东西宗教的根本共同点是"敬天爱人"。在对汉学传统进行宗教化阐释的同时,中村敬宇又将汉学作为史学来辩护,强调其鉴古知今的意义,并进而提及日本与中国、朝鲜的历史文化渊源,批判了明治以来日本崇尚欧美而鄙夷中国人的错误倾向。这种基于儒学者立场的对东亚文化交流史的尊重,也联系着他的国际政治观(中村曾在《明六杂志》上发表过一系列文章,反对征韩论,主张中日朝结盟)。不过,他同时也批评了日本汉学的故步自封,强调以开放的态度了解世界上的各种宗教和知识体系。此外,中村还指出汉学教育与修习西学并无矛盾,反而是相辅相成的。这一观点建立在中村敬宇这代日本思想家的共同经验之上。《汉学不可废论》中多次引用西方传教士的汉文著作,例如林乐知《中西关系论》,这也说明了东亚的汉字汉文传统在西学东渐过程中的媒介作用。中村敬宇从中日共有的汉学传统中寻求跨越民族与宗教的普遍性,这种尝试提示我们,尽管明治日本文化的大势是从东亚文化圈中脱离出来,将中国他者化以建构自身的现代性,但与此相异的思考方式仍然存在。

参考文献

高橋昌郎:『中村敬宇』,吉川弘文館,1966年。
荻原隆:『中村敬宇と明治啓蒙思想』,早稲田大学出版部,1984年。

言文一致论概略

山田美妙

今日主张言文一致的学者有两种,一种主张言贴近文,另一种主张文贴近言。提倡言贴近文的大都是普通文①论者,提倡文贴近言的大都是言文一致论者。此外还有一类人想引进外语,继承外国的语法,然后创造本国的语言和文章。但这说法不值一提,也用不着辩驳。只是刚刚提到的普通文的主张和言文一致也就是俗文的主张目前势头很足,小生在此想说的也主要是和他们有关。

普通文论者反驳俗文论者大致着眼于以下三条。

第一,如果我们就这样把今天的俗语直接用于文章中,日本全国会有文不相通的情况。

第二,今天的俗语将会成为明天的古语。

第三,今天的俗语不完整,连语法都没有。

除此之外还有人认为今天的俗语实在鄙陋了。但持有这种意见的一般都是完全不知道语言的性质和用途的人,所以对于这些恶评不需要再做出回答,但是为论述顺序起见,在这里暂且把这一条加入之前三条,作为第四条来叙述。

第一,"如果我们就这样把今天的俗语直接用于文章中,日本全国会有文不相通的情况吧。"这算是个有道理的说法。但这种反驳是出于没有充分明白俗文论者的观点,别人暂且不说,单是小生在创造自身所主张的言文一致体时,也决不能说不管哪个词都可以使用。大阪的"さかい(方言:所以)",奥州的"なす(方言,表示肯定的语气词)",或是长崎的"ばってん(方言:但是)"等,就算是基于古语,也不能算是普通语。还有萨摩、隐岐、安房②那边的俗语,虽说也是古文变形来的,但也不能说是普通的

---

① 普通文,意为标准文或标准语。

② 萨摩,鹿儿岛县西部;隐岐,岛根县北部隐岐诸岛;安房,千叶县南部。

语法。把不算普通语的或是不符合日常语法的语言不管不顾地加进文中使用的话，确实会有不通的坏处。但如果不乱加就不会有那样的事。那就要挑出普通的词汇，找出普通的语法，只要学会如何去运用就足够了。

现在仔细研究一下东京话的性质就会发现，只有这种语言才符合之前的要求。事实上从文体来看，东京话不通的程度比萨州话和奥州话不通的程度要低。不管在哪里，东京话虽不能说完全，但几乎没有行不通的地方。这是从何而来呢？

如上所述，东京话在这个国家相当普遍一定是有其必然的原因。这原因是什么呢？若充分调查日语的变迁（特别是东京话）马上就能看出来。世人皆以为今天的俗语是偶然形成的，但决非如此。在这里不提那些详细的论据，但迄今为止日语的变迁分为两大时期，第一期是从太古到后醍醐天皇时期①前后。第二期是从后龟山天皇时期到今天②。这两个大时期似乎有明显的区别。在这期间又多少有些相交的时期，但那些相对微不足道，也没必要大做文章。那么前期的语言，也就是上代③语言，其盛行期间为藤原氏荣华之时，即处于文弱之风的时代当中，虽然没有完全摆脱啰嗦的性质，但年复一年，武臣的权力逐渐变大，所谓像坂东口音④那样音调猛烈的语言和语法出现了，其中也混入了很多汉语和佛教用语。不仅如此，在北条继承赖朝霸业的时候，古来的语法也发生了很大的变化，今日所说俗语的种子在那时就已经被播下了（参考《古今著闻集》等当时写成的书中的俗语）。其中虽有诸多原因，但最有力的一条原因是源平战争⑤，因为战争会带来迁居等变化，所以也给语言的混合提供了有利条件，最终会引起显著的变化。

后期的最初阶段已经经历过南北朝战争，语言的变化十分激烈，今天的俗语大都是在这时发芽的（参考一休和尚的狂歌⑥等当时写成的俗语文章）。一些人把《太平记》《徒然草》等作为当时的俗语范本，但那实属无

---

① 即从史前至建武（1334—1338）年间。
② 即从弘和（1383）·元中（1384—1392）至明治（1889—1912）。
③ 按日本通常的历史时期区分，一般指飞鸟·奈良时代（600—784），约200年。
④ 关东地区特有的口音。
⑤ 指1180—1185年源氏与平氏两大武家势力之间的战争，最终源氏胜利，创建镰仓幕府。
⑥ 短歌的一种，不算纯正的和歌。以讥讽、滑稽、日常生活题材为主，通俗易懂。句式为"五七五七七"。

识之谬误,因为当时人们的头脑中完全没有言文一致的思想,文章也完全以古文为基础,所以没有看到俗语与之相距甚远的议论不可取。所幸在那之后世间被战乱的乌云所笼罩,语法变化之路被打开,直至庆长时期前后,之前的语言也有了充分的变化,形成了树干,也长出了枝芽(御庵物语、玉音抄、真田氏大坂阵略记等论据有很多)。从此天下平定,在当时封建制度下,各大名以言语的相异定为各藩国的标准。更何况交通的往来也像言语的各自为异那般中断了,即使含苞的梅花也无法绽放了。去年的萨摩也是今年的萨摩,今天的奥州明天还是奥州,茧无法成蝶。不过,不同的只有江户。江户有中央政府,有参勤交代①,筑紫的果商,和越路②深处的武士们也都会聚集到江户。所以唯独在江户才形成了语言的混合。再加上江户话受到各国的尊敬。因此各国的人们也都多少接触过江户话的语法。所以江户话最终会十分普遍也是不可避免的。即便今日,东京话也依然大获全胜。

今天东京话十分普遍的原因如上所述。今天东京话十分普遍这一结果也是事实。就目前来看,结果和原因都是正当的。那么未来又如何呢?但今天的东京未来也是日本的首府。在未来,东京也完全有望做到语言相混。而且,地方的交通逐渐变得通畅。也就是说,从中心一点延续到四方的环途中,障碍会消失,即,东京的语法今后会越来越普及。在普及的过程中可能会遇到一些反对力量,但是未来的变化并不像树上长出的竹子那般,一定是像猫一样的老虎,像炭一样的金刚石吧。那么作为当下的策略,以今天的俗语为基础,对其加上语法的限制,对肆意的生长纠正一番,那么就更容易实现完美的文章和完整的语言了。如果事情得以如此进行,那么普通文论者所提出的第一个反驳便会随之消失了吧。

第二,"今天的俗语会成为明天的古语吧。"这个说法完全正确。但,如果只提倡这种破坏主义的话,别说是语言和文本的改良了,就连新发明和新努力都无法实现。论者主张的普通文在今天也很新奇,但明天还是会变成古语,变成腐朽的东西。在这里攻击别人就等于损害了自己。即使今天的词变成了明天的古语,有了语法的监督便能对它做出一些调整。

---

① 江户时代各藩的大名需交替前往江户,执行一段时间的政务,以此来控制各大名。
② 筑紫,九州、福冈县旧称;越路,新泻县中部区域旧称。

第三,"今天的俗语不完整,连语法都没有"。虽然这是当代所谓的学者们擅长主张的说法,但这没有疏漏吗?这些人是否在充分研究过俗语性质的基础上才这样说的?可以说完全没有这样的研究。很遗憾,找出俗语的语法并遵循这个原则去纠正俗语的人一个也没有,所以俗语虽然"天生丽质",却被认为是穷人家的女儿,至今也被置之度外。俗话说自然中有一定的规矩。俗语不是杂乱无序的。只因没有可以纠正它的父母,或多或少发育得有些不规则,但在整体上看绝不是胡乱的。这像是种新奇的说法,但这并不是虚言。简单举个例子吧。俗语动词的时态尤其成为反对论者集中攻击的点,反对论者都说"俗语的时态是不完整的,含糊的。"但我不能接受这种说法。论者所说的不完整这一点是以什么为基础的?反对论者这样说:"姑且用英语来举例吧。英语有六个时态。因此不必担忧不够明确。这一点上我国的俗语那简直是非常杂乱,因此俗语是不明了的。"但是,这是只知其一,不知其二,生搬硬套的浅薄议论。为什么?其实根本不必问为什么。英文有六个时态是因为英文需要有六个时态。而在我国的俗文里,借用论者的话来说,只有杂乱的时态是因为有杂乱的时态就足够了。但其实俗语中的时态并不像论者所说的那样乱而无序,实际上可分为四种,而且都是正确的。

四种时态都是什么?即如下表所示。

现在(现在进行时)＝解く。(解开)
过去(过去时)＝解いた。(解开了)

小未来(将来时)＝解くだらう。(会解开吧)
大未来(现在完成时)＝解いたらう。(解开了吧)

现在(现在进行时)＝見る。(看)
过去(过去时)＝見た。(看见了)

小未来(将来时)＝見るだらう。(会看的吧)
大未来(现在完成时)＝見たらう。(看见了吧)

由此得出以下的规律公式。

现在（现在进行时）＝词根。
过去（过去时）＝…＋た。（了）
小未来（将来时）＝词根＋だらう。（的吧）
大未来（现在完成时）＝…＋だらう。（的吧）

这个规律公式是不变的，动词的时态总是按照这个公式变化。"解开"和"看"是性质不同的动词，但是展开来讲太啰嗦，这里便省略了。

如上所述，俗语的时态只有四种，所以也有人认为这样应该是不够的吧。但不可思议的是，这就足够了。

"我来这里之前给秋山写了信。"在这句话中"来"是现在，"寄了"是过去。换言之，马上就知道"来"的动作在"寄了"的动作之前就发生了。如果把句子用英文写的话，"来"一定是"come"，然后"写了"一定是"had written"吧。但是"come"是小过去（一般现在时），"had written"是大过去（过去完成时）。也就是说俗语的过去和现在在这一点上可以代替英文的大过去和小过去。这多方便啊。

同样的形式，有且只有四种，而俗语的时态就完成了英语中六种时态的代用，并且一点不乱。

以上几个例子可以证明俗语中不是没有语法，除此之外还有名词的规则，代名词的规律等都自有规则，推论下去就没有解不开的问题。

俗语是有规律的，绝不是没有规律。由于其随性的发展多少有些不规则，但对其不加细究就扔掉是非常严重的疏漏。仅仅如此，俗语也开出了花，那么今后由于花匠的努力使之结出果实也就容易了。

第四，"俗语非常鄙俗，不如雅语那般优美"。这是一些人主张的说法。但这本身就不对。说俗语是很鄙俗的，俗语也不如雅语那样优美。但是论者评定语言"鄙俗"或者"优雅"是以什么为基础的呢。依我所见，如果不是以音调为基础的话，那就是被想象所迷惑了。

古文的音调可能听起来确实不错。所谓听起来好听远比其实际听起来应有的好听程度还要高出许多。这个好听的程度难道不是远比现在人听起来觉得好听的程度要低吗。"むらしぐれ（村时雨）"和"さよあらし（小夜岚）"听起来是如此优美。"めり""けり""なり""べし"（音便，助动词）听起来是如此柔和。但听起来优美或是柔和，真是因为这些词语本身的原因吗？① 这一点还真是说不清楚。

　　作为古文的范本流传至今的大部分应该是注重音调的和歌吧。和歌中使用的专门注重音调的语言和语法，听起来比那些不注重音调的语言和语法更优美是理所当然的，也是我们听习惯了的。糖水里的沉渣总比盐水表面的水沫甜吧。并不是沉渣就比水沫甜。只是因为所接触的味道不同，所以会有如此变化。我们的眼睛看惯了专门注重音调的和歌，同时接受比较的是不注重音调的俗语。也就是说和歌是糖水而俗文是盐水。其中的沉渣和水沫，即语法和语言的品位是怎样的呢？彼此不同吗？

　　为了证实，请先平心静气地感受一下随笔《枕草子》的文体和《源氏》②中的词风。着实粗鄙的语调几乎和今天的俗语没有多大差别。为何呢？这次我们不用糖水和盐水做比较，而是糖水和糖水，或者是盐水和盐水。即，把一种不注重音调的文体和另一种不注重音调的文体进行了平均对比。这样一说国学者们会翻脸生气吧。但依然将《枕草子》的文体和《源氏》中的词风赞为优美或是风雅的那些人，真是被想象所驱使的奴隶，是不虚心不冷静的批评家，是让先入为主的思想在脑中随意横行的学者。

　　"亲眼见到的富士山会比听说来的要矮些，释迦和孔子也是如此吧"③。心理上就会这么认为。人心很奇妙，近在咫尺的瞧不上却要崇拜远在天边的。比起眼下的快乐，未来的极乐似乎更好，因此宗教才有势力。比起看得见的坏人，过去的盗贼似乎更可怕，因此才有传记。后世的孔夫子当时还是东邻之孔丘，现在的莎士比亚那时也还是戏剧演员。快吃光的麦饭会比尚有很多的米饭听起来更让人觉得可惜。要说这是出自何处，那就是想象，也就是说被想象所驱使，现实就会显得很低劣。喜好古物的习惯所产生的原因之一也正是这样，只要越到后世，往昔的东西就越贵。长柄桥上的木头块，井出玉川的蛙干④，同样都很贵。现在忠于过

---

① 原文为"それが其樣に優美や素直に聞こえるのは実にそれだけの徳が有ッての事ですか"，这里的"徳"是对原因的询问，整个句子的意思是：是因为它内在的本身的原因吗，还是因为它是和歌，我们不太习惯，所以觉得它优美？
② 即紫式部所著《源氏物语》。
③ 出自村田清风(1783—1855，长州藩士)的狂歌，原文为「来て視れば聞くより低し富士の山、釈迦も孔子もかくやあるらん。」
④ 二者均为珍奇古物。据《袋草纸》(平安时代后期藤原清辅所著歌论书)所载，藤原节信(平安时代中期的官吏)深爱歌道，初次见能因法师(平安时代中期僧侣、歌人)时，互相展示收藏物，即长柄桥建成时的木块，与井出玉川所产之青蛙，两者都是《古今和歌集》中有典故的事物。

往的人们把古文的糟粕当作酒曲,把古文的骨头当作肉来看待,只要说是古文就觉得一切都是优美的,甚至想让"雅文"这个词来代"古文"就是这个道理。

假设给反对论者让一步,古文的音调确实优美,假定这优美的发音并非来源于和歌,而是因为听起来真的有优美的原因,可即便这样,论者想要使用古文的说法也自然是不恰当的。毕竟文章和诗歌在哪一点上都不一样。以音调为主是诗歌的性质,文章则不是。诗歌若不以音调为主,文章若以音调为主的话,那么诗歌和文章就会混淆不清了吧。诗歌是需要吟唱的。文章是不需要吟唱唱的。对要吟唱的当然要给予必要的音调。对不用吟唱的添上曲调也是徒劳。可悲的是,在这一点上连马琴①也有所欠缺。受院本的影响,甚至有七五之文问世②,这就几乎没有文章和诗歌之分了。

在锁港攘夷论盛行之时,伊丽莎白③在日本人眼中也是无盐④一般。挚友许久不见的话也会变成敌人。名人的名字听听就觉得很出色,看不惯的事情一般会导致错误的批评。人们看不习惯俗语的文章。好的音调是句子本身的附加价值,这种想法在人们脑中根深蒂固,所以俗语的文章才听起来最粗鄙。即使实际上很粗鄙,只要能自由地表达自己的想法,那么句子的任务就达到了,其中自然就形成了"美"的色彩。更何况那其实并不粗鄙。而且追求音调这种多余的添加物,就像小说的主人公必须是极美的人物一样,这并非真理。乔叟⑤等作为鼻祖主张俗文的时候,也有认为古文优美而反驳的人,但社会进步的潮水在古代的堤坝上是无法被抑制的。即使伯里克利时期⑥的美术非常优秀,如果想照搬到今天,那便是不知世事变迁的说法。

---

① 曲亭马琴(1767—1848),江户后期的戏作家,本名滝泽兴邦,号大荣山人、著作堂等,师从山东京传。代表作有《南总里见八犬传》《椿说弓张月》《俊宽僧都岛物语》等。
② "院本"原指中国金元时代北方盛行的一种戏剧,后来成为剧本的泛称,净琉璃剧本成书刊行时亦称"院本"。此处指曲亭马琴受净琉璃等韵文剧本影响,在散文体小说中也掺入了音节固定的诗文。
③ 原文如此,所指不清,此处暂且理解为指代美女。
④ 齐宣王之妻钟无艳(钟无盐),中国古代传说中的丑女。
⑤ 杰弗雷·乔叟(1343—1400),英国小说家,诗人,代表作有《坎特伯雷故事集》等。
⑥ 指伯利克里(Pericles,约前495—前429)在雅典执政的时期,也是希腊古典文化的全盛期。

古文之所以让人觉得优美，是出于被音调所蒙蔽和被想象所迷惑这两种倾向，这在之前已经说过，除此之外还有一种原因让人觉得古文比俗文优美。那便是"文章的读法"。一般来说，今天的人们基本采取同一种阅读方式。那种语调既不是说，也不是唱，但会先被归类为唱的风格里。之所以会产生这种现象，是从译读外国文开始的。但在这里不过度详说其内部，只做概略叙述。如上所述，日本人对于书籍的阅读方式与会话风格相去甚远，倒不如说更接近歌谣的风格，这其实是给这一俗文带来极大麻烦的原因之一。古文暂且不论，俗文是把我们口中所说的直接写出来的，因此，阅读时当然也要像我们日常会话那样整体通读才好。不论是英文还是法文，大家都是在用这个方法读。而日本人不会注意这一点。不加以注意，用歌谣的方式读俗文，然后从音调无法匹配这一点出发一概斥其为卑俗，说俗文很粗陋。这不是疏漏是什么呢？这不是错误是什么呢？在很长一段时间里古文是人们耳熟能详的，而且其读法也是一种唱法。这听起来当然是优美的，不必感激涕零。可到现在为止学者们都没有努力改良这个读法，现在看来更让人觉得遗憾，今后这件事一定要被视为最重要的事。迄今为止的读书方法，小生可以断言，那不是读，而是唱。

　以上，反对论者的攻击虽然很简略，但全都失败了。下面想说说今后小生为何要以东京话为基础对文章进行改良，计划怎样进行，关于这几点对比普通文一起看一下吧。

　毕竟反对论者厌恶俗文是基于前文所述的四条，如果这四条可以使其满意，那便不会舍弃手边的利器去拿远处的钝刀。东京、四国、北国、南方，这些地方的俗语虽然多少有些不同，但最亲近的，最习惯的除了俗语再无其他。现在改良文章固然是为以后的文学打下基础，所以在改良它的方法上也要把个人的爱憎从心中摘去，平心静气，只把有用的那部分列举出来，倘若被这些音调或其他事物遮住眼睛，丢掉眼前的宝贝，这种不明智的想法是不该有的。如果说俗语真的没有规则，俗语极为不完整没有任何必要加以改良，那么舍弃它取古文，或者重新造出普通文也是没有办法的事。可是根据小生多年来的调查，俗语不是没有近乎完整的规则。不管不顾就扔掉是不是太快了些？更何况它在今后是有希望得到发展的。其实今天的俗语分为三个段位。针对上级（比自己地位高的人）的语法，针对同级（同等身份的人）的语法以及对于下级（比自己身份低的人）

的语法。反对论者会立刻觉得多余并鄙视这些。但是，其语法还是有完整的规则，用五六张表就可以充分总结。虽然论者认为今后只要逐渐把语言贴近文章，普通文就一定可以形成，可"文"指的是什么呢？又要用怎样的方式使语言贴近文呢？假设把"文"看作是古文吧。那这就不一定能行得通。因为古文已经迫于必须废除的条件而被自然淘汰，并不是由于人为原因才衰退的。「べし」已经腐朽变成了「ベイ」。「けり」已经改音为「け」或是「き」。「ぞ」的延伸多数变成「ぜ」「にて」的末流，其余的「で」和「ぢゃ」也好，「だ」也罢，不管是什么都已经失去了先前的色彩啊。即使这些再次问世，就算加上一些改良，就一定会被使用吗？我想已经灭绝的乳齿象不会再次复苏。好吧，也有因为时间而变相发生的可能。但那是违背自然的不合理的事情，所以它绝不会永存于世。反对论者最喜欢报纸上的文章，但它的出现已经违背了自然。除了作为文章留下来外，它不能作为其他东西留下。如果只能作为文章留下的话，从中也不是不能出现言文一致。

　　小生不知普通文论者要用怎样的方式把语言贴近文章，想必正确的语法，精确的语言等当然是必要的手段。但在这之前，是否有正确语法，精确语言的入门方式呢？怎样去教导？怎样去推进？推进时又该把什么当作依据？小生还不了解这方面的计划。

　　巧迟不如拙速是我们经常听到的劝诫。但比起巧迟，巧速才是最好的事。假设普通文被世间所应用，预算一下，充分渗透的时间至少会在一个世纪以上。如果是俗文，会怎样呢？不需要计算也一定会比普通文更早实现吧。而且俗文有语法。普通文还没有。并且在俗文中也要加入语法的教学，普通文还没有做好这个准备。巧迟与巧速，为了文学哪种更好呢？

　　"蝮蛇螫手，壮士解腕。"和多年的好友分别很痛苦。但，永远存在的利害关系是爱也无法改变的。今日的局势也不能为爱而牺牲掉永恒的利益。

　　"解腕"的勇气，"解腕"的勇气，这种勇气正是让今后的日本学可以开花的雨露。

　　以上大部分都是消极地防止反对论者的攻击，小生怀揣的任何一个关于俗文的细密想法都还没表达出来，但今后会将方法和规则等写出来，以期广大学者们的指正。在此事上小生也想倾注研究，正因如此，与其一味地寻找雷同,倒不如说希望反对的人多一些,并附上反对的资料,才是我一心所求。就与日本文学有很大关系而言,比起文字,更重要的是文章。然而现在的文章就如同水面的泡沫一般,一眼望去,基础尚未定。

【题解】

  本文作者山田美妙(1868—1910),本名山田武太郎,出生于东京神田,是明治二十年前后比较活跃的小说家、诗人、评论家。1885年进入东京大学预备门(今东京大学教养部)学习,结识了尾崎红叶,石桥思案,丸冈九华等人,结成名为"砚友社"的文学社,并创办了文学杂志《我乐多文库》。其中内容多为小说,汉诗,狂歌等。后因受到坪内逍遥《小说神髓》的影响,变身为文学改良主义者,开始小说写作,尝试使用日常口语,以《武藏野》、《夏木立》和《蝴蝶》等作品,和二叶亭四迷一起成为言文一致体小说的开创者。山田美妙的文学生涯开端颇为风光,其小说作品和文学评论都曾引起相当反响,但之后由于私生活问题受到文坛的非难,以至于退出主流文坛,以编纂《日本大辞书》和《大辞典》等辞书谋生,最终因病去世。

  山田美妙也是热心推动言文一致的批评家,《言文一致论概略》是他的代表作之一,这篇文章对于了解明治时期言文一致问题的讨论,以及山田美妙所强调的言文一致的概念都具有重要意义。文章开篇指出,当下所主张言文一致的学者分为两派,一种主张言贴近文,被称为是普通文论者,另一种主张文贴近言,被称为言文一致论者。不必说,山田本人是站在后者立场上的,他列举出普通文论者为反对言文一致论者而提出的四种理由(俗语的地域限制,俗语古语化的问题,俗语语法的不足,俗语的鄙陋不堪),并逐一予以反驳,还给出了他认为可行的解决方法,并主张俗语是未被改良的"宝物"。他强调,要把个人的情感排除在外,不能因为被古语的音调或其他事物所迷糊,而丢掉眼前的"宝物"。

参考文献

昭和女子大学近代文学研究室:『山田美妙』,近代文学研究丛书第11卷,1959年。
山本正秀:『近代文体発生の史的研究』,岩波书店,1965年。

文体的混乱

坪内逍遥

过去的方向

我们近年来文坛出现的语法、文体上的大混乱,作为政治和社会上发生的空前革新的余波而言,早就不足为奇。这种情况的由来是十分清楚的。不过为了年轻读者,有必要在此对其变迁轨迹进行大致介绍。想来,从维新开始,外来的新思想和固有的旧思想碰撞,笼统地说催生了锁国和开国两大派(第一内变)。第一内变后来成为诱因,引发了一场复古政变(第一外变)。而新的变动又再次成为诱因,打破了日本人两百年来的政治信仰,化开国派为欧化派,终于撼动了已经存在两千年的观念(第二内变)。于是无论风俗的衣食住(社交)上,还是在语言、文章等文化下,(或是因自然所需,或是人为取舍)都发生了前所未有的变动(第二外变)。对两百年间思想统治的反动力量助推这场外变后,人们开始只以自身所想为是,修身、齐家,甚至治国(第三内变)。之后,这一变动一转而成政治上、社会上的欧化派对于锁国派之变体保守派的胜利,在文学上,体现为欧文输入派的破格文对于国文正格派的胜利(第三外变)。当胜者出现极端倾向时,又有新的反对力量产生,演变成保守派的新运动和国粹保存主义(第四内变)。而政治、社交上的新变化进一步在文学界引起轩然大波,并造成了明治二十二、二十三年之交的一场文体大混乱的形势。大概正在此时,因欧化文体与国粹文体相互接触和影响,欧化派与国粹派的内部都出现了反动,形势越发错综复杂。当时,欧化文体有两个派别。一是直输派,较为激进,二是折中派,相对温和。而直输派内部(根据外部所见情况硬分的话)又有两派:一是以欧文之形为主,要把它直接输入我国的一批人;二是以欧文之心为主,用国文体现它的另一批人。前者(主形派)中还分两派。一派建议采用欧文的大致行文逻辑(温和的翻译文体家),

另一派则主张需同时引进文法、语格（直译家）。而这些直译家内部还有两派不同的意见，一方主张言文一致，另一方方提倡言文有别。

与此同时，以欧文之心为主的那批人内部也分成了两派，一派认为应当引进欧美文心之皮相，另一派认为应当引进其精神。皮相指叙、记、评、论细密周到，分析细致，博采众长；精神则指自由、平等、自治、改进、科学、哲学等思想。而不久之后，皮相派中又出现新的不同派别的倾向，举小说为例，其中存在主张客观记叙，与西方的司各特、狄更斯等人相似的一派，以及主张主观记叙，与西方的拜伦、陀思妥耶夫斯基等人相似的一派。精神派的分流也是如此。诗坛的主实派、理想派、美术派和自然派，以及政治和社会领域的耶稣教主义、功利主义、平民主义、个人主义、国家主义和宇宙主义，概莫能在精神派之外。本来在各派之间不存在截然区分，但因各自维护的观念不同，在表现上有若干的差别，而延及末流时便判若云泥，便逐渐有了区分。

同时，在折中派之中也有几个分支，保守派（即国粹派）亦可分为很多小派别。因——叙述不免冗长，下面总结成图表的形式。文体最终无奈落得这混乱局面的缘由，可从此表推知。不过，下表仅是基于理论假设作的区分，实际情况未必存在如此背离与对立。

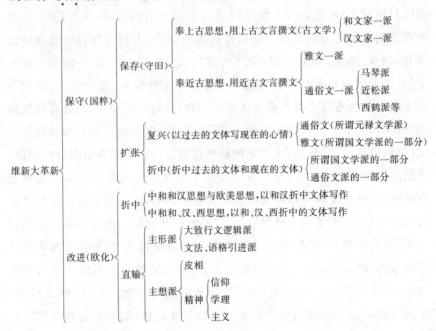

总之，欧化直输派有时会支持取消国文，欧化折中派则是一直坚持保留国文。前者以外国为先，后者以日本为先。而国粹扩张派和欧化折中派稍转换角度，便很容易合为一体。其中，扩张派下的折中派和欧化折中派下的第二派最容易合流。现在即将要发生第五外变，折中主义（第五内变）正是其前兆。

国文学的兴盛

此处所说的"国文学的兴盛"中的"国文学"，所谓元禄文学①、国文学、汉文学，皆悉数包含在内，这一点需各位知晓。维新之初，人们所见、所闻，无一不新奇。但这些新现象在不断令人们产生新鲜感之时，大家却不知如何用合适的词语进行表达。因此，为应付一时的需要，人们频繁使用不稳定的俗语。（旧《英和字典》等可作为此例证。）但实际上国语中并非不存在对应的语词。结果人们却在慌张和惊愕之余，无暇进行对照和比较。而当时最富新思想的人大约在维新之后成长起来，对旧词汇与旧小说已疏于了解。但社会中偶尔出现一些富有才气的人士，成为官员或者报社记者。他们在论及齐家治国之道时，发现不稳定的俗语和粗鄙译词实在难以表达思想，于是逐渐各自恣意创造新的语词，最终形成了所谓欧文直输派这样一种文体。这即是文体混乱的原因之一。此外，还有特意修改国文字体的假名会、罗马字会之类。他们或出于好奇提出一种方案，或是有什么意图我也不得而知，一定会有新体的尝试。但无论如何，这都与前文所述第一原因相去不远。毕竟在他们眼中，在维新当初的国文（和汉都包括）和文化、文政年间的国文体之外，并不存在国文这种事物，他们之中肯定有很多人因为认识到，用这些文字到底还是无法表达新思想，因此匆促创造了新词。尽管当时在国粹派文士之中有不少博学之士，但因双方不曾交流，便没有互相请教的机会。

如今直输之热终于减退，不过在它们尚还在竞相争奇之际，国文的复兴首先便从通俗文界（小说界）开始了。可以说，比起当时枯燥的政治论文而言，小说更多需要辞藻雕琢是原因之一。小说文体的改革，始于马琴

---

① 指兴盛于日本元禄年间（1688—1704）前后的町人文学，以松尾芭蕉的俳句、井原西鹤的小说、近松门左卫门的戏剧为代表。

的雅俗体和三马①、春水②、种彦③的通俗体以及温和翻译体的混同,不久之后演化为江岛④屋、八文字屋⑤派的国文体,最后变成了西鹤⑥(元禄)的国文体。这些活跃在写作现场的作者们,逐渐腻烦了混乱的造句之后,开始在有意无意间谋求适当的国文体,这应当也是要因之一。(以上仅为大致性的介绍。)

国语学的兴盛

这一势头越发旺盛之后,对所有文体都产生了影响,成为一场雅文派的大运动,随后引发了文法论和语格论。这便是我们当下所见之局面。汉文学的兴盛也是同样道理。总而言之,未来的自然趋势,应该符合下列几条规律。

(1) 不会打破简洁、方便的语格,改为使用不便的外国语体。

(2) 不会在已有合理国文语词的情况下任意使用不稳定的造语。

(3) 如果要打破固有文法、语格,首先需明确不得不打破的原因。(权衡利弊。)

(4) 彻底观察之后再进行取舍。

---

① 式亭三马(1776—1822),江户后期的通俗作家,本名菊地久德,号游戏堂、四季山人。代表作有合卷《雷太郎强恶物语》、滑稽本《浮世澡堂》等。
② 为永春水(1790—1843),江户后期的通俗作家,人称越前屋长次郎,号狂亭、二世南仙笑楚满人等。经营书肆青林堂。凭借作品《春色梅儿誉美》被称为人情本作家第一人。
③ 柳亭种彦(1783—1842),江户后期的通俗作家,号彦四郎,代表作有合卷《修紫田舍源氏》等。
④ 江岛其碛(1666—1735),江户中期的"浮世草子"作家,著有浮世草子七十余种。
⑤ 江户时代在京都开设的书店,出版"净琉璃本""浮世草子"等。
⑥ 井原西鹤(1642—1693),江户前期的浮世草子、净瑠璃作者,俳谐师。本名平山藤五,初学俳谐时拜入贞门,取号鹤永,后改入谈林派。代表作有《好色一代男》《好色五人女》《本朝二十不孝》等浮世草子。

文体的趋势

坪内逍遥

现在极端的直输派犹如被迷惑之人醒悟一般卷土重来了。言文一致现今只在接续词和词尾上还留有一些残影。而如直译体之类，当下几乎是荒废状态。盛极一时的雨滴之点（……）也销声匿迹，嫩蕨（?）也枯萎，小蝌蚪（!）①也死了。今天那些很少被使用的，只能见于地方报纸上的连载小说，或者被认可有必要的地方。除此之外，文坛名家的宣言则完全不外乎调和主义。请看下文。

森鸥外驳木堂②、学堂③二者的破格文章论，其言如下：

> 现在学习文章的年轻人啊，要想在文中插入外文，首先定要问问用国语能不能达到同样效果，确认达不到之后再用不迟。专有名词当用外文自不必说，而文品之大小则宜各自选取自己所长，不步他人后尘，自成一家亦可。然而切记勿刻意自创新文法。勿肆意下笔。勿任性写所欲写、言所欲言。应遵洋学先生教诲。也不可不听汉学先生指教。在只用我日本国文格式之时，应向和学先生俯首请教。（参照《栅草纸》第廿四号）

> 国文有国文之法，即假名使用法、手尔远波④。虽假名使用法、手尔远波中有陈旧不用部分，但大体仍如金瓯无缺。国文是日本国人之文，并非某一文派应私有之文，也非反对者应斥骂之文。（同前）⑤

这岂不正是我所说的折中主义？

---

① 雨滴之点、嫩蕨、小蝌蚪分别比喻省略号(……)、问号(?)、感叹号(!)。
② 犬养毅(1855—1932)，号木堂，曾在庆应义塾学习，后成为政治家，1931年出任日本第29任首相，翌年在"五一五事件"被暗杀。
③ 尾崎行雄(1858—1954)，号学堂、咢堂，日本的政治家，被称为"日本议会政治之父"。
④ 手尔远波，日文"手爾遠波（てにをは）"，指助词、助动词、结尾词、活用词尾等语法成分及其使用方法。
⑤ 引自森鸥外「木堂学人が文のはなし」(1891年9月)。

森田思轩①也在探讨汉语②、汉文的序中论称:"最近学生似乎都普遍想读汉文、学汉语,甚感欣慰。(中略)近来落合、小中村③诸君大行提倡日本古文,自然引起一般著者对于日本古文的一种兴趣,不应掩其提醒世人反思文法、语格的功绩。"接着又称现今著者的汉字、汉语知识匮乏,非难他们造出令人啼笑的语词,文章末尾还言道:

> 然而词语是随事物而生。喧闹的社会每日出现许多前所未有之新物,故而也必然随之出现新词。对前所未有之新物付诸前所未有之新词,吾辈不觉怪异。吾辈也非徒然望见新词之帆影便惊慌逃窜的亚美利加土人。不过是对于不问本来已有之词,只知积累一知半解的汉字、舞弄不稳不当亦不熟的熟字之人,表达谴责罢了。现时著者所需之词可取自《史记》、《东坡集》或者《阳明集》的一部分,只需从触手可及之处取之,开卷则满是雅驯妥当之熟字簇拥眼下。况且每逢新物造新词,不先知晓词源亦是不可。倘若有人丝毫不知某词本义与由来,却堂而皇之想改之用之,谁不为其大胆和厚颜惊诧不已?而现时的著者、高官之中,实际就见得了几个如是大胆厚颜之徒。(参照《国民之友》第百二十八号)

咀嚼此文文意、形式之后,可知这也是折中派。

大和田建树④以《论文明的一致》为题,首先叙说了文体杂乱的问题,然后称文体杂乱始于汉文训点出现流派之时。他认为道春点适于国语体,后藤点、一斋点⑤后来逐渐乖离于国语体,同时断定这便是文体杂乱的根源,最终到了非和、非汉的来路不明之文章形式这种田地。(这种说法同前文所述落合、小中村、关根⑥等国文学捍卫者相同。)大和田随后对英、法、德语等的直译法是否会成为第二个一斋点表示忧虑,进一步论道:

> 以前汉文的译读方法已然妨碍了国语的发展,不过他们有不少传播古训的功劳。之后英、法、德语等的译读方法即将进军到要路。

---

① 森田思轩(1861—1897),日本的翻译家、汉学者、新闻记者。
② 指音读汉语词,一种由汉字组成的日语词汇,区别于和词、训读汉语词。
③ 指落合直文(1861—1903)与小中村清矩(1821—1895),日本国文学者。
④ 大和田建树(1857—1910),日本的诗人、作词家、国文学家。
⑤ "点"指读汉籍时注在汉字旁边的训读符号。此处提及的三种"点"分别为江户时期儒者林罗山(1583—1657)、后藤芝山(1721—1782)、佐藤一斋(1772—1859)所使用的符号。
⑥ 关根正直(1860—1932),日本的国文学者。

其弊其害已在前文有述及。其功又岂能在汉文之下？汉文动词没有时态，自动词、他动词的区别也不明显。汉文直译体受此影响，常有不准确、不合文法的文句。打破这种状态、恢复国语本体的时运到了，其原因并非一个，就现在的要务而言，从实用来说、文学来说、理学来说，都不可谓不受令人信任的英语等的精确语法吸引。如果确实如此，文体一致则仿佛是未能成为汉文直译体，而将成为洋文直译体。洋文直译体也亲汉语、亲俗语，甚至在某些场合也亲和文。既然我们能去其糟粕，正其语法，使它不与国语的性质相违，就能使它成为十分通俗体的材料。和文、汉文、言文一致，任一者都一味拘泥于某处，难得折中。只有洋文直译体可以集合自然的语汇，写作寻常的文章，迎合人心所向。（参照《国会》明治二十四年十月号）

可见，这也是一种调和折中派。如果深刻体会以上三位的意图，以此管窥三大名家各自理想之所在，可知鸥外主张的是完美、严谨的调和，思轩是劝导不应误用汉词，而大和田则比两位更显自由主义之色。不过，就强调折中调和的必要性而言，三者是一样的。

严本善治①称现在已来到文体革新讨论的正中，纯粹的和汉文以及俳谐文都不应是现在使用的文体，他道：

比奈②有言，文体是人的心理。文体因国体不同，随着时代变迁，文体也会发生变化，这不必赘述。那么，当国民思想合着内外潮流而发生巨大变化之时，文体便会随着变化。其变化应当朝着最易于书写者表达自身思想、最易于阅读者理解文章内容的方向发展，最终定于最平易自由的状态，这是文体变迁的定则。所以在天武朝以前，仅仅是汉文兴盛，而从《土佐日记》开始有女文并存于世，后来又有《荣花物语》、《今昔物语集》等物语，直到《源平盛衰记》、《太平记》等巧妙顺畅的日本文，汉和文完全混在了一起。之后，两者又各自分离，在不同领域发展，而太宰春台、新井白石、贝原益轩、室鸠巢③之手，又开始将两者调和使用，再一次形成了新的自由、自然的日本文。

---

① 严本善治(1863—1942)，日本的女性教育家、明治女学校的校长。
② 比奈(Alfred Binet, 1857—1911)，法国的实验心理学家。
③ 太宰春台(1680—1747)、新井白石(1657—1725)、贝原益轩(1630—1714)、室鸠巢(1658—1734)，均为江户中期的儒者。

所以文体的发展必然会遵循这种自然规律,每每在国民思想发生巨大变迁之时随之改变,最终在最为自然、平易的状态固定下来。至此便知,今后确实确定下来的日本的新文体,不是汉文体,不是和文体,也不是西文体,当然,更不会是俳文体、元禄体。它必定是一种调和东西两洋、古今内外,最易于表达今天思想的,对于读者而言最易于理解的文体。(《女学杂志》)

以此,可占卜文体的趋势。

【题解】

坪内逍遥(1859—1935)是日本明治时期的评论家、小说家、剧作家。他出生于美浓国加茂郡太田村,是中下层官员坪内平之助的末子,原名雄藏。他于1874年进入爱知英语学校就读,1876年进入开成学校(翌年开成大学改成东京大学),1883年从东京大学政治经济系毕业,获得文学学士学位,之后成为东京专门学校(现早稻田大学)讲师。读书期间他与高田早苗交往较为频繁,涉猎了大量西方文学作品,翻译出版了沃尔特·斯科特的《湖上美人》与莎士比亚的《尤利乌斯·凯撒》。1885年至1886年,坪内逍遥发表长篇文艺论文《小说神髓》,斥责劝善惩恶的功利主义文学观的同时提倡写实主义,主张"小说的主脑是人情,世态风俗次之"。1891年,创办《早稻田文学》。他积极参与戏剧革新运动,发表了《桐一叶》(1894—1895)等戏剧作品,1906年成立了戏剧团体"文艺协会"。1915年他辞去早稻田大学教授一职,在热海撰写剧本的同时翻译了《莎士比亚全集》共40卷。在日本文学的近代化、戏剧革新、翻译与教育各个方面,坪内逍遥都留下了重要业绩。

坪内逍遥的《文体的混乱》与《文体的趋势》两篇文章都载于1891年10月的《早稻田文学》,围绕着1890年前后出现的文体大混乱之形势展开讨论。坪内逍遥在《文体的混乱》一文中历史性地分析了文体混乱的由来,将此概括为五场"内外变",并分别讨论欧化文体与国粹文体及其分裂,认为国粹扩张派与欧化折中派的合流即将发生。这篇文章同时也论述了国文学与国语学的兴盛。坪内逍遥在《文体的趋势》一文中首先指出直输派、言文一致、直译体的困境,进而讨论了当时文坛的各种意见,比如森鸥外、森田思轩、大和田建树、岩本善治的文体改革意见,并以此预测文体的趋势。这种文体的发展趋势和逍遥停止写作可能有密切的关系。虽然这些评论较短,但由此可以理解近代日语文体的历史及其复杂性。

参考文献

『坪内逍遥　二葉亭四迷集』,岩波書店,2002年。
千葉亀雄:『坪内逍遥伝』,改造社,1934年。

言 文 论

森鸥外

　　古代没有言和文的差别，成文便是写下言，这大约并非为了阅读，而是为了防止遗忘。说我国是唯一一个由言灵带来幸福的国家并不确切。① 《伊利亚特》和《奥德赛》的诗仍是言的形式。希罗多德的叙事也仍是言。到贺拉斯时，已然为了流行而喜作重复的句子，为的是让人阅读。有踪迹表明，修昔底德亦已让读者思考每一句每一章了。柏拉图的哲学很多仍是言本身，但亚里士多德很早就作非言的文了。

　　像这样，在为了阅读而写作的文渐渐发展起来的过程中，言和文之间的隔阂就产生了，言必在文之前发展，而文则在其后直追，这一点参照世界各国的史籍便可知。

　　可以说正是在无法再唱古人所诵咏的诗歌后出现了今样曲②，在今样曲也无法再演唱后就出现了都都逸。③ 这和中国诗的沿革基本上是相符的。中井积善曾就诗有云：④

　　　　盖唐创今体，自沈宋、李杜、王岑、钱刘、元白诸家，长句短章，朝野竞传，被之歌弦。如高适、王昌龄、王之涣，共饮旗亭，潜听名妓奏乐，皆系其作。如李益每一篇出，乐工以赂求取，供奉天子，当时流传之盛，

---

① 古代日本人认为语言中有神秘的灵力，即"言灵"。在《万叶集》中有关于"言灵"的记述。江户时代，也出现了认为每个音节都有意义的"音意言灵学派"。参见《日本国语大辞典》及秋山虔，三好行雄『原色シグマ新日本文学史』，文英堂，2000年，第19页。

② 今样曲，即"新样式的歌"，是平安时代对当时的古风歌曲而采用的名称，流行于平安中期到镰仓初期，种类繁多，可分为民众演唱和贵族演唱两类，前者主要是世俗化了的佛教音乐的和赞，多为七五调四句，后者是以雅乐曲旋律填词而演唱。到十二世纪，两者统合，流行于贵族社会。

③ 都都逸，俗曲的一种，也被写作都都一、都度逸、独度逸等，流行于江户末至明治期间，由"七七七·五"调26个字构成，原本以"情歌"为主，后也产生出了不同的趣向，明治维新后仍流行一时。

④ 中井竹山（1730—1804），名积善，号竹山，日本江户时代后期哲学家，大阪朱子学派代表人物之一。主要著作有《草茅危言》《祭阴集》等。

可想见已。故四声排比之法，与天下共之，唯唐为然。历五季至宋，俗尚寖异，而诗余盛行。如秦黄工填词，天下争唱，是也。填词即诗余也。然而诗卒为学士大夫之用。元明以降，诗余移入演剧，可诵而不可歌。世别有歌谣新曲，而诗益与俗隔。明何良俊曰："诗亡而后有乐府，乐府阙，而后有诗余，诗余废而后有歌曲。"是也。王世贞亦尝论之，以发浩欢，乃明诗特守唐氏成规，而弗失焉耳矣。湖上笠翁李渔者，词曲之雄也。其言曰："曲宜耐唱，词宜耐读。"又曰："曲以图歌时利物，词则全为吟诵而设，止求便读而已。"渔当明季清初，其时剧中诗余自盛。而何氏先是言诗余废者，非辞之废，乃声之废。故明清但以供吟诵。诗余犹然，矧诗乎？乃明清而或歌唐诗，出于假设强为尔，岂唐声真也与哉。

诗变为乐府，乐府变为词，词变为曲，这是言的沿革。古歌的五七调变为今样曲的七五调，又变为都都逸，这也是言的沿革。也就是说，唯独文还留存在所谓的学士大夫手中，保留着往昔的样子。

但是，这种如往昔的文，也即用往昔的言写成的文，和今言不同。因此，这样的文是死文。模仿死文，无论所模仿的文究竟是希腊、罗马、秦汉唐宋、还是奈良朝前后的文，它们都无助于国文发展的目标。

致力于模仿死文的人，大抵将文区分为雅和俗，称古为雅，称今为俗。最近的例子便是福住正兄①发表在《大八洲学会杂志》②上反驳佐佐木弘纲的歌论③、题为《雅调论》的一篇文章。他只知古文是雅，但不知今文未必就是俗。他的辨识力比世间一般浅薄之辈要优秀，但不能睁大眼睛看破雅俗和古今不能混为一谈，我等觉得甚为可惜。

期望我国歌人改良的萩野由之④和太田好则⑤诸家以及劝说我国诗人革新的市村瓒次郎⑥都明白应该放弃死文，都知道应该视今言为雅。

---

① 福住正兄（1824—1892），明治前期的农政家、实业家，明治二十二年一月后围绕着长歌改良论与佐佐木弘纲发生了论争。《雅调论》发表于1890年1月的《大八洲学会杂志》。
② 1886年4月国学者本居丰颖、久米干文等发起组织了"大八洲学会"，7月创刊机关杂志《大八洲学会杂志》。
③ 佐佐木弘纲（1829—1891），幕末明治时代的国学者及歌人，曾于明治二十二年九月在《笔花》杂志发表《长歌改良论》，主张七五调雅调正格说。
④ 萩野由之（1860—1924），国文学者，明治二十年七月与小中村义家共著《国学和歌改良论》。
⑤ 太田好则，和歌改良论者。
⑥ 市村瓒次郎 1864—1947），历史学家，日本东洋史学早期创立者，也曾与落合直文等创办文学杂志，从事文学活动，还参与了森鸥外《面影》的翻译。

此中，萩野由之对将来的日本诗人寄语时，其雄浑开阔的眼界足以让世间孤陋寡闻之辈羞愧难当。萩野由之是这样说的：

> 假如世间的歌人都能没有偏见、猜测、执拗的毛病，具有到达大局所需的公平，能取长补短，深化学根基，丰富见识，集中精力向进步的方向前进，岂不能再创和歌的黄金时代？岂不能再创天下诗歌的黄金时代？若能像这样进步的话，长的和歌将会让但丁《神曲》的长诗百首和米尔顿《失乐园》的十二卷也不能再夸耀它们的雄伟。短的俳句片歌则连寸铁杀人也不能表其简劲。长句短句交错，音调抑扬急徐参差调和，其效动天地，目不能见的鬼神听之也感喜怒哀乐，它不仅使男女关系和顺，安慰勇士的心，它也能使人感到慰藉、使人快乐、使人悲壮、使人忠勇，也最能使人高尚优美，满足和歌的所有功用。

太田好则和市村瓒次郎两人的期望大约也正是如此吧。

像这样的进步不仅仅是对单独可唱的叙情诗，可诵的叙事诗以及可演的戏曲的期待，对可读的散文也不得不期待。毕竟，韵文与散文都属于与此相关的改良革新之事业。市村氏在本刊的前一号中主要关注韵文的结语，①因此对于散文的更新只稍稍提及，并对此没有论述。在此，我想在更广泛的意义上试论言文相关的道理。

死文本就不该再写了。若要今文和今言不甚相乖戾，只有两个解决办法。将今文按古文来写，让今言回到古言，这是将文变成言。今言直接变成今文，而不再作复古的文，这是将言变成文。

将文变成言，到底是人力所不及的，这和人类不能制造历史是一样的。另一方面，能够做到的只不过是拿了古代的片言只语来热闹现在的文集和文坛。例如，最近逝世的德国人谢来耳收集了古语来装点自己的文章，传播到报刊，一时脍炙人口。②比这个更进一步大量使用古典的情况，充其量也不过仅是李王拟古③的诗文和万叶调的和歌罢了吧。这种情况下，言不顾文的追古，单行独步地发展。这个道理是显而易见的，世

---

① 即发表森鸥外《言文论》的1890年4月《栅草纸》(《しがらみ草紙》)的前一号。
② 谢来耳(Johannes Scherr 1817—1886)德国的政治家、文学史家，曾任民主党领袖，在1848年的革命中起到过重要作用，革命失败后1849年被迫流亡瑞士苏黎世。
③ 嘉靖末年，以李攀龙、王世贞为首的"后七子"提倡文学复古运动。

间确乎没人真想要让语言返古。久米干文①在《日本文栞》的序言里对今文杂乱无序的样子感叹不已,他说:"想要回到以前的文风时,古文不是今人所易学的,在两百年来学古文的文以及今日之文的基础上,以我的拙劣之才写作了此书,为的是要引导初学之人。"尽管说了这样的话,久米干文也只不过是仅仅模仿死文而已,作者并非想要将言返古。

因此,只要是尚未失去心智,大家想的都是将言化为文吧。想的是要将今言马上变为今文,而不是做复古的文吧。但是这期间有雅俗的差别,极雅的文和极俗的文犹如冰火两不相容。

西洋人到非洲大陆旅行,要明了当地土著的语言时,只能根据音模写文。他们所依据的是"语音学",用的不是西贝斯②和亨利·斯威特③的言标,而是利用了列普修斯④和布吕克⑤的音符。⑥ 这是最好的了。因为我们处于不了解非洲土著语言历史沿革的情况下,要写成文,除了依赖发音外别无他法。反过来令人感到不安的是,我国成立的罗马字会,舍弃了母国的历史,不顾母语变革的历史,凡事必依据现在的发音模写今言,遂成今文。⑦ 现在"往かう"的发音是"ゆこお"。罗马字会将其写为"yuko"而不写作"yukau"。因此,当碰到"往かぬ"这种古今相通的格时,它的元音"o"要换做"a",从而不能不写作"yukanu"。这个是只要改变母音就能做到的。更有甚者,辅音也不得不改变。例如说"立つ"的时候,写作"tatsu",说"立ち"的时候写作"tachi",这"ts"和"ch"是讹化的结果。但

---

① 久米干文(1828—1894),大八洲学会的代表古典歌人。
② 西贝斯(Edward Sievers 1850—1932)德国人,古典语言学家,1893 年著有《语音学纲要》一书,是十九世纪语音学的集大成者。
③ 亨利·斯威特(Henry Sweet 1845—1912),英国著名的语音学家、语法学家和英语教学的领袖人物。
④ 卡尔·列普修斯(Karl Richard Lepsius 1810—1884),德国的埃及学家,曾广泛学习古文学、东方语言以及比较语言学。1855 年曾创制国际标准语音字母(International Phonetic Alphabet)。
⑤ 恩斯特·布吕克(Ernst Wilhelm von Brücke 1819—1892),德国生理学家,开创了现代语音学。
⑥ 此处的"言标"可能是指专门符号将单个音节根据其发声位置、音调等加以标识,如斯威特的标记法;"音符"则是指用既有的字母来表音的方法,如列普修斯的标记法。参见加藤周一、前田爱编:『日本近代思想大系 16 文体』,岩波书店,1991 年,第 94 页,《言文论》注释部分。
⑦ 成立于 1885 年,外山正一、矢田部良吉等人都参与其中,1887 年该组织会员达 6800 人,其中外国会员有 3000 人。

是，"立てば"写成"tateba"。这才是"t"的正音。这些明显地使语脉混乱不堪，我国没有辞典因此是很易发生的。如果有辞典的话便不会有这样支离破碎的文了吧。不顾一切地这般推行罗马字表音便是视我国人为非洲土著。固然，为了研究语音而将今天的语言记录下来的不应算在此列。

比这个转录发音（transcription）更进一步的是最近世间所广泛使用的落语笔记。《百花园》也好，《花筐》也好，都是这一类。①落语笔记虽然是依据发音将其模写下来，但与罗马字会所做的不同之处就在于，它不仅仅只是依据发音，竟然也修正假名。但是，艺术性的言未必就能成为艺术性的文。三游亭园朝的话虽然说得很好，但是把这些话用笔写下来那就比庸俗的小说家的文还差了。②为了研究辩论方法的情况我们姑且不论，一想到喜欢读这种笔记的人的趣味之低下就觉得非常可怜。

比落语笔记有更高趣味的是世间所谓的言文一致体。言文一致是对假名进行订正、使用一定的"てにをは"、用今言写成的文体。可被称为这种文体代表人物的山田美妙斋就通过创作艺术性的言文一致体以图大大推进国文的进步。虽然世间也有人听到言文一致的名字就觉得文即言、言即文，但言文一致只是采用今言而已，其本质则为俨然的文章，是为了读而写的文章。因为是为了读而写的文章，因此能看出充分的语言历练的印迹，这也是和日常会话不一样的地方。吉川女士曾经攻击这种文体，举出家里的老妇人不能理解这种文体，现实中确乎应该有这种现象，但不应该把它视为这种文体的弊病。③

虽然但丁在发表其雄作时曾说不想要使用当时的"俗语"（Lingua Volgare），但正是在他决意用俗语后，意大利才得以诞生一种新文体。④

山田氏等人具有把我们文学社会中新的语言变成文的勇气，是日本新文章的先驱。在此之前，以坪内逍遥、飨庭篁村⑤两人为首，精通近体

---

① 《百花园》为明治二十二年五月十日至明治二十九年二月二十日之间发行的杂志，连载有酒井升造所速记的讲谈与落语。《花筐》也是同类的杂志。
② 三游亭园朝（1839—1900），落语家，通过1884年的落语创作《怪谈牡丹灯笼》给予言文一致运动以重要的影响。
③ 吉川女士，即吉川ひで，明治二十二年三月二十日在《读卖新闻》发表《言文一致》一文与星の家てる子发生论争。
④ Lingua Volgare 意指和拉丁语相对的俗语、民众语和乡土语。
⑤ 飨庭篁村（1855—1922）小说家，剧作家，曾任《读卖新闻》的记者，在坪内逍遥的影响下创作小说。

文的人也不是没有,但他们的努力偏于使自身的笔墨更温文尔雅,因此没有使用山田氏所谓的"豹变之手段"①。也就是说,这种手段可能有缺点。但是不这样的话,不足以一时卷起文海的惊涛怒浪打破天下词人的慵睡。

不能不指出的是,山田氏虽然采用了许多新语,其各处努力避免卑语的踪迹也清晰可见。例如,《醉沉香》中的"玉帐"一语虽招致了世间的议论。②其原因与其说是其语之下品,不如说是事情的淫亵。但其作品中用言(动词)的使用灵活,即在散文中使用当今的京言,在韵文中保留了古文的"てにをは"。余等对此不得不抱有一些疑问。请允许我就此作些论述。

山田氏的散文中,新"てにをは"前后易趣。他在《夏日树林》的序中这样写道:

> 文章中,对于比自己身份低的人的语法,比对自己身份高的人的语法容易,因此我想可以成为言文一致体的基础。就像此中的文那样,这种语法全部用在叙述文上。但最近又想了一下,又有了与此不同的想法,现在大概用同等人际关系的语法来写叙述文。

此前的美妙体中③,除了山田氏的文章外,世间值得一记的著述便是长谷川四迷④的《浮云》等了吧。而至今仍在使用此后的美妙体的,除了山田氏以外大概便是矢崎北邙了吧。⑤

的确,不管是用だ还是です,有一点是很清楚的,在叙述文中人物语言时应该根据不同的情况选用合适的。一时广为人知的巴伐利亚的路德维希·刚霍夫曾在《阿默高的圣像雕刻者》中写过:⑥

> "'s Glück von die Kinder is d' Seligkeit von die Eltern."—Ein edles Feuer vershonte das alte faltenreiche Gesicht,—
>
> (译文:孩子们的幸福就是父母的最高幸福——高贵的热情使年老的布满皱纹的脸容光焕发。)

---

① 山田美妙在自己的小说《夏日树林》的介绍中说,自己根据那时"下流的语法"给自己所用的"だ"调的言文一致体命名,所谓的"下流的语法",指的是身份低下的人所使用的语法。
② 山田美妙的小说,发表于明治二十三年一月的《国民之友》。
③ 即比自己身份低的人的语法体「だ」。
④ 即二叶亭四迷(1864—1909),日本近代著名小说家、翻译家。
⑤ 即同等人际关系的语法体「です」。
⑥ 路德维希·刚霍夫(Ludwig Ganghofer 1885—1920)德国剧作家,以创作其故乡为背景的作品而闻名。代表作有剧本《阿默高的圣像雕刻者》。

前半部分的语言是将按作品中人物的方言本身写出，后半部分则对语格进行修正，并将它写成叙述文。我国的坪内和饗庭两人，以及在此之后的幸田露伴和尾崎红叶两人，还有须藤南翠都很会使用此法。①

叙述文和会话都无差别的使用新的助词"てにをは"、在会话里适合地转换だ和です，而在叙述文里主要使用其中一种，这样做的是上述的山田，二叶亭，矢崎等诸家。如果看一下德国文学的话，被称为德国狄更斯的弗里茨·罗伊特（Fritz Reuter）大概就属于这种情况。他在《老生常谈》中写道②：

"What willst du? Raup ik. —Ik will dat, wat du nich willst! Seggt hei."

"你要干什么？"，我大叫道——我要做你所不愿的事情，他说道。因为上文中的"Raup ik""Seggt hei"都是第一人称的叙述文，又顺从了方言风俗，未改语格。若找一下和我国言文一致家不同的地方，德国将方俗之言当做方俗之言，我国的言文一致家们却用方俗之言当作"新语格"。对于这些作为"新语格"出现的迹象，通过推测、思考山田氏在《学海之指针》《国民之友》上发表的《日本俗语文法论》的成因，可以理解为何这种语法规范在序、记、论文，不管是哪种文体，都被这一派的人不加区别地使用。我辈不仅仅对于新语进入文章感到高兴，而且并不介意方言、乡村的语言不时地进入诗歌。若举汉诗的例子，杜甫曾写过，"峡口惊猿闻一个""临歧意颇切。对酒不能吃"，这岂非没有动人之处？但是，至于这个新的"てにをは"，纵令只在散文里使用这些，我等也未能立刻承认将这些语格当做常格的必要性。

现在的巴伐利亚，本该说 ich schlafe，人们却说 ich thue schlafen，这种新作用没有进入文。我国的だ和です和这个也有点相像。

现在的言文一致家也并非不再使用古代的てにをは的助词，他们的韵文里仍然在使用这些助词，这也许因为这些新语格的文体也并非没有

---

① 须藤南翠(1857—1920)，新闻记者，小说家。曾任改进党的机关报《改进新闻》的记者，连载政治小说，广受好评，代表作为《绿蓑谈》《新妆佳人》等。
② 弗里茨·罗伊特（Fritz Reuter 1810—1874），德国北部的小说家，作品大多以自己的故乡为背景，用梅克伦堡地区低地德语写作。代表作有六卷本《老生常谈》(Olle Kamellen)。

经过洗练。本来韵文是为了歌唱和舞蹈所创作的,是诉诸耳朵的。散文是为了阅读创作的,只诉诸眼睛和心。散文从极端的意义上来说,音调没有丝毫的用武之地,这一点山田氏不是已经敏锐的看破了吗?但是,若诉诸耳朵的韵文可以不使用新语格,那么诉诸眼睛和心的散文、为了阅读而写作的散文也没有必要使用新的语格。

我等承认弗里茨·罗伊特在我邦的诞生对于日本文学界而言是有意义的,也承认有用其所谓的言文一致体整合一个文体的必要,而且也承认诸如《日本俗语文法论》会对学者大有裨益。但是,我等看到,我国的罗伊特纵横驰骋的才能早已被用在了创造不用新てにをは的韵文上了。我们惊异于他们为何不创造那不使用新てにをは的散文呢。

当今思考国文改良的人本来皆想让言变成文。只是,他们想要维护的只有旧来的语格。小中村清矩说过如下的话:

> 现在通行的文是从经过了元龟天正的乱世、流入俚俗田间的德川时代的文一变而来,虽弃俗近雅,那雅文的部分是从汉文体移植而来的,因为是努力舍弃固有的邦语,文体并不流畅,和本来的语格(即てにをは活用的那一类)不同的部分很多?傚i?傚i纵令,写成汉字交杂的通行文,只要是仍使用国语写作的文,语格不同的地方仍然很难称之为文。现今世界各国皆有各自的国语,可以说由此便能知道该国的盛衰兴亡。因此,通行文也应尽量主要用国语写就。①

物集高见②更进一步地说道:

> 并非说雪月花就必然是坏的、风雅一概就是坏的。根据这样的题目习作时,会很自然的寻找古人的先例,也即学习古人的句调,因此无法写下自己真实的想法了。不自觉地就会滋生在思考前先查阅语句,有了语句才开始思考这样一种颠倒顺序的习惯。这种事情我已经亲历过,有实际的感受。因此,我认为若要改正这种习惯,就要有一年多的时间,在中古体以及其他任何作文时都要做到言文一致,避免古文和古意的介入,进而用言文一致的文来重写中古体。

---

① 小中村清矩(1822—1895),幕末明治初期的国学者,主要著作有《歌舞音乐略史》等,文中引用的就是其中的一节。
② 物集高见(1847—1928),国学者,曾跟随平田銕胤学习国学,历任东京帝国大学、学习院、国学院的教授。

有贺长雄①的日本国文论的主张也和这个很接近。他们和山田氏等人不同的地方主要仅在语格。山田氏并不放弃旧来的语格,这一点从其在韵文中维护旧来的语格就能明白。只要山田氏一度承认,在写作散文时,有根据其文的部类仍使用旧来语格的必要性,那么如今新文学的各个门类就将一起归入一条大河。

落合直文②是当今文人中离言文一致家最远的人。他说过下述的话:

> 我也是言语和文章不能分离论者。但是,我认为对此也不得不有相当的注意,即语言要稍稍往上进一步,而文章则要稍稍往下走一下。
>
> 若读一下今日世间所谓言文一致的文章,就能枚举出特别粗鄙的语言。对于这样的文,我不仅不会使用,而且要大加攻击。

窃以为,落合直文想要向下靠拢的文章,和山田氏想要守住旧语格的文章,这两者之间的差距不该像如今这么大。也就是说,两者宛若,某一语,一派想要写成雅文,一派想要写成俗文,一派犹想在文中求取声音,而另一派则持极端的意见,一定不要声音。但将此和如今的隔阂相比,只不过是程度不同罢了吗?我等是知道两派的心事的。两派同样都期待我国新国文的振兴。山田氏若把旧来的语格也能应用到散文里去的话,在这两个极端间的诸家,大家就能合力致力于文的改良革新了。③这正是我等求之不得的事情。

【题解】

森鸥外(1862—1922)是日本明治、大正时期著名的作家、翻译家和陆军军医,出生于石见国津和野藩,本名森林太郎,父亲是津和野藩的藩医。森鸥外幼年就开始学习《论语》《孟子》和荷兰语。明治维新后的1872年,十岁的森鸥外上京学习德语,备考医学院。1877年至1881年,森鸥外就

---

① 有贺长雄(1860—1922),文学家,法学家,社会学家。他在《日本国文论》(刊于《文》明治二十一年七月十四日)中提倡用新意匠来振兴新文章以及让"俗文"成为"国文"。
② 落合直文(1861—1903),歌人,国文学者,曾用日语再创作井上哲次郎的汉诗,题为《孝女白菊の歌》(《东洋学会杂志》明治二十一年二月)。文中所引用的《文章的谬误》是明治二十二年七月十五日《皇典讲究所讲演》的一节。
③ 指「だ」「です」的新语格之前的「なり」「たり」等旧来语格。

读于东京帝国大学医学部，1881年12月就职于东京陆军医院。1884年8月至1888年9月间，受陆军卫生部嘱托赴德留学，分别在莱比锡、慕尼黑和柏林调查德国的卫生制度、学习德国卫生学与细菌学的最新成果。留德期间，森鸥外广泛涉猎了文学、哲学、美学和艺术著作，为日后的文艺活动打下了基础。回国后的1889年8月，森鸥外在《国民之友》的夏季文艺附录上刊载了翻译诗歌集《面影》。1890年，森鸥外发表了以日本留学生在柏林与德国舞女相恋为主要情节的短篇小说《舞姬》，与随后的《泡沫记》和《信使》并称"留德三部曲"。1889年10月，森鸥外还创办了自己的文艺杂志《栅草纸》，《言文论》便初刊于这一文艺阵地。这一阶段构成了森鸥外初期的文笔活动时期。1907年，森鸥外升任陆军军医总监，任陆军省医务局局长，随后也迎来了文艺创作上"丰熟的时代"。

《言文论》发表于1890年4月。此时，言文一致运动已在文学领域内取得了实际的创作成果，也引发了对于现有成果及未来走向的各种讨论。在《言文论》中，森鸥外首先指出，言和"为了阅读而写作的"文之间的隔阂是必然的，"言必在文之前发展，而文则在其后直追，这一点参照世界各国的史籍便可知"。在此基础上，森鸥外对当时文坛上所出现的种种"言文一致"的尝试进行了梳理，逐一指出了1889—1890年间的和歌论争、日本罗马字会的记音主张及落语笔记等尝试的不足。接着，在与德国方言写作的对比中，森鸥外分析了"世间所谓的言文一致体"的不足。森鸥外虽然赞同山田美妙采用今言和俗语，但对山田美妙等所实践的动词用言的语尾活用（即だ和です）提出了质疑。最后，森鸥外认为，山田美妙的"言文一致"运动与落合直文等人的国文改良主张若能彼此借鉴，两者就能合力推动日本国文的振兴。值得注意的是，在与《言文论》同一时期发表的小说《舞姬》中，森鸥外并未使用他先前已经在翻译中所尝试过的言文一致体，而是在语尾保留了旧语格。

参考文献

山本正秀：『近代文体発生の史的研究』，岩波書店，1965年。
山本正秀：『言文一致の歴史論考』，桜楓社，1971年。
加藤周一　前田爱编：『日本近代思想大系16 文体』，岩波書店，1991年。

国语与国家

上田万年

此刻,我有幸能与诸位相见,在就此问题(国语与国家)说说自己平生的看法之际,我想要先从国家这一事物开始说起。虽然如此,由于我并非专门研究国家的学者,对此问题仅有非常少的智识,想来诸位听了必定会觉得有所不足。不过,为了讨论我自己专门研究的国语,不得不谈一谈,如果发现有什么误谬也请不要笑我,人难免犯错,宽恕才能够成就神道。

在我看来,国家指的是在一定的土地上居住的,单一人种或是多种人种的结合,他们的结合是为了达成生活上的共同目的,因此在法律之下达成统一。因此国家一词的观念之中,第一要有土地,第二是人种,第三是结合一致,第四是法律,这四个要素不可或缺。

我认为根据上述的这四个要素,就可以推算出国家的隆盛或者衰微灭亡。

第一,土地。

土地都被他人悉数所掠夺,也就意味着亡国。例如波兰的土地,例如缅甸皆为如此。相反,像是掠夺土地,也就足以显示掠夺者的权力和兴盛。其次,一部分的土地被他人所掠夺,也显示出向同样的命运发展的倾向,像是泰国之于法国,阿尔萨斯、洛林州之于德国[①],或者是中国失去了阿穆尔地带[②],或者是土耳其失去了巴尔干半岛的主权,上述例子无外乎如此。

第二,人种。

人种的自然死亡,或是被屠杀殆尽,也就意味着由这个人种所组成的

---

① 1870—1871年的普法战争之后,法国战败,割让位于法国东部的阿尔萨斯州、洛林州与普鲁士。
② 阿穆尔州位于额尔古纳河、大兴安岭、黑龙江的西北,17世纪时沙皇俄国与清朝就该地区领土问题发生过多场战争,在1689年签订的《尼布楚条约》中大部分归属清朝。但是在1858年的《瑷珲条约》之中该地区被割让与沙俄。

国家的灭亡,此无须待言。然而,这样的事毋宁是非常特殊的情况,多数情况则是多个人种之间相互倾轧使国家衰落或是灭亡。现今奥匈帝国就正在为数种人种之间的倾轧而面临巨大的困难,波希米亚的捷克人,匈牙利的马扎尔人,以及其他许多的人种,各自恣意妄为。总之,如毛发无法梳整的情况使他们无法长时间地团结一致,常一味养成卖国风气。反之像我们日本帝国,尽管有一些归化人,但还是一个民族发达形成一个国家,绝无以上的忧虑,至少迄今为止罕见。

第三,结合一致。

共同生活不得不结合一致。即,统一土地以及统一人种等等,在此无疑是重大要素。而以结合一致为目的而制定的法律,在此也是重大的要素。这一点无须辨明。但是其他还有几个应该注意的重要要素。

(一) 历史及习惯

尊崇历史以及习惯,不忘过去之事,尊奉祖先。对之尊重与否,对联合国民会有极大影响,这是自古以来的政治家早就倡导的。看看中国以及朝鲜等国的人民有着如何薄弱的国民感情吧。看看我们日本的人民是以怎样的英勇和朝气,从容计划着伟大的事业吧。他们的野蛮,他们的无气力,以及我们的爱国心、智略、大胆的勇气,都不能不看作是各自的历史以及习惯所产出的结果。

(二) 政治上的主义

虽然雅典那样地与斯巴达争斗,但是最后给希腊带来了怎样的后果呢?今日的德国正受到社会主义所苦,就像是他的敌国法兰西共和国,也正因为保王党、社会党、虚无党而持续消耗着自身的元气。主义的冲突若是变得激烈就会变成革命,或者变成弱国乃至亡国,这点现在已无须多言。

(三) 宗教

为何会发生三十年战争①?为何会发生天草之乱②?有的人身在阿

---

① 三十年战争(Thirty Years' War),指欧陆于1618—1648年间,以波希米亚人反抗哈布斯堡家族统治为肇始,演变为天主教联盟与新教联盟之间、将全欧洲卷入的战争。
② 指1637—1638年,天草四郎时贞以天主教为名,反对幕府高压统治、重税的农民起义。日本或称之为"岛原天草之乱、岛原天草一揆",最后为幕府所镇压。

尔卑山脉以北却眷恋山南的教皇政治,也有人即便置身秋津岛,灵魂却如犹在太平洋东边的共和国[①],歆羡其政体。而若是知道这些人的政治观念的养成,全是以他们的信仰为基础,那么就不得不惊讶于宗教竟有如此收揽或是离散人心的魔力。

(四) 言语

没有必要再说起巴比伦的故事。现在自有活生生的实例可以给我们启示。欧洲各大国的政府尊敬自己的国语,正热心地为了其勃兴而尽力着,正是为了藉此将全部国民结合在一起。威尔士语、爱尔兰语在英国议会,巴斯克语、布列塔尼语在法国议会,波兰语、丹麦语、法语在德国议会都断然不会被采用,是因为对此是否许可,关乎一个国家的秩序、一个国家的命运等。这一点之后还会再谈。

(五) 教育

把以上的四个要素,在土地人种等的基础上连结起来,计划着未来的结合的可谓是教育。不过根据结合的方式,也产生了国家教育、宗教教育、博爱教育等数个不同种类。因此,教育主义的确定或未确定,得以实行或未能实行,都与他日国家的命运相关联。以上,我仍有补充意见,请让我他日再陈述之。

第四,法律。

真正的国家须依据法律而成立。法律的内容,以及其引起的效果,关乎国家的命运。因此治外法权之下的国家,还不能算是真正的国家,所以没办法成为独当一面的国家。因此教育制度未完备的国家,也不算是真正的国家,而是所谓的无见识的国家。

根据以上所述,我对国民的定义是,国家之下生活的单一人种或数个人种。因此一国之国民绝非必须限于单一人种。例如日本国民之间,也有着与皇室的区别、神的区别、藩的区别,瑞士国民中也有着意大利人、法兰西人、德意志人。俄罗斯国民除了俄罗斯人以外,还有波兰人、犹太人、德意志人、芬兰人以及西伯利亚各地方的人。此外,法兰西国民有高卢

[①] "秋津岛"和"共和国"分别代指日本与美国。

人、不列颠人、巴斯克人、勃艮第人、法兰克人、阿尔及利亚人等,普鲁士国民也有波兰人、捷克人、荷兰人、丹麦人、俄罗斯人以及法英等人种交相杂居。

以上所说无外乎表示在一个国家之下可以有许多的人种生活着,与此同时,诸君也可以如此认为:一个国家所以能够成立,其中必定有一个核心,也就是某一个人种。举例来说,像是德意志帝国,使之成立的是德意志人种,特别是以普鲁士人为中心。又如英国,其中有凯尔特人、丹麦人、诺曼人等等人种,并且互相融合,但占据多数,掌握大权的是以盎格鲁萨克逊为主的人种。至于日本,特点是由一个家族发展成为人民,人民发展成为国民,虽然有神皇和藩的名称区别,事实上到了今日,这些区别全部都已消融。这确实是国家的一大幸事,若有一朝面临危急之秋,我们日本国民将能团结一心地相互合作,这主要便是靠着忠君爱国的大和魂,和有着全国通用语言的大和民族。因此,我辈的义务便是使语言一致、人种一致,我们要和帝国的历史一起,一心向此方向,不偏不倚、不退缩地努力。不致力于此者,便不是爱着日本人民的仁者,不是保卫日本帝国的勇者,更不是足以谈论东洋未来的智者。

人民所说的言语与人民的性质之间有着最紧密的关系,人民对事物的感受,或是思考各种事情,全都是透过语言反射出来的。因此我们可以无须踟蹰地认为,语言是说话人的精神之中对于生活的思想及感情的外化。那么,虽然我们尚无勇气像马克斯·缪勒那样断言语言即思想[①],但至少可以认为,语言即具形的思想。

试以中国语来看吧。仁义之道是如何在他们之间展开的,即使不透过历史,从言语上也能明了。试着研究梵语吧。古代的印度人多么富有分析能力,不需去读他们的哲学书、宗教书、语言学书等等,光是从他们的语汇也足以如此断言了。在文人之国,诗歌的语言多而发达,在武人之国,武人的语言多而昌盛。希腊语是古代哲学美术的语言。罗马语是中古法律、宗教、文学的语言。英语之于商业、法语之于社交、德语之于推理,都是依据其人民的长处而发达起来的。

恰如血液是肉体上的同胞,语言对于使用它的人民来说,是精神上的

---

① 马克斯·缪勒(Friedrich Max Müller,1823—1900),德国学者,在语言学、宗教学、印度学等领域产生了广泛的影响力。

同胞。以日本国语为例,可以说日语是日本人的精神血液。日本的国体,是以此精神血液为主而得以维持,日本人种靠着这最好的、最为永久存续的锁链,不会变成一盘散沙。因此大难来临之际,只要响起日语的声音,四千万同胞无论何时都会侧耳倾听,无论何处都会赴汤蹈火前往帮忙,至死方休地尽其所能,若有一朝收到吉报之时,从千岛最北端至冲绳最南端,全体都会一齐献上亘古永存的祝词,若是在外国听到这样的语言时,实在是一种音乐,一种天堂的福音。

就像这样,语言不单只是国体的标识,同时又是一种教育者,可谓深情的慈母。我们自出生起,这个母亲就将我们迎到他的双膝上,恳切地将国民的思考力以及国民的感受力教给我们。因此这母亲的慈悲诚如天日。但凡生在此国,身为国民以及国民的子孙者,谁都得以瞻仰这光芒。德意志称之为 Muttersprache,或是 Sprachmutter①,前者指母语,后者指语母,可以说讲得相当贴切。

进一步说,与语言紧密结合的还有我们心中一日也不曾遗忘的生活上的纪念,特别是人生中的神话时代——孩童时期的纪念。我们自幼童之时,玩耍到精疲力竭,香甜地睡眠的时候,母亲是如何温柔地为我们唱着安眠的歌曲?当我们天真无知,反复恶作剧的时候,我们严格的父亲如何的给我们严厉的教训?然后像是攀爬隔壁家的墙壁,专注地捡拾栗子的果实,又或者是春和日丽的野外,与秋先生冬先生一起,在紫云英②之中漫步着,所有当时所使用的语言,连同当时的人名、地名一起,全都给我们难以说清的快感。接下来的中小学校的语言,高等学校学生的语言,市民的语言,又或是各种职业、各阶级、各地方的语言,全都是各式各样的生活的反映。所谓的语言束缚说话的人就是指这回事。因此除了生长于外国的人,或是在外国人的学校,只接受过外国语教育的人之外,所有人都将承蒙语言的恩泽,不得不对语言表示感谢之意。若非如此,这个人要么是神童,要么(一般来说)则是个白痴。

无论如何,谈论自己的语言是好或坏,就如同评论自己父母是好或坏,或是谈论自己的故乡是好或坏。即使占了理,这样也不算是真的爱它们。真的爱是没有选择的自由,如同对皇室的敬爱。以此爱为基础,才能

---

① 德语词,Mutter 指母亲,Sprache 指语言。
② 原文为"蓮華草",二年生草本植物,花冠紫红色或橙黄色,常见于山坡、溪边及潮湿处。

谈论国语,考虑对它的保护。

　　从上述可知,国民尊崇自己国家的语言是一种美德,伟大的国民必定尊崇自己的国语,绝对不会搁置国语而去尊崇外国的语言。就像从前的中国之于诸藩,古代的希腊之于外国,他们认为他国的语言都是野蛮人的语言,对它们视若无睹。研究罗马语言史的人们,可以正确地知道,罗马人为了振兴拉丁语文学付出了多大的苦心,像是凯撒,他在军事上以及政治上肩负繁重的职务,同时又关注文法上的研究,他所创造的离格①的名称,不就仍传承至今吗。其他像是卡特,他虽然是最激烈的保守论者,但是听说他为了自己儿子的教育,还是忍耐着学习希腊语。然而,他们为了使自己国语发达而实行的计划的结果是,罗马语终于成为法律、宗教、文学上的语言,希腊语的时代被罗马语的时代取而代之。

　　现在的德意志,也是那样地尊奉自己的国语,为了国语的纯正而舍弃了其中外国语的元素,复活自己国语中好的元素。这一进程也发展到了多用外语借词的科学中。他们最初因为马丁·路德,国语得以从拉丁语之中独立出来,但腓特烈大王的时代曾一度尊崇法语②,拿破仑时代,曾再次加强和法语的羁绊,终于到了本世纪之初,上流社会大多都能够说法语,中下流社会的人,也到了若是无法理解法语就会抬不起头的程度。然而,真正的德国人尊崇德语,再次致力于建国。

　　歌德、席勒的文学,与斯坦因、洪堡等人在政治上相互连结,布吕歇尔③、沙恩霍斯特④等的悲歌之士合为一体,使德国成其为德国而非法兰西,拯救德国的基础也就由此建立。从那时起六七十年的国家教育,终于使得德国在1866年和1870年的战争中所向披靡,成为了世界的帝国。因此就像盖世豪杰俾斯麦所说的那样,这是普通教育⑤带来的恩惠,而普通教育是以德国国语为基础的。

---

① 原文为"アブラチーブ格",即"ablative case",是拉丁语等印欧语中的一种语格。在语言学上"格"用以说明语法功能,是名词和代词的变化形式,在句中表示与其他词之间的关系。
② 腓特烈二世(Friedrich Ⅱ.,1712—1786),普鲁士国王,喜好文学艺术和法国文化。
③ 布吕歇尔(Gebhard Leberecht von Blücher,1742—1819),普鲁士著名元帅,对法战争时战功卓越。
④ 沙恩霍斯特(Gerhard Johan David von Scharnhorst,1755—1813),普鲁士将军,曾实行军事改革,如提倡法国的全民皆兵式的征兵制,组建总参谋部等。
⑤ 指俾斯麦实行的普鲁士国民教育。

其他像是俄国，把国语编入全国一般的小学，像法国更是在大学内实行语学的保护奖励，我每次看到这些，首先会因为各国的人们这样爱着他们的学问感到很惊讶，其次不能不叹赏这些国家尽其本分，毫不懈怠。

　　现在，各国大学以这样的热情，这样的远虑对研究学问实行奖励，特别是德国，有二十多所大学，大概没有哪所没有德语语学的教授。这种影响力还延伸到剧场，像学校之于小孩那样，剧场对大人施以教育。

　　综上所述，国家之中的语言混合是不应该的。正如我之前所述，本来语言的混合对国家的命运而言就不是什么值得庆贺的事。语言混合一般发生于人民在力气上或是精神上受到别国人民压制的时候，其结果是不得不如同以前的巴比伦塔那样，往往使一国的连结变得松散，弱化其独立性。这样的事往往发生在学者、政治家把自己的国语视为蒙昧的、卑贱的事物之后。同时，我们也绝不能忘记，有着非常不便的文字的地方，也时常出现这样的事。

　　因此伟大的国民，早已看破了这些，发自情感的爱着自己的国语，在理论上则从事保护改良国语的工作，并且在此之上，建设稳固的国家教育。不用说也知道，若要国家教育与旧来的博爱教育或是宗教教育有所不同，在国家观念上，以养成无愧于成为国家一员的人物为前提的话，首先决不能忽视这个国家的语言，其次是这个国家的历史，若是缺少这两者，这些工作就不能见效。因此在我国，若在国语教育兴盛之前，先鼓励汉语教育或是英语、德语、法语教育，这就是绝对说不通的事，甚至可以说当事者毋宁是在为国语的混乱而出力。若是缺少国语的教师，就应该在鼓励他国语言教师之前优先培养国语教师，或者至少同时培养，用心尽力。如果国语的研究法，或是对国语的保护，还尚未准备充分的话，就应该先搁置其他事情，而先实行上述计划。

　　呜呼，在我国日语至今未受到应得程度的对待。看吧，这些不孝不实的大和男儿，在此之上还有怎样的举止。

　　其中一派的人，就像是一个放荡儿。因为无论自己做什么母亲都不生气，因此殴打抛弃母亲也觉得无所谓，却反而在其他的女人身边尽孝行。然而等到哪一天有事发生的时候，除了真的母亲以外，没有人会帮助他。试着给这样的人拳头看看。他生气、他哭泣、他抵抗、他诉苦的工具不是平生所爱者,反而是他认为卑贱的母亲。这样一派的人们,指的就是大多称为汉学者的人。

又有另一派的人,觉得这个母亲野蛮又没有学问,愚蠢地磨磨蹭蹭,又缺乏气力,因此就主张迎来其他的母亲。虽然近来这一派的人逐渐失去势力,然而另一方面他们的影子仍未绝迹,有很多尊奉西洋语的人。特别是常见称之为英学者的人。

由于这样不信实、没有见识、只知道皮毛的人,以及变成奴隶、缺少独立自主的气概、陈腐的人们——可悲的是他们很多是今日日本的有力人士——我们令人怀念的日语被轻视,被埋没于世,因为没有研磨于是产生了污垢,因为被埋没于世所以默默无名,于是令人哀怜地变成现在这个样子。如此状况之上,更让人落泪的是虽然日语语学上的楠氏①一族还未消逝,但世上已无光圀卿②那般具有识人之明者,因此他们埋没于世不为人知。

呜呼,世间所有的人,看见华族都知道他们是帝室的屏障。然而知道日语是帝室的忠臣、国民的慈母一事的,却非常稀少。更不用说为了日语而尽力的人。另一方面,我国号称实行了所谓的国家教育,可是非常奇怪的是,对待这个慈母却依然像是在对待外人一样。

学习汉学的人,汉学老师,却没有国语知识,或是担任洋学的老师,却不知道国语的规则。然而他们还是继续作为语学的教师担任教学的职责。像这样,日本人民首先应该有的明确观念还处于模糊混沌当中,却在这些奇怪的人的教导下学习外语。在这种状况下,国语还没有混乱,是国家大幸、国家的名誉。

我们又因为文字的原因,时常使用汉语,其实英德法的语言,比起中国的语言与日本更为接近,即使如此世人依然被文字取法中国这一弊病所眩惑,胡乱地使用汉字汉语而不觉得奇怪。加上因为中国人所使用的语句,仍自由地输入日文之中,日语日文不知何时方能卓然独立。然而文

---

① 指镰仓幕府时期的武将楠木正成一氏,江户时代时楠木的事迹被水户学的尊皇史观所称道,水户藩主德川光圀也对其十分推崇。上田万年所处的时代,官方更进一步抬高楠木正成的地位,宣传其忠君报国的思想,1869年建立主祭楠木的凑川神社,1880年则追封为正一位官衔。

② 指德川光圀(1628—1700)。水户藩第二代藩主,曾任黄门官,因此人称水户黄门。

人对这问题却不加怀疑,学者也不加争论,日本的语学界真是不可思议到了极点。

即使如此,我们并非要绝对否定中国语的研究,我主张中国语应该作为高等教育被正确地研究。也就是说中国学有必要被认为只是国民的几十万分之一的人所需的学科。

日语应当是四千万同胞的日语,而不应仅仅是十万二十万人的上流社会或学术界的语言。不久前我们才攻陷平壤,现在又在海上战无不胜。中国在武力上已经不在我们眼里。可是中国文学仍然占据日本文坛很大的势力,而在大和男儿之中,连一个挺身策划与之战斗的人都没有,还一起沉浸在二千几百年来的所谓的东洋文明之中,因袭已久,连自己是谁都忘了,即使不能一味谴责,也不应该过于称赞这样的行为。

或许有人会问:对国语的整理是否已充分准备?对此我可以立即回答说,还没有。同时我会列举如下的题目,展示给提问者。

应该如何研究历史的文法?

应该如何研究比较的文法?①

发音学的研究是怎样的?

国语学的历史是怎样的?

文字的议论是怎样的?

普通文的标准,假如说是存在的,那么它能否完全支配实际的语言呢?

外来语的研究是怎样的?其输入我国后影响力如何?

同义词是如何研究?

同音词是如何研究?

辞书应该如何?包括专业辞书,和一般辞书。

日语的教授方法应该是怎样的?

外国语的教授方法应该是怎样的?

这里暂且列举出上述题目,若是有人对每个问题都有明确的答案——当然,不是否定的回答——我会为自己的无知而谢罪,同时毫不踟

---

① 上田万年对"历史的文法"与"比较的文法"的区分,近于索绪尔所言的历史语言学与比较语言学。

躅地为我们帝国举起庆祝的酒杯。如果很不幸地,相关研究尚未周备,我希望国家尽早对此进行反省。因为实行国家该做的事,维持其尊严,是国家的义务。不能把国语只委托给外国人研究,置于外国政府的学问保护之下,诚非国家的美事,倘若他日我们不得不到柏林或是伦敦去做国语研究的准备,光是想想,也绝对不是什么值得称快的事。不需走过千里以后为远途而感到惊讶,这是来自一寸一尺的脚步,未来的差距也确实是由此而生的。然而世间却往往只是为千里的差距而惊讶,却没有注意到这一寸一尺的脚步,为了避免国家大患之日,上述所言不可不戒慎之。

(明治二十七年十月八日于哲学馆)

【题解】

上田万年(1967—1937),日本语言学者、国语学者。1885 年进入帝国大学文学部和汉文学科,师从巴泽尔·贺尔·张伯伦。上田万年很早就关注日本的语文教育,1889 年撰写《在小学的科目里设置国语科之议》一文,提倡设置国语科以及言语教育的体系化。1890 年刊行的《国文学》是当时通过文部省检定的中学国文教科书。1890 年,受文科大学之命前往德国留学三年,之后又受命于法国留学六个月,于 1894 年归国。

1894 年 10 月 8 日,正逢甲午战争期间,上田万年应东京哲学馆邀请(指 1887 年井上圆了所创设的专门教授哲学的私立哲学馆,1906 年起改名为私立东洋大学),以"国语与国家"为题进行演讲,本文是以演讲为基础修改而成的文稿,翌年收入于上田万年的《为了国语》一书,卷首的"国语是帝室的屏障,国语是国民的慈母"即出自《国语与国家》一文。译文根据此版本译出。

上田万年自欧陆留学归国后在日本积极推行国语,1898 年担任日本文部省参与官,设置"国语改良会",推动日语的研究法与教学法,关注语言政策与推进日本国语学科的建立,夏目漱石即是此时由上田万年派至英国"研修英语"。上田万年是近代日本推动国语学科建立的代表人物之一,本篇是上田万年讨论国语问题的代表作,对于理解其语言思想具有提纲挈领之用。本文中,上田万年以近代世界各国的历史为例,说明近代民族国家的国民凝聚力与国语之间的紧密关系,认为使国民得以结合一致者主要为国语。因此上田万年主张以日语为国语以凝聚国民认同,并且落实以日语为核心的学术、教育体系。他批评过往的汉学体系以及明治维新后的英语学体系皆忽视日语。上田万年这篇在甲午战争期间所作的演说,既显现出日本知识界欲在政治与思想上脱离汉字文化圈的思想趋势,又标示着当时日本言文一致运动与国语运动的合流。

参考文献

上田万年:『国語のため』,東京:富山房,1895年。

明治的小说

高山樗牛

一、序论

虽然题为"明治的小说",但我的志向不在叙述明治小说的历史。盖因我想为时尚早。

再没有比历史过程更难以通晓的了。若从表面看来,历史往来消长的轨迹简洁明了,自有其秩序,未必一定要把细枝末节辨个清楚明白;但如果有人想要深入其中,详细探寻来龙去脉,那他非得抛下笔头望洋兴叹不可。正所谓社会乃一大活物[①]。个人在下,以为基础,国家在上,以为统率,上下联通数十层,其品、性各异。至于经营共同的生存、维持一致的幸福的原因,那么远到关乎民族特殊性和国土情状,近到与偶然事态相关的人,都不必一一列举。其间内外诸方势力相交错、异者同者相离合、等级差异相混融,前后相和者,上下引接者,左支右吾、一高一低之间,璀璨的历史纹理的经纬已然织就。若取成品观看,黄紫二色的配置井然有序、纹丝不乱。然而若要究其成因,即便是投梭之人也极难知晓,更何况旁观者!

历史难解的理由,到此还未道尽。若求证于过往,则人文的历程犹如海波摇荡前行。数十年或数百年后,形势又全然不同,所谓的"时期"就形成了。就好像"海水"一浪接着一浪行进时更迭起伏一样,"历史"则根据"时期"划分出小纪元。当代的史实,须得在到达这样的节点后,方可解释说明。到这时,史学家才率先提起笔来,但他们必须要判明,在其想要说明的史实背后,存在能够明确指出该节点的物事。如果史学家没有做到这一点,那么他只是单纯地记述历史,决不算是解释。那么,我们如何才能知晓这个节点,亦即所谓的"时期"呢?

[①] 伊藤仁斋《童子问》:"唯天地乃一大活物,生物而因物生。"

如果历史并非按约翰逊①所谓的反动规律行进，则所谓"时期"应视作其两极端。但是历史的摆动原本就没有一定的界限。它不像海浪的峰头，凭借一个浪径的长短，就可事先预测出峰头的高低。诸如文艺复兴、宗教革命等当代精神的大运动、大高涨，无疑人人都会立刻承认其重要的历史意义，然而能让时代的真相清晰明了的事件尚在进行中时，又有谁的慧眼能够看出这是不是历史的"时期"。而有些与过去几世相比仿佛并无特殊价值的时代，可能在经历数世之后被发现它在人文的整体历程中有着不同寻常的关系。然而，除非是具有绝世预见性的史家慧眼的人，否则又有谁能判断出这样的"数世"是否经历完全。

我们热爱文明史。尤其在形式上，大多采用德意志所谓观念史学家的论述。这是因为大家相信，历史事实的说明是凭借演绎法才得以实现的。然而，这些事实有无确凿的根据呢？观念史学家为何轻易依赖于这个大前提呢？我们容易根据极少的客观事实写出一部史论。但是对于历史，像这样止步于自家哲学主义式的说明，宛如黑格尔一辈，令人担忧。

不过，我在此并不论述历史。我只想告知读者诸君，因上述种种情由，明治小说的历史阐述不能在今日实现。

明治圣世迄今已有三十年，即使贯通三世都无法探究其历史的主义，但小说文学多少是有些变迁的。过去的历史如何影响当代文学？作为与内外时势共同变迁的国民思想的反映，我们的文学尤其是小说当时采取了何种态度？小说界中保守的反动与进步的趋向也和政治、宗教、哲学一样相互抗衡、此消彼长吗？虽然无法预知我们将来能拥有怎样的地位，但是关于这些问题，倒也不是没有说明的方法。本文是我对这些发展过程的大致思考，以供后人完成明治文学史时参考。

王政复古，知识求诸世界，国民思想面貌从此焕然一新，小说也不再停留于旧时观念。最近三十年，影响我国上下人心的改革精神之激烈、全面，实乃古今内外之罕见。然而，事物之变迁归根结底在于历史的发展。那么，明治小说与过去的文章又有何种关联？让我们先来回顾一下明治维新以前的文学。

国民文学是表现国民性情的一种形式。我相信，各国各民族在世界

---

① 塞缪尔·约翰逊（Samuel Johnson，1709—1784），英国诗人、评论家。代表作有《英语辞典》《诗人传》等。

人文的历史中所能达到的理想职能各有其特殊性。因为我相信,民族固有的本性在同化百般外物的作用中,仍能多少保持其自身特质。发挥这种特质,对国民而言是极为有益并且极容易成功的。正所谓桃李同壤不同树,国民之特殊性亦然。这虽是在国民心理学研究取得进展后才为我们所知的,但我们在各国各民族过去的活动中已明确认识到这一点。性之所向,他者无法企及。个人如果根据自身所长发挥作用,将最有益于社会。同样,国民若各自认识到其特殊性并加以发挥,不就能对人道作出最大的贡献吗?就好比闪米特民族和雅利安民族的天职有差别,雅利安民族和突雷尼民族①的职能也不相同。观其文物,长于彼而短于此,就像鸭脚不应接长、鹤嘴不应截短一样②,孰是孰非耶!我在文学中也窥见同样的道理。

国民文学表达国民的情感和希望。国民从中寻求慰藉,享受心灵的安宁。以国民性情为基础的文学将是永恒的文学、不朽的文学,将与国民、国家永存。通观各国文学的历史,常有文豪诗杰初时声名显赫,喧嚣过后就再无人问津。这都是作品与国民性情不相合,写作全凭自己的私心偏好,只笼络了当世之人的缘故。而技巧、情感与思想均卓绝于世者,百年之间不遇知己,不亦悲乎。在今日的文坛,我常感此悲。

总而言之,我国的文学必须要满足我国民的性情,如是便具备了作为国民文学的最高价值。我从不知有什么作品能对世界各国人民的心理发挥同等的作用,文学作为国民的产物,其价值在于成为国民性情的依傍。

两千五百年的文明史,将作为突雷尼民族的我国国民的特质清晰地呈现出来。就人种学而言,我们突雷尼民族是存留至今的 X③,决不能和单一人种的雅利安人一般看待。但毫无疑问,大陆蒙古民族的特质也是我岛国人民的特殊性,即我国民是实际的、现世的。将世界视做虚伪、迷妄,面向现象之外的彼岸,向往理想圆满的净乐界——这是印度雅利安的宗教观念,我们国民是绝无可能达到的。对我国民而言,除切实可见可闻的现实世界之外,不存在别的世界。宗教向来是主观理想在外界的投射,我国人民缺乏理想观念,自古就没有什么宗教或神话。虽然《古事记》略

---

① 这是对亚洲印度以东的人的称呼。
② 典出《庄子·骈拇》:"凫胫虽短,续之则忧;鹤胫虽长,断之则悲。"
③ 人种学上尚未确定的课题,故而作未知数"X"。

有些宗教性,但若与印度、希腊、罗马、北欧的诸神话相较,则有根本性差异。在我们看来,《古事记》中的记载与所谓的神话(mythologie)决不相似。因此,诸如视自然为人,将宇宙神化,冥想风云月露中不可思议之物等等,在我国的诗歌作品中是极少见的。至于歌德诗歌中穆罕默德①遥望、赞美日月星辰并将之归属于全能、唯一的大神灵这样的描述,我国人向无此种意识。

  Hebe, liebendes Herz. dem Erschaffenden dich!
  神啊,慈爱的心,造物的你
  Sei mein Herr du, mein Gott! Du, Allliebender, du!
  你是我的主,我的神,你爱一切
  Der die Sonne, den Mond und die Stern
  你创造了太阳、月亮和星星
  Schuf, Erde und Himmel und mich!
  你也创造了大地、天空和我

  如是,欧洲各国的诗歌往往发源于神话,我国的诗歌则诞生自人间。而作为人神桥梁的英雄奇谭,在我国文学中也是没有的。

  我们的国民没有宗教,也没有形而上学思想。国人发现,孔子不语怪力乱神和天命上帝的功利学说恰是我岛国绝佳的知己。中世纪南欧宗教式、哲学式的诗歌,察天地之幽玄、发隐微之感慨,都是我国民所不知的。我国文学除《古事记》之外再无叙事诗,抒情诗也无一不围绕恋爱与教训。

  外国文化究竟在多大程度上影响到我国的人心呢?虽然中国思想凭借儒教、印度思想凭借佛教,一同在我国未曾开明的文化中泛滥,但是我国民拥有强大的同化力,将外来思想全盘日本化。譬如佛教,尽管在强大政权的帮助下几近强制地传播,但是这个代表印度思想的幽玄深邃的宗教观,除了干燥冷淡的形式主义和轻薄肤浅不合理的厌世情绪外,没有留下任何引人注意的痕迹。至于儒教,确实从根本上影响了我国人心,这是因为突雷尼民族血液实在是功利教繁茂的土壤。

  因此,随着从上至下的普及,佛教逐渐变得非印度化,而儒教却始终

---

① 歌德于 1773 年写过一部未完成的戏剧片段《穆罕默德》。本诗原来准备作为其中的插曲,题名《穆罕默德之歌》,是穆罕默德颂歌。

是中国式的。中世以降，儒教与本国固有的敬神国风相结合形成了所谓的武士道，其根底牢固、不可动摇，百般文物以之为胚胎，成为我国历史上长期存在的一大势力。为维持武士的形象，蹈白刃、笑赴死成为我国人的日常之事。而真正为拥护佛教而不辞鼎镬，受宗教热忱驱使而置生死于度外者，除二三高僧外又有何人？单看表面的事实也可知，对于超绝现世的神秘宗教，我国人尚不能谙晓个中真味。

读者诸君，话虽如此，但我并非随意轻侮我国的文学。我认为，评判国民文学的真正价值在于其是否满足国民之性情。细思文学之目的，原本就在于娱悦他人。在这个意义上，我不希望抛开实用性来评判文学的价值。《摩诃婆罗多》和《罗摩衍那》无疑是印度雅利安民族的伟大诗篇。其想象瑰奇夸张、其情感幽玄神秘，非吾突雷尼人所能及，然而除了惊叹它的怪异之外，大多与我们所需要的希望和心灵的安顿了无关涉。如是，作为国民文学有何等价值呢？如印度、欧洲的宗教叙事诗，除了对于部分醉心于彼国文物的人而言，极少有益于我国民性情的。不得不说，一旦将之接受为我们的文学，则无甚价值。昔有戈特舍德①之流，不顾本民族之性情，垂涎法兰西文学精妙的形式、华美的情感，以引进彼国文学为要务，令当时的德意志文学陷入衰颓低潮。当时如果没有对所谓瑞士派的米尔顿的抗议，没有克洛卜施托克《救世主》②触发了对条顿民族的反省，没有莱辛《有关最新文学的书信》在国民文学大纛下风靡德意志文坛，三十年战争③之后的德国究竟何时才能诞生"国民文学"就不得而知了。对于蔑视本国国民的性情，称赏他国文学的雄浑跌宕、幽玄高崇的人，虽不对其多加教训，也盼望吾等以"知识搬运工"劝其多加注意。

国民性情在文学中的重要性由此可见。况且，若我国民皆属蒙古民族，则自有史以来便生养于秀丽明媚的自然间，那么我国民便和大陆蒙古民族一般，其知着实稳健，不流于铺张空鹜；其情清妍婉微，不失于干涩无味，且具备了雄迈气质与敏捷的反应能力。假使缺乏冥想和思考玄理的

---

① 戈特舍德（Johann Christoph Gottsched 1700—1766），18世纪德国文艺理论家、批评家，曾将18世纪法国古典主义文学标准引入德国的文学与戏剧。
② 克洛卜施托克（Friedrich Gottlieb Klopstock 1724—1803），18世纪德国诗人。他创作的《救世主》是歌颂救世主基督的叙事诗。
③ 似应作拿破仑战争，疑误。

天赋，但只要拥有至诚的热情，则何处无文学？一如春日百花竞绽于窗前，桃红李白，应选其一。我敢断言，国民性情之可同化处即是国民文学之可生长处。

　　余论暂且搁置一旁。回顾我国小说今日之发达，不应与西洋诸国相提并论。西洋诸国以神话开端，经过叙事诗（英雄谭）、传奇的发展，终于成就了今日小说之发达。而我国并没有神话和英雄谭，可以视为小说起点的也不过就是上古的二三巷谈——梦野鹿、浦岛子的物语及之后关于神佛的缘起谈罢了。延历迁都后，上下恬熙，文运大开，我们摆脱了诘屈聱牙的汉文体，形成了优雅典丽的和文，《竹取物语》《宇津保》《伊势》《住吉》《滨松》《落洼》《易红妆》等诸多物语随之诞生。而后又有《源氏物语》《狭衣物语》《多武峰》等经典物语面世。虽然物语作品不在少数，但是像《源氏物语》《狭衣物语》这样空余其名而书作不传于世的不胜枚举。当时佛典汉籍大量传入，极大影响了上流社会的思想。因此，这些物语虽不像《竹取物语》那般蹈袭构思，但也多少流露出对自然人生的悲观态度。而取材则大抵是月卿云客之私事，至于物语主旨则不外乎王公贵戚的风流韵事。这是因为，当时的作者、读者皆出自上流社会，这些物语诞生自狭隘的生活经验。但从另一个角度看，这也显露出几分我国民性情的真面目。

　　在经历保元、平治之乱后，日本进入了镰仓时期。随着皇家式微，文学也一度势衰。《源平盛衰记》《平家物语》《判官物语》等史谈除外，可称作小说的也不过《鸣门中将》《秋夜长》等二三物语。由于政权转移，藤原氏势力衰退，武士掌权，世俗风气趋于杀伐武断。与政治社会趋势同步的文学美术也脱离了公家①恋爱的文绉，转而倾慕起武人的干戈功名来，诸如《地狱草子绘卷物》以及《大江山》《户隐山》《鹈退治》《鬼一口》等街谈巷说在这一时期大行其道，这样的趋势是自发的。正如天平②美术的高妙处不在运、湛诸庆③的作品一样，《源》《势》二语④所呈现的优雅此时也已绝迹。

---

① 公家即公卿，指贵族集团，是与武家相对的概念。
② 天平（729—749）是日本的年号，处于神龟之后、天平感宝之前，日本圣武天皇时期。
③ 运庆、湛庆等。二人均为庆派代表人物，庆派是平安末期到江户时期的佛师一派。
④ 《源氏物语》和《伊势物语》。

至于进入室町时期后,《福富》《文正》《戴钵姬》等绘卷草子的流行已不待赘述。因战国时期积弊丛生,天下的文学全赖五山[①]众僧才得以残喘。当时,我国文学衰颓至极。但是在这样的黑暗时代里,谣曲仍称得上是我国文学史上的一缕光彩。

　　我国文学史中如果有可称之为佛教文学的,那就是谣曲了。早在室町时期的千年之前,佛教就传入了我国。悲视人生的无常流转,惝悦他界的空灵幽冥——与这般厌世的宗教最相接近的当属谣曲。为何到室町末期时,佛教对于文学的影响尤为显著呢?原因是极简单的。大抵外来势力想要支配国民性情健全的社会,则必须要与之同化。如若不然,不论感化力如何著大,也必然不能深入人心。镰仓以降,干戈扰攘,民心惶惶。至足利将军末代,累世积弊已经动摇了社会秩序的根基,纲常坠地,朴风不存,人心离散。阖国之民战战栗栗,饱经烽烟战乱,他们满心忧虑,期待救赎。因此,主张世间无常、厌离有为变化的现世、鼓吹解脱成佛抵达净乐的谣曲,顺理成章地受到一般民众的欢迎。于是,谣曲就和雪舟[②]、雪村[③]一辈的禅意绘画相并肩,成为我国文学及美术史上佛教势力的最高峰。

　　但是,我认为谣曲并不能真正代表我国民之性情,就好比雪村一辈的禅画并没有发挥美术的特质一样。我认为,这不过是佛教僧侣们以谣曲为工具,利用我国民性情的罅漏,宣扬自家情感罢了。因为我们的国民与谣曲中受诸国行脚僧慰藉济度的亡魂幽灵是绝不相似的。

　　此外,谣曲原本是在乐器的辅助下,根据一定节奏咏唱的作品,因此说它是小说,不如说它和舞本、净瑠璃草子等同是音乐文学。其余成书于室町末期的《曾我物语》《鸦鹭合战物语》《鱼鸟平家》《鸟部山》《松帆》等诸种物语都乏善可陈。

　　在德川幕府治下,饱经战争之苦的国民终于迎来了三百年的和平。德川时期诸般文学的繁盛,已毋庸赘述。小说也在这一时期进入了新的纪元。与今日小说概念相应的小说历史实始于此。

[①]　京都镰仓禅宗的五山。
[②]　活跃于日本室町时期的水墨画家、禅僧。曾随遣明船访问中国,并受明代画家李在指点。
[③]　室町后期至战国时代的日本画僧。

德川时期的小说按类型可分为三类，即所谓浮世草子①、读本②及滑稽本③；按时期，则可分为两个时期，元禄为初期，文化、文政为后期。其中，读本结合了脱胎于镰仓室町时期演义史谈的实录和近松以降的院本的特色，并部分继承了其中的构思。代表作家有山东京传④和曲亭马琴等。滑稽本则源于草双纸，可视作绘卷物、御伽草子一系的后裔，代表作家有式亭三马、十返舍一九⑤等。至于浮世草子则继承了物语的特色，但取材自市井，属井原西鹤的作品最为出色。如果把作者和时代联系起来，那么元禄是属于西鹤的时代，文化、文政则是京传、马琴、三马和一九的时代。此外还有承西鹤遗韵的为永春水专写世态人情，即所谓人情本。

若想细论这一时期的小说，就算再读上几车书也是不足够的。在此仅指出其二三要点。从其描写样式来看，浮世草子、滑稽本是写实的，读本是理想的；从取材来看，前者是与现世相关的、平民的，后者大多是历史的、贵族的；前者接近于英语的 novel，后者更近似于所谓的 romance。狭义地看，小说文学分小说（novel）和传奇（romance）两大类型。根据观察人生的方法之不同，其描写方法亦有所分别。于是以外部经历为主题的传奇小说和以内心活动为对象的心理小说的区别由此诞生，这可以说是水到渠成。对于人生的观察，前者是叙事诗式的客观，后者则是抒情诗式的主观。如果出现一位天才小说家，能够合二为一，他笔下的作品同时呈现主客观两面的过程——正如戏曲中所呈现的一样，那么小说本身可算是达到了形式上的圆满。不过就实际技巧而言，这样的理想状态终究是可望而不可即的，上述两类小说永远处在对立的两端。因此，当我派批评家高呼"传奇小说已死"时，我却认为这一论断失之草率（下详）。

---

① 浮世草子以 1682 年刊行的井原西鹤的《好色一代男》为起点，在京都、大阪地区流行了百余年，是描写町人世界的风俗人情的小说的总称。
② 读本是江户中后期最具代表性的小说类型。不同于以绘画为主的草双纸，读本以文字为主，多采用和汉混杂、雅俗折衷体。代表性作品有《雨月物语》《南总里见八犬传》等。
③ 滑稽本产生于江户后期，取材自江户（今东京）町人的日常生活，主要通过对话来表现人物滑稽的言行。代表作有十返九一舍的《东海道中膝栗毛》、式亭三马的《浮世澡堂》等。
④ 山东京传（1761—1816），江户时期的戏作家、浮世绘师，本名岩濑醒，号醒斋，黄表纸、洒落本、读本、合卷作者，其中读本是山东京传首创。代表作有读本《忠臣水浒传》、黄表纸《江户生艳气桦烧》等。
⑤ 十返舍一九（1765—1831），江户后期的戏作家，本名重田贞一，号醉斋、十偏舍，与式亭三马并称为滑稽本两大家，代表作有《东海道中膝栗毛》等。

德川时期的马琴、京传是传奇文学（romance）的代表，西鹤、春水则是小说（novel）的代表。而从二者的完成度来看，马琴所著传奇类的历史小说独步我国古今之文学，当受百世瞻仰；至于西鹤、春水的小说（novel）则不得不说是极为幼稚的。若对他们的著作下严厉而含蓄的批评，那我恐怕要说他们当不得这般盛名了。我之所以仍然把他们视为代表，也只因为他们是后来小说的发达史上的一个环节罢了。

事实上，西鹤作为小说家的真正价值并不在于他对人情透彻细微的观察，不在于他对国民情感思想的深刻理解与展现，不在于他描绘出一部分人生的命运，也不在于其构思之巧妙。西鹤的高明处也只不过是能够洞察世态风俗，诉诸笔端时着眼锋锐而机敏，描写逼真而洒脱罢了。这些倒是他人无法企及的。因此，我们可以通过西鹤对色欲消长的描写来观察人生的烦恼。不过，倘若他以写实家的身份获得了不朽的名誉，也只能归功于他对世态风俗观察之入微、着眼之非凡吧。因为西鹤的作品直写其对肉欲世界的所见所闻，并无甚构思，不过是些无甚特色七零八碎的街谈巷说罢了。

但是西鹤的着眼和文体确是写实小说式的。西鹤之后则有江岛、八字屋的气质物①，三马、一九的滑稽本，春水的人情本。不过后来者都不及西鹤洞察风俗时的眼力独到，也不及他笔触洒脱。在明治小说发展的第二阶段写实倾向风靡于世。接触这一时期的文学，我们应该先了解元禄文学的大复兴。

自从西鹤为小说界开启了写实的大门，所谓的浮世草子成为众多浪荡子的模仿对象。自其碛、自笑始，箕山、鹭水、其笑、一风②等人以及之后的田螺金鱼、吉田锦江、振鹭亭等所谓洒落本的作者争相效仿西鹤的风流，不是写秦楼楚馆中的痴情，就是揭露嫖客娼妓的隐秘。这些作品大抵只讲些简单的风流故事，并没有什么结构主旨。文化年间以后小说风潮渐变，作者开始取材新奇真实的故事，安排复杂巧妙的构思以吸引读者。虽说文学作品向来要顺应时代风潮的变迁，但这一时期的小说却渐渐成为荒唐无稽的奇谭的堆砌，形成了娱飨妇幼耳目的风气。这种怪异的传奇式作品在小说界泛滥之时，曲亭马琴异军突起，令小说面目一新。

---

① 气质物，浮世草子的一种，是根据登场人物的特定的身份、职业，描写其特有的性格、习惯的作品。代表作有江岛其碛的《世间女儿气质》等
② 以上诸人分别是江岛其碛、八文字屋自笑、岛山箕山、青本鹭水、八文字屋其笑、西泽一风。

马琴作为历史小说家的价值已有公认，兹不赘述。因为他的劝惩主义（劝善惩恶的主张），马琴在德川小说史上具有特殊的意义。马琴素来深受儒教精神的熏陶，常以世道名教为准则，见文化年间以后的小说一味求新出奇以致成为妇女蒙童的玩具，便感慨不已。其所谓劝惩主义，提升了小说的品位，旨在供士人学者赏读。马琴学识广博，作品文采斑斓、情节精妙，因此深受欢迎。见马琴在作品中宣扬劝善惩恶，对这些荒唐的草双纸、浮艳的浮世草子、无趣的实录及仇讨物等生出厌倦的人们纷纷应和，世风为之一新。马琴所著稗史小说的构思未必胜过前代，描述也多有怪异不自然处，人物性格亦不乏铺张夸大。但他秉持自身理念，处处劝善惩恶。虽然为了宣扬劝善惩恶，矫曲事实，甚至有袭用前人成案之嫌，但因其辞藻华丽，文章无一处不赏心悦目，所以仍旧远胜那些孟浪散漫、无连贯主张的作品。因此，文化初年以来的小说因马琴而面貌一新。就连专写勾栏院中风流韵事、鄙俚浮靡的人情本也披上了劝善惩恶的外衣，反教人哭笑不得。曲亭氏的势力也由此可见一斑。窃以为，马琴的作品难道不能代表我国民健全的性情吗？他所倡导的劝惩主义，施加了主观的、理想的润色，大大缩小了小说的意义范围。但他的作品却投射出我国民现实、功利的性情。像这样通过小说给予慰藉、教诲，难道不能为促进我国民性情的健全和进步提供契机吗？今日读马琴之小说，其实缺点颇多，描写手法颇为幼稚，笔下人物之性情亦极不自然。且专讲老农而不谈商贾故事，这是极为可笑的。但他着意说理、崇尚知识、压抑情感的做法值得珍视。马琴虽不是明治三十年代的宠儿，但他所倡导的精神主义，理应被我国民引为知己。尤其是他描写的武士道，应和任侠义勇的大和民族一道发扬光大，不遭埋没。

但无论如何，我们都不应推崇倾向性小说（tendency novel）。这么说是有缘故的。马琴的劝惩主义小说一度风行于世、独领风骚，因此我国小说一味沉溺于浅近功利的权宜之计里，所谓纯美术的诗趣荡然无存。三马、一九、春水一辈的戏作①虽能与元禄初期写实小说相照映，但其势微弱，不足言道。小说界直到大政维新之后，才登上了亘古未有的大舞台。

总而言之，德川时代写实小说虽早在元禄时期便初见端倪，但期间又

---

① 戏作是对江户后期通俗小说的总称，包括洒落本、滑稽本、黄表纸、合卷、读本、人情本等。

经历了数百年的漫长岁月才最终成熟。虽然历经百年，期间诞生了无数戏作者、人情本作者，但无一人继承西鹤衣钵，更遑论有谁能迈越赓扬了。作为写实的讽谐家，西鹤可算得是独领风骚、空前绝后。直到明治小说进入第二阶段后，才有春之屋①、红叶、美妙、诸氏等人遥承西鹤衣钵，大大振兴了写实小说，西鹤自此有后。文化初年，浮世草子的血统几近断绝，传奇小说盛行，此后马琴崛起，又有种彦、仙果等模仿者紧随，与春水、一九等人双双进入明治世界。维新前后的小说极为衰颓。

要论德川时代的小说家，西鹤与马琴无疑并称双雄。论其二人的历史地位，则与英国19世纪小说史中的简·奥斯汀和沃尔特·司各特极为相似。19世纪之初，所谓詹姆斯二世党人②势衰，时代风尚逐渐与18世纪的政治哲学式文学相背离时，英国小说的新潮流兴起。奥斯汀女史在小说（novel）发展之初就崭露头角。正如司各特被视为19世纪英国历史小说家之父，奥斯汀女史堪称英国写实小说家之母。可是女史的小说虽然生前风靡于世，死后却无人追随。因为当时出现了更强大、更通俗的力量，引起了当时英国国民的兴趣并迅速掌控了小说界，这就是沃尔特·司各特创始的历史小说。数十年后，历史小说的潮流逐渐退去，与传记、街谈巷说相悖的写实的、心理的小说跟随奥斯汀女史的足迹逐渐回温。与之相似的是西鹤开创的写实性小说，一时间被马琴的历史小说压倒，但进入明治后又卷土重来。

马琴与司各特屡屡被相提并论，二者的相似处我大体是认同的。两千多年来，欧洲各国创作的历史诗歌和小说不计其数，但若将之与司各特相比较，则好似萤火与两曜争辉。马琴亦然，他的一部《八犬传》就令本国自古以来的物语黯然失色。若分析为何厌倦了十八世纪韵文式传奇的英国社会会爱上浩瀚磅礴的散文式传奇《威弗利》③，那么除了种种显而易见的原因，还在于老诗人精确把握了盎格鲁—撒克逊人的国民性情，鼓吹道义人情。至于结构之多样、人物塑造之自然、描写之精细，则马琴终究不足与司各特匹敌。而西鹤的历史地位虽与奥斯汀相似，但作品风格却酷似菲尔丁。

---

① 坪内逍遥别号。
② 指在英国1688年的革命后，仍追慕斯图亚特时代之古风者。
③ *Waverley Novels*，司各特小说。

如是，明治小说承时势发展。第二章将浅述其变迁历史。

二、明治小说第一期

通观古今，我国历史上可称之为改革维新的时期不止一个。然而像明治改革这般在短期内实现巨大变迁的，却是史无前例。小说也随着社会、政治、文学的发展出现了新的潮流，可谓水到渠成。

变化之急速激烈，改革之根本彻底，使我国小说也与其他事物一道经历了全新的局面。大体而言，旧思想已破而新思想未成，社会人心无所依凭。至于国民性情，在新文明的光芒下显得头晕目眩，无暇自省。一时间，同化的核心活力几近停滞，在无力自守、无处立足、以外来势力为导向的时代，社会风尚亦不免朝立夕改。如果根据当时社会风尚的进退变化对其所处时期逐一加以划分，那就是仆①力所不能及的了。且大势所趋，自有其发展轨迹。纷杂间仍有一条理路，可为将来的发展指引方向。细思这般情状，大小相商，轻重相较，则将明治小说之历程分作前后两期为妥，即明治初年至明治十八年（1868—1885）为第一期，明治十八年以降至明治二十八年前后（1886—1895）为第二期。至于明治二十八年以后至今，则可视为新近的历史，分辨其变迁轨迹的时机尚未成熟。

弘化、嘉永以来，内外情势不稳，国民人心惶惶，无暇从文学中寻找乐趣。到维新战争临近终结之时，阖国之民又受破旧思想之驱使，忙于引进西洋文明，至于本国传统文学，则一概被抛弃了。而在明治初年，西洋文明则主要由当时的英学者②负责引介，值得注意的是当时侧重于引介英国的思想。

在此之前，我国引入的思想主要来自于中国和印度。以儒教为代表的中国思想因其务实的倾向与我国情相符合，所以对我国民影响甚深，一切文物均受其感化。然而中国之精神向来保守自封、退婴自满，与我们锋锐机敏的国民性并非完全吻合。该国的文化停滞不前，逡巡于空虚的形式中，又时常沉溺在过往的迷梦里，使之一味退堕，这都是儒教结下的恶果。至于印度思想，则与我国民性情全然不相合。被称为全世界最理想的、最宗教式的印度雅利安民族，若妄图对世界上最务实的、最非宗教式

---

① 此处的仆是指摈相，即接待者。此处为第一人称谦称。
② 英学是指和英语、英文学或英国相关的学问。

的蒙古日本民族说教色即是空、寂灭为乐，就好比移竹接木，枉费工夫。我们面对有着二千年历史的佛陀教时，除了学些枯淡的形式主义，鼓吹一番浅薄的厌世思想之外，并未受什么显著的影响，国民性情也未受丝毫动摇。且蔑视现世、憧憬彼岸的佛陀教在其超绝性这一点上，这不仅与我国民性情相背反，且同儒教一样极大阻碍了我国民文化的进步。在我国二千多年的历史中，国民经常在无意识间对非日本的思想做出抵抗，而这一切想必也早已被慧眼如炬的史家看破。

　　明治维新之初，我国引入的英国思想与中国、印度思想大相径庭。若论其与我国民性情的适合程度，显然是中国的更为相合。但在反中国思想这一点上，我们与英国思想的立场是一致的，为什么？在于其进步的功利主义。盎格鲁—撒克逊民族虽然归属雅利安种族，但人种的混合、风土的影响使其基本失去了雅利安民族的主要特性。它既没有条顿民族的空想，也未染上拉丁民族的轻浮，该民族善于观察，喜尚务实，锐意改革，又不失保守。它不擅长荒唐的形而上学，而最精通熨帖稳健的常识。在学问上，他们重视实验；在事业上，他们崇尚功利。一切文物，凡能增进现世幸福者，才称得上贵重。这般功利且进步的特征，正是英国思想与我国国民性情相吻合处。尤其是在维新草创期，举国上下锐意进取，谋求社会之改善、国家之富强，中国、印度的思想中所没有的进步的主义是我们所期待和欢迎的。

　　英国思想趁着改革的余势在国民间散播进步的精神，但它对纯文学的直接影响却是极小的。这大概是因为不论何时何地，诗歌小说的盛行都离不开国家的富强和社会的稳定。明治维新之时，社会秩序复归稳定，因急于移植新文明以顺应十九世纪世界大势，举国上下都热衷改善政治经济，似纯文学这般非物质生活所必需的，自然不在社会关心范围内。因此，明治十年以前的小说，不过啜尝些德川时代的残羹冷炙，续其余脉罢了。读鹤亭秀贺、假名垣鲁文、山山亭有人、柳水亭种清、二代目春水、笠亭仙果等人著作，其情节未脱读本、草双纸之旧窠，其思想不出劝善惩恶之樊篱，其文体则承袭马琴、春水、三马、一九之糟粕，几无一人能别出机杼。这大概是时势不需要文学的结果罢。至于明治四年、五年之交，鲁文的滑稽本在小说界独领风骚一事，可以窥知当代人心是何等粗笨以至不能品味真正的文学；饱受维新前后动乱之苦的国民又是如何借助鄙俗谐谑来排遣苦闷的。其中《西洋膝栗毛》《胡瓜图解等书》则可视作反映当代人如何醉心于西洋文明的镜子。英国主义的首要倡导者当属福泽谕吉，他用功利的学风来破除旧弊，此举可谓大快人心。但福泽开创的新文体虽然令明治时文面目一新，但于纯文学并未产生直接的关联。当时，松村操氏与鲁文的作品流行，但其作品，诸如戊辰前后的战争谈在小说史上不足一提。

另一方面，通过观察当时的社会状态可以发现，社会进步和改善的迹象很明显。明治二年，政府令各府县设小学，立昌平黉①为大学。四年设文部省，极大地完善了教育制度，从士官、农、商、百工、技艺到法律、政治、天文、医疗，都可在学校进行专门的学习。对外大量派遣留学生，对内大量募集官费学生，可见政府确实将教育视作了重大事业。此外，定期刊行的报纸大量出现，其中不乏有与文学相关者。西洋书籍的翻译活动在当时也极为兴盛。以福泽、中村二氏大作为先导，译著内容包罗万象。如历史领域的《万国新书》《泰西通鉴》，介绍地理风俗的《舆地志略》《西洋新书》《西洋见闻录》，讲修身伦理的《劝善训蒙》，政治、科学领域的《真政大意》《立宪政体略》《万国公法》《道理图解》《博物新编》《天变地异》《人身穷理》等等，不胜枚举。尤其是中江兆民翻译卢梭的《民约论》获得了极大反响，成为稍具民权自由等新知识人士间的口头禅。外语学习，尤其是英语语言学日渐兴盛，博克尔、基佐的文明史也在众学者间广泛流传。同时，为反对西洋学的繁荣，国学神道再次兴起。一直处于德川幕府残酷统治下的平田派皇学，如今作为极端开化进步主义的反对者笼络了部分人心，得了势，和文研究也随之复兴。

这都是明治十年之前的情况。如今，我国已经结束了紧要的物质层面的改革，终于着手开始思想界的改革。这是纯文学发达过程中不可或缺的阶段。然而，就诗歌小说而言，至今未产生显著的影响。仅有鲁文、应贺几人的著作成为小说史上的一缕光明。可见"要行胜于言！懒武士"式的感情仍然凭借旧事物支配着社会思潮。

明治十年的西南战争似乎在文学上并没有留下什么恒久的影响。国民在改善其制度组织的同时，忙于巩固国民思想，缺乏关心纯文学的余

---

① 昌平黉，即昌平坂学问所。前身是1630年林罗山设立的私塾，后改为幕府直接管辖的学校。

裕。如果没有稳定的国民思想与情感，所谓的国民文学就不能成立。明治维新以来，国民承袭英国思想，在改革的路上突飞猛进至今，几乎不加选择地吸收了诸种异质文明，实在是伤食太过。于是，保守的和进步的，国外的和国内的，在政治、宗教、学问诸领域中相互博弈。而能够调和、同化这种种冲突的唯一力量——国民之性情，却因缺乏世界性的知识而未曾觉醒。在这样的时刻，要如何向聪慧的国民提供慰藉和娱悦的文学呢？

当时的小说是作为图报的连载面世的，主要作者有花笠文京、高畠蓝泉、染崎延房、条野传平、古川魁雷、伊藤专藏、须藤南翠、渡边义力、宫崎梦柳、小室案外堂诸氏。然而在今日看来，这些都不值一提。这些作者的小说主要刊登于《东京绘入》《绘入自由》《绘入朝野》《自由的灯》等。其中《自由的灯》所刊登的宫崎、小室诸氏的小说大多改编或翻译自倡导民权革命的西洋小说，其趣旨与其余小作家不同，可从中窥见当时政界的暗流涌动。

值得注意的是，这一时期开始了对泰西小说的翻译。若要列举一二，当推织田纯一郎所译《花柳春话》为魁首，另有关直彦氏《春莺啭》、藤田鸣鹤《系思谈》以及《春窗绮话》《梅蕾余薰》《经世伟勋》等等。这些作品大多改编自利顿、司各特、迪斯雷利等英国新近的历史小说。而这些译者大多是政论家，略有些文字功力，但并不专事文学活动。这些人大概是当时受到最良好教育的读者代表，他们的头脑受到西洋文明的熏陶，以往的以及当时的小说都不能满足他们进步的趣味，遂着手翻译外国小说。至于为何翻译利顿等人的历史、政治小说，自然是因为译者的政论家身份，当然也与当时的文学趣味幼稚粗放，无力鉴赏描写人情世态的写实的、心理的小说有关。于是，不满足于旧小说的陈词滥调，凭借与传统不同的新事物来寻求慰藉和娱悦的进步倾向，在翻译小说的流行中显露了出来。

回顾当时的社会情状，维新以来的改革精神渐渐趋于平稳中正，盲目的进步派和顽固的保守派都意识到各自的长处与短处，十余年来的仇敌终于慢慢解开旧怨，握手言欢也指日可待。民约论式的急进派也因察觉我国与彼国国情之不同而躬身自省，皇学守旧派也终于认清世界大势，渐收其反动气焰。同时，科学与哲学日渐发展，国民的思想视野日渐开阔，随着英法德诸国语言学研究的进步，泰西文学的相关知识也在国民间得到越来越广泛的传播。如今通过司各特、利顿诸小说的译作，我们了解到外国小说结构的巧妙浑成,其思想、文章之精致高尚远超本国小说,我国文学界为之震惊,因之自省。这就是小说革新动机之发萌。柴东海的《佳人之奇遇》、末广铁肠的《雪中梅》《花间莺》、藤田鸣鹤的《文明东渐史》以及稍后的矢野龙溪的《经国美谈》等,都是这波浪潮中的产物。但是,这些新作的出现并不是因为作者有什么明确的意识或对新潮流有什么高明的见地,这些新作不过是他们试图补救旧有小说缺陷的消极的烦闷罢了。真正通过对东西文学的比较研究观察我国小说的过去与现在,站在诗学或美学的角度对历来的作家予以评论,说明小说的性质和理想并指明将来的方向,从而在我国小说史上开启一个崭新时期的当属春廼屋主人坪内逍遥。

以坪内逍遥为标志,明治小说进入了过渡时期。明治初年至十八年是我所谓的第一期,此时的小说数量之巨称得上汗牛充栋,但大抵承袭德川遗风,不是效仿马琴、种彦的荒唐,就是学一九、春水的鄙俚,再不然就是对西洋小说生吞活剥。作为明治小说,实在没有什么值得一提的作品。直到坪内逍遥写下《小说神髓》和《书生气质》,极言劝惩主义之误谬,始开写实小说之滥觞,举世靡然从之,小说界的旗帜焕然一新。这虽是时势所致,但世人皆沉睡于旧梦,无人能从旧圈套中脱颖而出,唯有逍遥溯滔滔之时流,为时代之先导,可见其人见识超凡、聪颖绝伦。百世之内,逍遥在我国文学史上必占有独特地位。

《小说神髓》是一部小说论,论述范围包括小说的变迁、主题、种类、裨益以及性格、构思、描写技法等。该书主要目的与前文所述一样,在于打破自马琴以来的小说家所推崇的金科玉律——劝惩主义,提倡小说的写实。《小说神髓》在论及小说主题时认为,小说的重点首先在于人情,其次在于世态风俗,揭示人情奥秘,而描写心理活动,使小说周密精到,是小说家的本职,历来和文与汉文的稗官者流往往力求把握情节安排这一核心,至于写情只流于浅表,作者并不为此劳神。像这样,算不得真正的小说。逍遥还进一步说道:

> 稗官者流如同心理学者,应当以心理学的理论为依据来塑造笔下人物。如果作者按自身想象,强行塑造一个有悖人情、有违心理学的人物,则此人物已非人世间所有,实乃作者想象之人物。即便情节巧妙、故事新奇,仍然不能称之为小说。

并以曲亭《八犬传》为例，加以申说：

曲亭的杰作《八犬传》中，八士实乃对应仁义八行的化身，决非人类。作者本意是将这仁义八行比拟作人，写成小说，八义士之言行完美无缺，内里寄寓了劝善惩恶的思想。故而以劝善惩恶为眼目评价八犬士传时，则称得上是古今中西无与伦比的好稗史；但若以人情为眼目评论此物语时，却是白璧有瑕了。为何如此？且看八位主人公之言行，就连心中所思所想也始终不逾规矩，从不见一丝劣性。像一时心猿意马，暗地与理智作斗争的事，在作品中是见不到的。即便是圣代尧舜之时，像这样八位圣人并世，也是难以想望的吧。

小说家须专注心理描写，即便是虚拟的人物，一旦出现在文中，就应该视为真实世界活生生的人，描写其思想感情时，不应听凭自己的心意，夹杂善恶正邪的情感，小说家应该在一旁静观，模写自然情状，显示出写实之外无小说的态度。逍遥大加贬低劝善惩恶的小说，提倡模写小说，认为"模写的小说不必刻意追求，自然地具备了诽刺讽戒之法，暗含了教化之力"，"我国的小说家不明此理，一味以笠翁语为师，以为事必取之平凡卑近，理必发于劝善惩恶。造出个劝惩的模式就硬要往里套，呜呼悲哉！"

这就是《小说神髓》倡导的新旨义。其中论述未必切中要害，对写实的定义也有失偏狭。逍遥不承认传奇（romance）与小说（novel）的并立，过于重视心理描写，却并不细究小说中哪些种类适于心理描写，也不承认理想小说的价值。今日看来，虽然《小说神髓》中的不少观点有待商榷，但这也是反对旧小说时不可避免的弊端。当时的小说界耽于浅近的劝善惩恶模式，固守善恶果报的结局，人物、事件都停留于抽象形式阶段，抛弃具象自然。对此，《小说神髓》提出重视写实与自然，比起描写外部事件的惨淡的经历，更应重视人物隐秘的心理活动过程，由此使我国昏昏沉沉的小说界迎来了十九世纪文学思想的曙光，实乃创举。

写实小说《书生气质》是逍遥对《小说神髓》所举理论的一次尝试。先不论其审美价值，作为打开明治小说新纪元的过渡期的产物，《书生气质》无疑具有重大的历史意义。逍遥所著其他小说如《夫妻鉴》《内地杂居未来梦》等也都与《书生气质》一样，以写实为主。

自逍遥创作写实小说后声名鹊起，市井乡里无人不知，追随效仿者比比皆是。自此，旧小说偃旗息鼓，无人再提劝善惩恶之言。在文体上，袭马琴、春水、三马等人旧套的也极少了，与写实相应的种种新文体随之诞生。明治小说从此进入第二期。

三、明治小说第二期

明治小说的第二期是写实小说的全盛期，从明治二十年到二十八年前后，时间跨度约十年。

若追溯写实小说的系统，如前章所言，可追至元禄时期的浮世草子，期间一度被传奇小说压制，除三马、春水、一九等人戏作尚有一丝写实遗风外，至明治十八年时已然形影不存。但自从坪内逍遥《小说神髓》面世后，写实小说崛起，迅速压倒了化政①以来坚据垄断地位的传奇小说，成为文学世界的一股重要势力。而传奇小说在西洋小说的影响下也多少有些改善，虽然仍受部分人喜爱，但终归无力再与写实小说抗衡了。其间，二叶亭四迷的《浮云》成为时代先锋。

虽然逍遥的《书生气质》的根本精神是写实的，但是文体、构思多少还有些旧式传奇小说的影子。《浮云》则不然，其思想、文字完全脱离了旧范式，是真正新时代的产物。《浮云》以人物性情为主，而非以情节为主，因此小说规模结构虽较传统小说狭窄，但其事皆基于人情自然，浑如一有机体。

明治二十一年，砚友社社志《我乐多文库》发行，社员纷纷提笔写作。砚友社社员都是明治时代受到良好教育的青年文士，成员大多习得英语或德语，通晓西洋文学。因此，社员所著小说自然也推崇西洋风尚，从叙事、写景至文体、符号都模仿西洋小说。在写实倾向如日东升的时期，砚友社成员的小说在青年中格外流行。在当时，砚友社被暗中视作文坛的水泊梁山，其执牛耳者当属尾崎红叶，余如川上眉山、岩谷涟、渡边乙羽、江见水阴、石桥思案等数年后蜚声文坛的作家也多出自该社。砚友社实可谓明治小说史上的一大势力。

同年，山田美妙的短篇小说集《夏木立》面世，收录了《武藏野》《柿伏山》等三四个短篇。文章与砚友社一样采用了言文一致体。山田的《夏立

---

① 文化、文政时期(1804—1830)。

木》意象新颖,文字瑰丽,叙述景物时,大量采用联想、呼应之技巧加以修饰,不时采用直喻、隐喻手法,间或穿插拟人手法,引起读者的好奇心。而其思想,远不及《浮云》近乎自然。至于美妙本人,则名如其人。

自砚友社及美妙的作品问世后,学习言文一致体的人日渐增多。美妙刊于《国民之友》附录的《胡蝶》、红叶刊于《新著百种》的《色忏悔》①均是二氏当年的杰作,广为人知。至于其文体,也都是言文一致体。那么,这种"异样"的文体究竟是如何产生的呢?大概因为文体是由思想决定的吧。现今,我们的文坛正在经历一种亘古未有的独特思想。我们该如何将这种自然的情感和思想如实地描写出来呢?写实小说是时势所趋,我们又该如何实现写实呢?古来的文体虽称不上粗笨但却缓漫,极难曲尽萦纡曲折的情理,极难描写寸锱分铢的细微。既然如此,我们该如何获得新的、更适应写实目的的新文体呢?言文一致就是这个目的下的一次试验。该文体逐年圆熟起来,至今作为小说的一类文体存在,使国文的表现范围更加广阔。红叶、美妙诸子创始之功,不容埋没。

但是,言文一致体缺少含蓄余情,也不够简净轻妙。虽圆转自在,但风韵雅致却有所不足。且语尾句末总流于单调,缺少强健奇拔之风。又因为文风近似日常谈话,所以品位不足,过于卑近。在此承认言文一致体的弊处,实是希望能发明更新的文体来填补其不足。这也是红叶、露伴二子在西鹤调的基础上创造出雅俗折衷体的原因。西鹤式的文体婉曲畅达且遒劲有力,文字浅近而留有余韵,极适合直写社会、平民的事物。露伴的《风流佛》《叶末集》,红叶的《伽罗枕》《三人妻》等作品多采用西鹤体。自此,西鹤体兴而言文一致体渐衰。

西鹤文体的流行,也促进了时人对元禄文学的研究。而其对我国小说的影响,更值得注意。心能制形,形亦能制心。夫执笔而思其书,执丝竹而思管弦(这是理所当然的)。元禄文学研究渐热,小说家们亦有感于老西鹤的轻妙文风,细细品味以花柳声色来描绘人间烦恼界的犀利写实的笔致,进而模拟以求文情相应,最终他们在不知不觉间被西鹤的思想所吸引。红叶就是一例。红叶的杰作如《伽罗枕》《二人女》《三人妻》》的文体皆是西鹤调,皆描写花柳痴情、肉欲世界,这不最是西鹤式的吗?到了明

---

① 全称《二人比丘尼色忏悔》。

治二十八九年时期的作品，文体、思想则彻底脱离了西鹤调。不得不说，红叶当年的杰作，不仅文体是西鹤式的，就连思想也是西鹤式的，不由令人感叹。

若红叶和露伴一样专注写实，且文章旨趣有所区别，那么即使红叶仍然私淑西鹤，其文也将和露伴一样有别于西鹤。红叶的小说往往是无意地观察眼前的事物，随性而书。若红叶虚构的人物中浮现了作者本人的身影，那也只不过是他狭隘的主观的倒影，倒不全是他带着一定的意志塑造的。露伴则不然。据说他曾对人言，每个人都应有自己的特色，如一触物即失却自己特色，化为对方暧昧杂驳的绀色，这是人的自尊所不允许的。仔细一想，露伴的著作不大多都是根据这种个人主义创作出来的吗？以我所见，他的作品通常具有一种可称为观念的东西。如《风流佛》，如《一口剑》，又如《五重塔》都贯穿着同一种精神，即鼓吹一念之坚可穿岩，一念之韧不屈折，外来势力能奈我何，精神所至无事不成的意志。这种对于意志的重视，是露伴作品中难以令人忽视的特色。如果拿他的作品与红叶相比较，难免显得有些单调。但因他有一股生气贯穿全文，有一种道德观念在其中凛然不可侵，所以远胜红叶散漫、狭隘、主观的写实。露伴的作品极有特色，极有锋芒，其文体又峻奇难解，因此并不似红叶受一般大众的喜好。特别是明治二十五年前后，红叶乘着写实小说的浪潮，几乎独领一世风骚。

传奇小说虽然在当时黯然失色，不得不避红叶、露伴锋芒，但其命脉未绝，尚有须藤南翠的《照日葵》《黄雏鹂》《胧月夜》，宫崎三昧的《桂姬》，广末铁肠的《南洋之波澜》，村上浪六的《三日月》《井筒女之助》以及矢野龙溪的《浮城物语》等，遥承《经国美谈》一脉，与写实小说潜相对峙。爱好传奇小说的人认为，当代写实小说规模偏狭，缺少雄浑跌宕之姿；赞赏写实小说的人则认为，形骸大者精神未必大，能够描尽幽微性情者才可称之为伟大小说。而当时的评论大多倾向写实小说，至今未见兼采二者之长者。

不论如何，曾经盛极一时的红叶一流的写实小说如今也逐渐衰落了。但这并不意味着写实小说的衰落，似是而非的"写实"才是其破灭衰颓的原因。真正的写实，无私无我如大自然，绝不应该有亲彼疏此的行为，更不应该以远近来论贵贱；要从绝对平等的视角出发，看破世相物性，没有真假美丑，不以某物性为理想推奖之，也不以某物性为非理想而贬斥之；与天地之心浑然同化，不作物我主客之分别。这是写实的理想，诗人、小说家只有达到这般境界才堪称写实的圆满。然而，千百年来无一实现圆满。世人所谓写实，只不过是摈除自家个性里有意识的一些东西，作冷峻的观察罢了。那么，即便能够将有意识的个性排除，个人却免不了贴上个人的标签。如果不毁灭自我，又安能从我之所以是我的性格或性质中解脱呢？因此，人无法脱离主观。有意识的纯客观和无意识的纯主观是无可避免的。在这个意义上，诗人、小说家们不论是写实的或非写实的，其实都是主观的，只不过该主观的大小广狭、品位高下有别。

明治二十年至二十五年前后的小说家，以前面的红叶为代表，大多是有狭隘主观倾向的写实家。与从前诸家相比，他们的观察无疑更接近自然、实际的领域，写作时也不再寄寓劝善惩恶的褒贬意图。但这只是透过极偏僻狭窄的主观的眼孔所见的自然实际，因此作品中表现的人生世相，大都是作家在自己贫乏、偏颇的人生阅历倒映下的小人生观。这样的作品岂能永远被那些有阅历、有知识的世人所喜爱呢？又岂能不朽？现在，面对这些枯燥放浪、浮艳靡丽的作品，社会终于渐露倦态。村上浪六所谓拨鬓小说、黑岩泪香一派的侦探小说是这股新风潮的前驱，泉镜花、川上眉山、小杉天外等所谓观念小说则是其后殿。此时已至明治小说第三期的变迁时代。下文略述其大势。

我认为，拨鬓小说一时间的大流行是出于对写实小说柔弱平板、偏狭单调的反动，更因为其中任侠刚毅又极富风流韵致的三日月次郎吉、井筒女之助等人物性格与我国民性情极为相合。任侠义勇是我国民的特性，这也与武士道的根柢相同。他们重然诺，抛性命，甘为知己出生入死，阔达不为外物所拘，倜傥不为性情所困，一旦对某人心怀感激，则矢志不渝，坚如铁石。这不正是我国人羡慕敬仰的人物吗？那些自由和民权，都以严肃的形式加以组织驯化，与我国社会人情不相容处颇多。而侠客勇士的事迹，举国上下人皆称誉。浪六意识到侠客传的传统中途断绝，于是以其奇矫遒劲的笔触鼓吹之描绘之。已厌倦了写实小说的读书界一时间对其赞颂不绝，殊不足怪。

然而，浪六的描写过于千篇一律，虽然文笔洒脱、情节新颖，但其情操鲜有出彩之处。其笔下人物虽然貌似磊落不羁，其实往往性格卑浅，对其淫猥多加掩饰。其文字流于杜撰孟浪,以为生硬是意气,晦涩是余情。因此,浪六未几便声名扫地。坪内逍遥当时在《早稻田文学》上刊发的《小说学校拨鬓科的教则》,指摘其弊端,切中肯綮。本文迻录其中数条:

  一、要成为本科作家,得明白写杀人有如切萝卜。总而言之,死、自杀、美女、意气、磊落、不羁等想象要不断地浮现在脑海里。

  二、总而言之,对于阔达、出色、强大等要着意描绘,同时兼顾温柔、哀伤,总之要让刚柔两面同存。

  三、诸如"虎目含泪""一寸虫亦有五分魂""武士即使吃不上饭也要在嘴里叼着根牙签"①"柔能克刚"等谚语,每日吟诵百遍,使自己服膺。

  四、在遣词用语时,虽然将"さも"②这样硬气的语调看作男子最理想的说话方式,但并不须复活死语,仍可采用当代的语言,只要他掌握其精神即可。

  五、时时加上"他妈的"③,才能写得可憎可恶。如"他妈的美人""他妈的天人""他妈的幸福""他妈的风流""他妈的文学"等,总之要写出吵架的口吻来。

拨鬓小说逐渐衰落,侦探小说兴起时,小说已经堕落到了底谷。势极必生变,文学社会在此时唤起了小说界最健全、最有希望的风潮,亦即期盼历史小说的倾向。

我无暇再吐露对于历史小说的意见,实在令人遗憾。至于其性质、由来以及造成这种倾向的原因,待日后详述。但我们必须承认,历史小说与源于上世纪并持续至本世纪的,波及欧洲各国文学世界的所谓 Romantik 的趋势有相似处。为反对法国大革命及此后拿破仑的吞并主义,各国各族不得不致力于维持其团结与和平,而所谓浪漫主义文学在其中负责给予安慰和鼓励。浪漫主义多少受温克尔曼以及歌德、席勒一辈的影响,他们反对崇拜模仿古希腊,追慕中世纪罗马民族风尚,致力于在当代凋敝枯燥的原野上移植中古文学和宗教的飘渺风雅的花卉。这样一种保守的反动之后,被拜伦一辈的新思想打破,而其间对欧洲文艺世界的影响是不足

---

① 与"输人不输阵"意思相近。
② "さも"是古典日语词汇,副词,相对正式,有"完全、真的、十分"的意思。
③ 日语原文写作"奴(やつ)"。

一提的。德国的施莱格尔兄弟、克莱斯特、沙米索、乌兰德、吕克特等人，俄国的卡拉姆津、普希金、莱蒙托夫，意大利的曼佐尼、莱奥帕尔迪，英国的司各特及湖畔派诗人，法国的拉马丁、雨果、大仲马等作者都在这个大潮流下出现。如今的我国与当时的欧洲，事体大小虽不可同日而语，却也十分相似。因为维新以来物质力量的增强，削减了我国民的诗性生活的范围，人情不复古时敦厚温藉，日渐刻薄冷淡；风俗失却淳朴，日显浮华。文学作为反映社会的镜子，对此已有明示。哀今日而慕古时，于是舍今而取古，将高雅的古人展示给无味而功利的现世——这是一般社会对于小说有意识或无意识的渴望。似是而非的写实小说衰落后，拨鬓小说兴起，此后历史小说登台，这虽是小说性质的自然变迁，也是怀古风潮的趋势所致。

令人悲哀的是，明治二十七年前后对历史小说的渴望过于强烈，不能自已。如《泷口入道》，与其说是小说，毋宁说是抒情叙事诗。村井弦斋、迟塚丽水、塚原蓼洲诸子的作品也都无甚可观。这大概是时势抑或机缘尚不成熟的缘故吧。仔细观察我国的状态，浪漫主义文学思潮未必没有卷土重来之日。明治文学的全盛期大概在其后吧。

我在本文的论述中未提及飨庭篁村、森鸥外、须藤南翠、严谷涟、森田思轩、广津柳浪诸子，是因为我相信传奇（romance）和小说（novel）的此消彼长是决定明治小说史大趋势的主要事实，我在论述时主要着眼于此。篁村的思想、文体更倾向于守旧派，其文章辞藻继承了浮世草子、气质物及三马、一九戏作的脉络，同时又披上了明治的新衣，轻妙洒脱，是他人模仿不来的。《淘宝》《当世商人气质》及《群竹》等作品是旧文学的杰作，为明治文学平添异彩。我私淑鸥外，他精通德国文学，匠心、文致与众不同。他的作品如《舞姬》《空像记》《埋木》等，有红叶、露伴之外的独到风趣，足以流传后世。且德意志文学的引入，也始于森鸥外。鸥外对读书界所做贡献实在不小。而南翠大概是个小利顿。他随着时间的推移改变自身的文体和思想，作品类型众多，包括历史小说、罪恶小说、世话小说、探险小说以及剧本，拥有众多的读者，这些特征都与利顿极相似。岩谷涟是砚友社的一位奇才，他的长处在于其作品清妍潇洒，情致清高，文字轻妙纤丽，笔下的青年男女无一不可怜可爱、天真无邪。其中《友禅染》《小金丸》《堇日记》以及近期的《伽罗物狂》等，应当是他的得意之作。然而，岩谷氏也与红叶一样，没能摆脱狭隘的主观写实主义。森田思轩以外国文学翻译家而知名，如《侦探阿尔班》《瞽使者》《月珠》《哀史》等作均译自雨果、凡尔纳、柯林斯等人的英文小说，文体采用了和汉折衷体。森田思轩能以拙朴的文字传情，这项才能令人称道。不过，虽然门下弟子极崇拜这位雨果的译介者，但是我听说直到罗塞蒂①出现，才为但丁作了（真正的）注解，所以不懂法文的森田如何能传达雨果作品的真趣呢？这实在令人吃惊。明治二十六年以前的广津柳浪声名不显，但读他的《五枚姿绘》就知此人绝非池中之物，如今果然名声大噪。

浪六小说、侦探小说相继没落，呼声颇高的历史小说未曾现身。明治小说迎来了观念小说的时代。

是时正当甲午战争爆发，越年而未息。一般文学也被社会大众抛之脑后，而这次战争也未给纯文学深远的影响。从社会上层至下层，在政治、宗教、学术上具有许大影响力的世界性战争的大胜利，对诗歌小说居然未产生大的影响，这是十分奇怪的。我们不得不承认，我国民的审美意识是极匮乏的。我国的文学家大都具有超凡脱俗的气质，从不觉得自己应该凭借文学才能贴近人生、贴近世间百态，与之共同精进。因此，劝善惩恶主义消沉后，写实的小说家和批评家欣赏的"为艺术而艺术（art for art）"主义兴起，以至于他们无视道德观念、宗教信仰，将社会、国家的时事问题排除在诗歌小说的题材之外。更有甚者，以实验之名行不义之事，貌似恬淡、实则不知羞耻的小说家出现时，世人竟不以为怪。为此，明治二十五年前后，井上博士提出了振聋发聩的宗教教育冲突论。健全的国家精神于哲学和宗教之间成立之时，济济一堂的小说家们冷眼旁观。王师越海西进，举国上下投身国家精神大运动之际，除二三流作家作些浅近的战争谈之外，竟无一人歌颂这爱国义勇精神。不仅如此，倘有人写了关于战争的著作，反被贬斥为媚俗之作，这实在让我不知道说什么好了。在这千载一遇的良机前，竟无一人是阿恩特，无一人是凯尔纳②，实乃一大恨事。

---

① 罗塞蒂（Dante Gabriel Rossetti，1828—1882），出生于英国维多利亚时期的意大利裔，诗人、拉斐尔前派重要代表画家，多以神话、《圣经》、但丁的诗为主题进行绘画创作，有绘画作品《但丁的梦》。
② 阿恩特（Ernst Moritz Arndt，1769—1860）、凯尔纳（Justinus Kerner，1786—1862）均为十九世纪德国爱国诗人。

我认为，对人生无所助益的文学是不被需要的。人生是唯一。歌颂空灵幽玄的理想的人，何故不为旦暮往来的世事高歌？鉴于歌德对其祖国命运的冷淡态度，谁不称阿恩特、凯尔纳、乌兰特为诗人！写Weltschmerz的尼古拉·莱瑙（Nikolaus Lenau）①不就是热情的爱国诗人吗？眼见我国的诗人、小说家对社会和国家态度冷淡，我就不得不承认，斋东野人的文学亡国论未必没有道理。

过去之事就让它过去吧。战争文学之于明治小说史，不过是一段小插曲。真正保留下来的，仍是似是而非的写实小说和浪六小说的残影。所谓观念派，即是借此亏漏迎合时尚的勃兴。泉镜花的《外科室》、川上眉山《表里》、广津柳浪《黑蜥蜴》等都可视为此派的代表作。此时已是明治二十八年，明治小说进入了第三期。

我将就此搁笔。关于观念派的性质、缺点，其于小说史的意义等，眼下不应妄加论断。观念派兴起之后，小说界的局面发生了什么变化？历来的写实家们如何在其影响下产生心理描写的倾向？深刻悲惨的小说缘何在这期间诞生？诸多新作家是在怎样的时势下诞生的？诸如已故的明治才媛樋口一叶女史的才华是如何教化当代的？观念派如何由兴转衰？与社会问题相关联的新小说又如何兴起？社会问题与自然派的结合怎样催发了厌世主义文学？明治的小说如何在诸多辗转反侧间，形成以国民性情为基础的国民文学？这些都是今后的课题，以俟来日。

（明治三十年六月）

【题解】

高山樗牛（1871—1902），本名高山林次郎，日本著名的文艺评论家、思想家，1871出生于日本山形县鹤冈市，同年恰逢"啜尝些德川时代的残羹冷炙"的假名垣鲁文的滑稽小说《安愚乐锅》成书；1885年，15岁的高山樗牛开始写日记，同年，坪内逍遥所作、为明治小说界"迎来了十九世纪文学思想的曙光"的《小说神髓》与《当世书生气质》（第一卷）出版。1888年，高山进入第二高等学校学习；1893年进入帝国大学，在学期间匿名发表的

---

① 莱瑙（Nikolaus Lenau, 1802—1850），奥地利诗人，其提出的"Weltschmerz"一词意为"世界苦"，即人生是苦界的意思。

历史小说《泷口入道》(1894)成为其早期代表作。1897年起担任大型综合杂志《太阳》杂志文艺栏主笔,同时与井上哲次郎一同提倡日本主义。

高山樗牛的《明治的小说》一文首刊于明治三十年(1897)六月号《太阳》杂志,同号还刊载了他的《日本主义和哲学》。高山樗牛在《明治的小说》中以坪内逍遥的《小说神髓》(1885)为坐标,划分了明治小说的第一期(1868—1885)和第二期(1886—1895),认为明治小说"以坪内逍遥为标志,进入了过渡时期",并由此展开明治文学史评论。樗牛在德川时代和明治时代新旧对立的构图中肯定逍遥小说及小说论的先驱性,称赞"《小说神髓》提出重视写实与自然,比起描写外部事件的惨淡的经历,更应重视人物隐密的心理活动过程,由此使得我国昏昏沉沉的小说界迎来了十九世纪文学思想的曙光"。但樗牛也批评《小说神髓》"对写实的定义亦有失偏狭",并指出"逍遥不承认传奇(romance)与小说(novel)的共存并立,过于重视心理描写,却并不细究小说中哪些种类适用于心理描写,也不承认理想小说的价值"。樗牛继而指出,明治小说第二期(1886—1895),以二叶亭四迷的《浮云》为代表,进入了写实主义时期。但无论逍遥的理论还是二叶亭的实践,都和樗牛所构想的"国民文学"明显存在距离。高山在文章"序论"部分提出"国民文学"的概念,认为国民文学"表达国民的情感和希望","是表现国民性情的一种形式",而满足国民性情的文学则"具备了作为国民文学的最高价值"。而樗牛将中日甲午战争的终结视作划分明治小说第二期(1886—1895)和第三期(1895年以后)的节点,特别强调评骘文学的标准是与视其这场"世界性战争"的关系,从而批判了明治小说家们"为艺术而艺术",并对这场"在政治、宗教、学术上具有许大影响力的世界性战争的大胜利"未能在诗歌小说中得到反映表示不满。这些观点表明,高山樗牛所提倡的"国民文学",并不能仅仅从字面上理解为仅限于国民国家境域内的文学,其中显然也包含了对"帝国日本"跨越国民国家边界行为的积极呼应。

参考文献

王中忱:《现代文学路上的迷途羔羊》,北京:作家出版社,2020年。
高須芳次郎:『人と文学 高山樗牛』,偕成社,1943年。

第二辑
帝国与个人:作为作家之批评课题的"文学"重问

文学论·序

夏目漱石

　　值此书付梓之际,将此书于何种动机下萌芽,于何种机缘下成为课堂之讲义,今又因何种际会出版,略陈于左,余信非为赘言。
　　余于明治三十三年(1900)受命留学英国,其时余为第五高等学校教授。当时,余未特别希望出洋,且信当有更适宜之人选,遂申此意于校长及教务主任。校长及教务主任回复曰:有更适宜之人选与否非足下所应议,校方仅荐足下于文部省,文部省纳此推荐,指定足下为留学人选而已,足下如有异议则另当别论,若无,则恭敬不如从命为宜,云云。余仅言吾并无特别希望出洋之念故,别无固辞之理,遂承诺后告辞。
　　余受命研究之题目乃英语,非英文学。余以为需就此一点了解其范围及具体方向,遂前往文部省拜访其时专业事务局局长上田万年氏。据上田氏答,并无特别强硬之约束,唯希望选修一些归国后可在高等学校或大学教授之科目耳。此时余始知,所谓受命修读科目之英语,多少可依己意有所变更。余遂于同年九月踏上西征之途,并于十一月抵达目的地。
　　抵达后,须先确定留学之所。牛津剑桥俱以学术重镇驰誉吾邦,方犹豫前往两者之哪方时,适逢在剑桥之友人见招,遂决定适彼地一游。
　　剑桥之行,除欲拜访之友人外,尚邂逅两三名日本人,皆系绅商之子。余得知彼等为取得所谓"绅士"之资格,每年耗子数千金之巨。余得自政府之学费,每年不过一千八百圆而已。以此区区之数,于此金钱称雄之地,断断不敢想象能与彼等同样挥霍。若不挥霍钱财,接触彼土青年,所谓绅士派头连窥见都难。余得知,即使谢绝交际,唯听一些适宜之功课,此微薄之资已难应付。噫!即使万事谨慎,安然渡此难关,然余留学目的之一之书籍,恐不能购置一卷耳。又思余之留学与绅商之子优哉游哉留洋不同。须知英国绅士是那种必须要学习的秉性温良之楷模人物之集合体。可惜于东洋度过青年时代如余者,模仿年少于余之英国绅士之一举一动,恰如骨架已定之成人遽然学习舞狮绝技,无论如何佩服,如何崇拜,如何钦慕，即使甘受将三餐减作两餐之苦，亦无济于事。余闻彼等午前听课一二小时，午餐后户外运动两三个小时，下午茶时互相拜访，晚餐则去校园与众人会食。于费用，于时间，于性格，余到底皆不能效法彼等绅士之举止，遂永远断绝寓留彼地之念。

余思牛津应与剑桥无异，故不再前往。甚至曾考虑去北方之苏格兰，或渡海前往爱尔兰，然此两地甚不宜于练习英语，遂作罢。同时，余认为伦敦乃研习语言之最佳所在，于是决定在此卸笈。

伦敦作为练习语言之地堪称便宜。其理由自不待言。余不惟当时坚信如此，至今仍笃信不疑。然而余赴英国之目的，却非仅为谙习英语而已。官命乃官命，余之意志乃余之意志。在不违上田局长之言之范围内，余有满足余之意志之自由。余相信，在熟习英语之同时，余之从事文学研究，与其说唯出于余之好奇心，毋宁说泰半因服膺上田局长之言之结果也。

谨付一言以防误解。余不愿举两年之光阴尽用于语学，非蔑视语学而认为其不足学也，反因太过重视语学之故。无论发音也罢，会话也罢，文章也罢，即使仅研习语学之一方面，两年光阴决不为长。更何况余乃为涉猎其全般，能达至自我期许之水平吗？余屈指计算余留学时间之长短，思量以余之菲才，如何能在期限内有所提高。深思熟虑之后，终于省悟，欲在预定期限内修成正果，决难如愿以偿。则余之研究方法，半脱出文部省命令之条目，在当时之状态下实为不得已之举。

踵至之问题，乃在应以何种方法研究文学，应选修何种科目。余自己提出浅薄之问题，却无法得到结论，至今回想之际，犹觉黯然。余能采取之方针遂不得不变得机械。余先赴大学听现代文学史讲义，又自己私下觅得老师，以期获随意请教疑问之便。

在大学听讲仅三四个月便作罢，盖因未能得预期之兴趣及知识之故也。余记得定期去私人导师处约一年。其间余广涉英文学方面之书籍。当然此既非为论文材料，亦非为归国后教学上之需要，不过尽可能随意泛览而已。恕直言之，余虽以英文学毕业之学士获选拔留洋，却不敢称精于斯道。毕业后徂徕于东西，不仅距中央文坛日远，而且因一身一家之事，久未有此耽于读书之机会，故脍炙人口之经典名著亦大都只闻其名，十有六七未曾过目，此素日引为憾者也。故拟借此机缘尽读之。除此目的之外，余未能订出任何方案。如此一年有余，余点检读毕之册数，较之尚未读之书目，已相差甚小，颇感意外。又感若举剩下一年之时费于同样之目的，实颇迂阔。余为学之态度于此不得不一变。

（在此敬告青年学生。尚富于春秋之际，企立志于专门学业并有所贡献之前，必先会通全体，博览古今上下数千年之书籍。如此纵然白头已至，犹不可期通晓全部。如余之辈，尚未通晓英文学之全部，且以为自今日起至二三十年后，依然不可通也。）

时日逼近，散漫无章之读书方法令当时之余茫然自失。除此之外，尚有其他促余逸离常轨之原因。余少时曾嗜读汉籍。虽修读时间甚短，于"左国史汉"中，余冥冥里得出文学之定义，漠漠然觉文学即如斯者也。窃以为英文学亦应如是。果如斯者，则余终生习之亦不后悔。余只身进入并不流行之英文学科，全受此幼稚而单纯之动机所支配。在学三年间，颇为无用之拉丁语所苦，亦困于无用之德语，还恍惚死记硬背了同样无用之法语。关键之专门书籍殆未遑读之时，余已成为文学士。获此光荣之头衔，心中却甚感寂寞。

转瞬春秋十载又逝。为学不可谓无余暇，唯一学而不透彻为恨。毕业时余脑中不觉有仿佛被英文学欺骗之不安之念。抱此不安之念，余西赴松山，又一年，再赴更西之熊本。居熊本数年，此不安之念犹未消时又来到伦敦。设若来伦敦此不安之念仍无法开解，则衔官命远渡重洋之意义便不复存在。然过去十年难解之疑团，欲在未来之一年内开释，此虽非完全绝望，却也茫然之至。

于是余废读书，重又考虑前途，因资性愚钝，专修外国文学亦学力有限，故不能达至会心之境，实乃遗憾之极。然余之学力徵之过去，从今以后恐再难长进。既然学力再难长进，则须在学力以外涵养玩味外国文学之力。而此类方法，余遍寻不获。反躬自省，余于汉学虽非有根底，然自信能充分玩味之。余于英语知识，虽不可云深厚，然不认为劣于余之汉学知识。既然学力程度相同，而如好恶之别一般有如此之异，不能不归于两者之性质有别。换言之，汉学中所谓文学与英语中所谓文学，到底是不可划归同一定义下之不同种类也。

大学毕业数年之后，于远在异乡伦敦之孤灯下，余之思想始达于此。旁人或许目余为幼稚。余自身亦觉幼稚。远赴天涯一隅之伦敦，为此类显而易见之事苦思冥想，也许是留学生之耻辱。然而事实是事实。余此时方注意到此事，虽为耻辱，却是事实。余决心于此从根本上究明文学谓何之问题。同时，余心生一念：要将剩下一年全部用于此问题之前期研究。

余闭门谢客，将一切文学书收入箱底。盖因相信读文学书以求知文学为何物，是犹以血洗血之手段而已。余誓将从心理之方面穷究文学如何之必要，如何发生、发达、颓废。余誓将从社会之方面穷究文学如何之必要，如何存在、兴盛、衰败。

因余提出之问题颇大而新，即便数人也难于一两年间解释清楚。故余将可利用一切时间尽用于广集各方材料之上，并将可费之资悉数用于购置参考书。自此一念起后之六七个月期间，乃余生涯中最锐意、最专注于研究之时期。然亦是因报告书不充分而遭文部省谴责之时期。

余尽余所有之精力，循序读所购之书，且施旁注于阅读之处，必要时每每录于笔记本。开始时颇觉茫无际涯，到似乎隐约有所觉之时，已是五六个月之后。余固非大学教授，因而并无必要将之作教材之用。亦不必急于将之整理成书。按余当时之设想，归国后以十年为期，在充分钻研并取得预期成果之后再让此书问世。

留学时余收集之笔记本写满蝇头小字，已达五六寸之厚。归国时此笔记本为余之唯一财产。归国未久，余突然被委托担任东京大学英文学讲师。余固非以此目的留洋，亦非以此目的归国。既然并无在大学教授英文之学力，且余之目的一直乃在完成《文学论》，故不愿意因授课而妨自己之宿志。因此意欲推辞。岂料因余在留学中曾于书信中向友人（大冢保志）流露欲于东京谋职之意，在友人安排之下，余归国之前此事似乎已经决定，遂不顾浅学疏才，允承此事。

开讲前为选择何种课题而煞费苦心，然余感对今日研究文学之学生而言，余介绍文学论，学生们当最有兴趣，而且时机最为适宜。余在乡间任教，从乡间留洋，留洋后突然回到东京，对当时我国中央文坛主流动向几无所知。虽然，自己辛勤劳动获得之结果能在修习最高学问、支配未来文坛之青年面前披沥，余感荣幸之至。故余决意选择此课题，并期待学生诸子之批评。

不幸余之文学论乃期以十年之大事业，且重在从心理学社会学之方面根本讨论文学之活动力，故尚不具备可向学生诸子讲谈之程度。此外，作为文学讲义,亦嫌过于偏于理论,有偏离纯文学区域之感。以余之微薄之力,于此有两种选择。一为将手头尚未整理之资料具体组织至一定程度。二是将略具系统性之议论尽可能往纯文学方面讲解。

在身心健康及使用时间皆不许可之情形下,余以为此两者不能兼顾。然将在何种程度上实现计划,将留待此书之内容去证明。授课时间每周三小时,于明治三十六年(1903)九月始,至三十八年(1905)六月至,前后二学年结束。当时之讲授似未能给予学生诸子如余所预期之刺激。

余拟于第三学年继续讲授此稿,然因诸多阻碍而未果。欲重撰已述却未尽人意之处,又未果。此稿弃置箧底两年之久,后终应书肆之邀而得公之于世。

允诺公之于世后,又为身边杂事所困,连膳清旧稿之余暇都难觅。不得已委托友人中川芳太郎君区分章节、编纂目录及其他一切之整理。中川君曾在课上听过此稿之部分,且兼备博洽之学及笃实之质,乃余之友人中处理此事之最佳人选。余深谢君之厚意,苟此书得存,君之名不可忘也。若非仰赖君之盛意,此书恐至今仍不能付梓出版。况他日中川君若成名文坛,此书或借君之名而为世人记取,亦未可知也。

如上所述,此书是乃以余辛勤之劳作组织而成。但因十年之计划缩为两年(名为两年,除去出版之际修正所用时间,实际用时仅为两夏而已),又因未能应纯文学学生之所期而调整原来之结构,至今犹不免有未成品或半成品之感。然而学界繁忙。于此繁忙之学界,余之繁忙程度,多他人之一倍。若补其之不足,正其所当正,续其所当续,然后问世,则即便余彻底改变身边之状况,费终生之时日,亦不可指望其问世。此乃余将未定稿出版之故也。

既为未定稿,故余意不在于教授现代之学生以明了文学为何物。世之读此书者,掩卷之余,能生出某些问题,萌发某些疑义,或比书中所云之事更推进一步,开拓二步示发展至路向,则可云余之目的达到矣。建筑学问之堂,非一朝之事,又非一人之事,余仅愿为其建立贡献几分微劳,借此尽一己之义务而已。

余寓居伦敦两年为最不愉快的两年。于英国绅士之间,余如一条与狼群为伍之犬,生活郁郁寡欢。闻伦敦人口有五百万。余不讳言,余当时之状态,如五百万滴油中之一滴水,苟且维系露命。若在清洗过的白衬衫上落下一滴墨水,衬衫主人定然不欢。可比做墨水之余如乞丐般徘徊于西敏寺周围,于此充满煤烟之人工云雾的大都会里,两年间吞吐了数千立方尺空气,余为英国绅士大感惋惜。敬告被视为绅士模范之英国人,余非以猎奇之醉兴踏进伦敦,乃受比个人意志更大之意志支配,不得不在君等面包之恩泽中度过此岁月。两年期满而去,恰若春来大雁北归。非但客居之时未能以君等为楷模,万事顺君等之意,至今仍不能成为君等所预期之东洋竖子之模范人物,诚可悲也。然余乃负官命而行者,非以己意前往。若循己之意志,余当终生不会踏入英国一步。故而既已承蒙君等如是关照之余当不会期许再次蒙恩。对君等之厚意,余以不能再有感铭君等厚意之机而引以为憾。

归国后三年有半,亦为不愉快之三年有半。然余为日本臣民,不能以不愉快为由而离开日本。拥有日本臣民之荣光与权利之余,生息于五千万人中,至少欲支持五千万分之一的荣光与权利。当此荣光与权力减至五千万分之一以下时,余非但不能否定余之存在,抑或选择去国之举,宁当尽力将之回复至五千万分之一。此非余之微小意志,乃余之意志以上之意志。余之意志以上之意志令余之意志无可奈何。余之意志以上之意志命令余:为支持日本臣民之荣光与权利,务必避免一切不愉快。

将著者之心情毫不客气地在冠于学术著作之前的序中详述,似欠妥当。然此学术著作是如何于不愉快之中萌芽,如何于不愉快之中成形,如何于不愉快之中讲授,最后又如何于不愉快之中出版,思之念之,虽与其他学者之著作相比拙作丝毫不足为重,但对余而言,能完成如此之工作,已深感满足。读者当有所同情乎。

英国人视余为神经衰弱。据云某日本人致书本国,谓余已疯矣。贤士所言,当无虚伪。然余不才,不能对此等人申致谢忱,唯感遗憾!

归国后据说余依然神经衰弱兼癫狂。甚至亲戚似乎都对此表示同意。亲戚尚且如此,余知更无辩解之余地矣。唯因神经衰弱与癫狂故,余草《我是猫》,出《漾虚集》,又得以降《鹑笼》公之于世,思之,余坚信余当应对此神经衰弱与癫狂深深致谢。

但凡余身边状况不变,余之神经衰弱与癫狂应与生命同在。既然永远存在,即有出版更多的《我是猫》,更多的《漾虚集》,更多的《鹑笼》之希望,故余祈愿此神经衰弱与癫狂与余长在!

然此神经衰弱与癫狂驱动余进入创作状态，此不容置疑，故今后是否再有弄《文学论》之类学理性的闲文字之余裕，亦未可知。若真如此，此一篇即余染指此种著作之唯一纪念。虽乏价值，于作者之本人而言，却是足以劳烦印刷所之工作。是为记。

明治三十九年（1906）十一月

【题解】

　　夏目漱石（1867—1916），原名夏目金之助，号漱石，是日本家喻户晓的文学家。他毕业于东京帝国大学英文科，先后在东京、松山、熊本等多地执教，1900年接受文部省命令前往英国留学，归国后成为东京帝国大学和第一高等学校的教师，并开始在《杜鹃》杂志上发表文学作品。1907年，漱石辞去一切教职，进入朝日新闻社，成为专职作家。漱石的风格与当时文坛主流的自然主义不同，曾被称作"余裕派"，著有《我是猫》《三四郎》《心》等众多脍炙人口的小说，其作品在战后日本的国语教育中占据重要地位，漱石研究也是日本近代文学研究中的重要领域。

　　《文学论》一书的前身是漱石在东京帝国大学教授"英文学概说"课程时编撰的讲义，而讲义内容主要来自他留学英国时的阅读与思考。《文学论》中运用了大量英国文学的材料，但在根本上，这部著作并非英国文学研究，而是漱石建立自己的文学理论体系的尝试。作为一个生活在历史转折期的日本人，漱石感到他自幼熟读的"左国史汉"与他在近代学术体制中习得的"英文学"之间存在巨大断层，英国文学中的"文学"概念并非他心目中的"文学"，因此决定另辟蹊径，创立一套属于自己的文学论。为了思考"何为文学"，漱石反而"将一切文学书收入箱底"，这或许是因为他意识到，将这些书籍定义为"文学"的只是西方近代的一种特定制度，而此制度并非天然的、绝对普遍的。为了探求更具普遍性的文学理论，漱石阅读了大量哲学、心理学方面的著作，试图建构一种文学的"科学"。《文学论》中提出了一个公式：文学＝F＋f。F指"焦点的印象或观念"，而f则是"附着于其上的情绪"。这个公式是对文学阅读体验的最大限度的概括，全书由此出发，通过分析人的意识如何随文本而起伏流动，来探索文学的本质。这部著作的体系性、思辨性在当时日本的文艺理论中是十分罕见的，然而曲高和寡，没有引起多少反响。直到20世纪70年代以后，《文学论》才受到一些学者的关注，逐渐成为漱石研究的新热点。这种趋势与日本知识界的"语言学转向"有关，包含着对"文学"解构式的思考。例如，柄谷行人较早地提出，漱石对西方近代的文学（literature）概念的自我同一性/排他性有着批判意识。小森阳一则注目于《文学论》与漱石的小说创作之间的潜在联系，并对该书与西方哲学、社会科学知识谱系的关系展开深入辨析。林少阳则进而指出了漱石所说的"左国史汉"背后的普遍性的"文"的传统。近年来，《文学论》日益成为各国漱石研究者共同关注的话题。

《文学论·序》中记叙了漱石留学英国以及写作《文学论》的始末，是了解这部著作写作背景的重要材料。值得注意的是，文中强调这部书是在持续的"不愉快"中诞生的。作为一部理论著作的序言，文章却特地指出理论背后的"不愉快"和"神经衰弱"，这种独特姿态可能包含着深刻的意图。在《现代日本的开化》中漱石说道，面对日本"外发的"开化，认真思考文明问题者多半陷于神经软弱。而《文学论·序》中这些看似情绪化的表达，或许也不仅是个人问题，而是暗藏着一种游动于英国和日本之间的"文明批评"。

参考文献

柄谷行人：『増補 漱石論集成』，平凡社，2001年。
小森陽一：『漱石を読みなおす』，岩波書店，2016年。
林少陽：「「事件」としての『文学論』再発見：漱石『文学論』解読の思想史」，『文学』13(3)，2012年5月。

我的个人主义

夏目漱石

我今天是第一次来学习院这地方。① 当然,以前也对学习院有过"大概是如此这般吧"这种程度的猜测,但知道的并不清楚。走到里面来,当然今天还是第一次。

正如刚才冈田先生②作介绍时提到过的,其实今年春天他就邀请我来这里作一次演讲,但当时我有些不方便——此中原委,冈田先生似乎比我本人记得更清楚,刚才也向诸位解释过了——总之当时我不得不把这件事推托掉。然而光是推托,也太过失礼,所以我答应下一次一定来。为慎重起见,我问冈田先生下一次大约是什么时候,他回答说是今年十月。我心里算了算从春天到十月的天数,心想还有这么多时间,总能弄出点东西的,就一口答应说好的。然而不知是幸运抑或不幸,我生了病,整个九月都在卧床休养,转眼就到了十月。③ 十月里我虽然不再卧床,但还是摇摇晃晃的,要演讲是有些困难。然而约好的事情是不能忘的,所以我总是想着,对方该联系我了,该联系我了吧……心里暗自害怕。

这样摇摇晃晃的,病倒是养好了,贵校这边也没有来联系我。我虽然没把生病的事情告诉冈田先生,但也有两三家报纸稍微提到这事,我想贵校方面或许考虑到我的状况,已经换了别人去演讲,便放下心来。然而冈田先生忽然又来找我了。冈田先生特地穿了长靴(不过也可能是因为那天下雨)。他这样打扮着,走到早稻田街道深处④来,跟我说演讲已经推迟到十一月底,希望你能如约前来。我本以为已经逃避掉这一责任,所以

---

① 学习院最初于 1847 年在京都设立,作为公家(贵族)子弟教育机构。1877 年移至东京,重新开办,作为皇族、华族(主要由旧贵族和武士家族构成的特权阶层)子弟的教育机构,1884 年开始由宫内省直辖。"二战"后始向一般学生开放。
② 冈田正之(1864—1927),文学博士,学习院教授。
③ 夏目漱石患有积年胃病,1910 年 8 月在伊豆修善寺疗养时一度病危,此即所谓"修善寺大患"。此后数年漱石始终受到疾病折磨,演讲中提到的是 1914 年 9 月的第四次胃溃疡发作。
④ 漱石当时的住所,位于旧牛込区早稻田南町七番地(现新宿区早稻田南町)。

当时说实话是稍微吓了一跳的。但我想还有一个月的余裕，总会有些眉目的，便又答应下来。

就像这样，从春天到十月，又从十月末到十一月二十五日，本来有的是时间准备演讲的内容，但我总是不太舒服，觉得考虑这些事情麻烦得不行。于是我便怠懒起来，心想直到十一月二十五日之前，都不用着急，就这样磨磨蹭蹭地一天一天拖了下去。眼看只剩两三天，我觉得多少得考虑一下了，然而思考起来毕竟是很不愉快的，到底又把时间花在绘画上了。说是绘画，听起来好像我能画什么了不得的作品，其实只不过画些无聊的东西，然后贴在墙上，自己望着它终日发呆。昨天——大概是昨天吧，有人上门来，说这画很有意思——也不是画本身有意思，是说这画显然是在我心情愉快的时候画出来的。于是我便跟此人解释了一番自己的心理状态，说我不是因为心情愉快而画画，恰恰是因为不愉快，才要画画。世上确实有人因为愉快得坐不住而画画、写字或者作文章；但同样也有人是因为心情不愉快，想要设法让心情好一点，才提起笔来的。不可思议的是，去看这两种不同的心境所产生出的作品，会发现有些场合它们竟十分一致。不过这事我只是顺便一说，和今天要讲的题目没什么关系，所以就不展开了。——总之我光是望着那古怪的画度日，一点也没有准备演讲的内容。

如此这般，终于到了二十五日，无论如何都非得到这里露一下面不可了。我今天早上也整理了一下思路，但准备实在太不充分，这场演讲恐怕是不会令诸位满意的，还请姑妄听之。

今天这样的集会，也不知是从何时开始的，作为惯例，各位每次都从别处拉一个人过来，要他演讲，这也没什么不好，但换个角度看，诸位想听的有趣的演讲，只怕不管从什么地方拉什么人过来，都不是那么容易听到的。其实诸位是不是只是想看看别处的人，觉得比较稀罕呢？

我从落语家那里听过这样一个讽刺的故事。①——从前有两位大名带着猎鹰到目黑一带狩猎，跑了大半天下来，肚子很饿了，不巧却没带便当，又和家臣走散了，没有果腹的东西，两人只好跑进那里的一处脏兮兮的农舍里，说随便什么都好，让我们吃点东西。农家的老头儿老太婆觉得

---

① 以下所述的故事，基本是落语《目黑的秋刀鱼》的情节。

怪可怜的,便把仅剩的秋刀鱼烤了一下,请两位大名就着麦饭将就一下。两人吃得很香,吃完就离开了,直到第二天,那秋刀鱼的香味还在鼻子周围缭绕,于是其中一人就把另一人请来,一起吃秋刀鱼。家臣闻命,十分震惊,但又不能违背主人的意思,于是吩咐厨子把秋刀鱼的细骨头用镊子一根根拔出来,用料酒之类的调料浸过,调好火候,精心烧烤一番,端给主客二人。然而吃饭的人肚子不饿,烧制的方法又麻烦而愚蠢,反而失去秋刀鱼的味道,变成了奇怪的菜,两人尝了几筷子,一点也不觉得美味,于是相顾愕然,最后得出奇怪的结论,说秋刀鱼一定要目黑地方的才好吃。在我看来,诸位在学习院这样优秀的学校里,终日与出色的先生相交接,却专门邀请我这样的人来演讲,从春天一直等到秋末,这只怕和吃惯山珍海味的人想吃目黑的秋刀鱼是一个道理吧。

今天与会的大森教授①,与我大约是同一时期从大学毕业的。大森教授曾跟我说,最近的学生不好好听课,态度不认真,实在不像样子。我记得这应该不是说贵校的学生,而是针对别的私立学校的学生说的。当时我对大森先生说了颇为失礼的话。说来令人惭愧,我当时说的是,认真听你讲义的学生,哪里会有呢? 不过当时的我的意思或许没能成功传达给大森君,为了防止误解,我就借此机会解释几句。其实在我读书的时候,也就是和各位同龄或者稍大的时期,比各位现在还要怠慢,先生的讲义几乎是一点也不听。当然这只是根据我自己和周围的人的经验说的,或许不能一概而论,但如今我回顾当时,大致印象就是如此。就拿我自己说,也只是表面温顺,其实从来不听课,一天到晚优哉游哉。带着这样的记忆,来看如今这些用功的学生,实在没有大森君那样的勇气去抨击他们。我对大森先生出言不逊,就是因为这样的缘故。今日我虽不是专程来向大森君道歉,不过机会难得,请允许我借此场合,当着各位的面向大森君聊表歉意。

话越扯越远了,下面还是回到正题。如果说得有条理一点,我要讲的大致是如下内容。

诸位身在一流的学校,每日接受一流先生的指导,并且每天听他们讲授专业的或者一般的课程。然而,却又专门从外面找来我这般人作演讲,

---

① 大森金五郎(1867—1936),历史研究者,学习院教授。

据我猜测,这正和刚才所讲的大名吃目黑秋刀鱼的故事同出一理,也就是说因为稀罕,才想尝上一口吧。说实话,与我相比,诸君每日相处的常任教员的教诲只怕要有益得多,也更加有趣吧。倘若我成了贵校的教员,单是因为没有新鲜的刺激,只怕就不会有这么多人产生热情和好奇心,来听我的演讲了。我是这么想的,诸君以为如何呢?

要说我为何如此假设,那是因为我曾经真的打算成为贵校的教师。不过我并没有自己去运动,是贵校的一位熟人推荐了我。那时我颇为迂阔,眼看毕业,尚不曾为衣食做打算,直到踏上社会之后,才发现只是抄手等着,房租钱并不会自己变出来,因此自己做教育者能否胜任姑且不论,先要设法找一所学校进去,于是就通过那位熟人,开始谋求贵校的教职。那时我有一名竞争对手,但那位熟人总跟我说没问题,我也就放宽了心,仿佛自己已经被任命了似的,开始问他教师该穿什么衣服之类的问题。这人说一定得穿常礼服,否则不能进教室的。于是我工作还没定下来,倒先做了一套常礼服。然而那时我尚不知道学习院是位于哪里的学校,这实在是很奇怪的事。衣服有了,谁知学习院这边却落选了,另一个人得到了英语教师的岗位。这人叫什么,如今已经记不得,大概是由于当时也没有太不甘心吧。总之好像是个美国留学回来的人。①——假如当初那留学美国回来的人未被录用,我误打误撞当上了学习院的教师,而且一直干到今天的话,也许就没有机会受到如此郑重的邀请,居高临下地向诸位讲话了。诸位为了听我演讲,从春天一直等到十一月,这不恰恰是诸君只是对我这个未能当上学习院教师的人,产生了对目黑的秋刀鱼一样的兴趣的证据吗?

接下来我打算讲一讲我在学习院求职失败以后的经历。这倒不只是为了按顺序往下讲,而是今天的演讲中必不可少的一部分,所以还请诸位注意地听下去。

我没有获得学习院的职位,常礼服却穿到了身上。因为除开这一件,就没有别的能穿出去的洋服了。你们猜我穿着这件礼服去了哪里?那时候与现在不同,就职很容易,仿佛到处都是岗位,大概还是因为人才少吧。像我这样的人,也有一所高等学校②,和一所高等师范③,几乎同时来跟我

---

① 根据《漱石全集》(岩波书店 1995 年版)的注释,此人名为重见周吉(1865—1928),耶鲁大学毕业,从事医学研究。
② 即当时的第一高等学校,创立于 1886 年,相当于帝国大学的预科。
③ 东京高等师范学校,创立于 1886 年。

联系。我对那位在高等学校替我周旋的学长答应了一半,而对高等师范那边也回答得模棱两可,结果事情就变得有些麻烦。当然,也可以说是我少不更事,处事不周到,结果自作自受,但总之当时很是为难。那位在高等学校做教员的学长把我叫去,谴责我说,你一边答应来这里,一边又在别处谋职,让我站在中间很难办。我当时不仅年轻,脾气还大,心想倒不如索性把两边都推掉,于是就开始着手这么办。结果有一天,当时那所高等学校的校长——也就是现在似乎在京都理科大学做校长的久原先生①——让我过去一趟,我赶紧去了,发现高等师范的校长嘉纳治五郎先生②也在,同席的还有那位替我周旋的学长,他劝我说已经谈妥了,不用顾虑这边,去高等师范就好。这样一来,我不能再说不去,只好答应。然而心里还是觉得这事越变越麻烦了。现在想来,这其实是难得的好事,然而那时我却并不怎样感激。当时我犹豫了半天,甚至对嘉纳治五郎先生说,要我变成你这样的教育者,去做学生的模范,我可实在难以胜任。嘉纳治五郎先生却是十分练达的人,说你这样诚实,我更加希望你来啦,说什么都不肯把我放掉。就这样,我这么一个不成熟的人,本来绝无脚踏两条船的贪心,却还是给相关者添了许多不必要的麻烦,最终才去了高等师范学校。

然而,从一开始我便缺乏成为出色的教育者的资质,所以始终觉得不自在。连嘉纳先生都说,你这个人也太过耿介了,让人为难。或许我本可以更滑头一点。然而不管怎样,我只觉得这工作不适合我,坦白讲,当时的我就好像做菜的厨子到糕点店里帮工一样。

一年以后,我终于到乡下的中学赴任去了。那是伊予地方松山市的一所中学。③诸位一听到松山的中学就笑,大概是读过拙作《哥儿》吧。《哥儿》里有个绰号红衬衫的人,以前总有人问我那到底写的是谁。要说是谁,那时候整个中学上下只有我一个文学士,如果要把《哥儿》中的人物与实在人物一一对应,那么红衬衫就只能是我了——这真是十分荣幸。

---

① 久原躬弦(1855—1919):理学博士,历任第一高等学校校长,京都帝国大学总长等。
② 嘉纳治五郎,柔道家、教育家,担任东京高等师范学校校长多年,并推动了柔道向现代体育项目转化,是明治初期体育界的重要人物。
③ 1895年4月,漱石前往爱媛县寻常中学校,担任英语教员。

我在松山也只呆了一年。虽然走的时候知事挽留我，但我已经和别的学校约好了，只能离开。接下来我便去了熊本的高等学校。① 像这样，我依次在中学、高等学校和大学教过书，只差小学和女校还没去过。

　　在熊本，我呆了很长一段时间。突然接到文部省的内部消息，要我去英国留学，这是到了熊本之后第几年的事呢。最初我打算推辞掉。因为我这样的人，毫无目的地去一趟外国，只怕未必对国家有什么用处。然而替文部省传话的教导主任对我说，这是上面的安排，你就不必自我进行评价了，还是去的好。我也没有坚决反对的理由，就服从命令去了英国。然而正如之前预料的，到了那里也没什么事情好做。

　　要说清楚这是怎么回事，就不得不说说我这个人了。这也是今天的演讲的一部分，因此还请各位听一下。

　　我在大学里学的是英文学专业。诸位或许会问，这英文学是怎样一门学问，然而就连我本人，在上面花了三年时间，也还是糊里糊涂的。那时教课的是一位狄克逊先生②，我被要求在他面前读诗，读文章，写作文，漏了冠词便要挨骂，发音错了便要挨训。考试考的全都是华兹华斯生于何年死于何年，莎士比亚的作品集有几部，或者将司各特的作品按年代顺序排列这一类的问题。年轻的各位或许也能想象得到我的疑问：这样就算英文学吗？先不说英文学，首先文学是什么，这一问题就始终得不到解答。那么，能不能凭自己的力量去探究呢？我像盲人隔墙窥视一样，跑进图书馆到处翻书，然而不管怎么转来转去都还是不得其门而入。我想这不仅是因为我自己能力不足，也是由于相关的书籍实在太少。总之学了三年，仍不解文学为何物。我的烦闷，可以说首先来自这里。

　　我怀着这样郁闷的态度踏上社会，当了教师，或者不如说被变成了教师。所幸我的外语水平虽然也颇为可疑，总算还能够敷衍应付，一天一天平安无事地过去了，然而心中总是感到空虚。若是彻底的空虚倒也爽快，然而这种不愉快却是含含混混，理不出头绪的，而且遍布在整个生活里，俯拾皆是，实在令人难以忍受。而且另一方面，我对自己从事的教师这一职业也毫无兴趣。从一开始我便知道自己缺乏做教育者的禀赋，光是在

---

① 1896年4月，漱石前往熊本第五高等学校。
② 狄克逊（James Main Dixon，1856—1933），苏格兰学者，1886年受聘于东京帝国大学，教授英语和英国文学。

教室里教英语，我都觉得麻烦。我就像是半弯着腰，只等一有机会，便跳转到真正属于自己的领域里去。然而这领域似乎存在，又似乎不存在，无论转向何方，我都不能下定决心跳过去。

我既然生到世上来，总须做点什么，然而做什么好，我却全无头绪。我像困在雾中的孤独的人一样驻足不前。与其盼望从哪里忽然射来一缕阳光，我更希望用自己的探照灯，在眼前照出路来，哪怕只有一条也好。然而不管照向何方，都是一片朦胧，如同被装在布囊里。我极为焦躁，只盼手中有一把锥子，好捅破一个窟窿，然而别人并不曾给我这样的锥子，我自己也找不到，只能怀着对前途的担忧，独自一人抑郁度日。

我怀着这样的不安从大学毕业，从松山到熊本，最后又怀着同样的不安远渡他国。然而一旦到外国留学，难免重新感到自己多少有些责任。于是我绞尽脑汁，努力想做些什么。但不管读多少书，仍然不能从那布囊里钻出来。就算走遍伦敦，也找不到能刺破它的锥子。我在公寓里思考了很久，最终只觉得无聊，知道再读多少书也不能填补心中空虚。同时，连自己都不明白为什么要读书了。

这时我才明白，只有凭一己之力重新创造一个概念，从根本上解释文学究竟为何物，才是出路。我终于发觉，此前我总是以他人为本位，宛如无根浮萍，所以才不行。我这里所说的他人本位，指的是模仿他人，譬如把自己的酒给别人喝，然后听对方品评，不论对方讲得在不在理，都随声附和。说得这么简单，听上去就比较蠢，诸位可能觉得哪有这样的人，但事实并非如此。比如近来流行的柏格森[①]、奥伊肯[②]，都是西洋人，日本人跟着起哄，拾其牙慧。更何况那个时候，只要是西洋人说的话，就有人盲从，并引以为傲，乱用片假名虚张声势的人比比皆是。这并非诋毁别人，我本人当时也是一样的。比如读到一名西洋人对另一西洋人作品的评价，便不加思考，大肆传布，无论自己是否真的接受其观点。总之是囫囵吞枣，习得一些机械的知识，把那些不能说是我所有、我自己的血肉的外

---

① 亨利·柏格森（Henri Louis Bergson，1859—1941），法国哲学家，批判斯宾塞式的机械论的自然科学世界观，强调意识和时间的持续流动、不可分割性。1913 年其著作《创造的进化》由金子筑水、桂井当之助译成日语，在日本引起广泛反响，推动了"大正生命主义"的兴起。
② 鲁道夫·奥伊肯（Rudolf Christoph Eucken，1846—1926），德国哲学家，其"精神生活哲学"体现出理想主义、精神主义的色彩，一般被视为生命哲学的一支，与狄尔泰、柏格森等并举。1908 年获诺贝尔文学奖。五四时期在中国被译作"倭铿"。

来的东西,当作自己的话来说。尽管是这样,由于时代风气如此,旁人对我都赞赏有加。

然而无论怎样受到别人赞许,说到底还是披着借来的衣服逞威风,内心总还是不安。这就好比插上孔雀羽毛来装腔作势一样。我开始意识到,如果不稍稍去浮华以就质实,自己是到底不能安心的。

譬如西洋人说这是一首好诗,腔调很好云云,这只是西洋人的见解,虽然也不是不能供我参考,但只要我不这么想,就终究不应该现学现卖。我既然是独立的一名日本人,绝不是西洋人的奴婢,那么作为国民之一员,便应当具有这样的见识;而且诚实是全世界共通的德性,从这一点上讲,我也不该扭曲自己的意见。

然而我学的是英文学。当本土批评家所言,与自己所想相矛盾时,普通情况下总难免有些畏缩。因此我不得不思考,这般矛盾究竟源自何处。原因想必在风俗、人情、习惯之中,进而可以上溯到国民性。而普通的学者,往往简单地把文学与科学相混同,误以为甲国国民中意的,一定也能得到乙国国民的赞赏,其中包含一种必然性。这只能说是想错了。即使这矛盾无法调和,至少可以解释它。单是解释,也足以为日本文坛投入一道光明了。——像这样,直到此时我才悟出这个道理。这么晚才想通,说来实在惭愧,不过事实确是如此,我只好如实相告。

此后我为了在文艺的问题上巩固自己的立足之地,或者不如说重新建设这样的立足之地,开始阅读与文艺全然无关的书籍。一言以蔽之,我渐渐悟出自我本位这四个字,为了证明它,沉浸于科学的研究和哲学的思索中。如今时移世易,对于这些事,多少有点头脑的人想必能够理解,但当时我既幼稚,社会也没有那么发达,我的做法实在是情非得已。

我把自我本位一词握在手里以后,心理上便强大起来,有一种睥睨天下的气概。为至今为止茫然自失的我指出一条路,告诉我说应该站在这儿,应该由这条道向那边走的,其实正是这自我本位四个字。

坦白讲,我以这四个字为起点,重新出发了。于是我想,像现在的人这样只是跟在别人后面亦步亦趋,瞎闹一气,实在令人不放心,应该把坚实的论据丢到他们面前,证明大可不必装西洋人的样子,这样我既愉快,他人亦必欢喜,今后便通过著述或者别的手段,来成就这目标,以此为我毕生的事业吧。

那时候我的不安完全消失了。我怀着轻快的心眺望阴郁的伦敦。打个比方，这就好比我在懊恼多年之后，终于用自己的鹤嘴锄铿的一声挖到了矿脉；再打个比方说，就像困在雾中的人，终于被明确告知自己的路在哪个方向，应该朝哪里走。

我这样茅塞顿开，已经是留学一年多以后。这样看来在外国期间想完成我的事业是不可能了，我就打算姑且先整理资料，回国之后再好好做个了结。也就是说，我不是在去外国时，而是在归来之际偶然获得了某种力量。

然而一回国，我立刻便有了为衣食而四处奔走的义务。我到高等学校去教书，又到大学教书。后来因为钱不够，还在一所私立学校教课。此外我还患上了神经衰弱。最后又陷入了不得不在杂志上发表些无聊的创作的境地。因为这种种事情，我把我计划的事业在半途中止了。我所著的《文学论》[①]与其说是那事业的纪念，毋宁说是失败的残骸。而且是畸形儿的尸骸。又好像是尚未建成，便被地震震塌的街道的废墟。

不过那时我得到的自我本位的信念依然延续到今天。不，应该说是逐年增强。虽然著述的事业失败了，然而当时我确切把握到的以己为主，以他为宾的信念，给今日的我以极大的自信和安心。我感到自己正是延续了这种信念，才生存到今天的。其实像这样站在高台上向诸位演讲，或许也还是多亏了这种信念也未可知。

以上只是把我的经验简单地说了说，而将这番话的意思，完全是出于一番老妪似的心思，觉得这些大概可以供各位参考。诸君今后都将离开学校，走到世上去。在座诸位，有的可能还要过很长一段时间才会这样，有的则不久就要在实际社会中开始活动，不过据我推测，将来大概很有可能重复经历我所体验过的烦闷吧（即便种类有所不同）。大概也会有人像我一样，欲突围而不得，想要抓住什么，却像摸到光溜溜的秃头一样抓不住，陷入焦躁吧。如果诸君之中有人已经凭一己之力开辟出道路，这是例外，又或者有人满足于跟在他人后面，走现成的道路，我也绝不认为这样就不好（只要确实有安心和自信伴随自己）。然而如果不是这样，那就无论如何，都要用自己的鹤嘴锄去挖掘，一直前进到挖出某种东西的地方为

[①] 《文学论》以夏目漱石1903—1905年在东京帝国大学英文科授课讲义为基础，经过漱石本人修改和中川芳太郎的整理，1907年由大仓书店刊行。

止。因为如果没有挖到的话,其人势必终生不快,始终半弯着腰在世上彷徨下去。我极力强调这一点,完全是为了以上的缘故,决计没有要各位以我为模范的意思。即便是我这般微不足道的人,只要心中有自觉,觉得是凭一己之力开辟着道路而前进,那么不论在诸君眼中这道路多么无聊,那也是诸君的批评和观察,于我丝毫没有损害。我自己只要这样便满足了。但是,虽说我自己因此获得了自信和安心,我却并不以为同样的路径就足以作为各位的模范,望诸君切勿误解。

且不说这些,总之我判定我所经历过的那些烦闷,在诸君这里也一定屡屡发生,是不是这样呢?倘若确实如此,那么作为治学之人,受教育的人,是不是有必要努力前进直至撞到什么为止,以此作为终生的事业,或者至少十年二十年的事业呢?"啊,在这里有我应当走的道路!终于挖到了!"只有当这样的感叹词从心底发出时,诸君才能够真正安下心来吧。一种不会轻易动摇的自信,也会与那叫喊一同抬起头来吧。当然在座各位可能有不少人已经抵达这种境地,不过如果还有人身在半途,为云遮雾罩而懊恼,那么我想无论付出怎样的牺牲,都应该一路前行,一直挖掘,直到喊出"啊就是这里"的地方才好。我说这些,不只是为了国家,也不全是为了各位的家人。我是认为这对诸君自身的幸福绝对必要,才这样说的。如果已经走过像我一样的道路(仍无所获),那也没有办法,但如果还有所顾虑,那就非得踏破这障碍不可。——不过说是前进,也不知道朝哪个方向前进好,所以只有走到走不动的地方为止。我并没有对各位强加规劝的意思,只是以为此事关乎诸君未来的幸福,不能不说。如果内心暧昧不明,不彻底,觉得那样也可以这样也可以,抱着这种像海参一样没头没尾的精神①,那么心中大约总会不愉快吧。如果说没有不愉快,那我也无话可说;又或者有人说自己已经越过了这不愉快,那固然很好。我也衷心祈愿诸位能够这样超脱。然而我自己从学校毕业之后,直到三十多岁,都未能越过去。这痛苦虽然只是钝痛,但毕竟是我年年岁岁始终感到的疼痛。如果在座的各位里有与我同病者,我衷心希望你们能够勇猛精进。我想各位如果能

---

① 原文为"海鼠のような精神"。向井去来有一首俳句"尾頭の心もとなき海鼠かな"(《猿蓑》),意思是说海参这东西不知道哪边是它的头、哪边是尾,让人不得要领。漱石在《我是猫》的序文中化用了这一俳句,说这部小说是没有结构的、"像海参一样不知哪儿是头哪儿是尾"的文章。这里说的"海参一样的精神",大概也是指一种不得要领、摸不着头脑的状态。

走到那（属于自己的）地方，就能发现，这是我自己能够安坐的所在，于是把毕生的安心与自信握在手中，因此我才说这些话。

以上说的相当于是此次演讲的第一部分，接下来我打算进入第二部分。社会上一般认为，学习院这学校是社会地位较高的人进的学校。这恐怕也是事实。如果正如我推测的，贫民多半不会来这里，不如说都是上流社会的子弟在此聚集，那么今后伴随诸君的事物中，第一件不得不说的便是权力。换言之，各位一旦踏上社会，比贫民在世上更能够使用权力。之前所说的不断挖掘直至挖到某种东西，以此为事业，是为诸君幸福与安心计，而要说为何如此便能幸福和安心，那是因为诸君与生俱来的个性，需要撞到那个地方，才能安定下来。这样安定下来，渐渐前行，个性便日益发展。当各位的工作与各位的个性若合符契时，诸君便能够说：啊，这就是我安居之所了。

而在同样的意义上，如果去琢磨刚才所说的权力，就会发现权力是把刚才说的自己的个性强加于他人头上的道具。即便它不只是这样的道具，至少也是可以作为这样的道具来使用的利器。

仅次于权力的，便是财力。与贫民相比，各位势必也拥有更多金钱。而从刚才的角度来看财力，这也是可以为了扩张自己个性而作为诱惑他人的工具来使用的，极便利的东西。

这样看来，不得不说权力与财力，都是非常方便的工具，拥有它们的人比穷人更能够将自己的个性强加于人，或者把他人引诱到自己那一方面。有这样的力量，似乎很了不起，其实却万分危险。刚才我谈论个性，主要是说在学问、文艺或者兴趣上不断前进，一直走到自己能够安心的地方，这样个性才能发展；但个性之应用其实非常广泛，并不限于学问艺术。譬如我知道有一对兄弟，弟弟喜欢窝在家里读书，哥哥则醉心于钓鱼。这做哥哥的，看自己弟弟如此内向，总是闭门不出，就觉得非常不顺眼，认为他说到底还是因为不钓鱼，才变得如此厌世，就强拉弟弟出门垂钓。弟弟十分不快，但兄长施加高压让他扛起钓竿，提上鱼篮，跟着去钓鱼池，他就只好闭着眼跟去了，钓上几条怪恶心的鲫鱼，又没精打采地回来了。要说他是否像哥哥期望的那样，改变了性格，这却完全没有，他只是对钓鱼更加抵触了。这也就是说，钓鱼一事，虽与哥哥的天性完美契合，毫无间隙，但那终究只是哥哥的个性，与弟弟全不相干。这虽然不是财力的例子，但可以说明权力对他人的压迫了。是哥哥用自己的个性压迫了弟弟，逼迫他去钓鱼的。① 不过，在有的场合，比如上课的时候、成了士兵的时候，或者在宿舍——宿舍也是以军事化生活为主的——在这些场所，高压的手段在所难免。不过我在这里主要讲的是各位独立踏上社会以后的事，请各位带着这个念头往下听，不然我就很为难了。

那么正如前面说过的，一个人有幸撞上了自己认为好的事情、喜欢的事或与自己秉性相符的事，就此发展自己的个性时，往往就会忘却人我之别，产生这种念头：无论如何要把那家伙拉过来做我的同伴。在这种时候，如果有权力，就容易造成前面所说的那对兄弟一样的关系；有财力的人，就通过挥洒金钱来试图改变别人。也就是说将金钱作为诱惑的道具，以其诱惑的力量把旁人变成自己中意的样子。不管是哪种情况，都会产生相当的危险。

因此我总是这样想：首先，各位如果不去找那能够安定下来发挥自己个性的场所，发现与自己相契合的工作并不断迈进，这将是一生的不幸。然而，既然社会允许各位那样尊重自己的个性，那么承认他人的个性、尊重他人的倾向，也就是理所当然了。不管怎样我都认为这是必要的，也是正确的。自己天性向右，便见不得旁人天性向左，这不是很不像话吗？当然，对于复杂的因子聚合而成的善恶正邪之类的问题，须多少借助深入的解剖之力，才能谈论；但在不涉及这些问题的前提下，或者虽有涉及但并不麻烦的情况下，自己既然享有他人给予的自由，也就应该给人以相同程度的自由，平等地对待他人，除此之外别无他法。

近来似乎有一种风气，高唱自我、自觉，以此作为人可以恣意行事的符号；而这样说话的人里面，有些却颇为可疑。他们一面说着要彻底尊重自己的自我，而对于他人的自我却丝毫不予承认。我深信不疑：但凡具备公平的目光、正义的观念者，在为了自身幸福发展其个性的同时，必须也把这自由给予他人。他人为了自己的幸福，任意发展自己的个性，没有正当的理由，我们决不能妨害之。我之所以使用妨害一词，正是因为诸君之中很多人将来能够站在足以妨碍他人的地位上，因为各位之中有很多人能够运用权力，或者运用财力。

---

① 这里说的兄弟的故事，与中勘助的小说《别扭的人》(「つむじまがり」)中的情节相同。

追本溯源,世上从未有过不伴随义务之权力。我能够从高台上俯视诸君,让诸君连续一两个小时肃静听讲,既然保有这样的权利,我就应该报以对得起诸君之肃静的演说才是。即使演讲本身平庸无奇,我至少也须态度或者模样上比较像样,才对得起正襟危坐的诸君。要是说这只是因为我是客人,各位是主人,所以必须自肃,这也说得通,但那只是停留于表面上的礼节,即与精神毫无关系的所谓陈规惯例,固不足论。再举个别的例子:诸君在教室里想必时时受先生训斥吧。然而假使世上有只是一味训斥的教师,这人显然是没有授业资格的人。训斥的另一面,必定是悉心教导。先生有训人的权利,也就有教人的义务。先生为了立规矩,维护秩序,他自然要充分行使被赋予的权利吧。而与此同时,若不能履行与这权利不可分割的义务,他终究不足以做教师。

财力也是同样的道理。我以为在这世上,不理解责任为何物的有钱人,是万不该有的。简单说来原因如下。金钱是极方便的东西,不管对什么都融通自在。假设我在金融市场上赚了十万円,这十万円既可以用来盖房子,也可以买书,还可以去振兴花柳界,总之怎样变换形态都行。而这钱随时也可以用作收买人的精神的手段,这岂不可怕吗?这也就是说,通过挥洒金钱,来收买人的德性,把金钱作为使人的灵魂堕落的道具。金融市场上赚来的钱,对德义伦理竟具能发挥如此大的威力,我想这实在是很不妥的用途。想是这么想,然而实际上金钱就是这样活动的。除了指望拥有金钱的人具备相当的德义心,不将金钱用于危害道义的用途之外,没有别的方法能防止人心的腐败了。因此我想说,财力必须伴随责任不可。自己现下是如许财富的所有者,但这些钱在这一方面上如此运用,就会造成这样的结果,在那样的社会上那样使用,就会带来那样的影响——必须得养成能够理解这些的见识才行,而且还须根据这见识,负责地处置自己的财富,否则便对不起世间。不,更对不起他自己。

如果把我到目前为止的论旨择要总结一下,那么大致就是以下三条。第一,想要充分发展自己的个性,也就必须尊重他人的个性。第二,想要使用自己的权力,也就必须明白伴随它的义务。第三,要显示自己的财力,也就必须重视与其相伴的责任。

换言之,若非在伦理上有某种程度的修养的人,便不配发展其个性,不配使用权力,也不配使用财力。再换一种方式来说,为了自由享受这三样事物，必须受到这三种事物背后所应有的人格的支配。倘若不具备人格者妄自发展个性，便会妨害他人，行使权力，便会流于滥用，运用财力，便会导致社会腐败，造成极其危险的现象。而这三样事物，是诸君将来最容易接近的，因此我想诸君无论如何，都要成为有人格的出色的人物才好。

说点稍微偏题的话，正如各位所知，英吉利这个国家是非常尊重自由的国度。而英吉利虽是那样热爱自由的国家，却又没有哪个国家像它那么秩序井然的。坦白地说，我并不喜欢英国。我讨厌它，但事实确是如此，我只能这么说。那么自由，却又那么秩序森严的国家，恐怕在世界上也没有第二个，日本终究不能与其相比。但他们并不只是自由。他们自幼便受到社会教育，知道在爱自己的自由的同时，还须尊重他人的自由。因此他们自由的背后，一定伴随着义务的观念。纳尔逊①有一句名言，"England expects every man to do his duty"②，这绝非一时一地之言，而是一种根深蒂固的思想，这思想是与他们的自由互为表里地发展出来的。

他们遇上不平之事，动辄举行示威运动。然而政府决不妄加干涉，只是漠然置之。与此相应，示威运动的一方也心里有数，决不粗暴行事，让政府为难。虽然最近报纸上也有女权扩张论者任意妄为的新闻，但那些嘛，毕竟是例外。如果有人说，说是例外，这些事也未免太多了一点，对此我也无话可说，不过除了把这些事情看成例外，实在没有别的办法。什么嫁不出去啦，找不到工作啦，又或者对过去养成的尊重女性的风气加以利用，这实在不像英国人平常的态度。又是撕毁名画，又是在监狱绝食以为难狱卒，或者把自己绑在议会的长椅上大喊大叫，这些实属出人意料之现象，或许是因为料到女人无论干什么，男人总会有所顾忌，所以才那么干的。不过这终究是反常现象。一般的英国气质，正如我刚才所说，应该是在不脱离义务的观念的程度上热爱自由。

我的意思，也不是说要以英国为范本，要而言之，我以为不伴随义务心的自由，不是真的自由。这样说，是因为这般任性妄为的自由，在社会

---

① 纳尔逊（Horatio Nelson，1758—1805），英国著名海军将领，曾率领英国舰队取得多次重大战役的胜利。
② 纳尔逊的这句话其实是 1805 年特拉法尔加战役中英军的暗号。

中是绝不会存在的。就算存在,也必定很快就受人排斥,被人踏破。我殷切盼望诸君拥有自由,同时也不住地祈愿诸君能够理解自己的义务。在这种意义上,我不惮于公开宣称我的立场是个人主义。

对这种个人主义的意思万万不能误解。特别是诸君这样的年轻人,如果给你们灌输了错误的理解,我是难辞其咎的,所以请各位务必注意。时间不多了,我就简单地说明一下。个人的自由正如刚才所说,于个性之发展是绝对必要的,个性之发展又与各位的幸福有着莫大的关系,所以只要不影响他人,无论如何都要把持住"我向左,而你不妨向右"这种程度的自由,同时必须给他人同样的自由。这正是我说的个人主义。在财力和权力上也是如此,倘若想着,那家伙我不喜欢,所以我要收拾他,因为是看不顺眼的人所以就要对付他,明明人家没做坏事,我也滥用权力财力去对付他,那会怎样呢?人的个性必然完全遭到破坏,人的不幸也就由此发生。譬如我没做什么坏事,仅仅因为政府看我不顺眼,警视总监便派巡查把我家围住,如何呢?警视总监或许确实有这么大的权力也未可知,但德义是不允许他这样行使权力的。又譬如三井、岩崎之类的豪商,就因为讨厌我,便买通我家的佣人,使他们事事与我作对,这又如何呢?如果在他们的财力背后,多少还有一点人格,他们绝不会动这样胡作非为的念头。

诸如此类的弊端,皆因不理解道义上的个人主义而起,凭借权力或财力把自己恣意推广到一般,是一种肆意妄为。因此个人主义,我这里所说的个人主义,绝非俗人所想的那种危及国家的东西,按我的解释这是在尊重他人的存在的同时又尊重自己的存在,因此我认为这应该是一种高尚的主义吧。

说得更简单一点,这是一种不存党派之心,只论是非的主义。也就是说不能结成朋党,组成团伙,为了权力和财力而盲动。正因如此,这背后也就潜藏着不为人所知的寂寞。既无朋党,只是走自己的路,同时又不挡他人的路,有些场合下就会陷于矛盾分裂。寂寞正在此处。我担任《朝日新闻》文艺栏主编时,是谁来着,总之有人写了几句三宅雪岭先生①的坏话。不消说,这当然不是人身攻击,只是评论。而且那只有两三行。我不

---

① 三宅雪岭(1860—1945),哲学研究者,评论家,1888年与志贺重昂、杉浦重刚等建立"政教社",宣扬国粹主义,并创办杂志《日本人》,后改为《日本及日本人》。

太记得这评论是什么时候登出来的,当时我虽是主编,却生了病,所以可能是在病中(未曾细看);又或者不是我生病的时候,但我判定这评论可以登。总之这评论在《朝日新闻》上登出来了。于是《日本及日本人》那群人就生了气。虽然没有直接找我交涉,但找到给我打下手的人,要求撤销这则评论。这并不是雪岭先生本人,而是他的手下——这么一说便像是赌徒无赖之流,未免好笑——就称他们为杂志的同人吧,总之他们说无论如何都要把这则批评撤销。如果那是事实问题,那还可以另当别论,然而只是批评,这不是没有法子的事嘛。我这里只能回复说这是我们这边的自由。而要求撤销的《日本及日本人》的那一部分人中,有人就从此在每期杂志上攻击我,这更是令人惊愕了。我虽然没有直接同他们谈判,但间接听到这事情时,心情就很怪。这么说是因为,我是按个人主义来行事的,而对方却似乎是按党派主义进行活动。当时就连批评我作品的文章,我都将其登在自己负责的文艺栏上,而他们这些所谓的同人,只因一则对雪岭先生的评语,便大为光火,这使我既吃惊,又觉得奇怪。说来失礼,但我以为他们多少有些滞后于时代,仿佛封建时代的人的团伙。但我虽是这么想,却终究不能脱却一种寂寞。我认为意见上的分歧,不管关系多么亲近都是无可如何的,对于出入我家的年轻人,我虽会提出建议,但若无重大的理由,我决不会阻碍他们发表自己的意见。我这样承认他人的存在,给他人以此等程度的自由。因此只要对方不愿意,我不管感到怎样的屈辱,都不能请求其帮助。这便是个人主义的寂寞之处了。个人主义者比起因人而决定向背,首先要明辨是非,以决定去就,某些场合便会变成孤身一人,感到寂寞。这也是自然的。毕竟就算柴火,也是扎成捆才心里踏实。

此外,为了防止另一种误解,我还得再说几句:说起个人主义,有些人就理解为国家主义的对立面,认为必须摧毁,但个人主义并不是这样没有道理的漫然的东西。首先我其实并不喜欢说某某主义,我认为人是不能简化为一个主义的,只是为了方便说明,这里才不得已借主义二字,向各位说这说那。有人到处宣传说,并且也这样想:今日的日本无论如何非奉行国家主义不可。而且声称必须蹂躏个人主义,否则国家将亡的人,也不在少数。然而绝无这样的道理。事实上我们既是国家主义,也是世界主义,同时还是个人主义。

作为个人幸福的基础的个人主义，其内容是个人的自由，这没有疑问，但各人所享有的自由又随国家安危而像温度计一样上下变化。这与其说是理论，或许不如说是从事实中总结出来的道理，总之自然的状态便是如此。国家危殆，则个人自由亦必受限，国家安泰时，个人自由也随之膨胀，此乃理所当然。苟有人格者，断不至于走错路，在国家生死存亡的关头，还分不清状况，只顾发展自己的个性。我所谓个人主义，可以视为对那些在火灾过后仍然主张戴着救火头巾的庸人自扰之辈的忠告。这里再举个例子，过去我在高等学校的时候，有人建立了一个协会。会名和主张，以及详细的经过我都记不清了，总之是个标榜国家主义的吵吵嚷嚷的协会。当然，也不是什么恶劣的组织。当时的校长木下广次①先生似乎颇为支持他们。那些会员都在胸前挂着徽章。我虽然不肯戴徽章，但还是被拉去当了会员。当然我并不是发起人，所以虽然颇有异议，但想着加入也没有大碍吧，就入会了。然而该协会在大讲堂里举行其成立仪式的时候，由于一个什么契机，一名会员站到台上作起演说来。我虽是会员，但很有些相反的意见，所以据我记忆，此前我似乎屡次攻击过该会的主张。不料到了这成立仪式上，一听刚才说的这人的演说，竟完全是对我的议论的反驳。不知他是故意还是偶然为之，总之这样一来，我便有必要对其作出答辩。我没有办法，只好在这人后面登上演讲台。那时我的举止态度，似乎很不成体统，但总算简洁地把要说的话都大胆说了出来。诸位可能要问，我当时究竟说了什么呢？其实也很简单。我是这样说的。——国家或许确实重要，但那种早也国家晚也国家，仿佛被国家附体似的举动，我们终究是做不来的。或许也有人行住坐卧之际从不考虑国家以外的事，然而永远不间断地想着同一件事的人，事实上是不存在的。做豆腐的来卖豆腐，绝不是为了国家才沿街叫卖，根本的目的还是获取自己的衣食之资。但不管他本人怎么想，在结果上他提供了社会所必需的东西，那便是间接为国家的利益服务。与此同理，我中午吃三碗饭，晚上增加到四碗，也未必是因国家而增减，实在是由胃的状况决定的。然而这些没准也间接又间接地影响到天下，不，换个角度看说不定与世界大势也有几分关系。但当事者本人如果一一考虑这些事，为了国家吃饭，为了国

----
① 木下广次（1851—1916），法学博士，历任第一高等学校校长，京都帝国大学总长等。

家洗脸，又为了国家去上厕所，这就未免太过艰辛了。鼓励国家主义当然没有问题，但要求人们去做实际做不到的事，还装着好像是为了国家一样，那便成了虚伪。——我的回答大致如此。

　　说到底，国家一旦危殆，任谁都不会不关心国家安否。国家愈强，战争的忧虑愈少，受外敌侵犯的危险愈小，则国家的观念当然也愈稀薄，为了填充它留下的空洞，个人主义就会进来，这没有别的法子，只能说是自然之理。今天的日本大概尚未如此安泰吧。不但贫穷，而且国家小。因此不知什么时候会发生什么事。在此意义上，我们必须思考国家的问题。不过既然日本并不是那种眼看着就快要灭亡的国家，那么也大可不必那样到处喊着国家国家，吵吵嚷嚷。否则就像火灾尚未发生，先穿上束手束脚的救火衣服满街乱跑一样了。这终究是个程度的问题。在战争眼看就要发生的时候，危急存亡的关头，凡是头脑能够思考的人——人格经过修养，因而不得不思考的人，自然会不惜束缚个人自由，限制个人活动，来为国家尽力，这可以说是天然自然的。因此我相信，这两种主义，万万不是永远矛盾，总是互相扑杀的麻烦东西。在这方面我还有话想说，但时间已经不够，所以就到此为止吧。只是还有一点，想引起诸君注意，那就是国家的道德这东西，和个人的道德比起来，似乎相当低级。说到底国与国之间无论辞令多么繁复，其中却并无多少德义心。又是欺瞒，又是敷衍，又是诈骗，几乎无所不为。因此以国家为标准，将国家看成一个整体时，就不得不满足于极低等的道德；但从个人主义的基础出发，道德就变得高尚得多了，所以个人主义是必须思考的。因此我认为在国家安稳的时期，还是要把重点放在具有更高德义心的个人主义上，不管怎样我都认为这是理所当然的。不过由于时间有限，就不多说这些了。

　　我难得受邀来到贵校，借此机会，向即将投身个人生涯的诸君，尽力说明了个人主义的必要。这些在各位踏上社会之后，或许能提供一点参考吧。我说的话，诸君究竟有没有听明白，我是不知道的，倘若有意思不明白的地方，那大概是由于我说得不充分，或者说的方法不好。因此各位如果感到有暧昧难解之处，请不要轻易下判断，请直接来舍下便可，我会尽量加以解释，不管花多少时间。又或者各位不需要费这些工夫，也已经充分理解我的本意了，那么我的满足莫过于此。时间拖得太长了，请允许我就讲到这里。

【题解】

　　这篇演讲发表于夏目漱石逝世前两年,比较集中地反映了漱石生涯后期的思想立场。学习院当时是面向日本皇族、华族子弟的教育机构,由宫内省直辖。另外,漱石小说《心》中提及的为明治天皇殉死的乃木希典,也正是1912年在担任学习院院长期间自杀的。此时漱石刚刚结束《心》的连载,作为一个告别了国家教育体制和官方身份的文人,他回到当年求职的学习院宣讲"个人主义",想必包含一种深意。在演讲中,漱石回顾了自己早在明治日本的教育和学术体制中摸索的经历,从中总结出一种"自我本位"的信念。这种信念具有学术上和伦理上的双重意味。在学术上,通过对"英文学"的苦苦探索,漱石终于发现这种特权化的文学制度并非具有绝对的普遍性,决定另起炉灶,创造更普遍的文学理论,于是有了《文学论》——演讲中这部分叙述可与《文学论·序》对读。在伦理层面,个人主义的"自我本位"则意味着人有权利发展自己的个性,而他人不可凭借权力和资本扼杀这种要求。漱石对个人自由和权利义务关系的阐释,似乎借鉴了他所熟悉的英国社会科学,特别是穆勒和斯宾塞以来的知识谱系,带有古典自由主义和功利主义的色彩,将社会设想为独立个人的集合。漱石的"自我本位"理念也令人联想起威廉·詹姆斯的心理学中把不可替代的个人经验比作私有财产的隐喻。但是,在如何保障个人自由不受压迫这一问题上,漱石似乎无法给出理想的答案,只能寄希望于拥有权力和资本者的自律和自我修养。

　　演讲中还专门讨论了个人与国家的关系,其中包含对国家主义的含蓄批判。随着日本在甲午战争、日俄战争中的胜利,国家主义逐渐兴起,个人主义思想往往被视为对国家发展的威胁。1910年大逆事件以后,日本政府更是加强了思想言论领域的管制。在这种背景下,漱石强调个人自由与国家并不矛盾,无疑是有针对性的。当时一些官方学者如井上哲次郎、加藤弘之等也主张调和个人主义与家族主义、国家主义,但这些论者都是以国家(日本)为本位,而漱石却指出以国家为单位的道德往往较为低级,这种表述似乎透露出他对日本的侵略扩张的某种批判。

　　总的来说,漱石对"个人主义"这一概念的阐释本身也是个性化的,与一般意义上的个人主义未必相同。从漱石晚期的作品来看,他对现代的个人主义伦理,特别是对个人自我意识和欲望的伸张,始终持有复杂的态度。因此在理解这篇演讲所说的"自我本位"时,只有结合漱石的其他作品中对现代人"自我"的深刻剖析和批判,才能获得更全面的认识。

参考文献

小沢勝美:「漱石における個人と国家」,『日本文学』1970 年第 11 号,1971 年第 4 号。

Michael K. Bourdaghs, 'Property and sociological knowledge: Natsume Sōseki and the gift of narrative', Japan Forum, 20(1) 2008, pp. 82-83.

时代闭塞的现状
——关于强权、纯粹自然主义的末路以及明日的考察

石川啄木

一

数日前刊载于本栏（东京朝日新闻文艺栏）的鱼住氏①的论文《作为自我主张思想的自然主义》比较明了地指出了当今我等日本青年思想生活的半面——被忘却的半面，在这一点上值得注意。想来在我们一概归论于自然主义名义下的思潮，尽管从最初便混合了几多矛盾，但至今尚未对其加以任何严密的检查。他们两方——所谓的自然主义者抑或所谓的非自然主义者，尽管早已在某种程度上感知到此矛盾，但因为他们都从一开始就赋予"自然主义"这一名称以权威性，于是便忘记了从根本上深刻解剖和检查此矛盾，而这才是尽早解决他们的争执的方法。于是，虽然关于这一"主义"的论争已经无间断地持续了五年，但是至今仍连最一般的定义不能给出，不仅如此，虽然实际上纯粹自然主义已经宣告了理论上的终结，但同一名义下反复出现的其他主张，以及与之相对的无用驳论，尽管讨论者已不再热心，却仍然无休无止地持续着。于是，一切都处于此等混乱漩涡之中，如今我们大多数人的内心遭遇着自我分裂的凄惨悲剧，正在丧失思想的中心。

从数年前我们开始新的思想生活时起，自我主张的倾向事实上就同与其相矛盾的科学的、命运论的、自我否定倾向（纯粹自然主义）结合在一起。这种结合尽管常常被视为后者的一个属性，但近来（自从纯粹自然主义以其观照论最终决定了对实际人生的态度以来）的倾向显示出，两者间的沟渠最终不可逾越。从这种意义上看，鱼住氏的指摘真可谓合乎时宜。

---

① 鱼住折芦（1883—1910），明治时期评论家，对自然主义有所批评。

然而我们也不能忽略在他的论文中与之相伴的重大谬误。即,论者为了将其指摘作为一个议论进行发表——为了阐述"作为自我主张思想的自然主义",而向我们强要了一种虚伪。为了让我们理解互相矛盾的两个倾向五年间不可思议的共生,论者自作主张地捏造了一个动机。即,共生是为了对抗两者共同的怨敌权威——也就是国家,而战略性地联姻。

与其说这是明明白白的谬误,莫若说是明明白白的虚伪,于此处无须赘言。我们日本青年从未同那强权产生丝毫的争执。所以国家于我们而言未曾有过成为怨敌的机会。因此,我们对论者失虑之处的纠正,对今日的我们而言也意味着一种新的悲哀。若问何故,是因为我们不得不承认,实际上我们对自身所处的现状的理解仍极不彻底,以及比起以国家强权为敌的不幸,我们迄今为止的境遇更加不幸。

今日我们中的任何人只要镇定地思考一下那种强权与我们自身的关系,必定会惊奇地发现在那里横亘着预想之外的巨大隔阂(并非不和)。由于明治新社会的形成全托付给了男性,日本所有女性不仅在过去的四十年间作为男子的奴隶被规训、被训练(在法律上、教育上如此,实际上在家庭中亦如此),甚至满足于这一现状——至少也是不知与之抗争的理由。我们青年也出于相同的理由,将所有与国家相关的问题(无论是今日的问题,还是明天——我们自己的时代——的问题)一概托于父兄之手。姑且不问这是出于我们自己的希望,为了我们自己方便,还是出于父兄的希望和方便,又或者是因为双方皆未意识到的理由,总之以上状态便是事实。只有当国家与我们个人利害相关时,国家问题才会浮现于我们的脑海,事情过去后,便又事不关己高高挂起。

二

当然,思想上的事未必只因特殊的接触、特殊的时机而发生。我们青年无论是谁都在某个时期因为征兵检查而畏惧不已。又比如,本是全体青年权利的教育成为其中一部分人——拥有富裕父兄的一部分人的特权,事实上又因为混乱的考试制度,导致只有大约三分之一的人能受教育。此外我们也目睹了决定着大多数国民饮食生活的高额税金的用途。

所有这类极为普通的现象，都成为我们对国家强权展开自由讨论的动机。但是，毋宁我们早就应该展开这种自由研讨了。然而实际上，不知是幸运还是不幸，我们的理解还没到达那种程度。在这里，日本人特有的一种逻辑始终发挥着作用。

并且，今日我们对于父兄应该关注的一个问题，也存在于这里。尽管这种逻辑在我们父兄的手中时成为保护和发展国家的最重要的武器，然而一旦移交至我们青年的手中，便导致了所有人完全未曾预料的结果。"国家必须强大。我等无任何理由去阻碍。然而要让我们助力强国，恕难从命！"这实际上难道不是今日比较有教养的几乎所有的青年，在与国家形同陌路的状况中，所能拥有的爱国心的全部吗？而这个结论在有志于实业的青年中更明晰了。他们说："国家凭帝国主义日渐强大，甚佳。故我等应亦欣喜效仿。不得不不顾忌正义、人道地竭力牟利。岂有余暇考虑如何为国！"

正如早已混入我们之间的那种哲学虚无主义一样，这种爱国心当然也是前进的一小步。虽然乍看之下像是以强权为敌，但并非如此。倒不如说是服从本应为敌的强权的结果。实际上正如他们对一切人类活动均冷漠待之，对强权的存在他们也是完全无交涉——他们就是如此绝望。

于是，我们便明白了鱼住氏所谓的共同怨敌实际上不存在。当然这不是指他的敌人不具有敌人性质。而是指我们不将其作为敌人。因此，这种结合（相矛盾的两种思想的结合）与其说是由于外部原因，事实上倒不如说是因为从两思想被对立之日起，都不曾有过敌人。（参照后文）

由于同一谬误，鱼住氏看到自然主义者的某些人曾经试图在自然主义和国家主义之间做妥协，便责难其为"不彻底"。我现在对论者的心境是充分理解的。然而，既然至今为止国家并非我们的敌人，且所谓的自然主义的思想内容的中心不知在何处，那么我们又能以何种标准迅速轻率地高呼不彻底呢。而且，那种不彻底，纵使从论者所谓的自我主张思想来看不彻底，却未必是作为自然主义的不彻底。

所有这些谬误，都是因为论者一方面已经指出自然主义这一名称下所包含的互相矛盾的倾向，一方面却不对此进行严密考察。这是源于将一切近代倾向都归于自然主义名下的可笑的"罗马帝国"式妄想。而且，这种无主见实际上是今日谈论自然主义的几乎所有人的无主见。

三

当然，至少在日本，自然主义的定义尚未明确。因此，即是我们在各自需要之时、需要之处任意使用这一名头，也无须担心受到责难。然而即便如此，慎重思索之人应该不会这样做。在同一街区有五人、十人重名时，我们会因此感到多么不便啊。即使只因这种不便，我们在统一我们思想的同时，也有必要对于相同的名字加以整理。

看吧，花袋氏、藤村氏、天溪氏、抱月氏、泡鸣氏、白鸟氏，以及现已被遗忘的风叶氏[①]、青果[②]氏等——所有的这些人全都是自然主义者。而在他们之间除了这一头衔之外，如今已经几乎难以找到共通点。当然，虽说是同一主义者，也没有必须撰写和议论同样的事的道理。但我们该如何解释白鸟氏与藤村氏、泡鸣氏和抱月氏连人生观都完全不同的这般事实才好呢？可是，即使因这些人的名声已半历史性地固定了而无可奈何，那么我们又该如何理解以下事实呢：由暴露现实、无解决、平面描写、与现实划出界限的态度等词语所代表的那种科学的、命运论的、静止的、自我否定的内容后来逐渐变成了以第一义之欲、人生批评、主观权威、自然主义的浪漫分子等词语所代表的活跃的、自我主张的内容；荷风氏受到自然主义者的称赞；如今我们又读到《作为自我主张思想的自然主义》这篇论文。那些矛盾不是一眼就能看出的，而是越仔细看，越能看出其中遍布矛盾。于是，现在的"自然主义"一词每时每刻都在全身心地变化着，完全成为一个斯芬克斯。"自然主义为何？中心何在？"当我们如此发问时，他们中能有一人起身作答的吗？并不，他们定会全都起身作答，却是各自不同的答复。

而且，这种混杂非仅止于他们之间。在今日的文坛，除了他们以外还有人不认可自然主义者之名。然而，那些人和他们之间究竟又有如何的差异呢？若举一例，在前不久受到自然主义者攻击的享乐主义和观照论时期的自然主义之间，除了一方奢侈另一方节制之外又有什么间隔呢；倡

[①] 小栗风叶（1875—1926），小说家，尾崎红叶弟子，明治30年代曾活跃于文坛。
[②] 真山青果（1878—1948），小说家、剧作家。曾师事小栗风叶，作为自然主义作家登上文坛，后来转入戏剧界。

导新浪漫主义的人和诉说主观苦闷的自然主义者的心境又有怎样的抵触呢；从窑子里出来的自然主义者的脸，同从妓院出来的艺术至上主义者的脸，两者的丑恶嘴脸又有何高下之分呢。还有稍微不同的例子，小说《放浪》中描写的灵肉合一的全我的活动除了理论和表现手法崭新以外，又同曾经的本能满足主义之名下的思考有何种不同呢。

对于这乍一看难以收拾的混乱状态，鱼住氏给出了一个极合时宜的解释。即，"这一奇妙结合（自我主张的思想和决定论思想的）的名字是自然主义"。想来这是对此状态最合时宜，且最精明周到的解释了。然而，我们必须要有所觉悟。既然承认了这一解释，进一步会不得不犯下令人惊异的大罪。若问何故，因为人的思想只要与人自身相关，必定不会超出某种意义上的自我主张和自我否定。亦即，若我们承认论者的说法，则今后就不得不永远对一切人类思想冠以"自然主义"之名。

返回至自然主义产生当时再思考，便会更加明了鱼住氏的谬误。尽管被称为自然主义的自我否定倾向，众所周知是于日俄战争后逐渐兴起，但它在这之前——十年前便存在了。应当将新名字给予新兴的倾向呢，还是给予新倾向与之前已有的倾向的结合？正如前面所述，这种结合起因于两者都不存在敌人（一方不具有树敌的特质，另一方没有敌人）。换种角度的话，是起因于两者经济状态的暂时相同（一方不具有理想性特质，另一方丧失了理想）。而且进一步详述的话，纯粹自然主义实际上是以反省的形式从另一方分化而来。

这种结合的结果，正如我们迄今所见。起初，两者和睦共处。但是当纯粹自然主义简单地过目然后认同的事，被其共生者毫无顾忌地实施和主张，这对不可思议的夫妇便开始了最初的、亦是最终的争吵。这就是实行和观照之间的问题。于是，由于这场争论，纯粹自然主义正确地决定了从最初便被限定的画下一条界线的态度，宣告了理论上的最终，就此这种结合在内部完全断绝了。

四

于是，如今的我们只余自我主张的强烈欲求。同自然主义产生时一样，现在仍旧处于丧失理性、失去方向、迷失出口的状态，不知道拿自己长期积压的力量怎么办。我们至今仍不能意识到与纯粹自然主义的结合已经断绝的事实，以及所有今日我们青年所持有的内讧、自灭的倾向都极其明了地展现了这种理想丧失的可悲状态。——而这实际上便是"时代闭塞"的结果。

看吧，现今我们在何处可寻得进路呢。假设现在有一位青年，想要做教育家。他知道，教育是提供这一时代所有的一切，是为了下一个时代所做的牺牲。而今日的教育不过是只为了培养出"今日"所需人物。于是，他作为教育家所能做的，要么是一生重复领导者的简单工作，要么是拼命讲解其他学科的初级知识。若做了除此之外的事，他也就不能置身教育界。又比如，有一位青年试图做出一些重要发明。而于今日，一切的发明实际上同一切的劳力一般全无价值——只要得不到资本这一不可思议的势力的援助。

时代闭塞的现状不仅止步于那些个人的问题。今日我们的父兄都很高兴于大部分一般学生的风气变得稳重了。而且，那种稳重难道不是仅因今日的学生都要在学校期间便担心求职吗？而且尽管变稳重了，但每年数百名的公私大学的毕业生不还是有半数人工作难找纷纷挤进出租房吗？然而他们还是幸福的。正如前面所述，数十倍、数百倍于他们的青年不是中途便被剥夺了教育权利吗？教育的马马虎虎会导致人的一生马马虎虎。实际上他们即使毕生勤勉努力，尚也不能月薪三十元以上。当然他们不会就此满足。于是，"游民"这一不可思议的阶层在现在的日本逐渐出现和增多。现在无论去哪个偏僻乡村都有三五人的中学毕业者。而且他们的事业实际上就是坐吃父兄的产业和闲聊度日。

萦绕我们青年的空气现今已毫不流动。强权势力横亘于全国各地。现代社会组织的每个角落都日渐发达。——凭借制度缺陷的日益显现，也能知道它已经快要发达到极致。无论是战争还是农业饥馑，若无这类偶然之事的发生便振兴无望的一般经济界的状态说明了什么呢。与财产一样道德心尽失的贫民和卖淫妇激增的事实又说明了什么呢。在我国由法律规定的罪人的数量以惊人之势激增，最终眼睁睁看着国家法律适用的一部分不得不中止的事实（轻罪不检的事实、因东京及各城市无拘禁大量卖淫妇的场地而对卖淫行为半公认的事实）又说明了什么呢。

正如读者已经知道的，在如此的时代闭塞状态中我们中最激进的人们是在哪些方面主张他们"自己"。实际上他们忍无可忍,不堪来自自己的压力,向着他们所置身箱子的薄弱处,抑或空隙处(现代社会组织的缺陷)完全盲目地突进。今日几乎所有的小说、诗以及歌都成了嫖娼卖淫乃至野合通奸的记录,这绝非偶然。而且,我们的父兄毫无攻击这些的权利。因为所有这一切都依国法被公认或半公认。

而且,我们中的一部分对于"未来"被剥夺的现状,以某种不可思议的方法对此表现出敬意和服从。对元禄时代的回顾便是一种表现。看吧,因对祖先曾遭遇过的时代闭塞产生同感和思慕之情,他们的亡国情感是如何不留遗憾地发挥美感啊。

于是,当下我们青年为了摆脱自我灭亡,终于到了不得不意识到那"敌人"存在的时候。这并非由于我们的希望或其他等原因,实际上是势所必至。我们必须要统一起来首先对这个时代闭塞的现状宣战。我们必须丢弃自然主义,停下盲目的反抗和对元禄怀恋,将全副精神投入为了明天的考察——对我们自身的时代的组织式考察。

五

为了明天的考察!这实际上是今日我们应该做的唯一之事。而且是全部。

考察该从哪些方面以何种方式开始呢?当然这是每个人的自由。然而值此之际,想想我们青年过去曾如何主张"自我",又如何失败,大体上也并非不能预测我们今后的方向。

的确,我们明治青年在为了完成父兄们亲手创造的明治新社会而被教导要成为有用之人期间,又认识到作为青年的权利而开始自发地主张自我,众所周知是在日清战争引发全体国民的国民性自觉之后不久的事情。作为自然主义运动先行者被一部分人承认的樗牛的个人主义即为其第一声。(即使在那时,我们对于那既成强权仍未持有第二者意识。后来,如其友人试图在自然主义与国家观点之间妥协一样,樗牛在其日莲论中企图强制他的主义与既成强权联姻。)

樗牛的个人主义破灭的原因,不消说是在于他的思想本身。即他的思想中有着大量关于人类之伟大的传统迷信,同时对于一切的"既成"和青年之间的关系的理解也是非常有局限的（如同日俄战争以前日本人的精神活动各方面都有局限一样）。而且，尽管他的思想如咒语一般（借用他点评尼采的话语来说）鼓动了当时的青年，但他与作为未来设计者的尼采相分离，而在古人日莲身上发现其迷信的偶像时，拥有"未来的权利"的青年人的内心早已不待他的永眠便开始离去。

这个失败向我们说明了什么呢？原状放置所有的"既成"，在其中我们以自力建设新天地是完全不可能的事。于是，我们不期然地进入了第二种经验——宗教欲求的时代。这在当时被认为是前者的反动。人们批评说兴盛起来的个人意识的兴盛不能承受其本身的跳梁。然而这未能正中靶心。究其原因是那里只有方法与目的地的差异。于是，第二种经验也完全失败了。我们阅读了那以纯粹且优美情感讲述的梁川异常宗教实验报告[①]，一边耽于其对远神清净之心境无限憧憬希求的情感，一边又常常忘记了他实际上是一个肺病患者。不知何时混入我们内心的"科学"之石的重量最终使我们不能翱翔于九天。

自不必说，第三经验便是与纯粹自然主义结合的时代。在这个时代里，之前时代中我们的敌人科学反倒是成了我们的同伴。于是这个经验比前两个经验更给我们以重大教训。这教训不是别的，正是："一切的美好理想都是虚伪！"

于是，我们今后的方针几乎被以上三次的经验大致限定。即，我们的理想已经不再是对"善"和"美"的空想。严拒一切的空想，只留唯一的真实——"必要"！这实际上是我们应该向未来谋求的一切。我们现在极其严密、大胆、自由地研究"今日"，从而必须发现于我们自身而言的"明日"的必要。必要是最真实的理想。

进一步说，在我们已发现我们的理想之际，该如何、于何处寻求呢？是于"既成"之内，还是之外呢？原状保存"既成"与否呢？抑或是凭自力，还是他力呢，这些已无须赘言。今日的我们不复为过去的我们。因此过去的失败也不会再现。

文学——在自然主义的前半期，对"真实"的发现和承认曾作为"批评"而具有刺激性，而在那个时期过去之后，文学终于倾向于单纯的记述、

[①] 纲岛梁川(1873—1907)，明治时期宗教思想家、评论家，基督教徒。1905年发表记录自身宗教体验的文章《余之见神实验》，引起热烈反响。

讲故事——文学那沉睡的精神,不是也将再度苏醒吗?若问何故,只因当我们全体青年的心占领"明日"之时,"今日"的一切才能受到最贴切的批评。埋头于时代则难以批评时代。我于文学所追求的便是批评。

【题解】

　　石川啄木(1886—1912)是日本明治时期著名的诗人、歌人。啄木生于岩手县,在盛冈上中学时期即与同窗金田一京助等开始文学活动。啄木受到《明星》杂志上与谢野晶子等诗人的短歌的影响,后来也开始在《明星》杂志发表作品,并成为新诗社的同人。啄木中学毕业后先后做过小学教师、新闻记者、报刊编辑,最后于1919年移居东京从事写作活动,参与了文艺杂志《昴》(『スバル』)创刊工作,并进入东京朝日新闻社担任校对。啄木的生活长期穷困潦倒,最终因肺结核而于1912年英年早逝。他的代表作有歌集《一握之砂》《悲哀的玩具》等,虽然作品数量不多,却脍炙人口,其中多篇作品后来被收入日本中小学国语教科书。

　　《时代闭塞的现状》一文写于1910年8月,原为回应《东京朝日新闻》8月22日所载鱼住折芦论文《作为自我主张思想的自然主义》而作,却因其内容敏感未能发表,直到作者逝世后才得以面世。这篇文章虽然从自然主义文学谈起,却并未将内容限于文学内部,而是从青年人的立场上对明治末期的时代症候做出整体诊断,并将矛头指向国家权力。1910年6月,"大逆事件"发生,以幸德秋水为首的大批社会主义者、无政府主义者因谋划刺杀天皇的罪名被捕,而啄木对这一事件极为关心,以此为契机在思想上日益接近社会主义,不仅通过担任"大逆事件"辩护人的友人平出修了解审判的过程,还热心地阅读社会主义著作和评论。啄木于当年6月撰写的《所谓今度之事》以及8月的《时代闭塞的现状》,均是在这种背景下产生的,却未能公开发表,在此过程中,啄木想必对"强权"有了更切身的体会。

　　石川啄木与鱼住折芦都从自然主义思潮中看到了两种矛盾的倾向,即自我主张与自我否定,进而分析二者与权力的关系。鱼住折芦认为两种倾向的结合是由于有着"权威"(authority)这一共同的敌人,而啄木却认为迄今为止的文学思潮从未正面与"强权"为敌。两人所谈的自我主张倾向与"个人主义"一词的内涵多有重叠之处。不过,为何两人都将自然主义与反抗权力的问题联系起来呢？我们需要看到,在明治四十年代,自然主义文学是文坛主流,而个人与家庭制度的关系或隐或显地存在于自然主义小说中。明治时代的家庭制度一方面延续了强调忠孝的封建家长制,另一方面又被整合到新生的民族国家的建构过程中,天皇是国民全体的大家长,国家整体是一个大家庭。折芦便认为当时"家庭"与"国家"的权威结合在一起,阻碍个人的独立发展。而自然主义文学在某种程度上反映了明治家庭制度的桎梏和个人的觉醒,因此折芦对它寄予期望。然而,啄木却更加强调自然主义的局限性,指出它并未发展为对国家权力的正面批判,而是走向了与现实保持距离的观照。他还以高山樗牛为例,指出了个人的"自我主张"与国家主义媾和的可能性。啄木批评的并不只是自然主义,更是包括他自身在内的日本青年一代。他呼吁年轻人为了打破闭塞状况,为了明天而进行"批评",这种批评精神,或许便是啄木此文流传后世的根本原因。

参考文献

『日本近代文学大系 23 石川啄木集』,角川書店,1969。

堀江信男:「啄木における「家」の問題：中山和子「魚住折芦の文学史的位置」にふれて」,『日本文学』14 巻(1965)2 号。

为自我的艺术

武者小路实笃

我是始终坚持主张为自我的艺术的。要求不违背自我的兴趣、趣味和精神。但也不是说只要有这种态度就够了,但这种态度是最起码的必要条件。

主张即使委屈自我也要去响应时代要求的人是无视于个性与人格的人。没有灵魂的人。这么主张的人所写的东西,在形式上可能是好的,但却无法触及人心。只能做出浅薄的艺术。

不用哄骗自我便能够回应时代要求的人是幸福的。但我对于被要求去回应时代这种事情,总感到有点儿厌恶。因为被这样一种观念所困,故认为若为自我的生存起见,对这样的事情还是不要感到幸福为好。这些顺应时代要求的东西,到了下一个时代就要被舍弃了。在我还活着的时候,不想就显出老态。

只有当我完全为自己所做的打算,同时是为社会也为人类时,我才想为社会也为人类做打算。只有当为自我所做的打算,同时对群体有益时,我才想为群体出力。

但是,当为了社会、人类群体的打算,变成了为自我的打算时,就丧失为社会、人类、群体而努力之意了。我认为一旦产生这种念头就已经是堕落了。这一点难以用道理说明,是尊德[①]所谓的理外之理。

亦即,简而言之,如此破弃廉耻(?)的话,很容易就会变成社会、人类、群体的奴隶的。

我认为,艺术家如果把群体的趣味当成自我的趣味的话,那肯定就是堕落了。再怎么超前也不为过,只要忠于自我就行了。没有比这更要紧的了,艺术家首先必须如此。

---

① 二宫尊德(1787—1856),即二宫金次郎,又名二宫金治郎,尊德为其号。江户后期农政家、思想家。出身农家,因其勤奋使破落之家再兴,后又振兴所属之藩,故成为幕臣。其行走负薪不忘读书的塑像,成为劝学勤勉的象征。武者小路实笃曾撰二宫尊德传记。

我最后想再重申一次:"忠于自我的艺术家可能也是相当无用的,但不忠于自我的艺术家则无一例外全都是垃圾。"

一九一一年十月九日

【题解】

武者小路实笃(1885—1976),出身于日本华族,属藤原系支流。1891年就读于学习院初等科,与年长2岁的志贺直哉相识。1910年与志贺直哉、有岛武郎、有岛生马、柳宗悦等作家、美术家共同创办《白桦》杂志,共发行160期,受关东大震灾影响于1923年8月停刊。《为自我的艺术》即刊载于《白桦》1911年11月发行的第2卷第11号。此文撰写背景与当时武者小路实笃、山胁信德与木下杢太郎之间的"绘画的约束"论争有关。1911年4月山胁信德开设画展,6月木下杢太郎于《中央公论》发表《画界近事》一文,批评山胁倾向于后印象派的绘画风格,提出绘画需要接受"客观约束"的主张①。继山胁撰《断片》②回应木下后,武者小路也发表《为自我的艺术》加入论争。

日本文学研究者本多秋五将"绘画的约束"论争称为"明治文学最后的大论争",认为此论争开启了大正文学。③ 这不仅仅是从时间意义上而言,更因为这场论争标志着文艺领域对此前自然主义、客观主义的反拨。值得注意的是,这是一场由绘画领域延伸至文艺领域的论争。《白桦》自创刊起便相当注重引介欧洲艺术思潮,后期印象派亦在其介绍之列。相较于强调艺术家应重视将眼目所见的自然光影等变动捕捉下来以反映、呈现事物印象的前期印象派,后期印象派更加重视以艺术家的自我感受与主观感情去表现事物。如果说山胁的艺术创作是在绘画领域由"前期印象派"向"后期印象派"转变的例子,那么在这场论争中,贯穿在武者小路实笃主张中的关键词"自我",便是在文艺领域中由注重"反映"转为强调"表现"的代表性主张。

《为自我的艺术》以"自我"为关键词,针对木下杢太郎强调"为公众"

---

① 木下杢太郎,《画界近事》,《中央公論》1911年6月。
② 山脇信徳,《断片》,《白樺》1911年9月。
③ 本多秋五,《白樺派の文学》,講談社,1954。

的"客观约束",提出"为自我"相比"为人类、为社会、为群体"等所具有的优位性来辩驳。在此,"自我"并非意味着封闭于自身内在的感悟或精神追求,而是摆置在与他者的关系中来设想的,只有在"自我"被充分意识、发展的同时,外部的"他者"才在此关系中得以被呈现。因此,武者小路在这篇格言式的短文中反复推敲"自我"与"他者"的生成关系,认为只有在充分满足"为自我"的前提下,文艺"为社会、为人类、为群体"的所谓"客观约束"才可能成立。

参考文献

刘立善:《日本白桦派与中国作家》,沈阳,辽宁大学出版社,1995年。
本多秋五:『白樺派の文学』,講談社,1954年。

文艺的,太文艺的

芥川龙之介

一、没有像样"故事"的小说

我不认为没有像样的"故事"的小说是最高级的。因此,我也不要求别人只写没有像样"故事"的小说。首先我自己的小说就大抵都有"故事"。没有素描的画是不成立的。与此相同,小说也建立在"故事"之上。(我所说的"故事"并不只是"物语"的意思。)严格说来,倘若完全没有"故事",那么任何小说都是无法成立。因此我对于有"故事"的小说当然是尊敬的。既然自从《达夫尼斯与克洛埃》①以来,一切小说或叙事诗均建立于"故事"之上,那么谁还能不对有"故事"的小说表示敬意呢?《包法利夫人》也有"故事"。《战争与和平》也有"故事"。《红与黑》也有"故事"……

但是,决定小说价值的绝不是"故事"的长短。至于"故事"是否奇异,更是完全不能纳入评价标准的。(众所周知,谷崎润一郎写了许多有着奇异故事的小说。这些建立在奇异的故事之上的小说中,有几篇或许会流芳百世。但其中的生命力,未必依托于故事的奇异。)更进一步说,有无像样的"故事",与这一问题是全然无关的。就像前面说过的,我并不认为没有"故事"的小说,或者没有像样的"故事"的小说就是最高级的作品。但我想这样的小说也是可以存在的。

没有像样"故事"的小说,当然不是指只描写身边杂事的小说。它是在一切小说中,最近于诗的小说。而且比起被称为散文诗的东西,又离小说近得多。我要重复第三遍:我并不认为这没有"故事"的小说就是最高级的。但是,如果从"纯粹"这一点来看,从没有通俗的趣味这一角度来说,它是最纯粹的小说。再以绘画为例,没有素描的画是不能成立的。(康定斯基的《即兴》等几幅画是例外。)但是比起素描,更将生命寄托于色彩的画是成立的。所幸的是那几幅传至日本的塞尚的画作,已经清晰地

---

① 《达夫尼斯与克洛埃》,古希腊作家朗格斯创作于公元2世纪末至3世纪初的田园爱情故事。

证明了这一事实。我感兴趣的是与这种画相近的小说。

那么,这样的小说有没有呢？德国早期自然主义作家们已经着手创作这种小说了。但是在近代,说起写这种小说的作家,没有人比得上儒勒·勒纳尔①(据我的见闻而言)。例如勒纳尔的《菲利普一家的家风》(收入岸田国士译《葡萄地里的种葡萄人》)乍一看几乎像是没完成的作品。其实它是有待"善于观察的眼睛"和"敏感的心灵"才能完成的作品。再举塞尚为例,他给我们后世人留下了大量未完成的画作。就像米开朗基罗留下未完成的雕刻一般。但是就连塞尚这些被称为未完成的画作,关于它们是否真的没有完成,也仍然存在疑义。罗丹就把米开朗基罗未完成的雕刻称为完整的作品！但是勒纳尔的小说不消说与米开朗基罗未完成的雕刻不同,便是跟塞尚那几幅画也不一样,它并不存在未完成的疑问。不幸的是我由于孤陋寡闻,不知道法国人是怎样评价勒纳尔的。但他们似乎还没有充分认识到勒纳尔的写作的独创性。

那么这种小说除了西洋人之外就没人写吗？我想为我们日本人列举一下志贺直哉氏以《篝火》为首的几个短篇小说。

我在前面说过,这种小说"没有通俗的趣味"。我所说的通俗的趣味,是指对事件本身的趣味。我今天站在大街上,看见人力车夫跟汽车司机打架。不仅如此,还感到了趣味。这趣味是什么呢？不管怎么思考,我都觉得这趣味与观看戏剧中的打架时的趣味毫无二致。要说有区别,那也只是戏剧中的打架不会给我带来危险,而大街上的人打架说不定什么时候就会殃及我。我不是否定给人这种趣味的文艺。但我相信有比这更高级的趣味。至于这趣味是什么,我想在此专门答复谷崎润一郎氏:《麒麟》②开头的几页就是给人这种趣味的文艺之一例。

没有像样的"故事"的小说是缺乏通俗趣味的作品。但是在最好的意义上,其实绝不缺乏通俗的趣味。(问题只是如何解释"通俗"一词。)勒纳尔写的菲利普,贯通着诗人的眼和心的菲利普所给予我们的趣味,一半是由于他是同我们相近的一介凡人。将这种趣味也称为通俗的趣味,未必就不妥当吧。(不过,我并不想把议论的着力点放在"一介凡人"上面。重

---

① 儒勒·勒纳尔(Jules Renard,1864—1910),法国小说家、散文作家和剧作家。代表作有《葡萄地里的种葡萄人》《胡萝卜须》《博物志》等。
② 谷崎润一郎 1910 年发表的短篇小说。

点是"贯通着诗人的眼和心的一介凡人"。)我自己就认识很多人,他们正是为了这样的趣味才亲近文艺。对于动物园的长颈鹿,我们当然不吝惜惊叹之声。但是,对于家里的猫,我们果然也还是怀有眷恋之情。

但是,如果塞尚就像某位论者所说的那样是绘画的破坏者,那么勒纳尔也是小说的破坏者。在此意义上,且不说勒纳尔,无论是散发着教堂香炉气味的纪德,还是带有市井气息的菲利普①,也都走在这条人迹罕至、陷阱重重的道路上吧。我对这些作家——阿纳托尔·法朗士②和巴雷斯③之后的作家们的事业怀有兴趣。关于我所说的没有像样的"故事"的小说是指何种小说,以及我为何对此种小说感兴趣,答案大体都在以上所写的几十行文章里了。

二、答复谷崎润一郎氏

接下来,我有责任回应谷崎润一郎氏的议论。其实这答案有一半已经在第一节里说过了。但是,对于谷崎氏说的"盖文学中最具结构之美观者,非小说莫属"这句话,我不敢苟同。任何文艺,哪怕是仅仅十七字的俳句,也都有"结构之美观"。然而采取这种论法就是曲解谷崎氏的话了。不过比起小说,"文学中最具结构之美观者"毋宁说是戏曲。当然,最像戏曲的小说或许比最像小说的戏曲更缺少"结构之美观"。但在总体上,戏曲远比小说更富于"结构之美观"。——这也不过是议论中的枝节。总之小说这种文艺形式,不论是否为"最",至少是富于"结构之美观"的吧。谷崎氏又说,"排除情节的趣味性,就是舍弃小说这一形式的特权",这样认为当然也是可以的。不过对这个问题的回答我已经写在第一节里了。只是,关于"日本小说最欠缺的是这种结构之力,是将各种交织在一起的情节组合起来的才能"这一点,我对谷崎氏的议论无法轻易赞同。我们日本人从《源氏物语》的时代起便拥有这种才能。单看现代的诸位作家,也可以举出泉镜花、正宗白鸟、里见弴、久米正雄、佐藤春夫、宇野浩二、菊池宽

---

① 夏尔-路易·菲利普(Charles-Louis Philippe 1874—1909),法国小说家,代表作有《母与子》《鹧鸪老爹》等,多写下层社会穷苦民众的生活。
② 阿纳托尔·法朗士(Anatole France 1844—1924),法国作家、文学评论家、社会活动家,代表作有长篇小说《当代史话》《企鹅岛》,文论集《文艺生活》等。1921年诺贝尔文学奖。
③ 莫里斯·巴雷斯(Maurice Barrès 1862—1923),法国小说家、散文家,主要作品有《自我崇拜》三部曲等。

等。而且在一众作家中依然绽放异彩的,正是"我们的兄长"谷崎润一郎氏自己。我绝不像谷崎氏那样为东海孤岛之民众没有"结构之力"而悲哀。

谈起这"结构之力",大概还可以写上几十行文字。不过为此还需要更详细地介绍谷崎氏的议论。我先在这里顺带说一句,我不认为我们日本人在"结构之力"方面比中国人逊色。但是在绵绵不绝地写出《水浒传》《西游记》《金瓶梅》《红楼梦》《品花宝鉴》等长篇的肉体力量这一方面,我们确实有所不如。

接下来我还想答复谷崎氏的下面这句话:"芥川君对情节趣味性的攻击,与其说在组织结构方面,毋宁说是针对小说的材料而言。"其实我对谷崎氏使用的材料丝毫没有异议。无论是《克里平事件》《小小王国》还是《人鱼的叹息》,在材料上我都完全不觉得有何不足。而且关于谷崎氏的创作态度,除了佐藤春夫氏之外,最了解的人或许便是我。我在鞭策自身的同时,也想要鞭策谷崎氏(我的鞭子上有刺,谷崎氏当然也是知道的)的一点,是活用材料的诗的精神。或者说是诗的精神的深浅。谷崎氏的文章大概比司汤达的文章更加优美吧。(如果我们暂且相信阿纳托尔·法朗士所说的,即十九世纪中叶的作家,无论巴尔扎克、司汤达还是乔治·桑,均不以优美的文章见长。)特别是在文章造成绘画式的效果这一点上,司汤达几乎是无能为力的,不可与谷崎氏同日而语。(这一判断的责任可以推给勃兰兑斯①)。但是司汤达作品中洋溢的诗的精神,是司汤达所独具的。之所以连福楼拜之前唯一的 l'artiste② 梅里美,与司汤达相比都稍逊一筹,其原因尽在此中。我对谷崎氏所抱的期望,归根结底,也就在这个问题上。写《刺青》的谷崎氏是诗人。而不幸的是,写《正是因为爱》的谷崎氏与诗人相去远矣。

"伟大的朋友,返回你本来的道路去吧!"

三、我

最后我想要重复的是,我今后也并不打算专心致志地创作没有像样的"故事"的小说。我们每个人都只能做自己做得到的事。我的才能是否

---

① 勃兰兑斯(Georg Morris Cohen Brandes 1842—1927),丹麦文学史家、批评家,著有《十九世纪文学主流》。
② 法语,艺术家。

适合写这样的小说,是存疑的。而且创作这样的小说,绝非寻常的工作。我之所以写小说,是因为它在所有文艺形式中最具包容性,什么东西都能塞进去。如果我生在长诗这一体裁高度成熟的西洋国家,也许我就不会当小说家,而是成了诗人。我曾对各种各样的西洋人都感兴趣,但如今想来,内心最爱的还是诗人兼记者的犹太人——我们的海因里希·海涅。

(昭和二年二月十五日)

四、大作家

就像上面说的,我是一个颇为驳杂的作家。但做一个驳杂的作家并不使我烦恼。不,应该说谁都不会为此烦恼。自古以来,称得上大作家的人全都是驳杂的作家。他们把一切都丢进自己的作品中。歌德被称为古往今来的大诗人的原因,即使不是全部,至少大半都在于这种驳杂,在于他的比起诺亚方舟的乘客犹有过之的驳杂。但严密地想来,驳杂总不如纯粹。在这一点上,我向来对所谓的大作家投去疑惑的目光。诚然他们足以代表一个时代。但是他们的作品能否打动后世之人,完全取决于他们在多大程度上是一个纯粹的作家。纪德《窄门》的主人公说,"大诗人不算什么,我们必须只将纯粹的诗人作为目标"。对这句话我们也不能等闲视之。我谈论没有像样的"故事"的小说时,偶然使用了"纯粹"这个词。下面就以该词为切入点,谈谈一位最纯粹的小说家,这便是志贺直哉氏。① 因此,本文的后半部分自然也就变成了志贺直哉论。不过随着时机和场合的不同,我也无法保证会不会拐到别的什么话题上去。

五、志贺直哉

志贺直哉氏即使不是我们当中最纯粹的作家,至少也是最纯粹的作家之一。对志贺直哉的议论,当然不是从我才开始的。不巧的是我由于俗务缠身,或者不如说是由于懒惰,至今还没有读过那些议论。因此,说不定什么时候就会重复前人的观点。不过,也可能并不会重复前人的观点……

(1)志贺直哉氏的作品,首先是一个堂堂正正地面对人生的作家的

---

① 志贺直哉(1883—1971),日本作家。1910年与武者小路实笃、有岛武郎等人创办《白桦》杂志,形成"白桦派"的代表作家。作品以短篇小说为主,多取材于个人经验,具有私小说色彩,擅长对心理、心境的刻画。代表作有短篇小说《在城崎》《和解》以及长篇小说《暗夜行路》等。

作品。堂堂正正？堂堂正正地生活，第一是得像神明一样活着吧。志贺直哉氏或许并不像一个地上的神明那样活着。但他至少是清洁地（这是位列第二的美德）活着。当然，我说的"清洁"不是指整天用肥皂擦洗自己，而是指"道德上的清洁"。这种说法，或许像是把志贺直哉氏的作品窄化了，但其实非但不狭窄，反倒是变得更为广阔。为什么说更广阔呢？因为我们的精神生活在增加了道德的属性之后，必然比没有这一属性时更加广阔。〔当然，所谓加上道德的属性，并不是指说教训诫。除了物质层面的痛苦以外的大多数痛苦，都产生自这一属性。不消说，谷崎润一郎氏的恶魔主义也是从这一属性中诞生的。（恶魔与神是二重人格的关系。）如果再举一个例子的话，就连正宗白鸟氏的作品，比起其中屡屡论及的厌世主义，我更多地感到的倒是基督式的灵魂的绝望。〕这种属性当然也深深植根于志贺直哉氏的精神中。但另一方面，对他的此种属性产生刺激的，还有武者小路实笃氏这位近代日本产生的道德的天才——他或许是唯一一个真正称得上道德的天才的人——他对志贺直哉氏的影响也绝非寻常。为慎重起见，这里再重复一遍，志贺直哉是清洁地面对人生的作家。这一点可以从他作品里那种道德的口气中窥见。（《佐佐木的场合》末尾一段就是显著的例子。）同时，这也可以从他作品中的精神痛苦中看出来。长篇小说《暗夜行路》中一以贯之的，其实正是这敏感的道德的灵魂之痛苦。

（2）志贺直哉氏在描写方面是不依赖空想的写实主义者。而且写实的细致入微丝毫不逊于前人。如果单论这一点，可以毫不夸张地说他比托尔斯泰更细致吧。有时这也让他的作品变得平板。但只注目于这一点的人，对这样的作品也能感到满足吧。没有引起世人注意的《二十多岁的一个侧面》就是这类作品的一个例子。但凡获得这种效果的作品（即使《鹄沼行》也是如此），没有不极尽写生之妙的。附带说一下《鹄沼行》，这篇作品的细节全都立足于事实。但是，只有"浑圆隆起的小肚子上到处沾着沙子"这一句话并非事实。而作品的一个人物原型在读到这里时，竟说"啊，当时××肚子上确实沾着沙子"！

（3）描写上具有写实主义特征的，并不只有志贺直哉氏。但他在这种写实主义之中，又注入了立足东洋传统的诗性的精神。可以说志贺氏的模仿者们不及他的地方正是这一点。这也正是我们，至少是我难以企及的特色。志贺直哉氏自己有没有意识到这一点,我不敢断言。(十年前我以为一切艺术活动都在意识的领域内,但如今我已不是这样了。)但即便作家自己并未意识到这一点,它仍然为他的作品赋予了独特的色彩。《篝火》《真鹤》等作品的生命力几乎全部寄托于这一特色之上。这些作品有着不亚于诗歌的诗性(当然,这里说的诗歌也不排除俳句)。这种特色在《可怜的男人》中也能看到,这部作品用时下的话来说属于"为人生的"作品。对着皮球一般膨胀的女人的乳房吟唱"丰年、丰年",这实在是只有诗人才能做到的事。时下的人对志贺直哉氏的这种"美"不太注意,为此我多少感到遗憾。(美并不只存在于鲜艳的色彩中。)他们对其他作家的美也同样不太留意,这也令我有些遗憾。

(4)此外,身为作家,我对于志贺直哉氏的技巧也是有所关注的。《暗夜行路》的后篇可以说是在技巧上更进了一步。但是,这种问题对不是作家的人来说或许没什么意思。因此在这里我只打算简短地说明,志贺直哉氏即使在写作初期也已经拥有出色的技巧。

> 这烟袋虽是女人用的,但由于是旧物,比现在男人用的还粗,做工很结实。烟嘴处有镶嵌工艺,上面是玉藻前摇着桧木扇子的图案。……他入迷地望着那精美的工艺品,看了一小会儿。然后想到,那个身材高挑、大眼睛、高鼻梁、与其说美不如说风韵醇厚的女人,拿着这烟袋是多么相称。

这是志贺直哉的小说《他与大他六岁的女人》的结尾。

> 代助走到花瓶右手边的组合式书架前,拿起上面搁置的相册,站在那里打开它的金属扣,一页页地翻起来,翻到中间的时候,手忽然停了下来。这一页上是一个二十岁左右的女人的半身照片。代助低头凝视着女人的脸。

这是夏目漱石《从那以后》第一章的结尾。

出门日已远,不受徒旅欺。

骨肉恩岂断,手中挑青丝。

捷下万仞冈,俯身试寨旗。①

---

① 此外杜甫《前出塞》组诗中的第二首,芥川引用时漏了两句,把上下两联混到了一起,原诗是:"出门日已远,不受徒旅欺。骨肉恩岂断,男儿死无时。走马脱辔头,手中挑青丝。捷下万仞冈,俯身试寨旗。"

这是更古老的例子,杜甫《前出塞》中的一首,不过不是最后一首。上面几个例子,都是诉诸读者的眼睛,通过近似一张人物画的造型美术的效果,为结尾画龙点睛。

(5) 最后这一段只是余论。志贺直哉氏的《偷孩子的故事》容易使人想起西鹤的《孩童地藏》(出自《大下马》①),《范的犯罪》则令人联想到莫泊桑的《艺术家》。《艺术家》的主人公也是个向女人身体周围扔飞刀的艺人。《范的犯罪》主人公则在精神的半明半暗的状态中利落地杀死了女人。但《艺术家》的主人公尽管一心杀掉女人,却因为多年练就的娴熟手法,无法击中女人的身体,飞刀尽数扎在她身体周围。而且女人对此心知肚明,冷冷地盯着这男人,甚至露出一丝微笑。但西鹤的《孩童地藏》自不必说,就连莫泊桑的《艺术家》也和志贺直哉氏的作品没有任何关系。为了不让志贺氏的作品被后世批评家称为模仿之作,在此特加以说明。

六、我们的散文

据佐藤春夫氏说,我们的散文是口语文,应该像说话一样写文章。也许这只是佐藤春夫氏无意间随口说的。但这句话包含着一个问题——"文章口语化"的问题。近代的散文大概正是沿着"作文如说话"的路子走过来的吧。作为(近期的)典型的例子,我想可以举出武者小路实笃、宇野浩二、佐藤春夫诸位的散文。志贺直哉氏也不例外。不过我们的"说话",姑且先不去和西洋人"说话"相比,至少与中国人"说话"相比是缺少音乐性的。我自然也不是没有"作文如说话"的愿望。同与此同时,我又希望"说话如作文"。据我所知,夏目漱石先生其实就是"说话如作文"的作家。(这里谈的不是"说话如作文,也就等于作文如说话"这种循环论。)就像刚才说的,"作文如说话"的作家并非没有。但是"说话如作文"的作家何时才能再出现在这东海孤岛上呢?……

总之,我想强调的不是"说"而是"写"。我们的散文像罗马一样,不是一日就能建成的。我们的散文是明治以来一点点成长起来的。建立其基石的是明治初期的作家。但是先不提这些,只看较近的时代,我想也应该列举一下诗人们给予散文的力量。

---

① 《大下马》,江户小说家井原西鹤所撰故事集,又名《西鹤诸国故事》或《近年诸国故事》。

夏目先生的散文未必有待于他物，但的确得益于写生文，这一点是不争的事实。这写生文是由谁首创的呢？是俳人兼歌人兼批评家的天才正冈子规。（子规的功绩不仅限于写生文，对我们的散文、口语文体也有不小的影响。）回顾这样的事实，就得把高滨虚子、坂本四方太等诸位诗人也都列入"写生文"的建立者之中。（当然，作为"俳谐师"的高滨氏在小说方面的业绩，需要另作考察。）不过，我们的散文受益于诗人，在更近一些的时期也有例证。北原白秋氏的散文就是一例。北原氏诗集《回忆》的序言为我们的散文赋予了近代色彩与气息。这一点上，在北原氏之外还可以举出木下杢太郎氏的散文为例。

如今的人们仿佛认为诗人立于日本的"帕尔纳索斯山"①之外。其实他们绝非与小说、戏剧等其他一切文艺形式毫不相关。诗人在他们自己的创作之外，又总是影响到我们的创作。能够证明这一点的，并不只有上面列举的事实。在我们同时代的作家当中，也可以举出诗人佐藤春夫、诗人室生犀星和诗人久米正雄，来证明我所言非虚。不，不只是这几位作家。就连最像小说家的里见弴也留下了几篇诗作。

也许诗人们或多或少为自己的孤立而感叹。但如果让我来说，这毋宁说是"光荣的孤立"。

七、诗人们的散文

由于人的精力是有限的，诗人们的散文往往不能达到其诗作那样的完成度。就连芭蕉的《奥州小路》也不例外。特别是其中开头的一节，破坏了全篇充盈的写生之情趣。单看第一句话"日月乃百代之过客，流年亦为旅人"，就会发现后半句有失轻巧，承接不起前半句的厚重。（芭蕉于散文亦有野心，曾评论说西鹤的文章"浅俗卑下"，由于芭蕉自己偏爱枯淡，做出如此评价也是不难理解的。）但芭蕉的散文的确也影响了作家们的散文，即使这种影响是通过他后来那些被称作"俳文"的散文产生的。

---

① 帕尔纳索斯山（Parnassus Mount，现代希腊语作 Oros Parnassos），为希腊中部班都斯山脉的石灰岩山岭。希腊神话中太阳神阿波罗与文艺女神缪斯居住的圣地。这一山名通常被用于诗歌、文学、学术的发祥地的代称。

八、诗歌

　　日本的诗人们在当代人眼里是立于日本的"帕尔纳斯山"之外的。其中的理由一半在于当代人的鉴赏眼光还没有拓展到诗歌上。但另一个理由则是，诗歌毕竟不能像散文那样把我们全部的生活情感填进去。（诗——用旧的词汇来说，就是新体诗——与短歌俳句相比在这一点上较为自由。即便有无产阶级的诗，也不会有无产阶级的俳句。）但是诗人们——例如当代的歌人——在这方面也不是没作过尝试。其中最显著的例子，就是写下《悲哀的玩具》的歌人石川啄木留给我们的创作。这话如今或许已是老生常谈了。但在啄木之外，"新诗社"①还诞生了手挽"奥德修斯之弓"②的另一位歌人。这就是《祝酒歌》的作者，歌人吉井勇。《祝酒歌》中的和歌所吟咏的内容，都带有小说的气息。（或者说带着心理描写的影子。）在大川端③的秋日黄昏里挥霍光阴的吉井勇，在这一点上与石川啄木——与贫穷搏斗的石川啄木——形成鲜明的对照。（再顺便一说，《阿罗罗木》④之父正冈子规，与《明星》之子北原白秋，合力创造了我们的散文，而这两人也同样形成了鲜明的对照。）但这未必是新诗社才有的现象。斋藤茂吉氏在短歌集《赤光》中发表了《致去世的母亲》《阿广》等一连串作品。不仅如此，他还正在逐步完成十多年前石川啄木未竟的事业——或者说"生活派"的短歌。斋藤茂吉氏的创作本来就横跨诸多领域，很少有人能像他这样广泛涉猎。他歌集中的每一首短歌都奏响了倭琴、大提琴、三味线或是工厂的汽笛。（我是说"每首"中有一种声音，不是说全在"一首歌里面"。）倘若再这样写下去，文章就变成斋藤茂吉论了。为方便起见，需要就此打住。总之在创作中像斋藤茂吉氏这般多欲的歌人，在前人中也是罕见的。

---

① 新诗社，即"东京新诗社"，成立于1899年，1900年创办诗刊《明星》，主要成员有与谢野铁干、与谢野晶子、石川啄木、北原白秋等，对明治中后期诗坛产生了广泛的影响。
② 荷马史诗《奥德赛》中，主人公奥德修斯精擅射术，有一张宝弓，在回到故乡后以此弓将骚扰妻子的求婚者尽数射杀。
③ 大川端，指东京隅田川下游西岸，特别是吾妻桥至新大桥一带。
④ 《阿罗罗木》：1908年创刊的短歌杂志，中心人物是正冈子规门下的伊藤左千夫等歌人。

九、两位大家的作品

当然,一切作品都离不开作家的主观。不过,假如使用"客观"这一方便的标签,那么在自然主义作家中最客观的作家就是德田秋声氏了。在这一点上正宗白鸟氏则可以说是站在正相反的位置上。正宗白鸟氏的厌世主义与武者小路实笃氏的乐天主义形成了鲜明的对照。而且这种厌世主义几乎是道德化的。德田氏的世界或许也是灰暗的,但它是一个小宇宙。这小宇宙中有着东洋式的情绪,久米正雄氏称之为"德田水"。其中就算有尘世之苦,却并无地狱业火。而正宗白鸟氏一定要让我们看到这地面之下的地狱。大概是在前年夏天,我把凡是能见到的正宗白鸟氏的作品集全都读了一遍。在知晓人生的表里两面这一点上,正宗氏或许不亚于德田氏。但是其中令我感触最深的,至少是最触动我的,是那种自中世纪以来就驱动着我们的近似宗教情绪的东西。

   由我这里,直通悲惨之城
   由我这里,直通无尽之苦……①

(追记:在写完这篇文章两三天后,我又读到了正宗氏的《关于但丁》,感慨良多。)

十、厌世主义

正宗白鸟氏教导我们,人生总是暗淡的。为了教给我们这一事实,他创作了各种各样的"故事"。(不过在他的作品中,没有像样的"故事"的小说也不少。)而且为了推进这些"故事",他运用了各种各样的技巧。在这种意义上,将"才子"之名赠予正宗氏也是理所当然的。但我想谈论的则是他厌世主义的人生观。

像正宗氏一样,我也相信不论在怎样的社会组织之下,我们人类的苦难终究都是难以拯救的。就连阿纳托尔·法朗士笔下那个宛如居住着古代牧神的乌托邦(《在白石上》)也不是佛陀所梦想的寂灭净土。生老病死与哀别离苦注定会折磨我们。大概是去年秋天,我在电报上读到陀思妥耶夫斯基的孩子或是孙子饿死的消息时,对此感触尤深。当然,这是共产

---

① 这两句诗出自但丁《神曲·地狱篇》的第三章。中译参考黄国彬译本《神曲·地狱篇》,北京:外语教学与研究出版社,2009年,第37页。

党统治下的苏联发生的事。但即使到了无政府主义者的世界里，由于我们是人类，终究是不可能永远幸福的。

但是，"钱财是祸根"是封建时代以来的名言。因金钱而起的悲剧或喜剧，随着社会组织的变化，或多或少地总会减少一些吧。不仅如此，就连我们的精神生活，想来也会受到几分影响。如果强调这一点，也许可以说我们人类的未来是光明的。但是由于金钱的缘故而未发生的悲剧和喜剧，也绝不是没有。而且金钱未必是作弄我们人类的唯一力量。

正宗白鸟氏与无产阶级作家立场不同，是理论当然的。至于我，或许以后我会为了方便起见而变成某种共产主义者。但是在本质上，我始终是个新闻工作者兼诗人。文艺方面的作品，有朝一日必定会湮灭。根据我听到的传闻，连法语中的连诵规则都在渐渐消失，那么波德莱尔诗歌的声响效果也必将变得不同。（当然，无论怎么变化，这都于我们日本人毫无妨碍。）但是一行诗的生命比我们的生命更长久。无论今天还是明天，我都不会耻于做一个"怠惰之日的怠惰诗人"——一个梦想家。

十一、快要被忘却的作家们

我们就像钱币一样，至少具有两面。当然超过两面也丝毫不算稀奇。西洋人创造出来的"作为艺术家，又作为人"的说法，就昭示了这种两面性。"作为人"是失败的，但"作为艺术家"却成功了，这样的例子，莫过于既是盗贼又是诗人的弗朗索瓦·维庸。而《哈姆莱特》的悲剧，根据歌德的说法，是一个应当做思想家，却不得不为父报仇的王子的悲剧。这也可以说是人的两面互相冲突的悲剧吧。我们日本历史上也有这样的人物。征夷大将军源实朝作为政治家是失败的。但写出《金槐集》的歌人源实朝作为艺术家却是成功的。但是，不仅作为一个人——或者其他的什么——失败了，而且作为艺术家也没有成功，这才是更大的悲剧。

不过，作为艺术家成功与否，不是那么容易判定的。比如当年嗤笑兰波的法国，如今却开始向他致以敬意。但是兰波毕竟有三册著作，即便书中充满印刷错误，但有这些著作对他而言毕竟是一种幸福。如果连著作都没有的话……

在我的前辈和熟人中，有些人曾写过两三篇很好的短篇作品，但逐渐就被人淡忘。他们与当今的作家相比或许笔力不够。但是其中的确也有偶然的因素。(如果有作家完全不承认这种因素,那就只能将其作为例外。)想再把他们的作品搜集起来,或许近于不可能。但如果能够结集,那么且不说为他们自己,即便对于后世人也是有益的吧。

"生得太早,还是生得太晚",这种感慨不仅仅属于西洋诗人。对于福永挽歌、青木健作、江南文三诸位,我也怀有这种感叹。我曾经在一份西洋杂志上见过"快要被忘却的作家"的系列广告。或许我也应该算作这一系列作家中的一个。这么说倒不是故作谦逊。就连英国浪漫主义时代红极一时的《僧侣》的作者刘易斯①也属于这个作家系列。但快要被忘却的作家未必只存在于过去。而且,单纯拿他们的作品来看的话,它们未必就逊色于如今各种杂志上连载的作品。

十二、诗性的精神

我见到谷崎润一郎氏,向他阐述我的驳论时,他这样问道:"那么你所说的诗性的精神究竟是指什么?"我说的诗性精神指的是最广义的抒情诗。当然,我就这样回答了谷崎氏。于是他说道:"这种东西,不是任何作品里都有吗?"其实正像我当时对谷崎氏说的,我并不否认诗性精神在任何地方都有。《包法利夫人》《哈姆莱特》《神曲》以及《格列夫游记》等等全都是诗性精神的产物。任何一种思想,要纳入文艺作品中,必须都要经过这诗性精神之圣火的熔炼。也许这大半是靠天赋的才能。或者说,后天的努力精进出人意料地无用。然而圣火的热度却直接决定作品的价值。

世界上充满不朽的杰作,多得令人厌烦。然而,倘若一个作家死后过了三十年,仍然能留下十篇值得我们读的短篇小说,那么其人便足以称为大家了。即使只有五篇,亦可跻身名家之列。哪怕最后只留下三篇,至少也称得上是一位作家了。就连成为这样一位作家也绝非易事。也是在某个洋文杂志上,我曾见到威尔斯说:"短篇小说这东西,用两三天就可以写出来了。"不用说两三天,但凡交稿日期迫在眉睫,谁都能在一天之内写出来。然而断言短篇小说总是花两三天就足够,这就很有威尔斯自己的风格了。因此他很少写出什么像样的短篇小说。

---

① 刘易斯(Matthew Gregory Lewis,1775—1818),英国文学家,1796 年出版具有哥特式色彩的小说《僧侣》,获得绰号"僧侣刘易斯"。

十三、森先生

我最近读了一遍《鸥外全集》第六卷,不禁感到很不可思议。森鸥外先生学贯古今,识通东西,这已经不必多说。不仅如此,他的小说和戏剧大抵也都浑然一体。(所谓的新浪漫主义在日本也产生了许多作品,但像先生的戏剧《生田川》那样高度完满的作品却很少。)不过说到先生的短歌和俳句,即使用偏袒的眼光去看,也很难说它们达到了作家的水平。先生是有着当今世上罕见的灵敏耳朵的诗人。例如看一下戏剧《玉篋两浦屿》,便可窥见先生多么了解日语的声响。在这一点上,先生的短歌俳句也不无相似之处。同时,其作品的体裁又总是结构整饬。这一点上,或许可以说先生已经极尽人工之力。

但是鸥外先生的短歌和俳句总还是缺少某种微妙的东西。诗歌只要能捉住这微妙的东西,那么在某种程度上其技法的巧拙就无须特别在意。然而,先生的短歌和俳句巧则巧矣,却出乎意料地没有打动我们。也许是因为短歌俳句对先生而言只是一种消遣?但这种微妙的东西,在先生的戏剧和小说里也没有露出锋芒。(这不是说先生的戏剧和小说就一定没有价值。)与此相反,夏目先生作为消遣的汉诗,特别是晚年的绝句就自然而然地捉住了这种微妙的东西。(如果不顾忌别人讥讽我"总觉得自家的佛像更庄严",我愿意作这样的判断。)

我为此思考了半天,最终得出的结论是森先生毕竟不像我们,生来便如此神经质。又或者说,他终归不是诗人,而是别的什么人。写出《涩江抽斋》[①]的森先生无疑是空前的大家。我对这样的森先生怀有近于恐怖的敬意。不,就算没有他写这部作品,我也不能不为他的精力与聪明天资所触动。有一次我曾到森先生的书斋里与他谈话,先生穿着和服。近似方丈室的书斋的角落里有一张镶布边的席子,上面搁着许多旧书信,好像在晾晒防虫似的。先生对我这样说:"最近有个人来告诉我,他搜集柴野栗山[②]的书信编成了书,我说那书编得不错,只可惜书简没有按年份编排。那人就说,不幸的是日本的书信通常只记月日,所以按年份编排实在

---

① 涩江抽斋(1805—1858),江户末期的医生、学者。森鸥外著有历史小说《涩江抽斋》。
② 柴野栗山(1736—1807),江户时代的儒学家、文人,曾任幕府官员,尊奉朱子学。

是做不到。于是我就指着这些旧书信对他说,这里有几十封北条霞亭①的信件,都按年份排好了。"我还记得当时先生那昂然的样子。对这样的先生瞠目结舌的,未必只有我自己吧。但是说老实话,我是一个比起阿纳托尔·法朗士的历史巨著《圣女贞德》,更希望让波德莱尔的一行诗留存下来的人。

十四、白柳秀湖氏

我最近还阅读了白柳秀湖氏的文集《倾听无声之声》,对其中《我的美学》《关于羞耻心的考察》《动物的发情期与食物的关系》等几篇小论文颇感兴趣。《我的美学》正如标题所示,谈论的是白柳氏的美学,《关于羞耻心的考察》则是讨论伦理学的文章。现在先不谈后者,稍微介绍一下前者吧。文中认为,美的诞生与我们的生活绝非毫无关系。我们的祖先爱篝火,爱林间的流水,爱盛肉的土器,爱打倒敌人的棍棒。美就是从这些生活必需品中自然而然诞生出来的。

这样的小论文,至少对我来说,远比如今的许多短篇小说要更值得尊敬。(白柳氏在这篇小论文的末尾注明,文章绝对写于"文坛一隅响起唯物美学的呼声,或者出现与此相关的翻译之前")我丝毫不懂美学,与唯物美学云云更是全然无缘。但白柳氏的美的发生学给了我创造我自己的美学的机会。白柳氏并未言及造型美术之外的美。十多年前,有一次我在山间旅舍里听见鹿鸣,感到一种深深的对人的怀恋。大概一切抒情诗都发源于这鹿鸣——雄性呼唤雌性的声音吧。不过这种唯物美学不用说俳人,就连古昔的歌人或许也都懂得。至于叙事诗,大概的确起源于太古之民的闲言碎语。《伊利亚特》是诸神的闲言碎语。这闲谈确实令我们感受到野蛮而充满庄严的美。但这是"对我们而言"。太古之民则一定在《伊利亚特》中感到了他们的悲欢和痛苦。不止如此,他们一定还从中感到自己的心灵燃烧起来……

白柳秀湖氏在美中看到了我们祖先的生活。但我们不只是我们。等到非洲的沙漠里建起大都会的时候,我们也会成为我们子孙的祖先。因此我们的心灵会像地下的泉水一样传给我们的子孙。我像白柳秀湖氏一

---

① 北条霞亭(1780—1823),江户儒学家。森鸥外著有历史小说《北条霞亭》。

样对篝火怀有亲近之感。同时，在这亲近之中，会想起太古的先民。（我在《枪岳纪行》中对此略有涉及。）但是"与猿猴相近的我们的祖先"为了点燃他们的篝火，花费了多少苦心啊。发明篝火的人无疑是天才。但是让篝火保持燃烧的人们也同样是天才。念及这样的苦心，我便不敢苟同"今天的艺术，即使消失也没有关系"这一观点。

十五、"文艺评论"

批评也是文艺的一种形式。我们赞扬或贬低作品，终究还是为了表现自我。向银幕上的美国演员——而且是已经去世的瓦兰蒂诺——尽情鼓掌，显然不是为了让对方高兴，只是为了表达善意——进而表现自我。如果是为了表现自我……

或许我们的小说和戏剧远不及西洋人的作品。但可以确定的是，我们的批评确实逊色于西洋人的作品。在这种批评的荒芜之中，我唯一爱读的就是正宗白鸟氏的《文艺评论》。而《文艺评论》不一定只是对文艺的评论，有时它是文艺中的人生评论。而且我喜欢一手拿着卷烟，一手翻阅《文艺评论》。有时想起一条满是石子的路，又在这条路上的阳光里感到残酷的喜悦。

十六、文学的处女地

英国人最近正在关注被冷落已久的十八世纪文艺。这一方面是因为大战以后不管是谁都追求明朗快活的东西。（我暗自认为，全世界都是这样的。同时，想到就连未受大战打击的日本也不知何时感染了这种流行倾向，我又觉得不可思议。）但另一方面，正因为被冷落，所以容易为文学家们的研究提供材料。麻雀不会飞到没米的水槽上来。文学家也是一样吧。因此被冷落本身也就意味着有待于发现。

日本的情况也是一样的。且不论"俳谐寺"小林一茶，天明以降的俳人们的创作几乎没有受到后人的关注。我想这些俳人的创作渐渐也会显露于世。而且其中不能简单打成"平庸"的一面，也将逐渐显露出来。

被冷落未必就是坏事。

十七、夏目先生

夏目先生不知何时已变成风流漱石山人，这令我惊叹不已。我所认识的先生是一位才气焕发的老人。而且当他心情不好的时候,前辈们怎样姑且不问,反正我们这些后进弟子是不知所措的。我也曾想过,原来所谓天才大抵便是如此吧。记得是个接近冬天的周四的夜晚,先生一边与客人谈话,一边脸都不转一下地对我说:"拿卷烟来。"但偏偏我不知道卷烟在哪儿。我只得问道:"卷烟放在哪里呢?"结果先生什么也没有说,却猛地(这完全不是夸张)把下巴向右边一甩。我怯生生地望向右边,终于在客厅角落里的桌子上发现了烟盒。

《从那以后》《门》《行人》《道草》等作品都是从先生这种热情中产生的。也许先生想要居于枯淡之中,实际上或多或少也做到了。但就我所知,即使在晚年,也绝不是个所谓的文人。在创作《明暗之前》,他的热情不消说是更猛烈的。我每次想到先生,就重新感到他无与伦比的老辣。但是有一次我因为自己的事找先生商量时,先生看上去胃也比较舒服,这样对我说道:"我不是给你什么忠告。只是说,如果换做我是你的话……"与先生用下巴指挥我的时候相比,其实这一次我更加由衷地感到佩服。

十八、梅里美的书简集

梅里美读福楼拜的《包法利夫人》时,说他"浪费了超凡的才能"。对于浪漫主义者梅里美来说,《包法利夫人》或许确实会引起这种感想。不过梅里美的书简集(写给某个不知名女性的情书集)中包含了多种多样的故事。例如他从巴黎寄出的第二封信里,写了如下的故事——

圣奥诺雷街上住着一个贫穷的女人。她几乎从未离开她那寒酸的阁楼房间。她还有个十二岁的女儿。少女每天下午到歌剧院工作,大抵要半夜才能回来。有天夜里,女孩下楼来到看门人房间里说:"请点根蜡烛借给我。"看门人的老婆跟着女孩爬上阁楼,看到穷女人的尸体躺在地上。而女儿从旧皮箱里拿出一札信件,点燃烧掉了。她告诉看门人的老婆说:"妈妈今天夜里死了。死前她对我说不要看这些信,直接烧掉。"女孩既不知道父亲的名字,也不知道母亲的名字。而且她要维持生计,只有孜孜不倦地去歌剧院跑龙套,扮演猴子或恶魔之类的。母亲对她最后的告诫是"永远做配角,永远要善良"。女儿至今仍谨遵这一嘱咐,做着一个善良的跑龙套演员。

下面再介绍一个乡下的故事，这是梅里美从戛纳寄出的信里写的——

格拉斯附近有个农夫倒在谷底死了。可能是头天晚上跌进去的，或者被丢进去的。随后他的伙伴，另一个农夫告诉朋友们说他就是杀人犯。人家问他："为什么？"他回答说："那家伙诅咒我的羊。我去请教了我的羊倌，把三根铁钉放在锅里煮，然后念了咒语。那家伙当天晚上就死掉了。"

这部书简集的时间跨度是从 1840 年一直到 1870 年——梅里美去世之年。（他的《卡门》是 1844 年的作品。）上面这些故事本身或许还不是小说。但若是抓住其中的主题，就有可能写成小说。先不说莫泊桑，至少菲利普就用这样的故事写出了几篇美妙的短篇小说。我们当然无法像高山樗牛说的那样"超越现代"。而且统治我们的时代往往短暂得令人意外。我在梅里美书简集里发现他落下的这些麦穗时，对此深有所感。

梅里美从给这个不知名女人写信时起，留下了多篇杰作。在死前他又成为了一名新教徒。每当我想到早于尼采的超人崇拜者梅里美，就觉得这也是件值得玩味的事。

十九、古典

我们只能写自己知道的东西。古代的作家想来也是如此吧。教授们在撰写文学评论时，经常忘却这一事实。不过或许也不能说只有教授们才如此。这些姑且不提，总之我对于晚年写作《暴风雨》的莎士比亚的内心，怀有近于同情的感情。

二十、新闻工作

这里再引用一次佐藤春夫氏的话："要像说话一样写文章。"实际上我这篇文章也就是像说话一样写出来的。但不管写多少，想说的话总是说不完。我想在这一点上我其实是个新闻工作者。因此我将职业的新闻工作者视为兄弟。（但如果他们不愿意接受，我也只有默默退下。）说到底，新闻正是历史。（报纸文章里有误传，也正如历史里有误传一样。）历史又终归是传记。而传记与小说，又有多大差别呢？例如自传和"私"小说就没有清晰的界线。如果我们暂且不听克罗齐的见解，把抒情诗等诗歌视作例外，那么一切文艺都是新闻写作。在明治、大正这两个时代，报纸文艺留下了并不逊色于文坛的作品。且不说德富苏峰、陆羯南、黑岩泪香、迟塚丽水等诸家的作品，单是山中未成氏的通信，在文艺上就丝毫不逊色于当今诸多杂志上的杂文。不仅如此……

不仅如此，由于报纸文艺的作家们往往不在作品上署名，所以很多人连名字都没有流传下来。现在我在这样的人当中，就能举出两三位诗人。如果删除我这一生中的任何一个瞬间，我都无法成为现在的自己。既然这些人的作品（即便我不知道作者的名字）也给我以诗的感动，那么他们就同样是作为新闻记者兼诗人的今日的我的恩人。偶然使我成为作家，也使他们成为新闻工作者。如果在装进袋子里的月薪之外还能收到稿费便是幸福，那么我就比他们更幸福。（虚名则不是幸福。）抛开这一点，我们与他们在职业上便没有任何区别。至少我过去是新闻工作者，现在也是新闻工作者，将来不消说还是个新闻工作者。

不过诸位大家如何姑且不提，至少我有时对新闻工作者的天职感到厌倦，这是事实。

（昭和二年二月二十六日）

二十一、正宗白鸟氏的《论但丁》

正宗白鸟氏的但丁论压倒了前人的但丁论。至少在独特性上不输给克罗齐的但丁论。我爱读他的议论。正宗白鸟氏对于但丁的"美"，几乎视而不见。或许这是故意的，又或者只是自然而为。已故的上田敏博士也是一位但丁研究者，而且还打算翻译《神曲》。但是看博士的遗稿，会发现他依据的并不是意大利语原文。正如其按语所示，他依据的是卡里的英译本。依据卡里的英译本来翻译，还谈论但丁之"美"，恐怕会陷于滑稽。（我也只读过卡里的英译本。）不过，但丁之"美"即使只读英译本也能感到几分，这是确切无疑的……

另外，《神曲》有作为但丁晚年的自我辩护的一面。染上了私吞公款嫌疑的但丁，像我们一样，一定也是需要自我辩护的。但是但丁抵达的天堂对我来说多少有些无趣。这是由于我们事实上行走于地狱之中吗？抑或是因为但丁自己也没有升入炼狱之上？

我们都不是超人。就连顽强的罗丹，在雕刻了著名的巴尔扎克像而受到世间恶评时，也感到了神经上的痛苦。被迫离开故乡的但丁，神经一定也是痛苦的。尤其是死后化作幽灵,在他儿子身上显灵,这在某种程度上显示出但丁的特质——遗传给他的儿子的特质。事实上,但丁像斯特林堡一样是从地狱底部爬出来的。《神曲》的炼狱里有着近于病愈后的那种欢喜……

但是这些议论都还没有达到但丁皮下一寸的深度吧。而正宗白鸟氏在论文里品味的是但丁的骨肉。在那篇文章中,既没有十三世纪也没有意大利,唯有我们所在的尘世。和平,只要和平——这不仅仅是但丁的愿望。我喜爱正宗氏的但丁论,就在于他没有仰视而是平视但丁。贝雅特丽齐正如正宗氏所言,与其说是女人,不如说更接近天人。如果读过但丁的诗以后,亲眼见到贝雅特丽齐,我们想必会失望吧。

我在写这篇文章时想起了歌德。歌德描写的弗里德莉克①几乎是娇美可爱的化身。但波恩大学教授涅克发表文章说弗里德莉克未必是这样的女人。顿泽尔(Düntzer)等理想主义者当然不相信这一事实。但歌德自己也承认涅克所言非虚。而且,就连弗里德莉克住的塞森海姆(Sesenheim)村好像也和歌德写得不一样。蒂克(Tieck)②专门去寻找了这个村庄,结果甚至说他"后悔"了。贝雅特丽齐也是同理吧。但是《神曲》中的贝雅特丽齐就算没有呈现出她自身的真实模样,至少呈现出了但丁的特征。直到晚年,但丁都梦想着所谓"永恒的女性"。但所谓"永恒的女性"只存在于天堂里。不仅如此,天堂里还充满了"对未曾做过的事的后悔"。正如地狱的火焰里充满"对做过的事的后悔"。

读《论但丁》时我仿佛看到了正宗氏铁面具下的双眼的神色。古人云:"君看双眼色,不语似无愁。"③正宗氏的双眼之色亦如是——然而我却感到惧怕。也许正宗氏会说,这双眼也是假眼。

二十二、近松门左卫门

我与谷崎润一郎、佐藤春夫两位一起去观看了久违的人偶戏。人偶

---

① 弗里德莉克(Friederike Elisabetha Brion 1752—1813),歌德的恋人之一,出身于牧师家庭。歌德创作了一系列与她有关的诗歌,如《塞森海姆之歌》等。
② 路德维希·蒂克(Ludwig Tieck,1773—1853),德国早期浪漫派作家,代表作有长篇小说《弗兰茨·斯特恩巴尔德的漫游》、童话剧《穿靴子的猫》等。
③ 此句出自江户时期僧人白隐禅师所撰《槐安国语》。

比演员更美。不动的时候尤其美丽。但操纵人偶的黑衣人却让人不太舒服。戈雅①就时常在人物背后加上那种东西。我们或许也正是被那种东西——令人毛骨悚然的命运——操纵着吧。

但我主要想谈的不是人偶，是近松门左卫门。看着小春和治兵卫②，我重新想起了近松门左卫门。相对于写实主义者西鹤，近松获得了理想主义者之名。我不了解近松的人生观。也许近松曾为我们的渺小而仰天叹息。又或许他曾考虑天气，关心明天来客的多少。但这些事如今肯定是谁也不知道的。如果仅从近松的净琉璃来看，决不能说他是理想主义者。西鹤是文艺上的写实主义者，同时又是人生观上的现实主义者。（至少从作品来看是如此。）但是文艺上的写实主义者未必就是人生观上的现实主义者。《包法利夫人》的作者在文艺上也是浪漫主义者。如果把寻求梦想称为浪漫主义的话，那么近松也是浪漫主义者吧。但在另一方面，他又是坚强的写实主义者。且让我们把雁治郎③从"小春和治兵卫"的河内屋④里抹去。（正是为此才要去看人偶剧。）这样一来，剩下的不是别的，正是一出洞察人生的每个角落的写实主义戏曲。的确，其中也掺杂着元禄时代的抒情诗。但如果怀有这种抒情诗，就要称作浪漫主义者的话，那么正如利尔·亚当⑤所言，只要我们不是傻子，总会变成浪漫主义者的。

元禄时代的戏曲手法与今天相比多少有些不自然。但与元禄以后的戏曲手法相比，其中运用的小伎俩要少得多。抛开这些手法的烦扰，可以说"小春和治兵卫"在心理描写上绝对没有脱离写实主义。近松注目于人物的官能主义和利己主义。不仅如此，他还注目于他们内部的某种不可思议的东西。将他们导向死亡的未必是太兵卫的恶意。阿三⑥父女的善意同样使他们痛苦。

近松常常被比作日本的莎士比亚。也许他的确具有莎士比亚的特

---

① 戈雅（Francisco José de Goya y Lucientes,1746—1828），西班牙浪漫主义画派画家。
② 指近松门左卫门所作净琉璃《心中天网岛》。治兵卫和小春是其中男女主人公的名字。
③ 指初代中村雁治郎(1860—1935)，著名歌舞伎演员，擅长表演《心中天网岛》的歌舞伎版本。
④ 河内屋：歌舞伎演员实川延若一系的屋号。
⑤ 利尔·亚当（Auguste de Villiers de L'Isle-Adam,1838—1889），法国作家、诗人、剧作家，代表作有长篇小说《未来的夏娃》等。
⑥ 阿三，《心中天网岛》中男主人公治兵卫的妻子。

征,较既往诸家所言更甚。首先,近松像莎士比亚一样,几乎超越了理智。(想想拉丁人戏剧家莫里哀的理智吧。)第二点是他在戏剧中洒满了美丽的句子。最后一点是,他在悲剧的正中心描绘出喜剧化的场面。看着被炉旁那场戏里的乞丐僧人,我多次想起著名的《麦克白》中的醉汉的身姿。

自高山樗牛以降,近松的世话物受评价比时代物更高。① 但是,近松在时代物之中也并非始终是个浪漫主义者。这也多少近于莎士比亚。莎士比亚在罗马的都城里毫无顾忌地放进时钟。而近松在无视时代这一点上有过之而无不及。不仅如此,他连神代的世界都统统写成了元禄时代的世界。在描写其中人物的心理时,也往往是出人意料的写实主义的。例如,就连《日本振袖始》②中巨旦苏民兄弟的争斗,也与世话物中的场景毫无二致。而且对巨旦妻子的心情和巨旦弑父之后的心情的刻画,即使挪到现代世界也是通用的吧。至于素盏鸣尊的恋爱,说来失礼,亦是有史以来未尝稍变的××③。

当然,近松的时代物比世话物更加荒唐无稽。但正因如此,其中也具有世话物所没有的"美",这是不争的事实。譬如可以想象一下偶然漂至日本南部海岸的船上载着中国美人的场景(《国姓爷合战》)。样的场景至今仍能满足我们自身的异国趣味。

不幸的是,高山樗牛无视了这些特色。近松的时代物未必就比世话物更低级。我们只不过是感到封建时代的市井更加切近自身而已。元禄时代的河庄近于明治时代的酒馆④。小春——特别是演员扮演的小春——类似于明治时代的艺伎。这容易让我们觉得近松的世话物有一种真实感。但是到了几百年之后,封建时代的市井也化作梦中之梦的时候,再回过头来看近松的净琉璃,或许便会发现时代物并不低级。而且时代物也描绘了世话物同时代的大名的生活。而这些戏剧之所以没有世话物那种真实感,是由于封建时代的社会制度使大名的生活距离我们很遥远。

---

① 时代物和世话物是净琉璃和歌舞伎中常见的分类,"时代物"即取材自历史的戏剧,"世话物"则是表现当代世态人情的戏剧。
② 《日本振袖始》:近松门左卫门所作净琉璃剧,内容结合了素盏鸣尊相关传说和苏民、巨旦传说。
③ 此处有伏字,应为刊载时受检阅所删。
④ 原文为"小待合",又称待合茶屋,是明治以后兴起的一种摆设宴席、有艺伎服务的娱乐场所。

出人意料的是，就连高居九重云中的人上之人①都喜爱近松的净琉璃。也许这是因为近松的出身，或者是出于对市井生活的好奇心。但是从近松的时代物中，我们未必感受不到元禄时代的上层阶级。

　　我一边观看人偶剧，一边想着这些事情。人偶剧似乎是衰落了。不仅如此，而且现在的净琉璃似乎也不是完全按照原作来演的。但对我来说，它仍然远比一般戏剧更具意趣。

二十三、模仿

　　西洋人对于日本人之擅长模仿表示轻蔑。不仅如此，他们还轻蔑日本的风俗和习惯（或者道德），认为它们颇为滑稽。我是在读到堀口九万一氏所介绍的法国小说《阿雪》的梗概（刊载于《女性》三月号）②之后，才开始思考这一事实。

　　日本人的确擅长模仿。我们的作品是对西洋人作品的模仿，这是不争的事实。但西洋人也跟我们一样擅长模仿。惠斯勒③不就在油画中模仿了浮世绘吗？不仅如此，西洋人自己也会彼此模仿。继续向过去追溯的话，伟大的中国不知为他们提供了多少先例。他们也许会将他们的模仿称为"消化"。但如果说是"消化"，那么我们的模仿同样也是"消化"。同是水墨画，日本的南画就不是中国的南画。另外，在街边小摊上我们还如语言所表示的那样"消化"着炸猪排。

　　模仿作为权宜之计是最方便不过的了。我们没有必要挥舞着祖上传下来的名刀，与西洋的坦克和毒瓦斯作战。而且物质文明即使在没有需要的时候也仍然会强制要求模仿。例如希腊、罗马等温暖国家的居民在古代身披轻罗，如今却也穿上了北狄发明的适于御寒的西服。

　　我们的风俗习惯在他们眼里显得滑稽，这丝毫不足为奇。对于我们的美术——尤其是工艺美术——他们早已给予了一定程度的赞赏。不得

---

① 此处指日本天皇。
② 荷兰作家艾伦·弗雷斯特（Ellen Forest, 1878—1959）创作的小说，日译本题名为「雪さん」，由堀口九万一翻译，于 1927 年在《女性》杂志连载。
③ 惠斯勒（James Abbott McNeill Whistler 1834—1903），美国画家、蚀刻版画家，受日本绘画影响颇深。

不说,这只是由于它们是眼睛看得见的东西。而我们的感情、思想等等,则未必是容易看见的东西。江户末期的英国公使阿礼国①爵士看到小孩做针灸,便嘲笑我们因为迷信竟如此折磨自己。而在我们的风俗习惯中潜藏的感情和思想,直到今天——出现了小泉八云的今天——对他们而言也仍然是难以理解的。他们自然禁不住嘲笑我们的风俗习惯,但他们的风俗习惯在我们看来同样也是可笑的。例如爱伦·坡因为酗酒(或者说因为是否酗酒的问题)直至死后很久仍然名声狼藉。而在称扬"李白斗酒诗百篇"的日本,这当然是十分可笑的。这样的相互轻蔑,虽是不可避免的事实,但也实在是可悲的事实。不仅如此,我们在自身内部也不能不感到这种悲剧。应该说,我们的精神生活大抵就是新的我们对旧的我们的战斗。

不过我们对他们的了解,比他们自己更多几分。(或许这对我们而言毋宁说是不光荣的。)他们对我们不屑一顾。我们在他们看来是未开化的人。而且在日本居住的他们也未必就能代表他们,恐怕还不足以作为统治世界的西洋人的样本。不过,我们靠着丸善书店,确实也能多少了解他们的灵魂。

顺便说一句,其实他们在本质上与我们并无二致。我们(包括他们在内)都是乘坐着名为世界的方舟的半人半兽的一群。而且这方舟里绝不明亮。特别是我们日本人的船舱,时常有大地震造访。

遗憾的是,堀口九万一氏的介绍尚未写完。他应该还对作品有所评论,但也没有登出来。但仅仅读了已刊的部分,我便突然想起上面这些事来,于是姑且写下了这些文字。

二十四、代笔的辩护

"古代画家常常有不少杰出的弟子,而近代的画家却没有。这是由于他们是为了钱,或者为了高远的理想而教授弟子。古代画家教弟子,却是为了让他们代笔。因此,他们的秘密技巧悉数传给了弟子,弟子变成杰出画家也就不足为奇了。"塞缪尔·巴特勒②这番话在某种意义上包含着真

---

① 阿礼国(Rutherford Alcock 1807—1897),英国外交官,曾任英国驻福州、上海、广州等地领事,亦曾担任驻日本总领事。
② 塞缪尔·巴特勒(Samuel Butler 1835—1902),英国作家,代表作有《众生之路》等。

实。天赋之才当然不只是为了代笔而产生的,但因代笔而成长,却是常有的事。我最近知道了福楼拜教莫泊桑教得多么深入。(他在看莫泊桑的原稿时,发现连续两篇文章有相同的结构,都要把弟子教训半天。)但并不能指望每个老师都是这样(即便弟子确有才能)。

今天的日本,连艺术都要求大量生产。而作家自己如果不大量生产,也难保衣食无忧。但量的提高通常意味着质的降低。因此,如果像古人那样让弟子代笔,或许倒能催生出许多有才华的人。可是不消说封建时代的戏作者,就连明治时代的报纸小说家也不是全然没有采用这种方便的办法。美术家,例如罗丹,也让弟子部分地参与了其作品的创作。

这种由来已久的代笔行为,今后或许还会出现。而且它未必便会将一个时代的艺术变得俗恶。弟子习得技巧之后,当然也可以独立。而继承名号成为二代目、三代目当然也是可以的。

不幸的是,我还不曾有过找人代笔的机会。但是为他人代笔的自信倒是有的。唯一的难点是,代写他人作品肯定比自己创作更加费事。

二十五、川柳

川柳是日本的讽刺诗。但川柳受轻视倒并非因为它是讽刺诗,毋宁说是由于"川柳"这个名字带着太多江户趣味,因此往往被视为文艺之外的东西。古代川柳近于俳句,这或许是谁都知道的。而俳句在某些侧面上也近于川柳。最明显的例子就是《鹑衣》初版所载的横井也有[①]的连句。这连句与情色川柳集《末摘花》几乎无甚差异。

安どもらひの蓮のあけぼの
(白莲供薄葬 清芳迎破晓)

谁都不能不承认,这样的川柳近于俳句吧。(这里的莲花当然是假花。)而且后来的川柳也不能说都是俗恶的。它们也是将封建时代町人的心灵——他们的悲欢——在谐谑之中表现出来。如果称它们是俗恶的,那就不得不说现在的小说和戏曲也同样是俗恶的。

小岛政二郎氏曾指出川柳中有官能化的描写。后代的人或许又会指出川柳中的社会苦闷。在川柳这方面我是门外汉。但川柳有朝一日也会

---

① 横井也有(1702—1783):江户后期俳人、学者,著有俳文集《鹑衣》。

像抒情诗、叙事诗一样,从浮士德面前通过吧,只不过披着江户传下来的夏季外褂之类的东西。

> 你们诸位可知道,
> 我这诗人爱什么?
> 无人爱听的一套,
> 我想来唱唱说说。①

二十六、诗型

童话里的公主在城里静静地沉睡了许多年。除了短歌俳句,日本的诗型也与童话里的公主一样。先不说《万叶集》的长歌,至少催马乐、《平家物语》、谣曲、净琉璃都是韵文。其中一定沉睡着许多诗型。谣曲只需换行书写,便自然会呈现出与今天的诗歌相近的形态。这是因为其中一定存在着我们的语言必然拥有的韵律吧。(今天被称为民谣的东西,至少大部分在诗型上都与都都逸并无不同。)仅是去发现这沉睡的公主,就是很有趣的工作了,更不用说让公主醒过来。

不过,今天的诗——用旧式的说法来说,就是新体诗——或许正走在这样的道路上。另外,昨日的诗型在表达今日的情感时可能不太好用吧。但我并不是说一定要沿袭过去的诗型,只是在那些诗型之中感到了某种有生命的东西。同时,我想说的是,要比现在更加有意识地去抓住这种东西。

我们所有人,无论从何种意义上说,都是降生在激烈的过渡时代的人,因此总是面临着重重矛盾。光不是自东方来,毋宁说是从西方来——至少在日本是如此。但是,光同时也来自过去。阿波利奈尔②的组诗与元禄时代的连句是相似的,不仅如此,在完成度上还要低几等。将公主唤醒,并不是谁都能做到的。但是,只需出现一个斯温伯恩③——或者不如说,只需出现一个力量更大的"片歌④的守路人"……

---

① 出自歌德《浮士德》第二部第一幕第二场,芥川引用的是森鸥外译本。此处译文引自钱春绮译《浮士德》,上海译文出版社 2011 年版,第 239~240 页。
② 阿波利奈尔(Guillaume Apollinaire,1880—1918),法国诗人、作家,现代主义文艺的先驱,推动了立体派、未来派、超现实主义等潮流的发展。
③ 斯温伯恩(Algernon Charles Swinburne,1837—1909 年),英国诗人、文学评论家,代表作有诗集《诗歌和民谣》等,具有一定的唯美主义倾向。
④ 片歌,飞鸟、奈良时代的古代和歌的一种形式,音节数为五七七。两首片歌拼在一起即成为"旋头歌"。

日本过去的诗里活跃着某种绿色的东西。某种互相响应的东西——当然,我不要说捉住它,就连唤起它的能力都没有。但在对它的感应上,我倒未必落后于旁人。这在文艺上也许只是末技中的末技。但那种东西——朦胧的绿色的东西——不可思议地吸引着我的心灵。

二十七、无产阶级文艺

我们无法超越时代。不仅如此,也无法超越阶级。托尔斯泰在谈论女人时丝毫不避猥亵。而高尔基对此感到吃不消。高尔基在与弗兰克·哈里斯的问答中诚实地说出了自己的真心话:"我比托尔斯泰更重视礼节。如果我学托尔斯泰,人们会解释说这是由于我的秉性,由于我出身于平民。"哈里斯在这句话旁边又附加了按语:"高尔基对自己平民出身的羞耻,体现出他至今仍然是一个平民。"

的确,如今已经诞生了不少中产阶级的革命家。他们在理论和实际行动中表现了他们的思想。但是,他们的灵魂果真超越了中产阶级吗?路德反叛罗马天主教,而又亲眼看到了阻碍他的事业的恶魔。他的理智在当时是新锐的,但他的灵魂看见的却依然是罗马天主教的地狱。这不仅限于宗教,社会制度也是同样的。

我们的灵魂打上了阶级的烙印。而且拘束我们的未必只是阶级。在地理上,大至日本,小至一市一村,我们的出生地也拘束着我们。此外,考虑到遗传、境遇等等因素,我们不能不惊叹于自身的复杂。(而且创造了我们的因素,未必都会进入我们的意识中来。)

先不提卡尔·马克思,至少古来的女子参政权论者都有良妻相伴。连科学上的产物都呈现出这样的条件,那么艺术作品——特别是文学作品自然更呈现出一切条件。我们好比是在不同的天气下、不同的土壤里发出芽来的草。同时我们的作品又是具备无数条件的草籽。如果用上帝的眼睛来看,我们的一篇作品大概就呈现了我们全部的生涯吧。

无产阶级文艺是——无产阶级文艺是什么呢?当然,首先可以设想的是在无产阶级文明中绽放花朵的文艺。这在今天的日本是没有的。其次可以想到的,是为无产阶级而斗争的文艺。这在日本倒不是没有。(倘若我国即便是与瑞士比邻,也许会诞生更多这样的文艺。)再次,能够设想的是,就算没有共产主义或无政府主义的主张,至少也是以无产阶级的灵魂为根柢的文艺。当然上述第二种无产阶级文艺与第三种无产阶级文艺未必不能两立。但是,如果多少要生出新的文艺,那么就必须得是这种从无产阶级的灵魂中诞生出来的文艺。

我站在隅田川的河口,望着河里麇集的帆前船和达摩船①,不由感到一种在今天的日本尚未得到任何表现的"生活的诗"。能唱出这种"生活的诗"的只有这样的生活者自己,或者至少得是这样的生活者的同伴。把共产主义或无政府主义的思想加入作品中去,未必是多么难的事。但是赋予作品那种煤炭般漆黑而光亮的诗的庄严感的,终究是无产阶级的灵魂。早夭的菲利普正是有着这种灵魂的人。

福楼拜在《包法利夫人》里写尽了资产阶级的悲剧。但是使《包法利夫人》不朽的,并不是福楼拜对资产阶级的轻蔑。让《包法利夫人》成为不朽作品的全部原因,只是福楼拜的艺术手段。菲利普除了无产阶级的灵魂之外,还具有千锤百炼的技法。这样看来,一切艺术家都必须以艺术上的圆满为目标而前进。一切圆满的作品都如方解石一般结晶,成为我们子孙的遗产,即便它们遭受风化作用。

二十八、国木田独步

国木田独步是才子。他所受到的"笨拙"这一评语并不恰当。随便拿独步的哪一篇作品来看,都绝非笨拙之作。《正直的人》《巡查》《竹门》《非凡的凡人》……这些作品都写得极为精巧。如果说他笨拙,那么菲利普也是笨拙的作家了。

但是独步被称作"笨拙",也并非全无理由。他没写过所谓的富于戏剧性的故事。而且也从不写得很长。(当然他也确实写不来。)他所受到的"笨拙"这一评语就是由此而来的吧。但是他的天才,或者说天才的一部分,其实也正存在于这里。

独步拥有敏锐的头脑,同时又拥有柔软的心脏。而且不幸的是它们在独步身上失去了调和。他因此具有悲剧性。二叶亭四迷和石川啄木也是这样的悲剧中的人物。不过二叶亭四迷的心脏不像其他两人那样柔软。(或者说比他们具备更强的行动力。)因此他的悲剧比另外两人更为平静。或许二叶亭四迷整个生涯都处于这不是悲剧的悲剧当中……

---

① 帆前船指西式帆船,达摩船是一种运货驳船,多为木制。

再来看独步：他虽然因其敏锐的头脑而不能不看着地上，但毕竟又因其柔软的心脏而不能不望向天上。在他的作品中，前者催生的是《正直的人》《竹门》等短篇小说，后者则造就了《非凡的凡人》《少年的悲哀》《画的悲哀》等短篇。自然主义者和人道主义者都喜爱独步，并非偶然。

有着柔软心脏的独步当然也是诗人。（这并不是说他一定写过诗。）而且他是与岛崎藤村氏和田山花袋氏不同的诗人。在他这里，找不到田山氏那种大河一般的诗，也找不到岛崎氏那种花田般的诗。他的诗更加紧迫。就像他的一篇诗里所写的那样，他总是呼喊着"高峰上的云啊"。据说独步年少时爱读的书之一就是卡莱尔的《论英雄》。卡莱尔的历史观或许打动了他。但更加自然的是，他接触到了卡莱尔的诗性精神。

但是如前所述，他又是个拥有敏锐头脑的人。《自由存乎山林》那样的诗，不得不变为《武藏野》这样的小品。《武藏野》正如其名，的确是一片平原。但是那些杂木林的背后一定又透出了远处的山峦。德富芦花的《自然与人生》与《武藏野》形成了鲜明的对照。在对自然进行写生这一点上，两者并无不同。但是后者比前者带着更沉痛的色彩。不仅如此，它还古色苍然，带着包含广阔的俄罗斯在内的东方传统。悖论性的命运因这一抹古色而使《武藏野》显得愈发新颖。（在独步开拓的《武藏野》这条路上继续前行的人大概有很多。但我只记得吉江孤雁①氏一人。吉江氏当时的小品集如今似乎已消失在如今的"书籍的洪水"中。但他的作品有着一种梨花般的天真之美。）

独步的脚踏在地上。然后——像所有人一样——直面野蛮的人生。但是在他的内部，他始终是一名诗人。敏锐的头脑使他在濒死之际写下了《病床录》。但即便到了这时候，他同时还在创作散文诗《沙漠之雨》。

如果要在独步的作品中举出最完善的几篇，那就是《正直的人》和《竹门》等等了。但是这些作品未必便能反映出诗人兼小说家的独步的完整面貌。我在《猎鹿》等小品里发现了最为调和的独步——或者说最幸福的独步。（中村星湖早期的作品与独步这些作品有相似之处。）

自然主义作家们都在砥砺自己，不断前行。而唯有独步时不时会飘到空中……

---

① 吉江乔松（1880—1940），号孤雁。法国文学研究者、诗人、作家、评论家，曾任早稻田大学教授。

二十九、再答谷崎润一郎氏

我读到谷崎润一郎氏的《饶舌录》之后，产生了再写一篇回应的文章的念头。当然我的意图也不仅仅在于回答谷崎君。但是能够不挟私心地与之论战的对手，在这世上实在难得。而我恰恰发现了这样一个独一无二的对手，那便是谷崎润一郎氏。也许对谷崎氏来说这纯属给他添麻烦。不过只要他能对我的议论姑妄听之，当作消遣，我就已经很满足了。

不朽的并非只有艺术，我们的艺术论也是不朽的。无论到了什么时候，我们都会不停地讨论何为艺术这类问题吧。这样的想法使我的笔变得迟钝。但是，如果为了表明我的立场，暂时玩一下理念的乒乓球的话……

（1）也许我的确像谷崎氏说的那样，左顾右盼，迟疑不决。不，恐怕事实正是如此。不知为何，我与勇猛突进的勇气无缘。偶尔反常地提起一点这种勇气，大抵也凡事都会失败。我提起没有像样的"故事"的小说，或许也是一个这样的例子。不过，就像谷崎氏所引用的，我曾说过"艺术家的价值就取决于纯粹与否这一点"。当然，这与我说没有像样"故事"的小说并非最高级的小说，是不矛盾的。对于小说或戏剧，我试图看出其中有何种程度的纯粹的艺术家之面目。（没有像样的"故事"的小说，例如日本的写生文一脉的小说，未必都显示出纯粹的艺术家的面目。）谷崎氏说"诗性精神云云，不知是什么意思"，而以上几行应当足以作为对他的答复了。

（2）谷崎氏所说的"结构之力"，我似乎也能够理解。我也并不否认，日本的文艺——特别是当代的文艺——缺少这种力量。不过，倘若如谷崎氏所言，这种力量未必仅仅出现于长篇，那么可以说我之前列举的诸位作家也同样具有这种力量。不过这是一个相对的问题，所以站在某个标准上争论有无也没什么意义。另外，关于我不及志贺直哉氏之处在于"肉体力量的感觉的有无"这一观点，我是完全不能赞成的。谷崎氏对我的评价比我自己更高。梅里美在书简集中引用了一位老外交家的话："我们不必谈论自己的短处。即使我们不说，他人也必定会告诉我们的。"我也有意遵循这一教导，至少是部分遵循。

（3）谷崎氏说："歌德的伟大，在于他格局既大，又不失其纯粹性。"此言可谓一语中的。我对此也没有异议。不过世上虽有驳杂的大诗人,却绝无不纯粹的大诗人。使大诗人成为大诗人的——至少是使他在后世留下大诗人之名的——终究是他的驳杂。谷崎氏大概觉得"驳杂"一词听起来比较低劣。这是我们趣味不同所致。我用"驳杂"一词来形容歌德,但其中并不包含"乱哄哄"的意思。如果沿用谷崎氏的词汇,可以说它也就是"有很大的包容力"之意。只是,"有很大的包容力"这一点,在评价古来的诗人时,是不是太过受重视了?那些将波德莱尔和兰波奉为大诗人的人们,却从不把光环套在雨果头上。我对他们的心理是颇为同情的。(歌德本来就有煽动我们的嫉妒的力量。即使是那些对同时代的天才并未表现出嫉妒的诗人,也有不少人对歌德流露出积怨。但不幸的是我却没有表示嫉妒的勇气。据歌德传记所载,他除了稿费和版税之外,还有年金和生活费可以领。先不论他的天才,助长这天才的境遇和教育,以及产生出他的能量的肉体的健康,单是他的收入就足以令人羡慕了——这么想的恐怕不只有我一个人吧。)

(4)下面这段文字的目的不是答复谷崎氏。只是由于谷崎氏说,我们两人论点的相异"是否会归结为各自体质的相异呢",对此我想抒发一点感慨。谷崎氏喜爱的紫式部在她日记的一节中写道:"清少纳言是那种脸上露着自满,自以为了不起的人。总是摆出智多才高的样子,到处乱写汉字,可是仔细地一推敲,还是有许多不足之处。像她那样时时想着自己要比别人优秀,又先要表现得比别人优秀的人,最终要被人看出破绽,结局也只能是越来越坏……总是装出感动入微的样子,这样的人就在每每不放过任何一件趣事中,自然而然地养成了不良的轻浮态度。而性质都变得轻浮了的人,其结局怎么会好呢。"① 有着高耸的男根的我当然不是自比为清家的少女,但是读到这段文章时(虽然紫式部的科学素养还没有进步到言及体质差异的程度),不由地联想到对我进行劝诫的谷崎氏。现在,在再次回复谷崎氏的时候,流露这样的感慨——议论的是非姑且不论——也并非仅仅因为《饶舌录》铿锵的节奏,而是因为我想起了当年在深夜的汽车里为我讲述艺术的谷崎润一郎氏。

---

① 这段引文出自《紫式部日记》,译文参见叶渭渠主编:《王朝女性日记》,林岚,郑民钦译。石家庄:河北教育出版社,2002年,第350页。

三十、"野性的呼唤"

我以前在观看光风会①展出的高更画作《塔希提少女》时,感到有某种令我抵触的东西。在装饰性背景的前面稳稳站着的橙色女人,在视觉上散发出野蛮人的皮肤的气味。仅此就已经令我有些厌烦了,而人物与装饰性背景的不协调,也让我不由地感到不快。在美术院展览会上展出的两幅雷诺阿的作品,都比高更这幅画更好。尤其是小小的裸女图多么迷人啊。——那时我是这么想的。但是随着岁月流逝,高更所画的橙色的女人渐渐开始给我以压迫感。那种威压就像真的被塔希提女人盯着一样。而法国的女人对我也仍未失去魅力。如果单论画面之美,我至今仍然认为法国女人优于塔希提女人……

在文艺中,我也感到这种近于矛盾的东西。而且我还感到诸家的文艺评论中也存在塔希提派与法国派之别。高更——至少是我所见的高更——通过橙色的女人表现了一只半人半兽的生物。而且比写实派画家表现得更为痛切。有的文艺评论家——例如正宗白鸟氏——大抵上是以是否表现了这只半人半兽的生物作为评价的尺度。但有的文艺评论家——如谷崎润一郎氏——则是以包含着这半人半兽的生物的画面是否美丽为评价的尺度。(不过诸家的文艺评论的尺度也未必限于这两种。在此之外既有实践道德的尺度,又有社会道德的尺度。但是我对那些尺度没有什么兴趣。非但如此,我还认为对它们没有兴趣,也不是什么稀奇事。)当然,塔希提派未必就不能与法国派两立。两者的差别就像世上产生的一切差别一样,是朦胧的。但如果暂时举其两端,姑且还是得承认两者确有差别。

倘若依据歌德·克罗齐·斯宾根商会的美学,这样的差别也会在"表现"一词中云消雾散吧。但是每创作一部作品,它都会让我们——或者至少是我——站在分岔路口上。古典作家巧妙地走过了这一分岔路口。我们这些矮小的后辈比不上他们的地方正在此处。雷诺阿——至少是我眼中的雷诺阿——在这一点上或许比高更更近于古典作家。但是橙色的半人半兽的雌性却有某种将我吸引过去的力量。在内心听到这种"野性的

---

① 光风会,日本的美术团体,1912 年由中泽弘光、迹见泰等前白马会会员设立。

呼唤"的人,只有我自己吗?

我就像同时代的所有造型艺术爱好者一样,首先倾倒于充满沉痛的力量的梵·高。但我也曾对极尽优美的雷诺阿产生兴趣。也许这是我内心的都会人气质所致。同时,对于当时艺术爱好者轻蔑雷诺阿的倾向,我也不是没有故意唱过反调。而在十余年后回头看去,有着出色的完成度的雷诺阿作品依旧能打动我,但梵·高的柏木和太阳也又一次对我产生了诱惑。这与橙色女人的诱惑也许并不相同。但相同的是,它们之中都有某种迫切的东西,刺激了我艺术上的食欲。那是某种在我们灵魂深处竭力寻求表现的东西。

而且,就像我对雷诺阿恋恋不舍一样,在文学作品中我也喜爱优美的东西。在"伊壁鸠鲁的花园"①里漫步过的人很难忘却它的魅力。我们都市人尤其具有这一弱点。无产阶级文艺的呼声并不是不打动我们。但与它相比,更能从根本上触动我们的是这个问题。达到纯一而无杂质的境界,不管对谁来说都是困难的吧。但至少从外表上看,在我认识的作家中,也不是没有达到这一境地的人。我总是对这样的人感到羡慕……

根据某些人给我贴的标签,我也算所谓的"艺术派"的一人。(存在这种名称的,或者有着产生这种名称的氛围的地方,全世界大概只有日本吧。)我创作作品,不是为了使我自己的人格完满,更不是为了革新现今世上的社会组织。我只为了成全自己心中的诗人而创作。或者说,为了成全作为诗人兼记者的自己而创作。因此对我来说,"野性的呼唤"也不能等闲视之。

一位友人读到我那篇对森鸥外先生的诗歌表达不满的文章,便责备我在感情上对森先生未免刻薄。其实我绝非对森先生怀有敌意,至少在我的意识里是这样。不,毋宁说我是森先生的服膺者之一。但我对森先生也确实感到羡慕。森先生并不是那种拉车的马一般只看前方的作家。并且他又如同意志力的化身一般,从不左顾右盼,犹豫不决。《苔依丝》②中的巴尼福斯不向上帝祈祷,而向身为人子的拿撒勒的基督祈祷。我对于森先生总是觉得难以接近,也许就是由于有着这种近于巴尼福斯的感叹吧。

---

① 阿纳托尔·法朗士著有随想集《伊壁鸠鲁的花园》。
② 《苔依丝》,阿纳托尔·法朗士所著长篇小说。小说主人公巴尼福斯是一个年轻的教士。

三十一、"西洋的呼唤"

我在高更的橙色女人身上感到了"野性的呼唤"。但我又在雷东①的《年轻的佛陀》(土田麦仙氏所藏)中感到了"西洋的呼唤"。谷崎润一郎氏也在其自身内部感到了东洋与西洋的冲突。但是我所说的"西洋的呼唤"或许与谷崎氏的"西洋的呼唤"不尽相同。因此我决定写一下我所感到的"西洋"。

从"西洋"向我发出呼唤的总是造型美术。文艺作品,特别是散文,在这一点上则不甚痛切。原因之一在于我们人类都是半人半兽,这一点上东西间差别甚微。(这里举一个手边的例子:某医学博士对少女的凌虐,所反映的男性心理与塞尔吉乌斯神父对待农民的女儿时全无不同。)另一个原因大概是我们的外语功底还远不足以捕捉西洋文学作品中的美吧。我们——至少是我自己——对西洋人所写的诗文的意思本身倒并不是理解不了,但是却做不到像对我们的祖先——例如凡兆②的俳句"艳哉杨柳梢"(木の股のあでやかなりし柳かな)——那样,可以一字一音地玩味。因此西洋对我的呼唤总是通过造型美术传来,或许也并非偶然。

位于这"西洋"的根柢的总是不可思议的希腊。古人云:如人饮水,冷暖自知。不可思议的希腊对我来说亦是如此。如果让我最简短地解释一下希腊艺术,我大概会建议去看几种日本也有的希腊陶器,或者去看希腊雕塑的照片。这些作品的美,便是希腊诸神之美。或者说,它们在彻底的官能之美、肉感之美中,又蕴含着只能称为超自然的魅力。这种渗入石头中,散发出麝香般香气的神秘莫测的美,在诗中也并非没有。我在读保尔·瓦莱里的时候,(不知道西洋的批评家是怎么说的,)邂逅了一种自波德莱尔以来始终打动我的美。但最直接地令我感到这种希腊之美的则是前面提到的雷东那幅画……

希腊主义与希伯来主义思想上的对立引起了种种议论。但我对那些议论不是很感兴趣,只是当作街头演说一样随便听听。但是这种希腊之美,即使对于我这样的门外汉而言,也可以说是"令人畏惧的"。唯有在这里——在希腊之美中——我才听到与我们东洋相对立的"西洋的呼唤"。

---

① 奥迪隆·雷东(Odilon Redon,1840—1916),法国画家,象征主义绘画的代表者之一。
② 野泽凡兆(1640?—1714),江户时期俳谐诗人。

贵族已让位于资产阶级,资产阶级早晚也会让位于无产阶级吧。但是只要西洋还存在,那不可思议的希腊一定还会吸引我们,或者我们的子孙。

写这篇文章时,我想起了从亚述传到日本的竖琴。也许伟大的印度会让我们东洋与西洋握手言欢,但那毕竟是未来的事。西洋——最能代表西洋的希腊——目前还没有同东洋握手。海涅在《流亡中的众神》里描写了被十字架驱逐的希腊众神住在西洋偏僻的乡下的场景。但即便是偏僻的乡下,终究也还是西洋。如果在我们东洋,他们大概片刻都不能安居吧。西洋即使在受过希伯来主义的洗礼之后,也仍然拥有与我们东洋不同的血脉。最显著的例子或许是色情作品。他们连肉体感觉本身都与我们不一样。

有的人在1914年至1915年前后已经死去的德国表现主义中发现了他们的西洋。也有人在伦勃朗或巴尔扎克那里发现了他们的西洋,这样的人当然也很多。比如秦丰吉①氏便在洛可可时代的艺术中发现了他自己的西洋。我并不是说这些各种各样的西洋不是真正的西洋。但我畏惧的是在这各种各样的西洋的影子里一直醒着的不死鸟——不可思议的希腊。畏惧?或许也不是畏惧。但我一方面怀有奇妙的抗拒感,一方面却还是不由渐渐被它吸引过去,仿佛感到某种动物性的磁力似的。

如果有选择,我愿意对这种"西洋的呼声"视而不见。但是我未必能够自由地闭上眼。就在四五天前的夜里,我久违地与室生犀星氏等诸位一起,叼着烟袋与年轻人们闲谈的时候,忽然想到了十余年来不曾记起的波德莱尔的一行诗。(这对我来说,从实验心理的角度讲也是饶有兴味的事。)随后,我又想起了雷东那幅充满不可思议的庄严的画作。

这"西洋的呼唤"也像"野性的呼唤"一样,要把我带向什么地方。在与阿波罗相对的狄奥尼索斯身上发现了自己偶像的《查拉图斯特拉》的诗人是幸福的。生于现代日本的我,在文艺上感到自身内部存在无数的分裂。这种情况仅限于我自己吗,仅仅因为我这个人容易受外界影响吗?我怀疑,这不可思议的希腊,正是我们将西洋文艺作品翻译成日语时最大的障碍,或者说,它甚至阻碍我们日本人正确地理解那些作品(暂且不论外语上的障碍)。雷东的一幅画,不,就连法国美术展上曾经展出的莫罗的《莎乐美》,在这一点上都令我不禁想起分隔东西方的大海。将这一问

---

① 秦丰吉(1892—1956),日本实业家、翻译家、戏剧演出家。翻译方面以德国文学为主。曾担任东京宝冢剧场、东宝电影的董事长。

题反过来看,也就不得不说,西洋人不理解汉诗是理所当然的。我听闻大英博物馆里有一位东洋学研究者。但他用英语翻译的汉诗,至少在我们日本人看来还难以传达原作的醍醐之味。而且,他的汉诗论虽然贬盛唐而扬汉魏,突破了前人学说,但对我们日本人而言却是难以轻易认同的。毕加索在黑人艺术中发现了新的美。但他们什么时候才能在东洋的艺术中——比如大愚良宽①的书法中——发现新的美呢?

三十二、批评时代

批评和随笔的流行,从侧面反映出了创作的不振。——这不是我的观点,而是佐藤春夫氏的论调(见于《中央公论》五月号)。同时这也是三宅几三郎的论调(见于《文艺时代》五月号)。我对他们两位偶然一致的议论产生了兴趣。两位的议论确实说到了点子上。正如佐藤氏所言,今天的作家一定是疲惫的。(若有作家主张"我并不疲惫",则应视为例外。)这疲惫,或是由于无休止的写作(世界上没有比日本的文坛更强制作家滥写的地方了),或是因为身边杂事,或是因为难以与其抗争的年龄,又或是……情况虽然各异,总之作家们多少都是疲惫的。而西洋的作家中,晚年提笔写批评以打发时间的人也不在少数……

对于现今这个批评的时代,佐藤春夫强调要进一步去触及更根本的东西。三宅氏要求的"第一义的批评",多半也与佐藤氏大同小异吧。我也希望人们批评的笔上滴着鲜血。在批评上何为第一义呢?这一问题或许众说纷纭。在众说纷纭的状况下,所谓"真的批评"的出现在事实上也许是很困难的。但尽管众说纷纭,我们仍然只能抛出自己的信条和疑问,除此别无他法。例如正宗白鸟氏在《文艺批评》和《论但丁》中就出色地进行了这样的工作。也许正宗氏的议论作为批评还存在一些缺点。但后世的人有一天将会像拉萨尔说的,"不是责备我们的过失,而是原谅我们的热情吧"。

三宅氏又说:"倘若将批评完全交给(原)小说家来写,只怕反而会妨碍文学的发展进步。"我读到此处时,想起了波德莱尔说的话:"诗人在他自己内心里有一个批评家。然而批评家内心里未必有诗人。"确实,诗人

---

① 大愚良宽(1758—1831),江户后期禅僧,也是诗人和书法家。

自己内心中一定是有个批评家的,然而这批评家是否有力量将他的批评发展为作为一种文艺形式的"批评"呢?——这又是另一个问题了。期待三宅氏所说的"真正的批评家"的出现的想来并不只有我自己吧。

但是,日本的"帕尔纳斯山"受制于一种因袭下来的传统。例如诗人室生犀星氏在创作小说或戏曲时,它们绝不是一种业余爱好。然而奇怪的是,小说家佐藤春夫作诗时,诗仿佛就成了业余的消遣。(我还记得有一次佐藤氏自己愤慨地说"我的诗才不是业余爱好"。)如果要说有什么事实与"小说家万能"这种说法相符,那么这正是一个例子。小说家兼批评家的场合,事情也是一样的。我读了《鸥外全集》第三卷,便知道作为批评家的鸥外先生如何凌驾于当时"专业的批评家"之上。同时,我也懂得了没有这样的批评家的时代是何等寂寞。若要列举明治时代的批评家,我会举出森先生、夏目先生,还有子规居士。东京的淘气鬼斋藤绿雨右借森先生之西学,左借幸田先生之和汉学问,然而毕竟没有跨进批评家的门槛。(不过,对于除了随笔之外什么都没有完成的斋藤绿雨,我向来感到同情。绿雨至少也是文章家。)但这些只是余论……

作为批评家的森先生是自然主义兴隆的明治时代的奠基者。(然而悖论式的命运使得森先生在自然主义兴起时反而成了反自然主义者之一。这或许是由于森先生的眼睛看的是更远处的天空。但不管怎样,连在明治二十年代谈论左拉和莫泊桑的森先生都成了一个反自然主义者,这不能不说是一种悖论。)倘若把当代称为批评的时代——三宅氏说:"我们对即将到来的日本文学的兴隆期,不是几乎感到绝望吗?"如果我们有幸认为这句话只是三宅氏一个人的感慨的话——那么我们是多么安心地等待着新来的作家们啊。又或者,我们是多么不安地等待着新来的作家们啊。

所谓的"真正的批评家"大概是为了把稻壳与米粒分离开来而执笔写作吧。我也时常在内心中感到这种弥赛亚式的欲望。但是大多数时候我只是为了自己——为了理智地歌唱自己而写作。在这一点上,写批评对我而言几乎与创作小说或俳句没有区别。在读到佐藤、三宅两位的议论后,我为了给自己的批评作一篇序言,便写下了这篇文章。

追记:我写完这篇文章后,才蒙堀木克三氏告知,原来宇野浩二氏的批评已经使用了《文艺的,太文艺的》这一题目。我既没有模仿宇野氏的意思,更不是要建立针对无产阶级文学的共同战线。我只是为了专门谈论文艺上的问题,才随便起了这样一个标题。宇野氏想必能够谅解我的心情吧。

三十三、"新感觉派"

如今再来议论"新感觉派"的是非,也许已经有点过时。但是我读了"新感觉派"的作品,又读了批评家们对这些作家的作品的批评,便产生了写点什么的欲望。

别的文学形式暂且不说,至少诗歌在任何时代都是因"新感觉派"而进步的。室生犀星氏断定"芭蕉是元禄时代最大的新人",这话说得很对。芭蕉在文艺上总是不断努力成为新人。而小说和戏剧等既然也包含诗歌的要素——属于广义上的诗歌——那么就总是有待于"新感觉派"的出现。我还记得北原白秋氏是多么地"新感觉派"。("官能解放"一语是当时诗人们的标语。)同时我也记得谷崎润一郎氏是多么地"新感觉派"……

我对今天的"新感觉派"作家们当然也有兴趣。"新感觉派"作家,至少是其中的论客们,发表了远比我对"新感觉派"的思考更为新颖的理论。但不幸的是,我对这些理论搞不太懂。我只了解"新感觉派"作家们的作品本身——不过或许也不是真的了解。我们刚开始发表作品的时候,获得了"新理智派"的名号。(不过我们自己确实不使用这一名称。)但"新感觉派"作家们的作品似乎在某种意义上比我们更近于"新理智派"。哪种意义上呢?就是说他们带有所谓的感觉的理智之光。我同室生犀星氏一起看碓冰山上的月亮时,忽然听到室生氏说妙义山"像生姜一样",再看妙义山,便发现它果然酷似一块老姜。这种所谓的感觉便不带有理智之光。但"新感觉派"作家们所说的感觉则与此不同,例如横光利一氏引用了藤泽桓夫氏的"马如褐色的思想一般奔驰而去"这句话,为我解释说其中有着他们所谓的感觉的飞跃。这样的飞跃,我也并未完全不懂。但这个句子明显建立在理智的联想之上。他们在其所谓的感觉之上也必须要投下理智之光。他们的现代特色或许就在于这里吧。不过倘若将感觉本身的新颖作为目标,那我还是认为把妙义山看成一块老姜更新颖,恐怕是江户时代的一块老姜。

"新感觉派"当然是必须兴起的。这也和(文艺上的)一切新事业一样,绝非易事。如上所述,我对"新感觉派"作家们的作品,或者不如说对他们的新"感觉",并不心悦诚服。但是批评家们对他们作品的批评,也未免过于苛刻了。"新感觉派"作家们至少是向着新的方向迈进的,这一点谁都不能不承认。将这种努力付之一笑,不单会打击今天被称为"新感觉派"的作家们,影响他们今后的成长,而且还会打击未来的"新感觉派"作家们,妨碍他们确立自己的目标。这当然不利于日本文艺的健康成长。

但是不论被称作什么,有着所谓"新感觉"的作家今后一定还会出现。我还记得十多年前与久米正雄氏一起参观了"草土社"①的展览会之后,久米氏佩服地说:"现在就是看这院子里的桧树,都有'草土社'的感觉,实在不可思议。"之所以看出"草土社"的感觉,正是由于十多年前的"新感觉"。如果说我期待明日的作家们能拥有这种"新感觉",这未必是心急的言论吧。

倘若真的追求文艺上的"新事物",那么也许除了这种所谓的"新感觉"之外别无他物。(那种认为新或不新毫不重要的观点,不在此问题的讨论范围之内。)即便是有着"目的意识"的文艺,姑且不论其"目的意识"是新是旧(若要讨论新旧,则不应忘记萧伯纳是 1890 年代出现的),其实也还是许多前人走过的道路。至于我们的人生观,恐怕更是悉数罗列于伊吕波歌牌②之中。而且这些新旧也并非文学上的,或者艺术上的新旧。

我明白这所谓的"新感觉"是如何不为同时代人所理解。例如佐藤春夫氏的《西班牙犬之家》至今仍然是新颖的,更不必说它刊载于同人杂志《星座》上的时候,是多么新奇了。然而这篇作品的新颖丝毫没有撼动文坛。我想正因如此,即使连佐藤春夫氏自己都怀疑这作品是否新颖,或者怀疑它的价值吧。这样的事,在日本之外也仍然还有很多。但是在我们日本是否尤其严重呢?

三十四、解嘲

正如我一再重复的,我并不主张只写"没有情节的小说"。因此我并不站在谷崎润一郎氏的对立面。我只是希望这种小说的价值也得到承

---

① 草土社,大正时期以画家岸田刘生为中心成立的美术团体,活动于 1915 年至 1922 年间,推崇欧洲北部文艺复兴时期的画风。
② 江户后期出现的一种歌牌,每张纸牌的上部有一个假名,下方是以该假名为首字母的谚语和相配的图画。

认。若有论者完全不承认其价值,这样的人才是我真正的论敌。我与谷崎氏争论时,不希望任何人为我助阵。(当然,也不希望别人为谷崎氏助阵。)我们的议论并不是为了辨是非,这一点我们自己比谁都清楚。我最近在杂志广告上看到,就连我的"有情节的小说"也被冠以"没有情节的小说"之名,因而突然起意写这篇文章。究竟何为"没有情节的小说",似乎不太容易被人理解。我已经尽己所能地作了阐述,而我的几位熟人也正确地理解了我的意思。至于旁人,只好随他们的便了。

三十五、歇斯底里

我听说歇斯底里症有一种治疗方法,就是让患者把心中所想通统写出来,或者说出来。毫不开玩笑地说,我由此想到,也许文艺的诞生也有赖于歇斯底里。姑且不论那种虎头燕颔的罗汉,普通人任谁都多少有些歇斯底里。而诗人们与一般人相比尤其具有歇斯底里的倾向。这种歇斯底里三千年来一直折磨着他们。他们之中,有人因此而死,又有人因此而发疯。但也完全可以这样去想:正是因为它,他们才竭尽全力歌唱出他们的悲喜。

如果说在殉教者或革命家之中可以举出几种受虐狂,那么在诗人当中歇斯底里患者恐怕也不少。"不能不写"的心情,也就是那对着树下洞穴大喊"国王的耳朵是马耳朵"的神话中人物①的心情。若无这种心情,至少《痴人的忏悔》(斯特林堡)这样的作品肯定不会诞生。不仅如此,这种歇斯底里往往还会风靡一个时代。催生了《少年维特》和《勒内》②的也正是这种时代的歇斯底里。更进一步说,让全欧洲踊跃参加十字军的也是它——不过或许这就不属于"文艺的,太文艺的"问题了。癫痫自古被称为"神圣的疾病"。这样说来,歇斯底里或者也可以称为"诗的疾病"了。

想象歇斯底里发作的莎士比亚或歌德是滑稽的。因此,这种想象或许有损他们的伟大。但成就他们的伟大的,是歇斯底里以外的东西,即他们的表现力。他们的歇斯底里症发作过几次,对于心理学家或许是问题,但我们关心的问题则在于他们的表现力。写这篇文章时,我忽然想象了

---

① 这一典故出自《伊索寓言》中的《长着驴耳朵的国王》。
② 《勒内》,法国作家夏多布里昂(François-René de Chateaubriand,1768—1848)早期创作的浪漫主义小说。

一个在太古的森林中患上剧烈的歇斯底里的无名诗人。他大概成为整个部落的笑柄。然而这歇斯底里所促进的他的表现力的产物,却宛如地下的泉水一般,流向百代之后。

我并不是尊敬歇斯底里。歇斯底里的墨索里尼对国际社会当然是危险的。但是如果一切人都没有歇斯底里的话,那么让我们欢喜的文艺作品会减少多少呢?仅仅为了这个缘故,我想要为歇斯底里辩护,它不知何时成了女人的特权,但其实在任何人身上都多多少少有出现的可能。

上世纪末从文艺上说确实陷入了时代性的歇斯底里。斯特林堡在格言集《蓝色的书》中将这种时代性的歇斯底里称为"恶魔所致"。究竟是恶魔还是善神所致,我当然不知道。但总之诗人们总是患上歇斯底里症。根据比留科夫所撰的传记,就连那坚强的托尔斯泰,在精神错乱地离家出走时,也和最近报纸上报道的某个女性歇斯底里症患者几乎没什么不同。

三十六、人生的随军记者

我还记得岛崎藤村氏自称"人生的随军记者"。但最近我又听说,广津和郎也将同样的称号赠予了正宗白鸟氏。我并非不清楚他们二位使用"人生的随军记者"一语的意思。它大概对应的是近来新造的词语"生活者"吧。但是严密地讲,但凡生于尘世,任何人都无法成为"人生的随军记者"。不论我们是否愿意,人生都强制我们去做"生活者"。我们不得不尝试参与生存竞争。有的人主动出击,争夺胜利,有的人则在冷笑、机智和咏叹中采取防御的态度。还有些人没有这样清晰的意识,只是"过日子"。但无论何人,事实上都是身不由己的"生活者"。都是遗传和境遇所支配的人间喜剧的登场人物。

他们之中,有人或许会因胜利而趾高气扬,另一些人则面对败北。但只要寿命有限,我们便像佩特①所说的,"谁都是缓期执行的死刑犯"。将这段缓期执行的时间用在什么事情上,是我们的自由。自由?可是其中究竟有多大程度的自由,也是值得怀疑的。事实上我们背负着纷繁复杂的因缘而生,而这种种因缘未必都是我们自己能意识到的。对这一事实,古人早已用Karma(译者按:梵语,意为"业")一词作出了解释。一切近代

---

① 佩特(Walter Horatio Pater,1839—1894),英国作家、批评家,唯美主义思潮在理论上的代表者之一。

的理想主义者大抵都是在挑战这种"业"。但他们的旗帜与长矛终究仅止步于显示他们自己的能量。显示他们的能量自身当然有意味。不只是近代的理想主义者,对卡内基①的那种能量我们也觉得坚强有力。如果不能感到坚强有力,那么谁都不会去读实业家、政治家的立志谭了吧。然而"业"的威胁并不会因之减少分毫。让卡耐基的能量得以产生的,也是卡耐基所肩负的"业"。对于我们的"业",我们除了低下头以外别无办法。如果上天赐给我们——至少是我自己——"放弃"的恩惠,那么它也只存在于这里。

我们或多或少都是"生活者",因此对于坚强的"生活者"自然心生敬意。换言之,我们永远的偶像,终归是战神玛尔斯。先不提卡耐基,只说尼采的"超人",揭开其表面,内里其实也还是玛尔斯的化身。尼采对恺撒·博尔吉亚②表现出赞叹,不是偶然的。正宗白鸟氏在《光秀与绍巴》中,让"生活者"明智光秀嘲笑里村绍巴③。(这样的正宗白鸟氏却被称为"人生的随军记者",不得不说这是个悖论。)这不仅仅是来自光秀的嘲笑。我们向来都是不假思索地发出这样的嘲笑的。

我们很难止步于做一个"人生的随军记者",而我们的悲剧或者喜剧也就在于这里,在于我们背负着"生活者"的"业"。但艺术不是人生。维庸为了留下他的抒情诗,需要"漫长的败北"的一生。让失败者失败去吧。或许他们会违背社会习惯,亦即道德,又或者他们会违反法律,至于违背社会礼节更是丝毫不在话下。而违反这些约束所导致的惩罚,当然也必须由他们自己来背负。社会主义者萧伯纳在《医生的两难选择》中选择了救一个平凡的医生,而不救没有道德的天才。必须承认,萧的态度是理性的。我们喜欢看博物馆玻璃里面的鳄鱼标本,但比起救一条鳄鱼,更愿意倾尽全力去救一匹驴子,这并不难理解。动物保护协会至今尚未宽容到爱护猛兽毒蛇,也正是出于这个缘故吧。然而在人生中这可以说是一个自治(home rule)的问题。再以维庸为例吧,他固然是一流的罪犯,但也还是一流的抒情诗人。

---

① 指美国实业家安德鲁·卡内基(Andrew Carnegie 1835—1919)。
② 恺撒·博尔吉亚(Cesare Borgia,1476?—1507),文艺复兴时期意大利贵族,瓦伦蒂诺公爵,曾征服意大利的大片土地。
③ 里村绍巴(1525—1602),日本战国时代的连歌师、茶人。

有个女人说过："我们家里没有天才,这是幸福的事。"而且此处的"天才"一词丝毫没有讽刺的意味。我也因为自己家门中没有天才而心安。（当然,我这样说的意思,并不是将违背道德算作天才的属性）。田园和市井之辈中,比之古往今来的天才们,更多的是具"生活者"美德的人吧。西洋人常常评价古往今来的天才们"作为人"的一面,从中也发现了很多"生活者"的美德。但是对这种新的偶像崇拜,我也并不信任。"作为艺术家"的维庸姑且不论,"作为艺术家"的斯特林堡总是值得我们喜爱的。可是"作为一个人"的斯特林堡,恐怕远比我所尊敬的批评家XYZ诸君更难相处。因此我们文艺上的问题毕竟不能归结为"看啊,这个人"。毋宁说应该是"看啊,这些作品"。不过虽然说是"看啊,这些作品",但只有等到几个世纪像大河般流逝后,人们才会真正看这些作品。而且这几个世纪或许又会不断地将这些作品如稻草般推向忘却。倘若不相信艺术至上主义（怀有这种信仰,与为了口粮而写作未必是矛盾的,只要作家不是仅仅为了口粮而写作）,那么就像古人说的那样,作诗如种田。

当然,我相信不消说岛崎藤村氏,就连正宗白鸟氏也不是"人生的随军记者"。即便凭借这两位大家的才力,也不可能忽然就变成自古以来从未有过的那种人。我们在自己的心中都同时有着"光秀和绍巴"两面。至少我就是这样,在关于自己的事情上多少倾向于绍巴,而在关于别人的事上则多少有光秀的倾向。因此我内心中的光秀未必便会嘲笑我心中的绍巴。不过,多少有点想要嘲笑的心情也是事实。

三十七、古典

"被选中的少数"未必就是能看见最高层次之美的少数人。不如说他们是能够触及某作品中呈现的作者心情的少数人。因而任何作品,或者任何作品的作者,都不可能获得"被选中的少数"以外的读者。然而,这与获得"未被选中的多数读者"丝毫不矛盾。我遇到过很多称赞《源氏物语》的人。可是真正读它的人（且不问是理解还是享乐）在与我有来往的小说家中只有两人,这便是谷崎润一郎氏和明石敏夫氏。这样看来,被称为古典的作品,也许是在五千万人中罕有读者的作品。

然而读《万叶集》的人远比读《源氏物语》的多。这未必是由于《万叶集》比《源氏物语》更出色,并且也不是因为两者之间有散文和韵文的分隔。单纯只是因为《万叶集》中的作品单独拿出来看的话比《源氏物语》短得多罢了。说到底,在东西方古典中,拥有大量读者的作品绝不会篇幅很长。看起来再长,事实上也还是短篇作品的合集。爱伦·坡根据这一事实提出了他在诗歌上的原则。后来安布罗斯·比尔斯①也根据这一事实提出了散文上的原则。在这一点上,我们东洋人则受到智慧而非理智的引导,自然地成为他们的先驱。可是遗憾的是,我们没有人像他们那样,依据这一事实搭建起理智的建筑。倘若尝试搭建这样的建筑,那么就连长篇的《源氏物语》,在它并未失掉声望这一点上,也提供了一份很好的素材。(不过东西方的差异在爱伦·坡的诗论里也有所体现。他认为诗的长度以百行左右为最佳。而十七个音节的俳句,多半会被他斥为"讽刺短诗"(epigram)一类吧。)

一切诗人的虚荣心,不论是否明言,都执着于让作品流传后世。不,不是"一切诗人的虚荣心",是"发表了诗作的诗人的虚荣心"。未曾写过一行诗,而知道他自己是诗人,这样的人也不是没有。(且不论他们是大诗人还是小诗人,至少他们是在诗的生涯中最为平静的诗人。)但是如果只将诗人之名给予那些由于性格和境遇,不论韵文散文,总之作了些诗的人们,那么所有诗人的问题恐怕就不在于"写了什么"而在于"没有写什么"。当然这对于依靠稿费生活的诗人是不便的。若以此为不便,则可以看看封建时代的诗人石川六树园②,他既是诗人又是旅馆的主人。我们如果不是卖文为生,可能也会找些买卖来做。我们的经验见闻或许能因此得到拓展。我有时多少有些羡慕那些不能仅凭卖文为生的时代。但即便是这样的当今时代,也将会给后世留下古典吧。当然,为果腹而写的东西也未必就不能成为古典。(从一个作家的姿态上看,仅仅"为果腹而写作",是最有品味的姿态。)只是,正如阿纳托尔·法朗士所言,飞向后世的条件是要身体轻盈。因此能被称为古典的作品,或许是任何人都容易通读的东西。

三十八、通俗小说

所谓通俗小说,是将有着诗的性格的人们的生活比较通俗地写出来;所谓艺术小说,则是将未必有诗的性格的人们的生活比较有诗意地写出

---

① 安布罗斯·比尔斯(Ambrose Bierce,1842—1913),美国作家、记者,以短篇小说闻名。
② 石川雅望(1754—1830),江户时期文人,国学家,狂歌及戏作小说作者,号六树园。

来。正如很多人所说的,两者的差别并不分明。但是所谓的通俗小说中的人物,的确有着诗的性格。这绝非悖论。如果认为是悖论,则是由于事实本身就是悖论性的。任何人在青年时代性格上都容易多多少少落下些诗的影子,但是随着年齿渐长,渐渐就会失却。(从这一点上说,抒情诗人实在是永远的少年。)因此在所谓的通俗小说中,越是老人,越容易陷于滑稽。(不过这里所说的通俗小说并不包含侦探小说、大众文艺。)

追记:写完这篇文章后,我出席了一次新潮社的座谈会,受鹤见佑辅[①]氏的启发,开始思考所谓的通俗小说与西洋人说的"popular novel"的差别。我的通俗小说论并不适用于"popular novel"。阿诺德·本涅特[②]将他的"popular novel"称为"Fantasies"。这大概是因为它们将事实上不可能存在的世界展现给读者看吧。这并不一定意味着怪力乱神,只是意味着那个世界里的人物和事件在文艺层面并未打上真实的烙印。

三十九、独创

当今时代正在对明治大正的艺术进行总决算。我不清楚原因何在,也不理解这样做究竟是为了什么目的。但是现代日本文学全集、明治大正文学全集这类文学上的总决算自不必说,明治大正名作展览会也是绘画上的总决算。我见到这些总决算的成果,深刻感到独创是一件多么困难的事情。不食古人之糟粕,这种大话谁都会说。但只要看看他们的创作(或者说,即使看看他们的创作),便会重新感到独创绝非易事。

我们总是追随着前人的足迹,即便我们自己意识不到这一点。我们称为独创的东西,只不过是稍稍脱离了前人的足迹而已。而且哪怕是踏出了一步,不,只要踏出一步,往往就足以震撼一个时代。倘若故意反叛,却会愈发难脱前人窠臼。我在原则上也是赞成艺术上的叛逆的。但事实上叛逆者绝非罕见,甚至可能远比追随前人足迹者更多。他们的确也进行了反叛,但没有清晰地感到他们反叛的是什么。大抵上,他们的反叛与其说是对前人的反叛,不如说是对前人的追随者的反叛。如果真的对前人有所感觉——或许即便如此他们还是会反叛,但是其创作中必然会留

---

① 鹤见佑辅(1885—1973),日本政治家、作家,曾先后担任参众两院议员。
② 阿诺德·本涅特(Arnold Bennet,1867—1931),英国小说家、剧作家,作品具有自然主义的特点。

下前人的足迹。研究传说的学者从海对岸的传说里发现了许多日本传说的原型。在艺术上,如果仔细调查,也会发现有很多范本。(正如前面说过的,我相信作家们未必意识到他们用过范本。)艺术的进步,或者说变化,不论怎样有待于大人物,终究也不是能够一蹴而就的。

而在这缓慢的进程中,尝试若干变化的人,就值得受到我们的尊敬。(菱田春草[①]就是其中一人。)新时代的青年们大概相信独创的力量吧。我希望他们越来越相信。如果艺术多少有些变化,变化也只能从这里产生。自古以来,世上便有一捧前人扎起的巨大花束。仅仅是在这花束里多插进一朵花,便已是一桩大事业了。为了做到这一点,大概需要创造新的花束的决心。这决心或许是错觉。但如果笑它是错觉,那么就只能说,古来的艺术天才们也都追逐着错觉。

但是,清晰地看出这种决心是错觉的人是不幸的。清晰地看到错觉的人?不过他们自己或许也仍然有些错觉。我不是能够在这种问题上说三道四的人。我只是看到明治大正的艺术的总决算的成果,不由深感独创之难。参观明治大正名作展览会的人们谈论着各种画作的优劣。但至少我自己是连议论优劣的余裕都没有的。

四十、文艺上的"极北"

文艺上的"极北",或者说最文艺的文艺,只会让我们静下来。在接触到这些作品时,我们只能变得恍惚。文艺,或者说艺术在此处有着可怕的魅力。如果将实际行动视为人生的主要方面,那么就不得不说,一切艺术在根柢上都多少带有将我们去势的力量。

海涅在歌德的诗歌面前诚实地低下头颅。但是他同时又表达了满腔的不平,因为圆满无缺的歌德不能驱使我们去行动。对此我们不应简单视为海涅自己的情绪问题。海涅在《德意志浪漫主义运动》的这一节里逼近了艺术的母胎。一切艺术,越具有艺术性,就越让我们(实际行动)的热情安静下来。一旦受到这种力量的支配,就很难再成为战神玛尔斯之子。安住于其中的人是幸福的,不只是纯粹的艺术家,连傻瓜都一样。然而不幸的是海涅却无缘得入这般寂光净土。

---

① 菱田春草(1874—1911),日本明治时期的画家,毕业于东京美术学校,在日本画创作中尝试了一系列新技法,推进了日本画的革新。

无产阶级战士诸君将艺术选作武器,对此我颇有兴趣地观望着。诸君大概不论何时都会自由挥舞这武器吧。(当然,那种水平连海涅的仆人都不如的人是例外。)但这武器也有可能在不知不觉间让诸君安静下来。海涅是一个既受这武器的压抑,又挥舞着它的人。海涅无声的呻吟或许便潜藏于此。我全身都能感到这武器的力量,因此无法事不关己地望着挥舞这武器的诸君。其中有一位我尊敬的人,我希望他挥舞武器时不要忘记这艺术的去势之力。不过幸运的是,他似乎已经回应了我的期待。

旁人或许会对这种事也付之一笑。对此我早有心理准备。我的见地或许很肤浅。就算并不肤浅,十年前的经验也早已告诉我,一个人的话语是不容易为他人所理解的。不过总而言之,我在同别人一样不断努力的过程中,终于意识到了艺术的去势之力的强大。仅是这一点,对我便是一件大事。文艺的极北就像海涅说的,与古代的石人无异。就算它噙着微笑,始终还是冷然静立的。

【题解】

芥川龙之介(1892—1927)是日本近代文学史上的著名作家。他生于东京,1913年考入东京帝国大学英文科,在校期间与菊池宽、久米正雄等共同创办了同人杂志《新思潮》,开始文学写作活动。不久后,芥川便受到夏目漱石的赏识,成为漱石晚年的门下弟子。1919年,芥川成为大阪每日新闻社的专职作家。正如芥川在文中所自述,他有新闻工作者的一面,1921年还曾作为每日新闻社的特派员访问中国,留下了一系列游记随笔。当然,芥川最重要的成就还是在小说方面。他前期的作品以短篇为主,题材往往取自历史与传说,擅长对心理、人性的冷静刻画,如《鼻子》《罗生门》等均是脍炙人口的名篇。以芥川为代表的《新思潮》杂志诸同人在整体上也有侧重知性、技巧化的特征,与占据文坛主流的自然主义有鲜明的差异,因此也被称为"新理智派""新技巧派"(不过正如芥川在文中提到的,他本人并不用这类标签称呼自己)。而芥川中后期的写作在主题和风格上都有所变化,例如《地狱变》《邪宗门》《河童》等作品均呈现出与早期小说不同的面貌,体现了作家在生涯晚期对艺术、社会和生死问题的沉郁思索。1927年7月24日,芥川龙之介服毒自杀,他的死亡给文坛带来了巨大冲击。

《文艺的,太文艺的》一文连载于《改造》1927年4月号至7月号,集中体现了芥川逝世前夕的文艺观。由于是连载评论,文章各节之间联系未必紧密,但从中仍能读出某种一以贯之的原理性思考。这篇文章的写作契机,是芥川龙之介与谷崎润一郎之间关于小说"情节"问题的争论。芥川在1927年《新潮》2月号的《创作合评》中谈及谷崎的小说时,提出了一个问题:情节的趣味性本身能算是艺术吗?谷崎随后在《改造》上连载的《饶舌录》中加以反驳,开启了往复数个回合的论争。其实这场争论并无胜负可言,芥川与谷崎都对既往的自然主义文学潮流有所不满,但关于日本文学的发展方向却有完全不同的理解,也都提出了值得玩味的观点。谷崎认为日本文学需要的是中国古典长篇小说或《源氏物语》那样的"结构之力""建筑式的美观";芥川则认为真正决定小说价值的不是情节,而是其中的"诗性精神",他以勒纳尔、纪德和志贺直哉等作家为例,尝试说明小说可以淡化情节而获得更"纯粹"的艺术价值。将小说家视为"诗人"的意识也贯穿了芥川的整篇文章。虽然他说的"诗性精神"是一种朦胧、感性的表述,其内涵不易理论化,但这种将小说放在广义的"诗"中加以把握的立场,至今仍不乏启示性。当然,芥川这篇长文包含的内容非常丰富,绝不仅限于"无情节的小说",还涉多种多样的问题,如文学与美术的关系,日本与西方的关系,如何理解批评,如何对待古典,以及对无产阶级文学和新感觉派的回应等等,在每个问题上都有高度个性化的论述,这些论述不仅有助于我们理解芥川自身的文艺观,也是了解大正昭和之交日本文艺界状况的重要线索。

参考文献

『芥川龍之介全集』第9卷,岩波書店,1978年。
平野謙「他」編:『現代日本文学論争史(上)』,未來社,2006年。

第三辑
前卫艺术论的多义歧途：
"败北"抑或"复兴"

新感觉派的诞生

千叶龟雄

文坛正在变动吗?

文坛正在变动。亦或是并未变动。

如果文坛的斗争也像政治界一样,单纯是一个内阁取代另一个内阁的话,至少文坛的现状就不会如此混沌不清了。例如,某种崭新的主义,压过另一种主义,取而代之成为新的势力,像这样明显的情况当前是没有的,仅从这个意义上来讲,文坛是没有在变动的。

然而,如果文坛的变迁,主要是由于在外不可见的艺术家内心的倾向的话,那么,即便那变化极其微弱,仿佛地底的颤动一般,文坛也是在以难以感知的程度变动的,这点无可争议。首先,文坛的既有作家们近来已感觉到,既有文坛已渐渐行至穷途末路,他们无论如何,也想从这种令人窒息,充满压迫感的空气当中逃出来,逃到崭新自由的天地中去呼吸,这份热情正切切实实地从意识之下渗出来。当然这只是就多数而言。依旧像在柳树下捞泥鳅一样,一成不变地悠闲度日的人,也并不是没有。不过神经多多少少有些敏锐的作家们,到底还是会强烈地感受到那种内心的变化,不断地注意去尝试转变方向。只是,无论内心怎样变化,只要这变化还是囿于迄今为止所寄生于其中的既有文坛的意识之内,那么它到底能开拓出怎样崭新的心境,还存在疑问。同时,在另一方面,中级作家,或是无名作家们,打算趁既有文坛步调不稳之时夺取大本营,干劲满满。表现之一就是个人杂志和同人杂志①的发行量之大,当然其中也有印刷变得方便的缘故。并且,这些杂志上发表的无名作家的剧本和创作像今日之多,恐怕也是前所少有的。但尽管作品的发表眼花缭乱,令人意外的是,

---

① "同人杂志"指由同好们共同出资自费印刷发型的杂志,起源大概是砚友社的《我乐多文库》,著名的同人杂志还有《文学界》《新思潮》《白桦》以及下文提到的《文艺时代》等。

并没有涌现出什么杰出的作品或作家,这终究也成了既有文坛占据最高地位,却发展停滞,没有大的转变的原因之一吧。总之,当今的无名作家们,抱持着对艺术强烈的信念,想要推动文坛的变化,哪怕是一小步也好,正在无比认真地发动攻势,只有这点是明白无误的事实。因此,把文坛比作地球的话,它在表面看来几乎没怎么转动,但是在几十年过后的后世人眼中,当今文坛还是在向着现在我们看到的方向,或是另一种方向,在徐徐自转的,这是谁也不能否认的事实,即使这转变极为缓慢。也就是说,当今的文坛正处于孕育某种新事物萌芽的发酵期。在看似沉滞的表面之下,潜藏着某种不断跃动的变化。这也就是我们无法轻易地认同那些认为文坛在沉滞的世间的绝望态度、无法成为悲观者的理由所在。

从前,《白桦》①刚刚诞生,随后不知第几期的《新思潮》②也问世了。当时有谁能想象到,那一批作家会成为现代文学的主流呢。因此,对于关注文坛变迁的人们来说,同人杂志的出现是一种表现思潮的力量,不可轻视。其中,有些或许会像泡沫一样,出现后随之又消逝,但是,有些或许会冲走滔滔流淌的旧主流,取而代之成为新思潮的长江。于是,利用同人杂志进行文坛争夺的手段,被视为文坛霸权的争夺战中最为堂堂正正的公器。

在此,举最近出现的新杂志《文艺时代》③为例。首先,它充分利用了宣传这一武器,这一点就可以说是同人杂志中的异类。即便或许并非故意,总之,可以如此敏感地利用现代传媒来做事,这样的时代现象本身就是很有趣的。这点暂且不论,我们阅读了发刊第一号之后,可以在很多意义上,得到关于现代文坛部分思想的广阔暗示。

首先,当下文坛以现实主义为主流是无可争议的,但是从五六年前开始,出现了一个主攻技巧的作家团体,这也是引人注目的事实。仅仅把人生中的片段随便地抛出来已经不够了,为了将其最强有力地传达给读者,应该用怎样微妙的方式将之表现出来,必然成为敏感于技巧的作家们的

---

① 《白桦》,1910年4月创刊,1923年停刊的文艺美术杂志,主要同人有武者小路实笃、志贺直哉、有岛武郎等。"白桦派"倡导人道主义、自由主义思想,对"一战"前后的日本文艺界产生了重要影响。
② 《新思潮》第一次创刊在1907年,《白桦》创刊的1910年是《新思潮》第二次创刊。
③ 《文艺时代》是1924年创刊、1927休刊的文艺杂志,杂志名称的含义是"从宗教时代向文艺时代",发起人有川端康成、横光利一等,其文学风格被当时文坛称为"新感觉派",最初正是因千叶龟雄这篇文章而得名。

课题。因此,"人间派"①和他们周边的作家,就被视为承担了这一课题的人。另一方面,也有过对于人生中的官能活动,格外重视和敏锐的作家。例如室生犀星氏②的创作就属于这一类,曾惊动了当时的文坛。然而,各种被称为新技巧派③的艺术家们的艺术,大抵是致力于表达所用词汇的清新,观照方式的活泼,但是这种技巧尚未充分扩展到修饰和态度上。室生氏对于官能的享受具有异常的敏感度,但是要将其作为感觉来表达的话,还存在尚未被彻底提纯过的混浊和陈旧之处。但是在《文艺时代》中显现出的倾向,正是把这未成熟的两点进一步发展,达到了初步融合的境地。我们姑且将其命名为"新感觉时代"。他们很喜好站立在拥有特殊视野的山巅上,人生中无论怎样被掩盖的大全面,都可以从这视野中去透视、展望、并具象地表达出来。而纯现实派则是直接从正面试图推动整体人生,所以在他们看来这是一种花招,是一种过于以技巧为乐的态度,因而发起非难也是在所难免。但是,只是这样本身也已经很了不起了。在把现实单纯地作为现实来表现的艺术之外,出现另一种有着不同态度的艺术,倾向于通过细小的暗示和象征,专门从一个小孔中窥见内部人生全面的存在和意义,这也是符合自然规律的。那么,他们为什么一定要在表现人生时,特意选择"一个小孔"不可呢?因为,他们为了象征巨大的内部人生所使用的微小的外壳,其实不过是他们受到直接刺激的刹那间的感觉的点描④而已。他们在这样的艺术倾向中之所以可以感受到特殊的愉悦,是因为他们的心理机能在心情、情趣、神经、情绪这些方面具有最强的感受性,而且也因为文化艺术具有必然导向这里的内在生命。他们的感觉的新奇性和鲜活的飞跃性,自然会使新一代文化人体验到观赏的喜悦。从这一点来看,"新感觉派"本应是更早的时候就自然发展出的流派。即便它多少来得有点晚了,所谓的"文艺时代"派的作家所拥有的感觉,比迄

---

① 这里的"人间派"作家可能是指《新思潮》派作家。
② 室生犀星(1889—1962),诗人、小说家,1916 年与获原朔太郎共同创办诗刊《感情》,是大正时期代表性的抒情诗人,在诗歌之外也从事小说、散文的创作。
③ "新技巧派"在日本文学史上往往指大正时期的一批对白桦派抱有疑问而参加《新思潮》派的作家,主要有芥川龙之介、菊池宽、山本有三、久米正雄等,也称"新思潮派""新理知派""新现实主义",但在此处也可能包括了其他文人如佐藤春夫、室生犀星。
④ 点描,又称点彩画法,是一种用色点的堆砌来呈现整体形象的作画方法,由新印象主义画派所确立。

今为止的任何感觉艺术家都新鲜得多的,他们无疑是在词汇和诗和节奏的感觉中生存的人们。所谓的"新技巧派",时至今日才终于行至自己应该到达的地方,切实地从正面展示出一种应该存在的艺术倾向。

可是,新感觉派之所以会被批判为代表了文化界的一部分颓废气息,是因为它在神经和感觉方面有病态的敏感。但是,当今的"新感觉派"具备的知识性要素,多少拯救了这一点,这也必定是一种崭新的现象。这暂且不论,但法国的新晋作家保罗·莫朗[①],因其"新感觉的艺术",从本国到日本都在急速受到追捧,这个事实对于我国"新感觉派"的诞生,也不能不说带来了某种暗示。例如,他第二部被翻译成英文的作品《绿色嫩芽》[②]的序文,是已经去世的马塞尔·普鲁斯特所写,其中解释了莫朗的文章不容易读懂的理由,但是,其实无论是他的《夜开门》[③],还是《绿色嫩芽》,单看英文并非有多么难懂。莫朗作品的感觉固然新奇,但新奇和灵动的程度并非是日本作家难以追赶的。日本的新派作家们,在感觉的享受和表现上的清新,已经到达了这样的地步。

尽管如此,新感觉派能否彻底进入我国文坛的主流,依旧是巨大的疑问。首先,两国的气质秉性有所不同,我国文坛不一定能像法国文坛那样肯定和接受新感觉派的风格。再者,感觉只不过是人的一种机能而已,危险性在于,感觉的陶醉很容易成为使总体生命力丧失的一种游戏。有趣,但可能因此产生被称为"无法给予的艺术"的风险。新的感觉派艺术家如何使它达到饱和的状态,也是很值得展望的有趣问题。不管怎么说,《文艺时代》作为文坛变动的一种征兆,无论好坏,我们都不禁对其独具的色彩产生某种兴味。

那接下来又该出现什么样的倾向呢?

文艺杂志、文艺栏

看一看最近我国报纸文艺栏的倾向,看一看文艺杂志编辑上的倾向,

[①] 保罗·莫朗(Paul Morand,1888—1976),法国作家,外交官,法兰西学术院院士,作品具有现代主义风格,经由堀口大学的翻译而闻名于19世纪20年代的日本文坛。

[②] 《绿色嫩芽》,莫朗作品,原名 *Tendres Stocks*(1921),英译本有三种译名,另外两种是 *Green Shoots* 和 *Fancy Goods*。从日文译文来看,文中所指为1924年出版的 *Green Shoots*。

[③] 《夜开门》,莫朗作品,原名 *Ouvert la nuit*(1922),日译名为「夜ひらく」。

就会发现两个会令我们眉头紧皱的征兆。如果可能的话，希望这种征兆不要成为现实而仅仅作为征兆结束。

其一，是尽可能回避对于文坛思想倾向的讨论和批判，只选取有趣和娱乐性东西，尽量多登载些无关紧要的趣味记事、轻松的生活日记的倾向。其二，是不以文艺当前的现象和转变这类公众性问题为中心而展开讨论，而是只关心一般文坛空气中的绯闻杂谈、甚至是文坛中某作家私生活的传闻、流言。

最近，甚至连文艺杂志中登载的所谓文坛现状评论，也不评价文坛主流的思想和作品，而只写一些严格意义上讲都称不上文艺的，对于文坛党阀的私论或是个人感情的经纬，总之不过是在负面意义上的文坛意识的局限之内，写些兜圈子互相拍马的东西。除此之外更不消说，全是些吸引人眼球的对别人私人生活的批判，绯闻一个接一个，全是些没什么根据的流言，为了发泄自己对文坛中作家个人的好恶之情的东西。并且这种倾向日复一日地增强，怎么想都不是正确的方向。这种倾向的流行，到底会对于那些认真关注着文坛的人们造成怎样的影响呢。

想来，对于杂志和报纸的文艺栏中这种舍弃严肃批判而投奔趣味读物的心理，也不是完全不能理解。也就是说，由于我国文学视野一直以来的极端狭窄，本该发达的随笔、散文、感想文学等门类就受到了摧残。但是最近几年兴起了重视这些门类的倾向，其在文艺中所占的重要地位也受到了认识，特别是我国读者由于教养和习惯，在思索性的东西和即兴型的东西之间，会更喜爱后者，因此随笔、散文、感想受欢迎也就不难理解。文艺栏和文艺杂志急速向即兴趣味这方面转向，即使可以算是一种对过去传统的反动，但若是只是停留于此，那么它们身为给社会文化以尺度的权威机构，就是在自行放弃权威性、抹杀评判的尺度。虽说现在是资本主义所孕育的商业万能时代，但是这样的做法也未免太过于悲哀了吧。

若是本来怀着改变文坛的远大志向而发刊的同人杂志，却用狭隘的文坛意识之下的感情纠葛填满自己的批评栏，其中充斥着对文坛中人的憎恶、闲言碎语的绯闻，总之是只被感情上的排他心理所支配的话，那么与其说是悲哀，不如说是丑陋和令人不愉快的。若是他们的艺术本身是非常优秀的，那么仅凭这一点，就会打破一切不好的传统和历史，向前发展。在那之后，就无所谓什么既有不既有的文坛了。然而，这批人在感情上仍然缩在既有文坛意识的内部，这就意味着他们无论发展得多么好，都无法走向既有文坛以外的世界。他们需要逃脱到其他世界的觉悟。

自从文艺杂志在我国诞生以来，已经过了很多年头。后来又有了《栅草纸》《早稻田大学》《帝国大学》[①]，观察这些杂志的性质，可以看到，它们的权威性都是通过严肃认真的纯艺术批评建立起来的，至少，不是像现在的文艺杂志这样。然而今天，文艺杂志不仅数量多于往日，而且团结起了更多年轻有志的青年们，在这种情况下，却不重视严肃的评论，专门登载小家子气的个人私生活批评，把宝贵的精力用于排斥异己，这简直让人怀疑时代到底是进化了还是退化了。虽说这是报纸社论完全受到轻忽，唯有杂志小报才被人重视的时代。

【题解】

《新感觉派的诞生》一文发表于 1924 年 11 月，亦即"新感觉派"作家的同人杂志《文艺时代》创刊约一个月后。千叶龟雄(1878—1935)是新闻从业者、社会评论家，曾经在国民新闻、读卖新闻、时事新报、东京日日新闻等诸多报纸担任编辑和主笔，而在文艺评论方面，最著名的事迹便是首次提出"新感觉派"这一流派的命名。《文艺时代》创刊于 1924 年 10 月，最初有 14 位同人，包括川端康成、横光利一、片冈铁兵、中河与一等，这些新人作家大多是通过菊池宽创办的《文艺春秋》杂志登上文坛的。他们的写作植根于关东大地震以后日本的社会状况，并受到一战以来西方思想艺术的影响，形成了一股新的文学潮流，与同时期的无产阶级文学一起成为大正末年昭和初年的重要现象。

千叶龟雄此文总结出了"新感觉派"这一群体的创作特征，指出他们往往不是从正面、整体出发，而是"通过细小的暗示和象征，专门从一个小孔中窥见内部人生全面的存在和意义"，注重外部直接刺激下产生的刹那间的感觉，拥有新鲜的感受性、词汇和节奏。同时，他还指出《文艺时代》特别擅长利用现代传媒宣传自身，这也提示了新感觉派的媒介意识。千叶龟雄也从文学史的角度，通过与菊池宽、芥川龙之介、室生犀星等作家

---

① 杂志《栅草纸》1889 年创刊，《早稻田文学》1891 年创刊，《帝国文学》1895 年创刊。

的比较对新感觉派进行了定位,并将其与国外文学思潮的影响相联系,指出这些年轻作家代表了文坛正在变动的力量,是新的文学流派的萌芽,同人杂志《文艺时代》有可能是新的文学流派攻占文坛主流的载体。但他同时也担忧这一派别存在的缺陷,担忧其是否能被日本文坛主流接受。

这篇文章可以说是"新感觉派"诞生的催化剂,"新感觉派"这个命名在一定程度上引导了这批作家们的自我认知,也影响了随后的文坛论争。不过另一方面"感觉"这一概念也在某种程度上限制了当时文坛对"新感觉派"的理解。

参考文献

平野謙、小田切秀雄、山本健吉編:『現代日本文学論争史 上卷』,未來社,2006年。
島村輝:「「新感覚派」は「感覚」的だったのか?—同時代の表現思想と関連して—」,『立命館言語文化研究』2011年22巻4号。

构成派批判

村山知义

序

  俄罗斯芭蕾那梦幻的童话般、同时也如恶魔的风暴般华丽之极的艺术的风靡,似乎还只是昨天的事情。提及俄罗斯绘画,人们就会联想到古里高利耶夫、斯蒂金、冈察洛娃和莱林,他们充满原始色彩、乡土风情以及国民的哀愁,至今还记忆犹新。然而,这又如何?现在连阿契彭科、康定斯基、夏加尔的时代都已不得不称之为"过时之物"了。因为他们已无望地被更年轻、更有力者①所压倒。看到这些,有谁会不震撼于时间流逝的可怕力量呢。然而,令人惊讶的是,那些更年轻、更有力者的寿命也已开始被计数了。

  我现正同时品尝着它的荣盛及衰败的预感,将在诸君面前展开这更年轻、更有力者的起源、本体和未来。

  这更年轻、更有力者,正是那在大革命后的苏维埃俄国诞生的"构成派"(Konstruktivism)②。大概五年前,他们那奇怪的外表才开始在欧洲的造型艺术界出现,然而却以破竹之势,先是压倒了未来派,接着压倒了表现派。

  我们这些曾征服过表现派的人(参看《过时的表现派》),现在应当批判、征服这更新的流派。

  与表现派、未来派、立体派等相比,要定义、说明构成派是更为困难的。究其缘故,第一,因为它是新的流派,流派自身的内容是动摇不定的,文献很少。第二,因为相比其他派别来说,构成派受到造型艺术的范围限制更少,是更接近文明史的运动。

---

① 本文中的着重号均为原作者所加。
② "()"中的内容均为原作者所加,内容包括原文标注、引文出处、解释说明等。

到人们能学术性地记述构成派的内容与历史之前，可能尚需数十年的时光。但是不管怎么说，作为与构成派密切接触、有时自己也置身于这一时代潮流中的一名艺术家，我在这里想要展示出我是如何征服构成派的，以及诸位要如何来征服构成派。

我将依以下的顺序展开。

一、构成派的本体
    a. 毫无浪漫主义的现代
    b. 被遗留之物，或新的诸神
        1. 力与战
        2. 从构图走向构成
    c. 历史考察
    d. 必然结果
        1. 走向工业、走向建筑
        2. 大量生产与宣传艺术
二、构成派的终结

一、构成派的本体

a. 毫无浪漫主义的现代

现代是丝毫没有浪漫主义的时代。哲学、文学、社会问题和造型艺术将浪漫主义去除，就像隐士把小恶魔从衣服上抖落那样。在去除浪漫主义的过程中，最慢的是哲学，最快的是造型艺术，最惊人的是关于社会问题的学说与运动。这也是理应如此的。为什么这么说？因为"研究哲学"这件事本来就不外乎是一种浪漫主义。其次，造型艺术是最简单的，最后则是因为社会问题会涉及到难以回避的现实问题。

但是，
    既有否定的英雄
    亦有建设的狂热信徒。

"浪漫主义的去除"甫一结束，本已绝望的现代人又立刻炮制出"无浪漫主义"这一新时代的浪漫主义，忽然之间作为新时代的战士，毫无羞愧地催生出众多早产的神。

被生下来的,被遗留的,新时代的战士、标志、这些早产的诸神是什么?

那就是力、战以及"从构图走向构成"的变化这三者。

b. 被遗留之物,或新的诸神

1. 力与战

造型艺术上所有的浪漫主义——美,真美善的结合,从柏拉图到利普斯、克罗齐,那高雅有礼的进步绅士;具有永恒价值、谦逊的、娇艳的或洋溢着高洁热情的画匠;被国立美术馆雇佣,称作"审查委员"的中流绅士;在美和利益之间交替沉醉,无一例外能够嗅到"艺术的芬芳"的批评家或记者;路德维希·卡萨克①的千古名言"探究的信仰与纯真的憧憬"(万一诸位把什么东西放在心上,那应该就是这一句话吧,尤其是,探究的信仰!)——现今遗失了。(如果它还未遗失,也将会遗失。就算人们不愿失去它,也将不得不失去它!)

那么,对这些绝望的艺术家,对这些玩味着将事物牢牢握在掌中的甜蜜瞬间的现代艺术家来说,遗留下来的东西是什么?那就是扩展自身力量的意志,为不断获得更新的形式(Form)而战斗。

那个因为最早产,所以脸色最红润的未来派,第一个在这种无目的的力量鼓舞下舞蹈:

我等赞美热爱危险的心、能量与大胆的习惯。

我等的诗歌的本质要素是勇气、果断以及反抗。

在战争之外,美已不存在。

我等赞美战争——世界唯一的卫生学——军国主义、爱国主义——无政府主义者的破坏之手、杀戮的美好理念以及蔑视女性。

(——惊人的无目的!)

读过未来派宣言的人,都会被他们对于完全无目的的力量与战争的热切愿望所震惊。事实上,如果借用卡萨克的话来说,未来派是"从古典美学中解放出来的粗糙的、行踪未定的力。首先是肌肉与渴望的运动。但是它的精神,依旧在被它尽力贬低的威尼斯岛屿上徘徊。无方向的振

---

① 路德维希·卡萨克(Ludwig Lajos Kassák,1887—1967),匈牙利诗人、艺术家。

动。无目的的力量。于是,未来派最强肺活量的号手,向着迄今为止最伟大、最贪婪的食人人种复仇,高喊着自由解放与英雄崇拜的语言,盲目投入到世界战争的中心。表面上看印象派和未来派的区别在哪里?仅仅是后者"充满力量的姿态"而已。(Ludwig Kassak,"Buch Neuer Künstler",1922)

在某些时代,人类的创造性的全我在神那里遗失,是以人的艺术变为被动的、屈从的、永远的、集体的。在另一些时代,神被否定,浪漫主义被抛弃。于是人的艺术成为暂时的、偶然的、个人的,发出腐肉的臭味。现代很明显属于后者。而它的艺术之所以充满力量与速度,要归功于现代的伟大的机械,归功于蓬勃发展的工业。无限积累的资本无休止地生产出机械,它们运转的声音覆盖着整个地表。长期被压抑的、被压迫的艺术家的自我扩张的意志、对力量的渴望,在突然发现这些机械生气勃勃的形象时为之发狂,这就不足为奇了。他们从机械和科学的建筑物中发现了人的力量是多么可靠。众所周知未来派是如何赞美汽车、停车场、火车、造船厂、飞机的。这种趋势经过表现派,到构成派变得更加明显。构成派艺术家卡萨克,编辑了交替收录了机械的照片与绘画的照片的画集,画集的开头是这么写的:

> 现在,人类无限的力量第一次被清晰地展现。在纽约的摩天大楼中,在串联起山脉的高架桥中,在横跨草原的疾驰的列车中,在水面上摇晃的桥梁中,在透视人类内脏的 X 光装置中,换言之,在一切可以被称为是对神的造物的征服之中,于是在金字塔堆积的巨石之后,在希腊建筑与哥特式的冲天尖塔之后,今天,人们再一次走出暗沉的迷途,全身心怀抱着对创造的难以言喻的渴望,站在造物主的面前。

这种大规模的近代设施,向绝望的现代艺术家展示了人类力量可以多么伟大。艺术家每一处肌肉和神经都被这种无目的的力量的热情所刺激着,迫切地寻求能匹配这种热烈激情的形式(表现样式)。那怎样的形式才合适? 嗯,当然,任何形式都不可能适合于这样庞大的、巨人般(titanic)的野心。它绝不可能是这样或那样的某种特定的形式。无论它是什么,它都是可以添加到世上既存形式中的"某种新形式"。

就这样,不断追求更新的形式的战争开始了。现代确实是"疯狂绝望的呐喊。同时,欢乐的战火向天空燃烧"的不可思议的时代。(关于这一问题可参考《机械要素在艺术中的导入》[①]。)

2. 从构图走向构成

第三个早产的神是"从构图走向构成"的动向。之所以不说"运动"或"努力",而用"动向"这个模糊的词,是因为在二十年左右的时间里,那些词如毒瓦斯一般不知何时已袭击了全部新时代的艺术家,并牢牢地扎根在他们心里。"从构图走向构成",这正是最近造型艺术界的口号,因此也是代表最近造型艺术界的构成派的口号。

这一口号,在早期表现派的康定斯基心中已初具雏形。他在题为《作为纯艺术的绘画》的论文中这样写道。换句话说,首先,在艺术家身上产生"精神的振动",由这种振动产生组成艺术作品内容的抽象的内在要素。然后依据内在必然性来选择外部要素,即选择形式。故而"美的作品是内外二要素的适当结合,这种结合让作品得到统一,使作品成为主体(subjekte)。绘画是作为一种精神的有机体,与所有物质有机体一样,由多个单独的部分组合而成"。

"这些单独的部分不能孤立存在,就像一根一根分开的手指似的,手指的生命和它的功能,要依靠与其他身体部分适当的共存来实现。这种适当的共存就是构成(konstruktion)"。

"与自然物一样,艺术品也服从同样的法则。这一法则就是构成。单独的部分只有通过整体才能获得生命。"

然而,在这种抽象意义上使用的"构成"这一词汇,与今天我们所说的"构成"是完全不一样的。尽管康定斯基似乎是有一种尚未觉醒的预感(ahnung),但最终他追求的不是新时代那伟大的"构成式作品",而仅仅是"构图绘画"。尽管有点长,但我想在此引用他《作为纯艺术的绘画》的后半部分,以明确"构图绘画"这一上个时代的流行语的意义。因为,为了更好地理解对抗这一概念而产生的"构成的作品"的理念,有必要清晰地了解"构图绘画"的意义。

康定斯基将绘画的发展划分为三个时期,并说明了原始绘画是如何让位于构图绘画。(我将他笨拙的措辞原封不动地翻译出来):

[①] 村山写于1923年11月的美术评论文章。文中引用马里内蒂等人的评论介绍造型艺术界中新出现的机械要素。

第一阶段,原始——将变化的固定为具象的东西的实际愿望。

第二阶段,发达——逐渐脱离这个实际目的,精神要素逐渐获得优势。

第三阶段,终极——到达纯艺术的最高境界。在此,实际愿望的遗迹被抹去。纯艺术以艺术语言叙述着从精神到精神的过程。纯艺术成为一个绘画性的精神本位(主体(wesen))的王国。

看看当下绘画的情况,我们可以在不同的组合、不同的数量中清晰地辨认出这三种类型的艺术。其中发达阶段(第二阶段)成为常态。于是可以看到如下的现象。

第一阶段,写实绘画。(指的是到十九世纪为止按照惯例发展起来的写实主义。)原始特征,即将变化的事物固定为具象的事物之欲望,占据了优势。(直接来说就是肖像画、风景画、历史画。)

第二阶段,自然绘画。在印象派、后期印象派、未来派形式中,逐渐脱离实际目的,精神要素逐渐获得优势。(从印象派到后期印象派再到未来派的路径,显示出愈发加剧的脱离和愈发增强的优势。)在这一阶段,将精神置于垄断地位的内在欲望非常强烈。在印象派的"纲领"(credo)中就已这样说过。"艺术中本质的东西不是'是什么'(was)(这个词指的不是艺术内容而是自然(natur)),而是'怎么样'(wie)。"

作为显然被低估的第一阶段的遗产的自然,已不再被列入考察的范围中。自然仅仅被看作一个表达精神内容的出口,或者借口。不管怎么说,作为"纲领"一部分的这一观点,已经得到印象派的认可和声明。

然而,事实上这一"纲领"也只是对第二阶段绘画的 pium desiderium(合理的希望)而已。

如果选择什么作为绘画的对象(即自然)都不重要的话,那么绘画就当没有探索"主题"(motiv)的必要。但实际上对象规定了处理方法的条件,形式的选择不仅不是自由的,甚至不能独立于对象。

如果我们从这一阶段的某幅画中去掉对象(即自然),仅将纯艺术留在画中,我们很快就会认识到对象(自然)是一种重要的组成部分,没有它的话,纯艺术的建筑物(构成)就会因缺乏形式而崩溃。

而另一方面,当自然被去掉时,就会看到画布上仅残留着完全无法固定的、偶然的、无法生存的艺术形式(处于胚胎状态)。因此,在这样的画中,自然(在这些绘画的意义上属于"是什么"(was)的东西)不是附属性的,而是本质性的。

只有在将一种本质性成分和另一种同样是本质性的成分置换的情况下,去除实际要素,即去除对象(自然),才是可能的。而这个要素,就是可以赋予绘画以独立生命力、且能将绘画提升至精神性主体地位的纯艺术的形式。

以上叙述和定义的这一本质性成分,无须赘言,就是构成。

这种成分的置换,我们可以在现在方兴未艾的第三阶段的构图绘画中看见。

参照前面列出的三个图式,我们现在已经到达了可以说是目的地的第三阶段。

在今天在我们眼前发展的构图绘画中,我们可以立刻发现正走向纯艺术的最高水平的征兆。这最高水平就是全部实际欲望的痕迹被去除,能够以纯艺术的语言从精神到精神去叙述,它本身是绘画的精神本质(主体)的王国。

不用多说什么大家也都会达成共识,不像第一阶段时要借助实际目的,也不像第二阶段精神要靠对象维系,第三阶段的绘画仅仅是作为构成性的本体存在的。

现在,想要以构成来置换对象的这种愿望已经很强烈(而且愈发强烈),这种有的是有意识的、但更多是无意识的渴望,是刚刚诞生的纯艺术的第一步。

想要到达这一步,过去的艺术阶段不仅是不可避免的,更是必须经过的。

以上我试图总括地勾画出绘画的历史发展和现状的几个要点。其中必然残留着明显的不足之处。而且,就像一棵树的冲动虽然是向上生长,但亦会横生枝节一样,一切事物的发展都不可避免地伴随岔路或飞跃,但关于这些我只能先不谈了。

此外,在今后即将到来的绘画上的发展,或许将被迫忍受越来越多外表上的反对或改变。正如今天已被认为是纯艺术的音乐所忍受过的一样。

过去的经验告诉我们,人类的发展在于众多价值的精神化。而在这众多价值之中,艺术是占第一位的。

艺术中的绘画,走的是从实际的合目的性到精神的合目的性的道路。是从对象到构图的道路。(Kandinsky: Malerei als reine Kunst. "Expressionismus" Verlag "Der Sturm" 1913)

这就是康定斯基的构图绘画理论。我们可以看到,虽然他知道构成这个词,但结果他追求的不过是注定要死于展厅或博物馆的金色画框里之中的构图绘画而已。

另外,用卡萨克的话来说,立体派"不同于表现派任性地摆弄色彩和线条,为了发现建立在确定因果规律上的构图,他们试图找到一种能够涵盖创造的总体特征的样式。但是他们的构图,不管是有意识还是无意识的,几乎完全是对过去的继承。立体派是现代最早发现了材料和形式的本质性存在的艺术流派,是凭借分析方法的艺术,可以说它是最初的现代启示,从根本上奠定了一种新的开始,但这分析的方法最终还是失效了,在殚精竭虑于继承自过去的对构图的探究时,他们失去了跳跃着的生命节奏(rhythm)。继而,在无色彩、无运动中衰弱下去"。因此在立体派破产之后继而兴起的,疯狂否定的达达主义的自由、力量和现实性,将艺术家驱使向构成派。他们异口同声地高喊着:

"无论如何我们都不要构图(compose)。我们的时代是构成性的时代。"

那么为了解"构成"在现代的具体含义,下面我将引用一九二二年十月号的《钢坯》①中介绍塔特林(Tatlin)的第三国际纪念塔的文章。这应该可以简单地结合实例来说明"构成"的意义:

塔特林的第三国际纪念塔

现代俄国艺术中的咒语是'构成'一词。

构成——不是构图——正在布道新的福音。

何故?

---

① 《钢坯》(*Broom*)杂志由 Harold Loeb 和 Alfred Kreymborg 主办,发行时间为 1921 年 11 月到 1924 年 1 月,最初在罗马发行,后移至柏林和纽约。文章作者是普宁(Nikolai Punin,1888—1953),俄国美术理论家。

因为构图的灵感来自过去,它回顾过去,属于过去。因为构图意味着装饰、设计、浪漫主义、美。因为构图的生命单薄,描画消逝的心灵幻象,只能刺激衰弱的有机体。

　　那么构成呢?

　　构成的灵感来自现代最具代表性的事物,即工业、机械、科学。构成借鉴工业流程中的方法,利用工业材料。综合地结合数学的精密性和建筑理论来使用钢铁、玻璃、水泥、圆形、三角形、正六面体、圆柱形等。构成嘲笑美,追求力量、清晰、单纯和刺激勇敢生活的行动。那么,

　　塔特林是最重要的俄国构成艺术家,第三国际纪念塔是他的代表作之一,也是俄国颇具争议的作品之一。塔特林的崇拜者普宁认为,这座纪念塔的建造是世界性的事件。

　　一九一九年,人民委员会教育部将第三国际纪念塔的设计工作委托给塔特林。经过一年半的努力,他准备好设计图和二十米高的模型,供全俄苏维埃第八次代表大会检查。塔特林带着助手出席,亲自向来自俄国各地的苏维埃代表们做说明,就这样广泛地播布了构成的福音。

　　这座纪念塔体现创造性和实用性的目的,并寻求雕刻、绘画、建筑以及工业的综合。它将以最具现代特性的两种建筑材料,玻璃和铁来建造。(没有使用水泥实在是不可思议。)

　　现代建筑材料在现实和理论上给建筑带来了决定性的变化。铁可以按照任意设想构筑。这一事实将建筑物的凝固力从过去狭窄的支持与负载的关系中解放。铁的强度使重量可以分散或集中,使建造倾斜墙面或圆形墙面成为可能。玻璃的广泛使用则促进了光线问题的解决。

　　显然,塔特林的纪念塔在设计时就已经充分了解建筑上的这些变化。实际建成后,纪念塔将会高达四百米(埃菲尔铁塔是三百米)。它将是一个巨大的、四十五度角倾斜的铁的螺旋,设有完全用玻璃打造的三层建筑。一楼是一年转动一周的巨大的六面体形状。这是来自世界各地的苏维埃立法部代表的集会场所。二楼是一个月转动一周的稍小一些的金字塔形。这里将供苏联行政部的集会使用。三楼

是这三层中最小的、一日转动一周的圆柱形(cylinder),将是各种通信中心。

为何它们的旋转速度不一致？那可能是宇宙的象征吧。(浪漫主义正从后门溜进来。)地球一年围绕太阳转一周,月球一个月围绕地球转一周,地球以自身的地轴为中心一日转一周。无论冬夏,覆盖三层楼的巨大保温器都会保障所需要的温度。各楼层之间以及它们与外界的联络由一个复杂的电机进行。广播站设在塔顶。

不能忘了这座纪念塔仅是计划中的。在苏维埃俄国有限的财力条件下,只能期盼着在遥远的将来能实现这一计划。因此敌视构成艺术的庸人可以放心了,而且他们大可坚持认为建造这座纪念塔是完全不可能的。电话①或飞机的故事就足够忠诚地反驳那些人了,这是无聊的工作。

一读就知道,"构成"这个词不再包含任何抽象的内容,而是指将物质作为材料组成空间。

为帮助理解,我想再举一个例子。同属构成派的埃尔·利西茨基②(El Lissitzky),在一九二〇年、二一年间,为克鲁乔诺夫③(Krutschonjch)的未来派戏剧《太阳的征服》的演出计划,兴高采烈地制作了大量图纸。下面译载的一文是他自己写的附加说明:

电力机械的立体形体

从一九二〇年到二一年,我在莫斯科间从事了一项工作。在这项工作中,和我的所有其他工作一样,我的目标不是已经存在的东西的形式,而是要实现某种新的东西。

在我们城市的大型戏剧中,没有一个观众。原因是所有人都是演员。所有的能量都向着同一个目标。整体没有固定的形态。所有的能量必须被统一地组织,使之结晶成形,以供观看。我正是秉持着这样的宗旨来完成这项工作——人们是否称之为艺术品,就随他们去吧。

---

① 英文原文此处为电报(telegraph),疑似村山笔误。
② 埃尔·利西茨基(El Lissitzky,1890—1941),俄国犹艺术家,设计师,建筑师,俄国先锋运动的重要领军人物。
③ 阿列克谢·克鲁乔诺夫(Aleksei Kruchenykh,1886—1968),俄国诗人、艺术家,理论家。

我们将做一个舞台，放在四通八达的开阔广场上。这就是展览机械（schaumaschinerie）。这个舞台要做得能够容得下登场人物的任何动作。即这个舞台必须可以被分成许多部分，每一部分都要是可移动的，可旋转的，可以自在伸缩的。高度必须也是可以大幅调整的。舞台要保持骨架结构，这样在演出中跑来跑去的人物就不会被遮挡。同时，人物也根据各种需要和意向来创造，可以在舞台上下内外滑行、旋转、下降。舞台的每一个部分和每一个人物，都由电力机械驱动，仅由坐在舞台中心的一个人操纵。这个人就是演出构成者（schaugestalter）。他端坐在舞台正中的配电盘前，控制所有的运动、音乐、光线。他用无线电话发出停车场的喧哗声、尼亚加拉瀑布的水声、敲打机器的单调声音等等。演出构成者代替每个人物用电话说话。电话与弧光灯相连。或是与可以根据人物性质的变化改变演出构成者声音的装置相连。电动文字出现或消失。被棱镜或镜面折射出的光线跟随着人物运动。通过这些方式，演出构成者将最重要的事件带向最紧张的程度。

我为了使用这个电力机械演出，首先选择了一个新的剧本。这就是首创了音响诗、最新的俄国诗歌领导者克鲁乔诺夫的未来派歌剧《太阳的征服》。这一歌剧是为在传统舞台上演出而写作的，一九一三年在圣彼得堡初次上演。由马丘金（Matjuschin）[①]创作音乐，马列维奇（Malewitsch）[②]制作舞台装置。

歌剧的主题是，象征着旧世界能量的太阳，被通过先进科学创造了新能量源的新人类从天上拉下来。

我们可以看到，现如今使用的"构成"这个词并不是指抽象要素或作为描写手段的要素的组合，而是指实际工业材料的组合（organization）。

从上述例子可以看出，"从构图走向构成"的动向之发生，是受到工业、机械、科学的大规模、强有力、快速、数学的精确性等与艺术完全无关的性质的启发。与此互为因果的是，促成这一动向的，正是发现了这些组成机械和建筑物的物质材料的艺术价值这一事实。

[①] 马丘金（mikhail Matiushin，1861—1934），俄国画家和作曲家，俄国先锋派的主要成员。
[②] 马列维奇（Kasimier Severinovich Malevich，1878—1935），俄国先锋艺术家，至上主义艺术奠基人。

这些物质材料的艺术价值早已吸引了未来派、立体派和表现派的艺术家。他们创作作品时,在受到机械和其他现代建筑物的所谓"形而上的意义"的启发的同时,或许是更加陶醉于物质材料的新形式的魅力,但却并未意识到其背后的事实。或者即使他们意识到了,也会认为那是没有价值的、可耻的东西。未来派的普兰波利尼(Prampolini)①说:"对于机械或机械要素在雕刻中的兴盛,我们不应该从它们的外在现实,亦即从使机械自身得以成立的要素的形式上的表现中考察,而是应当联系种种机械性的精神现实,从它们向我们暗示的雕塑的类比中进行考察。"(L'art Mecanique,"Le Futurisme". 1923)

　　清晰地认识到物质材料的艺术价值的是构成派。他们首先在平面上、继而在空间形态中确认了物质材料的价值。他们总是谈论"机物"(factura)②的有趣,"机物"的变化和对色彩的影响,而"机物"这个词是指艺术地看待物质材料在平面上的状态。可以参考杂志《思想》第十三号所载构成派艺术家布布诺娃③女史的论文《关于俄国现代绘画的趋势》中的说明,"'机物'是指所有造型物质的表面状态(天然的样子或加工之后的),它取决于物质的物理成分和对它施加的人工处理方法。就绘画而言,画面完成时表面上的感觉,即机物的重要性,与它在其他造型行为的产物(如制造工业的产品)中的程度是一样的。比如丝绸的光泽与光滑,毛纺品的暗淡粗糙,木头和象牙的缺乏光泽,以及机械闪亮的钢铁或黄铜等……同样,在自然中,有一望无际的平原、有略微起伏的草原、有石头咕噜噜滚动的河床、夏季茂盛的树林、高耸的岩山,还有澄澈的湖面……这样的事物,在同样的意义上,也都是自然的机物。"——除了上述论文外,这位女士还有发表在《思想》第二十号的《写在春天的美术季节之前》以及发表在《中央公论》大正十一年十一月号的《关于美术的末路》两篇文章。这几篇对于理解构成派都很重要,希望诸位可以参阅。马里内蒂的触觉主义就是特别刻画出机物中的触觉要素的艺术。

　　以上,我已经展示了"从构图走向构成"的动向是如何成为构成派的口号的。到此,我已对力、战、"从构图走向构成"的动向这三位新神做了

---

① 普兰波利尼(Enrico Prampolini,1894—1956),意大利未来派艺术家。
② "Factura"一般日译为「機物」,本文延用日译译法。
③ 布布诺娃(Варвара Дмитриевна Бубнова,1886—1983),俄罗斯美术家。

大致的说明,接下来会译载卡萨克关于表现派和达达主义的短篇评论,(他关于未来派和立体派的评论已经在"力与战"和"从构图走向构成"的部分介绍过),这应该有助于理解为何构成派必然会诞生。

c. 历史的考察

未来派。(见上文)

表现派。表现派宣布它对未来派的直接的反动。豪言壮语爆炸,燃烧了一小撮人大约十年的时间。而现在,它带着新的力量、最后一滴多愁善感的血、小市民自我崇拜的魂魄来了。它是原始基督教艺术的美学反映。但是,已经完全失去了力量强大、信仰坚固的祖先那样热烈的奉神之心。感觉敏锐的现代灵魂,取代了基督教教堂指向天空的尖塔,产生了"绝对的画"或"绝对的诗"。这样的"创造",是埋在月光下的感觉泥沼。世界上没有任何一个流派能像表现派那样迅速地达成它的目的,在展厅的金画框中,或者善良的市民家的小装饰、蕾丝、花绒毯中安安稳稳地往生极乐。

立体派。(见上文)

达达主义(dadaism)。可以说达达主义是我们全部社会生活的一声悲剧性呐喊。它使全部秩序突然崩溃,这赋予立体派的破产以某种意义。立体派为了建设点什么、铸造点什么而拜访新人,因为它的空间中满是旧日的残渣。立体派是机会主义者。它为拯救将力量用尽。

因此,达达主义必须作为立体派的对手出现,它主张道路是敞开的,骏马不必拖着合目的性的重负和祖先的死尸前行。立体派留给我们的,是探究的信仰和对纯真的憧憬。我们肯定的是达达主义中对否定的狂热。达达主义是充满着艺术家的憧憬的时代那靠不住的儿子,是最伟大的英雄。达达主义是甘愿牺牲自己来粉碎旧神的创造性力量。达达主义的工作是"革命行为"。因为它并不打算生活在一个更好的世界,它只是不愿再忍受当下世界中、当下条件下的生活了。

在祖先那里是为浪漫的目的而奋斗,在我们这里则是为自明的结果而努力。现在,在达达主义之后剩下的,是处女地和新建筑家的真正的工作。

于是,构成派在处女地上开始这项真正的工作。

卡萨克如此说道。

d. 必然的结果

1. 向着工业、向着建筑

我们已经可以明白，前文所说的早产的诸神的必然结果，就是艺术家相率走向工业，走向建筑。这并不是因为对艺术的绝望，就像过去屡屡发生的那样，而是因为他们在机械、建筑、种种工业制品中，发现了最优秀的艺术。

不过，构图绘画在走向实际的工业和建筑之前，还必须经过两个阶段。第一阶段，是平面上的构成作品；第二阶段，是在空间中的构成作品，这种作品不具备实际的工业用途，而是完全出于艺术兴趣建造的。第一阶段，是试图将立体派遗留下来的平面上的形式问题的解决推向极致，始终被"纯真的憧憬"所支配。这也就是将布布诺娃女史所说的"绝对的将色彩作为材料的组织，基于各种图形的重量感的图形与图形的相互关系，画面上的图形与平衡的关系"作为问题，结果是属于这一阶段的艺术家，罗莎诺娃（Rosanova）、蒙德里安（Mondrian）、杜森伯格（Deesburg）、马列维奇（Malewitsch）、卡萨克（Kassak）等人的作品，乍一看像是剪纸工艺品，形状正被归纳为矩形，色彩被归纳为黑色和红色。第二阶段是否定平面上的构成，将用物质打造空间构成当作目标。关于相关作品所具有的独特的造型特性，布布诺娃女史举了三个例子："①实际的力学上的平衡。②作为物质（相对于画具来说）更为显著的重量。③为了将材料机械地结合在一起所需要的特殊方法。"属于这一阶段的库伦（Klun）、罗德琴科（Rodcsenko）等艺术家的作品，给人的感觉像建筑骨架的模型。

卡萨克所说的绘画建筑（Bildarchitektur）属于第一阶段。我将他刊登在杂志 MA（Wien，1922）上的短文翻译在下方，因为文章虽然很死板，但也有丰富的暗示意义：

绘画建筑

运动就是生命。生命的永远运动，无非就是永恒地产生和维持平衡。因为永远运动的生命，毕竟并不意味着运动的多种多样，而是意味着从世界力量的构成性运动中产生的，始终新鲜和永恒的固定性。一旦产生固定性的内部力量的运动消失,任何活着的构成或组织都会失去其优越性,失去其象征性。我们知道,生命的指数(exponent)是运动,运动的总和是固定的,那就是宇宙的生命。人类的存在也要归功于运动的力量。他充满着运动的力量,并不畏惧与其他同样运动着的力混在一起。在我们人类的组织中,我们看到肉体力量和心理力量的无休止的斗争,为了获得"正常(normal)的状态",即生命的平衡状态。这可以与革命与反革命的力量为了获得社会的平衡而进行的斗争相比较。我们的时代是一个运动分离混合的复杂时代。我们的时代的人是绝望的人类。今天人类的艺术是动态的艺术。这种运动有时作为对抗运动(gegenbewegung)的反动(reaktion)而出现,有时是作为它自身的独立运动出现的。这样的艺术首先在未来派发起,由至上主义[①]进一步获得它的美学论据,最终在利西茨基的布朗(proun)[②]艺术中作为一种进攻性的、充满侵略性的力量继续存在。在所有这些艺术努力中,一切仍然都是为了运动的努力。他们的形式和色彩规律意味着运动的规律。正在追求的是作为创造要素的运动,并不是创造本身。这不是综合,而是分析。但艺术是综合的。艺术是构成性运动的综合。艺术是我们用自己的意志和信念,为生产一个新的固定点而努力的记录(document),是庞大的生活动态中的一种新的平衡(balance)。正是为了寻找这个固定点,立体派出发了。虽然他们徘徊在构图的主张中,未能走得更远,但他们创造出雕塑的意识原理和新的人类的建筑式情感。一言以蔽之,未来派发现了运动是滋养生命的要素,Proun 发现了运动的构成性,立体派指出了固定性的可能和新的建筑。即他们指出,建筑是建立在,作为综合研究当前艺术的可能性的构成,这一基础上的。向着新的构成建筑的战斗有两条路。一条是在空间中,另一条是在平面上。前者是建筑,后者是绘画建筑。至上主义(suprematism)在

---

① 至上主义(Suprematism),1913 年出现于俄国的纯几何抽象绘画艺术运动。
② "Proun"是利西茨基自创的概念,意为现代人的理念所作的设计方案(Project for affirmation of the new)。他于 1919 年创作的著名的政治宣传招贴画《红色铁杆打击白色资本主义》(Beat the whites with the red wedge)是 Proun 系列中最典型的作品。

绘画"字母Ⅰ上面最后的点"那里①。绘画建筑靠着布朗的动力迈出第一步,为作为唯一有形的精神构成的集合艺术的建筑而努力。绘画建筑的力量和生命本身的力量一样,都是由运动赋予的。但是它表现出不需要运动赋予的结果、收获,也就是固定。这就是为何在绘画建筑中,我看不到在过去的艺术中施展力量的物质形式与色彩问题,只能看到一个新的综合艺术的开始。绘画建筑属于疲于斗争的人们,是他们重拾信心,加深他们在形式和色彩中被具象化的观察方法,试图重返原始艺术道路的最初的记录。

尽管第一阶段(制作在平面上的构成)和第二阶段(制作在空间中的构成)两者都被称为非客观艺术(bezpredmetnostj)②,尽管这一派别眼下在世界造型艺术界正在流行,但为何有心的观察者已觉察到它影子的薄弱?又是什么让这一派艺术家的心中充满无法填补的空虚?正是那个废物,"纯真的憧憬"。这个魔物改变了它的形态,变成"协调",变成"永恒的固定性",变成"完全的综合",变成"有机结合",变成"新的平衡",它成为一种理论,一种情感,击中艺术家的软肋,诞下一个"新的、珍贵的、强大的现代模式(pattern),唯一的模式"后就死了。可以将它比作那种脆弱的虫子,早晨出生,一旦完成其生殖使命就在傍晚死去。但是虫子终归是虫子,绝不会变成狗。显然,如果一味追求"运动的纯粹表现""有完美平衡的构成",就会耗尽形式的种子,艺术家会呆若木鸡,旁观者会对他们的因循守旧(mannerism)感到失望。在此,构成派终于到达它的目标,即建造可以实际使用的工业机器,也就是建造机械和建筑物。到此我们可以清楚,现在对于构成派来说,立体派有意识地遵循着的道路已经走到了尽头。

托洛茨基也说过(据昇曙梦氏译《革命艺术与社会主义艺术》):

倘若宗教承诺可以移山,那技术则无须借助宗教之力,可以实际上把山搬到别处。到目前为止这都是为工业目的(矿坑)或运输目的(隧道)而做的,将来可能会在更大更广的范围,在联合工业美术设计的基础上大力推行。人们将重新调查山川河海,纠正自然的缺陷。

---

① 这里指绘画的德语单词 Malerei 最后的字母 i 上的点。
② 非客观艺术(Non-objective art),一般认为是德国艺术家罗德琴科首先使用该词汇,指在作品中绘制几何形状的倾向。后来也概括性地指代抽象艺术,即不表现具体的物体、人物或自然界中的其他主题的艺术。

最终他们将以自己的形象或样貌,如若不然则按照自己的趣味改造地球。

2. 大量生产与宣传艺术

如此,实际的工业机械,即机械和建筑物作为最优秀的艺术,或至少是终极的艺术,君临我们之上,但主要因为经济情况(或许也有因知识、才能、能量的不足)的阻碍,到头来被我们塞进了所谓艺术品、也就是无功利的作品的范围里。

但是已经完全被浪漫主义所抛弃、忘记对质的尊崇,向绝对的价值、永远的价值这种小市民的蠢话吐过吐沫的现代艺术家,他们既不会创作供奉在卢浮宫的角落或中央的作品,也不会把时间和精力花费在调查资产阶级沙龙的装饰品上。在此,"大量生产"和"宣传艺术"出现了。

罗曼·罗兰在他的民众艺术论中说过一句话,大意是不是壁画的绘画就不是绘画。这正是在"面积"上的"大量生产"。在"面积"之后,是"数量"上的"大量生产"。布布诺娃女史抛弃了那种手工的、游戏的、贵族的一幅一幅地创作绘画的方式,投入到印刷术中,这确实是非常有意义的。

新时代的艺术只能是民众艺术,新时代的工业生产只能是大量生产,这两则新时代的信条,孕育了构成派的主张之一,即艺术的"大量生产"理念。(正好写到这里时,我的屁股痒了起来,我琢磨了一下何以如此,于是忍不住想说几句下面这样的话:"在叫做春阳会①的桃色小屋中,总是举止优雅、沉默寡言的小学老师们,今天仍是闷闷地坐着吗?真令人放心不下。但是不管怎么说,他们都是稀罕的老师,所以如果下次莫斯科举办博览会不如试着展出一件作品吧。当然,不会是绘画作品。展品就是这群神秘的、穿着褪色成羊羹色的黑色大衣的、不可思议的日本图画教师。")

接下来是宣传艺术。若有一位艺术家,无法从"无论它是什么,它都是可以添加到世上既存形式中的'某种新形式',也是从构图走向构成"的口号,或者"工业与艺术的综合"的口号中得到安慰,那么"宣传艺术"或许可以宽慰他吧。然而艺术上的"大量生产"就是"宣传",这两者通常都是相伴出现的。因此"宣传艺术"这一词汇就有两种涵义。其一是在艺术之外,带有某种目的,无论是带有政治目的还是宗教目的,用艺术技巧宣传

---

① 成立于1922年的日本民间洋画团体。

这一目的的宣传艺术；其二则更进一步，声称艺术的价值只在于它对这些目的的宣传，在这个意义上是"宣传艺术"。

二、构成派的终结

以上，我大致描述了诞生于苏维埃俄国的构成派造型艺术的各个方面。现在是时候指出它的命运已经走到尽头了。但是因为我的"意识的构成主义"（Bewusste Konstruktionismus）理论①，不管是时间上还是理论上，都在达达和构成派之后，如果揭示构成派的局限并一个个地解决它们，那就成了意识的构成主义的宣言了。关于后者，我还想再多准备一下，再在适当的时间发表，所以在此，就简单指出构成派最主要的三个局限以结束此文。如果明白这三个问题在新艺术的原野中是多么重要，应该可以清楚地看到构成派的消亡不可避免。

构成派的三个局限：

1. 未解决形式问题——还未否定"纯真的憧憬"。
2. 未解决民众艺术与古怪（eccentric）的尖端艺术的关系问题——颓废主义（décadent）的处理。
3. 未解决革命艺术与社会主义艺术的关系问题。

一九二四・七

【题解】

村山知义（1901—1977）是活跃在日本大正时期的前卫美术家，曾因组织并参与前卫艺术团体 MAVO 的一系列活动而受人瞩目。自 1924 年为筑地小剧场戏剧《从清晨到午夜》设计舞台装置开始，村山逐渐走入日本新兴戏剧界。1924 年至 1930 年是村山的艺术活动重心从前卫艺术转向左翼文艺的关键时期，也是他的艺术思想发生重要变化的时期，本文就是村山这一思想过程中的主要文章之一，也可以说是村山早期艺术思想的代表作。本篇原名《构成派批判——关于苏俄诞生的造型艺术的介绍与批判》（「構成派批判——ソヴエート露西亜に生れた形成芸術の紹

---

① 村山知义个人的艺术主张，但在此并未展开。

介と批判」)。1924年发表于《水彩画》(『みつゑ』)杂志233、235号,后收录于村山的艺术批评集《现在的艺术与未来的艺术》(1924初版)中。译文即以单行本复刻版本为底本。

在《构成派批判》中,村山主要关注的是康定斯基和俄国构成派艺术家。他将康定斯基作为"构成"这一概念的源头,从康定斯基的文章中,将"构图"(composition)和"构成"(construction)作为一组对立的概念提取出来,且认为两者之间存在"落后/先进"的对立关系。而以塔特林为代表的俄国构成派在村山看来,就要比康定斯基在"越过构图、走向构成"这条路上走得更远些。村山认为俄国构成派的影响力主要在两个方面,一个是将平面艺术延伸到空间的野心,另一个则是对于机械文明的崇拜。同时,他也认为构成派将艺术从作为"资本主义装饰物"的宿命中解放出来,是"向着美术的'社会性'进行尝试"。这些都是村山曾醉心于构成派的理由,但在文章最后,他也提出了目前构成派的几点不足。在综合批判吸收西欧新兴艺术流派诸理论的基础之上,他提出了"意识的构成主义"理论构想,这一构想可以说是他早期美术理论的最大成果。

在此值得注意的是,早在1924年,村山的艺术构想就不仅限于形式层面,同时关注到了艺术的社会性问题,比如强调要处理民众艺术与尖端艺术的关系等。或许这些正是与他后来的左翼文艺思想相勾连的部分。

参考文献

村山知義:『現在の芸術と未来の芸術』(複刻),本の泉社,2002年。
日高昭二、五十殿利治監修:『海外新興芸術論叢書 刊本篇』第9卷,ゆまに書房,2003年。
白川昌生編:『日本のダダ 1920—1970』(増補新版),水声社,2005年。

关于无产阶级主题美术

村山知义

一

　　这里所说的主题美术(主题绘画),是"有主题的绘画"之意。第一,拒绝纯粹的形式游戏,或仅仅是感觉的、感情的东西,也就是拒绝绝对派、抽象派、形而上派、立体派等。但我在这里用的意思还要更进一步,指的是否定那些仅仅产生于对自然界的光线、色彩、形状、体量、运动的兴趣的绘画,即写实派、印象派、新古典派,乃至表现派等的单纯的风景画、人物画和静物画。

　　换言之,主题美术是"有文学内容的绘画"。

　　更具体地说,就是指历史画、风俗画、讽刺画、漫画、有绘画价值的人物肖像画、战争画等等。

二

　　我们应当以上述有意义的主题美术,来驱逐现存的作为教养的资产阶级美学。

　　美没有对现实的关心,利普斯[①]如是说道。

　　戈蒂耶[②]在波德莱尔传记中,热烈赞赏这位《恶之花》的作者"坚持艺术的绝对自动性,不允许诗歌有除它本身以外的目的,不允许诗歌除了唤起读者灵魂中的绝对意义上的美之外,有其他任务"。他还说道,诗歌不仅没有表现任何东西,而且也没有讲述任何事情,诗歌的美是以"其音乐、其韵律"来决定的。(普列汉诺夫《艺术与社会生活》)

　　艺术的人生、社会的关系中的这种"为艺术而艺术"的态度,就这样孕育出"纯粹之美"的美学。

---

① 利普斯(Theodor Lipps,1851—1914),德国心理学家、美学家,德国"移情派"美学主要代表。
② 戈蒂耶(Thophile Gautier,1811—1872),法国唯美主义诗人、散文家和小说家。

普列汉诺夫是这样解答"为艺术而艺术"倾向的发生根据的：
> 凡是在艺术家和他们周围的社会环境之间存在着绝望的不协调的地方，就会产生为艺术而艺术的倾向。

我们认为"为艺术而艺术"的倾向，发生在格外混乱的十九世纪末至二十世纪初，在当时的艺术家对"资产阶级"的绝望的不和谐中。随后，他们表现出对"资产阶级"、继而对全人类的深深蔑视。

"我最讨厌的事，就是美对于人类这种猴子的大多数而言，确实是不存在的。"——柏辽兹《给班奈特的信》。

"对于人类来说，猿猴是什么呢。仅仅是笑柄，或者一种隐痛。然而对于超人来说，人也是这样的。仅仅是笑柄，或者一种隐痛。汝等由虫子进化为人。但是汝等之中还有很多虫子。汝等曾由猿猴进化而来。但是现在的人，比猿猴更像猿猴。"——尼采《查拉图斯特拉》。

"我曾这样质问，这质问令人窒息。'要怎么样。贱民才能维系人生。有毒的泉水、散发恶臭的火、不洁的梦、蛆，这些东西也一样需要生命的面包。'"——尼采《查拉图斯特拉》。

"在戈蒂耶那里，我们这些浪漫主义者不能原谅维克多·雨果的外表。私下的谈话里，屡次对这位天才诗人感到遗憾，认为这缺点让他'接近人类、特别是接近资产阶级'。"——缪塞《一个世纪儿的忏悔》

像这样，如果住进"为艺术而艺术"的避世的小屋，美术家就不得不谢绝实际的关心，囿于形式、色彩、光线等自我趣味中。

下述事实更促进了这一状况。

资产阶级为了装饰大大小小的沙龙，为了满足自己大大小小的虚荣心，仅仅需要那些作为合适的商品的绘画。故而作为国民共有物的、纪念碑式的绘画不得不消亡。

欧战将艺术家们推进更加绝望的泥沼中。在那里发生了长达十年令人眼花缭乱的"对新奇形式的疯狂探索"。这一现象在法国和德国都出现了，后者的程度显然更甚。这是因为大战前德国的资产阶级比法国更兴盛，美术家或多或少地配合着他们的步调，发展出写实主义的主题美术[①]，他们

[①] "他们绝不会仅仅满足于感觉、技巧上的色彩和形式游戏，同时，他们那一直追求富于精神性和感受性的生活中所展现出的民族特质，并未在法国美术革命的力量前屈服。"奥斯本《美术史》）——原作者注。

所受到的大战的悲惨影响也较法国更甚,故而美术家们的绝望亦成倍增长。

具体有哪些美术家、表现了怎样的主题等,可参考我的论文《最近德国美术中宗教趋势的复活》①。

经历了更绝望状态的德国美术家,与本国迅速扩大的无产阶级阵营一道,迅速地从那种状态中恢复过来,法国美术则渐渐沦为前所未有的沙龙艺术,并未展现出恢复的征候。

那么日本呢?

先不谈日本画,来看看日本的洋画。这里不讨论明和、安永②以后由长崎传入的源内③、江汉④的洋风画等,虽然也与它们多少有些关系,但问题在于构成今天洋画源流的、基本上独立的系统。

"小山正太郎把早期洋画分为两种,一是学理派,二是实际派,这一划分方法是颇为方便的。前者就是发端于幕府开成所的川上冬崖一派,后者继承了在日外国人,主要是威格曼⑤的系统。万延、文久⑥以降,洋画和关于洋画的书籍等舶来品渐渐增多,但正规的学习道路却不是那么容易开辟的。开成所内设立了画学局,在此任职的川上冬崖在洋画上下了种种工夫,尝试了用面相笔模仿铜板刻线、在日本画中表现油画的明暗等。(中略)实际派的基础,是英国人威格曼,威格曼是作为《伦敦时报》的画报通信员,在幕末被派遣来到日本的。他虽然并非专业的画家,但擅长水彩画。(中略)高桥由一是川上的弟子,也一起向威格曼学习。初代五姓田芳柳的儿子义松也投入威格曼门下。"——石井柏亭《美术全集》。

"最初在欧洲留学学习绘画的人是川村清雄。他于明治四年从日本出发,在意大利待了十四五年。因他主要在威尼斯的学院学习,所以引进了近代威尼斯的画风体系。(中略)山本芳翠在明治十一年(1878)赴法,

---

① 村山知义:「最近独逸美術に於ける宗教的傾向の複活」,1928年10月作,『プロレタリア美術のために』,アトリエ社,1930年。
② 后桃园天皇的年号,在位时间从1770年至1779年。
③ 平贺源内(1728—1780),日本江户时兰学者,兰画家,医生,净琉璃作者。
④ 司马江汉(1747—1818),日本江户时代浮世绘画师,兰学者。
⑤ 查尔斯·威格曼(Charles Wirgman,1832—1891),意大利家、漫画家。幕末以记者身份赴日,创刊日本最早的漫画杂志『ジャパン・パンチ』。教授五姓田义松、高桥由一等日本画家以洋画技法。
⑥ 日本的年号,指1860年到1861年,和1861年到1864年间。

五姓田义松在明治十三年赴法。但在这些海外留学生的成绩撼动故国画坛之前,日本本土的洋风画教育已渐渐发端。明治九年成立工学寮美术学校,随即聘用意大利人丰塔内西①为绘画教师。(中略)意大利留学归国的松冈寿、川村清雄,还有明治十七年赴德跟随加布里埃尔·马克斯学习,于三年后归国的原田直次郎,明治二十年从法国归国的山本芳翠等,都开设了家塾。"——石井柏亭《美术全集》。

也就是说,日本的洋画发端于英国、法国、德国和意大利美术的输入。当时的法国绘画,正处于从勒帕热、劳伦斯、杰罗姆、卡辛、柯罗蒙、坎贝尔、梅索尼埃②、拉奈尔、西蒙斯等艺术家的写实性主题美术,经过莫奈、毕沙罗,走向雷诺阿、塞尚的后期印象派的过程中。德国从马莱、贝克林、费尔巴哈、孟泽尔、林巴赫到利伯曼③,也是同样的发展过程。意大利的罗塞蒂、琼斯、亨特、米莱斯④等人,正处在拉斐尔前派浪漫写实的主题美术中。似乎日本的洋画也应该自然而然地发展出英雄的,或者浪漫的主题美术,但是日本的资产阶级还太年轻,洋画的技巧还不够熟练。起初,为了那些日本画中少有的丰富色彩和透视法的游戏,首先进行简单的写生画,随后出现点景人物,很久以后才绘制主题美术。其后,自从久米、黑田等赴法留学,日本的美术总是一味地追随在法国美术的后面,落后五到十年。

日本资产阶级的飞跃式发展,使主题美术得到发展,直到法国印象派的影响征服了日本画坛为止。中村不折、和田三造、白泷几之助、和田英作等艺术家成为领军人物,他们要么是掩藏在资产阶级的羽翼之下,创作那些描绘田园生活、农民生活的温和谦逊的小资产阶级美术,要么制作像

---

① 丰塔内西(Antonio Fontanesi,1818—1882),意大利画家,1876年开始在日本任洋画教师。
② 勒帕热(Jules Bastien-Lepage,1848—1884),劳伦斯(Jean-Paul Laurens,1838—1921),杰罗姆(Jean-Léon Gérôme,1824—1904),卡辛(Jean-Charles Cazin,1840—1901),坎贝尔(Alexandre Cabnal,1823—1889),梅索尼埃(Jean Louis Ernest Meissonier,1815—1891),柯罗蒙(Fernand Cormon,1845—1924),均为法国美术家。
③ 马莱(Hans von Marées,1837—1887),贝克林(Arnold Böcklin,1827—1901),费尔巴哈(Anselm Feuerbach,1829—1880),孟泽尔(Adolph Friedrich Erdmann von Menzel,1815—1905),林巴赫(Franz Seraph Lenbach,1836—1904),利伯曼(Max Liebermann,1847—1935),均为德国画家。
④ 罗塞蒂(Dante Gabriel Rossetti,1828—1882)与琼斯(Sir Edward Coley Burne-Jones,1833—1898)为意大利画家,亨特(William Holman Hunt,1827—1910)与米莱斯(Sir John Everett Millais,1829—1896)是英国画家,均为拉斐尔前派代表人物。

鸦片似的宗教画,或对资产阶级表达敬意的肖像画。但资产阶级把那些最能够发挥它的英雄主义的美术家们动员起来,是在日清、日俄两次战争前后。美术家的创作并不局限于油画、水彩画,同时还有石版画、凸版画、素描等各种艺术形式。那些绘画中规模最大的要数五姓田①的全景画(panorama)②。我认为这幅全景画是日本的资产阶级主题美术的顶点。自那以来,美术家逐渐脱离资产阶级,在彼此的阶级立场出现分歧的同时,他们被法国印象派以后的美术影响所淹没,其间,有岸田③、木村④等的人生派分支,这是基于对德国文艺复兴美术的崇拜而成立的,虽说他们在系统上与今天的春阳会有连续性,可也一路向着现在没有内容的、沙龙美术的方向前行。(最近那些为进入神宫绘画馆而创作的主题美术,只是暂时的现象罢了。)

三

普列汉诺夫研究了一八四八年二月革命时的几位有参考性的法国画家后,从探索"为艺术而艺术"倾向的根源又向前走出一步,正确地得出如下结论:

> 所谓对艺术的功利见解,即在作品中附上对生活现象的判决意义的倾向,以及总是与此相伴的热衷于参加社会斗争的觉悟,是在社会的大部分人和多少对艺术创造有实际兴趣的部分人——之间,在他们相互同情的地方产生的。

这一说法也适用于现在无产阶级和无产阶级美术的关系中诞生的倾向。

如此,无产阶级美术家毕竟无法和"为艺术而艺术"信条达成一致,他们必须生产作为无产阶级解放斗争的武器的美术,并要通过它来完成无产阶级美术。

---

① 五姓田芳柳(1855—1915),近代日本洋画家,在横滨师从威格曼,后赴法学习,归国后参与创立明治美术会。
② 全景画(panorama),画在大型画布上的连续性叙事场面或风景。第一幅全景画由苏格兰画家罗伯特·巴克(1739—1806)于1788年完成。
③ 岸田刘生(1891—1929),日本大正至昭和初期洋画家。日本最早的表现主义团体木炭会(フュウザン会)发起人之一。
④ 木村庄八(1893—1958),日本洋画家,版画家。木炭会发起人之一。

于是,无产阶级美术现在必须发展主题美术。

卢纳察尔斯基在《威尔鲁姆·豪森斯坦因①论》中讲到,无产阶级艺术必须是文学性的。

> 没有伟大文学的时代,是腐朽的时代,是精神萎靡的时代。因此,问题并不在于具象艺术是逐渐与文学对象一致,还是逐渐从文学中解放。即塔伊罗夫②可以说从文学中解放戏剧,马列维奇可以说从题材中解放绘画,这样的时代体现着解放运动的结果,而且它以对特定艺术的各分支的全面研究的形式出现,这不是问题所在。问题在于,一个有着丰富内容的时代,所有艺术都更接近于在艺术中最具内容性的文学典型。相反,在无内容的时代,文学本身变为语言游戏(甚至是超智主义的),所有其他艺术都变得碎片化。无论他们的祭司穿上何种神圣纯洁的形而上学的衣服。

在此,我们来看一下革命十年后的苏维埃共和国的无产阶级美术所走过的道路。(关于这一点可以参考藏原君在《艺术》杂志中的详尽叙述。)

一般在统治阶级发生交替的时期,艺术都会出现广泛的混乱。即没落阶级的艺术家会失去内容,陷入歇斯底里的形式主义,新兴阶级还在努力寻找能适应新内容的形式。在这一阶段的俄罗斯,未来派、表现派、抽象派等匆匆地登场退场,从纷乱的欧洲资产阶级艺术无批判地输入进来的形式也无法适应无产阶级的内容。构成主义看似暂时解决了这一混乱的状况。但那不过是陷于无内容的绝望中的美术,是依靠纯功利性的事物——产业——的应急手段罢了。如若继续推进这一应急手段,美术必定会失去存在价值直至消亡,仅留下建筑——群团建筑——都市构成。

然而,美术能发挥作用的地方并不在与工业的合流中。而在于赋予无产者以勇气,使他们强壮和快乐,并将自己提升为让无产者引以为傲的具体的(concrete)美术。为此,美术家绝不能囿于个人的、主观的美术生产,必须尽可能地采取非常客观的、妥当的形式,来表现必要和适当的内容。在俄国,朝向现实主义的方向转变从一九二二年前后开始普遍发生。

---

① 威尔鲁姆·豪森斯坦因(Wilhelm Hausenstein,1882—1957),俄国文艺批评家,著有《艺术与社会》《现代的艺术中的社会要素》等。
② 塔伊罗夫(Aleksandr Yakovlevich Tairov,1885—1950),苏联导演,戏剧理论家,推行合成戏剧的戏剧理论。

其外在的原因,有工会和赤卫军举办以各自的活动为主题的美术展览会,革命博物馆对革命战士肖像画的需要,还有政府为宣传农村状态或地方风景订购的逼真的写生画等等。

但是,朝向现实主义的方向转变,有资产阶级现实主义的反动的危险。虽然它获得了内容,发现了形式的方向,但无产阶级现实主义的形式本身仍然无法产生。在其中,资产阶级现实主义的反动,还有返回塞尚的退步都混在一起。主张无产阶级现实主义的最大的美术家团体"阿尔夫"①,很大程度上遭受着资产阶级现实主义的侵蚀。克服这一困境,发展新的具体的形式,这是他们现在的工作。

四

那么现在悬在日本无产阶级美术家面前的紧迫问题是什么?

其中,尤其重要的是获得非常有力的无产阶级形式。(绝不是观念上的发现,而是意味着获得描绘现实的能力。)

"通过加入斗争中的无产阶级",这个答案,虽说指出了必要的事实,但只是必要的基础而已。现在只有过于天真的人才会仍然认为这就是充分的答案。

"如果你要问我,为了成为优秀的大师,年轻的艺术家需要做些什么,我的看法和那些学者可能会不一样——渗透到内在生活中去。成为×××②。在军营或农村中跟随××××待上两年。走过伟大的、新的、挣扎在烦恼中的俄罗斯。从事某种危险的工作。让正在你们祖国的血管中跳跃着的社会的火焰,在你们的心脏中燃烧。然后拿起铅笔。拿起画笔。或是拿起钢笔。"卢纳察尔斯基如是说道。

这很有效,不过正如他自己所说,"这并非是决定性的处方"。毕竟,问题并不在此处。我们作为实际的无产阶级"美术家"的道路,是从这个处方的终点开始的。

---

① "革命俄国艺术家协会"(AKhRR, The Association of Artists of Revolutionary Russia, 1922—1928),1928 年改称"革命艺术家协会"(AKhR, Association of Artists of the Revolution,1928—1932)。

② 原文伏字部分,下文不再重复标注。

无产阶级美术在绘画中表现出来的意识内容必须经过一刻不停的锤炼。但是如果认为意识上的提升可以自然而然地产生出好的形式，那就太过天真和懒惰。正如最近苏维埃共和国的美术家也注意到了的，我们必须"有组织、有计划"地研究形式，磨炼技术。

此外，我们必须记住，美术是仅次于音乐的、需要"天才"和"练习"的艺术。

豪森斯坦因对无产阶级艺术之前的整个艺术史做了马克思主义的批评，其正确性令人惊叹，但不幸的是，在获得了"承诺为我们带来救赎的社会主义随着革命而破产"的信仰时，他也失去了对艺术的信仰。这个悲惨的人竟然说，"把自然和神留给我们吧！没有艺术我们总还可以活着。但是，不要从我们这里夺走大地和苍穹的美！"对于使他变得如此悲惨的未来派到构成派这一系列前所未有的形式主义艺术的诅咒，更是引起他对形式本身的侮辱。他说"所有的现实性都在内容中。形式不过是零周围的余辉罢了"。

对形式的侮辱当然是不合适的。但当他说"形式获得植物般的成功时，即完全没有意识到自己，别人也没有意识到它时，是完美的"时，他是正确的。虽然他是想通过这个词对形式极尽侮辱，但其正确性不是在这个意义上，而是说美术家通过永不妥协的热情不断学习和练习，"有组织、有计划"地一步一步走在获得可以适应内容的形式的道路上，最终可以到达理想的目标。只有伟大的天才最终才会到达。

如此，可以明白摆在我们面前的紧迫事实，是我们还没未实际获得适当的表现方法——描写能力。

那么，是什么让我们处于现在的状况？

是我们迄今为止接受的资产阶级美术教育，是资产阶级的美术体验。（当然不包括现在刚开始学习绘画的初学者。）

我们已经看到了这五年、十年，乃至二十年间，日本的资产阶级美术教育培养出来的描写能力是怎样的。在其中占据主导地位的，是法国印象派的、后期印象派的、超现实主义的——塞尚的、马蒂斯的、弗拉曼克[①]的、毕加索的——表现方法。是"喜怒无常的，幻想的，人性中尚未组织化

[①] 弗拉曼克（Maurice de Vlaminck，1876—1958），法国野兽派画家。

的某种混沌的事物"(豪森斯坦因),是"哗啦作响的铁皮鼓的声音"(卢纳察尔斯基)。

于是,在我们最需要的时候,因为没有客观的、理智的、正确的描写能力,我们只能停滞不前。

没有绳子的话,就必须编一根。

五

问题变得更现实了。

我们应当如何获得描写能力?

通过练习。(自然要与无产阶级斗争密切结合起来。)

通过研究优秀无产阶级美术家的作品。

此外,将问题仅限于紧急事项上。(为了节约被压迫的无产阶级美术家的时间和精力。)

在各种表现手段和表现对象中,应该最先着手的是什么?

是素描(dessin)。而且是人体素描。尤其是男性人体素描。

人们很容易认识到这件事情的必要性。因为素描是绘画的根本。我们现在必须大量描绘的,就是斗争中的无产阶级的姿态。(为什么是"男性"?女性无产阶级也在斗争。但是描绘男性裸体的需要多些,画女性裸体的需要少些。)

接下来我们必须要学习服装(costume)的素描。

为何服装在很长一段时间里都是被轻视的?我们现在,相较于画出一只手,更加难以画出的是一个丝带上的褶皱。但在过去,对服装的描绘是凌驾于替他东西之上的(也超过人体),对于画家来说是十分重要的。看看文艺复兴时代吧。看看哥特时代,看看丢勒是怀着怎样的热情细细地研究一块布的。看看达芬奇是怎样精妙地画服装的。

在素描之后呢?

版画(所有以印刷为目的的画,石版,凸版,蚀刻等等)具有很强的传播性,所以当然是必要的。但我们必须不惜一切代价来掌握油画手法。因为它是其他绘画手法无可比拟的、有着巨大的美和力量的、复杂多变的手法。

接下来,我们就要获得制作大型的、复杂的构图绘画(composition)的能力。因为对纪念碑性质的事件的描绘需要大幅画面,相对来说,大幅画面更加有力,更加容易被更多大众看见。(回顾一下上野公园与大阪天王寺的战争全景画是很有用的,它们代表着日本美术中资产阶级英雄主义的高峰。历史上,像战争画这样尖锐地表现资产阶级英雄主义的绘画基本上都是大型的,除了少数的例外。举个极端的例子,十六世纪德国画家阿尔布雷希·阿尔特多费尔①,受巴伐利亚大公威尔海姆四世的委托,绘制亚历山大大帝在奇里乞亚击败波斯王大流士三世的情景。在仅高五尺二寸一分、宽三尺九村六分的菩提木板上,他描绘了太阳、月亮、山脉、河流、城堡、天空、云彩、房屋、营地和数以万计的大军。②)特别是那些由民众订购的,而不是由个人订购的,都是大幅绘画。但我们完全不具备绘制大幅绘画的构图能力。我们甚至忘记了文艺复兴画家们发明的透视法。(看现在日本的一流画家绘制的神宫绘画馆③的画就可以知道,他们早已失去了制作大型主题美术的能力。)

绘制建筑和风景也还是必要的。但是静物呢?在今天来说,这只是为描绘其他更有意义的东西的一个学习阶段。所有的静物画都不过是属于缺乏伟大内容的阶级的美术家,依自己的喜好而作的。

六

可能有人会觉得我太狭隘,设置了太多准则。有着最近资产阶级美术那种个人主义的、主观主义的思考方法的人,可能会笑出声吧。

首先,对于设置客观准则这件事本身,他们就无法同意吧。

在积极的社会组织时代,虽有程度上的差异,但艺术上一定会有客观的、适当的准则。客观性的发展,在最大程度上甚至会到达具体的技法层面。达·芬奇写了画家之书;丢勒有关于绘画技巧和理论的著述,在"如何自然地填涂色彩""儿童、成人、女人、马的平衡方法"等章节中,都在技术上做了严格的规定。

---

① 阿尔布雷希·阿尔特多费尔(Albrecht Altdorfer,1480—1538),活跃于16世纪上半期的德国画家。
② Albrecht Altdorfer, The Battle of Alexander at Issus, 1529, oil painting on panel, Alte Pinakothek, Munich, Germany.
③ 正式名称为圣德纪念绘画馆,位于东京新宿区明治神宫外苑。1919年兴建,1926年竣工。壁画馆中依照年代顺序,展示由著名画家绘制的八十幅展现天皇家族风采的大型绘画。

其次，可能有人会认为这不过是公式主义。

但就像前面说的，这完全是"考虑到正处于压迫中的无产阶级美术家的时间和精力"的计划。

当然，应当充分认识到，在无产阶级美术中依照对象和绘画材料的不同，划分为不同的门类，有不同的专家。（漫画家、肖像画家、风景画家、人物画家、石版画家、水彩画家等）。

此外，也不能把"现实主义"这个词想得太狭隘。绘画绝不是自然颜色的照片。适当的主观性不是"要忍受的"，而是"应当被邀请来的"。

七

现在不是无产阶级美术家可以停滞不前或放任自流的时候。

练习吧！

研究吧！

构造形式吧，获得技术吧！

然后，多数人都为生产无产阶级主题美术而努力吧！

——二八·九——

【题解】

村山知义（1901—1977）这篇文章写于1928年9月，首次发表于同年11月的《战旗》①杂志，后收录于村山1930年出版的单行本艺术批评集《为了无产阶级美术》②中。最近，在2011年出版的五十殿利治编修的《美术批评家著作选集》第14卷中有复刻版刊印。本文以《为了无产阶级美术》单行本为底本翻译。

在文章中，村山知义主要探讨了"主题美术"，即"有文学内容的绘画"。村山期待以此来"驱逐现存知识体系中资产阶级美学"。不同于此前他所写的一些较为抽象的、理念化的艺术评论，在这篇文章中，村山积

---

① 《战旗》（『戦旗』）是1928年5月至1931年12月发行的文艺杂志。全41号。是"全日本无产阶级艺术联盟"（纳普 ナップ）的机关杂志，以发表无产阶级文学作品为主。

② 村山知義著：『プロレタリア美術のために』，アトリエ社，昭和5年5月。

极地寻求如普列汉诺夫、卢纳察尔斯基等俄国左翼理论资源,在论述中也有意识地运用马克思主义理论方法。他花了很大篇幅分别论述了西欧和俄罗斯在这几十年之内、资产阶级美术或无产阶级美术的发展状况和面对的问题,其最终目的是借此探究日本无产阶级美术的发展道路。如果和《构成派批判》对比阅读,就可以清晰地看到村山在艺术理论上的变化。同时值得注意的是,在文章末尾村山对同时代的艺术家提出了一些很具体的艺术要求,这也与他之前抽象的、精神性的艺术主张有明显区别。

显然,村山艺术思想的变化与他的艺术实践有非常直接的关系。1924年到1929年,正是村山的活动重心渐渐从前卫美术转向左翼文艺的关键时期。1925年12月,"日本无产阶级文艺联盟"(日本プロレタリア文芸連盟)正式宣告成立后,村山便立即加入美术部(RA)。1926年6月共同印刷工潮发生时,在柳濑正梦的推荐下,村山在神乐坂贩售现场制作的肖像画,以此筹集工潮资金。村山自认这一活动正是他加入左翼文艺运动的起点。[①] 同年七月,村山和柳濑等人一起参加了重要的艺术工作《无产者的黄昏》的公演,此后村山一边从事美术和舞台设计工作,一边也开始自己的左翼文艺创作。直到1929年,村山写出剧本《暴力团记》,被藏原惟人赞誉为1929年日本左翼文艺的最大收获时,可以说村山的艺术身份正式从前卫美术家转变为成熟的左翼文艺工作者。

此外,在这篇文章中除了可以看到上述转变之外,同时值得关注的还有村山艺术思想中的连续性。此前的前卫美术实践,对村山的左翼艺术理论建构绝非全无作用。比如,多年的形式训练,使他立刻注意到"全景画"对于无产阶级文艺的积极作用。类似这样的问题,即曾经的先锋艺术实践是否给村山的左翼美术的创作带来某种特色,或者说某种丰富性,这是值得我们继续追问的问题。

参考文献

村山知義:『プロレタリア美術のために』,アトリエ社,1930年。
岡本唐貴、松山文雄編著:『日本プロレタリア美術史』,造形社,1967。
普列汉诺夫著,雪峰译:《艺术与社会生活》,北京:生活·读书·新知三联书店,2012年。

[①] 参见岡本唐貴:『日本プロレタリア美術史』,太平印刷社,1972年重版。

最近艺术中的机械美

村山知义

最近艺术的特征之一,就是机械美的发现。

比如在美术上,莱热①用重叠的圆柱形画人形机械般的人物,画大炮般的风景。未来派那群人画汽车,描绘大型建筑。构成派那些家伙制作有机械感的模型。新建筑家建造作为"居住机器"的住宅,建造"覆盖着机械的、用于工作的机械"的工场。相对于表现细腻的心理或感情,戏剧导演将重点放在舞台的动态(dynamism)上。相对于优雅地挥舞手臂,新的芭蕾舞剧则以一群舞者机械地组织起来的运动为目标。舞台装置家也不再制作镜框中的幻影,而是组建随表演一同运转的道具。电影中,像沃尔特·鲁特曼②的《柏林》那样表现机械或都市的运动力量的作品也增加了。音乐则从陶醉的室内音乐变为动力的、集团的音乐。连文学也从琐碎的心理描写或美辞丽句,向简洁有力的动态方向推进。

整体来看,最近的艺术在内容上主要是关于机械文明和作为群体生活在其中的人类生活,其表现形式是简单明了的、实用性的、强有力的——机械的——形式。

* * * * * *

艺术家是如何解释这种趋势,将其理论化的呢?
画家莱热这样说:

> 这两年我在绘画中大量使用机械要素。现在,我的形式和这一要素协调得很好。我由此在机械要素中发现了变化和强度。现代生活中充满着为我们服务的材料。人们必须知道如何使用它们。

---

① 费尔南莱热(Fernand Léger,1881—1955),法国画家,一般认为是机器艺术的创始者。
② 沃尔特·鲁特曼(Walter Ruttman,1887—1941),德国导演、演员、美术设计师。

未来派画家、舞台装置家恩利科·普兰波利尼说：

> 难道机械不是今天神秘的人类创造力量的最丰富的象征吗？难道它不是现代人的戏剧传说和历史的交叉点上诞生的新的、不可思议的神吗？机械现在以其实用的物质机能，为人的知觉和思想带来一种理想的、精神上的灵感。

未来派画家波丘尼[①]说。

> 伟大的机械时代开始了。所有其他东西都是古生物学了。

构成派画家卡萨克说：

> 现在，人类无限的力量第一次被清晰地展现。在纽约的摩天大楼中，在串联起山脉的高架桥中，在横跨草原的疾驰的列车中，在水面上摇晃的桥梁中，在透视人类内脏的X光装置中，换言之，在一切可以被称为是对神的造物的征服之中，在金字塔堆积的巨石之后，在希腊建筑与哥特式的冲天尖塔之后，今天，人们再一次走出暗沉的迷途，全身心怀抱着对创造的难以遏制的渴望，站在造物主的面前。

再次引用普兰波利尼的话：

> 机械象征着宇宙动态的守护神。它本身体现着所有人类创作的基本要素。机械应该是现代美学新发展的发现者。机械的美学价值，和它的动力与运动的形而上的意义，是促进现代雕塑艺术进化和发展的新的灵感源泉。对于机械或机械要素在雕刻中的兴盛，我们不应该从它们的外在现实，亦即从使机械自身得以成立的要素的形式上的表现中考察，而是应当联系种种机械性的精神现实，从它们向我们暗示的雕塑的类比中进行考察。机械标记着人的心理节奏，刻画我们精神的顶点。

* * * * * *

那么最近艺术显著特征之一的"机械美"的发现，以及艺术家对此的种种说明，是从什么根据中产生的？

什么是机械？

[①] 波丘尼（Umberto Boccioni，1882—1916），意大利画家、雕塑家和蚀刻家，意大利未来主义运动最杰出的艺术家之一。

正是机械使资本主义的高度发达成为可能。机械带来大规模生产,继而催生出大资本,高度发达的资本主义使世界秩序发生翻天覆地的变化。那是完全无视小"我"的抵抗的集中秩序。

这一事实大大打击了旧式的、隐遁的、任性的、放纵的、无政府主义的、贵族式的艺术家中。

巨大的社会"运动"连招呼都没打,就抹杀了那些艺术家的旧足迹。反倒是这种动态的"运动",如今在他们面前展现出难以抗拒的新魅力。

那里有复杂但整齐划一的旋律。

有极富变化的快节奏,这是以前超时间的节奏所无法比拟的。

有风景画或静物画中绝对没有的新鲜的形式和色彩。

有强力的可靠的声音。

有全新的主题。

有活泼的活动。

有积极性。

这吸引着他们,就像磁场吸引铁粉那样。

他们在此,在不同的样式或程度上,与运动和机械相联结。

有人直接描绘机械的动态感(如波丘尼等)。有人用与机械几乎无关、甚至完全无关的形式和色彩的组合,暗示出机械的动态和运转(如莱热、普兰波利尼等)。还有人描画依靠机械而产生的大都市或工业建筑(如贝克曼①等)。

有人不使用现有乐器,尝试发明全新机械乐器,也有人用数学分析音乐。作曲家马赛②给电影《柏林》所做的伴奏,就是近代大都市的喧嚣和其中的机械声所组成的大型交响曲。

有人不再做画家,变成了工程师。

在此过程中,他们所拥有的只是资产阶级的、形而上学的、超阶级的、观念论的认识方式,由此各自形成了自己对机械的理解。

在这些艺术家中,相对较为具有哲学性的人认为,机械是"神秘的人

---

① 贝克曼(Max Beckmann,1884—1950),德国画家、雕塑家和作家。
② 马赛(Edmund Meisel,1894—1930),德国作曲家。

类创造力量的最丰富的象征",是"现代人的戏剧传说和历史的交叉点上诞生的新的、不可思议的神",是"一种理想的、精神上的灵感""象征着宇宙动态的守护神",是其他一切任性的"神秘的"东西。

就像不知道太阳是火球的野蛮人,或不知道神是世界意识颠倒的产物的无知的人,他们将机械奉为神明。

可是作为征服者、万能者的神,若其信众渐渐丧失了充分的恐怖心或赞美的念头,也就随之开始变得不再是神。艺术家渐渐习惯了机械和运动,属于消费阶级的他们,其兴趣当然不在生产而在消费,与之相伴的,机械开始变得不再是神,甚至也开始变得不再是美了。

从前那些机械的信众,投身到超现实主义、纯粹主义那样极度观念的、感觉的、非现实性的趋势中。

还有些不怎么具有哲学性的人,在机械中看到非阶级的、现实的、实用的美。

这些人要么迎合资本主义的相对安定和产业合理化的潮流,肯定现有资本主义制度,要么虽然意识到现存的矛盾,但还是盲目相信可以通过"改良"来实现更好的社会,持一种小资产阶级态度。

他们姑且是否定神秘性的。

而在此基础上,他们还不同程度地强调现实性与实用性。

荷兰建筑家提奥·凡·杜森伯格认为:

> 艺术的更新是不可能的。艺术是文艺复兴的发现,迄今为止连它最外部的细枝末节都已得到精细的打磨。试图创作优秀艺术品的力量过分地集中了。但人们是通过完全忽视日常生活(就像宗教那样),来达到如此程度的力量集中。这种事在今天是不可能的。现代生活的整体对此无法接受。在今天,生活是第一要务。全情投入于某一件事,这完全是非现代的。新的生活建立在组织结构上,在紧张的分配上,在引力与压力的调和上。我们必须将全部力量平均分配于全部生活。只有这样才称得上是进步的。这种进步排除力量的绝对集中,那只会生产瞬时的东西。这是艺术之所以不再可能的第一点原因。第二点,正如在中世纪时,科学的进步被宗教及其代言人所阻碍,在今天,真实的生活被艺术阻碍。现在艺术代替了宗教的地

位,因此毒害了全部生活。美将所有东西都污染了。(我们可真是悲哀啊)。人们已经无法触碰对象。一旦碰到,对象就会被污染。如果将木桩打入地面,艺术的牧师便会立刻跳出来,说"那样会破坏街道或都市或风景的协调"。打字机和缝纫机一放到屋子里,主妇便过来说,"别把这样的东西这么放着。那样会破坏我屋子的和谐"。明信片、邮票、烟斗、票据、马桶、雨伞、毛巾、椅子、蒲团、手帕、领带这些细碎的东西,都是非艺术的。但我们不是很享受这些绝对不属于艺术的东西吗?现在有很多人拥有制造好用的、但是非艺术的东西的技能,比如浴室、四周围起来的浴缸、自行车、汽车、机房、熨斗,这正是进步的事实。但他们被阻碍着,他们的运动被艺术工程师带领着。为了进步,我们必须破坏艺术。

近代建筑的先驱者阿道夫·卢斯[①]说道:

建筑中只有极少部分是属于艺术的,那就是墓和纪念碑。有目的的其他所有建筑都不是艺术。

俄罗斯建筑家拉普辛有言:

没有建筑艺术这回事。大概也不存在独立的"建筑"这一说法。有的只是有单纯的、严格的科学构造。

就这样,人们从建筑中流放了艺术和艺术家,迎来工程师万能的时代。

现在法国最活跃的建筑师勒·柯布西耶[②]说:

工程师是健康的、男子气概的、活泼的、有用的、道德的、快乐的。建筑师是绝望的、怠惰的、健谈的、易怒的。何故?因为他们很快就无事可做了。我们没有再次回顾历史的资本,我们想要彻底地清洗自身。工程师是知道这一点的,所以他们才能从事建筑工作。

如此,飞速发展的机械工业,在残存的、小资产阶级的消极机械礼赞之后,走向抛弃艺术、为了全部社会生活而制造有用之物的方向。

匈牙利马克思主义艺术批评家玛察[③]在他的《现代欧洲的艺术》中,

[①] 阿道夫·卢斯(Adolf Loos,1870—1933),奥地利建筑师。
[②] 勒·柯布西耶(Le Corbusier,1887—1965),法国建筑家,现代主义设计、建筑、城市规划的最主要代表。
[③] 伊万·玛察(Ivan Matsa,1893—?),匈牙利先锋艺术家,文艺批评家。

是如此剖析上述经过的：

(1) 承认在艺术发展中,确实存在着工商业大资本的强制势力。（席尔巴特①）

(2) 承认艺术的社会作用和实用性,以及肯定艺术沿着工业生产方向的发展。（莱热的"机械美学"）

(3) 承认新的艺术综合中存在的若干唯物论的原则。（奥占芳②和让奈特③的"纯粹主义美学"）

以上是发展的社会学方面。关于形式方面的表述如下：

(1) 研究作为立体派的成果的抽象几何学形式,和现实的相互关系。（"纯粹主义美学"）

(2) 研究生产生活的"几何学秩序"和抽象的几何学形式与现实的诸种关系。（"机械美学"）

(3) 作为新材料的玻璃,和作为艺术主要形式的建筑。（席尔巴特）

(4) 总的结果——承认艺术中的物质。

于是接下来就到了构成派。不过,他们仅是超阶级地涉及生活中实用性、科学和机械的优点。就像他们说的,"机械本身是没有阶级性的"。再次借用玛察的话来说,"问题不在于机械自身,只在作为生产物的机械——因此谈论其无阶级性已经是不可能的了"。他们自认为十分客观和现实,可实际上还是和神秘主义一样,是抽象的、观念的。这正是目眩神迷于资本主义发展的小资产阶级的样子,他们在眼前矛盾的现实中——或许是某种超越现实的、附属于自身的"客观"或"现实"——追逐幻想。无论是其中较具哲学性的人,还是非哲学性的人,对他们来说,所谓"机械美"乃至"机械的实用性",不过是抚慰烦恼的宗教罢了。催生无产阶级的机械,使资本家获取利润、终日压榨无产阶级的机械,被统治阶级攥在手里、屠杀无产阶级的机械,但又是作为无产阶级堡垒的机械,反

---

① 席尔巴特（Paul Scheerbart,1863—1915）,德国作家。
② 奥占芳（Amedee Ozenfant,1886—1966）,法国艺术家,与柯布西耶一起发表了纯粹主义宣言。
③ Charles-Édouard Jeanneret,勒·柯布西耶的曾用名。

过来刺向统治阶级胸膛的机械,是可能实现××××①社会、发展××××社会的机械,是作为无产阶级的坚忍顽强、坚持不懈、体量庞大、生产力丰富的象征的机械。

正是这样的机械产生美。

只有无产阶级能发现这种美,也只有无产阶级能将它提升到艺术的高度。

——二九·四——

【题解】

  本文是村山知义的艺术评论。文章于1929年5月发表于《画室》杂志,1930年收入艺术评论集《为了无产阶级美术》,内容上大体一致,具体语词有些细微差异,应是评论集出版时再次校对过。1933年,中国艺术家许幸之将这篇文章翻译发表在《艺术》杂志②。本篇翻译以评论集版为底本,参考杂志版及许译本。文中图片均在杂志中出现,尽量依照相同位置排列;单行本中无图片。

  在日本,关于"机械美"的讨论在1930年前后形成了一定的规模。在目前的研究界,主要认为以板垣鹰穗为代表的《新兴艺术》③杂志同人是这场讨论中的关键人物。但是值得注意的是,"机械美"脉络在村山的艺术论述中也是有迹可循的,这一部分的很多内容还未被纳入讨论。村山首先是从前卫美术中发现了"机械"要素。1923年,刚从德国回国不久的村山即写了《导入机械要素的艺术》(機械の要素の芸術への導入)一文。通过对于西欧现代主义艺术的沉浸式钻研,村山在此时敏锐地注意到了"机械"作为新的艺术要素的重要意义。此时他对于以机械要素为代表性的西欧新兴美术,尤其是利西茨基等俄国构成派艺术家,表现出热烈的欢迎。但是,到了《最近艺术中的机械美》时,村山则明确拒绝了构成派艺术

---

① 原文伏字部分,应该是"共产主义"或"社会主义"。
② 村山知义著,许幸之译:《最近艺术中的机械美》,《艺术》,1933年第2期,第30~36页。
③ 《新兴艺术》杂志于1929年10月创刊,翌年以5月、7月、8月合并号终刊。杂志的编辑为板垣鹰穗、岩崎昶、板仓准三、吉川静雄、吉田谦吉。终刊时,编辑代表板垣鹰穗等将《机械艺术论》作为新艺术论的一卷交由天人社出版发行,执笔者多为《新兴艺术》杂志的投稿者。

家的论述,而是主动尝试使用马克思主义理论工具,重新讨论机械美在艺术中的发展和实践过程。在文章的最后部分,他明确地论述了机械的两重性,指出只有无产阶级才是最终可以发现并实践机械美学的。将这篇文章与村山此前的艺术论对比阅读,我们可以看到经过对西欧先锋派艺术手法的扬弃,以及蓬勃发展的左翼运动洗礼之后,1929年的村山在文艺创作的态度上有很大转变。对于"机械"的不同理解正是其中一个非常有代表性的标志。

参考文献

村山知義:「機械的要素の芸術への導入」(1923年11月),『みずゑ』,1924年一月号。
板垣鷹穂:『機械と芸術との交流』,岩波書店,1929年。
『新興芸術』編集:『機械芸術論』,天人社,1930年。
薛效文编译:《机械艺术论》,外国语研究会,1931年。

自然生长与目的意识

青野季吉

对于无产阶级文学为什么会发展起来这一问题,最一般化的回答是,随着无产阶级的生长,其表现欲也相伴而生,这样说是最合适的吧。在这样的情况下,无产阶级文学更多是由知识分子创造出来的这种说法,也没有任何问题。因为这也是无产阶级作为阶级的生长的反映而已。再进一步说,如果无产阶级文学正在由知识分子手中渐次移转到无产者手里也是事实的话,那么上述说法更加没问题了。

但是,在此必须注意的是,无产阶级文学的发生,与无产阶级文学运动的发生绝不是同时的。如果不能将此区别清楚,将产生非常严重的错误。

从事实上看,以无产者生活为题材的文学,无产者表现其生活和需求的文学,在日本早就有了。现在经常有成名作家说,描写无产者的艺术,在自然主义文学的时期,例如独步①的作品就有了,所以没有必要专门给它无产阶级文学这样的新名称,这样的说法就基于上述的事实。农民文学也是一样,在所谓的土的艺术运动还远未兴起之前,像长塚节②的《土》那样的作品已经存在了,无产阶级文学的发生③,确实可以追溯及此。

话虽如此,无产阶级文学运动的兴起,却是最近四五年来的事情,距离无产者的文学初露头角已经很久了。如果是这样的话,无产阶级文学与其运动化之间,究竟有什么不同呢?这就是非常重要的问题。

---

① 国木田独步(1871—1908),日本小说家与诗人,既有具有浪漫主义色彩的作品,又被视为自然主义文学的先驱,代表作有散文《武藏野》,小说《牛肉与马铃薯》等。
② 《文艺战线》版及《转换期的文学》版此处皆将"长塚节"误作"长泽节",译文据《现代日本文学论争史》收录版本改正。长塚节(1879—1915),日本诗人、小说家,曾拜正冈子规为师学习短歌,1910年写作的长篇小说《土》于《东京朝日新闻》连载,为农民文学代表作品。
③ "无产阶级文学的发生(プロレタリヤ文学の発生は)",在《现代日本文学论争史》收录版本中为"无产阶级文学的胎生的出现(プロレタリヤ文学の胎生の発生)"。

无产阶级是自然地生长的。其自然生长的同时,表现欲也自然地生长。其具体的表现便是无产阶级文学。站在无产者立场的知识分子出现了。创作诗歌的工人出现了。戏曲自工厂中诞生。小说由农民的手写出。这一切都是自然地生长起来的。

但这些都仅止于自然生长,还不是运动。之所以成为无产阶级文学运动,是由于自然生长之上产生了目的的自觉①。在没有目的意识之处,是不可能有运动的。

目的意识是什么呢?

描写无产者的生活、无产者要求表达,仅仅如此的话,就只是个人的满足,还不是自觉于斗争目的的、完全的阶级行为。只有对无产阶级的斗争目的产生自觉,它才成为为了阶级的艺术。也就是说,只有当因着社会主义思想②的引导时,无产阶级文学才变成为了阶级的艺术。只有从这里出发,无产阶级文学运动才会兴起,事实上它也正是这样兴起的。

由于无产阶级文学运动是这样的,所以相较于自然发生的无产者的文学,它是注入目的意识的运动,是借此加入到无产阶级的全阶级运动中的运动。

与无产者表现出对文学的需求相比,这个运动要晚得多才兴隆起来的原因也在于此,这不用说,正是反映了无产阶级作为阶级之成熟的深化。

就算没有特殊的运动,无产者的文学也会自然地发生、生长,这是什么都无法压抑的,而且正因为有了这种自然生长性,运动才成立,才成为必然。但是,自然生长再怎么说也只是自然生长,为了要使之质变而到达目的意识,就必须要有将自然生长引导向上的力(クラフト)③不可。这才是所谓的运动。在本文所讨论的情况下,就是无产阶级文学运动。

在此意义上,如果认为这种外在的提升向上的力没有用的话,那么运

---

① 在《文艺战线》版中此处使用"目的自觉"一词,而在《转换期的文学》与《现代日本文学论争史》收录版本中皆作"目的意识"。
② "社会主义思想"在《现代日本文学论争史》收录版本中作"阶级的意识"。
③ "クラフト",即德语(Craft),力量之意。

动也就没有必要了。任其自然生长就行了。无产者的生活依然被描写着、诗歌仍然从农村里产生出来,工厂的汽笛声中仍然有戏曲被创造出来。但这样一来,对于阶级斗争目的的自觉、阶级的艺术便永远不会产生。

无产阶级文学运动说到底,就是由对目的有自觉的无产阶级艺术家——也就是社会主义的无产阶级艺术家——将自然生长而成的无产者艺术家提升到目的意识、社会主义意识上来的集团活动。运动的意义就在这里,运动的必然性也在这里。

我现在为什么要重新来讲这些事情呢?原因无他,就是因为我经常遗憾地发现,有人不管是无产者的文学还是无产阶级文学运动,把这些全都混在一起,而满足于自然发生的东西。

以无产者为尺度的作品、由无产者之手所创造的作品是可敬的。但是,光是去促成这些作品产生,满足于增加这些作品的数量,还不能算是无产阶级文学运动。从资产阶级的观点来看的话,或许会认为无产阶级文学只要这样就好。但是,从无产阶级来看的话,无产阶级文学不可以这样。

无产阶级文学运动确实有促成自然生长的职能。但是这种职能,比起向目的意识提升的职能,毋宁是次要的。我们必须时时紧盯着那首要的职能而前进。

在最近无产阶级文学的新的飞跃期,最令人瞩目的现象是支持者与主张者都快速地增加起来。这固然令人欣喜,但当中有多少人对无产阶级文学运动的职能有所理解,我想并不能完全放心。

如果运动的意义被忽视,它倒退到了满足于自然生长的状态的话,我们就必须与此进行斗争。

我读最近常常发表的关于土的艺术①的讨论时,不由感到其中几乎每一篇,都有几分在自然生长的面前低下头来的味道。其中可以说还没有运动。真正为了目的意识而产生的运动是今后必须要开始的。在它还

---

① 青野季吉关于"土的艺术"的讨论,可参其《关于"土的艺术"》一文(收入《转换期的文学》)。青野批评浪漫化"土的赞美",主张从阶级斗争角度来理解和推进农村题材文学创作。

没兴起之前,就只有理论的混乱和个人的满足而已。

无产阶级文学就像大家说的,确实到了第二个斗争期①,在这时候最为重要的,就是充分把握其作为运动的意义。

(八・二)②

---

① 日本无产阶级文学运动一般认为是以《播种人》杂志创立的1921年作为起点,1923年关东大地震后,日本当局对左翼运动的压迫加强,《播种人》停办,第一个斗争期可以说至此结束。平林初之辅、青野季吉等人认为应更加强调共产主义的立场,在1924年4月成立《文艺战线》杂志,1925年12月叶山嘉树、山内房吉等人组织创立"日本普罗文艺联盟"(プロ連)之后《文艺战线》成为其机关刊物,可以说由此开启了第二个斗争期。青野季吉的"目的意识论"便是此时主张的代表,《转换期的文学》中所收的文章也多半与此有关。

② 指1926年8月2日。

再论自然生长与目的意识

青野季吉

我之前在本刊上发表了题为《自然生长与目的意识》的一篇短文。我的说明很简单,但即使那样,我想说的东西应该基本上可以被理解吧。然而不幸的是,对于我那篇短文,误解的人似乎比理解的人更多。

不过就我所见而言,对于我的议论,似乎没有从正面反对者,也没有对议论本身提出疑问的。这就是说,人们大体承认我的论述,但他们在此前提下对我的论点进行运用时,我发现误解者似乎比理解者更多。

我先试着举出几种误解的表现。

有人将我的观点理解为要求文学作品中要鲜明地——或者说是露骨地——表现社会主义的目的。

也有人将我的观点理解为,在文学作品的材料选取上要求一种限制,期望其描写无产者的政治斗争(社会主义斗争)。

也有人似乎认为我是在怀疑那些描写无产者不满、憎恶、复仇等自然发生的激烈情感的作品内容的价值。

更有些人以为我在作品上太过要求知识要素。

然而,以上的任何一种理解都是错误的。那篇短文虽然是很简单的东西,但我相信只要把它再读一遍,就可以明白这些看法错在何处了。

我想简单说明一下那篇短文的主旨:即使没有无产阶级文学运动,无产者的文学也会产生。文学作品会从工厂、农村等地方出现,无产阶级化了的知识分子不能不去写无产者的作品。

然而,这是自然发生的无产者文学,还不是无产阶级的文学运动。无产阶级的文学运动必须是为这种无产者的文学植入社会主义的(真正无产阶级的①)目的意识的东西。换言之,对于自然发生的无产者文学中所呈现的各种意识形态的混入——这当中包含资产阶级的意识形态和小资

---

① "无产阶级的"在《现代日本文学论争史》收录版本中作"全无产阶级"。

产阶级的意识形态,不,事实证明,甚至还有中世的意识形态在其中——必须批评、整理和组织,将其引向社会主义的目的意识[①]。这就是业已进入第二斗争期的我们的任务。——这就是我那篇短文的大意。

一如所见,我当时的主张,仅限于对无产阶级文学运动的目标给予适应当前阶段的重新阐释,绝不是说它对各个无产阶级文学作品都一定能够适用。将此观点应用于各个作品的时候,应尽可能地对其增加弹性,这一点我想已经在那篇论文中暗示了。

无产阶级文学作品既然是文学作品,就必然是诉诸人类——无产阶级——的感觉与感情的东西。这就像说人类为了活着必须吃东西一样,是超越时间、空间的事实。我要求无产阶级作家去把握目的意识,但并没有说要无视这种文学的规范。如果这样说的话,那就不属于文学领域的要求了。

对无产阶级文学而言,要求其于材料选取上做某些限制,便意味着要求无产阶级文学自杀。现在日本的无产阶级运动,虽然事实上已经进入政治斗争的阶段,但如果要求只选择政治斗争的舞台作为题材,那是没有意义的。首先,政治斗争、政治暴露是指什么呢,不仅仅只是资产阶级意义上的"政治"方面的斗争和暴露而已。无产阶级的政治斗争、政治暴露指的是对于资产阶级一切意识形态进行斗争,并将其真面目暴露出来。其舞台绝对不是仅限于狭义的"政治"而已。对无产阶级作家在目的意识上的要求,并不是要求将题材限制在所谓的"政治斗争",这一点想来已能明白。

我在那篇短文中已经清楚地说明了无产者的自然生长和作为此自然生长的表现的无产者文学与无产阶级文学运动的关系。我绝对没有对无产者自然生长的感觉与感情作为作品内容的价值抱持怀疑,也不记得说过尽管没有这些,只要有目的意识就够了之类的胡话。

无产者的不满、愤怒、憎恶,是一切的基础。不需赘言,没有这些就没有无产者意识的觉醒。但我也说了,仅只是把那些感情、那些感觉表现出来,还只是停留在自我满足而已。而且就像前面也说过的,其中很多时候是混入了其他阶级、其他时代的诸种意识形态。这是无法否认的吧。我

[①] "目的意识"在《现代日本文学论争史》收录版本中作"意识"。

要说的就是这样是不行的。如果这样也可以,那大概无产阶级文学运动就没有必要了。

(这里我想稍微插一句。那篇文章的主旨,虽然是在动笔的大约半年前就开始考虑的,但是之所以动笔,却是收到了被一些人推崇为"纯粹"的农民诗的诗集,反复阅读之后的结果。① 诚然,这些诗作歌颂了田园,农民的感情也不是没有自然地表现出来。但其中也若无其事地歌颂着作者自身并未注意到的中世的意识形态、概念化的田园赞美。对于这些自然发生之产物中的混入物,成为感觉甚至感情的混入物,我没有办法不去注意。因此,本来应该更充分地推敲的那篇短文就这么"急忙地"写了出来。)

我说过只靠自然生长的无产者文学是行不通的。但是,对于自然生长的不满、愤怒、憎恶予以批评、整理、组织的要求,绝不是怀疑这些要素的价值的理由,或者要求其稀薄化的理由。通过批评、整理、组织,使不满、愤怒、憎恶真正地沉潜下来,成为有中心的不满、愤怒、憎恶。这才是重要的。去除诸种混入的意识形态,让真正无产者的不满、愤怒、憎恶向着它应该前进的方向前进,绝不是贬低这些感情的价值,也不是要求其稀薄化。

但我相信,正如列宁所说,无产者的自然生长有一定的局限。无产者的不满、愤怒、憎恶如果只是原封不动地置之不理,绝对无法成为经过充分批评、整理、组织的东西。也就是说,我相信,社会主义的目的意识②,只能是从外部被注入的东西。我相信,我们的无产阶级文学运动,便是在文学领域注入目的意识的运动。

因为这个缘故,对于现在既有的无产者的作品,用锐利的目光寻找目的意识的行为,可以说在当前没有什么意义。无产者的批评,必须努力使作品中呈现的自然发生的感觉与情感进一步统一起来,通过注入目的意识让它们更为深刻。

---

① 据森山重雄所说,此农民诗人指涩谷定辅。涩谷定辅(1905—1989)出生于埼玉县入间郡(现富士见市),农民出身。1925年与下中弥三郎等组织农民自治会,编辑《自治农民》。其诗集《向田野呐喊》(「野良に叫ぶ」,万生閣,1926年)当时被认为是由农民出身的作家直接写出农民悲惨遭遇的作品。参见森山重雄:「プロレタリア文学の第二期(上)——「文芸戦线」の創刊から目的意識まで」,『日本文学』第21卷第3期(1972年3月)。
② "社会主义的目的意识"于《现代日本文学论争史》收录版本中作"社会主义的意识"。

有一些人认为我的论点是在无产阶级的作品中要求知性要素。我攻击资产阶级作家们极端地排斥艺术作品中的知性要素之举,认为这是他们阶级主观性的表现。而且我也常常提倡无产阶级文学不需要受到资产阶级艺术观的束缚。虽然如此,但我相信自己并没有理由因此就受到抗议。无论我对艺术作品的知性要素多么肯定,都没有提出超出文学规则的要求①。这毋宁说更是属于作家在思想准备上的问题。

以上基本将《自然生长与目的意识》所引发的一些肤浅的误解给解答了。但留下的问题还有很多。我知道这些要是没有说明清楚的话,会是很难以令人满意的。

但是,就像我反复说的那样,无产阶级文学运动是植入目的意识的运动。这一运动的进行,将会解答我们所留下来的很多问题,并使其具体化到使人充分理解的程度。

并且,非如此不可。

(前卫座公演第二夜后)②

【题解】

青野季吉(1890—1961),日本著名评论家,出生于新泻县佐渡市。1915 年早稻田大学英文科毕业,曾任《读卖新闻》记者。1922 年加入日本共产党,属于山川均一派。1923 年年初加入《播种人》,后成为《文艺战线》创刊初期的无产阶级文学运动指导理论家。1925 年 1 月为重建日本共产党曾出席上海会议,但由于山川均在党内失势,青野从上海回日本后不久就脱离了日共,转而把主要精力放在文艺上。战后仍继续开展文艺批评活动,并从事社会、政治评论等。主要著作包括评论集《转换期的文学》、自传《文学五十年》等。

青野的文艺批评活动,始于他加入日本无产阶级文学发轫期的《播种

---

① "都没有超出文学规则的要求"《现代日本文学论争史》收录版本中作"都没有超出作为形象语言的文学规则的要求"。
② 前卫座是由青野季吉命名,于 1926 年 12 月与佐佐木孝丸、千田是也、佐野硕、村山知义等人共同创立的新剧团。此处前卫座的公演所指当是 1926 年 12 月 6 日至 8 日在东京筑地小剧场进行第一回公演的前卫座戏剧《被解放的堂吉诃德》,该剧改编自卢那察尔斯基所作剧本,是前卫座的标志性剧目。

人》杂志。1923年9月关东大地震后《播种人》停办,日本无产阶级文学第一个斗争期随之结束。而后,青野与平林初之辅等部分同人重组《文艺战线》杂志,1925年12月叶山嘉树、山内房吉等人发起"日本无产阶级文艺联盟",《文艺战线》成为其机关刊物,开启了第二个斗争期。青野季吉是该刊主要的评论家之一,《自然生长与目的意识》便是针对此时无产阶级文学应当如何重建所展开的思考。

青野在《自然生长与目的意识》中提出,"第二个斗争期"的任务是将"无产阶级文学"转换到"无产阶级文学运动"阶段,也就是注入"目的意识"的运动。《再论自然生长与目的意识》中则提示了此"目的意识论"与列宁《怎么办》之间的关连。文中提到,"目的意识论"的主旨是他在撰写《自然生长与目的意识》前约半年左右便开始考虑的问题。1925年11月起青野季吉在佐佐木孝丸的协助下翻译《怎么办》,于1926年1月译毕并作《译例》①。《怎么办》第二章《群众的自发性和社会民主党的自觉性》②中,列宁借对"工会主义者"的批评,说明工人因受压迫、愤怒所产生的抗争,还只是表现其绝望、报复的"自然生长(自发性)"之物,需要以无产阶级的"目的意识"去引导,才能使"自然生长"之物成为无产阶级斗争运动的力量。但"目的意识"无法由工人自发产生,因此列宁提出要建立一个与自发的工人运动有密切关系的革命前卫队式政党,其首要任务就是把能认清无产阶级的地位及其任务的"目的意识"灌输到无产阶级中去。列宁的主张对青野"目的意识论"的影响相当深远,青野直指混淆"自然生长"式的"无产阶级文学"与具有"目的意识"的"无产阶级文学运动"将带来的危害,认为有必要在无产阶级文学运动迅速发展起来的时刻,对倒退到仅满足于"自然生长"之物的论点进行斗争。他所提出的解决方案,也与列宁所论相仿。青野同样认定"目的意识"只能从外部注入,因此将当前无产阶级文学运动定义为"注入目的意识的运动"。而负担起此任务的"前卫队"之性质与任务,亦在此论所引发的"目的意识论争"中成为重要

---

① 该书《译例》写于1926年1月,距《自然生长与目的意识》写成时间(1926年8月2日)约时隔半年。レーニン著,青野季吉訳:『何を為すべきか』,東京:白揚社,1926年。
② 青野季吉将该章标题译为"大衆の自然生長性と社会民主主義の目的意識性",现中文版《列宁选集》译为"群众的自发性和社会民主党的自觉性"。见《列宁选集》第1卷,北京:人民出版社,1972年,第315页。

论题。这场论争引发的效应极大,一方面促进了日本无产阶级文学运动的推进,另一方面也被认为是导致文坛被"福本主义"笼罩而多次分裂的起点。《自然生长与目的意识》发表后,先后引发谷一(太田庆太郎)、鹿地亘、中野重治等人的批评。此后,《文艺战线》编辑部决定根据目前文艺运动状况,在每期杂志上发表"纲领"回应重要问题,首篇即为 1927 年 2 月发表的《社会主义文艺运动》,此文由林房雄(1903—1975)执笔,以编辑部名义发表后,引起鹿地亘、中野重治的激烈攻击。本文后附《关于与纲领相关的误解——答鹿地君》一文,便是林房雄为回应鹿地亘等人的批评所撰写的答辩文章。

《自然生长与目的意识》最初刊载于杂志《文艺战线》1926 年 9 月号,《再论自然生长与目的意识》最初刊载于杂志《文艺战线》1927 年 1 月号。两文收入青野季吉文集《转换期的文学》(春秋社,1927 年)时皆稍有改动,现据日本图书中心复制版校对。又,平野谦等编《现代日本文学论争史》上卷之《目的意识论争》专辑亦收有此两文,但与《文艺战线》之原刊版及《转换期的文学》所收版本皆略有差别。"论争史"版本流传与影响较大,包括《日本昭和文学全集》在内,诸多集刊中虽多采此版内容,但多迳行将文章来源标示为《文艺战线》,而并未对各版本差异进行校勘或说明。故译文特采上述三个版本进行校对,其中较明显差异者于脚注说明。两文有陈秋帆(1909—1984)译本(陈秋帆译:《日本无产阶级文学运动鲁迅和日本文学》,北京师范大学中文系中国现代文学教研室印,1980 年)。该译本以平野谦等编《现代日本文学论争史》收录版本为底本,本文翻译时曾参考之。

参考文献

青野季吉:「転換期の文学」,東京:日本図書センター,1990 年。

平野謙等編:『現代日本文学論争史』(上巻・「目的意識論争」),東京:未来社,2006 年。

レーニン著,青野季吉訳:『何を為すべきか』,東京:白揚社,1926 年。

中共中央马克思恩格斯列宁斯大林著作编译局编译:《列宁选集》第 1 卷,北京:人民出版社,1972 年。

附：

关于与纲领相关的误解——答鹿地君

林房雄

《文艺战线》二月号所发表的纲领①，在各方面都引起巨大的反响。有人说，自己平素虽然关心文艺运动，但最近因为阵营的混乱迷失了方向，还是靠着那篇纲领才重新找到方向。也有人说，阅读那篇纲领相当于进行了一年的学习，也有人说，是为了想读那篇纲领才买杂志的。

也有一些同志详细地指出了缺点。有的还送来修正案。有人表达了激烈的辩驳。这些反响在各种意义上预示了我们运动的进展。这让我首先因为发表那篇文章并非徒劳而感到欣喜。

但是，那篇纲领是非常不周备的。因此产生了很多不必要的误解。将其在不周备的状态下就发表出去的责任，几乎全在我身上，所以在开始解释关于纲领的误解之前，姑且先把其完成到发表之间的经过说一遍。

十二月的同人会议上，青野氏提案道："最近，关于无产阶级文学的议论一直吵吵嚷嚷，我们受到各种乱七八糟的误解和非难。一个一个回答太难了，不如将同一倾向的问题总结起来，以纲领的形式发表怎么样？"

大家赞成。当时正逢《文艺战线》声明参加政治斗争的时期，所以主张政治归政治、文艺归文艺，政治与文艺绝对不能互相掺和的议论，都一齐投向我们的阵营。所以大家就把第一回的题目定为"政治斗争与文艺运动"，推举青野和我担任起草者。

但是到了临近截稿时，青野氏的工作繁重，我则是从年末的三十一日开始发高烧，卧床不起，过了截稿日都还没起草。正月八日的晚上，吃了阿斯匹林之后，我在病床上拿起笔写了序，在写完第一和第二点之后，已经没有写主题"政治斗争与文艺运动"的力气了。没有办法，就请杂志发布预告将这个主题转为下一期主旨，文章也没有拿给青野看，更没有跟同

---

① 指《文艺战线》于 1927 年 2 月号所刊出的"社论"《社会主义文艺运动》，由林房雄执笔。

人们讨论或修正过,只让山田①和小堀②看了一眼就送到印刷所去了。

事情就是这样。用语不周、说明阙如、顺序混乱等,在读者间所造成的各种疑问、误解,我想是在所难免的。

对于纲领的驳论有《无产者新闻》二月五日所载鹿地亘君的《克服所谓社会主义文艺》③与本刊本期将会刊载的中野重治君的《正在结晶的小市民性》④两篇。

这两位都与我一样是东京帝大社会文艺研究会的会员,也是一起参加文艺运动的亲密的同志。伴随无产阶级文艺运动的飞跃性发展,指导理论的发展被视为必要的今日,来自这些同志的毫无顾虑的批判,在任何意义上都是应该欢迎的事情。所谓发展是与对立物的斗争,无产阶级的阶级意识之发展,不只是要与外面的敌人斗争,也是和自身的斗争,也就是必须通过与我们内在的小资产阶级性斗争才成为可能。

在稿件中可以看到,中野君断言那个纲领"毋宁说是反动的",鹿地君主张"艺术家必须彻底地克服此种纲领制造者林房雄的指导理论,必须努力从那里干干净净地分离出去"。两君的论旨可以理解为基本一致,但中野君的文章还没有发表出来,近日发表之后再回答吧,这里只回答鹿地君。

鹿地君的议论彻头彻尾都建立在离谱的误解之上。不管我的语言是多么不周全,但怎么能引出这样的误解呢?以下按鹿地君议论的顺序来表明这些究竟是怎样离谱的误解。

鹿地君对纲领的序章这样说:"他们(指《文艺战线》的同人)……在第

---

① 山田清三郎(1896—1987),日本小说家、评论家,日本无产阶级文学发轫期代表杂志《播种人》的创建人之一。
② 小堀甚二(1901—1959),日本作家、评论家,1926年加入《文艺战线》,任日本无产阶级艺术联盟书记长。
③ 鹿地亘(1903—1982),日本作家,就读于东京帝国大学期间与林房雄、中野重治等组织社会文艺研究会(后改名马克思主义文艺研究会),参与日本无产阶级文学运动。鹿地亘的《克服所谓社会主义文艺》一文,初刊于1927年2月5日的《无产者新闻》,直接针对《文艺战线》二月号林房雄所起草的《社会主义文艺运动》提出质疑。
④ 中野重治的《正在结晶的小市民性》一文初刊于《文艺战线》1927年3月号,文中批评林房雄的文章是"小市民性的结晶",是一种小资产阶级性的表现。中野强调艺术对实际变革的作用,认为这比只在文艺领域纠缠来得重要。

一回中认为,眼下的问题是对普遍的社会主义文艺下定义,并据此主张在资产阶级文坛里的存在权。"

读者啊,请你们再重读一次纲领的序章吧。从哪里可以引申出这样的结论呢?诚然,我自己在《新潮》正月号和《改造》二月号上,为了回应编辑的要求,力倡社会主义文艺在文坛内也应该得到存在权。但鹿地君总不会擅自把这两件事联系到一起吧?此外,所谓"他们把对普遍的社会主义文艺下定义作为当前的任务",这又是在哪里写了呢?恐怕鹿地君是只看了纲领的标题就这样推断了吧。那个标题我本来是起作"文艺战线纲领(其一)"的,但因为这样在销售策略上似乎价值不高,所以编辑者就稍微虚张声势了一下(译者按:改成了《社会主义文艺运动》)。也真不凑巧。因此,鹿地君下面的论断也是错误的。

"对他(林房雄)而言,问题并不是从全无产阶级的立场来让艺术起到什么样的作用,而是社会主义的艺术应如何制作。"

"他把作出普遍的定义,以及将斗争限于文坛的存在权上,换言之,即孤立的文艺运动自身的发展,当作履行阶级的使命,并且有意无意地为了逃避运动现阶段所规定的任务,把自己正当化,给自己提供根据,为了寻找各种借口而可怜地努力着。总之这不过是逃避,是可怜的自我安慰而已。"

正因为把从全无产阶级的立场出发如何让艺术发挥作用视为问题,社会主义艺术应该如何制作才随之成为问题的。这么简单的逻辑都不明白吗?我们的运动已经开展到讨论应该如何制作社会主义艺术,也就是技术与样式的问题的阶段了。这与在帝大的休息室里研究原理的时代已经不一样了。

此外,到底是谁说过只有进行文坛内的斗争、主张文坛的存在权,才是履行阶级的使命呢?我们一直以来都是秉持与此相反的主张,不是吗?只要每一期都关注本刊"文艺战线"栏目就能知道这一点。

在《播种人》杂志的时代,文艺运动作为战斗的作家的运动对我国的社会主义启蒙活动有很大贡献(现在在各个岗位工作的斗士们中间,我们可以发现许多《播种人》的忠实读者)。而在震灾后的反动期,当这种运动渐渐沦为文坛支流时,开始企图进攻而使艺术家运动成为无产阶级运动之一翼的,不是《文艺战线》吗?《文艺战线》和"无产阶级艺术联盟"最近的发展,与无政府主义者的分离、针对一切将文艺与政治切开的企图的斗争——那篇纲领正是从这种需要中产生出来的,能把它看成逃避的借口或者悲哀的自我安慰吗?

当我们的运动摆脱文坛支流的境地,通过《无产者的黄昏》的上演、《无产者新闻》的工作、美术部的活动等,成为全体无产阶级斗争的一部分时,艺术家们是怎样地欢呼、心怀感动地开展活动呐。此外,我们"文战"的同人们为了让杂志更加具有政治性,是怎样地为了保证金耗尽心血呐。现在想起来,也许正如早已多次被批评的那样,那些活动忽视了主体性的高涨,是折衷主义的适应。事实也许如此。但是,在这种适应当中显现的可喜的方向,为什么你在那篇纲领中没有看出来呢?为什么只是一味地进行自我安慰的诽谤呢?我在序章中的任何一处都找不到"逃避运动现阶段所规定的任务、可怜的自我安慰",所以没法了解你的真意。

如果因为文坛上出现了三两个作家,舆论界把名为"普罗文学"的太鼓咚咚敲响,就断定我们的纲领只以主张在文坛上的存在权为目的的话,这种误解就在我答辩的范围之外了。

(当然,我们决不否认企图进军文坛。也不否认,与你们相比我们恐怕更重视对文坛的进军。我们为什么重视这一点呢?因为既然政治斗争不否定社会主义普遍的启蒙价值,那么进入文坛从全无产阶级的立场上来看就是有用的。关于文坛斗争的详情,请看本期的纲领和《新潮》三月号将刊出的我的评论。

我们以撰稿谋生,所以可能会把某些文坛的斗争意义给予过度评价也不一定。关于这一点的批评自当欣然接受。望勿顾忌。)

此外,鹿地君因为序章中使用了"集团性"一词,便直接联系到波格达诺夫①的观念论,对于现在还议论"艺术上的集团性"提出非难。在资产阶级的批评家与无政府主义者执着于个人主义的艺术观,要把社会主义的作品与读者分离开来的时候,强调"艺术上的集团性"为何会是观念论呢?难道你想说现在不存在无产阶级的集团性吗?工会怎么说?党又怎么说?此外,联盟美术部的活动、前卫座的演出方针、《文艺战线》的纲领

---

① 波格达诺夫(Alexander Bogdanov,又译波格丹诺夫,1873—1928),与列宁同为布尔什维克派创建者。林房雄于1925年翻译其重要著作《经济科学大纲》,1927年又译《马克思主义·阶级意识学:意识形态的科学》。《经济科学大纲》有陈望道(1891—1977)、施存统(1898—1970)译本,参见波格达诺夫著,陈望道,施存统共译:《经济科学大纲》,大江书铺,1929年。

又如何呢？如果这不是集团性是什么？莫非鹿地君以为集团性是到了社会主义的社会，就从天上掉下来的东西吗？这才是观念论。——即便你是社会文艺研究会中醉心于波格达诺夫的人，而我是波格达诺夫的翻译者，但以"集团性"一词就直接地与波格达诺夫的观念论连结在一起，是恶意的误解。我只能这样想。

接下来进入纲领本身。

"自然生长性是无意识性的意思，目的意识性的目的这个词没有什么特殊的意义。"

根据这句话，鹿地君认为这是从"目的意识性"中将重要的历史范畴删去了。认为这是试图抛弃社会主义的目的。别开玩笑了！

首先从词句的解释开始吧。

目的意识性是最近被引进文艺运动的领域，成为议论与抗争中心的一个词。这个词从青野在去年九月号中[①]以独到的方式将它引入文艺运动中以后，许多人任意地对其加以解释，自说自话地掀起议论，甚至对作品造成影响，近来开始成为无政府主义者对我们攻击的武器，引发了不可收拾的混乱。

（看看各杂志、报纸中出现的"目的意识论"，比如本刊去年十月号的《小堀甚二论》、十二月号的《叶山嘉树论》等等，以及各种"有目的意识的作品"纷呈的混乱吧。）

我们的敌人把"目的意识性"理解为：在作品中无视艺术的组织，塞入社会主义的普遍性结论、最终目的和一些其他的观念。为了与这样的误解作抗争，我们写了纲领的第一部分。（之所以省略说明，是因为放在很长的议论之后，加上正月号里已经有了青野的《再论》[②]，所以成为了那样一种笔记式的东西。结果这反而造成了不好的结果。）

"自然生长的要素与有意识的计划的要素，相对的意义的评价"。（《怎么办》，四十一页。）[③]

---

① 指青野季吉的《自然生长与目的意识》一文，发表于《文艺战线》1926年9月号。
② 指青野季吉的《再论自然生长与目的意识》一文，发表于《文艺战线》1927年1月号。
③ 此段引文在青野季吉的译本中略有不同。青野译本为"自然生長の要素と意識の計画の要素との、相対的意義の評価の相違"，意指对"自然生长的要素"与"有意识的计划的要素"之意义评价有所不同。参レーニン著，青野季吉訳：『何を為すべきか』，白揚社，1926年，第41页。

"自然生长的要素在性质上无非是有意识的行动的萌芽状态。"(四十三页。)

"大众的自然生长性与马克思主义的意识行为性。"(福本和夫《在马克思主义的旗下》第三号。)

"反之,唯物辨证论者在这里倡导'意识的行为性'的必要。"(同上。)

从这些话来看也是很明白的,我所定义的目的意识性,绝不是抽空了重要内容的东西。这个意识性是怎样的意识性,在纲领第二项里应该已经很清楚了。鹿地君想必也承认这一点吧。

所谓"没有特殊意义",是针对刚才所举的例子那样任意误解的人所说的。绝不是说社会主义的目的无关紧要。

自命为日本唯一的社会主义文艺杂志的《文艺战线》,其卷头会开玩笑地登载认为社会主义目的无关紧要的社论吗? 如果它真的是这样的东西,那么在发表之前已经过目的山田和小堀首先就不会同意的。

不过,文章语言是极为不周全的。这一点我承认。对于不了解最近运动状态的人看来,确实是很可能引起误解的文章。这一点我会负起责任。不过虽说要对误解负责,但对于将自己的误解视而不见的鹿地君所谓自慰行为呀、逃避呀、可怜的小资产阶级意识的表现等等傲慢的诽谤,我是不负责的。想要的话,还给你吧!

接下来,要解释一下下面这句话:

"社会主义文艺运动是前卫的运动。如果不是前卫的运动就没有存在的意义。"

根据这句话,鹿地君认为我们现在已经以前卫(我是在一般意义上使用这个词)自居。这样的说法从何而来呢? 我们杂志的同人才从日劳党成立所带来的混乱中挣脱出来,决议支持劳农党①,渐渐统一步调之时发表了那个纲领,怎么会自我陶醉地说我们已经是前卫了呢?"我们如果想要做出对全无产阶级斗争有意义的活动的话,就必须要与前卫的意识斗争。如果不如此,就会单以文坛的运动告终。"这是一种警告自我、启蒙作家的话。如果是充分看到运动实际状况的人,怎么也不该产生像鹿地

---

① "日劳党"指麻生久(1891—1940)与三轮寿壮(1894—1956)、三宅正一(1900—1982)、山名义鹤(1891—1967)等于1926年12月脱离劳动农民党(简称"劳农党")后,另外成立的日本劳农党(简称"日劳党")。

君那样严重的误解。我要对鹿地君说的是：批判对当前问题的议论，却无视产生当前问题的客观情况，对他人的议论吹毛求疵，自己任意地做解释，对同志投以威压的诽谤并自我陶醉，这才是小资产阶级的自慰。这只会破坏运动。

接下来，还剩下现阶段文学中的题材问题。我写到，工厂、农村、股票市场、贫民窟、跳舞厅、罢工、监狱、恋爱、死，这一切都必须通过作家的社会主义世界观描写出来。这一意见现在也没有改变。这与鹿地君的看法似乎有些差异。这是在合评会和研究会中与你多次议论过的重要问题，待来日再展开吧。

最后，举几处鹿地君的议论中特别令我受教的部分。

首先是我对"前卫"这个概念的定义并不充分，且有所误解。没有明确地把握住，政治上的前卫是只限于指社会主义政治斗争的指导者。因此产生了我们无视变革行为，对于艺术行为给予过重评价的印象，这不管怎么说都是我的失误。对于指摘这一点的鹿地君要表示感谢。

此外，对于鹿地君作为"被现阶段所规定的艺术之意义与职责"所举出的部分，我们基本上也没有异议。关于"艺术与政治暴露的关系"鹿地君能达到这样明确的认识，对鹿地君本身以及我们而言都是幸运的。原因是，这种认识是我们模模糊糊地在去年底开始产生，并对当时错误的目的意识论（要在作品中进行对一般政治机构的暴露的文学论）最顽强的主张者鹿地君反复加以说明的。我们的这个立场，以更有条理的形态成为鹿地君的主张并被表现出来。他是站在我们的主张之上来批判我们，所以说我们没有异议。对此鹿地君也会承认吧。

关于这一点，也请参阅本月号的纲领。我们虽然没有使用"进军喇叭"这类威武的词语，但自认为写出了应当写的东西。承认文坛的斗争这一点，鹿地君可能不喜欢，但这就是见解的差异了。让我们彻底地争辩下去，借此推动指导理论的展开吧。（为了不造成误解，这里多说一句：这次的纲领是在鹿地君的批判发表之前甚早，就由五人的委员会起草的。）

至此基本上结束了答辩。因为鹿地君舞弄着那么严重的诽谤，我们也就回敬以这样激愤的字句，这一点希望能得到谅解。也希望你在承认误解之后再来挑剔我们的缺点。必须改正之处我们也会渐渐改正。据《无产者新闻》编辑者所言，他们是为了给开始与政治战线接触的文艺运动自我批判的机会,为了创造无产阶级运动的真正进展的机缘,所以发表了你那篇文章,这么做理应也符合报纸的意志。

虽然有点画蛇添足,但底下摘录现在与我们直接对立的无政府主义文艺家对这个纲领做出的反应。

"文艺战线社和他们那一派,正如该刊二月号的社论所宣言的,将宣传共产主义、并以实际运动的××为目的的文学的创作,视作最为重要的工作。自称为共产主义××的第三战线也是为此。"(二月十一日,《东京日日新闻》,江口涣氏。)

江口氏的解释正确与否,在此恕不明言。但是可以看出,这与鹿地君的观点是恰恰相反的。不管是敌人还是伙伴,凡是关心并注视着文艺运动的进展的人,不论语词周备与否,都会如此来解释此纲领的。

拘泥于只字片语,无视运动的实情与现在的阶段,在误解之上再添误解,必定难以期待有真正的进展。

首先承认误解是误解吧。然后再提出你们新的提案来。不管那有多么困难,哪怕对现在的我们来说是不利的,我们也决不会想要回避的。

通往无产阶级写实主义之路

藏原惟人

一

当把无产阶级写实主义作为一个问题时,我想将其与资产阶级写实主义对照着来考察。

一般所谓写实主义是指什么呢?在艺术论中,写实主义和理想主义(idealism)相对立,同样是从艺术家对现实的态度中产生的。如果艺术家用先验的观念来观察现实,依此理想(idea)改造现实,而后将之描绘出来,则其生成的艺术就是理想主义的艺术。反之,艺术家对于现实并不抱持任何先验主观的观念,而是客观地如实描写现实本身的时候,写实主义的艺术就会由此诞生吧。因此,理想主义的艺术之特征是主观的、空想的、观念的、抽象的;写实主义的艺术之特征是客观的、现实的、实在的、具体的。普遍说来,若理想主义是正在没落的阶级的艺术态度,那么相对而言写实主义则可以说是正在勃兴的阶级的艺术态度。

以上是就艺术上写实主义的一般情况而言,在这个意义上来说,波留克列特斯①、普拉克西特列斯②、库尔贝、杜米埃③、莫奈、塞尚、福楼拜、左拉、托尔斯泰、陀思妥耶夫斯基、西鹤、广重④,不能不说都是写实主义者。但即使同样有对于现实极力保持客观的写实主义态度,但在历史的现实中,也不免为其所处时代的社会状态、艺术家所属的阶级之特殊性所规

---

① 波留克列特斯(Polyclitus,前5—前4世纪,又译波利克里托斯),古希腊雕塑家,擅于表现运动者的身体造型,代表作包括《束发的运动员》(前430)和《持矛者》(前450—前440)。
② 普拉克西特列斯(Praxiteles,公元前4世纪),古希腊雕塑家,擅于表现女性化身体的线条美,开创女性裸体雕塑之风。代表作包括《赫耳墨斯与小酒神》(又译《赫尔墨斯与婴孩狄俄尼索斯》)等。
③ 杜米埃(Honoré—Victorin Daumier,1808—1879),法国画家、讽刺漫画家,代表作包括《唐吉诃德》(1868)等。
④ 歌川广重(1797—1858),本名安藤重右卫门,故亦称安藤广重,江户时代浮世绘画师。

定,从而各自形成了古典的、封建的、近代的写实主义。关于古典的、封建的写实主义,现在暂且不论。且让我们直接进入必须讨论的这最后一类——近代的写实主义。同时,我们要将问题的对象限定于文学领域。

近代的写实主义——换句话说即资产阶级写实主义,可以视为与自然主义同时产生的东西。人所共知,自然主义的文学是十九世纪六十年代,以福楼拜、龚古尔兄弟①、左拉、都德、莫泊桑等为中心勃兴于法兰西,随即传至德、英、俄、日等国,最终成为十九世纪后半(法、德、英)及二十世纪初叶(俄、日)的文学主潮。文学上的自然主义,无论在哪个国度都是作为浪漫主义的反动而产生的,但绝不是因为人们对浪漫主义厌倦而使自然主义勃兴起来这种意义上的反动。总而言之,在文学上的大型流派的交替里,常隐藏着那个时代的阶级对峙,这是不可忽略的。十九世纪文学的从浪漫主义向自然主义的转变背后,也有着渐次没落的地主阶级和渐次勃兴的近代资产阶级的阶级斗争。

浪漫主义是正在没落的地主阶级的文学,正在没落下去的阶级其意识形态的常例是空想的、观念的、传统的。与之相对,自然主义文学则以归于现实、打破因袭、解放个性为标语而出现。这与当时新兴的资产阶级的意识形态完全走在一样的轨道上,同时这又和一切新兴阶级的意识形态有共通之处。

如此,作为近代资产阶级文学的自然主义,便手握着写实主义出发了。他们和一切新兴阶级的文学一样,把现实当作现实,努力不加粉饰地客观描写出来。然而,资产阶级的历史局限性,却不管他们怎么努力追求客观,也终归给那写实主义带来一定的局限。那是什么呢?

资产阶级在人类历史上的使命便在于"个人的解放"。使资产阶级能够完成这个历史使命的,不消说就是其社会地位及其生活原则;然而也是此种社会地位、此种生活原则,又产生了资产阶级的个人主义。事实上,这种个人主义正是贯彻于资产阶级之物质、精神生活的决定性原则。

自然主义文学的出发点,也在此种个人之中,而且是被社会隔离的个别的个人之中。他们在个人之中寻找永远的、绝对的东西,寻见了"人类

---

① 指埃德蒙·龚古尔(Edmond Goncourt,1822—1896)与茹尔·龚古尔(Jules Goncourt,1830—1870)兄弟,法国作家。

的生物本性"。因此,在他们看来,所谓人的生活终不外乎是人的本能的生活。这是受当时生物学、生理学之发达所影响,又与哲学上、观念上的唯物论相呼应,许多自然主义的作家们确实以此观点出发,去观察并进而描写一切生活。因此,在他们看来,和人的本能像是没有直接关系的社会生活,便全在其视野之外了。我们只要回忆一下福楼拜的《包法利夫人》、莫泊桑的《一生》《漂亮朋友》、阿尔志跋绥夫《萨宁》[①]等自然主义文学的代表作品就足够了。

在那里,一切人的生活都被还原于人的生物本性、人的性格、遗传等。换句话说,他们对于生活——现实的认识的态度,是极其非社会的、个人的。那里既不存在社会生活对于个人的支配性,也看不到社会组织对个人的压迫。在那里一切的支点都被置于个人上。与此同时,他们的题材也被限定于人类的个人生活——这里就有着资产阶级写实主义不可超越的界限。

但是,在这界限内,这些作家们却彻头彻尾地采取彻底客观的、彻底非主观的态度。左拉说过:"像生物学用生物做实验似的,小说也实验着、解剖着、报告着事实。"福楼拜也用下面的话说明同样的意思:

> 对待人们必须像对待猛犸或鳄鱼似的。我们能因为它们一个有角,一个有颚骨而愤慨吗?只有标示它们,做成标本,装在酒精坛里——如是而已。但是,对于它不可下道德的判决,首先,你们是谁呢,你们,小小的蟾蜍?

实际上,在这个范畴内,他们可以算是客观的。但是,他们在一方面要求自己有自然科学者的客观性,但另一方面却并没有社会科学者的客观性,在这种情况中,就埋下了使他们的写实主义不能在全体性上描写社会的最根本的原因。

二

但是,在近代文学当中,尚有另一种写实主义和这种写实主义并存,

[①] 阿尔志跋绥夫(Mikhail Petrovich Artsybashev,1878—1927)俄国作家,《萨宁》为其所作的长篇小说。

可以左拉、豪普特曼（Hauptmann）①、易卜生、陀思妥耶夫斯基等的某些作品为代表。

　　这种写实主义与福楼拜、莫泊桑等相异之处，就在于后者是彻头彻尾的出发于个人又归结于个人，反之，这个写实主义虽于其终局有着个人主义的观点，然而毕竟采取了社会的立场。恰如此前的现实主义是反映着新兴资产阶级的立场一样，这种写实主义则较多地反映了小资产阶级的立场。所以我们可以暂时称其为"小资产阶级写实主义"。

　　小资产阶级在资本主义社会的位置，谁都知道，是处于资产阶级和无产阶级的中间，他们随着资本主义的发达，在经济上、政治上都有日益受到压迫的命运。而且，他们不能纯粹地站在资产阶级的立场，但也做不到积极地移向无产阶级的立场，在思想和行动上都不断在这两个阶级之间摇摆。因此，他们的立场，在经济上、政治上较偏向于阶级协调；在思想上、道德上较易成为博爱、正义、人道等的承担者。——他们这种社会生活，也反映于他们的文学，于是便产生出我们所谓的小资产阶级写实主义。

　　我们且以左拉的《萌芽》②为例。这部有兴味的小说，以煤矿工人的罢工为题材，在从经济的、社会的方面选取题材这一点上，已经比前面的福楼拜、莫泊桑等人的作品有很大的进步。左拉努力不从个人的方面而是从社会的方面去描写社会现象，这本身是正确的，但也因为作者中间阶级立场的缘故，无法得到对那题材正确的、历史的、客观的把握。也就是说，作者没有把煤矿工人的罢工用革命的③无产阶级的观点来描写，而是从阶级协调的立场来描写——小说是以罢工失败，将之交给改良主义者去收拾来作结。固然，将失败后交给改良主义者去收拾的罢工如实地描写出来，这一点是无可非议的。这是身为写实主义者的作者当然的态度。然而，不可忽略的是左拉选择这样的材料，而且把它写得仿佛是阶级协调主义的胜利，这里头就存在不少他的小资产阶级的主观，这一点不容忽视。事实上，左拉针对资产阶级方面攻击他的作品是"革命的"时所进行的答辩，正是以声明他的作品绝对"不是革命的，而是诉诸同情和正义的

---

① 戈哈特·豪普特曼（Gerhart Hauptmann, 1862—1946），德国剧作家，代表作包括《织工》等。
② 《萌芽》为左拉所作的长篇小说，描写矿工生活与罢工事件，于1885年出版。
③ 初版本中"革命的"一词为伏字，以×××标示。

博爱主义的东西"来辩解。他对于试行世界最初的无产阶级专政①的尝试即巴黎公社持否定的态度,也是不争的事实。

豪普特曼的《织工》②与左拉的《萌芽》有许多共通之处。这部著作也和《萌芽》一样,其题材是社会的、经济的,同样描写劳动者对资本家的反抗。从艺术价值来说,也可算是一部优秀的自然主义文学作品。这个作品自1894年在柏林上演以来,三年间共演出超过两百场,长期被欧洲无产阶级认为是自己的旗帜。实际上,在欧洲的许多城市里,这个作品一度被禁演,在帝政时代的俄国,其翻译也被禁止。在日本则直至昭和时代的今日为止也还不能看到该剧上演。然而,我们在这个作品里,也可以明白地看出像左拉《萌芽》一样的小资产阶级立场。

第一,我们不可不关注的是豪普特曼在描写劳动和资本的冲突时,不取材于近代劳动者的罢工,而是取材于1840年代手工业劳动者的罢工事件。所谓1840年代的手工业工人是什么呢?那不是近代意义上的无产阶级,而是大都过着封建生活,有大量封建意识形态的小有产者、小资产阶级的要素。自己就是小资产阶级意识形态代表者的豪普特曼,特地从这"劳动者"之中寻找自己的戏剧的题材也绝不是偶然的。

果然,豪普特曼也在答复非难他作品是"社会主义的"的批评时,说"自己在这个戏剧里所希望的,绝不是导致劳动者叛乱,而是促使企业家反省"这些话。继这篇《织工》而描写十七世纪农民叛乱的《弗洛里安·盖尔》③及其他作品后,社会的动因在他的作品中就永远看不见了。

在略述了这两个最具代表性的"社会文学"作品后,我想,对易卜生、陀思妥耶夫斯基等的作品就没有详述的必要了。因为关于他们在写实主义上的小资产阶级立场(易卜生的《玩偶之家》《人民公敌》,陀思妥耶夫斯基的《罪与罚》及其他),我想就算不在这里说明,读者也能看得出来了。

以上是专就欧洲文学所说的,回过头来看日本的自然主义文学,我们也能在里头赫然发现以前被笼统地称为"自然主义文学"的东西里,明显有两种不同类型的写实主义:一种写实主义是以田山花袋的《棉

---

① 初版本中"专政"一词为伏字,以××标示。
② 《织工》为豪普特曼以自然主义手法创作的剧本,以1884年西里西亚织工起义为背景,于1892年出版。
③ 《弗洛里安·盖尔》为豪普特曼所作的剧本,于1896年出版。

被》《少女病》①、德田秋声的《霉》《烂》②为代表的；另一种是以岛崎藤村的《破戒》③为代表。这两者不用说，是不能完全分离地看的，然而我们认为，从前的批评家之所以没有办法区分出这两种写实主义，其原因恐怕与对自然主义文学没有充分认识有关吧。但关于这一点，且待其他机会再写吧。

三

在讲完近代文学的两种写实主义之后，最后，我们且来讨论与我们最有直接关系的第三种写实主义——我们所说的无产阶级写实主义问题吧。当无产阶级作家描写现实时，应该采取什么样的态度呢？

无产阶级作家对于现实的态度，应该彻头彻尾是客观的、现实的。他必须离开一切主观的构成来观察现实、描写现实。在此意义上来说，他不仅必须是个写实主义者，也唯有站在渐渐抬头的阶级的立场，始得成为现在的写实主义的唯一继承者。那么，无产阶级的写实主义和资产阶级、小资产阶级的写实主义不同之处在哪里呢？

资产阶级写实主义，如上所述，是从抽象的"人的本性"出发。然而在现实中，不会有抽象的、脱离社会的"人"，而所谓"本性"者，如果从那个社会、那个时代——一言以蔽之，从那个环境分离开来思考的时候，那毕竟是一个抽象之物而不是现实。他们对于现实的认识不充分就在这里，同时，这里便有着他们作为写实主义者的界限。也就是说，他们能描写人类的、个人的本能生活，但却不能将其作为整个社会生活的一部分来描写。到了他们反复书写"最初会面过的卖酒男子和最初会面过的杂货店女店员的恋爱关系"时，他们的写实主义就完全丧失其价值了。

无产阶级作家，必须克服这种自然科学的写实主义，获得和个人相反的社会观点。换句话说，我们必须对抗那些把社会问题也归于"人的本性"的认识方法，强调把一切个人问题都用社会观点来观察的方法。

---

① 田山花袋(1872—1930)，日本自然主义作家，《棉被》(又译《蒲团》，1907年)、《少女病》(1907年)皆为其代表作。
② 德田秋声(1872—1943)，日本自然主义作家。《霉》1911年8—11月发表于《东京朝日新闻》。《烂》1913年3—6月发表于《国民新闻》。
③ 岛崎藤村(1872—1943)，日本自然主义作家，《破戒》为其代表作，于1906出版。

但即使是同样采取社会的立场，小资产阶级作家和无产阶级阶级作家也自然有各异的观点。小资产阶级写实主义也和前面说过的一样，是在抽象的正义、人道中，寻找一切生活问题的解决方式，其社会立场是阶级协调的。然而，社会发展的推进力，不在于阶级和阶级的协调，而在于公然或隐然的斗争，这已经被过去的历史所证明了。因此，从这个观点去观察社会的问题，便是用自己的主观构成去观察，而不是客观地在历史的发展中去观察社会。结果，站在这一立场的作家们，后来随着资产阶级和无产阶级的阶级斗争激化，便不得不移转其立场，或为反动的资产阶级立场，或为革命的①无产阶级立场。从那时起，能够成为真正的写实主义者的，只有能于其全体性、其发展中去观察现实的无产阶级作家了。

无产阶级作家，首先必须获得明确的阶级观点。所谓获得明确的阶级观点，不外乎是站在战斗的无产阶级立场。如果用"VAPP"（全联邦无产阶级作家同盟）著名的话来说就是：他必须用无产阶级前卫的"眼光"来观察这个世界并把它描写出来。无产阶级作家，只有获得并强调这种观点，才能成为真正的写实主义者。这是为什么呢？因为在现在能真实地于其全体性、于其发展中观察这个世界的，只有战斗的无产阶级——也就是无产阶级前卫。

这种战斗的无产阶级的观点，又将决定无产阶级作家的作品主题。他从这现实中将对无产阶级解放无用的、偶然的东西舍去，而选取对此必要的、必然的东西。这样，恰如资产阶级写实主义的作品以人的生物欲望为主题一样，又如小资产阶级写实主义者的作品以社会的正义、博爱为主题一样，无产阶级作家最主要的主题，就应该是无产阶级的阶级斗争。

然而，无产阶级作家，绝不单以战斗的无产阶级为其题材。他描写劳动者，同时也描写农民、小市民、士兵、资本家——凡是与无产阶级解放有些关系的一切。在这个时候，他就要用阶级的观点——现在唯一的、客观的观点——去描写他们。问题关键只在作家的观点，而未必在其题材。——题材，在这个观点所允许的范围内，最好能够包含现代生活的一切方面。因之，在我们的阵营里，"只有在战斗中的无产阶级才成为对象"这种观点必须及早清算。

---

① 初版本中"革命的"为伏字。

以上我们已经看到无产阶级写实主义与资产阶级写实主义如何不同了。那么，无产阶级作家要从过去的写实主义中继承什么东西呢？首先，我们从过去的写实主义继承它对现实的客观态度。这里所谓客观的态度，绝不是说对于现实——生活无差别的、冷淡的态度。也不是所谓力求"超阶级"的态度。而是没有任何主观的构成、主观的粉饰，把现实当作现实去描写的态度。而这种态度就是过去日本无产阶级文学中很多作品所缺乏的，正因为这个缘故我们现在必须特意强调。在迄今为止我国的无产阶级文学里，我们时常能看到其中所描写的现实被作家的主观所歪曲、粉饰。但这样不仅不是写实主义者应有的态度，也不是一般优秀艺术家应有的态度。我们认为重要的，不是用我们的主观去歪曲或粉饰现实，而是去现实中发现和我们的主观——也就是无产阶级的主观——相应的东西。只有这样，我们的文学才能真正对无产阶级的阶级斗争有用。

也就是说，第一，要用无产阶级前卫的"眼光"去观察世界；第二，要用严正的写实主义者的态度去描写之。——这就是通往无产阶级写实主义的唯一道路。

【题解】

藏原惟人（1902—1991）是日本无产阶级文学运动的重要领导者、文艺评论家。东京外国语学校俄语科毕业，后至俄国留学，1926年年底回国，参加"日本无产阶级艺术联盟"。1928年年初，他在《无产阶级艺术运动的新阶段》中对当时日本无产阶级文坛在两方面的困局作出反思。其一，青野季吉所引发的"目的意识论争"被认为是将福本主义中的"结合前先分离"思想引入文坛的起点，日本无产阶级文学团体在短短两年间经历了多次分裂；其二，在"目的意识"的目标下，虽然在"灌注方式"上已经有许多具体的办法，但如何在创作上将无产阶级文学推向下一个阶段仍有待努力。

针对文坛的分裂，藏原于1928年3月牵头组建全日本无产者艺术联盟（NAPF），将无产阶级艺术同盟、劳农艺术家同盟、前卫艺术家同盟等左翼艺术家团体在保持其组织与意识形态上皆独立的前提下重新整合。而关于怎样的艺术才能更好地浸渗到被压迫的大众中去的问题，藏原则提出以"无产阶级写实主义"为前进方向，《通往无产阶级写实主义之路》便是其代表言论。

文中，藏原首先按照艺术家对于现实的态度，区分"理想主义"与"写实主义"，认为后者往往是勃兴阶级的艺术。但在"写实主义"中又需要再区分出三种不同的类型："资产阶级写实主义"以福楼拜等为代表，在突破浪漫主义文学的窠臼，回归到对"人"的关注这一点上有其贡献，然其问题也在于这种以非社会化、个人化方式认识现实时，容易关注人的生物本能这一类内容，导致将社会生活对个人的制约、社会组织对个人的压迫等与"本能"没有直接关系的社会生活排除出视野之外。"小资产阶级写实主义"以左拉等自然主义文学为代表，在关注题材的社会性、经济性上有长足的进步，但在分析时却采取抽象的正义和人道主义观，因此局限于小资产阶级的主观性，提出阶级调合式的解决方案。最后一种是藏原认为需要提倡的"无产阶级写实主义"，但他并未截然割断其与前两种现实主义的联系，而是提出要加入"社会"的观点，来修正仅从"本能"观察人的偏颇，要使作家转为站在战斗的无产阶级前卫立场上，以明确的阶级观点来分析处于阶级斗争中的现实。文中还强调，虽然要求的是写无产阶级的阶级斗争，却并不是指只能以阶级斗争、无产阶级为题材，而应将"无产阶级现实主义"的创作方向与"无产阶级解放"的目标联系起来，让无产阶级文学更有机地与无产阶级解放运动结合，借此平衡此前思想上的激进与创作上的贫弱之间的落差。

随着寻找突破这两方面瓶颈的尝试，藏原逐渐成为日本无产阶级文学运动的理论指导者，无产阶级文学的创作与影响力也逐步扩大，进入日本文学史上的鼎盛时期。

本文有林伯修译本(《到新写实主义之路》，《太阳》1928年7月)、吴之本译本(《普罗列塔利亚写实主义的路》，《新写实主义论文集》，现代书局，1930年)，本文翻译时曾参考之。

参考文献

野间宏等编：『日本プロレタリア文学大系 3：運動開花の時代（上）』，三一書房，1955年。

王志松：《"藏原理论"与中国左翼文坛》，《中国现代文学研究丛刊》，2007年第3期。

"败北"的文学
——关于芥川龙之介的文学

宫本显治

一

被公认为适合"文人"这一古典称呼的芥川龙之介所生活的世界,在很长时间内我一直以为是与我无缘的。在这位作家"透彻的理智世界"里,我只能模糊地感到其细腻的神经与他对人生的冷眼相待。诚然,那些色彩在我曾一路走来的世界——小资产阶级的故乡里闪耀,但即使是那神经质的苦闷也不能从根本上令我动摇,反而像盛开在遥远世界里的人造花一般。我对于他,除了"过于人工化、文人气"这种模糊的印象以外,再无其他。

这首先是因为我对他的文学没有足够的领悟力,同时,大概也因为他用那常穿的城里人的马甲将其全貌层层包裹住的缘故。

可是,一九二七年这位"文人"异常紧迫的挣扎及以自杀了结收场,则不能不使我看待他的态度发生巨大变化。我非常意外地发现了近在咫尺的他的存在。当时我曾想过,是不是因为他的自杀令我感伤呢?为此,我不得不重新严肃地再次审视他。……然而,这不是因为感伤。我们所见的,是他一边竭尽全力撑住那一生无法脱卸的沉重铠甲,一边拼命地进行着为不安所封锁的战斗。在最后,他带着几件遗稿迫近我们,一边痛诉向已精疲力竭的自己投射而来的过渡期的阴影,一边为向他袭来的必然结论而恸哭。于是,我们进行再批评之后可以知道,对他来说,此事与其说是一个异样的转变,不如说是已经由他的文学出发点所内在规定的决战必然到来。

在此,作为一个序论,首先重新回顾他的生活模式也许并不是毫无必要的。

他的生活圈相当明显,从未脱离小资产阶级的范围。作为具有与他相似社会背景的人,我现在可以联想到有岛武郎①。就度过过渡时期的苦闷生活这一点而言,两人可以说是最具代表性的知识分子类型。但我感觉芥川身上有着离我们更近的东西。有岛武郎以其资产阶级式的渊博教养和态度,在他的全集或评传中至今仍被誉为具有"大陆的风貌""阶级的苦闷"等。但有岛所抱持的苦闷,还是带着殉道者稚气的苦闷。正如已故的片上伸②曾经批评过的那样,身为启蒙主义者——自得的利己主义者——"据理以收拾自己心情的方式,使他所说的话肤浅、平板、枯燥,即使看起来说得对,也没有能让人真心接受的力量"③。不仅如此,就连他关于知识阶级作用的理论,也立足于源自小资产阶级性的错误认识,这一事实到今天已是再清楚不过了。即使在艰难痛苦的晚年产生了虚无主义的萌芽,但有岛的轨迹是直到最后依然可以让人感受到对"爱"和"人道"的某种类似确信的东西。因此,他遗书里的"我们为了自由,欢喜地迎接死亡"这句话也并非偶然。

然而,我们从芥川那里感受到的,是更为紧迫阴郁的空气。这一点我在后面会详叙,那里有着通过疲惫神经末梢逐渐意识到的"面对人生之败北"的痛苦。悲夫,他无法不意识到自己正走着的路将通往"惨败"。

不久,这种终将达到"实践性的自我否定"的充满后悔的自我批判,在人生最后阶段的他体内蔓延。在这批判当中,他始终不能摆脱知识分子的重担——怀疑和自尊心冻结在神经末梢,直至决裂。可以说,他正是资产阶级文艺史上罕见的、为内在苦闷的红色血液所浸透的悲剧性高峰。而又正因如此,他成为生长于市民社会的开化期到凋敝期的文化环境中一种纪念碑般的存在。我相信,将这样的芥川文学作为批评的对象,不仅是出于我个人兴趣的行为,从客观的角度来说也不是毫无意义的。

---

① 有岛武郎(1878—1923),日本"白桦派"代表作家。
② 片上伸(1884—1928),文艺批评家、俄国文学研究者。
③ 片上伸对有岛武郎的批评,主要在于有岛《宣言一篇》中的言论。片上认为:原先主张"爱是艺术的母胎"的有岛,在面对"第四阶级"文学时,却一反常态地用看似"出于道德的理性"态度说,自己并非出身于第四阶级,关于其文学建设还是一切不管好,否则就是僭妄之举云云,这实际上是一种用"理性"包装的推诿。详参片上伸:「階級芸術の問題」,『文学評論』,新潮社,1926年。中译本见于鲁迅《壁下译丛》。

二

"在无产阶级的眼中,将真理之光照遍本质上敌对的空想理论家与文学者的世界,是刻不容缓的"——弗里契①的这句话摆在我面前。

日本的无产阶级文学也终于把自己从"内容的革命"提高到"形式的革命"了。也就是说,已经到达为了困难的新建设,有必要尽可能地整理文学遗产的阶段了。但资产阶级文学却尚未发生根本性的崩溃消解。与政治、经济的各种条件相伴,文坛依然呈现着作为主流意识形态的资产阶级式的思维和感觉的最后繁荣。在这历史性的转型期,身处这"摇摆"的过渡期的知识分子们将会以怎样的文学来自我表达,是很容易想到的。这些拥有脆弱神经的知识分子,是否正在芥川住过的"孤独地狱"里寻找着"求不到的和平"、聆听自己的呻吟呢?然而对于芥川的兴趣应当不仅存在于小资产阶级阶层。无产阶级怀着壮烈的激情走在时代的前列,但同时,我们面前正横亘着过渡时代之影的巨大躯体。还有,长久以来给予我们情绪上的感化的"昨日"的文学,以及布哈林②所说的"我们共青团员的桌子上摆着《共产主义者ABC》,下面横卧着叶赛宁的小小诗集"这样充满诸多暗示的语句,难道能认为仅仅与苏维埃同盟有关吗?谁能够断言,在加入无产阶级斗争队伍、试图走上无产阶级道路的知识分子的书架上,与党的报纸放在一起的肯定就没有芥川的《侏儒警语》③呢?我还记得,在自己的岗位上奋斗的一位知识分子出身的斗士,曾经在某一天晚上气冲冲地说过:"不行!芥川的《遗书》——还有《西方之人》④,今晚我不知为什么,格外地感觉它们很美,令人眷恋!"

---

① 弗里契(Vladimir M. Friche,1870—1929,又译弗里采),苏联文艺理论家。1894年毕业于莫斯科大学语文历史系,1904年起在莫斯科大学任教,1917年加入共产党。
② 布哈林(Nikolai Bukharin,1888—1938),为苏共早期重要领导人之一,曾任苏共中央政治局委员,是苏联重要的马列主义理论家、国际共产主义运动活动家与领导者。
③ 《侏儒警语》是芥川龙之介的箴言式作品,于1923年1月起连载于日本《文艺春秋》杂志,1927年芥川死后以遗稿形式刊于同杂志。本译文凡涉及芥川作品时,皆采用山东文艺出版社2005年版《芥川龙之介全集》所译篇名,译文则有部分改动。以下简称《全集》并仅标出卷数或页码。
④ 《西方之人》是芥川龙之介的随笔集、评论集,又有《续西方之人》于芥川自杀前的1927年7月10日脱稿,初刊于1927年8、9月《改造》杂志。参《全集》第四卷。

不只是他，青野季吉也说过："芥川的生涯与他的死亡，将我的心紧紧抓住不放。……我们可以批评芥川，但我们不能将芥川置之不理。因为我们自己身体里既有芥川，也有他的死亡。"芥川的死还激起了林房雄虚无的情绪，使中野重治觉得"非常可怜"，这可能是因为我们都从芥川那里感觉到了自身的残骸吧。即使只是一瞬间的微弱残像，它依然将芥川拉至我们近旁。即使那是知识分子无可奈何必须肩负的十字架，我们也必须弄明白与芥川之间的距离。为了在呼啸于这位作家体内的末期的暴风雨中聆听自己旧伤口的呻吟，我们更加有必要对他进行再批判，向不知何时高居于日本的帕尔纳索斯山顶、逐渐变成世纪末偶像的芥川文学，挥镐而击。

三

一九一五年——芥川龙之介的文学生涯开始时，他的文学倾向就被冠以理智派、新技巧派等头衔。

"形成芥川作品基调的，是清澈的理智和精炼的幽默。而作者总是站在生活的外侧，安静地凝视漩涡"，这是当时的文艺批评家江口涣在《芥川龙之介论》①里的叙述。进一步想，"理智的""诙谐的"等评语既是对他长达十年的作家生活贯彻始终的责难，同时也是赞词。但如果认为这些就足以展示他的本质，那在批评上来说是不够完整的。理智和诙谐确实构成了他的某一面，然而在谈他的全貌时，这顶多只能提供一个瞬间而已。不，有时它甚至只不过是芥川佩戴的城里人的假面具。我们甚至还能发现芥川本人对这个"定冠词"的抗议。

在人物记《佐藤春夫(又及)》里，芥川写道："我生性严肃，如果不是振作全副精神，很难开出玩笑来"，并以为佐藤所说的"如果是喜剧，你立即就能写出来吧"是一种误解。他还在《侏儒警语》里写道："伟大的厌世主义者也并非终日愁眉苦脸。就连身患不治之病的莱奥帕尔迪，有时也在苍白的玫瑰花中浮现出凄寂的微笑……"②我们在读完有着幽默之趣的《鼻子》《山药粥》《往生画卷》等作品之后也会察觉，在作者微笑的底部潜

---

① 参见江口涣:『芥川竜之介論』,「新芸術と新人」,東京,聚英閣,1920。
② 莱奥帕尔迪(Giacomo Leopardi,1798—1837)，意大利诗人、散文家、哲学家、语言学家。

藏着忧郁而苦涩的表情。位居五位的居士听说，任何破戒的罪人只要"信奉阿弥陀佛"就都能往生净土，于是一边呼喊着"喂，喂，阿弥陀佛"，一边往西方行进。然而却被路上的人们当做疯子，最后终于饿死。然而，从尸体的嘴里，不知什么时候竟然开出了一朵雪白的莲花。这部《往生画卷》在幽默的形式之下，描绘出无法付之一笑的求道者形象。正宗白鸟①将这部作品结尾的雪白莲花这一超现实的描写，作为芥川不能贯彻写实的例证。当然我们可以在别的意义上批评芥川没有深刻认识现实，但这种狭窄的自然主义式的批评，是永远不能理解其作品的本质的。作者深爱着这位"五位居士"，是超越怜悯而真正热爱着的。对莲花开放场景的描写不是他的"戏笔"，而是他向在一棵枯树梢上死去的求道者献上的、富有诗意的最后颂词。

很多时候，幽默的一面恐怕是出自他严肃精神的悲伤玩笑。我们掀起其面纱就能知道，他在其文学的出发点上已是"凄凉之人"，也是为理智与激情的矛盾所折磨的人。"脑中是喜剧，心中是悲剧"②的贤者切斯特顿③或许正是他自己吧？他双眼的颜色，已经离明朗愉快极其遥远了。

君看双眼色

不语似无愁

处女作《罗生门》扉页上的这两行文字④，是已决心咬牙忍耐忧郁的他流露出的些许忧愁之声吧。

"人生对于仅二十九岁的他来说，已经再无光明……"⑤这是他在最后时期对初期所描绘的自画像。

如是，在他文学生涯之初，朦胧的微暗已经笼罩着他的人生。即使他强颜欢笑或抛出反话，这些都没能从根本上解救他。抓住他的这只不幸之手到底是什么？两篇《大导寺信辅的半生》写尽他走过的半生，清楚地回答了这个疑问。他还给这部与《一个傻瓜的一生》一样少见地富于坦白

---

① 正宗白鸟(1879—1962)，日本小说家、剧作家、文艺评论家。
② 芥川于"七月二十二日自新宿致藤冈藏六书简"中云："The wise men are those who have comedies in their heads and tragedies in their hearts."（智者乃将喜剧藏于头脑、将悲剧藏于心者）。参见《全集》第五卷，第19页。
③ 切斯特顿(Gilbert Keith Chesterton, 1874—1936)，英国作家、文艺评论家、神学家。
④ 此诗刊于芥川龙之介《罗生门》扉页，后又出现于《三扇窗子》中。参见《全集》第二卷，第770页。
⑤ 参见《一个傻瓜的一生》，《全集》第二卷，第830页。

热情的作品，附加了"一幅精神的风景画"的副标题。这些作品不仅含有自传的要素，还蕴含着凛然的气魄，为此我喜欢它们。毫无疑问，这部作品也将几分"诗意"溶于现实之中。与此同时，如果借用《侏儒警语》里的反语来表达的话，就是说，大概存在着一些如果不通过谎言就不能被讲述的真实吧。

　　信辅是在脏乱的街道上吃着粗点心长大的孩子。他家很穷。他们的穷是为了修饰体面而不得不忍受更大痛苦的中下层阶级的穷。他憎恨这贫穷，同时又不能不憎恨奢侈。他不管怎么样，首先是退休官吏的儿子，是比起下层阶级的贫穷来更愿意忍受虚伪的中下层阶级的一员。

　　学校也只留给他阴暗的记忆。对他来说，学校只是摆脱贫穷的救生圈而已。

　　他很爱书。对他来说，对知识没有贪欲的青年只如路人一般。实际上他的友情常常是一种在爱中包含几分憎恶的激情。但友情的标准不只是知性才能。与上层阶级出身的青年握手时，他总是感到阶级差别如针刺一般。

　　学生时代的他像个"《浮士德》里面的学生"，无论如何总想成为精神上伟大的人。但他发现他胸怀的全部大志，除了作为幻梦告终以外再无其他。而在经历了这样的路程之后，他发现自己是多么无力。感到这种空虚，对他来说是很恐怖的。一个春天的夜晚，他感到空虚得窒息，于是想到了自杀。这时，贫穷和病痛依然在侵袭他。他有时显然发现自己的人生与教他英语或数学的老师们的一生相仿佛。他们的一生陷于一望无际的凄凉烦恼和病痛的阴影之中，而他的一生说不定比他们的一生还要凄惨。然而，他无论遇到什么情况，都必须得活着。为什么？到底为什么？这疑问不知不觉之中将厌世主义教给了信辅。

虽然是片断，但从以上引用中我们能窥见芥川走过的充满阴影的路程。

　　于是，有着英俊的理智和脆弱而坚韧的自我的一名知识分子，随着其成长逐渐孕育了后日的悲剧，而同时他的世界观也打上了小资产阶级的烙印。他写道："所有东西都是从书里学的。"而更讽刺的是，"他在连一页厌世主义哲学都还没读之前,就已经是个厌世主义者"。

当时,在给其朋友恒藤①的信中有以下一段文字。"我怀疑脱离利己主义的爱的存在(包括我自己)。有些事时常让我想不开,觉得为什么到如此地步还要活下去,而且有时候会认为,对上帝最终的复仇就是失去自我的生存。我不知如何是好……"

通过这样的表达我们能知道,在小资产阶级的许多特性中,"关于自我的思索"是基本的一条。在谈到芥川龙之介文学的生长时,漱石、鸥外的影响已被大书特书,成为常识性的真相了。但不能忘记,这些影响主要在于创作的手法上。而为这复杂的知识分子的人生观涂上本质色彩的,首先是"中下层阶级的影响",这一点自不待言。《大导寺信辅的半生》在某一方面,就是这小资产阶级式自我的发展史。

信辅在这社会里没有任何传统的谋生手段,因此其生存无法保证,总是在自己的周围看到漫无边际的贫穷生活的阴影。信辅必须且只能依靠自己的头脑。因此,"他"唯一能凭依的生活手段只有知性的才能。对知识几乎可以称得上贪婪的强烈欲望,不仅是信辅的个人特质,同时也有其社会性的根源。首先,知识是"他"在生活中的武器。"精神上的格斗无疑首先是为了杀戮的欢喜而进行的。"与沃罗斯基②评论中的"巴扎洛夫③"相同,对"他"来说,知识带给了"他"个人的最高享受。后来就像曾经梦想的那样,"他"成为几本书的作者,被赋予了博学、俊彦的名声。但我们不得不尖锐地指出,信辅的"丰富知识"显然含有小资产阶级的狭隘性。

因而信辅的行为、思索一直围绕着"自我"这个中心旋转。"他"提出的问题,其本质正在于"他"自己。"他"埋首于此,动辄以为现实中只有自我存在。最后,"他"爱上了自我。但外界充满强烈的刺激和使"他"动摇的机会,"他"在保卫自己的同时,也不时受到孤独感和空虚感的折磨。"他"在"哲学"上失败之后便踏入艺术,然而连一只狗都不能画得满意。当"他"发现自己惟一能依靠的东西实际上无力且易受伤害时,"他"的世界便再无光明。但"他"还未绝望,即使是"他"受不了自己的时候,也不轻

---

① 恒藤恭(1888—1967),日本法哲学家,是芥川龙之介就读于第一高等学校时的同学和好友。
② 沃罗斯基(Vorovski Vatslavovitch,1871—1923),俄国文艺批评家、革命家。
③ 巴扎洛夫,俄国作家屠格涅夫(Ivan Turgenev,1818—1883)的小说《父与子》中的主人公。

易说出泄气话。骄傲虽是恶德,但对当时的他而言却是鞭策生活的动力。

为什么,又是怎样的精神阴影笼罩在背负文坛声望而出了处女作文集的芥川龙之介身上,到此,我大概进行了分析。如果说他安于某些东西的话,那应该是寂寞的孤独吧。

四

"人生不过是一行波德莱尔"。①

二十岁的芥川说着这句话,从书店的二层眺望着褴褛的人生。没有比这句话更能够表现出他对人生的轻蔑和对艺术的信仰的了。在昏暗已近黄昏人生中,只有艺术之灯才勉强在一切的怀疑精神之外照射着他。"凡事不成信仰是不行的,这不仅限于宗教、艺术"。(《书简集》)对他那时易感空虚的生活,芥川顽强地发出了这样的声音。然而,在光天化日之下暴露着的现实社会,经常将他诱入不协调的绝望。在这样的情况下,他把艺术作为一根支撑他的拐杖来爱着,可以说是理所当然的。艺术就像秀丽的孤峰一样给他力量、使他行动。"专心精进于钻研艺术之道的他的气魄,使人觉得仿佛在叮铃叮铃作响",恒藤这句话可以说真切传达了芥川对艺术的态度。

以艺术家生活为题材的芥川作品由于其抑郁的热情而获得强有力的表现。《戏作三昧》《地狱变》《沼泽地》——贯穿于这些作品的主人公之共通点,是在现世里他们并不幸福。连看起来安居于"戏作三昧"境界里的马琴②,也并非安于现状之人。我们从马琴对不理解他的庸人的轻蔑,艺术与道德之间二元式的矛盾,对愚昧的审查官的痛骂等当中,能汲取出作者的身影。但写《戏作三昧》时的他,还没有那种深深的绝望。因为尽管人生充满尘世的烦恼和倦息,但有时也有"如同洗净各种残渣、像新的矿脉一样闪耀的时刻"。对民众的孤高态度与其说是苦恼,不如说给了他自矜的张力。《沼泽地》虽然是一部很短的作品,但面对一位变成疯子的艺术家不幸的一生,作者是带着心痛的虔敬表情伫立着。《地狱变》作为切实描写艺术家几近疯狂的灵魂的作品,充满最壮烈的色彩。在向艺术之

---

① 参见《一个傻瓜的一生》,《全集》第二卷,第 823 页。
② 小说《戏作三昧》以江户作家的曲亭马琴为主人公。

路勇猛精进的前方,是不惜采用任何野蛮方法的艺术家的胜利——不幸的胜利。而画师良秀却并未一直陶然于这种用野蛮之法所达到的艺术境地。这个事实包含着重要的暗示。芥川道德的那一面,使得他不能不给良秀以缢死的结局。尽管之前他显示出蹂躏一切也不后悔的艺术气魄,但他人性的一面却妨碍着这种蹂躏。我们由此可以确切知道,即使对他来说艺术是最高的城堡,但并不能成为他的全部。他始终不能成为艺术至上主义者。他尽管在艺术的——非常艺术的气质中生活,但仍不能安居于此。

"我们写的小说会不会有一天也变成这野吕松木偶呢?我们总是愿意相信存在着不受时代和地点制约的美。……然而这种事情,真的能够不仅仅停留于愿望里而真正发生吗?"①我们把《野吕松木偶》中的这些句子和下面他所说的话比较一下:

"我要坦白,在诗的面前,自己未能成为一个怀疑主义者。同时我还要坦白,即便在诗的面前,我也想努力做一个怀疑主义者。"(《小说作法十则(遗稿)》)

这两者显然不一致。它们并非立足于同样的信念之上,但恐怕这才是他真实的心理吧。或许不如说,这两种说法表现出他想成为艺术至上主义者而不得的矛盾。在《野吕松木偶》里,这种矛盾的要素还止步于平静的怀疑,及于其晚年,它逐渐成为激烈的东西。无须等待对文学概论的社会学阐述,聪明的芥川无法和平庸的作家们同一声气满不在乎地说"玉不能碎"。然而,在他深处扎根的艺术家的灵魂却对此感到痛苦和不安,因此不得不在"可是,玉会再生"的想法中求得安心。我们从他晚年随笔的某些地方可以发现,他试图将自己在艺术和社会之间二元的动摇置于统一的均衡之上的努力——一种自暴自弃的、绝望的努力。

"文艺作品迟早必定会消亡。……波德莱尔诗歌的回响,明日自然也会相异于以往。……然而,一行诗的生命,长于我们的生命。"(《文艺的,太文艺的》)

"莎士比亚也罢、歌德也罢、李太白也罢、近松门左卫门也罢,恐怕都将消亡。然而艺术在民众中必定留下种子。"(《侏儒警语》)

---

① 《野吕松木偶》为芥川龙之介所写的短篇小说,初刊于《人文》1915 年 8 月。参《全集》第一卷,第 68 页。

我们在此竟然能发现,在二十岁的芥川身上未能看到的对"艺术"的动摇。"有朝一日总会消亡的吧"。残酷的现实社会不能不给他的艺术观以悲壮的认识。芥川也试图相信,在"落寞的百代之后"①,仍然能给喜爱他作品的人以美梦。但当他承认,正是他所轻蔑的民众具有伟大的创造力,能超越歌德——也超越芥川而向前突进之时,他便从新兴阶级之中听到了这样的宣告:自己的文学不过是小资产阶级的空想,总有一天必然没落。

"艺术留存于在民众之中。"是的。民众创造新的、明天的艺术。这一点,实际上是他自己向自己挥起的否定之刃吧。任何天才都不能超越时代,这是他不停重复的歇斯底里的凯歌。这种绝望本身,也不得不成为将"自我"与社会对立的、小资产阶级式的灵魂的苦闷。

五

资本主义社会的世俗性与其丑恶氛围,引起了艺术家芥川的嫌恶和厌倦。"我祝福丑陋的东西。我想如其所是地长大、变强。"(《书简集》)②他虽然这样说着,却依然在适宜安居的东洋式咏叹中憩息下来。他在历史素材、异国情调的世界、神秘的奇迹里寻求着无法在现实中找到的浪漫主义火焰。但我们必须注意的是,这只不过是芥川的一面。正是由于将他的这一面无限放大,人们才将他误解为"渺茫的文人"。

《六宫公主》是被称为"命运"的作品中一首苍白的古典诗。透过如同鸥外的历史小说一般精致完美的形式,显得如此美丽。而在鹿鸣馆的《舞会》上,作者也与皮埃尔·洛蒂③一起,眺望着"好比我们人生一般的烟火"。《南京的基督》也充满着他的浪漫主义。对暗娼所怀抱着的基督之梦——缥缈梦幻,他倾注着怜悯与爱抚。

---

① 参见《澄江堂杂记》,《全集》第三卷,第 321 页。
② 在 1915 年给恒藤恭的书信中,芥川写道:"我为丑陋的东西祝福。因为正是这些丑陋,才使我更加懂得自己以及别人持有的东西的美丽,而且也更加懂得自己以及别人持有的东西的丑陋。我希望迅速长大,我希望变得坚强。我希望痛苦地折磨我的虚荣、性欲、自私能变成自我证明正当的东西,而且通过爱,希望即使没有被爱,也能安慰生活的痛苦。"(《推断》一九一五自田端致恒藤恭》,收录于《书简集》,参见《全集》第五卷,第 86 页。
③ 皮埃尔·洛蒂(Pierre Loti,1850—1923),原名利安·维奥(Julien Viaud),法国作家,作为海军士官周游世界,小说中多写其航海所经地的见闻或与当地女性的恋爱经验。

但我更爱《基督徒之死》的热情。"概而言之,人生刹那间的感铭,实千金难求,至尊至贵"①。这里没有他前期作品里常见的犬儒主义的铠甲。即使装点着异国情调,但芥川爱的仍然是殉教的火焰。另外,《妖婆》《奇妙的故事》等作品,则是他故意无视现实而作的神秘奇妙故事。

但现实却不允许他一直安于这种感性。而且他人生观中的现实主义一直不停地与其神秘的一面发生激烈的冲突。同样是古典素材,芥川也会毫不客气地描绘人的本来面貌,从封建的权威那里摘出人性的恶与愚并对其施以冷笑。《袈裟与盛远》《大石内藏之助的一天》《将军》《俊宽》《报恩记》《枯野抄》——从这些作品里我们可以看到一系列故事,经芥川之手被翻译成近代式的、更确切地说是小资产阶级式的心理形态。

《袈裟与盛远》把民间传下来的"烈妇袈裟"故事,改写成因爱生恨而出入于生死间的一介人妻的故事。在他作品里,大石内藏之助也不再像忠臣,会时而想起夕雾或浮桥②的妖艳姿态,时而陷入于不知因何而起的忧郁中。

《枯野抄》也并非只聚焦于渺茫之趣的作品。室生犀星说这部作品没有充分表达出渺茫和枯寂,说到底这恐怕不过是评论者自己的好恶而已吧。一般来说,总是试图要在芥川的作品里发现这些渺茫之趣,是那些过于想要把他定为东洋的文人的鉴赏家们的坏习惯。"悲叹无边的"门人弟子们,也不一定在悲叹之中就没有喜悦——摆脱了芭蕉③人格压力之桎梏的喜悦。他们"没有叹惋穷死于枯野上的先师,而是自叹薄暮时分失去先师的我们"。我们在此可以看到带有近代性格的、痛苦的自我反省。

《将军》呢?这位将军悲惨地受到了尖锐的嘲笑和讽刺。作者把这位有"长者风范"的将军的军服给剥掉,然后对将军无知、残忍、充满算计的裸体展现出冷笑般的厌恶。作者对军神封建式的非人性感到不快,而这一切都贯穿于他那非常巧妙的挖掘手法。而我本来想为作者的手法喝彩,但下一瞬间便不得不自己打消了这个念头。为什么呢?因为我不情

---

① 参见《基督徒之死》,《全集》第一卷,第 420 页。
② "夕雾"和"浮桥"皆为《大石内藏之助的一天》中的女性人物。
③ 即松尾芭蕉(1644—1694),日本江户时代俳句家,芥川《枯野抄》描写了其临终之际门人弟子的表现。

愿地发现了这部作品整体结构上的根本性缺点。作者让作为将军对立面的参谋想起司汤达的箴言和雨果的诗歌时,忘了他也是一个军人。这是因为芥川的主题有着小资产阶级式的局限。就连在嘲笑封建之物时,他都不能摆脱小资产阶级的范畴。他终究与那些手持炸弹的实践的嘲笑者相距甚远。

通过这些——从《袈裟与盛远》到《将军》等各个作品,我知道了,当芥川将人类作为认识对象时,他是以生理学上的自我为中心去把握的。这是一种以自然主义为基调的心理暴露方式。芥川一面描绘着这些历史人物形象,一边尽可能地把作者的爱情和憎恶包裹在静观的理智之中,就像忧郁的工人,交织着怜悯和讽刺,却依然冷冷地不停雕刻着"无可奈何的人性真实"。

在显示对人性的讽刺以及冷笑的揭露等一面的同时,芥川也无意中泄露对"人性"的爱。"我没有良心,我具有的仅仅是神经。"(《侏儒警语》)——"我们真正爱的,就是这样强壮的勇敢者,这种经常将善恶蹂躏于脚下的英雄豪杰。""我们从如此旺盛的'自我'中,可以感受到温暖我们心灵的火焰。或者,能够感受到我们想要达到的超人的面孔"(《偏颇之见》之二"岩见重太郎")。①

芥川龙之介也像任何一名孤独的小资产阶级知识分子一样,喜欢站在"善恶之彼岸"。"两种相互矛盾的东西对自己都具有同样的诱惑力。我觉得如果能热爱善,也就能够热爱恶"。②"我为丑恶的东西祝福"。③(《书简集》)我们可以从小资产阶级对当前社会无法调和的绝望中,找到这样试图把善恶纳入同样范畴的心理依据。成为超人,对小资产阶级来说到底有没有可能?我们大概会和普列汉诺夫一样做出如下回答:

"站在善恶的彼岸,这到底意味着什么?这意味着正进行着不能从一定的观念的领域里来判断的那发生在一定的社会秩序的地基上的善恶的伟大的历史的事业。"④

---

① 参见《偏颇之见》之二"岩见重太郎",《全集》第四卷,第 119 页。
② 《一九一四年一月二十一日自新宿致恒藤恭》,收录于《书简集》,《全集》第五卷,第 43 页。
③ 《(推断)一九一五自田端致恒藤恭》,收录于《书简集》,《全集》第五卷,第 86 页。
④ 普列汉诺夫著、曹葆华译:《普列汉诺夫哲学著作选集》第五卷,北京:生活·读书·新知三联书店出版社,1984 年,第 860 页。

于是我们便能知道,芥川试图超越善恶的努力,是基于怎样不可抗拒的矛盾了。他在艺术面前,冷然地试图蹂躏道德。他是多么怀念那为人失败但作为艺术家却成功的盗贼诗人弗朗索瓦·维庸①啊。但芥川的教养和禀性不会轻易地给他超越道德的勇气。众人关于他的追忆几乎全在告诉我们,他那老式的、具有人情味的一面。

在《橘子》《阿吟》《偷盗》等作品中,我看见作者忘却了难以理解而又下等无聊的人生,快活地含着眼泪。来看看《猴子》中"因为猴子可以免受惩罚,人却不行"这句反语背后那个深具人情的作者吧。而《杜子春》《蜘蛛之丝》《小白》等童话,则可以作为证据,证明他是怎样一个没能超越特定时代中特定阶级的道德律的道德家。

六

至此为止,已渐渐明晰起来的芥川龙之介的多元倾向,是以怎样的互相关系形成其后期文学的呢?

在小品《我》中,他写道:"我并非总是我自己。我还是儿子,老公,雄性,人生观上的现实主义者,气质上的浪漫主义者,哲学上的怀疑主义者,等等等等……这几个角色总在打架,令我痛苦不堪。"②他又在别的地方,给这些角色附加了政治上的共产主义者要素。③他还在《澄江堂杂记》中说,"在出类拔萃的人们心中,都有两个自我:一个是惯常活跃的、满腔热情的自我;另一个则是冷酷的、富有观察力的自我"④,他自己也感叹着,虽然感觉到冷酷的自己却又无可奈何。

前期的芥川试图对这样的自己给予积极肯定。同样是在《澄江堂杂记》里他写道,"我们内部世界存在的一切,必须进一步伸而展之。这是天赐我们惟一的成佛之路",并把这句话作为钻研的信条,开辟艺术之道而前进。这种努力一定很痛苦,但这种内部斗争尚不构成致命打击。他编

---

① 弗朗索瓦·维庸(François Villon,1431—1463),法国诗人,传说被控以盗窃等罪名。
② 《我》为芥川龙之介所作的小品,初刊于《驴马》杂志1927年2月号。参《全集》第三卷,第115页。
③ 参见《他之二》,《全集》第二卷,第626页。
④ 此段引文未见于《澄江堂杂记》,当出自芥川龙之介所作的随笔《点心》,初刊于《新潮》杂志1921年2月号。参《全集》第三卷,第252页。

织出才华横溢的绚烂光幕,却在忧郁的微笑当中吸着烟卷。他对薄云笼罩的人生风景面带愁容,但也不忘记弄出些许诙谐。各种反抗性因子被他深深的节制和矜持制约,无法爆发,而他有时甚至爱着这些矛盾本身。这样的他高高祭起"理智的东西",将它当作生活之盾,并把常常容易失去平衡的支点放在"理智"上。就像《一个傻瓜的一生》"人造翅膀"一节里说的那样,"他"畏惧着自己容易感情驱使的那一面,于是向着接近于冷静理智一面的伏尔泰走去。"他"从伏尔泰那里借了"人造翅膀"。"他展开这人造翅膀,轻易地飞上天空,同时,沐浴着理智之光的人生悲欢沉入眼睛下面。他把冷嘲热讽扔在破破烂烂的城市上,在无边无际的天空径直向太阳攀登,忘记了古希腊也有人这样展开人造翅膀向太阳飞去,结果翅膀被太阳烧毁坠海而死……"①

可是,我们不能让自己体内这齿牙互咬直至渗出血来的两栖类一直共存。矛盾如果没有被更高层次的统一所解救,便永远都得不到解决。于是,气质上的浪漫主义者与人生观上的现实主义者互相咬合。哲学上的怀疑主义者当然也与政治上的共产主义者如同故障的齿轮一般,永远互相反叛。不仅如此,这些不同单位的组合,必然给他以理智为支柱的、人为地支撑起来的姿态带来不安和痛苦。

为了更客观地考察他的矛盾发展,我们也许有必要进一步考虑其社会背景。1925年——芥川文学生涯的末期——也是日本无产阶级运动全面展开的时代。

"资本与劳动所产生的普遍的混沌"使得寄生的小资产阶级产生强烈的动摇。没有自己阶级基础的知识分子之自我解体,成为越来越明显的历史现象。

我们无须赘述芥川具体反映了这里边的哪些现实。因为我们知道,过于追究某些现象的社会原因既是徒劳的也是滑稽的。不过,我觉得不妨设想,在这混乱的现实中,他大概会痛切地感到,用所谓"人造翅膀"飞翔是件多么困难的事。对于一直试图在冷静的理智里寻找住所这一行为的后悔在他体内翻腾不已。于是,他对以往冷嘲式的风流生活态度发出了自我批判。

---

① 参见《一个傻瓜的一生》,《全集》第二卷,第830页。

"一言以蔽之,理性告诉我们的是理性的无力"。①由此我们可以听出芥川要把一切理智的外衣脱掉、重新站起来的决心。"如果贯彻理性,我们必当否定自我的存在"(《河童》)。他试图将一切城里人的小小修饰全部抛掉来述说"信辅的半生",其中罕见地展开了积极的告白,这简直就是他对自己理性一面的反叛。这对他来说必然是个重要的变化。"首先,把我个人生活的老底全部抖落出来,给喜好猎奇心的各位观看,令我感到不快。(中略)斯特林堡但凡有钱,不会抛出《痴人的告白》。(中略)有谁愿意将非常羞耻之事写进'告白小说'中?!"②当想起前期这样傲慢的他,我们便不能不注目于他充满激情的新动向。他勇敢地试着去整理因不断分裂而精疲力竭的自己。为此他不得不寻求野蛮的热情。更不用说,理性已经给了他多么无力的结论。

《关于〈今昔物语〉》《续芭蕉杂记》等作品无非是他寻求野蛮的产物。他说过:"我终于发现了《今昔物语》的本来面目。(中略)那应该是 brutality(野性)之美,或者说是距优美、纤细等最远的美。"③这时的芥川,正在嘲笑着曾经在遥远过去中寻求梦想的自己。

即使是那位芭蕉,在他眼里也根本不是隐者芭蕉。站在奥州小路上的芭蕉的姿态,是充满破釜沉舟的豪迈气概的"强者"。被重新认识的芭蕉,是一直走在毫不退缩的单行道上、远离伤感的"在日本诞生的三百年前的大冒险家"。这位诗人无所畏惧的气魄,正是芥川要拼命爬上去的城墙。于是我明白了,这时的芥川也是"无法被当代人所理解,自暴自弃到了可怕的程度"——或者是试图变得自暴自弃的诗人。据室生犀星说,芥川要去鹄沼④时,已经对书画古董不怎么有兴趣。实际上,他也一定压根就没打算去理那些东西。此外,在他当时出席的新潮评论会上,有人对《竹林中》大加赞赏而不喜欢其后期作品,对此芥川昂然地回答道:"那样的作品,最近我不想写。"他要竭尽全力地接近现实的东西,然而紧紧包裹着他的旧衣并没有轻易地给予他突进的自由。"我们有自由突进的欲望,

---

① 参见《侏儒警语》,《全集》第四卷,第 260 页。
② 参见《澄江堂杂记》,《全集》第三卷,第 310 页。
③ 《关于〈今昔物语〉》又名《〈今昔物语〉鉴赏》,与《续芭蕉杂记》均为芥川龙之介所作的评论。引文出自前者,参见《全集》第四卷,第 322 页。
④ 鹄沼位于神奈川县藤泽市,芥川于 1925 年前后曾往此处的别墅疗养。

同时又因为拥有这种欲望而自行失去自由"①,当他回想起在现实社会的不断刺激中不能战斗到最后的自己,只能如此喃喃自语。

《海市蜃楼》《点鬼簿》《河童》《他》等作品,是身处走向末期的昏暗之中的他的各种呼吸。

《海市蜃楼》《点鬼簿》中的"我"一直不停地讲述死去的人们。它们充满着沉于水底的尸体气味。作品《他》的主人公们都极其忧郁。如果让作者加上注释的话,大概会是"第一个'他'无论做什么都寂寞。第二个'他'无论去什么地方都寂寞"吧。而在《玄鹤山房》里,作者也屏住气息,不出声地凝视着充满着"尘世苦"的阴沉家庭。在马车里一直读李卜克内西②的大学生,与其说是按照作者的意图放射出新时代的光明,不如说他将玄鹤山房的黑暗比照得更加明显。

《河童》里作者的苦恼也依然晦暗。按照作者的原话来说,"《河童》是出于对一切事物——其中也包括对自我的厌恶而创作的。"③但我们不可能仅凭厌恶,就能对混乱的自身进行全面整理。"最聪明的生活乃是蔑视一个时代的习俗,生活中却又毫不破坏习俗。"④这句话是多么清楚地表示出他对自己不上不下生活的厌恶啊。缺少变革意志的社会批评——结果在累了之后,还是只能回到最初的出发点。《河童》也终究只不过是他的"列那狐"罢了。

七

遗稿《一个傻瓜的一生》与《西方之人》同是芥川文学生涯的焦点,也是结论。它们会成为过渡期的知识分子文学历史上的一座高峰。

《一个傻瓜的一生》是对"以缺刃的细剑作为拐杖"拼命追寻的记录;也是虽然为病苦和烦恼而疲惫不堪,最后却仍将自己剜出,掷向露出狰狞

---

① 参《由机车所想到的》,为芥川龙之介所作的随笔遗稿,初刊于《周日每日》1927年9月号。参《全集》第三卷,第147页。
② 韦尔赫姆·李卜克内西(Liebknecht, Wilhelm, 1826—1900),德国社会民主党领袖、国际工人运动活动家。
③ 参"一九二七年四月三日自田端致吉田泰司"书简,《全集》第五卷,第669页。此处"厌恶"在原文里为"デグウ",来自法文"dégoût"一词,带有厌恶、恶心之意。
④ 参《河童》,《全集》第二卷,第676页。

面孔的命运的记录。《齿轮》作为另一部阴暗的作品也不在它之下。事实上,我不能不为《齿轮》中纠缠于疯狂边缘的令人窒息的神经而黯然。任何人都不会怀疑,这样的人生"比地狱还地狱"吧。

而对《西方之人》中的芥川来说,被悬在十字架上的耶稣的祈祷也不仅仅是三千年以前的圣灵之子的恸哭。"我的神,我的神,为什么离弃我?"他和耶稣一同,一边与向他袭来的"惨败"格斗,一边进行着各各他①的祈祷。他在作为"人"的耶稣体内燃起悲剧式的激情。那并非辛克莱②所说的"人类最初的革命家的形象"。打动芥川的耶稣的一生,是"为了由天界入人世而惨然折断的梯子"③。

《一个傻瓜的一生》无疑是比这更痛苦的历史。在形式上,它还具有在芥川其他作品里看不到的激烈。与诗一般的夸张渲染一起,作者将伤痕累累的个人观感狂暴地镶嵌在这部作品各处。

作者在该作品里描写了发疯的母亲。描写了在桎梏般的家庭制度之下如同小丑人偶一般活着的痛苦。"他"和疯子的女儿陷入了近似于憎恶的恋爱。"他"在一根高高的玉米上看到容易伤感的自己的自画像,想着:"已经晚了。但是,一旦到了关键的时候……""他环视人生,没有特别想要的东西。但是,唯有这被雨淋湿的高架电线飞溅出的骇人火花,哪怕用生命也想换取。"在伏尔泰的家——理性之家,"他"看到了英雄列宁。"他"遇到一个可以在才学上与自己抗衡的女人,于是长于人情世故的"他"创作了一首抒情诗,便摆脱了这危机。"他"想用绳子吊死在窗棂上。败北此时已是不可摆脱的了。

"他患了失眠症,而且身体也开始衰弱。几个医生对他的疾病做出两三种不同的诊断。——胃酸过多、胃下垂、干形肋膜炎、神经衰弱、慢性结膜炎、大脑疲劳……

"但是,他明白自己的病源。那就是自我羞愧和害怕他们的心情。他们——他所蔑视的社会!"

我们在此可以听出,"对这社会的恐惧"在芥川的病苦中投下了浓重的阴影。对于他在《给一个老友的信》里所写的"茫然的不安"的含义,许

---

① 各各他(Golgatha)是圣经所载的耶稣受难的地点,位于耶路撒冷西北。
② 辛克莱(Upton Sinclair,1878—1968),美国作家,代表作包括《拜金主义》等。
③ 参《西方之人》,《全集》第四卷,第 433 页。

多人给出了各种各样的解释。有一个诗人叫喊:"芥川并非败给人生而死亡。倒不如说这是胜利的死亡。"又有一个作家以《西方之人》作为例证,说末年的他带有宗教色彩。他们一直努力于将社会因素从他的自杀中排除出去。我并不想逐一反驳这些说法,只不过,他们正在以这些说法向我们展示"白色的手"①。他们没有从"心里忧伤得几乎死去"②的芥川身上感觉到与"睡在橄榄树下的耶稣的弟子"相似的什么东西吗?

具体来说,我们可以把他对这"社会"的恐惧分为二类。一是不容分说地将他奉为"清朗之人"并以此禁锢他的旧道德氛围。一是为认识到资本主义的恶却仍然安居其中的自我而感到羞耻的心情。这是他小小的、精致的生活方式所必然产生的破绽。"芥川龙之介氏!芥川龙之介。你把根扎得深一点。你是被风吹的芦苇。……从今往后你要重新开始。"(《暗中问答》)③然而,想要把"生活"重建起来,在肉体上也已经是几乎不可能的了。后悔、自嘲以及绝望把他缠得太紧了。他"不禁对生为生活宦官的自己表示极大的轻蔑"④。当他尽了最后的力量要写自传,却发现由于自尊心、怀疑主义以及各种顾虑而不能轻易写出来时,他更是"没法不轻蔑这样的自己"。在这样的自我绝望之中,如何能去期待光明的再起呢?"所有的机车都会沿着他们的轨道必然到达某个地方。'更快!'——除此之外他们没有别的要做的事情。"(《由机车所想到的》)芥川的轨道通向何方,已经很明显了。

"让失败者失败吧!"(《文艺的,过于文艺的》)他对等待绞刑的盗贼诗人维庸给予了这种"战败主义"的欢呼。他还说,承担背叛社会习俗的罪是理所当然的。不过他们之所以败北,不是因为背叛习俗,反而是因为不能彻底地背叛这些习俗——于是,在世纪末的悲苦中消沉的芥川的自画像,便成为《一个傻瓜的一生》中如下一节:

---

① "诸君唯一希望的/是有益于诸君生存的社会。/能解决这一问题的/不外乎是诸君自己的力量。/资产阶级的白手,无产阶级的赤手,/双手都握着棍棒,/不知你会倾向哪一方?/我吗?我倾向于赤手。/但是,我还注视着另外一只手,/——饿死于远国的陀思妥耶夫斯基的孩子的手。"见《来自我的瑞士·手》,《全集》第三卷,第549页。
② 参见《西方之人》,《全集》第四卷,第427页。
③ 《暗中问答》为芥川龙之介所作的小说遗稿,初刊于《文艺春秋》1927年9月号。参见《全集》第二卷,第814页。
④ 参见《一个傻瓜的一生》,《全集》第二卷,第841页。

"他想起自己的一生,情不自禁地涌上泪水和冷笑。他的面前只有两条路:发疯或者自杀。他在暮色苍茫的街道上踽踽独行,决心等待渐渐前来毁灭他的命运。"

我试着尽可能忠实地引证,简要说明了《一个傻瓜的一生》的内容。那是缓慢地隐然形成的悲惨之人的历史。这部作品不仅是芥川所有文学的清算式表达,还弥漫着虽然期盼明天、却不堪忍受容易受伤的自我和社会的重压,而饱受折磨的小资产阶级知识分子的痛哭。这是一部残酷表现他所走过的"败北"之路和"败北"苦闷的作品。在冷然的激情当中,意识到自己的"败北"却继续向其进发,从这个意义上来说,它可以说是文学上的"败北主义"吧。

八

我应该已经可以下结论了。

芥川龙之介文学的"最后遗言",是对社会生活中人类幸福的绝望感。他像所有厌世主义者一样,必然在"人类被迫承担的永恒的世界苦"之中找到结论。这绝不是新的思想,也不是新的感情。它发端于将对"自己"的绝望转换为对整个社会的绝望这样一种小资产阶级的致命理论。于是,芥川将由其生理性、阶级性的规定所产生的苦恼,转换成了人类永远的苦恼:

欲使尘世苦仅为尘世苦者
就挥舞共产主义者的棍棒
欲完全丢弃尘世苦者
就用手枪射穿自己的脑袋(《信条》)①

这首诗显然意味着如下事实。历史上必然到来的新社会即使比今天的社会幸福,但那里还存在着不幸。

这种世界观的必然终点,就是芥川亲身展示的悲剧。他的"尘世苦"导致他自己放弃在现代社会中的任何战斗。他的文学则具体表现出这种逐步升级的自我否定。在阶级社会的发展期,即使是虚无精神也会有一

---

① 见《来自我的瑞士·信条》,《全集》第三卷,第546页。

定程度的进步意义。但今天的我们却无法在他的文学在里找到这种作用。从这个意义上,我们必须明确认识被打在他的文学上的阶级烙印。

诚然,我们不能不关注他最后带着惊人热情的遗稿,但那与其说是由于芥川的文学在内容上将我们引向退缩的虚无主义,在形式上带着瑰丽的触感,不如说是因为如下事实。当大部分的资产阶级艺术家陷于无为怠惰的泥沼,对一切都漠不关心时,芥川却一直在咀嚼着自己的苦闷。他还对其他遁世的作家们,以他自己的殊死搏斗发出警告:看似风流的安于现状不只是无力的,而且它最后必将毁灭自己。虽然他在很大程度上具有小资产阶级的狭隘性,但比起其他的资产阶级空想家,他对社会有着更广泛的关心——大概是因为这些事实吧。"后代人……'比起指责我们的过失,或许会更理解我们的热情吧。'"[①]将这句话视为苦闷斗争中的盾牌的芥川形象是如此凄恻,不能不打动我们的心。

可是,我们无论在任何时候,都必须保有彻底批判芥川文学的野蛮的激情。难道我们不是为了使得我们更强壮,而对其文学的"败北"之路进行分析的吗?

"败北"的文学——及其阶级的土壤,我们必须超越它们。

(昭和四年八月)

【题解】

宫本显治(1908—2007),出生于山口县,1929年8月就读于东京大学经济学部期间撰写了《"败北"的文学》一文,获《改造》杂志悬赏征集评论作品一等奖。宫本于1931年加入日本共产党与日本无产阶级作家同盟,同时投入无产阶级斗争与文学运动;次年与作家中条百合子结婚,后因无产阶级运动受迫而转入地下活动;1933年任日共中央委员,年底被捕,至1945年获释出狱。1958—1970年间曾任日共书记长。

1927年7月,著名作家芥川龙之介服用大量安眠药自杀,年仅35岁。芥川自杀消息传出后,他的遗作包括《一个傻瓜的一生》等作品和给家人亲友的遗书,伴随其自杀弃世之举向人们抛出了无数疑问。不仅菊

---

① 见《文艺的,过于文艺的》,《全集》第四卷,第378页。

池宽等芥川的友人试图回答这个问题,还是大学生的宫本显治和当时正发展起来的无产阶级文学界,也都因为芥川之死而展开不同方向的思索。

宫本在1949年年底的《写〈败北的文学〉之时》中回忆,他从中学开始就常读芥川龙之介和菊池宽的作品,听闻芥川死讯时,他一边读着列宁的《国家与革命》,一边读芥川晚年作品《西方之人》和《马太福音》《路加福音》等,关注作为改革者的耶稣的热情与苦恼。回忆文章中,宫本还回顾了自己当时的生活状态。他从山口县考入东大读书时,背负着在老家经营谷物肥料店的双亲的期望。此时他也开始深入接触马列主义,但正因为深知下层小市民的苦恼,故虽然参加了大众组织,却顾虑到双亲而还没有投身到无产阶级前卫的革命运动中去。宫本就是在这样的复杂语境中写出了他的芥川论。这些个人经验,都是他得以理解困扰着芥川的社会生活阴影、从中下市民阶层中出来的知识阶级所共有的敏感苦恼的基础;这也让宫本对于正宗白鸟等人的芥川论感到过于温和而不满,认为他们仍是安住在对社会的钝感之中。

宫本在芥川的苦恼中感受到一种"决意"。他指出,可以从芥川死后中野重治(1902—1979)所写的感想等知道,芥川对于无产阶级艺术是带有善意的理解的。虽然作品中还未明显地表现出来,但他已不能再安于自己所处的小市民知识阶级位置上,这一点可说表现得相当切实了。芥川在遗书《给一个老友的信》中提到的自杀原因——"漠然的不安",除了生理的病弱之外也有一层是与此相关连的。由此宫本认为,如果芥川能够对历史的必然性理解得更明确一些,当时的时代氛围若能对进步知识阶级所存在的意义认识得更清楚,也许就能更好地支撑他活下来。但宫本也对于当时的无产阶级文学运动进行了反思,此时的运动虽然尖锐地提出了"是资产阶级文学还是无产阶级文学"的问题,却还没有提出如何将广泛的进步知识阶级包含进来的统一战线问题。

文章最后,宫本写到他在狱中回忆起《"败北"的文学》的著名结语,并自问是否做到了探究芥川文学何以"败北",并超越这种"败北"的文学及其生长的阶级土壤?对于久经革命锻炼的宫本而言,无论从理念上和实践上他都毫不犹豫地给出了肯定的回答。然而,回归到《"败北"的文学》本身,也不应轻易忽略宫本在芥川自杀后竟"意外地发现他近在咫尺"等表述,文中借解剖芥川文学,实际上也在解剖着与芥川文学生长于相同阶级土壤的自己。芥川所直面的"败北"是无产阶级文学家也不能回避的,而迫使芥川最终走向自我毁灭困境的原因,也是当时正在寻路的宫本们所不能不直面并克服的。

参考文献

宫本顕治:『「敗北の文学」を書いたころ』,『現代日本文学大系(54):片上伸 平林初之輔 青野季吉 宮本顕治 蔵原惟人集』,筑摩書房,1979年。

种种意匠①

小林秀雄

> 怀疑，或许是睿智的开始，然而在睿智开始之处，艺术就终结了。
> ——安德烈·纪德②

一

不知对我们来说是幸福抑或不幸，世上从来没有一个能够简单解决的问题。在遥远的往昔与意识一同被赐予给人类的语言，这我们用来思索的唯一的武器，至今依然没有停止表演那自古以来的魔术。没有任何崇高的语言不惠恶劣，也没有任何恶劣的语言不惠崇高。而且，倘若语言舍弃它那眩惑人心的魔术，恐怕就不过是影子了。

我在这里并不想要提出问题或解决问题。我只想捡起世上那些骚然的文艺批评家们为了骚然行动的需要而视而不见的种种事实。我只是对于他们何以不得不苦费心思经营种种意匠而粉墨登场，感到稍稍有些可疑。我总是觉得与舞台相比，幕后更为有趣。如果说这样的我也需要战略，那么这战略就是"从背后进攻"，在我看来这是最符合自己天性的战略。

二

文学的世界里，正如住着诗人，住着小说家一样，也住着名为文艺批评家的人物。诗人的愿望是创作诗，小说家的愿望是创作小说。那么，

---

① "意匠"一词通常指绘画、诗文中的匠心巧思，或者艺术品、装饰品的造型设计等等，在这篇文章中小林秀雄用该词来描述同时代文坛的几种不同的立场、倾向或潮流。

② 安德烈·纪德（André Paul Guillaume Gide，1869—1951），法国作家，代表作有小说《窄门》《伪币制造者》等。1923年山内义雄将《窄门》译成日文，自此以后纪德的创作逐渐被介绍到日本。此处引文出自纪德的文章《关于公众的重要性》。

文艺批评家的愿望就是写文艺批评吗？恐怕这一事实孕育着许多的悖论。

　　人们说："按照自己的嗜好去评判他人是很容易的事。"然而，按照尺度来评判别人也同样是很轻松的事。只有一直保持生动的嗜好，一直持有泼辣的尺度，才是不容易的。人们试着对人的嗜好和尺度分别进行思考，然而，也只是试着分别思考而已，正如试着把精神和肉体分开来思考一样。比如住到月亮上的世界里，这事能够成为人的空想，却不能成为人的欲望。守财奴能够积蓄金钱，所以他想要金钱。人真正渴望的只有那些可能的事物。这也正和嗜好与尺度的逻辑关系一样。没有生动的嗜好，如何能够持有泼辣的尺度呢。但是，逻辑家们容易忘记的事实还在后面。也就是说，既然将批评这种纯一的精神活动区别为嗜好和尺度来思考，也丝毫没有什么不便，那么我们对批评的方法不管怎样精密地赋予逻辑，都不要紧。然而，无论批评的方法被怎样精密地检查，都与批评能不能打动人这一问题毫无关系。例如，或许有人期望通过研究情书的修辞学来实现自己的恋爱，然而，如果真的相信如此实现的恋爱是情书研究的成果，那么他就是傻瓜。要不然，他一定就是实现了别的什么。

　　过去，关于主观批评或者说印象批评的弊端，曾经有过种种的讨论。然而最终不过是在"不要凭一己好恶随意评价别人"这一常识道德或者礼仪规矩的法则的周围转来转去。又或许被攻击的既不是主观批评也不是印象批评，只是"不成其为批评的批评"。如果是"不成其为批评的批评之弊端"，这事情就太浅显，不足以构成议论了，或许只是因为这样的道理（才称之为"主观批评""印象批评"并加以攻击）吧。总之，我对于印象批评这一文学史家的术语究竟指什么完全不明白，但我很明白如下的事实：面对所谓印象批评的范本，例如波德莱尔的文艺批评，就像小舟被波浪掀起一样，我被那纤细锐利的解析、泼辣的感性的运动给攫住了。这时候，我一面被他的魔术所魅惑，一面真正眺望着的，既不是嗜好的形式也不是尺度的形式，而是采取了独一无二的热情的形式的他的梦。那正是批评，而又是他的独白。人如何能够把批评这东西与自意识区别开来呢。他的批评的魔力，正在于他明确地领悟到，所谓批评也就是自觉。批评的对象是自己，或者批评的对象是他人，这是一件事而非两件事。所谓批评，说到底不正是怀疑地讲述自己的梦吗！

讲到这里，就会撞上装腔作势的散漫的词语：批评的普遍性。但是，自古以来，有哪个艺术家是以普遍性这一怪物为目标呢？他们无一例外，都以个体为目标。他们并不希求讲述所有时代所有场所都说得通的真实，只希望把一个个的真实尽可能诚实、尽可能完全地讲述出来。歌德之所以是普遍的，正因为他是极其国民的，他之所以是国民的，正因为他是极其个性的。除了范畴的先验的真实之外，一切人类的真实的保证，除了求诸"它是人类的"这一事实之外，诸君还想求之于何处呢？文艺批评也是同样的，从哪里也找不到根据能说批评与此不同。最上等的批评总是最为个性的。而"独断的"这一概念与"个性的"是两回事。

　　转换一下方向吧。人抱着各种各样的可能性诞生于世。或许他本来能成为科学家，也能成为军人，还能成为小说家，然而他没有成为他以外的任何人。这是值得惊异的事实。换言之，人能够发现各种各样的真实，但不能拥有所有发现的真实，一个人的大脑皮质里大概有种种真实作为观念栖息着，但与血球一起在他全身循环的真实只有唯一一个。就像云创造雨，雨创造云一样，环境创造人，人也创造环境，如果在这样的可以说是辩证统一的事实中，存在世上所谓的宿命的真正意义，那么与血球一起循环的那唯一的真实，就是一个人的宿命的别名。所谓某人真的性格，或者艺术家的独创性，也不是指别的东西。这一人类存在的俨然的真实，由于一切第一流艺术家投身创作这一单纯而强力的理由，被移入他的作品，造就他作品的性格。

　　艺术家们的创作再怎样纯粹，也不是科学家所说的纯粹的水那种意义上的纯粹之物。他们的作品总是拥有种种色彩，种种阴翳，十分丰富。因为这丰富性，我能够从他们的作品中抽象出一些用意，但这也就是说，不管抽象出什么，总会有某种东西剩下。在这丰富性里彷徨着，我刚相信自己完全了解这作家的思想了，忽然又会有新的思想的断片，从不可思议的角度看着我。一旦被看，这断片就已经不是断片了，它会突然扩大，把我刚才了解的思想给吞下去。这彷徨正与试图凭借解析以捕捉自己姿态的彷徨相同。就这样，我在我的解析的眩晕的末尾，听到在杰作的丰富性底部流淌的，作者宿命的主调低音①。这时我骚然的梦停止了，我的心开

---

① 主调低音：主调指的是调性音乐中，贯穿乐曲整体的最基础、最根本的调子。主调未必就是低音，作者在这里把"主调"和"低音"合成一个词，是一种比喻，形容一位作者最根本的不变特质。

始说我的语言,这时我领悟到我的批评的可能。

我对那些以各种各样的思想制度武装自己的文艺批评家们,没有妄加评论的权利。我只是想,铠甲这东西固然是安全,但恐怕也够沉重的吧。然而,无论他们有怎样的性格,他们那等不及批评对象展现其宿命的性急,总让我觉得可疑。

那么,现在到了谈论最后一个悖论的时候了。倘若我希望做一个所谓的文学界之独身者①、文艺批评家,而且以成为最优秀的独身者为毕生之追求,那么作为我刚才这番冗长议论的结论,我必须相信下面这则既有英雄之气、又冒着同样程度的傻气的格言。

"我必须像巴尔扎克写《人间喜剧》那样,书写所有天才们的喜剧"。

三

马克思主义文学——这恐怕是今日批评界最活跃的意匠了——的构造,由于它是政策论的意匠的缘故,与其他种种艺术论的意匠相比,看起来最为单纯明了,但一切人类精神的意匠,都烙上了身为人类的刻印,因此能够掀起各种各样的议论。

在古希腊,诗人从柏拉图的"理想国"里被流放出去。如今,马克思把诗人从他的《资本论》中放逐出去了。这绝不是今天马克思的弟子们的文艺批评里面那种问题,他们的批评中,政治这一偶像和艺术这一偶像围绕着价值的对立,做着鼬鼠游戏般无休无止的反复。② 这是一种热情放逐了另一种热情的问题。某种热情放逐另一种热情,然而无论什么形态的热情,总不会被流放到地球之外。而保证它不至于被驱逐到地球之外的,也正是这无力却又全能的地球,而不是别的什么东西。

我不喜欢"为无产阶级而艺术"这样的说法,也不喜欢"为艺术而艺术"这样的说法。这类说法,作为修辞或许也包含各种各样的阴翳吧,但终究是什么都没有说。为国家而战,和为自己而战,何者更辛苦呢?其实

---

① "文学界之独身者"是法国作家莫里斯·巴雷斯(Maurice Barrès,1862—1923)对文艺批评家的称呼。
② 鼬鼠游戏(いたちごっこ),原本指江户后期流行的一种儿童游戏,两人一组,双手自下而上依次去掐对方手背,可以无限循环,后来引申为双方一直重复同一件事,没完没了的意思。

是一回事。教人"为无产阶级而艺术"和教人"为艺术而艺术"是同样容易的,但对于被教导的艺术家,二者是同样困难的事。

大概一切观念形态①的基础,都绝不在人的意识之中。就像马克思说的,"意识就是被意识到的存在,不可能是别的任何东西"。② 某个人的观念形态,总是关系到那个人全部的存在。关系到那个人的宿命。怠惰也是人的一种权利,所以一个小说家对观念形态毫不关心,也没有什么关系。然而,既然支持观念形态的不是理论,而总是人的生活的意志力,那它就是一种现实。对某种现实不关心是可以被允许的,但无论是谁,嘲笑现实都是不能被允许的。

如果卓越的无产阶级作者的作品中,某种无产阶级的观念形态鼓动着人,那是因为它正同一切卓越作品所拥有的观念形态一样,与作品处于绝对关系之中,被作者的血液染上了色彩。如果有人被洗去这血液的东西打动,那是遵循了"唯有粉饰的心才会被粉饰打动"这一自然的狡猾的法则。

卓越的艺术,总是有着像一个人的目光贯穿心脏那样的现实性。不将人导向对现实的热情的一切表象之建筑,都不过是便览手册而已。拿着便览手册,可以告诉人往右边拐就能走上大街之类的事,然而却不能使坐着的人站起来。人不会因便览手册而动,只会为事件所推动。强力的观念形态是事件,强力的艺术也是事件。这样的时候,社会运动家们说"为了无产阶级运动而利用艺术",想要为了其运动而利用艺术这一事件,

---

① 原文使用的是"観念学"一词,"観念学"在日语中通常指法国18世纪后半叶至19世纪初以孔狄亚克(Étienne Bonnot de Condillac,1714—1780)为代表的研究人的观念领域的哲学思潮(汉语中也称其为"观念学"),对应的是法语"idèologie"一词,但根据上下文可以推测,小林秀雄这里使用该词,与法国的"观念学"学派关系不大,毋宁说是把它用作法语"idèologie"一词本身的翻译。"idèologie"在法语中除了指"观念学"学派,还有意识形态、思想体系的意思,此外还有作为贬义的用法,指空想、虚假的意识形态,这与英语中的"ideology"或德语的"Ideologie"、中文的"意识形态"以及日语的"イデオロギー"的用法是基本一样的。换言之,小林秀雄说的"观念学"在一定程度上可以理解为意识形态。

② 出自《德意志意识形态》第一卷第一章"费尔巴哈 唯物主义观点和唯心主义观点的对立";中译本一般译作:"意识在任何时候都只能是被意识到了的存在。"(中央编译局:《马克思恩格斯选集》,第1卷,人民出版社,1995年,第72页。)小林秀雄此时可能并没有读过《德意志意识形态》,而是利用了三木清的著作《唯物史观与现代的意识》中的部分译文。参见绫目广治:「様々なる意匠」と三木清」,『近代文学試論』(21),1983年12月。

这是很机灵的。他们命令艺术家说"要有实现无产阶级社会的目的意识"。① 正如在任何意义上都完全没有宗教信仰的人是不存在的,身为艺术家而完全没有目的意识的人也是不存在的。没有目的,就没有来规定生活的展开的东西。然而,就算向着目的前进,由于目的是对生活的把握,目的总会回归到生活中来。对于艺术家,目的意识正是他的创造的理论。而所谓创造的理论,也就是其宿命的理论,而不是别的任何东西。艺术家们忠实于他们各自不同的宿命的理论,这是无可如何的。在此之外,如果还有别的作为目的意识的事物,那不过是既无益亦无害的东西,我们甚至无须称之为亡灵。

"要有时代意识",这也是伴随着马克思主义文学的议论屡屡被提起的话。任何时代,都有那个时代特有的色彩和音调。然而那终归只是色彩和音调,不是我们能够清晰眺望的风景。在我们眼前清晰明了的,是那个时代的色彩、那个时代的音调所产生的各种各样的表象的建筑。世纪讲述它那最生动的神话,只限于我们在那个世纪的漩涡中最无意识地最泼辣地行动的时候。我想起了阿尔曼·里博②的话。"要对人体的内部感觉获得明了的认识,只有通过局部麻醉反向地去认识它。"实践了十九世纪文学的最大热情之一——也就是自意识这东西,并且又因之倒毙的波德莱尔,正是果敢地践行了里博这句话的天才。我不知道所谓时代意识是不是二十世纪文学的一种热情。我更不知道二十世纪会不会生出二十世纪的波德莱尔,但有一件事是很明了的:所谓时代意识和自意识,其构造是相同的。时代意识既不会比自意识过大,也不会比它过小,这是明白的事实。

那么接下来就是"为艺术而艺术"这一旧式的意匠了。说是旧式,其实也没有那么旧,希腊的艺术家们,或者文艺复兴的艺术家们,是不会理解这样的话的。

"自然模仿艺术"这一信仰③,举例来说,就像司汤达多半预想到会有众多像于连一样的年轻人因为他的《红与黑》而出现,这是艺术家正当的

---

① 此言针对青野季吉等无产阶级文学理论家的"目的意识"论。参见本书中《自然生长与目的意识》一文。
② 阿尔曼·里博(Théodule—Armand Ribot,1839—1916),法国实证主义心理学家。
③ 原文中"信仰"二字上标注片假名"キュルト",即法语"culte"之音译。

信仰,但如果艺术不去模仿自然,那么自然也就不会模仿艺术。司汤达只不过是把从这世上借用的东西,又返还到世上而已。他在相信自己的工作会动摇世间之前,首先希望自己被世间激烈地摇动。因此,所谓"为艺术而艺术",显示的并不是自然模仿艺术这样积极的陶醉的形式,毋宁说是显示出一种衰弱的形式,意味着自然或者社会舍弃了艺术。人被这世间摇动着,而不能舍弃世间,不能期望舍弃这世间。弃世者不是舍弃世间的人,而是被世间舍弃的人。当一个世纪作为有机体拥有活泼的神话时,对那个世纪的艺术家们来说,"为艺术而艺术"大概是难以理解的愚陋吧。而当一个世纪处于极度的解体、衰弱之中,完全没有任何指望的时候,艺术也不会存在。

我不清楚现代是有着建设的神话,还是颓废的神话,但我不太相信日本年轻的无产阶级文学家们真的在用他们宿命的人学①,试着给他们的作品涂上血。另外,我也不太相信年轻的伊壁鸠鲁主义者们②真的抱有那种飞速运动的怀疑之梦,能够使他们自己眩惑。

不论诸君的精神做着怎样焦躁的梦,或者怎样缓慢的梦,诸君的心脏都不会鼓动得更快或者更慢。不,诸君脑髓的最重要的部分,应该以与自然相同的速度做着梦吧。只要诸君还轻蔑这一人类性格的本质,那么即使像井原西鹤一样的人类学专家③来描写诸君,称之为《当代什么什么气质》④,诸君也没什么可抱怨的吧。

四

艺术的性格,并不在于为我们展示远离此世的美的国度,超离此世的真的世界,而在于其中总是有人类的热情,作为最明了的符号而存在。所

---

① 原文为"人間学"。
② 伊壁鸠鲁是古希腊哲学家,主张人能追求的最大的善就是精神的快乐,精神快乐在于心的平安。后来"伊壁鸠鲁主义者"常常被用作享乐主义者的代名词。这里小林以此指代"为艺术而艺术"派。
③ 原文为"アントロポロジイの達人",即"人类学(Anthropologie)的高手",以此形容书写世态人情的江户作家井原西鹤,是调侃之语。
④ 江户时期的浮世草子中,有一类作品专门描写某些阶层或职业所特有的性格气质,这类作品统称"気質物"(かたぎもの),题目往往叫作"世间××气质"。1882年坪内逍遥发表《当代书生气质》,也沿用了这种命名方式。

谓艺术中的永恒观念之类的事物,不过是与美学家们的发明有关的妖怪,不管作品是展现灵感,呈现非情,还是表现气魄,它总不能脱离人的气味。艺术总是最人性的游戏,是人的气味的最悖论式的表现。例如天平时代①的雕刻,正如人们说的那样,是非个性的,但非个性的并不就是非人的。只不过天平时代的人们并不企图让自己的作品决定性地独立于此世,他们只是不知道观念化的现代人才拥有的"个性"这一怪物而已。我们被他们的造型打动,正是因为把他们的造型作为他们的心来感受。

人把艺术这东西对象化并观赏它的时候,要么是将其作为某种表象唤起的某种感动来思考,要么就是作为唤起某种感动的某种表象来思考,只有这两条途径。美学,这种学术中的早产儿,至少对艺术家来说是无用之物,其原因恐怕也就在这里了。观念化的美学家,能够极尽精密地说明艺术的结构,而这是因为对他们来说,艺术终究不过是各种各样的艺术的感动之总和罢了。实证的美学家们,关于艺术在此世出现的法则,能够制作出极尽精确的图式,这是因为对他们来说,艺术正是人类历史所孕育的各种各样表现技术中的一种。然而对艺术家来说,艺术既非感动的对象,亦非思索的对象,而是实践。所谓作品,对他来说,不过是自己竖立的里程碑,对他而言更重要的是行走。见到这里程碑的人们,因它的效果而感到什么、走向何处,作者是不管的。诗人写完诗的最后一行时,只有一座战斗的纪念碑建了起来。这纪念碑终究不过是纪念碑,这般死物如果永远活下去,那只是因为活着的人一代代同它相交涉。

从人世中存在水的瞬间开始,人们大概就知道了水这种东西。然而用 H_2O 来表示水还是一件新鲜事。艺术家总是必须创造新的形式。但是,对他而言重要的不是新的形式,而是创造新形式的过程,而这过程是各人秘密的黑暗。然而,我至少能够指出,对于以这黑暗为生命的人来说,那些如同货币、如同商品般横行于世的语言,例如"写实主义""象征主义"等等,大概有着与一般的理解大相径庭的意味。

神把自然给予人类时,一面为其命名一面揭示给人类,这大概是神的睿智。另一方面,人像发明火一样,发明了"人"这一词语,这也是值得尊

---

① "天平"是圣武天皇在位期间的年号(729—749),属于奈良时代文化鼎盛的时期。

敬的事吧。然而人们舍弃了各自内在的逻辑,投身于语言本来的令人惊叹的社会实践性之海。作为报酬,人们获得了充满活力的社会关系,然而另一方面,作为惩罚,语言作为各种各样的意匠,以它们的法则,用它们的魔术支配了人们。于是想要表演语言之魔术的诗人,首先从对语言之魔术的结构的自觉开始。

孩子被母亲告知海是蓝色的。如果这孩子对品川的海①写生时,看着眼前的海的颜色,感到它既非蓝色亦非红色,结果愕然地丢开彩色铅笔,那么他是个天才。然而世上从未诞生过这样的怪物。那么,孩子有"海是蓝的"这一概念吗? 然而住在品川湾旁边的孩子,是无法脱离品川湾来思考海的。对孩子来说语言既不指示概念也不指示对象。语言在这中间彷徨,这是孩子在世上成长的必要条件。而人在整个生涯中一半是孩子。那么把孩子变成大人的剩下一半是什么呢? 人们将其称为逻辑。也就是说,在语言的实践的公共性之上,附加上逻辑的公共性,孩子便成为大人。拒绝语言这二重的公共性,就是诗人实践的前提。悬挂在中天的满月看上去是五寸长,理论会揭示这外观的虚伪,但看上去有五寸这一现象本身并不包含任何错误。人睡醒后就笑话梦的愚蠢,但是,梦有梦独特的影像,在此意义上是真实的。福楼拜告诉莫泊桑:"世上没有任何彼此相同的树或者石头。"②这是说要尊敬自然那无限丰富的外貌。然而这话也述说着另一个真相。那就是,"世上没有任何彼此相同的树或者石头"这话,在世上也没有同样的两句。语言也拥有各自的外貌,外貌中有着各自的阴翳,在此意义上是无限的。妄语在妄语这种现象之中,也不包含任何错误。在想要写《人间喜剧》的巴尔扎克的眼中,恐怕看起来最值得惊异的事,就是人世有着各自不同的无限外貌,各以其本来面目存在着。对他来说,所有事物都是神秘的,所有事物也都是明了的,二者是一回事。无论怎样的理论,都不可能在自然的皮肤上留下最细微的伤口,同时,在他眼中,试图从自然的皮肤底下探索什么东西,是愚蠢的。对那样的人来说,"写实主义"这种朦胧的意匠的赤裸形态,不就存在于狂诗人奈瓦尔的话语中吗:"不管是不是这世上的事物,对我如此分明地看到的东

---

① 指现在的东京都品川区东侧,东品川三丁目、四丁目一带。昭和初年此处海水较浅,很多人来这里赶海,相当热闹。
② 此语出自小说《皮埃尔和若望》(1887)的序文。

西,我无法加以怀疑。"①这时候,所谓"写实主义",对艺术家来说,指的不就是其存在的根本性规定吗,不就是他们根据各自的资质,试图筑造各自的梦的地基吗?

那么,我就稍微进一步地加以解析吧。无论是我们心里的东西,还是心外的东西,将这一切现象都作为现实、作为具体事实接受下来,这样的谦让,虽是最优秀的艺术家实践的前提,却绝不是实践本身。他的困难,在于在此之上构筑怎样的梦,而不在于上述那种简单的实践之前提,这种前提在某种艺术禀赋看来其实是自明的。

有一个常常被作为"写实主义"(réalisme)的反义词而使用的词语,这就是"象征主义"(symbolisme)。但说起来,也很少有词语像美学家们使用的象征(symbole)一词那么暧昧朦胧。比如,有什么理论能够辨明比喻和象征,或者符号和象征的相异之处吗?美学家们高谈阔论,说比喻是概念通过影像的表现,象征是概念的印象通过影像的表现。那么,例如坡那有名的"钟楼的恶魔"②,就既不是比喻也不是象征吧。他们又说,象征是存在与意义相契合的、有着内在必然性的符号,如此等等。然而归根到底他们不过是说象征是上等的符号,未能说出更多的东西。而且把一种符号算作上等还是下等,这是看它的人自己的事。

1849年,随着爱伦·坡的死亡,其无与伦比的冒险,从诗歌中剔除一切夹杂之物、使其本质决定性地孤立的意图,为波德莱尔所继承,至马拉美的秘教而达到顶点。人们将这文学运动称为"象征主义"。然而,这运动是精密到了绝望的理智们的战斗,是最为知性的、可以说是语言上的唯物主义的运动,恐怕在他们看来,"象征主义"之类的名称基本是廉价而无聊的东西。浪漫派音乐家瓦格纳、柏辽兹等人试图用声音来获得文学的效果,而他们则反其道而行之,把文字作为声音般具有实质的东西,收集它们,试图达成音乐的效果。说得再精密一点,他们捕捉到的,或者相信自己捕捉到的心灵的一种状态,是像音乐一般律动,无法用确定的语言表

---

① 奈瓦尔(Gérard de Nerval,1808—1855),19世纪法国浪漫主义诗人,诗作中有强烈的神秘主义、象征色彩,对后来的超现实主义运动产生了影响。这里的引文出自奈瓦尔的小说《奥蕾丽亚》(*Aurelia*)。

② 《钟楼的恶魔》(*The Devil in the Belfry*)是爱伦·坡的一篇短篇小说,讲述了恶魔来到一个荷兰小镇,用钟楼上的大钟戏弄城镇居民的故事。

现出来的东西。是各自独立的词语的诸影像相互交错才能唤起的东西。然而音乐通过被最严正地规定的乐器而出现。而且我们的耳朵有着将乐音和杂音截然区别开来的构造。声音的纯粹，和语言那杂乱朦胧的无限变化，是不可同日而语的。而且，他们相信有着只应该通过语言的形象来表现的音乐式的心境，他们的不幸正源于此处，或者说他们的荣光也在于这里。

于是，那些对他们的心情无动于衷的人们，因为作品的效果朦胧这一理由，就把他们简单地称作"象征主义"。然而他们只不过是试图尽可能直接地、忠实地再现自己的心境。马拉美的十四行诗就是他最鲜明的心的形态本身。我们把它理解为朦胧的姿态，是因为我们试图从中抽象出某种东西。马拉美绝不是为了寻求象征性的存在而奔走于新的国度，马拉美自身就是新的国度，新的肉体。这样的时候，他们的问题不正是最精妙的"写实主义"（réalisme）的问题吗？

因此，所谓象征乃是关于艺术作品的效果而产生的问题，不是关于作者的实践而产生的问题。而接下来我将说明，为什么作品效果产生出的作品之象征性价值所扮演的角色，说到底也不是多么重大。然而发现这一事实并不需要任何洞见。人们只需不摆出傲慢自大的脸色来读作品就足够了。

小说不是问题的证明，是证明的可能性。伟大的小说，通常先以其泼辣的思想感情之波澜将我们抓住。然而如果我们愿意，就能够在这感动冷却结晶之处，发现种种问题，或者解决种种问题的可能性。而一部作品越是生动，生动到了无法判断其中藏着何种问题的程度，这样的可能性也就越丰富。作品所拥有的象征性价值，不过是这可能性的一种形式而已。《堂吉诃德》披上人性这一象征性真理的奢华外衣，大概会一直飞到星星的世界里去吧。然而我们只需要看关进笼子的堂吉诃德，和悲哀地跟在后面的桑丘的对话，被描写得多么精彩生动，就足够了。对于《神曲》，我们只要看其中怎样贯穿着作为一个活人的但丁的温柔或者凶暴的现实的梦，就足够了。

灵感这样的东西，大概是诚实的艺术家所拒绝的。他们的工作始终是有意识的活动。诗人必须一面观察自己的诗作一面作诗。然而对弱小的人类，悲哀之处在于，他作诗的过程这一现实，和作为成果的作品的效果这一现实,是截然分开的两个世界。诗人要怎样做,才能把自己有意识表现的效果完全表现出来呢?自己作品的出乎意料的效果,怎样才能在自己作诗的过程中找到呢?那么,艺术的制作,就是在将意图和效果分割开来的深渊上方,最无意识的走钢丝表演吗?就像天才和疯狂有着亲密关系一样,艺术与愚陋也是斩不断的姻亲吗?

在这里恐怕就出现了最本质意义上的技巧的问题。然而,谁能窥见这世界的秘密呢?就算我是诗人,我又能向谁揭示我技巧的秘密呢?

五

我读马克思主义的认识论的时候,想起了古尔蒙①说的话:"尼采是个奇怪的人。他只是以疯子一般的模样来说些常识。"我不喜欢这单纯的挖苦,但我想说的只是下面这些寻常的事。

马克思的唯物史观既否定了从脑细胞中抽出意识的唯物论②,也否定了从精神中抽出存在的观念论,在唯物史观中,所谓"物"不消说当然不是缥缈的精神,但也不是固定的物质。他在认识论中果敢而精密地导入了朴素的实在论,由此形成其唯物史观,这在现代大概是出色的理解人类存在的根本形式,但拥有像他一样的认识,一点也不会把人们的常识生活变得更为便利。换言之,常识以"马克思式的认识是自明的"为借口而巧妙地回避它。或者说,对常识而言,马克思的认识的根本法则,是过于美丽的真理。或者,如果飞跃到高处,从那里望下去,(那么就会看到,)对大众来说,理解这样的根本法则,也就意味着过他们的日常生活,不论是资产阶级的生活还是无产阶级的生活,是精神生活还是肉体生活。说什么现代人的意识和马克思的唯物论紧密不分,这不过是形而上学的异想天开。支配现代的东西,不是马克思唯物史观中的"物",而是他明确指定的商品这种物。巴尔扎克说按照这世界的本来面目去观察时,所谓本来面目,对他来说就是从根本上理解人类存在的形式。然而获得他这样的理解,对人们的生活而言却是最为不便的事。更进一步说,巴尔扎克写《人

---

① 古尔蒙(Remy de Gourmont,1858—1915),法国批评家、小说家、诗人,其写作具有象征主义色彩,在日本经过堀口大学等人的翻译,于20世纪20至30年代一度流行。
② 这里所说的"唯物论"可能是指马克思主义之前的朴素唯物论。

间喜剧》时,如果从自己的认识论出发对此加以观察,那么其《人间喜剧》的写作,也正是以其本来面目而存在的世界中自然而然的一种形态。而从自己写《人间喜剧》这一角度出发来观察,他那理解人类的根本法则就不过是黯然失色的概念。巴尔扎克个人的这种理论与实践的逻辑关系,对作为个人的马克思也必然是同样的。更进一步说,这两人为了写出各自生活的时代的根本性格,除了眼前活生生的现实之外,并不想把别的任何东西作为自己工作的前提,在这一点上两人是毫无二致的。两人只是有着各自不同的宿命而已。

世上的马克思主义文艺批评家们,对于这样的事实,这样的逻辑,或许会当作最单纯的东西而付诸一笑。然而,诸君脑中的马克思主义观念形态,岂不是既非贯穿着理论的实践,亦非贯穿着实践的理论吗?它不是化作了商品的一种形态,正表演着商品的魔术吗?马克思主义说商品支配世界,但是,当这马克思主义作为一种意匠横行于人的脑中的时候,它本身也是一种真真正正的商品。而这样的变形,其力量足以让人忘记商品支配世界这一平凡的事实。

最后,我就谈一下刚才没有提到的两种意匠、两件事实吧。这也就是叫作"新感觉派文学"和"大众文艺"的东西。

我不知道资产阶级文学理论是什么东西,也不知道无产阶级文学理论是什么东西。我相信人即使缺乏把那种怪物的面目搞清楚的能力,也丝毫没有关系。观念论在现代的瓦解,靠着马克思那明了的观念而被人们所把握。所谓的"新感觉派文学运动",是因观念的瓦解而出现,而不是由于把握这种瓦解才出现的。那不是任何积极的文学运动。只不过作为文学衰弱的症候出现在世上。这也可以说是一种文学上的形式主义的运动,然而它与另一种形式主义的运动,即十九世纪所谓象征派的运动的本质全然不同。鼓动那些象征派诗人的浪漫派音乐①,给予他们最精妙的文学观念。于是他们感叹自己文学观念的贫弱,毅然地对它们加以精炼,而这时他们看到了与自己的观念相比,文字是多么的贫弱。鼓动着今天的"新感觉派文学家们"的美国派音乐,没有给他们任何文学观念,不,几乎没有给他们任何称得上是观念的东西。就像电影强行要求人们变成视

---

① 浪漫派音乐,此处指18世纪末至19世纪初由门德尔松、舒曼、肖邦、勃拉姆斯、瓦格纳、柏辽兹等作曲家所代表的音乐潮流。瓦格纳和柏辽兹的音乐对象征派诗人影响尤其大。

觉性的存在,音乐命令人把全身都变成耳朵。于是他们就感叹观念这东西本身的弱小,想要舍弃它。这时,与自己的观念之弱小相比,文字看上去多么强有力啊。

　　与此大致方向相反的,至少在我看来,是"大众文艺"这种东西。"大众文艺"不是以人的娱乐为题材的文学,而是作为人的娱乐被对待的文学。如果企图把文学变成娱乐的一种形式,那么在今天这样充满直接的生理性娱乐的世间,这种首先把人的感情变成文字,再通过文字唤起人的感情之错觉的方法,是最为拙劣的。而今日"大众文艺"繁荣的原因,正说明了人无论如何都无法脱离文学的错觉。"大众文艺",是人们继承自遥远的往昔的,像《一千零一夜》般一夜又一夜无休无止的故事这种最为朴素的文学观念在现代最大的支持者,对它我致以敬礼。

* * *

　　我相信,我已经在当今日本文坛的各种各样的意匠中,至少是那些看起来比较重要的意匠之间,进行了一次散步。我绝不是为了想要追求什么东西而轻蔑这些意匠。我只是为了不过于信任单独一种意匠,而努力尝试去信任一切意匠而已。

【题解】

　　小林秀雄(1902—1983)是日本昭和时期著名的文艺批评家。他出生于东京,1925年进入东京帝国大学文学部法国文学科就读,期间与富永太郎、中原中也等日本早期象征主义诗人过从甚密。大学毕业后不久登上文坛,在《改造》《文艺春秋》等刊物上展开文艺批评活动,并于1932年起在明治大学执教。1933年,又与宇野浩二、武田麟太郎、林房雄、川端康成等共同创办《文学界》杂志,成为20世纪30年代"文艺复兴"时期代表性的批评家。这一时期,小林秀雄既对波德莱尔、兰波、陀思妥耶夫斯基等西方文学家进行评论,又对日本文学现状展开批评,对当时的主要文学潮流如私小说、左翼文学和新感觉派都有所涉及。在战争期间他的写作重心转向对日本古典文艺传统的再评价,写有《历史与文学》《关于无常》等文章,战后又展开了对西方近代音乐和近代美术的评论。他的写作活动一直持续到70年代,晚年代表作是《本居宣长》。小林秀雄在日本现代批评史上占有非常重要的地位,他在文艺批评中开创的一系列主题,例如"自意识""语言的魔术""自然"和"历史"等等,都对后来的日本批评史产生了长远的影响。

《种种意匠》是小林秀雄作为评论家的出道作,也是其代表作之一,最初刊载于《改造》1929年9月号。当时《改造》悬赏征集评论作品,小林这篇文章投稿获得了第二名(第一名是宫本显治《败北的文学》)。这篇评论对于了解昭和初期的日本文学界,以及小林秀雄本人的文学观都有重要意义。文中盘点了当时文坛上几种主要的文艺思潮,如马克思主义、"为艺术而艺术"、新感觉派等等,并将它们相对化。"意匠"一词意味着在小林秀雄看来在当时的文坛论争中并无绝对的真理,这些相互竞争的文学思潮各有其逻辑,也各有其局限。文中也体现了小林自身的文学观和批评观,他重新为"印象批评"正名,指出批评与自意识不可分割,批评的任务在于发现个人独一无二的"宿命",这种观念与法国象征主义诗歌、瓦莱里的批评和柏格森的哲学都有所关联,包含一种对纯粹自我的想象。从这种立场出发,小林一方面对当时日本无产阶级文学的阶级分析方法和目的意识论进行了反驳,另一方面也指出了"为艺术而艺术"和新感觉派的局限性。

小林秀雄还聚焦于当时各种文学思潮尚未充分重视的语言的物质性问题,指出语言并不是透明的工具,它既是公共交往的,又有不能化约为公共性的、不透明的一面,而对文学来说后一方面更加重要。小林认为语言并不是人能够随心所欲操控的,它具有"魔力",甚至能反过来支配人。对语言的物质性的理解,也联系着他对无产阶级文学意识形态的批评。这种问题意识在当时的日本文学界是超前的,因而在70年代随着日本文艺批评的"语言学转向"而重新受到重视。

参考文献

『小林秀雄全作品1』,新潮社,2002年。
『鑑賞 日本現代文学・第16卷 小林秀雄』,角川書店,1981年。

关于"机械的阶级性"

小林多喜二

（1）日本的无产阶级艺术正在阔步前进。看柯冈①的《无产阶级文学论》就可以明白，现在，在革命前的日本成为问题、并在作品中表现出实际成果的现象，同样也在俄国，在这个先驱者之国革命后的十年间成为问题。这当然不是说日本有什么了不起，而是说我们作为后来者获得了一些好处，得以吸取前辈的经验教训，追随他们来发展自己。

——不过在此我想说的是，日本的无产阶级文学在意识形态方面的建设大体上已经可以展望，在一九三〇年发展到了致力于其"形式"方面的阶段，而俄国对于这一点的关心，则是很后面的事。

（2）我们在"形式"方面努力，并不是要陷入艺术上的形式主义。形式主义者动辄声称：马克思主义理论并未对形式主义加以说明，这暴露出他们无法在此展开讨论的局限。可这是谎话。至少，马克思主义解释了艺术是在怎样的条件下发生的，以及在之后的时代里，那个时代所具有的社会要求，与此前流传下来的艺术形式是如何结合、取舍、产生新的艺术的，又是怎样变化的——即成为艺术的"内容"的一种社会性、阶级性的需要（心理、意识形态），与继承而来的形式之间的辩证法的相互作用——从内容与形式的相互对立和矛盾出发，向着新的艺术而变化——无论在哪种情况下，决定性的要素都是"内容"（如果认为视"内容"为决定性要素就等于轻视"形式"，这是一种曲解，是他们自说自话而已）——这样说有点过于理论化，但只要去看看依年代顺序排列的"作品"或"艺术史"，就会明白这一理论是如何正确地解释艺术的。在这一关系的基础上，我们要通过吸收、扬弃所有过去的艺术形式，为创造出适应现在的阶级需要的形式而努力。我们反倒想要问问，形式主义者的理论，真的能够解释形式问题吗？

举例来说，我们在计算长方形铁板的长度时，是用普通的"直尺"来计

---

① 柯冈（Petr Semenovich Kogan，1872—1932），俄国文学史家、批评家。

量的，但要是去测算圆形的东西就不行，那时首先会想，为什么迄今为止的直尺都不适用于测量圆形物体，然后会再向前一步，发明出"卷尺"。而形式主义者是很奇怪的，他们致力于研究五尺的"直尺"是通过什么方法、手段来表示五尺的。然后再思考其他的直尺、卷尺、曲尺，这完全是在重复同一件事。——因为某种东西必须以某种形式来表现，所以去研究这种形式，这种情况在他们那里是不存在的。

失去了阶级立场，即失去了社会内容的人，他们借以逃避的出口必然是形式主义。很抽象地来看，单就"为形式而努力"这一点来说，当然是可以看到我们和他们的相似之处的。但实际上我们和他们是如何不同，我想上文已经说得很清楚了。

(3)在末期的艺术派中，有"超现实主义"这个不可思议的派别。虽不知道他们"翻过"现实的"山丘"后将要"去向何方"，但这在形式主义者当中，无论如何都算得上是有朝向"内容"的努力了。就这一点来说，这是值得珍视的、有积极性的流派，但若是追问它的方向指向何处，有什么积极性，它便露出无聊的本质了。

若想超越现实，这些人就肯定要对"现实"抱有某种态度。那么，这些人对"资本主义社会"抱以怎样的态度？首先，他们对社会无能为力。——如同这一时期多数人所陷入的那样，他们也将其关注点转向"个人"。但是这个"个人"，是脱离社会关系的个人，是"鲁滨逊"那样的个人，也是"人本来如何如何"那样的"抽象的人"。——他们不知道，再怎么研究个别的人，也不可能弄清人类的本质，人的本质只有在历史和社会中才能现实地展开，而与此脱离的人的本质不过是"种属"上的、纯粹"生理学"上的个人。

——可是，这些人却拼命对个人刨根问底。他们把弗洛伊德作为问题，从博物馆、图书馆的深处把爱伦·坡翻出来，这样做的部分根据，是因为他们通过刨根问底发现了人的"潜意识"的世界。

我们绝不是否定"潜意识"的生活。但是至少我们知道，决定社会中现实运动和发展方向的，是人的有意识的（显意识的）生活，而决定一个人现实行动的要因也是有意识的活动，这是不争的事实。当然，在"潜意识"和"显意识"之间，自然有着辩证法的相互作用。但他们以为潜意识的生活可以重塑一个人，这是颠倒的观念论，没有从"整体性"上把握人。

构成这派的特色的另一种理论上的努力,即否定现存秩序。这一点确实和我们有些微的相似之处。他们也有更进一步的对现实的期望,有这种建设性的努力,但在这方面,他们就与我们判然有别了。为何？是因为这些人否定现存秩序的方法,如前文所述,在这件事上他们是无能为力的。因此,他们对此采取了极其简单的否定——然后随意地在脑中构想出合意的现实。他们认为先在观念上解决问题,然后就可以在现实中解决问题,这实在是过于天真。现实之上的现实,诚然,这种幽灵般的现实（如果这真的是"现实"的话）可能要多少有多少。

（4）那么,我们在"形式"上加以努力时,不可以忽略"机械"？ 为何？——在原始艺术中可以清清楚楚地看到,艺术由它所处时代的生产力发展程度所决定,这是毋庸置疑的。普列汉诺夫说,艺术是由一定的生产过程的技术性质和一定的生产技术所规定的。特别是"乐器"等,随着制作乐器的生产技术的进步,显然会带来音乐艺术的革命。

——我们基于这种唯物论的立场,"必然地""有意识地"将"机械"作为问题。首先想要向形式主义者请教的,就是他们在这一点上是以什么为根据的。

当然我承认,或许在构成派、未来派等艺术中,先驱般地出现了对"机械"的关心。但是,尽管随后机械渐渐发展壮大,这些艺术流派却走向没落,这是为什么呢？对此可以列出很多的原因（玛察《现代欧洲的艺术》）。但首先应该看到的是,在这些人对于机械的关心中的唯物论的不彻底。

机械的蓬勃发展落在他们的肩上。就像看到稀罕的领带花样似的,这些人发出狂喜的声音。但是第一,他们并未思考机械的位置,以及关注着机械的他们自己的位置；第二,他们并不了解铁和工场里那些只有机油味的生产机械,他们关心的只是汽车、轮船、行驶在柏油马路上的轿车,还有飞机等消费的、享乐的机械（藏原惟人）；第三,因为对机械本质的盲目,所以他们无条件地将机械与艺术结合。无怪乎很多人将此统称为"对于机械的浪漫主义"。

（5）马克思在《资本论》的第一章,谈及资本主义社会的"魔术性"——物化作用。简单来说,在资本主义社会中,一切的本质都不以本质的形态显现。即"本质"与"现象"的不一致。——因此,马克思反复强调,要是我们只看到"现象"就立刻误认为它是"本质"的话,问题就很严重了。这是资本论中最重要的部分——我认为,在资本主义社会中,对"机械"的认识也出现了同样的问题。

不知道人们是如何区别关于机械的"浪漫主义"和"现实主义"的,但我认为,要是没有对机械的这种"魔术性"的清晰认识,就无法真正地理解它——不是"浪漫主义"的理解,而是"现实主义"的理解。

对此马克思说道:

> 本来,机械在被资本主义征用时延长了劳动时间,但其本身是可以缩短劳动时间的;它被资本主义征用时,人类被迫依附于自然力量,但机械本身意味着人对自然力量的征服;它被资本主义征用时,生产者转化为需要被救助的贫民,但机械本身却可以增殖生产者的财富。(《资本论》)

因此,从哪一种立场(或中立地)看待"机械",就成为问题所在。现在社会中的机械,没有一个是外在于马克思所说的法则的。——多数关心机械的人,对于机械的立场是暧昧的,仅仅探讨机械所具有的"合理性""力学性"等问题。我不知道这些人要以什么样的方法来清算此前的对于机械的"浪漫主义",可要是装作看不见机械所具有的"阶级性",那即便有对于机械的"现实主义",也只会是资产阶级或小资产阶级的现实主义,绝不可能是"无产阶级现实主义"。由此产生以下两者的差异:

——从工场的"窗户"窥伺,关注机械的美妙特性的人。

——从操纵着机械的劳动者的立场出发,关注机械的特性的人。

(6)上述差异在艺术上的体现是,前者仅将机械和艺术的交流作为现实(realistic)问题来讨论的"形式主义"艺术立场,后者则始终是在"无产阶级现实主义"的立场上来看机械和艺术的交流问题。我有一种可怕的感觉。——只有这样在无产阶级的立场、阶级的立场上来看待机械时,它的"本质"才会表现出来。

(7)接下来,作为"无产阶级现实主义"的条件之一,我们必须把"机械与艺术的交流"作为一种向着"形式"的努力来加以研究——这一具体问题就下次再说吧。

附记:这篇文章是在乡下写的,没什么准备,也没什么文献,且是在短时间内赶出来的东西,可能有不完整、不确切的地方。此后将充分地修订和深化。敬请谅解。

【题解】

小林多喜二(1903—1933)是重要的日本左翼文学家,无产阶级文学运动的领导者之一,1933 年 2 月被捕后牺牲。代表作有小说《蟹工船》《在外地主》《为党生活的人》等。本文最初发表于 1930 年创刊的同人杂志《新机械派》[①]第一期。译文所用底本为收入《定本小林多喜二全集 第 9 卷》的版本(新日本出版社,1968)。

在前面介绍村山知义的文章时曾提及,在日本 1930 年前后关于"机械美""机械艺术"的讨论正在流行。小林这篇文章与村山知义、板垣鹰穗等人文章发表的时间接近,但小林的的文章显得格外与众不同。他完全立足于马克思主义批评立场,关注的不是机械艺术的形式问题,而是机械本身的多元性质。小林认为既往对机械的讨论大致是在"浪漫主义""现实主义"和"无产阶级现实主义"这三个层面,他认为最受关注的机械的"合理性""力学性"等问题的讨论,仍然囿于无法触及机械本质的"浪漫主义",最终只有"无产阶级现实主义"能够带领我们把握机械这一形式。值得注意的是小林这篇文章中提及的"机械的魔术性",他认为这是理解机械本质的关键,这可能也是我们理解此文的切入点。

这篇文章对于理解 1930 年代前后日本的艺术创作理论有重要的意义。同时,将小林这样以往总被贴上"正统左翼作家"标签的作家,与其他所谓的"先锋艺术家"尤其是村山知义等放置到同一理论场域进行重新审视,对于理解当时多元交织的文艺思想或许也将提供某种启示。

参考文献

手冢英孝:《小林多喜二传》,卞立强译,长春:吉林人民出版社,1983 年。
马克思:《资本论》(第一卷),郭大力、王亚南译,上海:上海三联书店,2009 年。

[①] 《新机械派》主要的同人有武田遴、野口七之助、胜见茂、小林多喜二和伊藤信二等,1930 年 3 月 5 日发行第一期后立刻被禁止发售。

纯粹小说论

横光利一

如果有应该称为文艺复兴的事物的话，它应当既是纯文学也是通俗小说，除此以外，文艺复兴是绝对不可能的，至今我仍然如此认为。我这样写的话，若是熟悉文学的人，用不着我再追加任何说明，就能立刻明白吧。不过为了减少对这些字句的误解，我想还是多写几句。

今日的文坛之中，如果能够产生真正的纯粹小说[①]，那会是在通俗小说之中出现吧。——说这话的，是高瞻远瞩的河上彻太郎氏。又有一位通达之人说，通俗小说与纯文艺为什么要区分？把它们分开是错的。此人便是幸田露伴氏。此外还有一位高超的批评家表示，如果外国人要求一定要推荐一位日本的代表作家，自己会推荐菊池宽。这位批评家是小林秀雄氏。对于今日陷入停滞状况的纯文学，以上那样的名言为什么没有对文学造成任何影响，丝毫未受重视？如果不对其中的理由重新加以思考，我想纯文学就只有衰落灭亡这一条路了。因此在今年正月五日的读卖新闻上，我写了一篇文章，提倡既是纯文学也是通俗小说的文学。我的文章是附和上述诸位的看法，并没有什么独创的见解。可是现在在有见识的文学者之中，我所说的这些话甚至成了定论，而这些话的意思，却招来了各式各样的误解。

现今谈到文学的种类，大约有纯文学、艺术文学、纯粹小说、大众文学、通俗小说这五种概念，正互相缠绕形成漩涡，而最高级的文学，既不是纯文学，也不是艺术文学，而是纯粹小说。可是在日本的文坛之中，这种最高级的所谓纯粹小说，正如诸家所言，几乎还不曾出现过一篇。一篇纯粹小说都没能出现的纯文学或艺术文学，兴盛也好，衰亡也好，实际上怎

[①] 纯粹小说的理论资源或许部分来自纪德1926年的《伪币制造者》，其中借小说人物爱德华之口谈论了"纯小说"，排除不属于小说的不纯要素。例如因照相的发达使绘画从写实解放，因留声机的普及小说中对话的详细记述也变得不再必要，使小说成为纯粹的艺术作品。此概念或许亦与马拉美的纯粹诗概念有所相关。

样都无所谓,说得极端一点,即使有人说产生不出纯粹小说的纯文学与艺术文学,还不如干脆消亡的好,文坛也难以回应,这就是现在的真实情况。

这么一来,问题就在于纯粹小说究竟是指什么样的事物了。而在回答这个难题之前,首先要尽可能搞清楚的一个关键点,就是通俗小说与纯文学之间的差异。人们常在这个最初的关卡面前不知所措,无法更进一步,这是现状,所以要解释纯粹小说就更加麻烦,无从着手,导致现在大家都把这个问题原封不动地丢开,搁置不论。只能说这不是没有理由的。然而,试想一下,既然纯文学的衰颓,不管怎么说都是从纯粹小说的没有出现开始,那么文坛全体如果对于纯粹小说能够有所认识,恐怕纯文学就会以急流之势发展,到了那时真正的文艺复兴也一定会实现。我是这么认为的,因此尽管明知危险,但作为实现上述目的的手段,还是在这里试着写一写我关于既是纯文学也是通俗小说的文学的意见。

本来,关于纯文学与通俗小说的差异,迄今为止已有许多人思考过,结果有两种意见。其一是认为纯文学要取消偶然,其二是以为纯文学没有通俗小说那样的感伤性,除了这两条以外,我还没看到过其他意见。可是,偶然是指什么,感伤是指什么?词语的内涵并不容易说明,而对此的解释我也从未见过。于是这事在最初就陷入了麻烦。但每到这种时候,人们总是说,这些不是靠直觉就能理解吗。使用着稍微难一点的词汇的人则说,偶然就是一时性,而与偶然相反的必然性,则是指日常性。至于感伤这一概念,更是不靠直觉就难以理解,眼下姑且只能认为,所谓感伤就是指经不起正常理智的批判的事物。

我觉得从这类概念的探讨着手过于麻烦,所以就把通俗小说与纯文学合二为一,说这样的事物才是今后的文学,因此我也不得不承担招致误解的责任。可是,不经过这样的冒险,想要进而讨论纯文学的概念,并不是容易的事。为了阐明这个概念,我要在这里引用《罪与罚》。陀思妥耶夫斯基的小说《罪与罚》,我现今正在读,而在这部小说中,构成通俗小说这一概念的根柢的偶然(一时性),其实从最开始就有许多。这部小说中,意料之外的人物经常突然登场,而且总是在情节要求他非出现不可的时候,就恰逢其时地出现,并且这些人物总是做出唐突的惊人之举,乍一看仿佛经不起世人的正常理智的批判,其出场方式具备了所谓的感伤性,使我们读者感到高兴。总之不管怎么说,其中大量存在通俗小说的两大要素,即偶然与感伤性。尽管如此,无论是谁都会认为这是比纯文学更高级的,应该称为纯粹小说之模范的优秀作品。此外,同作者的《群魔》也是如此,托尔斯泰的《战争与和平》也一样,司汤达、巴尔扎克这些大作家的作品也都有着相当多的偶然性。既然如此,那么这些作品不都是通俗小说吗?事实上,我的确认为它们就是通俗小说。但它们不只是单纯的通俗小说,也是纯文学,并且是纯粹小说,之所以会有这些公认的评价,原因在于这些作品之中都具有经得起正常理智的批判的思想性,还有与之相符的现实感。

我在读卖新闻上写的文章里说,让一部作品既是通俗小说又是纯文学,对作者而言是最困难的事情。其中的难题,我想就在于要表现偶然性和感伤性所具有的现实感,比什么都难。纯粹小说论的困难之处最初从此开始而来。本来,所谓纯粹小说中的偶然(一时性或者特殊性),要么是从构成小说结构的多数部分的日常性(必然性或者普遍性)的集中里,理所当然地产生的特殊的运动的畸形部分呢,要么就是发生这种偶然的可能,由于这种偶然的发生,而进一步强化了此前的日常性呢。如果作品中出现偶然时,脱离了以上两种情况的话,那么出现的偶然转眼之间就会变成感伤。为此,没有比表现出偶然所带有的真实性更困难的事了。而且日常生活中的感动,有许多存在于偶然之中。然而,我们国家的纯文学对于最能给生活以感动的偶然,或者摒弃,或者回避,只选择了一味给生活以怀疑、倦怠、疲劳以及无力的日常性,声称这才是现实主义,到处贴这样的标签。当然我并不认为只选择这样的日常性,就是坏的现实主义,然而我国纯文学认为只书写自己身边的日常经验就是最真实的表现,仅仅把基于这种朴素实在论的想法而选择的日常性的表视为现实主义,更有甚者,一碰到作品中的偶然,立刻就把它称为通俗小说,简直到了感伤的程度。但是,在通俗小说里,什么日常性与偶然性根本就无须讨论了。这些小说把最恰巧的事件突然地连结在一起,没有任何必然性的理由,运用感伤,以变化与色彩吸引读者跟着走,可是无论如何,它们毕竟不是只把自己身边的经验事实写出来,就算再怎么廉价,终归有创造在其中。有人可能会说,只要是创造,就比记录自己身边的事更加高级,这种议论不是不能成立的;更重要的是,通俗小说有唤起生活的感动这一优势,因此我想被通俗小说压倒的纯文学走向衰败是必然的事。纯文学作家中的有心人,想要为它的复兴而努力,是没有任何不可思议之处的,但对此不去重整自身薄弱的立足点,还高喊着要把大众文学、通俗文学扑灭,是不会有任何收获的。鉴于此,作为最有效的文艺复兴的手段,我写出了纯粹小说论的一部分。文学的能动精神也好,浪漫主义也好,如果不从这里出发,还能坚持什么样的能动主义立场,什么样的浪漫主义立场呢?若是立场摇摆不定,恐怕什么样的文学主张都必将化为泡影。可是,如果说要使文学作品成为更高层次的事物,要制造文艺复兴的立足点,纯文学已经无济于事了,必须努力使它成为纯粹小说,那么第二个难关也就随之而来。这就是,短篇小说不能写成纯粹小说。先举一个例子,通俗小说所持有的最好的武器是形成感动之根源的偶然以及感伤,而要为这偶然与感伤赋予作为纯粹小说的高度的必然性,就必须要渡过中岛健藏氏所说的在表现与生活之间潜藏的那许多深渊[①]。而且这些深渊,不只是表现与生活中间的深渊,还有生活之中的人类的深渊,以及表现它们的时候所面临的深渊,三者重叠结合在一起,因此,仅凭篇幅短小的作品,即使是非同寻常的天才,要写成纯粹小说也是不可能的。而且在此之上,如果说不尝试把作为纯粹小说的思想化为血肉,就不能期望出现高贵的现代文学的话,那么仅靠一百页两百页的短篇就更是无能为力了。

然而,此处有必要再一次思考小说的生成过程。我倾向于认为,纯粹小说并不是对至今为止的纯文学作品的提升,而是对至今为止的通俗小说的提升,不过,这也不能一概而论,因此我采取了既是纯文学也是通俗小说的说法,这样的说法最容易被误解,但聪明的人则能立刻理解。这些姑且不论,总之近代小说的生成,本来是由于从前人们写作物语的意志以及写下日记的意志,分别地成长起来,因为找不到裁判两者的方法,那种毫不动摇地认为物语写作才是文学的创造精神,发展为通俗小说,作为其对立面的书写日记的随笔趣味,则变成了纯文学,勤恳地只写下自己身边的事实,并妄尊自大,以为沉溺于物语的文学是粗鄙的,遗忘了最重要的可能世界的创造,甚至在文体方面,也只把日记随笔的文体留给了我们。年轻的纯文学者的心的革命之所以势必发生,其原因就潜藏在此处;纯文学的正统是日记文学呢,还是通俗小说呢,这样一种疑问就产生出来了。

[①] 此处的深渊或许指的是舍斯托夫的无的形上学,深渊用以象征人的存在没有任何先验根据的境况。

现实主义与浪漫主义的问题，其根柢实际上也在这里。我从一开始就站在浪漫主义的立场，认为倘若小说不是对可能世界的创造，那么就无法成为纯粹小说，然而，纯文学在尝试既不失去物语写作的通俗小说的精神，同时又吸收日记文学的文体以及精神的过程里，不知不觉间，健康的小说精神徐徐地发生了变化，陷入了只有事实报告才具有真实性的错觉。这个病情，宛如季节的推移般强烈地袭击而来，那种致力于建构物语的、本来真正意义上的小说的现实主义的发展，明显地被推迟了。所以文学家们开始探索纯文学衰微的原因，最后不能不意识到，轻蔑通俗小说的自己才是低俗的，这时却已经太迟。他们承受了令人束手无策的现代特有的新型自我的来袭，亦即自意识的过剩，想要站起来已经不可能了。这时，从各个方面发生了将文学拉回正路的运动，不是没有理由吧。文艺复兴现在才正要开始。

我观察了各式各样倡导复兴文艺的主张，却还没有看到具体的说明。复兴文艺的精神上的问题，此处暂且不谈，以后另作讨论，总之谁都会承认，今年以来，人们之所以不得不开始谈论旺盛的能动精神[①]，或者浪漫主义，背后是有许多原因的。可是，这些主张也是应该放在纯粹小说论之后讨论的问题，现在如果把纯粹小说搁置不论，谈文学的能动主义也好浪漫主义也好，我觉得都没有什么意义。这么说的理由是，如前所述，现代特有的智识阶级自意识过剩的问题正迫在眼前，而说着浪漫主义、能动主义的人们之中，处理最难解决的自意识的问题的人，我至今还没有见到。对于这个难题毫无自己的态度，又能主张什么样的浪漫主义、能动主义呢，谁都会有这样的疑问吧。举个例子，最近三四年来所掀起的心理的问题也好，道德的问题也好，理智的问题也好，全部都是智识阶级最后而且最重要的问题，无论浪漫主义还是能动主义，如果能同这些问题割离，简单地进行的话，那只不过是闹剧吧。我想今后经过一些时间，一定会产生真的浪漫主义、能动主义的文学，它们若不是从心理主义之中产生，就

[①] 1932年后日本普罗文学运动因大检举而陷入沉寂，而在1934—1935年间，行动主义成为日本文坛上引发关注的文学运动。能动主义的提倡者有舟桥圣一、小松清等，他们试图开启左翼以及法西斯之外的视域，强调知识分子介入现实的能动性。虽然森山启、大森义太郎从左翼的角度对其质疑或是批判，但此运动亦获得部分左翼文人如青野季吉、中野重治的支持。兹不详述，此处可注意的是横光对能动主义不同于左翼的回应方式。

一定是从作为真理主义的实证主义,或者个人道德的追求,或者理知主义中产生出来。而浪漫主义、能动主义若不是由此产生,而只不过是从难以挽救的感伤主义之中产生,那么它们即使被视为行将消失之物的昙花一现的泡沫,也是没有办法的事。我们国家出现的文学运动最初总是和这样的命运相逢。大概现在正出现的能动主义,也命中注定要与今后到来的浪漫主义运动融为一体。如果说它融入浪漫主义之后,会陷入分裂的状态,或者适应法则主义或者反抗法则主义,那么这二者都是从对实证主义的顾虑出发的举动,这么认为应该没有什么问题吧。然而这一点暂且不论,既然是浪漫主义,就应该从某种意义上是对旧现实主义的反抗,是对新的现实主义的创造。童话①般的蓝花的绽放,在恶劣的政治横行的时候即使变成逃避责任的谛念主义②也是没办法的事,可是,既然无论哪种浪漫主义都是新的现实主义的创造,而在近来的文坛上,作为反抗法则的实证主义的新的浪漫主义,汇合舍斯托夫③的思想流传开来,那么作为必然与之相关的自意识的整理方法,文坛必定不得不转向现在兴起的新浪漫主义。而能动主义,虽然看似是作家不能不做些什么的冲动主义,但其实是探索我们应该做什么的精神,既然如此,如果不回到困住知识阶级的道德与理智之抗争这一问题的起点,亦即整理自意识的问题,那么恐怕现在什么事情也做不成。纯粹小说的问题,就是在这样的时刻之中,作为这些问题的表现形式而必然出现的新的现实主义的问题。现在,如果说各式各样的文学机构中正出现的通俗小说与纯文学的问题,全都存在于纯粹小说论之中,也没有什么不可思议的。

中岛健藏氏对通俗小说与纯文学的论说,阿部知二氏谈论的纯文学普及化的问题,深田久弥氏的纯文学的扩大论,川端康成氏的文坛改革

---

① 原文为メルヘン,即德语 Märchen 的片假名拼写。典故出于德国浪漫派作家诺瓦利斯(Novalis,1772—1801)未完成的小说《蓝花》。1929 年小牧健夫著《诺瓦利斯》加以介绍,1939 年该小说日译本(『青い花』)由岩波书局出版。
② 谛念一词出自晋葛洪《抱朴子·杂应》:"但谛念老君真形",做专心思念解。而横光提及的谛念则是承自佛学意义的谛念,意指追求真理、断绝俗念。故此处的谛念主义是指逃脱现实的借口,具有虚无主义的消极意涵。
③ 列夫·舍斯托夫(Lev Shestov,1866—1938),十月革命后流亡法国,是 1920—1930 年代具有代表性的俄国流亡哲学家。1934 年河上彻太郎与阿部六郎翻译其著作《悲剧的哲学》出版。舍斯托夫反对传统的形而上学以及全能的上帝,将哲学作为人面对"无"所产生的"无限的不安"的安栖之所。

论，广津和郎氏、久米正雄氏、木村毅氏、上司小剑氏、大佛次郎氏等人的通俗小说高级化的说法，冈田三郎氏的二元论，丰田三郎氏的俗化论，以我来看这些全部都是纯粹小说论，可以说这些人全是站在实际的观点，从各式各样的立场出发，主张去除写作纯粹小说所导致的不能变成共同利益的痛苦。他们的意思当然不是说去写通俗小说。他们的主张，是想使现代的日本文学至少靠拢第一流世界小说的高级化论，其首先呈现出来的形式，是挑战那种认为（纯粹小说）就是与通俗作品同流合污的低俗见解。现在若不通过这个问题，我不知道文艺复兴应该从何处开始着手。这恐怕是一条困难多歧的道路，但为了除去作家共通的苦痛，这是紧急的事情，正因如此我们才会看见这些异口同声的说法变着样子涌现出来。我想，作为新人，不论主义流派如何，至少要通过以纯粹小说现身文坛，否则就没有意义，不但如此，即使是旧人，不关心纯粹小说的话，今后也无法打开成长的道路吧。

　　此处，我想试着简单谈谈自己的纯粹小说论。上述内容是谁都可以通晓的，而接下来要写的，是若非想试着写现代小说的人就不会感兴趣的部分。——至今为止的日本的纯文学中所出现的小说，都是作者以为只有自己在思考并生活的小说。至少，即使（小说人物）不是作者的话，这种小说也会让人觉得其中只有一个人物自己在思考，而对于众多的人们都在各自任意地思考这一世间的事实，却如同盲目一般。如果这时能明白，眼前所见世间人物，都与自己一样，是任意地各自去思考并生活着，那么突然就会注意到，至今为止的纯文学的路径是多么狭小。如果注意到这点的话，那么就会发现，由日记文学延长发展而来的日本式叙事写实主义，虽然能够用在单一人物的部分心理与活动，但对大部分的人已经没有效用了。如前所述，人们各自任意地思考，这是事实，那么当作者注意到作品之中出现的几个人物，并非都像自己一样思考事物的时候，独自一人的作者，到底运用怎样的写实主义才好呢。这时，作者要突破万难，总之先去见几个人，接下来，必须在某种关联中捕捉这些人们的所思所想，一边使这些与作者的思想保持均衡，一边使之朝向（小说）中心集中。这样的小说构造的最困难之处在于，对作者最有用的事物不是观察力，也不是灵感，也不是想象力，而是叫作风格的纯粹由音符组成的事物。不过，使音符相互连接的力量，只是一个作者的思想。说是思想，但如果把它理解成抽象的事物,当成公式主义式的思考,那么一定完全无法把握阿兰①所说的思想是什么吧。如果说登场人物各人的思考内部,仅靠一个作者所写的一个人物是不可能掌握的,那么就需要让向作者的计划疾驰而来的人物的旋转面的集合,与作者的内部保持着相互关联而进行。只有在此时,这个进行过程才成为可称为思想的某种时间。不过在这里,对近代小说来说,还有一个新发现的麻烦的怪物,使得仅仅如此写作还不够。这个怪物在现实中逐渐地成为有力的事实,使至今为止的心理崩解,道德崩解,理智毁坏,感情扭曲,并且这些混乱成为新的现实撼动了世间。这怪物就是被称为自意识的不安的精神。这"看自己的自己"是一种新的存在物,自从这样一种人称产生以来,所有已经失效的旧的现实主义,更加失去作用了,这是不言而喻的事。不便还不只是这些,在表现正支配人们内面的强有力的自意识时,如果想要多少接近真实,赋予作品现实感的话,作家就必须设法发明适合自身操作的第四人称②,否则就不会有表现的方法。这样一来,作家无论怎样地挣扎,仅仅依靠短篇的话就只有死灭一途。纯粹小说论之所以到来,我想起源头完全在于这样的不安。浪漫主义者说要写"所有美丽的事物"。然而,在现今时代,一个人有着普遍人类的眼,个人的眼,和观察自己这一个人的眼,在此之上还有作者的眼,再加上过往一味依靠的道德以及理智如今都已被再度分解,在这种时代什么才算是美丽的事物呢?对于美我们最关注的是,若是看不到位于人类活动之中最高部分的道德以及理智,无论何处都无法探求到美。能动主义者说着"我们应该怎么做"③。可是就算实在不知道该怎么做,倘若放弃了近代个人的道德与理智的探索,我们还能做些什么呢。不过,此处也诞生了作家的一种新的快乐。那就是我们获得了设定第四人称的自由。纯粹小说就是设定此第四人称,使以新的方式推动人物的可能的世界得以实现,是在任何人都还未规划的自由天地之中赋予现实感。新的浪漫主义,若不是从此出发,就不可能有创造。而且,这不单只是关于创造的事。

---

① 阿兰(Emile—Auguste Chartier,1868—1951),法国哲学家、教育家,以"阿兰"(Alain)的笔名闻名于世。其艺术论否定灵感、热情,而重视理性的作用,1920年代其部分代表作被译介到日本。
② 此处可以参考1935年5月横光《作家的秘密》一文中对第四人称的进一步阐释。
③ 原文"われら何を為すべきか",容易使人联想到1926年青野季吉所翻译的列宁1901—1902年的文章,日译名为「何を為すべきか」,中译为《怎么办》。

即使是再怎么踏实而无情的实证主义者，如果不能决定他喜爱法则的理由，是出于对理智还是道德的喜爱，那么他的人类之眼，作为个人之眼，和看自己的眼，都不得不发生动摇。目光毫无动摇的人，我到现在都还没有见过。我们的眼，究竟为什么会在理智与道德之前动摇呢？纯粹小说的内容，就是探索这动摇的眼朝着何处动摇，为何动摇。这就是纯粹小说的思想，也是最高的美的创造。到了这一步，通俗小说啦、纯文学啦，这些愚蠢的有名无实的议论，全都不在话下了。

然而，关于纯粹小说，如果要再加以详细的说明，那么又会出现下一个问题，这就是新的技术的问题。在这里有一个解释起来很麻烦的难题：自然中出现的人物（人），在多大程度上可称为小说的人物？我觉得纯粹小说论应该与哲学在这一点上齐头并进，然而作为技术的问题，又不得不从这里分道扬镳。为了把话说明白，我需要重复一下之前已经叙述过的部分。说到底，人类若只是存在还不能称之为人类。他要去行为、去思考。这时候，给予人类现实性的最有力的事物，是人类的行为与思考中的什么东西呢？对于为此而苦恼的技术精神，作者不得不予以决定。并且，一个人的行为与思考的中间，存在着什么事物呢？这个最重要的，最不明确的"场所"之中，有什么东西混合在一起，从而使人类的眼、作为个人的眼，以及观看此个人的眼，成为意识。于是，所谓行为与思考，就是在这些各式各样的复眼式意识的支配下活动，而在这样的中介物之中，如果人类的行为与思考是分开活动的话，那么位于外部的他人，就无法了解一个人的活动的本来形态。因此，人若只是观察人类的行为，并不足以明白近代的道德；若只是追求思考，那么就无法洞察名为思考的理智，及其与行为的连结力。在这之上，更困难的事尚在此处等待着。这就是思考发生之根源的先验，现在实证主义者中没有人承认它的存在，但是假若不承认先验的存在，那么就只能认为包括感情在内的一切日常性，亦即思考与行为中间的联系之处、既不是行为也不是思考的联态，全都被偶然所支配。然而，我们必须认为它们不是被偶然支配，而是被必然性所支配，否则不只是作为人类活动最重要的日常性无法被说明，甚至连日常性的事物本身都不可能存在。这个错误显而易见。

既然如此，那么作家书写人类，是怎么一回事呢？纯粹小说论的结论，归根结底，不到此处就无法确立。然而如果要写人，为其活动赋予现实感的话，无论是什么样的作家，若不触及下面这个艰涩困难的情况，就连一行也无法落笔。这问题就是，书写人类，首先是指写人类的哪一个部分？如前所述，如果说只有表现于外部的行为并不算是人，只有内部的思考也不是，那么就必须要把重心置于这外部与内部的中间，这是作家必然的态度吧。但是在这中间的重心，存在着自意识这一中介物，如同要把人的外部与内部撕裂那样地作用着，使人的活动仿佛完全呈现为偶然的、突然发生的，这样的近代人，与通俗小说里偶然的频频发生一样，对我们而言实在是充满兴味的事物。并且，只是一个人就具有这么多的偶然，当这样的人出现两个以上，各自活动时，在这样的世界中，这些偶然更是集合为大的偶然，在日常所到之处挤得密密麻麻。这就是近代人的日常性和必然性，像这样，越是迫近人类活动的真实，就越会发现人的活动实在充满了令人瞠目的通俗的某些事物，这个不可思议的秘密和事实，世界一流的大作家是决不会看漏的。然而他们越是贴近这通俗的人类的有趣之处，如实地写出其原貌，越变得不通俗。在这种时候，我们日本的纯文学作家却以怯懦的低劣，将这样的通俗作为通俗而恐惧，远离既是真实也是必然的人的通俗性，而离它越远，却越是不由自主地变得通俗，成为感伤家，陷入了反讽的描绘人性的魔术之中。从这感伤之中没有理由产生一流的小说。但是，现在我们已经不再容忍这种感伤。我们必须废止真正的通俗。为此，最重要的莫过于不害怕人类活动的通俗性的精神。我认为，纯粹小说必须从这样一种坚定的实证主义的作家精神之中诞生。

在前面的文章中，我已经触及当下出现的各式各样的文学问题，迂回着写下了纯粹小说的笔记，不过关于如何去写人这最后一个问题，在这里就先不去触碰了。这属于靠作家各自的秘密以及手腕去处理的问题，说了也无济于事的。从结果上看，我在这里写下的好像是关于我自己尝试的作品，如《上海》《寝园》《纹章》《时钟》《时钟》《花花》《盛装》《天使》等长篇小说的笔记，不过我希望其他的人们今后也热心地讨论纯粹小说论。我想现在是最需要在此事上交换意见的时刻。为此，这也应该是作家成长起来的时刻。我希望无论浪漫主义者，还是能动主义者也好，现在都来共同讨论一下这个问题。关于行动主义与自由主义，由于讨论它们之前不能跳过民族问题的存在，为慎重起见，现在暂且搁置不论。因为我不觉得现在的日本与欧洲处于同一位置。欧洲的理智，在亚洲的感情以及位置之中能在何种程度上成为共通的线,贯穿其中的事物,对于这种界限我曾有所思考。现在是连我国的马克思主义,从外部来看都带有一种国粹主义的外观的时代①。转向后的作家、评论家的行为之所以看起来十分自然,毫不勉强,其原因也正在这里。这些人的行为,不能只从内部去看,还需要从外部去看,否则就称不上看待自然与人的忠实的立场。随着日本人的思想运用的界限,对于一般文人而言已经明了,日本的真正意义上的现实也就初次出现在人们的面前,因此对于至今为止尚未被充分思考的民族问题,我想现在终于到了重新思考的时候。现在的外国文人之中我最感兴趣的是瓦莱里和纪德,与纪德的转向②相反,瓦莱里未被动摇,我不觉得单纯只是因为两者思想实践力的差异。究竟是一个人因为了解了而去行动,一个人因为了解了而原地不动呢,还是一个人因为没有了解而去行动,另一个因为没有了解而原地不动呢。然而,怎样算了解,怎样算不了解,并没有谁规定过。只是对我来说,因为自己不了解亚洲的事,所以就什么也不说的瓦莱里的话语最打动我。然而,我国的文人,比起亚洲的事情更清楚欧洲的事情。所谓日本文学的传统,就是法兰西文学、俄罗斯文学。在这种状况中,要是日本还不出现日本人的纯粹小说的话,那作家们不如把笔折断吧。最近,在英国十八世纪作为通俗小说流通的《汤姆·琼斯》这部作品,又作为纯粹小说在英国文坛复活了。我国的通俗小说,若是仔细检验的话,或许也有纯粹小说也说不定。最近有人送了我司汤达的《帕尔马修道院》一书,我正在阅读,这应该也可以说是纯粹小说的样本。据说这位作者写《红与黑》的时候,已经是全程一边读《汤姆·琼斯》一边写了,不仅如此,这部《帕尔马修道院》也是浓墨重彩的一大通俗小说。如果日本的文坛出现了这样的小说,一定会被不加区别地直接踢到通俗小说里去。拯救纯文学的事物不是纯文学,拯救通俗文学的事物,也绝对不是通俗小说。如果同样向着纯粹小说,从两条道路发起进攻,我

---

① 一部分日本左翼转向后放弃了原先的革命主张,改口提倡所谓"一国社会主义",例如日共领导者佐野学以及锅山贞亲转向后于 1934 年 12 月制定"一国社会主义纲领",否定了"32 年纲领"中包含的反对侵略、废除天皇制的主张。
② 这里的"转向"不同于日本左翼的转向,是指过去被视为自我主义者的纪德,转而支持共产主义。横光此处使用的"转向",或是承自小松清 1934 年发表于《行动》的《法国文学的一大转机》一文中的脉络,文中介绍了纪德、费尔南德斯等人转向共产主义以及反法西斯运动的概况。

觉得必定会有好的结果。至于纯粹小说的社会性之类的问题，想来会有其他适当的人来论述，因此这里就不谈了。但是，纯粹小说不是可能或不可能的问题。它是作家是否去实行的问题，或者说是不得不去实行，我想这才是最重要的。

【题解】

  1935年4月横光利一于《改造》杂志发表《纯粹小说论》，6月收录于文集《觉书》。横光此文多使用长句，加上日语时常省略主词或受词，为了尽可能使文意清晰，本译文在部分段落以"()"补充主词或受词。

  在说明《纯粹小说论》的大意之前，有必要略述1930年代初期日本的文学场域。自1928年"三一五"事件后，左翼运动转趋地下化，到了30年代，原先在日本文坛具有深刻影响力的普罗文学已逐渐式微。1933年至1934年间，舟桥圣一、阿部知二、小松清、春山行夫等人引介法国文艺界反法西斯的思潮，在日本提倡文艺复兴、行动主义文学的主张，青野季吉、大森义太郎等论者也撰文响应，一时之间颇蔚为风尚，也代表着日本文坛对于正在崛起的法西斯主义的抵抗。但是"反法西斯战线"的无产阶级文学派、艺术派因缺少共同的政治纲领以及文学理念，可说是同床异梦。例如1935年1月《改造年鉴》中整理了文艺复兴的概况，指出文艺复兴是"为了文学的文学"主义。横光利一《纯粹小说论》的起点正是对上述文学议题、时代情境的回应。

  关于《纯粹小说论》中的"纯粹小说"这一概念，同样需要回顾纯文学作家的私小说以及普罗作家的创作观。普罗作家普遍持"现实主义"的创作原则，也就是认为小说追求"真实"，不过不同于私小说偏重的是个人的内面世界，"现实主义"所要反映的则是外界、特别是劳动阶级的生存情境。"纯粹小说"则是阐明了一种不以现实的"真实"为目的，纯粹为了小说的小说，在西方文论中与之较接近的对应概念则是"虚构文学"（fiction）。不过《纯粹小说论》同样具有日本文学史的意识，横光认为"纯粹小说"需要承继的是传统"物语文学"的精神，也就是"创造世界"的企图，在此意义上横光认同"通俗小说"的虚构性。除此以外，"纯粹小说"的形式也具有"现代性"的意义。横光利一结合当时流行于日本的舍斯托夫的"深渊的哲学",指出文学必须回应此时道德崩解的时代情境,不能"放弃近代个人的道德与理智的探索"。

在具体的写作形式上,横光没有依循日本近代文学时常默认的"写生文"的"透视法"原则。透视法预设存在一种去身体性的理性观察世界的客观主体。反映在文学上,是如画一般的风景描写以及与风景分割的内面描写,也就是第三人称的写作形式。在怀疑第三人称前提的基础下,横光创造第四人称的概念用以反思透视法的局限。横光利一对于艺术派创作理念的反省以及在形式论的深度探索,至今仍值得我们继续深入探究。

参考文献

柄谷行人著:《日本现代文学的起源》,赵京华译,北京:生活·读书·新知三联书店,2003年。

金桢薰:「横光利一の文学形式としての「嘘」」,『比較文学』第45卷,2003年。

文学上的新官僚主义

中野重治

读横光利一沉寂一段时间之后发表的小说《厨房日记》①、小林秀雄在《东京朝日新闻》上的《文艺时评》②、《读卖新闻》的作家座谈会和《文学界》二月号刊登的《现代文学的日本式动向》座谈会的记录③，处处让我感到非常厌烦。厌烦到了连写它或想它都从心底觉得抗拒的程度，但同时又不得不写或考虑它，就是这样一种麻烦的厌恶感。去年年末，我记得应该是二十五日午夜吧，收音机里以非常响亮的声音宣布了《日德防共协定》的缔结，当时我感到的厌烦就与现在的感觉在性质上稍有类似。现在日本最令人厌烦的东西之一，就是所谓新官僚主义④的东西，而我渐渐感觉到在文学上也兴起了新官僚主义。

横光利一、小林秀雄、林房雄等人我也都认识，他们好歹是现役文学家里数一数二的活动家，在文坛也好在社会上也好都有知名度，这样的家伙们以令我反胃的新官僚主义之使徒的身份出现，所以我想，这可了不得了，与此同时，我不得不想一想，政治上的新官僚主义在文学中诞生出正统的嫡子，花了多长时间。

---

① 1936年2—8月间，横光利一以东京《日日新闻》和大阪《每日新闻》特派员的身份前往欧洲旅行，回国后发表的第一部小说就是《厨房日记》(《改造》1937年新年号)。衡光利一在小说里提出了"种族的知性与逻辑的国际性"的论说。

② 指小林秀雄自1936年12月25日起在《东京朝日新闻》上连载的5篇文艺时评。《小林秀雄全作品》第7卷(新潮社2003年)中，将这五篇时评整理为一篇，合称为《文学的传统性与近代性》。

③ 1937年2月，《文学界》以《现代文学的日本式动向》(現代文学の日本の動向)为题刊载座谈会记录，出席者有小林秀雄、河上彻太郎、谷川彻三、岸田国士、户坂润、三木清、村山知义等。

④ 新官僚指从1934年前后开始，与军部相勾结，鼓吹日本主义精神，推进国民动员的官僚集团，他们有时也被称为法西斯式的官僚。这批官僚频繁使用"举国""非常时期""国策""革新"之类词语，当时的言论界也频繁出现这样的言辞。中野重治把以小林秀雄为代表的近期文学上的"日本的"动向，命名为"文学上的新官僚主义"。参见林淑美编:「「中野重治評論集」・解説」，平凡社，1996年。

如果他们说的是对的,那么日本的民族主义者就不是煽动民众的人了,我这样的人才是煽动家,是对日本来说无赖的"绝望主义者"和没用的"现代预言者";小林秀雄想要在日本的现实中看到"可能性",而与之相反,我却是想要在其中看到"界限性"的人,总之,我成了"界限主义者"。这里所说的"界限主义者"是指"一点独立的意见都没有",只会从外国特别是西欧生搬硬套的人,因此,我对此觉得厌烦也许是理所当然的事。不过,倘若他们说的是对的,那么日本当下这种状况本身就是十分光明的,日本的现实生活从绝对不相容的两种东西分裂的状态变成了调和的、纯粹的统一物,我们就必须对其倾注感情了,因此我也不能一味厌烦,便重读了一遍他们的文字。

然而,他们所说的,越读越觉得不值一提。就像前总理大臣广田弘毅①在议会上的演说、前大藏大臣马场锳一②提出的增税理由一样,不值一提。只不过,那种不值一提的东西却有了力量,活生生地发挥着作用。当然有不觉得困惑的人,但我总还是觉得困惑。广田的演说虽然不值一提,但议会停摆却并非不值一提。马场的说明含混不清,但一夜之间连球棒也涨价了。小林他们所说的本来不值一提,但这种东西趁日本法西斯主义之势、成为服务于恶性通货膨胀、增税、物价暴涨和稿酬降低的文学和文艺评论,向我们袭来,所以便十分值得提一提了。

这也是那种理论(?)的命运般的特质。为了抬高物价、榨取高额税金、延长劳动时间、降低工资的理论,在理论上并没有像样的构造,毋宁说只有这样,它们才能获得实现其目的的"力量"。

读一读 Serpent ③ 一月号题为《广田内阁动向的批判》的文章,可以看到作者清泽洌④严厉批评说,内阁中"说谎排第一的是广田首相","其次是马场藏相"。这样的"谎言"具有一种特点,那就是它们在理论上总是不

---

① 广田弘毅(1878—1948),1936年3月至1937年间任日本首相(第32任),"二战"后在东京审判中被判定为A级战犯,判处死刑。
② 马场锳一(1879—1937),日本官员,"二二六"事件中大藏大臣高桥是清被暗杀后,于1936年3月被军部推选为广田内阁的藏相。上任后推行通过增税和发行公债来扩大军费的通货膨胀政策,即所谓"马场财政"。
③ 此刊名原为セルパン(意为蛇形风管),来自法语 serpent。该刊物是1931年创刊的月刊杂志,内容包括文艺美术、时事评论等,1941年改称《新文化》。
④ 清泽洌(1890—1945),记者、自由评论家。曾留学美国,回国后就职东京朝日新闻社等。一直持有反军国主义的立场,著作有《日本外交史》《黑暗日记》等。

值一提的。谎言一词略带文学的气息，但从理论的角度来看，它就意味着没有理论的一贯性。30亿4千万日元的预算通过后①，马场前藏相满不在乎地宣称今后五年不增税，要说他有没有在大藏大臣的位子上再坐五年的打算，恐怕一定是没有的，可他却说了那样的话。无论是谁，都能看出他这样的断言是反逻辑的。然而他偏要那么说。之前说过的和之后要说的，嘴巴说过的话与实际要做的事之间的差异，对于这样的哲学家来说，完全不构成矛盾。"所有思想都产生于现实生活，然而，如果成长起来的思想与现实生活诀别的时刻最终也没有到来的话，那么思想这种东西究竟还有什么力量呢？"②这是"二二六"事件之前小林秀雄振臂疾呼的话。然而刚过了一年的时间，这次他又要让"思想"附着于现实生活并与它"同流合污"。根据他的观点，首先问题在于"大众"。然后他提出，要将日本的现实视为整体来肯定它，对它饱含感情，"创作大作品的人是以当下为基础的人"，"总之，所谓的预言者是不可能写出作品的"。户坂润提问说："然而，将现实作为出发点和骨干，与肯定现实是两回事。"小林则对此回应说："那是无关紧要的。总之，现在需要的是真正了解当前的基调、心甘情愿为此牺牲的人。我想只有这一点才是真正的问题。比如有人说帝国大学不行，但所谓帝国大学不是孤立地出现在日本的，帝国大学的背后是日本的民众，如果帝国大学是坏的，那民众也是坏的。"他还说，日本不是一个一元的国家，一直处于分裂，"不过虽然有着分裂但最终是一个整体，对此要有感情"，进而，基于这种情感，"哪怕是信口胡说也好，必须得有煽动者才行。像你那样分析、批判、否定，是不行的。必须要煽动民众。现在必须要有煽动民众的批评家出现"。——这真是令人无话可说。这个自称追随福楼拜漫步于克鲁瓦赛③的人不知何时竟走上了煽动民众的道路。他曾说"不与现实生活诀别"的思想没有任何力量，据此而言，他自己的思想作为思想越来越无力了，相应地，对民众的煽动则越来越露骨。

---

① 1937年年度的预算总额为30.38亿日元，其中陆海军军费14.1亿日元，达到46%，与1936年年度预算的23亿日元相比，增加了32%。增税措施包括提高法人所得税80%、个人所得税30%、遗产税100%及增设财产税，等。参考堀幸雄著、熊达云译：《战前日本民主国家主义运动史》，社会科学文献出版社，2010年，第332页。

② 小林秀雄：《作家の颜》，《小林秀雄全作品》第7卷，东京：新潮社2003年，第15页。

③ 1845年左右，福楼拜迁到卢昂近郊克鲁瓦赛别墅居住，埋头于文学创作，直到1880年死去。

在这一点上,他们的心脏之强大,简直不能称为人类的心脏,自己说过什么完全不成问题。虽然嘴里说着理论如何啦可能性如何啦,但是何为理论,何为可能性,他们却完全不知道,而且本来也不想知道这些。总之,只要抓住一些文坛上成为问题的事情,罗列煽情的语句就行了。小林秀雄作为理论家不被认可,他走到哪里都是以文艺理论家、月评家的身份存在,而他自己也对这种存在方式、生活方式心知肚明,在此基础上从事各种活动。难怪他会援引浅野晃①的言论来卖弄反动的民族主义。小林概括了浅野的话后,将它与自己心中所想随意比较:"文章的旨趣是,现代对文化、艺术的肆意破坏(vandalism②)发源于拥有支配地位的资产阶级,这是肯定的,但新的创造力是不能单纯从阶级中产生的,例如把苏联当作一个单纯的阶级国家,是再危险不过的想法了,要看到它同时还是民族国家。我们首先必须舍弃民族性的事物是破坏文化的罪魁祸首这一错觉。浅野的这番话,也是最近萦绕我在心头的思想。"

　　对此,T.R.T的《被事物化的国际主义》(《日本评论》二月号)一文写道:

　　"今天在'拥护文化'之名下,实行着何等反动的主张,看看此前在东京朝日新闻上介绍的被世人称为社会官员的浅野晃的见解,就可以明白了。"文中又说:"无论是田中教授的'国际文化'③,还是小林秀雄或社会官员——即一边在嘴上提倡社会主义一边又与官员勾结,为其服务的人——的国粹文化也好,拥护的无非是只有被异化的外在独立性的东西。"

　　我不知道浅野是不是"一边在嘴上提倡社会主义一边又与官员勾结,为其服务"的"社会官员",也完全不知道他们在多大程度上"被世人称为社会官员"。但是,就我个人而言,连"社会官员"这样的词语也是初次见到,而即使浅野果真是那样的人,现在与我也没有直接关系。

　　然而,这里既然提到了"民族性的事物是破坏文化的罪魁祸首"这一

---

① 浅野晃(1901—1990),日本诗人、作家,在东京帝国大学就读期间加入《新思潮》,后参加普罗文学运动,1926年加入日本共产党,1928年三一五事件中被检举,在狱中转向,后加入日本浪漫派。

② "vandalism"意为对艺术、文化遗产的野蛮破坏,因东日耳曼人的旺达尔部族在5世纪侵略罗马时破坏罗马城的艺术品而得名。

③ 此处田中教授指田中耕太郎,他"最近去法西斯的意大利旅行后,发表了《国际文化运动的理念》(《改造》)",他的"国际文化理念绝不是与民族的东西对立,不如说,民族的东西越多样,管弦乐里乐器的数量越多,就越能说明其美丽"。

"错觉",那么我们势必不得不试着考虑一下那类言论出现的某些必然性。我不知道是谁说了民族性的事物是破坏文化的罪魁祸首之类的话,但是,如果他说的只是字面上的意思,那么大概是傻得不轻了。我想,认为有人说民族的东西是破坏文化的罪魁祸首,这本身会不会是浅野本人的错觉?或者,浅野想说的是(某些人)①怀有"民族性的事物是破坏文化的罪魁祸首"这样的错觉?

朝鲜拍摄的天真的"忍术电影"在大阪上映一周后被禁止继续上映,此事浅野大概也很了解吧。根据名义上对此负责的警方的说明,那部电影本身是通过了审查的,观众也看了一周了,没什么不好的,不过,电影很受大阪的朝鲜人欢迎,小影院里挤满了朝鲜人,这就不行了。而且穿着朝鲜服装来看的人很多,很有朝鲜气氛,这是很不好的。这一例子也许很适合用来说明一种民族性对其他文化的破坏吧。也就是说,(日本警察)②认为民族性的事物是对文化的破坏,因此根据法律在两者中禁止了前者。总而言之,(警察)正是根据浅野的"错觉"做出了判断。

下面,我要谈谈朝鲜人这个词语。在某次的帝国议会上,应该是浅原健三的话成了问题,引起一番吵闹,以致人们要查速记记录,去看他说没说过那样的话。我记得事情的起因是浅原在应该说"内鲜"③的地方却说成了"日鲜"。因为我不是在谈政治,所以也不拒绝把一方称为内地,另一方称为与内地相对的朝鲜。然而,根据人种、民族来看居民的话,一方面是朝鲜人,而另一方面终归得说是日本人。并不存在相对于朝鲜人的内地人这一人种、民族。浅原议员在"日鲜"与"内鲜"的差别上出问题,完全是因为民族上或者人种上的"日鲜"生活在政治上的"内鲜"的框架里。来东京的某些朝鲜艺术家们,近来在东京的报纸上多半被称作半岛艺术家。崔承喜④等是"半岛的舞姬",而不是"朝鲜的舞姬"。我经常听到美国的艺术家、英国的艺术家、印度的艺术家之类的说法,也能理解,但所谓半岛

---

① 此处《新潮》初刊为"伏字",即当时印刷品留空白或用×、○等符号排版的地方。当时对出版物的审查严格,刊发的文章里普遍有缺字。括号内的文字根据《中野重治全集》第8卷补。
② 此处《新潮》初刊为"伏字",下文的"警察""日本共产党"也如此。
③ "内鲜一体",是日本统治朝鲜的同化政策,抹杀朝鲜人的民族性,"亚日本人"化。从满洲事变到日中战争,随着侵略战争的扩大,"内鲜一体"政策更强化彻底地推行。"内鲜、日鲜"指在日生活的朝鲜人,内鲜偏重于政治。
④ 崔承喜(1911—1969),朝鲜著名舞蹈艺术家,1936年出演了新兴电影作品《半岛舞姬》。

的艺术家,除了刚才所说的情况之外,我没有听到过。对于不了解上述背景的人,所谓半岛的艺术家就完全是莫名其妙的说法了吧。的确,另有些半岛的艺术家们,不用金、李之类的朝鲜姓,取了像岛田、山口这样的日本姓,这也是事实。在艺术家之外的人当中也常看到这种事,与土木工程有关的人中也有那样的人,以前我在拘留所①里见过一个警察,原本是冲绳县人,却把姓换成了日本式的(在我在那里的时候)。对此,我不说是好是坏。然而我想,他们为了在日本内地生活,无论自己是否有意识,总之走到了这一步,而事情演变到这般地步,其背后的政治背景是什么,必须得让一般大众知道才行。

据说把苏联当作一个单纯的阶级国家,是再危险不过的想法了,要看到它同时还是民族国家。浅野以及小林说这些话,果然也是在向日本政府作说明吗? 不仅是阶级国家,同时又是民族国家? 诚然,在苏联各民族建立起共和国,民族正在被解放。而在大英帝国统治下的印度民族和爱尔兰民族就没有被解放。印度人如何被英国人残酷奴役、被愚弄,大英帝国如何借此巩固在东洋的立足点,这难道不是日本的亚洲主义者一直在痛斥的事么? 在《日德防共协定》中频繁提及的共产国际,似乎有这样的原则:在为各国劳动运动发布共产国际的临时指令时,必须考虑各国国民的特质和国民的特殊性。另外,共产国际之前的一个指导者曾说"为了解决统一的国际任务,为了在劳动运动内部战胜机会主义及激进的教条主义"以及其他目的,"各国的具体方法是钻研、研究、发现、忖度然后掌握民族的特质和民族的特征",这非常重要。

我不是要说这样的事是对还是错。我想说的是,不论苏联是否别有用心,至少沙俄治下的弱小民族如今被解放了。在艺术方面,他们也很早就提出"形式上是民族的,内容上是社会主义的"这种要求。复活濒临灭亡的各民族的语言,复活各民族特有的乐器、工艺也被提上日程,我不说这些是好是坏,只说眼前的事实。看浅野和小林的论调,他们似乎觉得那些说着阶级啦,自由被压迫啦,以及说国粹主义是反动的人们,都抱有"民族性的事物是破坏文化的罪魁祸首这一错觉"。但是在苏联,以为复活联

---

① 1930年5月,中野重治被当局逮捕,12月被保释出狱。1932年,中野再次被捕,经过近两年的狱中审讯后,被判四年徒刑。1934年,中野承认了自己的共产党员身份,承诺不再参与共产主义运动,"转向"出狱。

邦内部的小民族的语言是无意义的,应该用大俄语实行统一,这才是提升那些民族的文化水平的实际策略,这样的想法被斯大林称为大俄国爱国主义,受到了激烈的批判。如果看一下世界上的以及日本的各民族的现状和前途,就不得不说所谓"民族性的事物是破坏文化的罪魁祸首这一错觉"只是浅野自己的错觉。恐怕浅野是把自己曾经的想法表现出来了吧。浅野曾是(日本共产党)优秀的领导者。田中内阁①成立的前一日,他曾斩钉截铁地"预言"下次的总理大臣最终是田中。听到他的话我很吃惊,第二天看到号外得知真的是田中,就更吃惊了。之后发生了"三一五"事件,我清楚地了解了浅野的政治立场,心想难怪他能预言田中当选,对他有一种单纯的佩服,然而,根据他当时所写的文章去推测,难道不正是他自己以"民族的即是反动的"这种原则来打倒"民族"的么?浅野说必须摆脱雪是黑色的这样的错觉,小林也模仿他,说这是自己"近来萦绕在心头的思想"。而认为雪是黑色的这种想法在世界任何地方都不存在。

浅野那班人在某个座谈会上谈到黑格尔辩证法和马克思主义。据他们所说,黑格尔辩证法的特质是正确地掌握一切事物的生成与消灭,马克思主义采纳了黑格尔辩证法,因此,马克思主义本身也会消灭,它必然被有发展地"扬弃",通向更高的阶段,而这种扬弃的主旨所在正是大乘佛教吧,如此云云。我知道他们曾经是优秀的领导者,但是,这种领导只停留在书本层面。他们似乎认为自己凭借不见于任何公式表的自己独特的公式,已经完成了对继承自祖先并溶于体内的文化和艺术的批判,正因如此,如今他们自己才不得不意识到"错觉",不是吗?据说花了五年学习"名为马克思主义的实证主义"的小林竟醉心于此,横光利一的小说也跟他们一个样子,真是一群充满错觉的人啊。

"从梶去欧洲之前开始,他如果不留神使用了民族之类的词语,就会受到知识阶级中某些人的猛烈攻击"。如此威胁横光利一的"知识阶级中的某些人"一定是浅野式的马克思主义者。据横光利一所说,在日本,扰乱国家秩序的思想、行为会因自然而枯萎。欧洲左翼的斗争是改变生活

---

① 田中内阁,指田中义一(1864—1929)担任首相期间(1927年4月—1929年7月)组建的内阁。田中在任期间,对中国实行强硬外交政策,在国内修改《治安维持法》,镇压共产党,设定特高警察、思想检事、思想宪兵,通过文部省在各高校推行思想统制。"三一五""四一六"事件都发生在田中在任期间。

组织的方法,而日本的左翼是与日本独特的"名为秩序的自然"这种东西作斗争的,"因此无论怎样输的一定是左翼"。①

但是,绝对不能对横光说"去证明它"之类的话。因为,据说所谓证明总归是模仿西洋,那种必须依赖证明才能成立的"逻辑的国际性"本身就必须加以否定。据林房雄所说,在"日本的实业家、官吏、军人"等人中也有"有教养的人",他们"正像文坛里认真的人们那样对抽象充满热情,如果没有什么理论或者理想的支撑就不能行动",因此"不能一概断言日本的民族主义者是煽动者,也许正是他们把握住了什么东西——他们给我这样一种畏惧之感,从左翼的角度说就是不安"。最重要的是"在日本真正的民族主义者是非常有自信的,同时又有实践力"。他进而说今年是"直言主义"的时候,不要在角落里嘟囔着没有自由,要走到大道的正中清楚明白地把想说的话说出来。总之,对日本必须倾注更多情感,只讲日本不好的地方,是向民众宣传绝望,其实只不过是没出息,而在人面前摆成激进主义者的姿势。洋溢着信念的、有着自信和实践力的真正的爱国主义者们不是一直在直言么? 这是他们的明朗之处。正因为如此,小林说,"想顺应大局。想妥协。是战战兢兢地妥协,还是光明正大地妥协,顺应之后自己是变得没用,还是能发挥作用,都取决于自己生于日本这一信念的强弱"。小妾在电器店或煤气店里看不起胆战心惊的市民的妻子,从而变得自信,因为"不管怎么说,还是小妾的气色好"。

这种最新的小妾哲学,受着波拿巴主义的新官僚的影响,抬出了大众这一存在,主张一切诉诸大众,而在与大众的关系上,也进入了与小妾哲学吻合的最后关头。"总之,最重要的问题是消灭自我"。据户坂所说,"这也就是成为大众的一员",然而小林秀雄说"我们如果消灭了自我的话,风格也就消失了"。虽然必须设法成为大众的一员,但是真变成大众一员的时候,不是更得承认逻辑的国际性么? 然而,逻辑的国际性原本是应该被否定的,所以问题被轻易置换,变成了"哪怕是信口胡说也好,必须煽

---

① 本段中的引文出自横光利一1937年的短篇小说《厨房日记》,小说主人公认为,"日本自古以来,除非感到当时的某种思想状态是绝对必要的,否则不论什么思想、行动都是徒劳。因此,当出现扰乱秩序的危险时,惊人的'自然'之力就会让它自生自灭……日本左翼的发展也呈现出从自然发生到自然消亡的形态,与其说这是思想的无力,不如说是因为与思想同样完备的秩序的强有力","日本的左翼是与日本独特的'名为秩序的自然'这种东西作斗争的,因此无论怎样输的一定是左翼"。

动"大众,除了"挑唆民众"之外别无他法了。座谈中小林说"我们如果消灭了自我的话,因此风格也就消失了,真是可悲的事呢",说到这里大家"笑"起来了,这出可悲的闹剧,正是以国际性的逻辑证明了逻辑有国际性吧。

"我相信知性的民族性,却不相信逻辑的国际性。"只要还能用知性、逻辑之类词语来说这种话,对河上彻太郎他们来说就是可喜可贺的。只要把日本的知性云云当作问题,那么就必须把它与世界其他国家的知性进行比较,对此河上的头脑里也不会不明白吧。而这种比较及其结果的解释也必须依据共通的逻辑,对此他也应该清楚。不那样做的话,根本就谈不上比较。就像兰克还是谁说的,比较,与他者交涉的初始即历史的开始。我去士官学校门前的书店时,看到有一本书把苏联红军《阵中要令(?)》和日本的相应条例上下对照,合成一册。这类书籍的编者大概是认可逻辑的国际性的,不过横光、河上他们将对此如何解释呢？我认为,小林他们的理论(但不是根据逻辑的国际性)是他们的努力的必然发展。这不是"模仿西洋",也不是从日本波拿巴主义者那里借来的东西。我们必须要知道,小林推荐浅野的言论,绝不是小林揣摩所谓社会官僚的意思,有意为之的证据。小林他们不过是独自走在路上,然而在与所谓日本主义那种东西的关系上,不过是像狗尾巴的运动之于狗。

我曾在一篇题为《闰二月二十九日》[①]的文章里写过小林他们:"我不相信他们在政治上是站在法西斯主义一边的。然而一个作家(属于什么政党,)立于什么样的政治思想体系之上[②],并不能成为衡量这名作家的进步性、反动性的直接标准。"而小林他们的方向是,"不问事情的是非曲直,毋宁说对于这方面的质疑以镇压的方式'格杀勿论',无须多言——他们的倾向不过是这种没有理性的理由的暴力支配的文学的、文学理论上的反映。"对此,小林则说他对于自己的俗论有"暗自相信的"部分,他教导我说,"突然大动肝火没有必要","像我这样带着怀疑的不关心,在你眼里看来大概就像纵火犯一样吧。别用那样焦急的眼神看待人。""那样的文

[①] 发表于《新潮》1936年4月号。
[②] 原刊稿只有"ある作家がどういう政治思想体系の上に立っているかということで",《中野重治全集》第8卷中为"ある作家がどういう政党に属し、どういう政治思想体系の上に立っているかということで"。第7卷所收《闰二月二十九日》原文中也有"どういう政党に属し",在此据《全集》增补。

章是不能让人感动的吧。就算被周围的人奉承说,'先生,这次完胜小林呢',那也无济于事。我期望你变得更沉着。"他在回应我的文章中用了这些仿佛暗示自己所处环境的性质的语言来作结,然而此后还不到一年的时间里,他们又发展了,原本主张光着脚在银座漫步的浪漫主义者,如今却为了提倡古典的日本而穿着仙台平①漫步,数年来一直以怪异的方法否定式地谈论自己脑海里闪过的念头的人,却摇身一变,成为地道的肯定主义者——只要想想他是怎样频繁地把"倘若说得刻薄些"这种话用在本应具有科学性的文学评论中,就完全足够了吧——一个谈论着什么绝望的哲学、不安的哲学、陀思妥耶夫斯基式的地狱云云的人,竟开始煽动大众,而从逻辑上指出这很奇怪的人,据说倒成了绝望主义者,因此小林没有必要绝望吧。

那么,可以断言这样的文学的新官僚主义是要灭亡了吧。然而如果有人以为这种主义之所以将灭亡,是因为它本身是错的,那么随着事态的发展,也许不得不灭亡的倒是这种人自己。根据充满信念的日本对华工作的进展情况,这样的新官僚主义完全有可能益发大行其道。那么,在最后我要再次指出,"我们如果消灭了自我的话,风格也就消失了呢。真是可悲的事呢",小林这句逗笑大家的话,带有一种客观上的真实性,另外他在那个座谈会上留意方方面面,尽力应酬,这倒是应该充分予以承认的。

(一月二十五日)

【题解】

中野重治(1902—1979),出生于日本福井县,日本著名小说家、诗人、无产阶级文学运动的主要理论家和评论家。1932 年因违反治安维持法被捕入狱,1934 年"转向",声明脱党并承诺出狱后不再参加共产主义政治活动。战后,中野重治重新入党并创立了新日本文学会,为推动日本战后民主主义文学运动和中日文化交流做出了巨大的贡献,被大江健三郎誉为"日本唯一能够在文学和人品上接近鲁迅的作家"。[②]

---

① 仙台平,全称为"精好仙台平",一种高级面料,产于仙台,最初在江户中期由仙台藩从京都招来织工制成,主要用作男性的袴(下身的服装)。

② 大江健三郎:《参与世界文学之一环的亚洲文学》,见大江健三郎:《燃烧的绿树》,郑民钦译,石家庄:河北教育出版社,2001 年,第 3 页。

中野重治先后在《新潮》杂志发表《闰二月二十九日》(1936年4月号)和《文学上的新官僚主义》(1937年3月号)两篇评论文章,指出在1936年发生的"二二六"事件之后一年里,众多日本文学家转变立场,开始积极配合激进的民族主义,准确了指出了战前越发明显的文学的"崩坏"。《文学上的新官僚主义》一文将文学家、评论家们花言巧语的"骗子逻辑"揭示给读者,希望读者也能看穿这种变戏法式"反逻辑主义"的煽动。中野对论敌的言论信手拈来,从他们的言论本身出发,结合当时日本国内发生的事件,去揭露其言论的"非逻辑/非理性"。全文随处可见的引用和"今昔"言论的对比,对于不了解当时"对话语境"的读者来讲,可能会造成理解上的障碍。林淑美在《中野重治评论集》(平凡社1996年5月)的"解说"里,补充了中野文章中所引用的小林秀雄在"文艺时评"里的言论和座谈会的部分发言,对理解文意大有裨益。本来,官僚主义并不是新问题,文学理应自觉承担起批判官僚主义的责任,而30年代后半叶的日本却形成了与官僚主义"同调"、甚至鼓吹官僚主义的文学、文学批评。这一时期的文学家、评论家纷纷"回归"到"日本式的东西""民族主义""日本主义"。平野谦认为,中野写这篇文章既针对小林秀雄、林房雄等《文学界》群体,也是对整个文坛的批评,是一种孤独而执着的斗争,在日本侵华战争爆发前后社会上的非理性氛围中,对读者予以叮嘱与警告。3月文章在《新潮》杂志刊发,7月日中全面开战,年末中野被禁止写作。这篇文章在当时"煽动"的氛围中发出了微弱而清醒的声音,很快就被法西斯的军靴声湮没。

参考文献

平野謙:「解説」,『中野重治全集』第8卷,筑摩書房,1960年。
林淑美:「解説」,『中野重治評論集』,平凡社,1996年。

附　　录
工作坊讨论：研究札记

森鸥外《言文论》的规范性以及历史性

仓重拓

明治二十年(1887),即森鸥外从度过四年留学生涯的德国归来的前一年,日本文学界出现了二叶亭四迷的《浮云》第一篇和山田美妙《武藏野》等日文口语体的写作,日本的所谓"言文一致运动"以此为契机迎来了关键时刻。鸥外于1889年秋季以和文体翻译出版了西洋诗集《于母影》,但在同一年用口语体,他不仅翻译了一些欧洲文学作品,而且撰写了一些评论。同年10月文艺评论杂志《栅草纸》创刊,鸥外在《论栅草纸的本领》一文中主张只能通过"批评这一道"解决国文、汉文、言文一致体等各种文体混杂的情况。① 可见刚刚从德国回来的鸥外在日本言文一致运动的关键时刻积极参与各种文艺活动,不过他1890年1月发表在《国民之友》的第一篇小说《舞姬》并非以口语体而以雅文体写作一事,在日本近代文学史上成为一个事件。

要讨论当时的鸥外对言文一致运动的看法,1890年4月25日发表于《栅草纸》第7号的《言文论》是一份不可或缺的资料。这篇文章广泛涉及言与文、韵文与散文、方言与标准语、小说中的对话与叙述等各种领域,而且其写作背景颇为复杂,因为当时日本文体处于混乱状态。坪内逍遥在《文体的混乱》(《早稻田文学》1891年10月)中就日本五个内外变化进行论述时提到:社会上的欧化派对于保守派的胜利,在文学上体现为欧文输入派的破格文对于国文正格派的胜利,当胜者出现极端倾向时,对此反抗的保守派运动出现,并造成了"明治二十二三年之交的一场文体大混乱"。② 就是说,鸥外《言文论》是在这一场文体大混乱中针对激进派与保

---

① 森鸥外:「しがらみ草紙の本領を論ず」,『鴎外全集』第3卷,鸥外全集刊行会,1924年,第520页。
② 坪内逍遥:「文体の紛乱」,『文学その折々』,春陽堂,1896年,第2页。

守派而写成的。根据坪内逍遥所言,这一场文体大混乱之后出现了"折中主义",保守扩张派与欧化折中派便很容易合为一体。可以说,鸥外以和汉洋折中文体写成的《舞姬》也与这种"折中主义"文艺思潮有密切的关系。

  鸥外在《言文论》中虽然在某种程度上承认言文一致运动的必要性,但从保护国文规范的立场对言文一致运动提出了一些建议,其立场比山田美妙等言文一致论者更接近于落合直文等的保守派。日本言文一致运动的研究者山本正秀在《近代文体发生的历史性研究》中将鸥外的这种"急变"归因于两点:鸥外雕琢和汉洋折中文体的倾向和落合直文等保守派国文改良运动对他的影响。① 其实,鸥外本人也承认落合直文对他的影响,他对此曾经写过:"与落合先生交往之后,我才知道了写作时应该注意手尔远波②与假名拼写法。后来我问问落合先生而修改。"③小森阳一认为鸥外《言文论》与其说是简单的言文一致论,不如说是在"文"这一书写语言领域,在如何推进文体变革的问题上,提出了并非站在规范性之外,而是从规范中变革的主张。④

  正如小森阳一所说,不同于从"言"的立场出发的言文一致论者,鸥外在《言文论》中从"文"本身的规范性,即语格以及文法的问题出发,思考文体改革的问题。因此,鸥外对言文一致论者所提出的新语法规范,即"新语格"持有严厉的态度。他这样论述道:"至于这个新的'手尔远波',纵令只在散文里使用这些,我等也未能立刻承认将这些语格当做常格的必要性。"对于山田美妙的期望,鸥外表示:"只要山田氏一度承认,在写作散文时,有根据其文的部类而使用旧来语格的必要性,那么如今新文学的各个门类就将一起归入一条大河。""山田氏若能把旧来的语格也应用到散文里去的话,在这两个极端间的诸家,就能合力从事这项学问的改良和革新。这正是我求之不得的。"这里鸥外在"文"的语法规范问题上的立场很明显,他反对的是日本的现代文助动词"だ""です"等新语格,因此希望山田美妙等言文一致论者在散文里也继续使用古文助动词"なり""たり"等旧来的语格。

---

① 山本正秀:『近代文体発生の史的研究』,岩波書店,1965年,第586页。
② 日文"手爾遠波(てにをは)"指助词,助动词,活用词尾等语法成分及其使用方法。
③ 森鴎外:「故落合直文君に就て」,『明星』1904年2月。
④ 加藤周一、前田爱编:『日本近代思想大系16 文体』,岩波書店,1991年,第90页。

值得关注的是,鸥外当时在其他评论中也反复提出过这种看法。他在1891年9月发表的《关于木堂学人之文的话》一文中不仅强调"即使域外的固有名进入国文当中,新文法也无法形成",而且有如下叙述:"然而切记勿刻意自创新文法。勿肆意下笔。勿任性写所欲写、言所欲言。应遵洋学先生教诲。也不可不听汉学先生指教。在只用我日本国文格式之时,应向和学先生俯首请教。"①这里鸥外劝诫青年不要看轻"文"的规范问题,不断学习洋学、汉学、和学的必要性。他在同时发表的《同样人的文之死活》一文中表示对国文之法的看法如下:"国文有国文之法,即假名使用法、手尔远波。虽假名使用法、手尔远波中有陈旧过时的部分,但大体仍如金瓯无缺。国文是日本国人之文,并非某一文派应私有之文,也非反对者能排斥之文。而国文之盛衰与假名使用法、手尔远波的存亡有关。"②由此可见,鸥外如此重视国文的旧来语格以及文法。另外,鸥外在1891年10月发表的《奇异的外形论者路功处士》一文中介绍路功的见解,即"语格与文法作为美文的要素,固然不应该等闲视之,但不能简单将这两点上无瑕的文章称为上乘之文",并对此反驳说"语格与文法上无瑕的文章是一般的,小学毕业的文章。这并非上乘之文,是不足为怪的。"③

这些评论都表示鸥外言文观中的"文"之规范问题及其重要性。随着言文一致运动的发展,自由自在的气氛给写作的规范性带来了负面的影响。在鸥外看来,语格与文法上的完整是对文章起码的要求,而且在文体混乱的情况下"文"的规范性比"言"的无序性更紧要。古今中外,就规范性而言,"文"优于"言"。明治二十年代初期的文体混乱之际,鸥外在言文一致的框架中尝试对各种文体进行梳理,从"文"的立场为无序的言文一致运动提供一些规范性。因此,我们不应该将当时的鸥外跟其他保守派国文学家同样看待。当时的国文学者们"称古为雅,今为俗",为了保护文雅的古文而反对通俗的今言。与此不同,鸥外认为"雅俗和古今不能混为一谈",不是按照雅俗、古今二元论来反对言文一致运动,而是从方法论的角度分析讨论言文一致的问题。

那么,鸥外的言文论以及雅文体小说在日本近代文学史上只意味着

---

① 森鸥外:「木堂学人が文のはなし」,『鸥外全集』第2卷,第90页。
② 森鸥外:「おなじ人の文の死活」,『鸥外全集』第2卷,第90页。
③ 森鸥外:「路功処子といふ奇異なる外形論者」,『鸥外全集』第2卷,第94页。

退步吗?柄谷行人在《日本现代文学的起源》中对该问题有如下论述:"森鸥外的文体只要把语尾改动一下儿就可以立即变成现今的文章体,而且,这未必就是倒退到'文言一致'体以前。相反,从'文言一致'的本质上来看,可以说《舞姬》比《浮云》更前进了一大步。重要的是要在这里考察'文言一致'这一问题。"①关于"言文一致的本质",柄谷行人试图通过"言文一致"这一制度的确立来进一步讨论"内面的发现"问题,并指出"'内面'本身好像自然存在着的这一幻想正是通过'文言一致'而得以确立起来的。"柄谷行人如此将"言文一致"与"内面的发现"连接并进行讨论,并以国木田独步及其口语体作品《武藏野》(1898)与《空知川的岸边》(1902)为主分析讨论了"言文一致"、"内面"与"风景"等问题。柄谷行人对国木田独步的"言文一致"体验以及"内面的发现"论述如下:

  风景只有通过新的书写表现才能成为可能。与《浮云》(1888)《舞姬》(1890)相比明显不同的是,国木田独步似已与"文"没有什么距离了,他已经习惯了新的"文"。这种习惯从另一个角度说,意味着他已具有了能够"表现"的"内面"。在他那里,语言已不是可以分为口语和书面语什么的,而是深深浸透到"内面"里的东西了。或者可以说,正是这个时候,"内面"开始作为直接的显现于眼前的东西而自立起来。同时,从这时起"内面"的起源将被忘却。②

  根据柄谷行人的解读,到明治三十年代,一些文学家不仅"习惯"于把口语和书面语合为一体的言文一致体,而且能够表现自己的"内面",因为明治二十年代末"言文一致"作为制度确立起来之时,这一制度得到巩固仿佛连"言文一致"的意识都要消失了似的。换言之,明治二十年代初期作为制度的"言文一致"还未确立,虽然当时的言文一致运动以失败告终,但有条件允许鸥外等许多文学家们深入分析讨论言文一致运动本身及其正负面影响。与此不同,随着明治政府推动的"言文一致"这一制度逐渐完备,在日本文坛中后来没有出现像明治二十年代初期那样的言文一致运动,"言文一致"的制度化与运动之间的关系值得进一步探讨。

  另外,柄谷行人从国木田的作品中解读的"历史性"及其问题也值得讨论。柄谷行人认为,国木田在《武藏野》中将东京这一政治性的历史视

---

① 柄谷行人著:《日本现代文学的起源》,赵京华译,三联书店,2003年,第41页。
② 柄谷行人著:《日本现代文学的起源》,赵京华译,第59页。

为武藏野的"人与自然之间关系"历史一部分而已。与此相关,国木田在《空知川的岸边》一文中也以口语体如此写过:"社会在哪里,人类骄傲地宣扬的'历史'在哪里?"①国木田撰写这篇文章的北海道本来是无文字的阿伊努族之生活空间,缺乏"文"之历史。根据国木田题为《神秘的大自然》的文章,他既没有受到江户时代文学的感化,也没有接受尾崎红叶、幸田露伴等作家的影响,表示国木田独步及其文学独立于国文的传统而发展。笔者认为,国木田之以自己的言文一致体所写的作品,与明治二十年代的"言文一致"制度化,即日本之"文"的历史断绝有密切的关系。

实际上,"言文一致"所带来的这种历史断绝及其后果显而易见,因为"言文一致"这一制度一旦完成,人们习惯于在此之后,渐渐丧失阅读、写作言文一致之前的文本之能力。日本的书面语被"国语"教育制度纳入为"古文",不过现代日本人的大部分与在国内长期积累的大量非口语体文献没有任何接触,难以直接进入以汉文与和文写成的日本历史本身。虽然在《言文论》一文中没有论及这种"文"之历史断绝问题,但鸥外所关注的国文语格以及文法问题也有与此不可分开的关联性。直到明治四十年代,鸥外才开始发表言文一致体的小说,晚年发表了较多以书面语文献为素材的作品。总之,鸥外一贯关注与近代"国语"不同的"国文"及其规范性与历史性,从其早期评论《言文论》中也能看到这种倾向。

---

① 国木田独步:『運命』,左久良書房,1906年,第255页。

传统的发明
——《言文论》与明治二十年代的言文一致运动的再审

熊　鹰

言文一致运动普遍被认为始于1866年幕府时期前岛密所提出的《汉字御废止之义》，在此延长线上的还有日语假名学会和罗马字学会。罗马字化的问题在明治以后的历史中反反复复出现，甚至到了战后，在占领军司令部的压力下，日本政府还曾提出过改用罗马字的方案。不过，森鸥外写于明治23年(1890.4)的《言文论》却显示，言文一致运动的历史所包含的内容远比废除汉字更丰富。在《言文论》发表前后，森鸥外还发表了《文海的藻屑》(1889.10)《路功处士奇异的外形论者》(1890.1)《木堂学人文话》(1891.9)《同一人的文的死活》(1891.9)《学堂居士的文话》(1891.9)《青年文学》(1892.1)《言和文》(1892.1)等一系列文章，集中论述了当时日本的言文问题。[①]除此之外，森鸥外还在明治23年用文语体——而非在此之前他已经开始尝试的言文一致体——创作了《舞姬》，并从明治二十五年开始用文语体从事丹麦作家安徒生的长篇小说《即兴诗人》德译本的日译工作，从而将自己的言文主张付诸实践。然而，1910年，长期中断小说创作后，森鸥外又再度用言文一致体重启了文学创作，由此标志着森鸥外自明治二十年代开始的对于言文问题的思考及翻译实践告一段落。也就是说，以《言文论》为代表的明治二十年代上半期构成了森鸥外文艺活动与文艺思想的一个重要而特殊的时期。

不过，在现有的有关言文一致运动的历史叙述中，《言文论》所处的明治二十年代常常被描述为复古的倒退期。当然，这是以言文一致运动为中心来审视森鸥外明治二十年代文学活动的视角。若以森鸥外《言文论》为中心，重新审视言文一致运动结果又会怎样？日本近代国文改革的历史叙述又将因此显示出怎样的不同呢？这些都是由阅读森鸥外的《言文

---

①　礒貝英夫：「文学論と文体論」，明治書院，1980年，第173～174頁。

论》所提出的问题。以下的论述将会指出,与其说《言文论》如其标题所示讨论的是言与文的关系,不如说它揭示了言文一致运动是国文创制的一部分,并由此使我们更好地理解日文国文建立的复杂历史。森鸥外在明治二十年代通过文化翻译的手段重新激活了国文传统,在此之后的文学史和有关言文一致运动的历史叙述也通过不断援引国文的概念,重新发明了明治二十年代所谓文学复古的历史。

一、明治二十年代与森鸥外的言文主张

森鸥外在《言文论》的开头就指出被18世纪的国学家们奉为经典的《万叶集》中有值得商榷的地方,因为要说日本像《万叶集》所说的那样"是唯一一个由言灵带来幸福的国家并不确切"。这开头质疑《万叶集》有关言灵论述"合理性"的短短的一句便为《言文论》定下了不同于18世纪以语音研究为基础的国学者的整体基调,暗示着《言文论》与日本国学及国文学者之间的距离。与普遍关心声音问题的国文学者不同,森鸥外在《言文论》中说,本来韵文是为了歌唱和舞蹈所创作的,是诉诸耳朵的。散文是为了阅读创作的,只诉诸眼睛和心。散文在极端的意义上来说,音调没有丝毫的用武之地,若诉诸耳朵的韵文可以不使用新语格,那么诉诸眼睛和心的散文、为了阅读而写作的散文也没有必要使用新的语格。他要谈论的正是这个用来默读的散文和小说文体,即他后来所说的不适合朗读的"无声的文字"。[①]

森鸥外不仅不关心国文中的声音问题,甚至可以说是反语音中心主义的。他清楚地指出,"虽然世间也有人听到言文一致的名字就觉得文即言、言即文,但言文一致只是采用今言而已,其本质则为俨然的文章,是为了读而写的文章。因为是为了读而写的文章,因此能看出充分的语言历练的印迹,这也是和日常会话不一样的地方"。换而言之,"文"虽采用今言,但不等于今言。因而,在《言文论》中,落语笔记就被森鸥外认为俗不可耐,森鸥外也用西洋人到非洲大陆旅行时用音符记录非洲土著的语言来讽喻日本的罗马字会不顾母语变革的历史,凡事必依据现在的发音记录语言的做法。

---

① 森鸥外:「朗讀問題」,『鸥外全集』第二卷,鸥外全集刊行会,1924年,第193页。

柄谷行人在他的著作《日本现代文学的起源》认为,18世纪的日本国学中已经有了语音中心主义,佛教僧侣中通晓梵文的文学者们对用汉文所写的《日本书记》和《古事记》进行语言学分析,试图找到古代口语中的"古之道",这在本居宣长那里达到了极致。因而柄谷认为语音中心主义不是仅仅局限于西洋的问题。在日本,民族主义的萌芽主要表现于在汉字圈中把表音性的文字置于优越的运动中。①但正如森鸥外的《言文论》所显示的那样,明治二十年代的言文一致运动已经超越了"表音"运动。因而,柄谷也在《英文版作者序》中谈到,"明治维新二十年后",开始形成了作为学问的"国文学",这是对《万叶集》以来的民族文学的历史进行再组合,"也就是用现代性的透视法对过去的文学实行重构。这是与江户时代的'国学'性质不同的"。②换而言之,此时的言文问题也由之发生变化,从以单纯的汉字、罗马字问题为核心的语音中心主义问题转到了"文"自身如何构成的问题。正如《言文论》及同时代的相关写作所体现的那样,与语音中心主义相比,森鸥外更关心日文文法、语格、句子构成、句读、句切、段切等问题,即归根结底如何成文的问题。这在以外的论述中可能会被视为言文一致运动的倒退,但这何尝又不是言文一致运动的往前发展呢?

　　其次,森鸥外是反对复古的。"模仿死文,无论其所模仿的文究竟是希腊、罗马、秦汉唐宋、还是奈良朝前后的文",都无助于它们各自的国文发展。不过,虽然森鸥外反对写复古的文,提倡写今文,但他也不同意当时言文一致家们的主张。正如我们在《言文论》中所看到的那样,在对如何写"今文"的考虑中,森鸥外对山田美秒等人的言文一致体提出了批评,尤其反对他们将东京方言中的俗语新语格引入散文。

　　森鸥外写作《言文论》的明治二十三年正处于现在通行文学史所描述的从明治二十三年后半到明治二十七年的言文一致运动的停滞期。例如,山本正秀就认为,从明治二十一、二十二年开始兴起了保存国粹的思想,出现了保守的文章雕琢之声,支持言文一致运动的欧化思想退潮,一般的文章观是保守的文章观,不承认俗语俗文的价值,因此言文一致运动出现了停滞。③在山本正秀看来,森鸥外是这种保守风潮中的一支。文体

----

① 柄谷行人:《日本现代文学的起源》,赵京华译,北京:生活·读书·新知三联书店,2003年,第195页。
② 柄谷行人:《日本现代文学的起源》,赵京华译,第11页。
③ 山本正秀:『言文一致の歴史論考 続篇』,樱枫社,1981年。

论上，森鸥外用《言文论》批评美妙的言文一致体，同时森鸥外也显示出了和落合直文所领导的新国文运动的契合性。森鸥外的这种"急变"被认为是受到了明治二十二年后半期开始的文坛转向于"和汉洋调和的文章雕琢"以及落合直文等人的"保守的国文改良运动"的强烈影响。①

同样也是从言文一致运动的角度出发，与山本正秀的观点不同的是，森鸥外这种反对声音主义、反对复古，也反对文言一致体的奇特位相，在柄谷行人"明治维新二十年后"的谱系中，具有某些抵抗用透视法对文学进行现代重构的意味，即他所说，"'文学'的主流并不在鸥外和漱石那里"，而是从其后的国木田独步的路线上发展起来的。②对于这一时期森鸥外的写作主张，柄谷行人在《日本现代文学的起源》岩波书店定本中说得非常直白，他是这样评价森鸥外在《言文论》同一时期所创作的《舞姬》的，他说"在《舞姬》中，通过现在的'余'而回顾过去，这样的视角（透视法）已经确立起来了"；但是，"鸥外分别使用了多种表示过去的语尾词。可以说，正因此他得以回避了言文一致"，这是与当时俗语中只有'た'这样一种语尾词相对的。③柄谷所谈到的《舞姬》的写作"分别使用了多种表示过去的语尾词"法，正是森鸥外在《言文论》中的日文书写主张的体现，即森鸥外一改山田美妙等人言文一致体在语尾使用"た"和"です"的新语格。简而言之，反对文章复古的他却在自己的小说创作中重新使用了日文的旧语格。柄谷行人的叙述重构了日本现代文学发现风景，树立内面的过程，因此在这样的历史中，森鸥外的地位便是建立了透视法，但却尚未走到现代的言文一致。漱石和鸥外这样无法在柄谷的明治二十年后透视法历史中解释的作家，被解释成是有意无意地抵抗、怀疑，甚至是抗拒现代性。当然，这多少是一种从已知透视法的装置中，从国木田独步后来在文学中建立起来的结果出发往回看的视线并由此出发，将之前的历史定义为抵抗或"尚未"。

森鸥外的确在《言文论》里批评了山田美妙等人，认为山田所使用的

---

① 山本正秀：『近代文体発生の史的研究』，岩波書店，1965年，第586页。
② 柄谷行人：《日本现代文学的起源》，赵京华译，第64页。
③ 柄谷行人：《岩波定本日本现代文学的起源》，赵京华译，北京：生活·读书·新知三联书店，2019年，第40页。

新语格,"纵令只在散文里使用这些,我等也未能立刻承认将这些语格当作常格的必要性"。在同年创作的《舞姬》中,森鸥外也确实是用文语体写作并使用了日文的旧语格,此后的翻译也使用了这种文体——在此之前他明明已经尝试过在自己的文学翻译和评论中使用口语体及"です""ます"了。①尽管如此,问题依然存在:若18世纪以声音主义为基础的国学家们与言文一致体成立后的日本文学都能用民族主义或者国家主义来评价的话,那么处于这两者之间的,明治二十年代的森鸥外以及他反对复古却也同时反对声音主义及文言一致体的奇特而矛盾的位相,除了"不足""尚未"或是言文一致运动评价史上常常使用的"倒退""挫折"外,《言文论》及其所代表的那个历史时刻,若不放置在言文一致运动的坐标系上,它又将构成怎样的自身问题呢?山本正秀和柄谷行人所论述的问题不尽相同,但他们无疑都是从言文一致运动着眼的,因而,森鸥外的言文主张成为他们历史叙述中不符合历史发展方向的低谷。然而,事实果然如此吗?若要试图讨论《言文论》自身的意义,首先要做的——或者说对《言文论》进行历史考察所带来的必然结果——便是言文一致运动的相对化,即将言文一致运动和相关的言文问题放置到明治维新后日本民族国家的创立过程中去考察,由此才有可能反观对于言文一致运动的相关历史叙述。以下部分就将从国语和国文的角度来讨论《言文论》并由此重新为其做历史定位。

二、去方言的国语观

虽然,森鸥外坚持文有雅俗的差别,"极雅的文和极俗的文犹如冰火两不相容",文要有历练,是俨然的文章。但他反对文简单复古。他的主张是将今言直接变成今文,而不再作复古的文。可见,雅俗的标准并不在古今。

从《言文论》和森鸥外自己同时期的创作《舞姬》来看,他所不满的新语格的"てにをは",也即从东京方言进入到日文及标准语中的语法规则主要集中在语尾,表现为日文的时态及だ或です的问题,主要关系到的是一个在文中对话以外的叙述或描写部分如何雅致地使用今言,不至于落于方言语法规则的问题。他举出德语文学的例子说:"现在的巴伐利亚,本该说 ich schlafe,人们却说 ich thue schlafen,这种新作用没有进入文。

---

① 小仓斉:「森鸥外初期の文体意識に関する覚書」,『愛知淑徳短期大学研究紀要』,1988年3月。

我国的だ和です和这个也有点相像。"在他看来,言文一致家们所想要作为俗语语法规范起来的东西,其实地位等同于巴伐利亚地区的方言,只不过是东京的方言而已,不应该进入文的规范。俗的原因正在于方言。

以东京方言为明治政府的标准语正是 1890 年之后慢慢开始的事情。和森鸥外一样留德的上田万年,1894 年发表了《国家和国语》,第二年又发表了《关于标准语》等文章,提倡在东京语的基础上进行"人工的雕琢",从而建立标准语。当然,在此之前,1880 年,东京语是最好的语言从而应当予以学习的意识已经远播冲绳。说不好"标准语"已经成为东京以外的人们的一大烦恼。①所谓的东京语指的是居住在东京、受过教育的东京人所使用的语言。上田万年在《关于标准语》中所举出的标准语的对等概念便是德国的 Gemeinsprach,并指出德国的标准语的基础是路德翻译圣经所使用的语言,在提升其品味后,遂成为统一帝国的通用语。②甲午战争以后,标准语的确立过程也和方言扑灭运动结合在了一起,强调的是国家的统合。③

德语的统一确实是在 1522 年马丁·路德翻译《圣经》后逐渐形成的。但路德使用的是 16 世纪神圣罗马帝国内的萨克森方言,当时存在各种方言,没有一种方言可以统一,路德在萨克森方言的基础上又吸收了各地的方言和词汇,竭力使各地老百姓都能理解,可以说是站在和教会权威对立的民间的立场上。因而,德国的标准语的建立和明治政府企图以其政治首都东京受过教育的人的语言上建立标准语并不可等而视之。标准语不是反抗政治或宗教权威,而是依附于它们。森鸥外留学德国时并未一直在德意志的首都,而是分别在南边的慕尼黑,东部的得里斯顿以及北边的柏林三个地方分别居住和学习。日后他回国后所创作的"留德三部曲"也是根据这三个不同的地点创作的作品。森鸥外在《言文论》中对东京方言的语格进入言文一致体并被确立为一种新的文法规范提出了异议。从表面上看,这似乎可以被解读成森鸥外对作为政治首都的东京变成标准语的基础所提出的批评,或者可以说,《言文论》似乎从地方或民间的角度出发 在近代化的过程中与中央体制发生了冲突。

① 水原明人:『江戸語・東京語・標準語』,講談社,1994 年,第 83 页。
② 上田万年:『国語のため』,1897 年,第 54 页。
③ 水原明人:『江戸語・東京語・標準語』,第 105 页。

《言文论》所反对的山田美妙一派的论述也会加强这种印象。山田美妙在《言文一致论概略》中强调原先的江户语就具有全国标准语的历史和地位。他是这样论述的,"当时是封建制度,各大名把语言的差异作为各国的标准",但是,因为中央政府和参勤交代制度的存在,"唯独在江户才形成了语言的混合","各国的人们也都多少接触过江户话的语法。所以江户话最终会十分普遍也是不可避免的"。可见,山田美妙一直在强调,江户曾经是日本的政治中心,因而曾经的江户语具有构筑通用语的基础。他强调的便是江户到东京一贯的作为政治中心的地位,以及这一地位在标准语建构方面所具有的自明优势。与此相对,1884 年以后,当时东京文理科大学校长三宅米吉曾提出过"语言上的分权主义"的意见,它强调各地方言不存在孰好孰坏,反对强行制造以一地语言为基础的标准语。①

　但是,如果考虑到东京方言在明治时期自身的变化,我们会发觉森鸥外对于标准语的态度其实更为复杂,反对东京语作为标准语的基础并非完全是因为它基于强制的政治力量,而是由于其作为标准语的语言基础之薄弱。1868 年,江户没有流血就开城了。在此之后,幕府的家臣和武家贵族纷纷逃离江户,迁往静冈,江户城里剩下的多是下层武士和市民,另有以萨摩藩为主的地方武士集团。到森鸥外写作《言文论》时期的明治二十年代,东京的人口从最初开城时的 26 万上涨到了大约 130 万。其中来自各地的寄居者居多。原先江户地方的人口并没有多大变化,数量和阶级属性依然没有多大的变化,即主要由平民和下层武士组成。此时所谓的东京语说的可不是"东京的语言",或者说"住在东京的人说的语言"。当时在东京,标准的东京方言是保有江户传统的下町方言。由于江户人口的衰退,江户语,也就是当时正宗的东京方言越发凸显其地方色彩。正是由于地方色彩的浓烈以及使用人口数量不占优势,这才构成了以东京受过教育的人的语言为基础来重新构建通用语的契机。②作为欧洲标准语基础的方言正是日本标准语运动中要清除的。学者杉本つとむ也在他的《东京语的历史》一书中谈到了通用语的基础。但是在他看来,除了有作为通用语的一面,江户语很重要的一个侧面便是代表人的活动结果的都市语言,即江户语中由商人等发展起来的下町语词和文法。这是一个

---

① 水原明人:「江戸語・東京語・標準語」,第 84 页。
② 杉本つとむ:「東京語の歴史」,中公新書,1988 年,第 257～261 页。

区别于代表日本长久政治中心的上方语的传统。①在他看来,明治以后,在所谓东京语基础上发展起来的通用语便是要实现从以东京为目的的东京语向以日本为目的的东京语的转换。结果就是在东京语内部发生了分裂。

森鸥外在《言文论》中之所以对"です"从东京方言里转而进入日文书写系统不满,可能很大部分是因为这些语尾词的世俗性。"だ"和"です"正是言文一致家们所尝试的用现代日语来创作近代文学方面的成就。例如二叶亭四迷《浮云》第一篇(1887)语尾是"だ"。山田美妙的《武藏野》(1887)和《夏木立》(1888)语尾也都是用"だ"。山田美妙的《蝴蝶》(1889)采用了"です"调。最初这批尝试文学改革的都是江户出生的人。当然,从日本语言语法角度来研究"だ"和"です"历史的著作和论文自然很多。还有从翻译角度来讨论语尾成立历史的。在此不做展开。不过,除此之外,江户世俗的历史传统也提供了一种可供参考的地方历史的视角。据杉本つとむ的研究,"です"本是古已有之的用法,但是在江户时代,多为艺妓所用,和轻薄的口吻"でげす"有相同的意思,即便是一般的商人和工匠,稍有身份的人都不用这一说法。据说在明治前的江户流传开来这种用法是由于乡村的武士来到江户,在柳桥、新桥一带听到艺妓使用这种说法,以为这就是江户的普遍用法,从而开始模仿。②而另一种用法"であります"也有类似的历史。明治初期,使用です较多的则是新一代从地方到东京的官吏和学生。据杉本つとむ的研究,"です"进入书面语大约是始自明治十年左右的《读卖新闻》,到明治21年,也即《言文论》的同一时期,"です"便作为でございます的缩略语进入了英国的日本专家张伯伦(B. H. Chamberlain)所编撰的《日本口语文典》了。③ 所以可以看到,"です"在明治以后现代日语的成立过程中,一方面有着类似于でございます意思,大约和明治初期大量出现的外文和汉文有关,是作为训读方式引进新名字而产生的句尾形式发展起来的。另一方面,它也裹挟着江户复杂的文化背景。④结合《言文论》主要谈的是文章的雅俗问题来看,森鸥外之所

---

① 杉本つとむ:『東京語の歴史』,第195页。
② 杉本つとむ:『東京語の歴史』,第274页。
③ 杉本つとむ:『東京語の歴史』,第276页。
④ 水原明人:『江戸語・東京語・標準語』,第76页。

以反对将东京方言中的语格吸收到散文写作中,可能正和"です"在东京方言里的"俗"历史有关。

1910年,鸥外在中断小说创作后再度用言文一致体重启创作的《青年》中,描写了这样的场景,从萨摩旧地来到东京的青年小泉纯一郎"试着用平日在乡下读小说时学到的东京话"和东京人所进行的初次对话便是发生在与作家大石路花的女佣之间的对话。这位家境优越、想以写作为生的萨摩青年"就像使用不习惯的外语那样",边想边说,"一字一顿"地使用着东京语与东京的女佣进行了来京后的第一次对话。①这无疑是言文一致的胜利,可以说明治维新后建立起来的新的东京世俗世界对于武士旧传统的胜利。

作为石见国津和野藩出生的人,森鸥外10岁就移居东京了,而他的父亲也在次年携全家搬到东京,开设了医院。可以说,鸥外是抱着青云之志"上京"转投明治政府的。森鸥外1872年到东京学习德语准备考学医学院时,居住的是位于神田小川町的日本思想家西周的家中,后来上大学后移居的则是本乡,都与东京的下町区域没有交涉。后来要求在现居东京的东京人所使用的语言的基础上发展标准语的上田万年本身是作为藩士之子出生在尾张藩(名古屋)下屋敷的(一般离江户城较远的郊外)。虽然他们两人的标准语主张不同,一个是提出另一种替代方案,一个是直接否定东京本身的方言,两人可以说都没有正视和承认江户传统中与下町及市井相关的文化和语言。住在东京、受过教育的人的语言其实不正是森鸥外与上田万年他们自身的语言吗?作为欧洲标准语基础的方言正是日本标准语运动中要清除的。如若森鸥外不用文语体而用言文一致体创作留德三部曲,很难想象他要如何用日文直接转述分属于德意志不同区域、隶属于不同阶层、生活在不同时代的德国男女老少的不同方言。这在当时的日文是办不到的。毋宁说,鸥外自身也并不想这样做吧。

与此同时,倡导新语格的言文一致论者山田美妙虽然主张使用东京俗语,但他说的无非也是"江户有中央政府",而且"今天的东京未来也是日本的首府"。他的诉求也无非是一种基于政治中心的诉求,而不是对于江户自身文化的一种强调。柄谷行人将森鸥外放置在与言文一致体确立

---

① 森林太郎:「青年」,籾山書店,1913年,第4页。

相伴建立起来的日本国家体制框架之外,然而从方言的角度来看,森鸥外与美妙两人间有着一种奇妙的联系,即虽然鸥外否认东京方言为中心的标准语,美妙提倡东京方言为基础的言文一致体,但两人根本上都是对东京及其地方传统的否认,是对新建立的明治政府中央体制的一种确认,这点上他们和上田万年也并无二致。也正因为如此,正如以下的第三部分和第四部分将要论述的那样,言文一致论者与森鸥外的论争即便是在明治后期借助政治力量而取得胜利,也依然留下了许多文化上的空白。

三、理想的国文

森鸥外在《言文论》开篇即提出模仿死文"无助于国文发展的目标",文章最后则以落合直文与山田美妙"两派同样都期待我国新国文的振兴"一语结尾。由此可见,森鸥外写作时的一个重要考虑是日本的国文问题。

《言文论》写作的一个大背景就是日本从1890年开始的国文运动。《言文论》发表的同年,博文馆开始了落合直文参与校订的《日本文学全书》的刊行,该套系列收录了到中世为止的文学24册,直至1892年完成。① 四年后,博文馆的《帝国文库》又继续刊行了近世文学。森鸥外《言文论》刊出的前一年,以"本邦固有文学"为中心的《日本文学》刚刚创刊,1891年该刊又更名为《国文学》。② 当然,不能忘记的是,"国文"兴起的一个重要背景就是帝国宪法及教育勅语的颁布。森鸥外在宪法颁布前一年回国,宪法颁布后的那一年创作了《舞姬》。后来任文部大臣的井上毅当时参与了宪法制定过程中的提案工作,提议汉文"统治"一词用"纯粹日语"的"治らす"表示,显示出了日本帝国宪法向日语及日本历史回归的风向标。③ 在《舞姬》里通过"天方大臣"这一形象暗示了日本内阁交替和条约改正运动的森鸥外,对于明治政府层面的这些动向自然不会不留意。

不过,国文作为一个单独的领域慢慢确立起来大约是从1893年开始,即井上毅任文部大臣、废弃古文汉文,从而提倡国语国文的概念之后。

---

① 金子薰園:「落合直文の国文詩歌における新運動」,「明治文学回想集」(上),十川信介编,岩波書店,1998年,第304页。
② 平田由美:「反動と流行-明治の西鶴発見-」,「人文学報」,1990年第67期。
③ 夜久正雄:「大日本帝国憲法と井上毅の国典研究」,「亜細亜大学教養部紀要」,第23号,1981年。

落合直文等少壮国学者受到礼遇也正是从这个时候开始的。①不久便开始了一系列国文和国语教科书及读本的编撰工作。其中就有落合直文自1897年开始编撰的、收录了森鸥外多篇译作的《中等国文读本》。②落合直文在自己的文章中表现出对国文教育清醒的自觉意识。不过从明治三十六年，即1903年起，《中等国文读本》进行修订时就更名为《中等国语读本》了。这一时期正好在山本正秀所谈到的明治三十三年到明治四十二年所谓的言文一致确立期内。据日本学者菊野雅之的研究，这一时期《中等国语读本》中所收录的言文一致体的篇目也越来越多。③落合直文1903年逝世后，帮助其进行修订的正是森鸥外及《言文论》中提到的另一位国学者萩野由之。④

　　在《言文论》写作当时，落合直文也在1889年的《文章的误谬》和1890年的《将来的国文》中指出了当时国文的种种弊端。他说："我国的文学社会非常的混杂，问题也各种各样。"根据他的统计，当时所谓的各类文体有汉文体、翻译体、小说文体、书简文体、言文一致体、歌谣词曲体，不甚枚举。⑤他关心的是各类文体中，日文文法规则的混乱。在他看来，文应当比言具有更高的规则，因为所谓文章本是言语的连缀，但言语的错误往往会变成书写时的错误。⑥落合直文在《文章的误谬》中列举了19种文法错误。⑦其中一类便是助辞的错误，他说，在日语中有各类助辞，"表示普通的过去也有，半过去也有，自然的过去也有，使然的过去也有，惊叹的过去也有，治定的过去也有。有各种不同的意味，不应该混用。而今人不加区别，けり党就只用けり，ぬ派就只用ぬ，つ团就只用つ，たり帮就只用たり，き组就只用き"。⑧ 总而言之，十种助辞只用其中的一种，其余的皆不用，他批评说，这不能不说是今日的经济主义行为。⑨可见，就像森鸥外

---

① 窪田空穂：「明治前期の国語国文界の見取図」，『明治文学回想集』(上)，十川信介編，岩波書店，1998年，第319頁。
② 森鸥外篇目的收录情况可参见落合直文所编『中等国語読本編纂趣意書』(明治書院，1901年)最后所附的十册目录。
③④ 菊野雅之：「落合直文『中等国語読本』の編集経緯に関する基礎的研究-二冊の編纂趣意書と補修者森鸥外・萩野由之」，「語学文学」2015年12月，第54頁。
⑤ 落合直文：「文章の誤謬」，『落合直文著作集』，第1卷，明治書院，1991年，第313頁。
⑥ 落合直文：「将来の国文」，『落合直文著作集』，第1卷，第359頁。
⑦ 落合直文：「文章の誤謬」，『落合直文著作集』，第1卷，第317~326頁。
⑧ 落合直文：「将来の国文」，『落合直文著作集』，第1卷，第357頁。
⑨ 落合直文：「将来の国文」，『落合直文著作集』，第1卷，第358頁。

在《言文论》里提到的，落合直文并不反对文写言，但他认为言文一致体应该更往上靠一点，变得上品一些。

经济主义是不是也包含江户口语因为商业发达的原因而自然形成的语言习惯呢？落合直文所提到的助辞问题关系着日语表达中的时制问题。通过使用恰当的助辞和时间提示词，日语能表达多种的时态和相的组合。但从后来建立起来的现代日语来看，主要沿用了现在、过去和将来的时态，由つ，ぬ，たり，り等日语助辞所表现的时制的复杂性则脱落了。当时，山田美妙曾就助辞结尾词问题，对国文论者提出过针锋相对的意见。山田美妙在《言文一致论概略》一文中说，俗语动词的时态尤其成为反对论者集中攻击的点，他们都认为俗语的时态是不完整的，但是他认为，其实俗语中的时态并不像论者所说的那样乱而无序，因为俗语只有四种正确的时态，而且只要四种就足够了，即现在进行时，过去时，将来时和现在完成时。原来的古文呢，则如"已经灭绝的乳齿象不会再次复苏"。山田美妙所提到的"只要四种就足够了"，"俗语的时态只有四种，所以也有人认为这样应该是不够的吧。但不可思议的是，这就足够了"这样的说法无疑是对文章的一种最低要求，也正是落合直文所说的"经济主义行为"，这或许也可以说正是言文一致体的局限吧。森鸥外后来在1910年的《青年》中是这样讽刺当时所谓的作家的，当时被人追捧的著名作家大石路花"既不说要练习的话，也不说要修行的话，只说写出来是最重要的事情，所谓文章就是这么一回事了。如果要写拟古文的话，是需要不断练习的，大石自身也不会，大石自身所写的东西里就有很多假名的错误，不过他说不用管这些，接着写下去就行了"。①这在森鸥外看来或许也是言文一致运动的必然后果吧。

森鸥外的《言文论》在文法层面主要针对的也正是这个句尾的时制问题。他在另一篇非常短小的《言和文》中再度细论了《言文论》的主张。他说道："国文的时制比当今言的时制要好。当言转换成文的时候，应当改变言的时制。这个言也就能非常切。当今的言文一致家真的想要使文成为文的话，仅仅在句尾增加俗语，是完全不能达到使文成为文的。若真的厌恶将句末的天仁远波变成俗语的时制而大量使用名词结尾的话，也是不能达到遵从国文的天仁远波的。"②作为对于他所批评的主张的一种

---

① 森林太郎:「青年」,第33页。
② 森鸥外:「言と文と」,『鸥外全集』第2卷,鸥外全集刊行会,1924年,第92页。

补充，也是作为自身主张的实践，森鸥外在《言文论》的同一时期创作了《舞姬》，在语尾使用了大量国文的天仁远波，即落合直文所提到的语尾助辞。

在此之前，森留学途中曾用汉文体写过《航西日记》，到西贡时，还曾赋诗一首："寂寞渔村断复连。夹舟深绿锁轻烟。喜他一阵椰林雨。乍送微凉到客船。"但是，正如当今的评论家所言，由于使用了汉文体，《航西日记》基本上是一种脱时间的静态文体。① 只有使用了雅文体，即充分调动落合直文所提到的日语助辞的功能，《舞姬》才得以包含着手记写作时的现在时间和手记记叙的过去时间这样一种两重时间的结构。柏林的城市是随着主人公太田丰太郎过去的意识，通过视觉描写展现出来的。到丰太郎与爱丽丝会面的场景时，又通过"现在"这样的提示词，使得过去的时态转换到了现在的时态。等到丰太郎到爱丽丝的房间里去的时候，又是通过现在进行时来描写，时态的转换不仅仅提示了丰太郎的意识和心理的变化，也提示了场景和地点的转换。可以说，全文正是通过不同的时态将不同的场景缀连起来的。②

尽管如此，现在的通论却是，二叶亭四迷和山田美妙的言文一致实验，到了森鸥外《舞姬》雅文体出来后就中断了。但是要说森鸥外的《舞姬》和《言文论》是一种言文一致尝试的倒退是不公平的。因为正如柄谷行人和小森阳一都已经指出的那样，森鸥外的《舞姬》除了句尾不是"だ"和"です"外，其他都更接近于西洋的文体，具有更强的写实性，能够轻而易举地被翻译成西欧语言。森鸥外的文章被后来的谷崎润一郎称为平明派的文章，即"每一个细节，都交代得清清楚楚，没有一点暧昧模糊的地方，文字使用正确，语法也没有错误"。③ 这就为我们提出了一个要如何更好地突破固有的言文一致的叙述、历史地来理解森鸥外的文语体的问题。

四、言文问题的文化翻译路径

虽然森鸥外显然是支持落合直文所提出的旧语格的，而且他在同一时期也写作了运用旧语格的雅文作品《舞姬》。但是，森鸥外并非简单的

---

① "日记"部分解说，加藤周一、前田爱编：『日本近代思想大系 16 文体』，岩波书店，1991 年，第 382 页。
② 「舞姬」解题，加藤周一、前田爱编：『日本近代思想大系 16 文体』，第 441 页。
③ 谷崎润一郎：《文章写法》，李慧译，南京：江苏人民出版社，2019 年，第 76 页。

复古主义者。他提出要使用今言,用今文写今言,不写复古的文,《舞姬》在展现了明治维新以后日本人初次的留洋经验以及与异国女性交往后惊心动魄的内心世界的同时也用假名和汉字所组成的词汇大量展现了柏林的风物。小说开头,客船到达西贡港后,丰太郎自白,五年前奉命出洋留学时,"眼中所见、耳中所闻,没有一样不令我新奇,于是援笔为文,每日里写下游记洋洋数千言,刊载在报纸上,颇得时人的称赞。如今想来,那无非是些幼稚的思想,无端自诩的狂言,不然便是将寻常的草木禽兽、金石器物以及异乡风俗,当作稀奇事记录下来,有识之士见了,正不知作何感想。此番动身时,我也买了一册日记本,但直到此时,还是空空的白纸"。可见,从题材上来讲,丰太郎的"手记"与以往记录幼稚的思想、草木禽兽、金石器物以及异乡风俗的游记不同,离坪内逍遥所提出的"小说的主旨,即说到底,在于描写人情世态"的以西洋近代文学观念为基础的小说主张并不遥远。另外,《舞姬》的故事情节是以中国白话小说中常见才子佳人始乱终弃的故事为原型呢,还是以《源氏物语》等和文学中的"恨"(恨み)为核心创作的是一个众说纷纭可以有多种解读的问题。总之,从题材上来看,《舞姬》是个跨文化文本。推至文体方面,如果说森鸥外在《言文论》与《舞姬》中对于语尾旧语格的提倡和实践真的是像文学史经常所判断的那样,创造出了一种"和汉洋三文脉的调和体"[①]或"和汉洋折忠的新文体"[②],那么对于森鸥外的言文主张及其文语体实践是不是也可以在日文国文与异文化的关系中进行理解呢?

安万侣曾在为《古事记》所作的序中写道:"上古之时,言意并朴,敷文构句,于字即难,已因述者,词不逮心,全以音连者,事趣更长。是以今或一句之中,交用音训,或一事之内,全以训录"。[③]这段话被柳父章称为日语感觉的原型。它一方面是对词不逮心的自觉,即自觉到汉文词汇在表达日本人情感方面的不足,另一方面也明白"全以音连者,事趣更长",即也同时明白和文在文体上的缺陷。因而,安万侣最后决定,一句之内,摹写口语的部分和汉字表现的"词"混用,而另一些部分则纯用汉字表现。在柳父看来,这便是日本书面语的原型。[④]明治时期以文章通俗而著称的

---

① 山本正秀:『近代文体発生の史的研究』,岩波書店,1965 年,第 580 页。
② 山本正秀:『近代文体発生の史的研究』,第 586 页。
③ 安万侣:《古事记》,周作人译,上海:上海人民出版社,2015 年,第 7 页。
④ 柳父章:『日本語をどう書くか』,法政大学出版局,2003 年,第 183 页。

福泽谕吉曾谈到过单靠俗语难以成文。他在《福泽全集》的序言里写道："如在俗文俗语中去除候字，则根本上是俗的，世间可通用。同时，俗文不足之处用汉文字来补足，非常的方便，因而绝不可弃"。[1]坪内逍遥也在《小说神髓》的文体论中指出过明治时期文体的难题。他说，雅文体，"优柔闲雅"，"自有古雅的情致"，但"缺乏活泼豪宕之气"，"袅袅缺乏气力"，无法描写豪放的举动和跌宕的情景。[2]而取自于口语的俗文体则易懂而活泼明快，但是可能会"失之音调的乖离，或气韵的野鄙，因此极为风雅的想法写起来就变得十分粗野"。[3]同时，俗语冗长之弊，且无语法规范，缺乏音韵之美，尤其不适合用作叙述和描写。[4]从安万侣到坪内逍遥，他们都意识到优良的日文的创制可能需要在一个跨文化的体系中去探寻。

明治时期通行的书面语主要便是福泽谕吉谈到的两种情况，即含有较多汉字的平民所难以理解的汉文训读体以及整体平易的平民容易理解的汉文训读体。[5]但不管怎么样，汉文训读调已经成为书面语的底色。虽然《舞姬》被认为是雅文体的实验，然而，其仍然留有强烈的汉文训读底色。例如，小说中"腸日ごとに九廻す"这样表述主人公感情的文字其实是对《文选》中司马迁《报任少卿书》中"是以肠一日而九转"的翻译。[6]《舞姬》中熟语和词汇所体现出的汉籍的影响更是不胜枚举。[7]更为重要的是，在杉本完治看来，《舞姬》文体上整体的特点，即主语＋述语这种表达方式正是汉文的影响，以述语为中心的文体使得《舞姬》的句子有别于传统雅文体的冗长而表现出短小精悍的特点。正是由于这样一种汉文体底色的存在《舞姬》才表现为文学史所通说的"和汉混淆文"的文体。[8]有意思的是，在杉本完治看来的汉文句型的底色在矶贝英夫看来则也类似于欧文脉中的句法逻辑，由此《舞姬》才得以和一般流于情感描述的和文学不同，除了具有准确描写现实的能力外还带有很强的说理性。[9]但不管怎

---

[1] 「福沢全集緒言」，加藤周一、前田爱编：「日本近代思想大系16 文体」，第48页。
[2] 坪内雄蔵：「小説神髄」下卷，松月堂，1887年，第3～4页。
[3] 坪内雄蔵：「小説神髄」下卷，第7页。
[4] 坪内雄蔵：「小説神髄」下卷，第9页。
[5] 岡本勲：「言文一致体と明治普通文体」，「講座日本語学」7，明治書院，1984年，第60页。
[6] 杉本完治：「森鴎外「舞姫」の全貌：言語学的研究に基づく考察」，右文書院，2020年，第208页。
[7] 杉本完治：「森鴎外「舞姫」の全貌：言語学的研究に基づく考察」，第334页。
[8] 杉本完治：「森鴎外「舞姫」の全貌：言語学的研究に基づく考察」，第384～386页。
[9] 磯貝英夫：「文学論と文体論」，明治書院，1980年，第186～187页。

样,《舞姬》从本质上来说可以称得上是一种跨文化体系的混杂,而它也近代日文书写系统的一例。

原本训读体就是一种翻译手段,是日本在接触中国文献时,通过"てにをは"对汉籍所作的"日本化"处理。① 进入明治以后,正如福泽谕吉所说的那样,这样一种"日本化"的翻译手段继续发挥着重要的作用,原本所吸收的中国文化现在变成了日本通过汉字和汉语词汇吸收西洋的学术思想。② 这也是森鸥外《舞姬》"和汉洋折忠的新文体"中训读调与欧文脉之间的复杂关系。然而,问题是,正如森鸥外自身所说的那样,"若真的厌恶将句末的天仁远波(句末助词)变成俗语的时制而大量使用名词结尾的话,也是不能达到遵从国文的天仁远波的",要创制真正的国文,用言部分应该如何来写依然是一个尚需解决的问题。根据日文的特点,动词后置,用言部分才真正关系到叙事的逻辑。根据柳父章的研究,日语口语本不是分割清晰的文体,句子并不是完全结束,而是积极与对话方交流的语言,因而是一个一个不完结的,不独立的句子。③ 二叶亭四迷等言文一致家们因为选择了口语体,直接面对的就是叙事逻辑不清的问题,所以才诞生了二叶亭四迷要在写作的同时直译屠格涅夫的作品的需求。他们通过翻译外语,获得了た的用法,清晰了句子与句子的关系,形成了新的断句意识。④

森鸥外自然也在为更好的叙事与抒情所苦恼,他在一系列讨论日文朗读的文章中提议应该按照日文的文法规则来断句,从而注意文的结构,组织,句切,段切,天仁波等。⑤ 这方面他听取落合直文等人的国文建议。另一方面他也依靠翻译,不仅仅是上述所提到的汉文训读调,还包括对西洋文体的借鉴。森鸥外曾在明治二十四年所作的《德意志文学的隆运》一文中写道:我喜欢用直译的方法向日本输入西洋的句法。当然并非说要拘泥于西洋的句法,而是在西洋句法有趣的地方,承认其优点。日本句法可以改善的地方,那就改善它。⑥ 在村出吉广看来,和德富苏峰的汉文直

---

① 柳父章:「日本語をどう書くか」,第13页。
② 柳父章:「日本語をどう書くか」,第42页。
③ 柳父章:「近代日本語の思想-翻訳文体成立事情」,法政大学出版局,2004年,第91页。
④ 柳父章:「近代日本語の思想-翻訳文体成立事情」,第85页。
⑤ 「逍遙子の朗讀説」,「鴎外全集」第2卷,鴎外全集刊行会,1924年,第190页。
⑥ 「独逸文学の隆運」,「鴎外全集」第38卷,岩波書店,1975年,第454页。

译体的欧化相对的是森鸥外所使用的和文体的欧化。①也就是说，森鸥外在国文和洋文之间也建立了一种翻译和对应关系，这本质上和《舞姬》所具有的汉文调底色一样。两者都是一种翻译的结果。

明治以后，除了长期以来的汉文外，"国文"的一个重要参照系便是荷兰语、德语以及英语等欧化语言。森鸥外在《言文论》中提到，日文中存在的"语脉混乱不堪"，因为"我国没有辞典因此是很易发生的。如果有辞典的话便不会有这样支离破碎的文了吧"。事实上，作为日本的国文文法辞典的体系的确立期正是明治十九年至明治三十二年间。就在森鸥外呼吁编写辞典的那一年，落合直文和小中村义象编辑了《日本文典》，落合直文自身也出版了《普通文典》。②然而，有意思的是，直到明治十年为止，日本国文典中对待时制的方式都是遵循西洋文典的处理方法，主要放在动词的项目中记述的。明治十一年之后，才开始在助动词的分类中言及过去、现在、未来的助动词，时制的表述从动词的活用等开始扩展到助动词的分类。这种倾向在明治后期愈加明显。③也就是说，与一般想象中的语尾旧语格的使用是一种对传统的延续正好相反，在明治二十年代的文坛像落合直文和森鸥外那样再次将旧语格援引为一种规范可以说是近代以后的一种"翻译行为"。所谓的"新国文"并非是对国文和国学传统的继承，而是在明治二十年代以后在和汉洋三重文化场域中对于国文传统的再激活。由此也许就更容易理解，为何德意志三部曲之后，森鸥外便停止了文学创作而专心于翻译，并且收录到落合直文所编撰的《中等国文读本》中的作品皆是他的译作了。当然，至于森鸥外如何具体在文学翻译中使得国文更好地吸收欧文脉，这是一个有待进一步研究的问题。

但不管怎么样，正如上文所说，森鸥外写作《言文论》时，"国文"尚未作为一个单独的概念和学科确立起来，它的建立本身就是一种对于传统的再发明。虽然，权田直助1887年出版了被称为日本最初的句读点论的《国文句读考》，国文作为一个独立的概念被确立起来是后来的事情。落合直文的《文章的误谬》发表于1889年皇典讲究所的期刊《皇典讲究所讲

---

① 村出吉廣「漢文脈の問題1西欧の衝撃のなかで」,『国文学』第25卷,1983年8月。转引自水内透:「森鴎外研究—翻訳論をめぐって」,『山陰地域研究』9,1993年。
② 山東功:「大槻以後-学校国文法成立史研究」,『言語文化学研究』,2012年第7期。
③ 服部隆:「明治期の日本語研究における時制記述」,『上智大学国文学科紀要』,2006年23号。

演》。皇典讲究所成立于1882年,但1889年进行了改革,根据其"改正趣意"来看,改革后的皇典讲究所主要是一个以推进国学研究为目的、致力于日本文献研究、设立国学院、刊行国学相关著作的国学研究与教育机构。[①]而当时所谓的"国学"也超越了神道、律令、国史、歌学、有职等领域,包括国文学、国语、国文和法制、经济等各个科目。从《皇典讲究所讲演》1889年的目录来看,既有有贺长雄的政体和历史断代研究,也有落合直文的叔叔落合直澄的国语研究。在此之后,皇典讲究所内设立了国学院,在强调通过专门研究"国史、国文、国法"以便成为"我国民国家观念的源泉"的同时,也并未限制国学院文献研究的边界,而是认为应当补充中国和泰西的道义之说。[②]1882年皇典讲究所成立的同时,东京大学也设置了古典讲习科,校长加藤弘之聘请了《言文论》中所提到的小中村清矩担任教授,久米干文担任讲师。值得注意的是,当时的这个古典讲习科并非只有国文,而是也包含了汉文科。[③]可见,由于并不排斥广义的文化翻译,当时的"国文"或"古典"的概念在与声音相对的文献方面远比18世纪声音主义者的国学家们所倚重的"国语"概念要宽泛。落合直文当初所致力于的用优雅的国文写作和翻译被称为"新国文",有着超越拟古文及原来古文等陈腐境地的清晰目标。关于这一点,日本国文学者、落合直文最初的弟子金子薰园的观点更能清楚地概括,"新国文"的骨是汉文,衣服是国文,而且不使用罕见生僻的古文,也并非传统拟古文那样柔弱的文章,在汉文的骨架上只吸收国文脉中在他看来有价值的部分。[④]可见,与复古倒退的定说相反,《言文论》及作为其背景的新国文运动利用日本历史中一以贯之的翻译手段创作了明治时期国文的民族新形式。

小 结

通过《言文论》可以看到,对于森鸥外而言,近代以后的言文关系从来

[①] 松野勇雄:「皇典講究所改正要領」,皇典講究所,1889年。
[②] 「國學院設立趣意書」,见国学院大学编:『国学院大学一覧』,国学院大学,1930年,第6页。
[③] 窪田空穂:「明治前期の国語国文界の見取図」,『明治文学回想集』(上),十川信介编,岩波书店,1998年,第317页。
[④] 金子薫園:「落合直文の国文詩歌における新運動」,『明治文学回想集』(上),第305页。

就不是简单地去除汉字或直接用日语口语写作这么简单,问题也不仅仅局限于言和文的关系。关键在于如何在民族国家诞生后,创制一套新的"普遍"而"普通"的文的系统,这其中一方面自然包括减少汉字,使用俗语,另一方面也包含着更为清晰的句子层面的逻辑关系。这势必意味着文法结构的重新发明和创制,其中涉及本文所举出的方言、国语及国文的标准、文化翻译等问题。因此,像柄谷那样认为森鸥外并未将各种古文的时态统一到"た"上,且与言文一致家们所使用的"た"相对立的这种说法事实上夸大了森鸥外与言文一致家们的对立,而没看到他们背后都有着西洋语言对于日文的影响。正如加藤周一也曾提到的那样,"不消说鸥外并非一个单纯的保守主义者。在科学技术的大部分领域里,从一开始西方的楷模同日本的传统之间就没有选择的余地","只要是关于学问的事,他就是一个彻底的西方化论者"。① 也没有看到他们双方都有着在现代国家体制建立过程中创制国文与国语的自觉。

　　森鸥外明治二十年代对于言文一致体的批评和其自身文语体的实践具有发明传统般的新意义。日本文化看似本质化的特质大多都经历了实质上的跨文化融合。森鸥外的《言文论》并非对于地方方言的确认,而是在大日本帝国宪法颁布后国民国家建立过程中构想理想的国语。与此同时,森鸥外对于国文传统的重新审视早已经过了投向西洋的眼光的中介。坪内逍遥在《小说神髓》中将言文问题看作是中国西洋诸国不曾有过的问题,是日本独有的问题。② 与此不同,森鸥外的《言文论》开篇就说"在为了阅读而写作的文渐渐发展起来的过程中,言和文之间的隔阂就产生了,言必在文之前发展,而文则在其后直追,这一点参照世界各国的史籍便可知"。日本的文的问题首先不是日本特有的问题,而是一个普遍问题。这一普遍问题的解决,在森鸥外看来,也不可能单凭日本地方方言甚至墨守旧有日文国文传统就能解决。那一定是像《舞姬》所象征的那样,需要一种用日本化的方式所表述出来的东西文化间的交锋。由此,一种新的、混杂的因而也是普通与普遍的日本书写文体才有可能建立。

---

① 加藤周一:《日本文学史序说》,叶渭渠、唐月梅译,北京:外语教学与研究出版社,2011年,第314页。
② 坪内雄蔵:『小説神髄』下卷,松月堂,1887年,第3页。

"目的意识论"的中国变异
——李初梨与"革命文学"的建立

阮芸妍

严格说来,二十世纪二三十年代之际,青野季吉的《自然生长与目的意识》《再论自然生长与目的意识》两文并没有直接被翻译到中国,但"目的意识论"以及作为青野思想资源的列宁《怎么办》中相关论点,确实在后期创造社提出"革命文学"建设的主张时起到核心作用,而其中关键人物正是李初梨。"革命文学论争"中李初梨的代表文章《自然生长性与目的意识性》从标题到内容,都带有浓厚的"目的意识论"色彩,而学界在追溯李初梨等人的思想脉络时,却更倾向于强调他们留日期间曾风靡一时的"福本主义"带来的笼罩性影响。日本学者斋藤敏康的论文《福本主义对李初梨的影响——创造社"革命文学"理论的发展》[①]对此起了定调作用,随着此文在1983年被翻译发表,斋藤的论点逐渐成为中文学界通行的说法,艾晓明等循此框架将李初梨等的理论资源溯源至苏联[②],新世纪以来程凯、赵璕等则深入考辨李初梨使用的"物化""总体性"等概念,考察了卢

---

① 斋藤文章写于1975年,但要到此文1983年翻译为中文发表之后才在中文学界产生巨大的影响。斋藤认为李初梨接受并运用福本和夫的政治思想概括中国革命的历史,从而形成"革命文学"理论,其关于文学基本理论的认识方法,明显的是摹仿福本的所谓对"新的理论"的分析。可以说,它和日本无产阶级文学运动中贯彻福本主义而出现的最早的文学理论即青野季吉的"目的意识论",在认识上性质是一样的。斋藤敏康:《福本主义对李初梨的影响——创造社"革命文学"理论的发展》,刘平译,《中国现代文学研究丛刊》1983年第10期。
② 参见艾晓明下列:《寻找与确立——二三十年代马克思主义文学批评概观》,《中国现代文学研究丛刊》,1987年第2期;《二十年代苏俄文艺论战与中国"革命文学"论争(上)》,《中国社会科学》,1987年第3期;《二十年代苏俄文艺论战与中国"革命文学"论争(下)》,《中国社会科学》1987年第4期;《后期创造社与日本福本主义》,《中国现代文学研究丛刊》,1988年第3期。另见艾晓明:《中国左翼文学思潮探源》,北京:北京大学出版社,2007年。

卡奇等所带来的影响①。可以说,关于李初梨在接受不同理论影响下"说什么"的研究,已积累了相当数量的成果;但若把李初梨等人对"目的意识论"的译介视为一种"实践行为",则关于他们将"目的意识论"等理论嵌入论证与建设"革命文学"的论述有何特点,也就是关于"怎么说"的问题,则较未引起研究者关注。作为论战对手的鲁迅曾经讽刺过这些青年,口口声声说要面向大众却竟将"扬弃"译为拗口的"奥伏赫变",又不肯耐下性子做些将理论翻译过来的老实工作②,缺少较完整而有系统的译介成果或许是对此问题关注较少的原因之一。但也很可能形成一个盲区,事实上,若李初梨等人的文章与青野、福本等著作并置细读,便能发现文中实已借不加出处的引用方式,将许多不同来源的理论杂糅到他们的叙述当中,这些若放在较宽泛的意义上来说自然也应纳入他们的"译介"成果,而至于这些理论是否有"系统"则要视我们以何种标准为依据而定。在李初梨等人的文章中还可以看到,这些新的分析方法在文中展现出一番雄辩的理论操演的同时,也产生出一种"夹述夹译"的特殊文体。故下文从论述方式这一看似属于"形式"特征的分析入手,就并非仅止于关注文体结构上的特点,而是试图指出,这种论述方式与他们藉由青野季吉、福本和夫等论著接触列宁、马恩等理论的经验有关,同时,此方式还提供了他们对于能完成中国"革命文学"建设的乐观与信心。

　　1927年9月成仿吾东渡日本,与李初梨等正在日本就读大学二、三年级的青年商谈创造社今后的发展方针,并邀请他们回国充实创造社的力量。该年年底,李初梨、冯乃超、彭康、朱镜我、李铁声等五人便回到上海,在大革命失败的语境下开始了建设中国无产阶级革命文学的各种举

---

① 然而与此拓展新问题域的力度相比,前一时期由"斋藤框架"所规定下来的这一条从李初梨关联到福本和夫、福本主义、青野季吉的阐释框架,却仍具有相当的制约性。包括与斋藤商榷李初梨文艺理论中是否有"异化"问题的相关研究,也仍是在斋藤所给定的框架内与之对话。参见黎活仁:《福本主义对鲁迅的影响》,《鲁迅研究月刊》1990年第7期。黎活仁:《卢卡契对中国文学思想的影响》,台北,文史哲出版社,1996年。新世纪以后,有一批重探此课题的新研究成果,参见赵璕:《"革命文学"论争中的"异化"理论》,《中国现代文学研究丛刊》2005年第1期。王志松:《福本和夫的"唯物辩证法"与中国的"革命文学"——〈文化批判〉杂志及其周边》,《东亚人文》第1辑,北京:生活·读书·新知三联书店,2008年。张广海:《再论后期创造社与福本主义之关系》,《汉语言文学研究》2016年第2期。
② 参见鲁迅:《"硬译"与"文学的阶级性"》,《萌芽》第1卷第3期(1930年3月1日刊)。又参藏原惟人、外村史郎:《文艺政策》,鲁迅译,后记第4页。

措。冯乃超在《文化批判》创刊号上发表了《艺术与社会生活》,明确提出应将重新调整艺术与社会之间的关系视为当前的核心命题,而李初梨的《怎样地建设革命文学》(下文简称《怎》文)则进一步详述"我们在转换期的中国怎样建设革命艺术的理论"①,此文根据他们归国前的一场座谈会发言整理而成,宣告了他们一行为何回国、打算如何开展无产阶级文学建设的设想,言谈中明显透露出他们的自信:

> 中国目下的客观情势,不仅在逼促我们观念地解答这个问题,而且在要求我们现实地去建设我们的"革命文学",这是中国的革命青年应该担当起来的一个重大任务。的确,我们已经具有了完成这个任务的能力。②

如果我们不是简单地将他们的信心视为盲目的乐观或看轻现实之严峻性的表现,而是贴近他们的论述去分析就能发现,《怎》文不仅试图阐明后期创造社的"革命文学"建设方案,还力求展示他们如何具备了足以完成任务的能力。这就使得《怎》文具有"宣言书"意味的同时,也成为此能力的"展示场"。他们一方面呼吁建设新的"无产阶级文学",另一方面则提出是否有成为无产阶级文学家的资格须看他是否有"动机"与"能力"。"动机"指是否能"干干净净地把从来他所有的一切布尔乔亚意德沃罗基完全克服";"能力"则指要"牢牢地把握着无产阶级的世界观——战斗的唯物论,唯物的辩证法"③。这种对无产阶级文学家的设想,也是李初梨等人对自己的要求与投射,而他们归国投入革命文学建设时的乐观,相当程度上正与对"战斗的唯物论,唯物的辩证法"的自信有关。这一方面来自唯物论与辩证法——作为一种新兴的科学分析方式——在社会历史阶段变化上所具有的解释力;另一方面则来自他们对此分析方法把握与运用的能力。在当时,对大革命失败后的中国现实做出分析并基于此提出解决方案已成为当务之急。因此,拥有运用这些分析方法的能力,确实有理由能够让李初梨等人产生对建设革命文学的信心,并乐观地相信能借助唯物论、辩证法,对中国现况做出具有解释力的分析与把握。李初梨作为后期创造社中理论建设工作的承担者,此倾向尤其明显,他的文章常常

---

① 冯乃超:《艺术与社会生活》,《文化批判》第1期(1928年1月15日刊)。
② 李初梨:《怎样地建设革命文学》,《文化批判》第2号(1928年2月15日刊),第4页。
③ 李初梨:《怎样地建设革命文学》,《文化批判》第2号,第16~17页。

以"改写式的翻译"将不同出处的原典摘译后,杂糅到自己的论述当中。这种未加出处的引用方式,将文艺思想资源予以重构,形成"夹述夹译"的表述特征,使他们的文章呈现出偏重分析理论操演以及"述译交杂"的特殊样态。由当时鲁迅和创造社内部的批评来看,这些分析不仅未能达到他们自己所期望的目标;这种论述方式还导致了他们的文章在题旨上,虽试图借把握中国社会与文坛现状,来说明他们所提方案的必要性与合理性,但在结构与内容上却时常倾向于让马克思主义分析方法的展演占据文章的主导地位。而为了引入唯物论、辩证法等分析作为论述的理论依据,并把这些分析与对中国现况的把握结合起来。

这种基于对社会历史条件的分析来把握文学革命史的解释方式,为他们下一步的论述带来困难:若按此分析,1928年客观条件转变后新的革命文学运动也将转入"无产阶级文学"阶段,那么参与此阶段革命文学建设的社会力量理应是无产阶级。但在李初梨的方案中却判定无产阶级无法承担此责任,而是要像他这样的"革命的智识阶级"才能完成。为了在理论上证明这点,他在下一篇重要文章《自然生长性与目的意识性》(下文简称《自》文)中便引入包括"目的意识论"在内的多重思想资源,并娴熟地展示出《怎》文中所提出的"无产阶级的出身者,不一定会产生出无产阶级文学,一切的知识者,在一定的条件之下,都可以参加无产阶级文学运动"主张,借助将多重的理论资源进行"改写式的翻译",推演出了"必须要有知识者要素的加入,将目的意识注入无产阶级中,才能产生无产阶级文学运动"的结论。

他在《自》文第一节开头讲了一个故事:一位从国外求学回来的朋友,与象征中国当时无产者的挑夫之间,关于如何看待为求世间没有贫富而被杀害的革命家,进行了一段对话。其中挑夫认为,革命家的愿望虽好,但想要消除贫富不仅做不到而且是不对的:"你想,世间上如果没有穷人,有谁肯来做事?如果没有富人,又有谁来养活穷人?"朋友因此感叹:"这是我们中国普罗列塔利亚的直接的声音,他们的意见,尚且如此,我们还谈得到什么革命?"①在这个相当具有象征意味的故事中,为何无产者的声音竟令人无奈而费解的与"一切的布尔乔亚的代言人,或改良主义者的

---

① 李初梨:《自然生长性与目的意识性》,《思想》,1928年第2期,第2页。

说教"互为表里,其"奥秘"当然就在青野借助列宁《怎么办》中的区分所强调的"自然生长性"与"目的意识性"之别里。挑夫对朋友所说的话,甚至连"自然生长"的不满、反抗都还谈不上,因为这虽然是无产阶级所发出的"直接的声音",但其思维方式与判断内容都是受制于支配阶级的意识形态,说明了从无产者口中说出来的话并不直接等同于"无产阶级意识"。这与青野在"土的艺术"中看到的向"自然生长性"低头倾向,以及从歌颂着田园的诗歌听出了非无产阶级意识型态的杂质而感到的不安十分接近。挑夫的例证已让"无产阶级的出身者,不一定会产生出无产阶级文学"这一判断几乎无可辩驳,《自》文的核心由此就转向将"必须要有知识者要素的加入,将目的意识注入无产阶级中,才能产生无产阶级文学运动"这一结论推导出来。

李初梨使用了一张名为"全社会的构成过程"的图表,指出社会构成有三个方面,无产阶级由于只能接触到"物质生产过程",对上层建筑里五花八门的"国家过程"与"意识过程"内容便无从得知,因此,如此区分便给了挑夫故事一个理论化的说明,并进一步强化为:"无产阶级出身者不可能自己产生出无产阶级文学。"随后,他又不加出处地引用了《共产党宣言》的段落:

> 最后,阶级斗争到了决定的时期,支配阶级内部的,即全社会内部的分解过程急激地而且带着尖锐的性质,于是支配阶级的一小部分自己分离而投身于革命的,即手中掌握着未来底阶级。……现在是布尔乔亚汜的一部分,特别是理论地能够了解全历史运动底布尔乔亚思想家的一部分,投到普罗列搭利亚里来了。①

引文的核心主旨,本是以阶级斗争的激烈来判定决定性时刻的到来,并指出在这样的情境下一部分小资产阶级才能产生投入无产阶级革命之中的决断。但李初梨在解释的时候,却又一次不加出处的将列宁《怎么办》中的论点融入他的论述中:

> 这样地一方面有了劳动大众底自然生长的觉醒,他方面又有以社会主义的理论武装起来,走到劳动者中去底革命的智识阶级,而且只有这种"意识的要素"的参加,劳动者阶级,才能获得真正的全无产阶级意识。②

---

① 李初梨:《自然生长性与目的意识性》,《思想》,1928 年第 2 期,第 10 页。
② 李初梨:《自然生长性与目的意识性》,《思想》,1928 年第 2 期,第 11 页。

当把"全无产阶级意识"的构成描述为"自然生长的觉醒"加上"意识的要素"参加，就使带来后者的知识阶级成为让劳动者获得真正的全无产阶级意识时不可或缺的一环。这样一来，知识者参加无产阶级文学运动之举，便由原先存在着所属阶级带来的阻碍，转变成为使此运动顺利推动的必要行动。由此，替《自》文欲推导出的"一切的知识者，在一定的条件之下，都可以参加无产阶级文学运动"结论创造出空间。为了强化此主张，李初梨继续不加出处地掺杂使用《共产党宣言》与《怎么办》的内容，并在此引入了来自福本著作的第二张图表，进一步说明无产阶级由于是以"物质生产过程"为其认识基础，就使得他们的"意识过程"上只能产生"粗杂的唯物论"，"政治过程"上只能产生"工会主义的政治运动"。与此相对，革命的智识阶级的生活却是以"意识过程"和"政治过程"为基础的，但他们又可以接近、批判"物质生产过程"，因此可以在"意识过程"上产生"战斗的唯物论"，在"政治过程"上产生"全无产阶级的政治斗争主义意识"。经过这样的划分，"阶级出身"已经不再是智识阶级参加政治斗争的负面障碍，而是使他们有条件握有战斗的唯物论与全阶级斗争的意识保障。也是在这个逻辑成立的前提下，李初梨才能在论述中顺利加上"目的意识只有从外部才能注入给无产阶级"的限定，并最终完成对《自》文结论的证明。

在整个推导过程中，李初梨借助了两张来自福本和夫著作的图表来帮助说明。其中第一张"社会构成过程图表"是结合多张《社会构成及其变革过程》中论及《资本论》《反杜林论》时绘制的图表而成。这本书根据福本1926年在京都帝国大学开设的"社会进化论"讲座内容编写，当时他大部分的著作都是通过与人论辩来展开阐述，此书主要论辩对象是河上肇、山川均、高田保马等人；书中论辩方式也是相当典型的福本风格，他往往先大段罗列马克思、恩格斯著作中相关问题的原典，对此做出归纳整理之后指出论敌对此问题的理解与原典意义之间存在偏差，但他对于此偏差的错误之处何在、如何理解才正确等方面实际上也很少提出自己的说明，颇有"让原典自己说话"的倾向。不过，福本对马克思主义经典著作的阐释部分虽少，但在马列主义经典著作还未大量翻译到日本的1920年代中期，光是文章中经过福本翻译而呈现在读者面前的大量理论文字，便足以对读者产生相当强大的吸引力。

李初梨当时也在京都帝国大学求学，虽然没有明确证据证明他当时参与了福本的讲座，但《自》文对此书图表的挪用仍被研究者视为受福本直接影响的证据。然而，若仔细对照两者却可以发现，李初梨不仅没有说明这些图表的来源，也没有提到福本根据什么样的论述推演制成这些图表，对于福本所处的论辩语境更是只字未提，李初梨看重的是以图表呈现出"全社会的构成过程"的概要这一点。也就是说，他是将这张图作为理论推导过程中一种简明方便的工具来使用的，因此，若简单地将图表的挪用判定为李初梨受福本理论笼罩性影响的体现，事实上是不准确的；但若说李初梨在文中这种理论推导的展演手法，与福本那种大量罗列援引马列原著以与人展开论辩的论述方式之间存在亲缘关系，则并非毫无道理。

面对大革命失败后如何建设中国无产阶级革命文学的时代命题，李初梨等人辍学归国时便已带着要将对中国历史所处阶段的把握与他们的理论操演结合起来的强烈自信与使命感，但这种"夹述夹译"的论述方式却从侧面透露出他们遭遇的困难——他们对自身理论分析操演熟练程度的自信，与他们对中国历史进行与现况的把握程度之间存在难以匹配的距离。这种时代焦虑与建设革命文学的自信相交错下，在一定程度上促使他们必须将眼前所捕捉到的历史与现实，当作分析过程中的一个元素、理论操演中的一个环节，借着完成理论操演来达到他们理想中的经验转化。通过对李初梨这两篇文章的分析也可以发现，他所使用的"目的意识论"与青野引入日本文坛时的重心明显有所差异。青野最核心的问题是要以"目的意识"澄清日本无产阶级文学实践中出现的纷乱混杂的意识形态；而在李初梨关注的确是如何论证自己与"革命的智识阶级"是具有资格参与建设无产阶级革命文学的承担者。因此，他更看重的是以《怎么办》和《共产党宣言》中关于革命的知识阶级如何投入革命中来的讨论。可以说，李初梨虽然使用了与青野季吉相同的文章标题，但这既不意味着他将青野的"目的意识论"照搬到中国，也不能单单以此作为他通过接受了青野的影响而受到福本主义笼罩的证据。李初梨引入文艺理论思想中的资源是多重的，同时也是被以"改写式的翻译"剪裁过的。然而，这多重的思想资源各自有其针对的语境，所提出的设想之间本来就存在一定的差异，比如《怎么办》这类本属政治领域、关于"建党"设想的理论要运用到文艺领域时，并非可以直接套用的，青野将之引入日本时如此，李初梨等引入中国文坛时亦似之。他们为了顺利推导出有助于"革命文学"建设的方案，便不得不通过"改写式的翻译"将这些存在差异的论述予以重构。与日后马克思主义文艺理论大量译介到中国文坛的高潮阶段相比，这种"改写式的翻译"与"夹述夹译"的论述方式，可说是既缺少系统译介又不够严谨的，但若放在"革命文学论争"这一无产阶级革命文学建设的早期阶段而言，却应当被理解为一种因适应需要应运而生的一种特殊但并非不必要的形态。

小林秀雄与近代批评的"主客"之争

高华鑫

在这部日本文学批评选集中,笔者首先翻译的是小林秀雄《种种意匠》一文。与本书所选的其他作者相比,小林秀雄或许是最"纯粹"的批评家,他完全以批评立身,对"何为批评"有着高度自觉的思考,在近代文学批评史上也占有极特别的地位,甚至常常被叙述为日本真正的近代批评的开端,在战后文坛仍然有着持续的影响力。例如,大江健三郎的理论著作《小说的方法》(1978)正是从对小林《本居宣长》的引述开始的。而在柄谷行人和中上健次的对谈《超越小林秀雄》(1979)中,两人都认为小林是日本近代批评的缔造者,并试图克服他所代表的批评范式。然而,对外国的日本文学研究者来说,小林秀雄往往是一个令人困惑甚至棘手的存在,我们不甚理解他何以获得如此重要的地位。美国的日本研究者和翻译家赛登施蒂克(Edward George Seidensticker,1921—2007)最初读到小林秀雄时,断言他根本不是什么批评家,后来通读了小林的作品,才转变了观点,但仍然认为无法把小林放在一般意义上的"批评"的框架中理解,而是将他作为一个日本的思想者,"日本人气质"的体现者来认识。[①] 事实上,笔者在阅读小林秀雄时也常常感到隔膜,直接原因便是他的笔调、文体,不过更根本的原因或许还是其特殊的文体背后的知识谱系和批评意识,它们与中国近现代文学传统存在不小的距离。那么,一名今天的中国读者在阅读小林秀雄时,究竟能够从中学到什么呢?

其实,即使在同时代的日本文坛,小林秀雄的批评意识也并非为大多数人所共有。他独特的话语方式,与他在东京帝国大学法文科的学习、他对法国象征主义的热心阅读有关。小林的批评中那些繁复的修辞游戏,

---

① 参见佐伯彰一:「日本的近代批評の運命」,『国文学 解釈と教材の研究』25(2),1980年2月。

特别是具有高度自反性的批评家"自我意识",在日本明治以来的批评传统(一类是对成体系的西方文艺理论的介绍和学习,另一类是作家的创作谈和随笔式批评)面前,呈现出新锐和陌生的色彩,这固然让他迅速成名,但与此同时,他的批评与其脚下的土壤又始终有些脱节(小林自己也时常抱怨日本的文学环境不适宜他理想中的文艺批评的生长)。作为《文学界》杂志的骨干,小林在文坛上的活动和组织能力是很强的,但他的批评写作本身没有带动某种流派的形成,而是始终保持着一种孤立。不过,这种孤立本身或许也是小林有意选择的姿态。从1929年的出道作《种种意匠》开始,小林一以贯之地保持着这种姿态,将批评界的各种"主义"和"流派"相对化,不承认任何成体系的、易于复制传播的批评方法论,无论是左翼的、自然主义的还是新感觉派的。在1934年的《文学界的混乱》一文中,他再次指出,日本批评界看上去混乱,是由于批评家们各自借来某种"批评原理"而混战,却没人真正意识到"批评的困难"。[①]

那么,何为"批评的困难"?在同一篇文章中小林秀雄展示了他自己的批评史观。他认为在西方近代以前,支配文艺批评的是亚里士多德《诗学》的原理,直到近代浪漫主义兴起,才给批评注入了相对主义思想,而近代批评自诞生之初,便存在两种分裂对峙的倾向,一方面崇尚个性的自由创造,一方面又试图用"科学"解开一切谜题。小林秀雄将圣伯夫(Charles-Augustin Sainte-Beuve,1804—1869)视为近代批评的起点,把近代批评的根本问题归结为"圣伯夫的苦恼":批评的主观倾向和客观倾向之间的矛盾和悖论。然而,他指出,在日本还很少有人理解这种批评精神的苦痛;某些"科学"的批评方法在引入日本后倒是反响热烈,但真正的成果甚少。在1935年的连载《关于文艺时评》中他再次谈起圣伯夫及其后的法朗士(Anatole France,1844—1924)、勒麦特(Jules Lemaître,1853—1914)、古尔蒙(Remy de Gourmont,1858—1915)等法国批评家,称自己的文艺批评方法完全受教于他们,而"不曾得到本国前辈批评家们一言半句的教导"。文中也再次提到"圣伯夫的苦恼",即批评的"科学方法和创造性方法之间的矛盾",小林认为,尽管法国批评家们都没能从理论上解决此问题,但他们批评精神的实践是鲜活的,在写作实践中达成了

[①] 小林秀雄:「文学界の混乱」,「小林秀雄全作品」3,新潮社,2003年。

矛盾的调和,即"讲述自己的真情便能通向客观的批评"。在小林看来,法国存在批评生长的"沃土",在那里"文学活动本身就成为批评的别名",那里"没有只会创作而不会批评的作家,也没有只会批评而不会自我告白的批评家"。①

换言之,在小林秀雄的理想中,"创作""批评"和"自我告白"应该具有同一性。这也正是他在《种种意匠》中就确立的批评观:批评的对象既是他人又是自己,批评与自我意识不可区分,批评说到底就是"怀疑地讲述自己的梦"。因此,他拒绝简单地信奉"科学"的批评方法,而是旗帜鲜明地为"印象批评"正名,相信批评只有深入自我,才能打通主观与客观。

这样一种批评意识,或许也注定了小林秀雄的批评在同时代的中国难以引起反响。对20世纪20年代至30年代前期的中国文艺批评来说,日本文坛所提供的最重要的资源或许还是左翼的文艺思想,或者不如说是经由日本中介、转化后的苏俄文艺理论,它们更符合主流的批评界对批评的客观性、社会性和科学性的追求。不过,中国文人中也不是没有人像小林秀雄一样从法国文艺批评传统汲取资源,或者提倡主观的、印象的批评。

例如,1924年创造社的成仿吾和郑伯奇在《创造季刊》上呼吁建设新的文学批评时,都提及了法国的印象批评传统,郑伯奇《批评之拥护》还对法国批评史有一个整体的叙述。郑伯奇认为:近代文艺批评从圣伯夫才真正开始,他既有"利用科学"的一面,又有"尊重印象"的一面;但后来到了"科学万能,自然主义全盛的时代",科学方法在文艺批评中所占的地位愈发重要,于是出现了丹纳(Hippolyte Adolphe Taine,1828—1893)和布吕纳介(Ferdinand Brunetière,1849—1906)的文学史,而关于圣伯夫,人们只记得他的"科学",忘了他"尊重印象"的一面;直到自然主义衰落,人本主义和自我崇拜兴起,才出现了法朗士和勒麦特等批评家,对布吕纳介的批评方法揭起叛旗,开创了印象批评一派。郑伯奇一方面高度肯定法国印象批评的成就,赞同他们对丹纳、布吕纳介的"科学"方法的异议,认为后者往往意见先行,"把批评当作科学或历史","跑出了艺术的宫殿",但另一方面也指出印象批评过于倚重"直感",缺乏"分析和综合的理智"。简而言之,与小林秀雄相似,郑伯奇也将圣伯夫作为近代批评的开端,并

---

① 小林秀雄:「文藝時評について」,『小林秀雄全作品』3,新潮社,2003年。

指出了近代批评中的基本矛盾,即主观(印象)与客观(科学)之争。尽管郑伯奇的结论趋于调和二者,带有"中庸"的色彩,但总体上他还是更强调批评"主观"的一面,他主张批评要与文学史分开,真正的批评家应当是一个创造者。与强调批评的"判断"(鉴别良莠)的功能的成仿吾不同,他认为批评家不是"艺术审判厅"的法官,而需要体会"创造者的痛苦和快乐","努力与作者的精神合为一体","主观客观努力向浑一的方向做去"。①

另一个注意到法国批评传统中的科学与印象之争的中国批评家是李健吾。他在1937年的《自我与风格》②一文中也提到了布吕纳介("布雷地耶")与法朗士、勒麦特之争,不过他更加坚定地站在印象主义一边,嘲笑布吕纳介那种以全套文学史、美学系统和伦理学系统为依据的批评,赞成法朗士的批评观:好的批评家应当"叙述他的灵魂在杰作间的奇遇"。而与郑伯奇相比,李健吾的特点在于进一步提出了"自我"的问题。他主张,批评如果有标准,这标准只能是此"自我",也只有以"自我"作为批评的根据,才能实现"批评的独立"。独立的批评是"一种艺术",是"表现"。而"证明我之所以为我的",正是批评家的"风格"。这种批评意识也确实贯彻于李健吾的写作实践中,使他成为中国现代文学批评史上罕有的印象主义批评大家。李健吾与小林秀雄的共通之处在于把对"自我"的执着作为批评之独立的根基。但是在李健吾这里,主观的批评似乎没有与客观/科学之间的紧张关系。他致力于艺术世界的个性化探索,而没有直接与试图获得"客观""科学"地位的批评体系发生正面冲突。而小林秀雄的特点则在于他不只是以"印象"与"科学"对峙,还试图对批评的"科学"本身加以解构。

有研究者指出,布吕纳介与法朗士的科学与印象之争"表面上看起来是理性主义与感觉主义的对立,其实它掩盖了文学批评在科学大行其道时文学自身的危机",而"这种危机意识在二十年代的中国没有生长的现实土壤",因为科学对大多数人来说是时代精神。③ 其实,在同时代的日

---

① 郑伯奇:《批评之拥护》,《创造季刊》,第2卷第2期。
② 李健吾:《李健吾文学评论选》,银川:宁夏人民出版社,1983年。原载《大公报》(上海版、天津版)1937年4月25日。
③ 鲍叶宁:《要不要布吕纳介?——由法国文学批评引发的一场中国现代文学批评之争》,《法国研究》,2019年第3期。

本文艺界,"科学"同样也是一大趋势,对"科学"的欲望为互相竞争的无产阶级文艺和新感觉派所共有。而小林秀雄的批评也是在这种环境中起步的,他的"自我意识"批评正是在与"科学"的紧张关系中绽放出独异的光彩。

批评中的"科学",在19世纪的法国或许主要与历史主义、实证主义有关,但在20世纪20至30年代的日本,它尤其意味着马克思主义的问题。丸山真男在《近代日本的思想与文学》一文中指出,马克思主义的"科学"的文学批评在日本是前所未有的现象,带来了极大冲击,因为马克思主义是一整套世界观,并且包含实践的伦理,所以比以往的"科学""实证"技术更深地动摇了日本文学的自律性,当时很多作家将马克思主义笼统地当作理性主义、逻辑主义的代名词。① 小林秀雄在《私小说论》等文章中也充分肯定了马克思主义对日本文学的意义,认为它第一次给日本文学带来了真正有逻辑结构的思想,带来了超出文学技法层面的绝对性、普遍性的事物。在小林看来,日本文学传统一直缺乏将个人放在与社会的对立关系中来把握的思想,即缺乏"社会化的我",而马克思主义的输入带来了文学的社会化(也是与社会对决)的契机。

但是,小林对于无产阶级文学理论也提出了尖锐的批评。其中首要的一点,就是他认为左翼文人并没有真正将他们信奉的思想内在化、肉体化。在《种种意匠》中,他强调文学中的意识形态本身并不能打动人,如果一部无产阶级文学作品具有打动人心的力量,那是因为其中的意识形态被作者的血液染上了色彩。重要的是思想观念有没有结合作者的血肉,作品是不是从他的宿命出发。"宿命"是这篇文章提出的一个著名的关键词。小林秀雄指出,"人抱着各种各样的可能性生到世上来……然而他没有成为他以外的任何人",在"环境创造人,人也创造环境"的过程中,每个人都成为独特的存在,拥有他唯一的宿命。有学者认为这里的"宿命"原理来自瓦莱里和柏格森,背后有一种对纯粹自我的想象。② 但值得注意的是,小林秀雄在文中还明确地援引马克思《德意志意识形态》,来支撑自

---

① 丸山真男:「近代日本の思想と文学——一つのケース・スタディとして—」,『丸山真男集』第8卷。
② 清水孝純:「小林秀雄の人と作品」,『鑑賞 日本現代文学・第16卷 小林秀雄』,角川書店,1981年。

己的见解：

> 大概一切观念形态的基础，都绝不在人的意识之中。就像马克思说的，"意识就是被意识到的存在，不可能是别的任何东西"。某个人的观念形态，总是关系到那个人全部的存在。关系到那个人的宿命。

从这种"宿命"论出发，小林秀雄反驳了左翼的"目的意识论"。理解马克思主义的革命学说是一回事，但把这种学说肉体化，变成自己的"宿命"，是另一回事，关乎一个人的全部存在。创作是如此，批评亦然。在《关于文艺时评》中小林秀雄指出，一个批评家的思想，如果不看其作品都能知道，则不配称为思想。他强调批评者不能做"方法的奴隶"，要亲身实践、检验其思想，这才是批评精神。总的看来，小林对日本无产阶级文学和批评的观念化倾向的指摘是尖锐的，后来日本大批左翼文人的"转向"也佐证了这一观点。

小林秀雄还从另一个角度发起了对马克思主义的批评"科学"的挑战，这就是"语言"和"商品"的维度。相比于同时代的批评家，小林的前卫性在于率先强调语言的物质性。《种种意匠》中认为语言自身有一种"魔术"的结构，人使用语言，同时也被语言的魔术所支配。换言之，语言不是一种透明的、可以任意支配的工具。虽然语言作为社会实践的基本工具，也具有公共的、透明的一面，可以指示概念和对象，但在小林看来，对文学来说更重要的是语言中不能化约为公共性的一面。同时，他又指出了语言的商品性。一切由语言建构起来的意识形态，本身都有成为商品的可能。"当马克思主义作为一种意匠横行于人的脑中的时候，它本身也是一种真真正正的商品。"

由此我们大致可以看出，小林秀雄是如何对抗"科学"的批评的。正如《种种意匠》开篇所言，他擅长"从背后进攻"的策略：通过对马克思的个人化解读，他从内侧解构了无产阶级文学的"科学"理论的权威，将其还原为众多"意匠"中的一种。这样一种针对马克思主义的竞争意识，在当时其实是颇为普遍的，例如新感觉派的横光利一等人在面对左翼的唯物论时也试图提出更"唯物"、更"科学"的文学观。在新感觉派和无产阶级文学的形式主义论争中，双方都援引普列汉诺夫的"存在决定意识"这一观点，藏原惟人说的"存在"指"社会的物质生活"，而中河与一则故意扭转这一概念,说"存在"就是艺术的"形式"。① 可见,通过对马克思主义哲学理论文本的多样化解读(乃至"误读")来反驳日本的左翼文学,在当时是一种并不罕见的策略。而小林秀雄的特点,一方面在于他确立了以"自我意识"为轴的高度复杂化的主观批评,从而也给马克思主义文艺批评的"客观"打上了引号,另一方面就在于他对语言的认识的先锋性。

大约从20世纪70年代开始,伴随着日本学界的"语言学转向",一些学者(如龟井秀雄)开始重新评价小林秀雄的语言论,同时,小林对马克思文本的解读也受到推崇,被认为是超越于当时的左翼文学之上。然而,这种再评价是否也存在过度阐释的可能?

在《阿基里斯与龟之子4》中小秀雄林声称,马克思克服了经济学上的物自体概念(内在于商品的价值),凸显商品的社会关系,将商品由一个实体概念还原为机能概念;而语言也是一种商品,人类的精神受其蒙蔽已久,只有大作家才对语言和精神的关系具有强烈的意识,他们剥去语言的约定俗成的外衣,洞察其赤裸的形体。② 小林认为由此可以预想一种"绝对语言"的观念。在这里,他虽然做出引申马克思的姿态,实际上却是把语言的价值从社会关系剥离,想象一种独立于社会交往的更本质的内在活动。

与此类似,小林虽然援引《德意志意识形态》来谈论"宿命",但与其说他强调社会关系对自我意识的规定,毋宁说他强调的恰恰是不需要在自我意识之外寻找社会关系。《种种意匠》中说"时代意识"和"自我意识"其实是一回事。在《阿基里斯与龟之子2》中他也写道,不必多谈社会,因为"社会就是你眼前活的现实"。换言之,在根本上,小林不相信社会是需要某种"科学的方法"去把握的,他倾向于用自己的生活体验来把握整个社会,这也注定了他视野的局限性。即便是高度评价小林对马克思的解读的龟井秀雄,也指出他从不追问"使他自己成为批评家的社会"是如何形成的。因此,到了战争期间小林仍然坚持只看"眼前活的现实",结果在大众对战争的默认之中发现了"国民的智慧"。

---

① 参见野村幸一郎:「小林秀雄 初期批評と形式主義論争」,『京都橘女子大学研究紀要』(30),2004年。
② 小林秀雄:「アシルと亀の子IV」,『小林秀雄全作品』1,新潮社,2003年。

小林秀雄的写作，或许可以视为近代批评的"主观"与"客观"之争在日本的独特变奏。他的"主观"批评正是在与"客观"的、"科学"化的马克思主义批评的紧张关系之中生成的，而在日本的左翼运动全面崩溃之后（亦即所谓30年代的"文艺复兴"期），这种紧张关系消失了，"主观"的批评表面上获得了更大的空间，实际上却陷入更深的困境。这一时期中野重治和户坂润都曾批判过小林秀雄的文学观念，认为其中包含着通向法西斯主义的非理性特征。丸山真男认为，在近代日本文学中，马克思主义的"政治"作为一种具有逻辑结构、科学意识的思想，与文学对决，由此产生了"政治和文学"的命题，"文艺复兴期"正意味着此前被"科学""理性"所压抑的"人"因素的反拨，然而这批文人对马克思主义的"政治"的反对，导致他们在另一种政治——非理性的政治——面前，丧失了批判的原理。丸山真男并未简单地把小林秀雄视为非理性主义者。在丸山看来，把科学与艺术的世界视为二元对立的倾向（认为前者是普遍的、合法则的、概念的，后者是直观的，个体，非理性的），不仅制约了日本的马克思主义者，也制约了日本的"文学主义"者，而小林秀雄本来肩负着瓦解这种"理性体系的拜物教"的任务，但他未能完成。①

小林秀雄的批评确实内在地包含着对近代"理性"的怀疑。因此，在战后日本他也常常被列入"反近代"的批评谱系，例如在《现代日本思想大系》第32卷《反近代的思想》（1965）中占比重最大的便是小林的文章。这里的"反近代"意味着对近代的"超越"和"克服"。柄谷行人在其早期（70年代初）的一些文章中，也认为小林秀雄发现了超越近代理性/个人自我意识之上的存在，这就是他在战争期间谈论的"自然""历史"以及"民众"。小林秀雄的"主观"批评最终在这类大他者之中发现了主客浑一的契机。然而这种"反近代"的批评总是潜藏着陷阱，最终往往被证明只是"近代"的另一侧面，特别是仍然困在近代的民族国家制度之中，通向对民族（nation）的美学化。

从70年代末开始，随着后结构主义理论的兴起，柄谷行人、莲实重彦等新一代批评家纷纷向小林秀雄告别。不过，小林的批评所涉及的种种问题还远未完结。柄谷行人在《近代日本的批评》文库本序言中再次提起

---

① 丸山真男：「近代日本の思想と文学——一つのケース・スタディとして—」,「丸山真男集」第8卷。

小林秀雄,认为从他开始,日本的文艺批评中才有了康德意义上的"批评"(Kritik)。(有趣的是,1922年郑伯奇在《批评的拥护》中也曾经将康德的"批评哲学"视为近代"批评精神"的一个象征,认为文艺上的近代批评与此同出一源。)柄谷行人认为真正的"批评"应当是康德式的:质询自身的立场,思考"普遍性"何以可能。批评如何从自我走向普遍,这的确是小林秀雄思考过的难题。他似乎并未给出令人满意的答复,不过圆满的答案可能本来就不存在。批评的魅力,或许也正在于这种永远的未完成性。

日本近代文学的先锋性探索
——横光利一的文论与其文学实践

高维宏

在讨论1930年代横光利一的文论与小说之前,有必要先说明1930年代初期日本的文学场域。日本自1928年"三一五"事件后左翼运动转趋地下化,到了30年代原先在日本文坛具深刻影响力的普罗文学已逐渐式微。1933年至1934年间,舟桥圣一、阿部知二、小松清、春山行夫等人引介法国文艺界反法西斯的思潮,在日本提倡文艺复兴、行动主义文学的主张,青野季吉、大森义太郎等论者也撰文响应,一时之间颇蔚为风尚,也代表着日本文坛对于日本崛起的法西斯主义的抵抗。横光利一的《纯粹小说论》就是在这样的背景下展开自身对于文艺理论的探索,其中"纯粹小说"一词,首先要回应的是无产阶级文学所留下的课题。

关于1930年代以前的无产阶级文学派以及艺术派的分歧,王中忱提到芥川龙之介曾属意横光利一以及中野重治继承自身衣钵,不同于中野重治的"拒绝",横光利一则是听从芥川所言来到上海,并创作《上海》这一长篇小说,作为横光利一从无产阶级文学的观念中"突围"的尝试。在王中忱论述的基础上,需要进一步说明芥川"传承衣钵"的象征性事件所开展的是日本文坛的两种"近代文学"的主张,两者之间的分歧主要围绕在如何看待文学的"真实"问题。

大多普罗文学作家运用的"现实主义"秉持一种写作的伦理——文学必须反映"真实"。若仅就此而言,"无产阶级文学"与"私小说"存在着类似的"真实"观,不过私小说偏重的是个人的内面世界,而写实主义所要反映的则是外界、特别是劳动阶级的生存情境,这也是现实主义的写作原则。与之相较,横光利一的《纯粹小说论》则是批评纯文学"遗忘了最重要的可能世界的创造",只留下了"日记随笔的文体"。虽然与普罗作家同样批评纯文学,但是横光所认同的并非是现实主义的原则,例如横光认为对于纯文学的反省却时常"陷入了只是事实报告的现实主义的错觉"。《纯粹小说论》中,横光系统地阐明了不同于现实主义的另一种突破私小说的写作方式,对此提出"纯粹小说"的概念,解释纯粹小说是"在任何人都还未规划的自由的天地之中赋予现实感",也就是指不受现实主义的伦理观所束缚,纯粹为小说的小说。在西方文论中与之较接近的对应概念则是"虚构文学"(fiction)。横光的《纯粹小说论》则具有日本文学史的意识,他认为"纯粹小说"需要承继的是过往"物语文学"的精神。

与"物语文学"相对的是,横光认为日本纯文学承继自日本传统"日记文学的文体",不过需要说明的是,日本传统的日记文学到了近代已发生了"视角"的转换。柄谷行人认为日本近代文学起源于:运用"透视法"所发现的相异于过往"文学风景"以外的真实风景。在古典式的"文学风景"之中,风景并非实际外物,而是来自过去文本的语意系统中的文学风景。然而近代文学运用透视法所创作的私小说,反映出的却是个人与社会之间的裂痕。于是无论是普罗作家从反省"内面真实"到追求如马克思、卢卡奇所说的"整体论"意义的"真实",或是横光利一索性摆脱"真实"的束缚,追求"虚构文学"式的"纯粹小说",都是在"纯文学"的基础上进行崭新的文学形式与伦理的探索。为了探明横光利一的"虚构文学"观,有必要简要地进行日本近代文学脉络以及横光利一自身理论的溯源。

文学形式论的探索:从"私小说"到"虚构文学"

柄谷行人提及日本近代文学起源于近代焦点透视法的描写方式,其中具代表的文学形式就是"写生文"的描写方式,追求以透视法描写风景,理想是作到文如绘画、力求"真实",代表者如正冈子规的《杜鹃》杂志群体,夏目漱石的《我是猫》亦被认为是其中代表作。虽然写生文曾蔚为风潮,不过日本近代文学的后续开展却是来自对透视法原则的"反叛"。夏目漱石曾反省写生文的形式,关于"真实"与"虚构"的创造何种为重,夏目漱石于「文章一口話」中明确以"创造"为优先,认为作家可以使用虚构的方式创作小说。芥川龙之介延续此一创作路径,早期所写的多是以日本或中国的古代为背景的虚构小说。与之呼应的是,横光利一也早在1924年时已经探讨"虚构"的课题,表示未来文学所要朝向的是非真实的虚构性:

> 未来的我们的文学,明显无疑地会朝向表现的夸张进展。于是现今时代所最要求的事物是,夸张的。胁迫的。热情的。非真实的。……已经不能再把真实抬得比什么事物都要来得高。这个时代早就已经厌烦真实了。这是因为已经吸收了自然主义过多的苦涩的真实,其庞大的身躯已经倒下,已经不能再与非真实的美味相提并论了。①

不过此时横光主要是从读者接受角度主张虚构的重要性,既未能辩证地讨论虚构与真实的关系,也还未能从理论层面否定现实主义文学追求真实的正当性。因此被认为是艺术派代表的芥川龙之介自杀过世后,日本文坛的马克思主义文艺思潮给予横光利一深重的压力,对此王中忱藉由赵梦云所用的"逃避之行"以及横光的自述说明横光此时的精神危机:

> 对于横光利一来说,当时最大的噪音和压力,主要来自日本的马克思主义思潮和无产阶级文学运动。"《上海》确实是一大转机。那时侯,朋友们都左倾了……如果不去上海,我想我也可能会转向左倾的"。正是在这样的意义上曾有论者把横光此次上海之旅称为"逃避之行"。②

这一次的"逃避之行"的其中一个刺激是促使横光更深入反省文学形式问题。当他自上海归来后谈到日本近代文学的形式探索应追溯至夏目漱石,但是同时横光也表示了对夏目漱石形式观的批判:

> 知道所谓的形式就是一切的批评家,在日本几乎可说只有夏目漱石一人也不为过。不过夏目漱石的形式论,考虑的是作家与作品之间的连接,这已经有些陈腐了。③

从此可见虽然两人都认同文学的"非真实",但是两者的形式论仍然存在差异。差别在于夏目漱石虽然主张文学不一定要符合现实,但作家仍然追求作品的"写作的真实",作家个人与作品之间仍是紧密连接的。与之相较,1934 年时横光谈到作家追求的是"写作的虚构":

> 我觉得作家这种人是无论如何都要有毫不在意说谎的觉悟或是

---

① 横光利一:「默示のページ」,『定本 横光利一全集』第十四卷,河出书房新社,1982 年,第 16 页。
② 王中忱:《日本新感觉派文学:在殖民地都市里的转向——论横光利一的〈上海〉》,见《区域》第一辑,北京:清华大学出版社,2011 年,第 214 页。
③ 横光利一:「文芸時評二」,『定本 横光利一全集』第十三卷,河出书房新社,1982 年,第 153 页。

度量。是为了学习如何虚构才成为作家的。若是无法说谎,不免陷入"悲剧的哲学"。若是无法写作谎言那么就会什么也做不了。总之,比起自然,我认为虚构才是正确的。①

此时的横光已明确地否定了作家个人与作品之间的连结,在横光看来作品不必然是作家自身的经验。研究者金桢薰将夏目漱石与横光利一的文学观分别表述为追求"真实的文学"(真实の文学)与"虚构的文学"(嘘の文学)。② "真实的文学"仍以"现实"为写作目的,至于"虚构的文学"的写作方式,可以参考横光1928年的另一篇文论:

称为"像说话那样书写"的描写方法,是取代砚友社抬头的自然主义的作风。……然而,文艺时代派的表现态度却并非"像说话那样书写",而是从练习"像书写那样书写"而开始的。③

"像说话那样书写"(話すやうに書く)即日本言文一致运动以来的主张,接近于我国的白话文运动。與之相较,横光所说的"像书写那样书写"(書くやうに書く)则是主张要去追求"书写形式"自身的规则④,這可能容易被误解为"为艺术而艺术"、"为形式而形式"的艺术派理论,为了更准确地理解"像书写那样书写",需要进一步说明横光利一与马克思主义交锋后所形成的"文学的唯物论"。

马克思主义与横光利一的文学唯物论

横光认为支配"书写规则"的既非作者也非过去的文本,他引用苏联形式主义理论家什克洛夫斯基的理论主张以"经济学"的方法规定文艺的形式,⑤《上海》即为这种创作观的代表作,在《上海》中各国资本之间的角力,各个不同场域位置的个人在网络之间的互动构成了《上海》空间,小说

---

① 此处的"悲剧的哲学"指的是苏联哲学家的代表作《悲剧的哲学》,本书藉由杜斯托也夫斯基与尼采,解构理性中心主义以及传统形上学的神话。
② 金桢薰:「横光利一の文学形式としての「嘘」」,『比較文学』,2003年45卷,第40页。
③ 横光利一:「文芸時評三」,『定本 横光利一全集』第十三卷,第159~160页。
④ 这种规则可能有许多歧义性的理解,像是当代符号学领域的"文本间性"(intertextuality)认为任何文本都与前文本存在关系。或是古典文学之中各个文学作品对于典故以及既有的修辞形式的援用,都是属于探讨或运用书写形式自身的规则。
⑤ 横光利一:「文芸時評二」,『定本 横光利一全集』第十三卷,第154页。

中着重描写网络之间流通的"物质性"。但是横光又一再提示《上海》是虚构的空间"上海",对此王中忱曾梳理《上海》书名从《一个唯物论者》到改为《上海》的经过,以及揭示了横光利一是从"上海"到了《上海》。这种"异化"之所以得以成立的基础在于"像书写那样书写"的小说创作方法,它也成为横光利一用以抗衡日本普罗文学所选择的文艺形式。

以经济学方法探究文艺形式的物质性,这容易被认为是把本应属于第一义的物质基础透过第二义的文艺形式加以表现,违背了马克思主义。但其实在马克思、恩格斯的《资本论》论述商品交换过程时,已谈到货币的"魔术"使得基础的"生产关系"变为透过"商品形式"表现:

> 一种商品成为货币,似乎不是因为其他商品都通过它来表现自己的价值,相反,似乎因为这种商品是货币,其他商品才都通过它来表现自己的价值。中介运动在它本身的结果中消失了,而且没有留下任何痕迹。……货币的魔术就是由此而来的。人们在自己的社会生产过程中的单纯原子般的关系,从而,人们自己的生产关系的不受他们控制和不以他们有意识的个人活动为转移的物的形式,首先就是通过他们的劳动产品普遍采取商品形式这一点而表现出来。[1]

马克思所说的"魔法"指的是"商品形式"透过"货币"异化了原本的"社会生产过程",因此马克思在之后的"货币或商品流通"的章节通过研究"商品形式"还原"社会生产过程"。这与横光以经济学规定文艺形式的观点,和《上海》中分析"货币或商品流通"的写作方式存在着巧妙的呼应。事实上横光利一的文学观也与同时期日本普罗文学作家存在理论的共通处,小林多喜二也曾于《关于"机械的阶级性"》引用上述《资本论》的"魔术性"谈到资本主义社会的"魔术"所造成的异化。对于本质与现象不一致的现象以及文艺创作形式的关注,在这点上艺术派的横光利一与普罗作家小林多喜二达成了一致,但是他们的形式研究背后则抱持着不同的认识论以及写作目的。

小林多喜二批判当时日本"关于机械的浪漫主义",认为他们没看见机械的"阶级性",因此其"唯物论不彻底",此处小林是从"无产阶级·现实主义"的认识角度研究现实主义的文学形式。与之相较,横光利一则未

---

[1] 马克思、恩格斯著:《资本论》第一卷,《马克思恩格斯全集》第23卷,北京:人民出版社,1972年,第111页。

信仰社会主义预言以及无产阶级专政,在横光利一看来,小林所说的这种现实主义同样是一种"浪漫主义",其"唯物论"同样不彻底。不只是批判小林所批判的"关于机械的浪漫主义",横光同样批判小林这种对机械生产力的无产阶级理想,认为两者都属于"浪漫主义"。对此横光提到:"我们若一开始就站在了浪漫主义的立场,认为小说不是可能世界的创造的话,纯粹小说也是不可得的"。为说明纯粹小说内涵,有必要梳理其第四人称的理论。

关于"第四人称"的创作论

柄谷行人于"风景的发现"以及"内面的发现"两章讨论的文本,运用的多是第一人称或是第三人称的叙述视角,这两种人称的运用都默认了"透视法"的原则,也就是认为存在一种去身体性的理性观察世界的客观主体,这也是西方"理性中心主义"的前提。横光利一的"第四人称"理论则认为这些前提是可疑的,他强调"要表现正支配人们内面的强力自意识的情况",指出此时自意识所带来的不安精神"使至今为止的心理崩解,道德崩解,理智毁坏,感情扭曲"。在透视法之中自意识的问题被忽略,横光的"第四人称"则要重新把自意识作为问题并加以深究。对此横光利一所采取的创作方法并非是日后现代主义文学精神分析式的心理探索,横光批评日本纯文学是一种"以为只有自身在考虑事情并生活的小说"。对此横光则是把拥有不同的自意识的个人放入至某一特定"空间",描述他们在特定空间之中的人际网络互动,这种创作观的成果就是《寝园》、《机械》等小说。

虽然横光这种小说空间的安排以及自意识之间的碰撞,并未明显异于《工厂党支部》《蟹工船》等小说,但是两者对于"力"或是"暴力"的看法可谓南辕北辙。不同于小林多喜二的这些小说中工人使用暴力是为了挣脱自身的锁链,是为了无产阶级革命的理想。在横光的文本之中的暴力却是无序的,甚至大多带来破灭的结果,例如《寝园》末尾的枪击事故以及《机械》末尾的服毒事故。这些情节的安排,暗藏的是横光的怀疑主义的倾向。要言之,横光虽然解构了无产阶级革命理想的非历史性,但是他也同样是把小说中特定"空间"理解为更广泛的社会境况,同样具有非历史的色彩。最重要的是他的文学也未能如普罗文学那般给予人一种新的理想,这些或许都是横光最后倾向于国粹主义的原因。

余　话

　　1934年横光所提出的《纯粹小说论》同时质疑了纯文学与普罗文学的创作理念,然而因为历史的因素,日本普罗文学阵营已经无法直接回应横光所提出的挑战,这点无论是对普罗文学阵营或是横光利一而言都可谓为憾事。虽然横光利一并未认同社会主义的政治理想,不过横光利一的小说创作理论与马克思主义形式理论之间的同构性,以及"唯物论"的运用,都可以看出横光利一是在与马克思主义的"搏斗"之中砥砺出自己的思想的。加藤周一曾在《日本文学史序说》中谈论1900世代时提到:"对当时的任何一个青年来说,不通过与马克思主义的较量,而要形成知性的自己是困难的。"虽然横光利一的"唯物论"主要是从经济史观的角度把握马克思主义,未能接受马克思关于未来社会发展的理论,并且在日后走向了国粹主义。不过横光的思想历程也侧面反映了日本左翼运动主要仅停留于日本知识圈的困境。今日重读横光利一,不仅可以重探当时日本知识圈内围绕马克思主义理论以至于信仰的交锋,更可以藉由横光利一对普罗文学的创作理念所提出的挑战,对马克思主义的文艺形式进行更深入的探索。

译文底本及译者简表

前島密　漢字御廃止之議
初刊：本文原为1866年前岛密呈交幕府将军德川庆喜的奏疏
底本：『国字国文改良建議書』，前島密著，小西信八編，1899年
翻译、题解：高华鑫

西周　洋字ヲ以テ國語ヲ書スルノ論
初刊：『明六雑誌』第1号，1874年4月
底本：『西周全集』第2巻，久保利謙編，宗高書房，1961年
翻译：路士贤译　译文校订、题解：仓重拓

中村正直　漢学不可廃論
初刊：『敬宇中村先生演説集』，木平譲編，松井忠兵衛出版，1888年
底本：同上
翻译、题解：高华鑫

山田美妙　言文一致論概略
初刊：『学海之指針』第8・9号，1888年2・3月
底本：『山田美妙集』第9巻，臨川書店，2014年
翻译、题解：韩筱雅

坪内逍遥　文體の紛亂・文體の成り行き
初刊：『早稲田文学』第1期第1号，1891年10月
底本：『逍遥選集・別冊三』，逍遥協会編，第一書房，1977年
翻译：陆健欢　译文校订、题解：仓重拓

森鴎外　言文論
初刊：『しがらみ草紙』，1890年4月

底本：『鴎外全集』第 2 卷，鴎外全集刊行会，1924 年
翻译：仓重拓 熊鹰　题解：熊鹰

上田萬年　國語と國家と
初刊：『国语のため』，上田萬年著，富山房，1895 年
底本：同上
翻译、题解：高维宏

高山樗牛　明治の小説
初刊：『太陽』，1897 年 6 月号
底本：『改訂注釈樗牛全集』第二卷，姉崎正治、笹川種郎共編，博文館，1926 年
翻译、题解：周颖

夏目漱石　『文学論』序
初刊：『文学論』，大倉書店，1907 年
底本：『漱石全集』，岩波書店，1995 年
翻译：林少阳　题解：高华鑫

夏目漱石　私の個人主義
初刊：『孤蝶馬場勝弥氏立候補後援 現代文集』，実業之世界社，1915 年
底本：同上
翻译、题解：高华鑫

石川啄木　時代閉塞の現状
初刊：『啄木遺稿』，東雲堂書店，1913 年
底本：『日本近代文学大系 23 石川啄木集』，角川書店，1969 年
翻译：葛藤　题解：高华鑫

武者小路実篤　自己の爲の藝術
初刊：『白樺』，1911 年 11 月号

底本：『文学に志す人に』，改造社，1926年
翻译、题解：阮芸妍

芥川龍之介　文藝的な、余りに文藝的な
初刊：『改造』，1927年4月—7月号
底本：『芥川龍之介全集』第9巻，岩波書店，1978年
翻译、题解：高华鑫

千葉亀雄　新感覚派の誕生
初刊：『世紀』，1924年11月
底本：『現代日本文学論争史』上巻，平野謙［他］編，未來社，2006年
翻译、题解：田笑萌

村山知義　構成派批判
初刊：『みつゑ』，1924年第7号・第9号
底本：『現在の芸術と未来の芸術』（複刻），村山知義著，本の泉社，2002年
翻译、题解：栗诗涵

村山知義　プロレタリア・テーマ美術について
初刊：『戦旗』，1928年11月号
底本：『プロレタリア美術のために』，村山知義著，アトリエ社，1930年
翻译、题解：栗诗涵

村山知義　最近の藝術に於ける機械美
初刊：『中央公論』，1929年2月号
底本：『美術批評家著作選集』第14巻，五十殿利治監修，ゆまに書房，2011年
翻译、题解：栗诗涵

青野季吉　自然生長と目的意識・自然生長と目的意識再論
初刊:『文藝戦線』,1926年9月号・1927年1月号
底本:同上
翻译、题解:阮芸妍

林房雄　テーゼに関する誤解について―鹿地君に答える―
初刊:『文藝戦線』,1927年3月号
底本:『現代日本文学論争史』上巻,平野謙[他]編,未來社,2006年
翻译、题解:阮芸妍

蔵原惟人　プロレタリア文学・レアリズムへの道
初刊:『戦旗』,1928年5月号
底本:『芸術論』,蔵原惟人著,中央公論社,1932年
翻译、题解:阮芸妍

宮本顕治　「敗北」の文学―芥川龍之介氏の文学について―
初刊:『改造』,1929年9月号
底本:『現代日本文学大系(54):片上伸 平林初之輔 青野季吉 宮本顕治 蔵原惟人集』,筑摩書房,1979年
翻译:藤村裕一郎　译文校订、题解:阮芸妍

小林秀雄　様々なる意匠
初刊:『改造』,1929年9月号
底本:『小林秀雄全作品』第1巻,新潮社,2002年
翻译、题解:高华鑫

小林多喜二　「機械の階級性」について
初刊:『新機械派』第1号,1930年3月
底本:『定本 小林多喜二全集』第9巻,新日本出版社,1968年
翻译、题解:栗诗涵

横光利一　純粋小説論

初刊:『改造』,1935 年 4 月号

底本:『覚書』,横光利一著,沙羅書店,1935 年

翻译、题解:高维宏

中野重治　文學における新官僚主義

初刊:『新潮』,1937 年 3 月号

底本:『中野重治全集』,第 8 卷,筑摩書房,1960 年

翻译、题解:马维洁

后　　记

　　本书是王中忱老师主持的清华大学教学改革项目"构建开放型与持续型课堂的实验：日本现代主义文学专题研究"的成果。这一项目启动于2019年6月，不过对读本中各篇文献的讨论和翻译工作在此之前便已开始了。2017年至2018年，王老师在清华先后开设了"日本现代主义文学专题研究"和"中日近现代文学比较研究"课程，在教学中尝试通过师生合作建立一种开放式课堂，在重读日本现代文学的重要理论性文本的同时，对这些文本进行编选和翻译，形成一本面向国内读者的日本文学理论与批评读本。因此，最初参与本书编写工作的大多是我们这些王老师指导的博士生，后来又有其他几位校内外的老师和同学相继加入，在大家的交流与合作下，书的内容也不断扩充，最终形成了现在的面貌。目前，国内对日本文学中这一类思想性、批评性文本的译介还比较有限，既有的介绍也往往是作为以小说为主轴的文学史的补充，按照传统的文学史分期、文学思潮流派来归纳。本书则在参考近年来中日学界研究现状的基础上，尝试从一些新的视角、更有针对性的问题意识出发，引导读者阅读一批具有代表性的文本。

　　本书中有一些文章是我们在2017年秋季的课上开始讨论和翻译的，包括高山樗牛、夏目漱石、村山知义、青野季吉、小林秀雄和横光利一的几篇文章。王老师选择的这些文本既有很强的代表性，又往往是国内日本文学教学所不甚注意的。其中昭和初期的文章所占比例较高，则是因为几位同学所从事的研究多与这一时期关系密切。课上大多数时候是由一位同学朗读原文和自己的译文，然后老师和其他同学就译文提出问题，展开讨论。这样逐字逐句地推敲翻译问题，很花时间，经常会出现只安排了一节课时间的文本，花了两周还没讨论完的情况。如此共同打磨译文，实在是很难得的体验，常把各人自己翻译时未曾注意的一些问题暴露出来，从而使我们对所译文章的语词、文体和思想逻辑有了更深的理解。比如经过高山樗牛《明治的小说》的磨炼，大家便对明治时期的文言体文章的语言模式多了几分把握；而通过对横光利一《纯粹小说论》的讨论，我们了解了诸如"第四人称""纯粹小说"等费解的特定概念背后的文坛脉络。同时,大家对翻译行为本身的原则和方法论有了更深的理解。2018年的课程在已完成的译文的基础上,更集中地讨论左翼文学的问题,特别值得一提的是,王老师邀请了日本明治大学的竹内荣美子老师前来授课四次,竹内老师是中野重治研究的专家,她的授课打通日本战前和战后的文学史,令我们受益良多,书中也扩充了与此相关的内容。

2019年6月,在申请到学校的项目后,翻译与编纂工作更为系统地展开。我们讨论了国内日本文学理论翻译的现状,进而重新确定了这本书的篇目和分工,选译内容相比于之前的构想进一步扩充,根据年代和主题分为三个部分,第一部分增添的文本尤其多,为的是更好地呈现日本近代早期的言文关系问题,国语、国文学与国民国家的问题。同时,我们通过在日本留学的同学,购置了一批日本文学理论、文学批评方面的书籍,这些书籍既为我们的翻译提供了底本及相关参考文献,也是今后的教学和研究过程中大家共享的资料。

在指导大家扩充和完善译文的同时,王老师还多次邀请海外学者前来讲学,探讨一些与翻译与编纂有关的文学理论问题。例如,2019年7月上旬,我们与美国威斯康星州立大学历史系的慕维仁教授举办了一次小型工作坊,慕维仁教授是东亚思想史专家,他以竹内好为线索,同我们讨论了日本文学思想的主体性问题及其背后的哲学脉络,由此重审亚洲历史和革命的经验。7月下旬,趁东京大学名誉教授小森阳一访问清华期间,我们又邀请他举办了连续两天的工作坊,小森教授是夏目漱石研究和日本近现代文学研究的专家,也是当代日本著名的进步知识分子,此次他以夏目漱石为例,从批判殖民主义和日本现代民族国家的立场来讨论近现代文学和世界文学。文学与民族国家的关系也是本书的一条重要线索,在这一问题上,小森教授对日本现代文学和历史的敏锐把握,给了我们很多启示。9月初我们还邀请了日本菲莉斯女学院大学的岛村辉教授,岛村教授是研究日本无产阶级文学和新感觉派文学的专家,他在工作坊中重新讨论了什么是"新感觉派",与大家一起重读横光利一和小林多喜二等作家的理论文本,并帮助我们解决了不少翻译上的问题。这些交流活动促使我们以更加开阔的视角来思考读本所选文章的历史与现实意义。

2020年年初以来的疫情，多少打乱了我们工作坊的计划，不仅线下活动无法举办，获取文献资料也变得困难起来。不过，在大家的团结努力下，本书编纂和工作坊讨论以新的形式继续展开。本年度春季学期清华大学的课程全部改为网上授课，这一方面固然带来了种种不便，特别是让王老师十分辛苦，但另一方面也使我们几个已经毕业的学生有幸全程在线参与课堂，这种机会是过去少有的。在网络课堂上，参与工作坊的几位老师和同学分别作了学术报告，由此也进一步深化了对所译文章的理解，并同各自的研究结合起来，其中一部分研究心得见于本书所附的几篇学术札记。如今，我们这个小小的工作坊几年来积累的成果终于能够以书本的形式面世，在此要衷心感谢参与工作坊的老师和同学们，感谢为我们提供帮助的各位专家学者，也要感谢清华大学出版社对我们的支持。当然，翻译是无止境的事业，目前的译本中必然尚有种种不备之处，恳请识者批评指正。

高华鑫
2020 年 9 月